陕西文学六十年作品选

长篇小说卷

（1954—2014）

（一）

陕 西 出 版 传 媒 集 团
陕 西 人 民 出 版 社

编者的话

陕西省作家协会（最早名为中国作家协会西安分会）于1954年成立，到2014年，她已经走过60年的光辉历程。为了回顾陕西文学60年的发展历程，展示陕西文学60年的丰硕成果，纪念前辈，激励后人，方便读者和研究者欣赏、阅读和研究陕西文学60年作品面貌，我们选编了这套7卷20册的《陕西文学六十年作品选（1954—2014）》。

综合各方意见，我们确定了以下编辑凡例：

一、本书是一套地域作家和作品的选集，入选作者为陕西籍作家或长期在陕西生活、工作的外省市区作家。

二、入选作家的作品，每种体裁原则上一人选收一篇，个别代表性作家选收二至三篇。

三、入选作品年限为1954年至2014年。

四、入选作品范围为在我国大陆公开出版或发表的作品。

五、入选作品的标准，是基于对陕西文学和我国当代文学60年发展历程的考量，选取既能够体现各个历史时期的文学风尚，又能够体现一定时代特点的优秀作品，同时兼顾老中青几代作家和不同风格的作品。

本书按文学体裁共编选20册，其中：

长篇小说卷8册。

中篇小说卷2册。

短篇小说卷2册。

诗歌卷2册。

散文卷2册。

纪实报告文学卷2册。

文学理论批评卷2册。

由于时间、资料以及编者水平等因素限制，本选集可能有遗珠之憾，或不尽如人意之处，敬请方家和读者批评、谅解。

编　者

2014年9月

序

他们开创了陕西文学的新历史

——六十年陕西作家长篇小说创作巡礼

李　星（执笔）　李国平

在《陕西文学六十年作品选》编委会严格规划的长篇小说卷八册的框架中，我们本着艺术质量、社会影响为主，老中青作家兼顾的原则编选了这个300余万字的陕西长篇小说选辑，希望它能反映60年来几代陕西作家在长篇小说创作中的整体成就和面貌。所谓艺术质量、社会影响虽然不免带有编者个人的印象和评价，但因为有茅盾文学奖和已评了两届的陕西文艺大奖和由省作协主办的各种文学奖，以及较长时段的时间检验，应该说编辑者个人的主观评价因素已经非常有限了。我们所能做的只能是在听取较多的作协会员意见之后平衡和妥协了。如果说一到六册的三个层次还比较容易得到多数作家的认同的话，那么七、八册选定的作家作品以及先后排序就很难说是公正、公平的，其是也、非也，也只能由选者自己担责了。好在任何一个选本的倾向性并不能妨碍读者阅读之喜恶和评价的自由。

一

将六十年来陕西作家的长篇小说创作放在中国台、港、澳以外的大陆文坛背景上，我们首先要对中华人民共和国成立后，包括柳青、杜鹏程所代表的陕西第一代作家，以陈忠实、路遥、贾平凹所代表的陕西第二代作家，以红柯、叶广芩、冯积岐、高建群所代表的陕西第三代作家，以六七十年代后出生的一批新生作家所代表的陕西第四代作家的使命和志向、长篇写作实践、辛勤而富有成效的文学精神表示敬佩和感激。他们以自己的汗水和生命、经验与智慧、坚持不懈的创作实践、优秀的长篇大作，支撑了陕西文学的大厦，使它成为新中国文学的一支重要力量，一个不可忽视的文学和长篇创作重镇。

其次，我们不能不感激新中国在经济、政治、文化教育诸方面的翻天覆地的发展、繁荣、进步对文学艺术巨大的滋养和促进。面对陕西六十年的长篇创作，人们首先会发问：为什么“文革”前的十七年，陕西只产生了两部长篇？这固然有这个时间段政治运动太多，生产关系调整变化太快，作家们思想、情感尚来不及积淀，社会生活不易把握的原因。还有一个重要原因就是经济欠发达，社会文化教育不发达，写作人才的匮乏。当人们的精力都投入到吃饭生存这个人生根本问题时，哪有悠闲从容的文学写作？而改革开放以后，尤其是20世纪90年代以后，陕西长篇创作之所以会出现“井喷”式的发展，恰恰是因为经济的繁荣，政治的稳定，文化教育的发展，写作人才的积累，作家队伍的扩大，写作环境的根本改善，作家有了更多的写作的自由。文学，包括长篇小说创作就是这样与它的时代和祖国、人民的命运血肉相连，甘苦与共的。时代进步文学进步，祖国兴旺文学兴旺，这是一个普遍的规律。世界文学史上可能有匮乏、滞塞时代的优秀作家和优秀文学，如曹雪芹和他的《红楼梦》，但那究竟是凤毛麟角式的天才创造，何况曹雪芹也深深得益于明末以后的中国社会的前现代人文思潮。

二

面对选编本中300余万字、近50名作家的长篇小说佳作，我们不能不首先惊叹于它们对春秋战国时代的秦国到多民族、多元文化共生共存的历史，到近现代以来以关中、西安地区为主轴的民族生存苦难，仁人志士的牺牲和奉献，中国共产党人及各界爱国人士为实现伟大的中国梦的艰苦卓绝的奋斗历史的回溯和充满艺术勇气，具有艺术冲击力的表现和描述。孙皓晖505万字的《大秦帝国》不仅以其学者的严谨，翔实可考的史实，立足于当代中国文化——文明建设的思考，再现了从秦孝公发起“商鞅变法”，富国强兵，统一六国，建立中国历史上第一个中央集权制国家的百年波澜壮阔的历史，而且对“二世而亡”的秦的执政经验教训，对为秦所奠基的国家制度、秦文化、秦人性格做了富有自己独立见解的艺术表现。高建群的《统万城》以诗意的抒情笔触，富含哲理的叙述，使至今仍然安眠于户县草堂寺的佛学大师鸠摩罗什和1600余年前一个北方少数民族领袖赫连勃勃的兴国伟业得以复活，在残酷无情的战神和影响至今的宗教精神大师之间，感悟着大爱与大恨，发现着伟大生命的不同意义。张兴海的《圣哲老子》使至今以五千言的《道德经》影响人类的神秘而神圣的老子走下神坛，恢复了他肉体凡胎与智慧深沉、耽于哲思妙想、开辟鸿蒙的生动人格形象。业余作家马其昌克服了重重困难，在宋元之际时代的广阔历史背景上，使一个民族英雄正气浩然的伟大形象，跃然纸上。郑征的《东望长安》则是第一部以阶级史观，再现清朝末年陕、甘、宁、青那次至今被统治者歪曲丑化的回民大起义的小说，揭示了清廷的压迫、腐败、挑拨，回、汉两族人民不堪忍受的苦难才是这次起义的真正原因，塑造了白彦虎等回汉英雄的光辉形象。对这次起义，至今民间仍保留着被统治者搞乱的混杂记忆，这部小说具有正本清源、回归历史真相的非凡意义。而红柯的《西去的骑手》则以抒情浪漫的笔触，对拨开重重历史迷雾，在20世纪二三十年代的西部社会政治背景上呈现了马仲英这个反抗压迫、忠诚爱国的军事奇才的光辉形象，而将他与三四十年代统治新疆的军阀盛世才的政治权谋与多重人格的对比，更凸显了他虽然失败却纯粹高贵的人格品质。子页的《流浪家族》则以家族史的形式，表现了出身于仕宦之家的江浙士子在清末民初的新疆尔虞我诈的政治舞台上艰难的生存、生命、人格的保全。这部小说恰恰填补了左宗棠之后，盛世才以前沙俄觊觎、国土不保、军阀政客争权夺利的新疆地区几十年间历史的文学空白，给读者提供了一幅这个风雨飘摇时代新疆社会政治历史的完整图画。而周矢的家族小说《书香门第》所呈现的则是在20世纪初民国初建，文明初兴、军阀混战的长江三角洲地区，一个衰落的仕宦之家的生存和命运，尤其他对江北小镇民情风俗、晨昏景象、风味小吃的生动描绘，浓浓的乡愁氛围，更让看惯了大漠西风的陕西读者有眼前一亮之感。

陈忠实的《白鹿原》无疑是60年间陕西长篇小说少见的扛鼎之作，它有着多层次的艺术涵蕴，仅从社会历史认识价值看，小说所涉及的20世纪上半叶关中农村政治经济状况和制度变迁的历史细节都是重要的。在此之前，自然经济的乡村，主要是由乡绅和族长维持着其经济和道德文化秩序，而民国以后国家的权力系统即已经逐步深入到一个个乡村，由乡约、保甲长来执行国家的意志。《白鹿原》中鹿子霖正扮演了权力在乡村爪牙的角色，而白嘉轩代表的却是传统的宗法统治的势力，以族长的名义与伸向乡村的权力系统相抗衡。中国共产党所领导的农民革命在农村的使命就是要同时消灭这两种势力，让权力归于广大的贫苦农民，目的是实现真正的社会公平和乡村自治。陈忠实是否自觉到他所表现的乡村政治、经济和社会结构转型，目前我们还不得而知，但小说的情节主干却无疑揭示了这种转型中的社会观念及道德冲突，体现了文学现实主义的力量。鹤坪的《大窑门》等西京都市小说，呈现的则是作为旧都市病灶的妓院、鸭子坑的妓女、嫖客，以及依托酒楼、茶肆、客栈生存的武侠刀客、卖唱者、掮客帮闲们的半明半暗、半人半鬼的生活，以及社会转型中在正义与邪恶、光明与黑暗中抉择的命运与遭际，填补了西京城市小说的空白。

三

如果说以上这些近现代历史生活小说还是通过切入漫长历史中陕西、西北乃至中国人的生存和命运来观照并思考、启示着现实社会和中华文明的未来的话，那么这60年中陕西作家长篇创作的主流却是对改革开放以来的大众百姓心理、情感、愿望的回应和诚挚关怀，对自己所生活的现实关注，对时代和正在行进的祖国现代化进程，中华民族振兴的贴近思考。实际上他们与自己时代的观照和回应，对现代化进程中人的命运的关怀通常也是通过两条创作路径来实现的：一是直面现实，以最现实的题材来提出最现实的问题；一是从迫切的现实关怀来回顾中国共产党执政的历史，以以往的经验教训来反思并启示今天的现实。而在一些作品中，却是沿着人物的命运情节，兼及了过去与现实的，既突现了改革开放的伟大意义，又突出了反思的深度，强化着对未来中国的希望与憧憬。

杜鹏程的《保卫延安》被冯雪峰称为人民革命战争的“一部史诗”，表现了中国共产党领导的人民军队和延安军民，在延安保卫战中所取得的辉煌胜利，充满着革命英雄主义的情怀，应该说是新中国的第一部长篇战争小说，并以此为陕西文学赢得了第一波荣誉。柳青的《创业史》是一部以取得政权以后的中国共产党领导中国农民走向集体化道路，以达到脱贫致富、走向富裕为内容的多部小说，但是因为农村所有制政策的不断升级和变更，第一部只写到从互助组到合作社，作者的写作就陷入徘徊和停顿；“人民公社化”“三年困难”“四清”“文化大革命”等更使他陷入了对农村现实把握的困惑，他以顽强的毅力和使命感勠力写到第二部高级社的成立，却最终因健康状况恶化而停笔。虽然无论从当时和现在看，《创业史》都达到了“文革”以前新中国革命现实主义文学的艺术高峰，并被文学史家以“三红一创”列入这个时期长篇创作的代表作，但因为由国家意志推行的农业合作化、人民公社化终于被历史所否定，然而柳青及《创业史》在中国当代文学中的地位和贡献，都是不可否定的。

路遥的三卷本《平凡的世界》是在柳青的文学精神和他所走的文学道路影响下产生的，因为其最早关注了中国城乡二元体制、城乡差别给有理想、有志向的一代有文化的农村青年的身份痛苦和心理压抑，并表现了以孙少安、孙少平为代表的广大农村青年突破现有体制，改变自己命运的奋斗和努力，以及人格上的高贵和自尊，很快得到了有相似境遇的广大青年的强烈反响，不胫而走，成为青年必读的人生教科书。英年早逝的路遥，也因之成为一代又一代青年的文学偶像。

从 1988 年的《浮躁》以来，贾平凹几乎以两年一部的速度，接连出版了 14 部长篇小说，获得国内外各种大奖并产生很大反响及好评的就有《浮躁》《废都》《怀念狼》《秦腔》《高兴》《古炉》《带灯》等多部，同陈忠实、莫言等人一样，他是当代中国文坛当之无愧的长篇小说巨匠。他的这些优秀长篇的主要成就和价值，如敏锐犀利的批评家李敬泽所说的，贾平凹“永远能与我们这个时代，在出人意料的地方建立起一个非常秘密的联系……《秦腔》表现了一个巨大的沉默的区域，是历史展现在那里，让我们感觉到历史神秘莫测地向我们展现这样一个无声的沉默的巨大区域摆在那里，而能够意识到这个东西的，能够看到这个无声的沉默的巨大区域凶险地在那儿摆着，中国作家我觉得为数甚少，甚至我觉得在《秦腔》之前我没有看到哪个中国作家充分意识到这个问题了”（引自作家出版社《秦腔大评》）。李敬泽是在《秦腔》研讨会上说出这段话的，也完全适用于此前的《废都》《怀念狼》及此后的《高兴》《带灯》。它们都无可怀疑地证明了，贾平凹是当代中国人隐晦的心理情绪和文化精神困境的发现者、揭秘者。

在年龄上可以称为贾平凹的兄长的陈忠实，则将法国小说大师巴尔扎克“小说被认为是一个民族的秘史”，写在《白鹿原》的卷首。《白鹿原》以宏大的乡村史的结构，所呈现的正是由漫长的历史道路、生存方式、文化传承所积淀而成的中华民族心灵秘史。表现了在王纲解纽、社会转型旧中国一个乡村范围内的人和事，但其巨大的包容性、涵盖力，却不仅让人们看到了几千年农耕文化、家族社会，面对历史文化转型冲击的尴尬和无望的抵抗，而且揭示、展现了全部乡土中国伦理文化的稳定形态和深厚的生命力。新中国就是在这块特定的土地上建立的，因之注定要在实现民族复兴的道路上探索，并付出沉重的代价。从小说所延伸的“文革”劫难及朱先生预言性的“折腾到何日为止”来看，陈忠实写《白鹿原》，并非只是为了寄寓自己的乡愁，而是有着深厚而焦灼的现实关怀。如此沉重的使命担当和深切的民族忧患，使《白鹿原》在其问世20多年后，仍然具有鲜活的艺术生命力。余华等人用“史诗”来评价此作，但鉴于“史诗”这一概念已在频繁的使用中失去了原本的褒扬意义，陕西的评论家很少用它，这是对《白鹿原》创造性长篇艺术成就的珍视和爱护。

高建群《大平原》的主角是一个“丑小鸭”式的男孩的人生蜕变，而他生命和人生的辉煌却是在改革开放和中国社会的现代化进程的熔炉中炼成的。小说从一个人的成长揭示了历史的巨大进步和社会的巨大发展，有着人生启示和现代启示录的深刻意义。冯积岐的《沉默的季节》以一个人在人生主要阶段所体验到的人生苦难，揭示了“以阶级斗争为纲”年代的荒谬及对人性的压抑和扭曲，以至到了新时代，他的心灵仍然走不出过去的阴影，成为进步时代的畸零人。在批判、反思性的作品中，这部小说以感觉的尖锐、心理分析的深刻、语言风格的独特获得了广泛的重视。而他表现当下中国一个村子现状的《村子》也因直面农村现实的勇气，对乡村强人的霸道以及农民自身弱点的呈现，产生了很大的影响。此后他接连出版了《粉碎》《逃离》等直面人性幽暗的长篇小说，走向对小说“经典化”的探索和努力。

叶广芩《采桑子》以大时代潮流冲击下的家族、个人命运为表现的焦点，并以人的悲悯、人生命运的无常、旧京华旗人优雅细腻的文化生活方式，赢得了广泛的关注。《青木川》无疑是标志着叶广芩长篇艺术能力的又一重要作品，其在陕南秦巴山区二三十年代、40年代末50年代初以及改革开放的80年代中后期的多重叙事角度中展现了一个小镇的历史风情，塑造了魏富堂这个独特的土匪出身的山村强人形象。他在青木川镇的文化引进，他对山外先进的物质文明的追求和实践，虽然在这里撒下了现代文明的种子，但最终却以失败告终。对一个“土匪”在封闭山村的现代化努力浓墨重笔的表现，蕴含着作者对人性的复杂性的认识，对当下正在进行的祖国现代化建设的感悟和思考。

晓雷、李天芳的《月亮的环形山》，程海的《热爱命运》，李凤杰的《针眼里逃出的生命》，杨争光的《从两个蛋开始》，蒋金彦的《最后那个父亲》，张子良的《我的伊甸园》，邹志安的《多情最数男人》，京夫的《八里情仇》《文化层》，王宝成三部曲《爱情与饥荒》，赵熙的《女儿河》《北方的战争》，文兰的《命运峡谷》，王蓬的《水葬》《山祭》，孙见喜的《山匪》都是这些40年代出生，走过了新旧两个时代，经历了共和国建立后风风雨雨的作家的作品，他们所写的或是自己或父辈的经历记忆，或是他们人生的某个阶段，并久久沉淀于自己心灵情感深处的人生故事，在这些作品出版的当时都产生了较大的关注和影响，至今看来仍然是陕西文坛长篇创作的重要收获，具有长久的思想、艺术生命力。他们之中的邹志安、京夫、王宝成、张子良和路遥一样已经不幸辞世，然而斯人虽去，斯文却长留人间，必将成为陕西文学宝贵的资产。

四

第八册所入选的除延安老作家裴积荣之外，都是“50后”“60后”，甚至“70后”“80后”作家的作品。同柳青、杜鹏程等老一代作家，陈忠实、贾平凹、路遥等等“文革”后期和历史新时期所涌现的几代陕西作家一样，他们在长篇创作领域都已有了自己突出的表现，产生了无愧于自己所处的改革开放时代的长篇创作成果。更令人兴奋的是女作家就有六位，如周瑄璞、唐卡已有多部长篇小说出版，年龄最小的“80后”，杨则纬已经有五部长篇小说面世。

更值得关注的则是他们所持的多样化的长篇视野，包括题材、叙事方式以及文本结构方式。马玉琛的《金石记》穿越于历史和现实的多个时空之间，以神幻的手法，融古今于一体，突现了当今市场经济、物质崇拜所带来的自古以来中华优秀文化传统和历史精神，人们风格气韵的丧失，或批判着金钱的贻害，或控诉着专制的罪恶。安黎的《时间的面孔》等，则一反从19世纪以来世界上乌托邦主义文学的历史乐观主义，以反乌托邦的思维和手法，勾画出了一幅幅噩梦般的黑色世界和悲惨的人类生活图景，揭示了人性深处所潜藏的专制愿望和贪婪、自私。他们所传承的正是《蝇王》《1984》的反乌托邦文学传统。秦巴子的《身体课》和方英文的《落红》则走着文人精英文学的两极，前者以不动声色的解剖师的冷峻，探求和思考了人们生存的哲学本质，后者以看似玩世不恭的自我放逐、自我调侃，表达了对责任、体制以及婚姻、爱情的怀疑和对生存意义的质问。李春平的《步步高》和向岛的《浮沉》则是在全国文坛渐成一格，在陕西文坛并不发达的“官场”小说。对于官员的生存状态、官场的潜规则、不健全的体制黑暗、在职场会议之外某些官员丑陋的心理和私生活的腐败，都有着深入肌理的刻画、严肃的拷问。应该特别指出的是，2007年出版的《浮沉》是“60后”作家向岛的第一部小说创作，但是它所表现的语言控制力，叙事的老练和思想的犀利、有力却让人惊叹。陈彦的《西京故事》，王海的《城市门》，高鸿的《沉重的房子》，唐云岗的《城市在远方》，韩晓英的《都市挣扎》都是在现代化和城市化背景下，关注和表现农民及农民后代的都市命运的优秀之作，其中既有他们寓居都市的生存艰难，又有具有时代特征的浓浓的乡愁，并深刻触及了农民及农民后代自身素质的缺陷和经不起都市物质生活诱惑所造成的人生歧路，《西京故事》更将文学视野伸向了优秀、古朴的乡村文化传统对当代高度物质化的都市人生的补充和拯救，揭示了普通劳动者精神上的“神性”。

吴文莉的《叶落长安》生动表现了河南移民在西安的生存和奋斗，并以鲜明的人物形象和已经消失殆尽的西京风情，留存了一个古老城市宝贵的昔日记忆。裴积荣的《祝君晚安》是陕西长篇创作中仅有的一部关注老龄化问题的作品，因为作者自己当时已进入老年，感同身受，语言幽默诙谐，在调侃反讽中展示了一幅独特的已经退出人生大舞台的老龄世界图景。赵丰的《小城文化人》表现了一个信念不改的文化人在职场、官场所遭遇的尴尬和人生困惑，表现了一个学者化的散文家不俗的长篇小说叙事能力。周瑄璞、唐卡、杨则纬分别是“70后”、“80后”的青年女作家，热烈关注女性命运，表现她们的婚姻、爱情及职场故事，理想的暗淡、心灵的苦难、灵魂的自救是她们长篇写作的共同之处。周、唐二女年龄虽然不大，但在文学创作上却已走过很长的路，成果累累，渐成气候；杨则纬文学出道未久，但《我只有北方和你》却成为“80后”的她作为新锐作家的标志之作。

以上所提及的作家及代表性的长篇小说作品，在发表的当时，即有了许多评论研究的文字，本文作为一篇蜻蜓点水式的巡礼文字，自然是也只能是点到为止，挂一漏万、乱点鸳鸯实在难免，只能起到给本书读者的导游作用。对六十年历史进程中的陕西长篇小说创作，笔者没有能力，也似无资格指出它们整体上的缺陷和不足。历史是不能改变并不可苛求的。他们创造了陕西文学的历史，也已经成为历史，是历史的开端也是新历史的开始。

目 录

创业史

（节选）

柳　青

社会主义这样一个新事物，它的出生，是要经过同旧事物的严重斗争才能实现的。社会上一部分人，在一个时期内，是那样顽固地要走他们的老路。在另一个时期内，这些同样的人又可以改变态度表示赞成新事物。……

——毛泽东

创业难……

——乡谚

家业使弟兄们分裂，劳动把一村人团结起来。

——中国农村格言

题　叙

一九二九年，就是陕西饥饿史上有名的民国十八年。阴历十月间，下了第一场雪。这时，从渭北高原漫下来拖儿带女的饥民，已经充满了下堡村的街道。村里的庙宇、祠堂、碾房、磨棚，全被那些操着外乡口音的逃难者，不分男女塞满了。雪后的几天，下堡村的人，每天早晨都带着镢头和铁锹，去掩埋夜间倒毙在路上的无名尸首。

庄稼人啊！在那个年头遇到灾荒，就如同百草遇到黑霜一样，哪里有一点抵抗的能力呢？

这下堡村倒好！在渭河以南，是沿着秦岭山脚几百里产稻区的一个村庄。面对着黑压压的终南山，下堡村坐落在黄土高原的崖底下。大约八百户人家的草棚和瓦房，节节排排地摆在四季绿水的汤河北岸上。住在那些草棚和瓦房里的庄稼人，从北原上的旱地里，也没捞到什么收获。不过，他们夏天在汤河南岸的稻地里，收割过青稞；秋天，他们又从汤河上上下下的许多独木桥上，一担一担挑过来沉甸甸的稻捆子。人们说：就是这点收成，吸引来无数的受难者。

每天从早到晚，衣衫褴褛的饥民们，冻得缩着肩膀，守候在庄稼院的街门口。他们不知在什么地方路旁折下来树枝，夹在胳膊底下，防着恶狗。他们诉述着大体上类似的不幸，哀告救命。有的说着说着，大滴大滴的热泪，就从那枯黄的瘦脸上滚下来了，询问：有愿意收养小孩的人吗？这情景，看了令人心酸。多少人，一见他们就躲开走了。听了那些话，庄稼人难受地回到家里，怎么能吃得下去饭呢？

但是前佃户、汤河南岸稻地里的梁三，为人特别心硬。他见天从早到晚，手里捏着只有一巴掌长、买不起嘴子的烟锅，在饥民里找人似的满村奔跑。这梁三，四十岁上下，高大汉子，穿着多年没拆洗过的棉袄，袖口上，吊着破布条和烂棉花絮子。他头上包的一块头巾，那个肮脏，也像从煤灰里捡出来的。外表虽然这样，人们从他走步的带劲和行动的敏捷上，一眼就可看出：那强壮的体魄里，蕴藏着充沛的精力。下堡村的人对梁三在饥民群里钻来钻去，越来越发生了怀疑。

几天以后，人们终于看出梁三活动的规律了：他总是紧追着饥民里头带小孩的或不带小孩的中年妇女跑。有人推测：熬光棍熬急了的梁三，恐怕要做出缺德的事情吧？但是，梁三不管旁人怎样看，他只管他一本正经地听着逃荒女人们在庄稼院门口诉述不幸，并且在脑子里思量着那些话，独自点着头，显得异常认真、严肃。

有一天，梁三从汤河南岸过来时，竟变成了另一个人：剃了头，刮了有胡楂的脸；在他的头上，他哥梁大借给他走亲戚时戴的瓜皮帽，代替了烂脏头巾。他的旧棉袄也似乎补缀过了。啊！原来梁三竟在人不知鬼不觉中重新成家了——看吧！他喜得闭不上嘴，伸开两只又长又壮的胳膊，轻轻地抱起一个穿着亡父丢下的破棉袄、站在雪地上的四岁男孩。一个浑身上下满是补丁和烂棉絮的中年寡妇，竟跟他到汤河南岸的草棚屋里过日子去了。

梁三的草棚屋，坐落在下堡村对岸靠河沿那几家草棚户的东头。稻地里没有村庄，这边三家那边五家，住着一些在邻近各村丧失尽生存条件以后搬来租种稻地的人。也有一些幸运儿，后来发达起来，创立起家业，盖起了庄稼院。整个稻地——从汤河出终南山到它和北原那边的滈河合流处，这约莫三十里长、二三里宽的沿河地带——统统被人叫作"蛤蟆滩"。因为暖季的夜间，稻地里蛤蟆的叫声，震天价响，响声达到平原上十几里远的地方。梁三小时候，他爷从西梁村用担笼把他挑到这个蛤蟆世界来。他爹是下堡村地主杨大财东的最讲"信用"的佃户，一个和现在的梁三一样有力气的庄稼汉。老汉居然在他们落脚的草棚屋旁边，盖起了三间正房，给梁三娶过了媳妇。老汉使尽了最后的一点点力气以后，抱着儿子梁三可以创立家业的希望，心满意足地辞别了人间。但是梁三的命运不济，接连着死了两回牛，后来连媳妇也死于产后风。他不仅再租不到地了，就连他爹和他千辛万苦盖起的那三间房，也拆得卖了木料和砖瓦了，自己仍然独独地住在他爷留下的草棚屋里。这时，在那三间房的地基上，拆房的第二年出生的榆树，长得比那残缺的土围墙还高了，已经有梁三的大拇指头那么粗了。

自从死了前妻，草棚院变得多么荒凉啊！多么冷落啊！那个向西的稻草棚屋，好像一个东歪西倒的老人，蹲在那里。土围墙有的地方在秋天的淫雨中垮了，光棍主人没心思去修补它；反正院里既没有猪羊，又没有鸡鸭，哪怕山狼和黄鼠狼子夜里来访问呢?！院里茂草一直长到和窗台一般高低，梁三也懒得铲锄它；锄它做什么呢？除了他自己，谁又进他的街门呢？好！现在，梁三领了个女人回来了，他的草棚院就有了生气。几家姓任的邻居，男人们早帮他铲净院里的枯草，女人们也帮他打扫了那低矮而狭窄的草棚屋。大伙笑说：嘿嘿！从今往后，梁三的案板上和小柜上，再也不会总是盖着一层灰尘了。

四十岁的梁三竟像小孩一样，掩饰不住内心的兴奋。他热情地给外乡女人找出一些前妻遗留下的旧衣服，要她换上。他还要她马上给可怜的孤儿，改修一条棉裤呢！看娃那麻秆儿一样瘦的光腿，在那件不合身的破棉袄下边，冷得颤抖呀！梁三甚至当着邻居男女们的面，对外乡女人夸起海口来了：说他是有力气的人，他将要尽他的力气跑终南山扛椽、背板、担炭、砍柴；说他将要重新买牛、租地、立庄稼；说他将要把孤儿当作自己的亲生儿子一模一样抚养成人，创立家业哩……

“我不会撒谎！宝娃他妈，你信我的话吧?”

“我，信……”外乡女人用眼睛打量了一眼新夫强壮的体魄和热忱的面孔，在生人面前不好意思地低下了头。大约是由于饥饿和痛苦的摧残吧，那忧郁的、蜡黄的瘦长脸上，暂时还不能反映出快活来。

“唔，”梁三略微有点失望，说，“你，日久见人心……”

梁三捉摸女人这时的心情是复杂的，不好和她多说什么。他转向宝娃表示他对新人的热情。这孩子乍到这陌生的草棚屋里，一直拘束地端端正正坐在炕边，怯生生地望望这边，又望望那边，一时还弄不清楚这是怎么一回事哩，眼睛竭力躲开站在脚地来看喜事的小孩们。

“宝娃，”梁三热心地走到炕边说，“等你妈给你改好裤子，你就能出去和他们一块要，噢！”他指着脚地站着的小孩们。

“我不去。”宝娃低下头，看着自己的手指，低低说。

“为啥？这稻地水渠里有白鹤、青鹳、鹭鸶和黄鸭，还有雁哩。你们渭北老家那里有吗？”梁三笑嘻嘻地说着，竭力把这个地方说得好些，使母子俩把心安下来。

“我不去，”宝娃固执地说，“我骇怕。……”

“怕啥？水鸟不伤人的，傻瓜！”

“我怕狗……”

“啊啊，”梁三忍不住笑了，“衣裳新了，狗还咬你吗？”

梁三的一个树根一般粗糙的大巴掌，亲昵地抚摸着宝娃细长的脖子上的小脑袋。他亲爹似的喜欢宝娃。这娃子因面黄肌瘦，眉毛显得更黑，眼睛显得更大，那双眼里闪烁着儿童机灵的光芒。俗话说：“三岁就可以看出成年是啥样！”梁三挺满意他。

在最初的几天，总有男人们和女人们，跑到梁三的草棚屋来看望。他哥——卖豆腐的梁大、邻居老任家的人们，是不要说的了，就是上河沿的老孙家、老郭家，皂龙渠老冯家、老李家，最后连官渠岸南边旱地边沿那些自耕户和半佃户，也来看过了。这个进去，那个出来，末了都聚集在街门外边的土场上说笑。男人们带着抑制不住的兴趣，要和梁三开几句玩笑。这当然显得很不尊重，但是梁三新刮过的脸上，仍然露出一种自负的笑容，那神气等于明明白白向庄稼人宣布：

“唔，当成我梁三这一辈子就算完了吗？我还要创家立业哩！”

几天以后，无论在下堡村还是在蛤蟆滩，人们白天再也见不着梁三了。而在蛤蟆滩随便哪个草棚院外边向太阳的墙脚下，在下堡村的大十字、郭家河、王家桥头几处人稠的街口上，庄稼人们津津有味地谈论着梁三的外乡女人。

“啊，是个好屋里家哩！”有人赞赏地说，“手快嘴慢，听口气是个有主心骨的。娘家爹妈都是这回灾荒里饿翻的，哥嫂子都各顾逃生了。婆家这头，男人一死，贴近的人再没了，自己带着娃子，从渭北爬蜒到这南山根儿来。不容易哩！”

“大约是和梁三有夫妻的缘分，老天爷才把她赶到这汤河边来的。光这一个小娃吗？”

“说是还有一个闺女来，路上又饿又冻，得了病撂了。”

“呀呀！可怜的人呀！心疼死了！有多大年纪呢？”

“嘴说三十二，看起来四十开外。……”

“瞎拍嘴！瘦得皮包骨头，又在逃难的路上，风吹日晒，从相貌能多看十岁！等吃起来精神再看吧！”

“听说穿着梁三的宽大裤子，是吗？”

“可不是呢！裤子宽大是宽大，倒也罢了。光是烂棉袄换不过，实在叫人看了难为情。要不着梁三紧着往终南山里头钻呢！那母子俩，不是画片上的人哪！不能贴在墙上呀！他们要吃要穿呀……”

全村都卷入了关于稻地里梁三“拾”婆娘的争论。一部分人认为：曾经被命运打倒了的梁三，总算站起来了。他也许会创立起家业来，那孩子过些年就成他的帮手了；要是外乡女人在他的草棚屋里生养下一个两个，那光景就更有了奔头。但是另一派人却不相信世上会有那么便宜的事。哼！不花一个小钱就把婆娘领到屋里去了。他们拿自己的脑袋打赌说：在换过年头的时候，不定那女人的娘家弟兄来寻她，不定她前夫的门中人来寻宝娃，也不定女人不遂心的时候，闹着要回渭北老家去……总之，梁三的草棚屋断然不会平静的。

“咱们等着瞧吧！”这是两派人共同的话。

见天挑着豆腐担子，满下堡村转来转去的豆腐客梁大，很关心人们对他兄弟的这样看法。他的大耳轮逮住了这类言论的每一句话。一天深夜，梁三从终南山里担木炭回来了。他进山担木炭和进城卖木炭，都是鸡叫起身，深夜才回来。梁大鬼鬼祟祟站在街门外，把兄弟从草棚屋叫了出来，弟兄俩在黑暗中朝稻地中间绣着枯草根的小路上走去了……

第二天，梁三就没进城卖木炭去。他一早上了汤河上游离下堡村五里的黄堡镇。庄稼人吃早饭的时候，有人见梁三提了一筐子豆芽、白菜和粉条，另一只手提了约莫一斤的一瓶酒，回到家里。整个上午，梁三在下堡村街道上跑来跑去。你这一刻见他在大十字，过一刻，他那高大敏捷的身躯，就像能飞一样，从王家桥的街口闪过去了。他的样子十分繁忙，十分紧张，又十分神秘。有人叫住他，想问问他和外乡女人过得怎样。他一边走，一边掉头匆忙地说：

“我忙着哩，改天……嘻嘻……”

天黑定了。汤河丸石和沙子混合着的河滩上，挺神秘地出现了一粒豆大的灯火光。五个男人、一个女人和一个小孩，冷得簌簌发抖，在那里聚齐了。

梁三树根一般粗糙的大手，小心翼翼地捧着早晨从镇上买来的一尺红标布。他感激地说：

“众位乡党，为俺们的事，受冷受冻……”

“甭说了，甭说了。俺们冷一刻有啥呢？”

“但愿你两口，白头到老，俺乡党们也顺心……”

“就是这话。对！说得对！”

“天星全了，快动手吧！”

于是，下堡村那位整个冬天忙于给人们写卖地契约的穷学究，戴起他的老花眼镜了。他俯身在一块磨盘大的石头上①，把那块红标布铺展开来了。梁三在一旁恭恭敬敬地端着灯笼，其余的男人蹲在周围。大伙眼盯着毛笔尖在红标布上移动。

把毛笔插进了铜笔帽里，戴眼镜的穷学究严肃地用双手捧起写满了字的红标布，从头至尾，一句一顿地念了起来：

立婚书人王氏，原籍富平南刘村人氏。皆因本夫夭亡，兼遭灾荒，母子流落在外，无人抚养，兹值饥寒交迫，性命难保之际，情愿改嫁于恩人梁永清名下为妻，自嫁本身，与他人无干。本人日后亦永无反悔。随带男孩乳名宝娃，为逃活命，长大成人后，随继父姓。空口无凭，立婚书为证。

---

① 按照迷信的说法，写过寡妇改嫁契约的地方，连草也不再长，所以在河滩。

当念毕“空口无凭，立婚书为证”的时候，人们的眼光，不约而同地都集中到宝娃他妈沉思细听的瘦长脸上了。

“行吧？”代笔人问。

“行。”王氏用外乡口音低低答应。

两只瘦骨嶙峋的长手，亲昵地抚摸着站在她身前寸步不离娘的宝娃的头，王氏妇人的眼光，带着善良、贤惠和坚定的神情，落在梁三刮过不久的有了皱痕的脸上。

“我说，宝娃他叔！这是饿死人的年头嘛，你何必这么破费呢？只要你日后待我娃好，有这婚书，没这婚书，都一样嘛。千苦万苦，只为我娃……长大……成人……”

她哽咽了，说不成声了。她用干瘪的手扯住袖口揩眼泪了。所有的人都凄然低下了头，不忍心看她悲惨的样子。

一股男性的豪壮气概，这时从梁三心中涌了上来。在这两个寡母幼子面前，他突然觉得自己是世界上一个强有力的人物。

“咱娃！”梁三斩钉截铁地大声改正，“往后再甭‘你娃’‘我娃’的了！他要叫我爹，不能叫我叔！就是这话！……”

在说合人、证婚人和代笔人，一一在红标布上自己的名字底下画了十字以后，人们到梁三的草棚院里，吃了豆腐客梁大忙了一整天准备下的一顿素饭，说了许多吉利话，散了……

……一九三〇年春天，撒布在汤河沿岸产稻区的饥民，好像季候鸟一样，在几天里都走了。人们注视着稻地里梁三的女人，看她是不是经常向北原那边的远处遥望。女人们带着针线活，到梁三的草棚屋去，用话语试探她，看她是不是怀念着渭北的老家。

不！这女人的一双小脚无事不出街门。她整天在屋里给跑山的男人收拾破鞋、烂袜子和毛裹脚带。梁三的光景是艰难的，连脚地和街门外从前种地时做场面现在种菜的地皮算在一块，统共一亩二分。他全指望苦力过日子。春天，城里不烧木炭火盆了。到深山里运木料的路还没有消冻以前，梁三只好在山边上割茅柴，到城里或黄堡镇上去卖。常常要等梁三带回来粮食，女人才能做饭；但是她不嫌他穷，她喜欢他心眼好，怜爱孩子，并且倔强得脖子铁硬，不肯在艰难中服软。这对后婚的夫妻既不吵嘴，也不憋气。他们操劳着，忍耐着，把希望寄托在将来。邻居老任家有人曾经在晚饭后，溜到那草棚屋的土墙外边，从那小小的挡着枯树枝的后窗口偷听过：除了梁三疲劳的叹息，就是两口子谈论为了他们的老年和为了宝娃，说什么他们也得创立家业……

十年过去了。

拆掉三间房的地上长起来的那棵榆树，现在已经有碗口粗了。它的枝叶已经同梁三他爷和他爹在土围墙外面栽起来的那些榆树和椿树的枝叶，在几丈高处连接起来了。它们像所有庄稼院周围的庭树一样，早已开始给院子很大的荫凉；但人事的发展，却远远地落在大自然后头——院里依然空荡荡的，在街门里的东首一角，灰溜溜地蹲着那个破草棚屋。

家业没创起来！

五十多岁的梁三老汉累弯了腰，颈项后面肩背上，被压起拳头大一块死肉疙瘩。他得了冬天和春天很厉害的咳嗽气喘病，再也没有力气进那终南山了。终南山养活了他几十年。别了！心爱的终南山啊！

宝娃长成十四岁的人了。红脸、浓眉、大眼睛、身派不低，一眼看上去，就知道能出息一个结实的庄稼汉。接受了继父和他妈给他的足够教导以后，十三岁的少年人，有信心地投入了生活，开始给下堡村吕二财东家，熬半拉子长工。

那年正月十二上工。正月十五黄昏，宝娃从财东家回到稻地里的草棚屋过灯节。娃一句话没说，趴在小炕沿上，抱住小脑袋呜呜直哭。

妈，已经四十几岁，温良贤惠地走到跟前，扳扳儿子的肩膀：

“宝娃，你怎哩？”

“呜呜呜……”宝娃只哭不回答。

“好娃哩，甭哭，”妈摸摸他包头巾的小脑袋，“你给妈说，你是不情愿熬长工吗？要是不情愿，叫你爹退工去，等你大上二年再……”

“呜呜呜……”宝娃边哭边摇头。

“那么是怎哩？东家对你不好吗？”

宝娃哭得更厉害了，一声比一声更凄惨。

“好娃哩！你甭尽哭嘛！到底是怎回事，你给妈说！”

宝娃站直起来，拧过身，满脸眼泪和鼻涕，断断续续开始说：

“我……蹲在……房檐底下……吃饭，呜呜呜……”

“说，说下去，甭哭哩！”

“财东娃……从地下……抓起……一把脏土，呜呜呜……”

“抓起一把脏土怎哩？”

“撒在……我……碗里头，呜呜呜……”

“为啥哩？你惹他来吗？”

“我……没……财东娃……欺负人……人哩！”

一直关切地站在旁边的梁三老汉，脸色气得铁青，现在接上嘴，愤怒地问：

“那么，那碗饭怎弄来？”

“财东叫……倒在……猪槽……槽哩……”

“财东没管教娃吗？”

“光……说了……两句，呜呜呜……”

于是原来十分愤怒的老两口，气平了下来。老两口商量：既然饭倒给猪吃了，财东又说了自家的娃几句，也就拉倒算啦。给人家干活，端着人家的碗，只要能过去就过去了。

“娃呀！”妈抚摸着宝娃的头，教育刚入世的少年说，“你不懂事哎！咱穷人家，低人一等着哩。要得不受人家气，就得创家立业，自家喂牛，种自家地……”

“着！”梁三老汉在旁边肯定说，“就是这话！先喂牛，种财东家的地，后……就是你妈的那话。明白了吗？”

就这样，可怜的宝娃上了庄稼人生活哲学的第一课。到十八岁的时候，他已经对庄稼活路样样精通了。在下堡村，他的工资达到成年人的最高数目。他暗自把长工头当作老师傅，向他学会了所有的农活，包括最讲技术的撒种……

光阴似箭！到了给吕二财东干活的第三年夏天了。一天晚上，晚饭以后，夜色苍茫中，宝娃竟用腰带牵了一头小黄牛犊，过了汤河，回到草棚院里来了。

“这是怎回事？”罗锅腰的梁三老汉迎上去，预感不祥地问。

“吕老二的大黄牛死哩。”宝娃满意地笑着，把小牛犊拴在那棵碗口粗的榆树上，又说，“这牛犊太小，他家怕没奶吃饿死哩……”

“给了咱了？”脸上已经有了皱痕的妈，高兴地问。

“给了咱了？你也不思量思量！吕老二的东西嘛，就是一根折针吧，还有白给人的吗？人家叫他吕二细鬼哩。”

继父和妈都惊呆了。他们同声问：

“那么是怎么回事呢？”

“我掏五块硬洋买的。他在咱工钱里扣。”

“啊呀呀呀！我的傻娃呀！你就给咱往下办这号事啦？”梁三老汉经受不起这个打击，脸也变灰白了，弯弓似的脊背靠着土墙蹲下去，已经有了几根白头发的脑袋，也耷拉下去了。

宝娃妈见老汉那样子，难受得简直要哭起来。

“你呀！”她痛心地训斥儿子，“你也不小了，做事怎这么没底儿哩？你不思量，人家吕老二还怕饿死，到咱家里就不怕饿死了吗？再说，你一定要买，也该回来和你爹商酌商酌嘛。你心胆太大了！呸！该死的吕二细鬼，你欺骗俺娃年轻！”

梁三老汉重新站了起来，向前跑了两步，向儿子伸出两手，以按捺不住的激动，计算着五块银洋的价值：买成玉米能吃多少日子，买成布能做多少衣裳，买成柴能烧多少个月……而现在，他指着在生疏地方惊慌不安的小牛犊，焦急万状地说：

“咱要这个软囊囊的东西，做啥哩嘛？”他抖擞着两只瘦长的手。可怜的穷老汉简直活不下去了。

宝娃妈坐在拆过三间房但是依然保留着丸石的台阶上，哭起来了。她拿起衣襟揩着眼泪，想到家境的穷困，想到自己带来的儿子惹继父难受，想到儿子刚出世面就不稳当，她忍不住为自己的不幸的命运落泪……

但是，宝娃不慌。他甚至很自信，嘲笑地看着娘老子庸人自扰的样子。梁三老汉冲到榆树跟前解牛犊，要去找吕老二悔退。宝娃挡住他。充满自信心的小伙子，这才把自己和继父不同的算账方法，告诉了老汉。

“爹！你那是个没出息的过法，”小伙子口气很大地笑着，一只手握住缰绳疙瘩不让老汉解，“照你的样子，今辈子也创不起业来。熬长工的人嘛，要攒多少年，才有买一条大牛的钱呢？这牛犊几块钱，叫俺妈用稀米汤喂上。大了点，你就从渠岸上割草喂它。几年以后，咱就有大牛了。”

几句话说得老汉松了手。小家伙原来是打着种庄稼的主意啊！

“活得了吗？”老汉惶恐地问。

“死了拉倒。这才几个钱。你年轻时，不是说大牛也死过两条吗？”

老汉低了头，羞愧难当地走开了。他一时窘得不知道到哪里去，做什么。他心里惭愧自己光是体力强壮，一辈子牲口一般掂重东西，心眼却远不如这个刚出世面的小伙子灵巧哩。

宝娃妈见老伴不再抱怨了，揩了眼泪，换了笑脸……

又过了三年。雄心勃勃的宝娃果然做好了种庄稼的一切准备——陆陆续续从下堡村破产的农户手里，拾便宜置买下几样必要的农具。小伙子又在土围墙里老草棚屋对面，搭起两间稻草棚棚。里间盘了炕，他自己睡，外间盘了槽，拴着那头已经长大、引起许多人羡慕和嫉妒的大黄牛。梁三老汉喜欢不尽。宝娃妈到蛤蟆滩的第五个年头生了一个闺女，这时已十多岁。老汉实践诺言，把小闺女定亲出去，拿她的财礼给宝娃买下个童养媳妇——一个穷佃户的十一岁闺女。从那时起，宝娃就随继父姓，按豆腐客梁大的两个儿子是“生”字辈，起了官名叫梁生宝。他成了大人了……

梁生宝创家立业的锐气比他继父大百倍！他头一年就租下吕老二的十八亩稻地，并且每亩又借下二斗大米来买肥料——油渣或者皮渣。小伙子和老汉破命干了一年。在最紧忙的夏天，生宝从地里回来，要蹲在铺着被儿的炕上吃饭，要不然吃饭中间一瞌睡，碗就掉在地上打碎了。

梁三老汉从稻地里泥脚泥手爬出来，躺在渠岸的青草上，没力气回家，生宝回到家里叫他妈提饭去给老汉吃。可怜的梁三老汉啊，他担心有人夜里扒开水口，偷放走他稻地里的水，通夜就在渠岸的青草上睡觉哩。无情的蚊子把老汉的脸、胳膊和腿都叮肿了。但是老汉经常是一声不吭地干活，有时候脸上还露出幸福的快乐的笑容，在人们中间以自己重新变成一个庄稼人为无上光荣。为了少拉些账债，这家人狠住心一年没吃盐、没点灯……秋天，在拆掉三间房的地方，在榆树东边靠老草棚屋的一角，稻草垛堆得比草棚屋还高；但是可惜得很，他们从黄堡镇买了席片，却没有扎装稻谷的席囤子。交过地租，还过肥料欠债（一斗大米还一斗四升），剩下的被下堡村大庙里头的保公所打发保丁来装走了。生宝他妈趴在街门外土场上的碌碡上，放声大哭。生宝的妹子和童养媳妇见她哭，也跟着大声号叫，好像送葬一样，送走了剩余的稻谷。生宝拧着浓黑眉，噘着嘴，多少日子一句话也没有。任谁也问不响他一句。他变成哑巴了。

梁三老汉弯着腰，跟在生宝屁股后头喃喃着。

“宝娃，甭难受哩！头一年，这是头一年，咱家没底底。忍耐些吧，种几年庄稼以后就好了。”

“种几年？这么多人，吃啥哩嘛？”生宝凶极了。

“吃啥哩？俗话说得好：借得吃，打得还，跟上碌碡吃几天。要不，怎么办呢？该比熬长工强吧？多得些柴火。”

好吧！有什么办法呢？总比睡在财东马房里强！生宝渐渐松开了浓眉，重新干起活来。

又过了两年，梁生宝被拉了壮丁。梁三老汉坚定地卖了大黄牛，赎他回来。为了避免再一次被拉走，打发生宝钻了终南山。十八亩稻地退还了吕老二，改租给旁人了。这是命运的安排，梁三老汉既不气愤，也不怎么伤心，好像境况的这一发展是必然的一般，平静而且心服。看破红尘的老汉，要求全家人都不必难受。他认为和命运对抗是徒然的。

再也听不见牛叫的草棚院里，老汉、老婆、闺女和童养媳妇，靠着梁生宝不定期地从终南山里捎回来的钱，过着饥寒光景。老两口头上都增添了些白头发，他们显得更加和善、更加亲密了。他们没有什么指望，也没有什么争执，好像土拨鼠一样静悄悄地活着。生宝他妈领着闺女和童养媳妇两个十三四岁的女孩儿，春天在稻地南边的旱地里去挖野菜，夏天到北原上捡麦穗，秋天在庄稼路上扫落下的稻谷，冬天在复种了青稞的稻地里拾稻茬。人们赞美这对老夫妻，灾难把他们撮合起来，灾难使他们更和美。梁三老汉忌了旱烟，拄了棍，咳嗽着，哼哼唧唧，喉咙里呼噜噜地响着永远咳不完的痰，喘息着。生宝他妈给老汉轻轻地捶着鼓起来的干瘦脊背。她常常用她那当年曾经漂亮的而现在满被密密的皱纹包围起来的眼睛，忧愁地盯着老伴，问：

"生宝他爹，你觉着怎么样呢？"

"我，死不下的。我，哼哼，吭！吭吭！"一阵难以遏止的咳嗽……

他们再也不提创家立业的事了。

二十年过去了。

一九四九年的夏天，汤河上出现了一九二六年军阀刘镇华围西安以来最大的兵荒马乱。下堡村的人，纷纷收拾北原崖上的暗窑。蛤蟆滩的人，家家户户在院里外人不容易察觉的地方挖地洞。让小伙子和年轻妇女在里头躲藏起来吧！不得了，风声险恶极了。说渭河以北溃退下来的国民党军，见东西就拿，见小伙子就拉，见年轻女人就要糟蹋。阿弥陀佛！他们的末日终于到了！在北原那边，沿陇海铁路和县城的方向，大炮响了几天了。有一天夜间，下堡村、黄堡镇和蛤蟆滩，所有的狗直叫了一夜。梁三和他老婆把闺女和童养媳妇藏起来，老两口蜷曲在草棚屋里，通夜也没合过眼皮。他们听见汤河北岸的马路上，人声、牲口声和车辆声不断，却不敢出街门外去看一看。第二天早晨，汤河两岸死一般地沉寂，没有一个人影。到吃早饭的时候，有人来敲街门，吓得全家人哆嗦，出去到院里一听，原来是梁生宝不知从什么地方跑回家来了。他眉飞眼笑，高兴地跳着，大声喊道：

"解放啦——"

“啥?”

“世事成咱们的啦——”

“啊?”

梁三老汉迷迷瞪瞪，无论如何不能理解生宝的话。后来，他看见生宝在蛤蟆滩和下堡村满世界跑来跑去，大喊大叫，说一些在他看来是过分大胆的话，他心下很是不安。过了些日子，有一天，生宝从下堡村过汤河来回家吃饭的时候，竟然背一杆亮堂堂的长枪——不是人们在终南山里打野猪、狗熊和豹子的土枪，而是从前拉生宝壮丁的那些人背的那种快枪。梁三老汉看见这东西，心突突地直跳，不让生宝拿进草棚屋里去。

“你背它做啥?”

“我是民兵队长!”生宝宣布，给老两口解释了一阵组织民兵的必要性，同时用权威人士的口气，告诉他们将要发生一连串重大的变化，一直到把下堡村杨大剥皮和吕二细鬼的土地分掉……

“呵！共产党这么厉害？还敢惹他两个……”

果然，第二年冬天，给梁三老汉分下十来亩稻地。老汉如同在梦里一般，晃晃悠悠多少日子。他的老脑筋怎么也转不过这个弯儿来。他曾经日谋夜算过：种租地，破命劳动，半饱地节省，几分几分的置地，渐渐地、渐渐地创立起自己的家业来。但是，他没有办到；生宝比他精明些，也没有办到。而现在，人们只要告诉他一声，十来亩稻地就姓梁了。

在土地改革的那年冬里，梁三老汉在他的草棚院里再也蹲不住了。他每天东跑西颠，用手掌帮助耳轮，这里听听，那里听听。他拄着棍子，在到处插了写着字的木橛子的稻地里，这里看看，那里看看。他那灰暗而皱褶的脸皮上，总是一种不稳定的表情：时而惊喜，时而怀疑。老婆嫌他冒着冬天的冷风在外头乱跑，晚上尽咳嗽一夜；但她稍不留意，草棚院就找不见老汉的影子了。她跑出街门，朝四外瞭望，果然，那罗锅腰的高大身躯，孤零零地站在空旷的稻地中间。

老婆追到他跟前，拉他回家。

“不！”他坚决地说，挣扎脱袖肘，“我在屋里蹲不住嘛。”

“你站在这里做啥呢？”

“我，看一看……”他的一只长胳膊朝周围的稻地一晃，神神气气。

“这里有啥看头呢？都分给大伙了。”

“分给大伙了，我看一看嘛……”

“你这是怎哩？身上哪里不舒帖吗？”

“身上不怎。”

“那么是为啥？看你这些日子呆得很……”

“没啥。”

“没啥你也甭乱跑了。”

生宝他妈死赖也把老汉拉不回草棚屋去。常常天黑严了，老汉还在分给他的地边上蹲着，好像骇怕地里的土块被人偷走似的。

过了些日子，老汉从外头回到草棚屋，感慨地叹息着，才对老婆说了真心实话。

“生宝他妈，我心里麻乱得慌。”

“为啥？这不好过日子了吗？”

“我老是觉着不是真的，好像在梦里头哩。我跑出去一看，那些木橛还在稻地里插着哩。”

生宝他妈忍不住笑。

“你真老傻了！这些东西，”她指着从下堡村分回来的蓝瓷瓮、独铧犁和小木柜，说，“这些东西不是在这里吗？你甭下炕，仰头就能看见，何用你拄上棍东跑西颠呢？”

“能看见。是能看见。可是地，我怕地，地当紧哪！”

有一天，生宝回家吃毕饭，忙着要过汤河，到下堡村大庙的乡政府去开会。老汉却叫住他。

“宝娃，我问你一句话，你说那十来亩稻地……”

“说啥快说！”生宝一只脚在门里头，另一只脚已经跷在门外，“我忙着呢。”

“我是说：那十来亩稻地，一粒租子都不用拿吗?”

“给谁拿呢？地主的契约都架起火烧了！”

“乡政府也不问咱要吗?”

“你老糊涂了！要告诉你多少遍才信呢?”

“那么，照你说，那些地就完完全全成咱的了吗?”

“嗯啊……”

“你甭走，生宝，你甭走，说清楚。”老汉追出门，拉住已经走到街门口的生宝，“有啥凭据吗？俗话说得好，‘地没契甭种’……”

“你急啥？过年就要发土地证。”

“明白啦！宝娃，好哇！干哪！”老汉隔着街门，朝着在草路上向汤河边走去的生宝，大声吼叫着。

仿佛有一种莫名其妙的精力，注入了梁三老汉早已干瘪了的身体。他竟竭力地把弯了多年的腰杆，挺直起来了。到了春天，好像气喘咳嗽的病也见轻了些。他丢了棍子，满草棚院忙乱着。他从黄堡镇上买了人们从终南山里割的灌木条子，自己编了一个长系子的笼子。见天清早，天不亮他就出去，在从城里到黄堡的公路上拾粪。他脑子里转动着下堡村那些富裕庄稼院给他的自足的印象。

有一天，梁三老汉在睡梦中忽然间恍恍惚惚觉得：他似乎不住在草棚院里，而住在瓦房院里了。过了一刻，他的这种模糊的感觉，才更加明确起来：不是别的地方，就是他早年拆掉的那三间房，现在重新盖起来了。那一东一西的稻草棚棚，现在也换成瓦顶的东西厢房了。啊啊！这是一座三合院嘛！

噢噢！梁三老汉现在是一个三合头瓦房院的长者了。穿着很厚实的棉衣裳，腰里结着很粗壮的蓝布腰带。暖和倒暖和，行动起来却有些笨手笨脚，怪不灵便的。但是有什么办法呢？儿子和媳妇给自己做下了嘛！为了不辜负他们的一片孝心，只好穿得像一个客人一样，在院子里走出来走进去。

“你们有孝心，我有疼心！”梁三老汉忠厚地想着，更带劲地干着庄稼院永远干不完的杂活。

后院里是猪、鸡和鸭的世界。前院，马和牛吃草的声音很响。管理着所有的家畜和家禽，对梁三老汉来说，活儿已经不轻了。但他不把这当作劳动，而把这当作享受，越干越舒服。猪、鸡、鸭、马、牛，加上孩子们的吵闹声，这是庄稼院最令人陶醉的音乐。梁三老汉熟悉这音乐，迷恋这音乐。

但是当他醒来的时候，他依然睡在破草棚屋的炕上……

“生宝他妈，”在闺女和童养媳都不在场的时候，他笑眯眯地附耳告诉老婆，“我给你说句话，你可别给外人狂言乱语啊！”

“啥话？看你偷声细气的样子！”

“我说，拿咱宝娃种吕老二那十八亩稻地的那股劲头，你看吧，有咱老两口的好日子过呀！光咱两口子说话，你信不信？”

生宝妈亲热地笑着，望望老汉，用她有皱痕的脸上幸福的表情，回答了他。

“告诉你吧！用不了多少年，我年轻时拆了的那三间房就新盖起了。稍有办法，就不盖草房了。要盖瓦房！咱老两口住不到新瓦房里去，我就是死下也闭不上眼睛。”老汉非常动感情地说，在胡子丛丛的嘴唇上，使着很大的劲儿。

“也甭说得那么硬，做着看吧！”老婆笑说。

“不！办得到的，必定！咱宝娃必定办到……”

……但是，又过了一年，梁三老汉失望地得出了新的结论：生宝创立家业的劲头，没有他忙着办工作的劲头大。发了土地证，庄稼人都埋头生产，分地户都专住心发家的时候，有些村干部退了坡；而生宝特别，他比初解放的时候更积极，只要一听说乡政府叫他，撂下手里正干的活儿，就跑过汤河去了。

梁三老汉独独地站在那里，奇怪起来：为什么那样机灵的小伙子，会迷失了庄稼人过光景的正路？小伙子红腾腾的脸盘，那浓眉大眼，那下嘴唇略微肥厚一点显着很忠厚的模样，和从前是一模一样的，只是他的心变了。种租地立庄稼时的那个心，好像被什么人挖去了，给他换上一个热衷于工作的心。他的行动渐渐地惹梁三老汉生气。有时候，梁三老汉也疑心：大约是对那又瘦又小、多病的童养媳妇不满意吧？老汉在生宝晚上出去的时候，偷偷地远远地跟在后边，注意他是不是往名声不好的女人翠娥草棚屋钻。不是的，小伙子直端向开会的地方走去了。坏了！梁三老汉没防备儿子这几年在外头接受了另外的教导，他已经对发家淡漠了，而对公家的号召着了迷。

当听说生宝入了党的时候，老汉受了最大的震动，在炕上躺了三天。

"哎，宝娃，咱入它那个做啥？咱种庄稼的人，入它那个做啥嘛？咱又不谋着吃官饭，拿开会当营生哩？有空儿把自家的牲口饲弄肥壮，把农具拾掇齐备，才是正事啊。赶紧退党去吧，傻瓜！"

他得到的回答，却是满脸从心里往外乐的笑容。

"你那是个没出息的过法！"小伙子用十几年前买吕老二的牛犊时同样的话回答他，口气比那时更大、更傲。

"不是亲骨肉，就是这！"老汉难受地使劲咽了口唾沫水。

后来，那个可怜的童养媳妇终于死了。一大串一大串的眼泪从梁三老汉灰暗而皱褶的老脸上滚了下来，用树根般粗糙的手揩也揩不及。这不是童养媳妇，这是他的闺女。在梁生宝钻终南山的那几年，在严寒的冬天，在汤河边上的烂浆稻地结冰的那些日子里，梁三老汉和老婆、闺女、童养媳妇，四个人盖一块破被儿。是他衰老的身上的体温，暖和着那个孱弱的小女孩的。她不把他当阿公，而当作亲爹。一块石头在怀里揣三年还热哩！在死者入殓的时候，老汉趴在炕边号啕大哭，哭得连旁人都伤了心，背过脸用指头抹眼泪；心肠铁硬的生宝，只是怜悯地看看死者，悲怆地叹口气。他和她没有多深的关系，他们在一块的时间很少。他觉得，和那个可怜人在一块胡来，简直是犯罪。

埋葬了媳妇以后，梁三老汉掏出心来劝过生宝一回。

"宝娃，爹对不住你。爹没能耐，过不好光景，没给你占下好媳妇。这陈旧话休提了，你赶紧瞅你的对象结亲吧。你这时活到人面前了，有人跟你啦。结亲吧，结亲吧，结了亲，好好过咱的光景吧！……”

但是，他这一番热切的话，好像给汤河滩的石头说了一样。一九五三年的春天，梁生宝的劲头比从前更大，把自己完全沉湎在互助组的事务里去了，做出一些在旁人看来是荒唐的、可笑的、几乎是傻瓜做的事情。生宝他妈有时也疑惑儿子是不是有些冒失，但她却不和老汉一同阻止儿子，有时甚至护着儿子。老汉看见她那早已灰暗了而现在重新容光焕发起来的脸上，带着喜欢生宝的笑容，心里就憋了气。起名叫梁秀兰的闺女，已经十九岁了，在下堡小学念四年级，也站在她哥的一边说话，这更伤了老汉的心。

于是梁三老汉草棚院里的矛盾和统一，与下堡乡第五村（蛤蟆滩）的矛盾和统一，在社会主义革命的头几年里纠缠在一起，就构成了这部“生活故事”的内容……

第一部
上卷

第一章

早春的清晨，汤河上的庄稼人还没睡醒以前，因为终南山里普遍开始解冻，可以听见汤河涨水的呜呜声。在河的两岸，在下堡村、黄堡镇和北原边上的马家堡、葛家堡，在苍苍茫茫的稻地野滩的草棚院里，雄鸡的啼声互相呼应着。在大平原的道路上听起来，河水声和鸡啼声是那么幽雅，更加渲染出这黎明前的宁静。

空气是这样的清香，使人胸脯里感到分外凉爽、舒畅。

繁星一批接着一批，从浮着云片的蓝天上消失了，独独留下农历正月底残余的下弦月。在太阳从黄堡镇那边的东原上升起来以前，东方首先发出了鱼肚白。接着，霞光辉映着朵朵的云片，辉映着终南山还没消雪的奇形怪状的巅峰。现在，已经可以看清楚在刚锄过草的麦苗上，在稻地里复种的青稞绿叶上，在河边、路旁和渠岸刚刚发着嫩芽尖的春草上，露珠摇摇欲坠地闪着光了。

梁三老汉是下堡乡少数几个享受这晨光的老人之一。他在天亮以前，沿着从黄堡通县城的公路，拾来满满一筐子牲口粪。他回来把粪倒在街门外土场里的粪堆上，女儿秀兰才离开暖和的被窝，胳膊上挂着书兜，一边走着，一边整理着头发夹子，从街门里出来，走过土场，向汤河边去了。老婆也是刚起来，在残缺的柴堆跟前扯柴，准备做早饭。

梁三老汉提着空粪筐走进小院，用鄙弃的眼光，盯了梁生宝独自住的那个草棚屋一眼。他迟疑了一刻，考虑他是不是把这位“大人物”叫醒来；但是在生宝的草棚屋背后那个解放后新搭的稻草棚棚里，独眼的老白马大约听见老主人的走步声了吧，咴咴地叫着，那么亲切。老汉终于忍住一肚子气，把粪筐气狠狠地丢在草棚屋檐底下的门台上，向马棚走去了。

过了一刻，老汉手里换了长木柄笊篱，重新出现在街门外的土场上。他开始摊着互助组锄草时捡回来的稻根。这是他套起独眼老白马，拽着碌碡碾净土的，再晒两天就晒干了。晒干了好烧啊！

“睡着吧，梁老爷！睡到做好早饭，你起来吃吧！”老汉在心里恨着生宝，“黑夜尽开会，清早不起来，你算啥庄稼人嘛？”

生宝黑夜什么时候从外头回来，他不知道；老汉为了给独眼白马添夜草方便，独自睡在马棚的一角砌起的小炕上。他脑里思量：“我让你小子睡在干净的草棚屋里，你小子还不给我过日子？常就这个样子，看我常给你小子当马夫不？”

“梁三叔，秀兰上学走了没？”

老汉抬起头，是官渠岸徐寡妇的三姑娘改霞。啊呀！收拾得那么干净，又想着和什么人勾搭呢？老汉心里这样想。

“走了。”他低下头才说，继续摊着稻根，表示不愿意理睬她。

徐改霞轻盈的脚步，沙沙地从土场西边的草路向汤河走去了。

老汉重新抬起头来，厌恶地眯缝着老眼，盯盯那提着书兜、吊着两条长辫的背影。然后，他在花白胡子中间咕噜说：

“你甭拉扯俺秀兰！俺秀兰不学你的样儿！你二十一岁还不出嫁，迟早要做下没脸事！”

这徐改霞，她爹活着的时候，把她定亲给山根底下的周村。解放那年，人家要娶亲；她推说不够年龄，不嫁。等到年龄够了，她又拿包办婚姻作理由不去，一直抗到二十一岁。不久以前，政府贯彻婚姻法的声浪中，终于解除了婚约。在梁三老汉看来，只有坏了心术的人，才能做出这等没良心的事来。他担心改霞会把他的女儿秀兰也引到邪路上去。秀兰的未婚女婿在解放那年参了军，眼下在朝鲜，想着早结婚，办得到吗？

老婆从白杨树林子中间的泉里汲了一瓦罐水，顺墙根走过来了。正好！

“我说，你！……”老汉开了口，望着终南山下散布着大小村庄的平原，努力抑制着怒火。

老婆见老汉两道眉拧成一颗疙瘩，惊讶地放下水罐站住了。

“啥事？又把你恨成那样子……”

“我说，你！”老汉提高了声音，已经开始凶狠起来了，“我说，宝娃你管不下，秀兰你也管不下？”

“秀兰又怎了？”

“我并不是和你拍闲啦啦哩！老实话！秀兰可是我的骨血哇！是我把她定亲给杨家的。眼时我还活着哩！不许她给我老脸上抹黑！”

“摸不着你的意思……”

“告诉秀兰！少跟徐家那三姑娘扯拉！”

“噢啊！”老婆这才明白地笑了。事情并不像老汉脸上所表现出来的那么严重。她那两个外眼角的扇形皱纹收缩起来，贤惠地笑了，“退婚不是啥病症，能传给咱秀兰吗？”

“你甭嘴强！怕传得比病症还快！”

“秀兰变了卦，你问我！”

“到问你的时光，迟了！”

“那么怎办呢？她和人家上一个学堂……”

“干脆！秀兰甭上学啦！”

“你说得可好！杨明山在朝鲜立了功，当了炮长。正月间，大伙敲锣打鼓上他家贺喜，你听说来没？往后朝鲜战事完了，人家从前线回来，嫌咱闺女没文化，这就给你的老脸搽上粉啦？是不是？”

老汉有胡子的嘴唇颤动着，很想说什么话，但肚里没有一个词句了。他干咳嗽了一声，重新伸出笊篱摊稻根了。在老婆进了街门以后，他停住了手，呆望着被旭日染红了的终南山雪峰，后悔自己不该拿这事起头，他应该直截了当提出生宝清早睡下不起的事来。他抱怨自己面太软，总不愿和生宝直接冲突，其实，就算他在党，他还能把老人怎样？

梁三老汉摊完了稻根的时候，早晨鲜丽的日头，已经照到汤河上来了。汤河北岸和东岸，从下堡村和黄堡镇的房舍里，到处升起了做早饭的炊烟，汇集成一条庞大的怪物，齐着北原和东原的崖沿蠕动着。从下堡村里传来了人声、叫卖豆腐和豆芽的声音。黄堡镇到县城里的马路上，来往的胶轮车、自行车和步行的人，已经多起来了。这已经不是早晨，而是大白天了。

老汉走进小院，把笊篱斜立在草棚屋檐下。他朝着生宝住的草棚屋，做出准备大闹特闹的样子站定了：

"日头照到你屁股上了！还不起来吗？梁伟人！"

屋里没一点动静。

"预备往天黑睡吗？"他提高了嗓音。

"你那是吆呼谁呢？"老婆在旧棚屋烧着锅问。

"咱的伟人嘛！谁能睡到这时不起呢？"

老婆手里拿着拨火棍，走到门口，忍不住笑。

"你掀开门看看，宝娃还在屋里不？"

老汉掀开门一看，果然，炕上只剩了一个枕头，连被子也带起走了。

"到哪里去了？"老汉转过身来气呼呼地问，"县里开罢会还没一月，又到哪里去了？"

"你不知道吗？"老婆笑着说，"区委上王书记在咱家住了那么些日子，帮助互助组订生产计划。你没听说今年要换另一号稻种吗？他到郭县买那号稻种去了……"

"啥时候走的？"老汉从他紧咬的牙缝里问，气歪了脸。

"你拾粪不在的时光。"

"为啥不和我说？"

"他说他和你说了……"

“说了！说了！说了我不叫他去嘛！你为啥叫他走了哩？啊？你母子两个串通了灭我老汉啦？我是你们的什么人哇？是你们雇的伙计吗？你娘母子安的啥心眼哇？……”

老汉大嚷大叫，从小院冲出土场，又从土场冲进小院，掼得街门板呱嗒呱嗒直响。他不能控制自己了，已经是一种半癫狂的状态了。生宝不在家，正好他大闹一场。再没有这样好的机会了！

“不行！”他甚至在街门外的土场上暴跳起来，“只要我梁三还有一口气活着，不能由你们折腾啊！老实话！”他又跳了一跳。

老婆衣襟上沾着柴枝，手里拿着拨火棍，慌了。她看出老汉这些日子总是噘着个嘴不高兴，但是她还没想到：老汉会为这事爆发得这样厉害。老汉一口一声“你们”，这是把她和儿子一样看哩。但她还是努力忍耐着，试图使老汉平静下来。

“你甭这么闹哄吧！他爹！”她尽量温和地说，“我常给生宝说哩，叫他甭惹你生气。他说，他就是把嘴说破，你的老脑筋还是扭不过弯儿来嘛。他说，只要他做出来了，你看见事实了，那你就信服他了。我个屋里家，能懂得多少呢？你这个闹法，不怕人家笑吗？”

“做出来了？白费劲！”老汉向着汤河北岸的下堡村，大声吼叫着，好像他是对那里的八百多户人说话一样，“谁见过汤河上割毕稻子种麦来？听说过吗？……”

老汉看也不看老婆，把后脑壳给她。但老婆仍然解劝：

“就是没见过嘛！可是王书记看咱宝娃为人民服务热心，叫他领带的互助组试办哩。他是个党员，怎能不遵？”

“他为人民服务！谁为我服务？啊？”老汉冲到老婆面前来了，嘴角里淌出白泡沫，瞪着眼睛，咬牙切齿地质问。“三四岁上，雪地里，光着屁股，我把他抱到屋里。你记得不？你娘母子的良心叫狗吃哩？啊？我累死累活，我把他抚养大，为了啥？啊？”老汉冤得快哭起来了。

好像一个什么尖锐的东西，猛一下刺穿了生宝妈的心窝。她瞪着眼睛惊呆了。随后，她哇一声哭了。她丢开吵闹的老汉，冲进街门，趴到草棚屋的炕沿上，呜咽啜泣去了。老汉第一次在不和的时候，拿二十几年前的伤心事刺她，她怎么也忍不住汹涌的眼泪啊！

梁三老汉在街门外面，破棉袄擦着泥巴墙蹲下来了。现在，他不再吵闹了。但他还在生气，扭着脖子，歪着戴破毡帽的头。

邻居们被他的吼叫声召集起来了。任老四和他的婆娘，死去的任老三的寡妇和儿子欢喜，还有早先瞎了眼的王老二的老婆，儿子拴拴和媳妇素芳……纷纷丢帽落鞋地向梁三老汉的草棚院里奔来劝架。早已创起家业的梁大老汉，已经有十来年不卖豆腐了；当两个儿媳妇向这草棚院跑的半路上，头发和胡子斑白了的秃顶老汉，叫住了她们。

“你们跑去做啥？”土改中被划为富裕中农的梁大老汉挺神气地说，“那草棚院往后吵嘴干仗的日子多哩！你们见天往那里跑呀？你三叔是把白铁刀，样子凶，其实一碰就卷刃了。他要是真残刻，管不下个生宝?！甭去哩！回来！”

姓任的几家女人们跑进草棚屋安慰生宝他妈去了。男人们在街门外面围住梁三老汉劝解。

“咳！你们这是为啥嘛？”也是跑终南山压弯了水蛇腰的任老四，大舌头嘴里溅着唾沫星子说，“三哥！老都老了，干起仗来了？咳！咳！……”

“三叔，”十七岁的欢喜在梁三老汉面前蹲下来，把心掏出来安慰，“三叔，你甭生那大的气嘛！”

“咳！老都老了，为啥……”四十几岁的任老四弯着水蛇腰，异常地焦急。他肚里一片好心肠在翻滚，就是嘴不会说话。

梁三老汉蹲在地上，挠勾着脖子，气愤地往土地上唾着白泡沫，一声不吭。他对这些人也反感。他们都是梁生宝互助组的基本人。他们土改后光景依然困难，仗着互助组扶帮着做庄稼哩。他早就明白：他的儿子生宝，现在是为他们的光景奔忙哩……

在春季漫长的白天，蛤蟆滩除了这里或那里有些挖荸荠的和掏野菜的，地里没人。雁群已经嗷嗷告别了汤河，飞过陕北的土山上空，到内蒙古去了。长腿长嘴的白鹤、青鹳和鹭鸶，由于汤河水浑，都钻到稻地的水渠里和烂浆稻地里，埋头捉小鱼和虫子吃去了。

日头用温暖的光芒，照拂着稻地里复种的一片翠绿的青稞。在官渠岸南首，桃园里，赤条条的桃树枝，由于含苞待放的蓓蕾而变了色——由浅而深。人们为了护墓压在坟堆上的迎春花，现在已经开得一片黄灿灿了。

春天呀，春天！你给植物界和动物界都带来了繁荣、希望和快乐。你给咱梁三老汉带来了什么呢？

他现在独自一个人，枕着自己的胳膊，躺在官渠岸南边大平原的麦地里，不知道应该怎么办。他没有吃早饭，肚里也不饿。他一口又一口咽着自己的唾沫水，润湿着干枯的喉咙。

他躺在松软的黄土和柔嫩的麦苗上，手里不停地把土块捏面。他仰望着无边蓝天上，几朵白云由东向西浮行。一只老鹰在他躺的地方上空盘旋，越旋越低。开头，老汉并不知觉，后来老鹰增加成四只、五只，他才发觉它们把他当作可以充饥的东西了。

“龟子孙们！我还没死哩！”他坐起来，愤怒地骂道。

老鹰们弄清楚他是个活人，飞到别处觅食去了。

梁三老汉是无目的地跑出来，躺在田地里的。他想到什么地方去，和什么人在一块蹲一蹲，把窝在心坎的郁闷倒一倒，然后再回家去。但他这样躺了好久，还想不出他该到哪里去找谁，才不至于惹人笑。家丑不可外扬呀！

他本来没准备提二十几年前的伤心事。那些关于老婆和生宝进他门的伤感情的话，是他由于愤怒失去了理智的一刹那，冲口说出来的。刺痛了老婆的心，他才悟到不该提那层事；揭别人的疮痂，不管关系怎么深，都是不好的。但他和老婆闹仗，他并不后悔。这是他蓄谋好久的，一直在瞅着一个适当的时机爆发。他想：他一闹，让生宝的亲娘扯他的腿，比他和养子直接冲突要好些。但是他的一句过火的话，惹得老婆哭哭啼啼，他恨自己的愚鲁，没有自制力。

一阵噼噼啪啪的鞭炮声，在官渠岸的小巷里爆发了，惊动了梁三老汉。

“噢噢，架梁啦！”老汉在麦地里坐起来，用手齐眉搭起棚瞭望着，情不自禁地开口说，“架梁啦！架梁啦！蛤蟆滩又一座新瓦房……”

他想：“我也到那里去看看……”

稻地的南边有一条主渠，所有下堡村对岸的稻地用水，都从这条渠里来，所以叫作官渠。官渠南岸是旱地，地势比稻地高，有四五十户人家沿渠岸形成一条小街，人们按地势叫作官渠岸。解放后，人民政府把散布在稻地里的从各村移来的四十来家佃户和贫农，同这官渠岸划成一个行政村，属下堡乡所管，列为第五村。

盖房的是富裕中农郭世富，是梁三老汉顶羡慕的人。那弟兄三人当年跟老郭从下堡村西边的郭家河，移住到这蛤蟆滩来，在财东家的地上打起四堵土墙，搭成个能蔽风雨的稻草庵子，就住下来了。现在人家是二十几口人的大家庭，几十亩稻地的庄稼主，在三合头瓦房院前面盖楼房了。前楼后厅，东西厢房，在汤河上的庄稼院来说，四合头已经足了。梁三老汉几十年来只梦想能恢复起他爹盖的那三间房，也办不到呀！

啊呀！多少人在这里帮忙！多少人在这里看热闹！新刨过的白晃晃的木料支起的房架子上，帮助架梁的人，一个两个地正在从梯子上下地，木匠们还在新架的梁上用斧头这里捣捣、那里捣捣，把接缝的地方弄得更合窍些。中梁上挂着太极图，东西梁上挂满了郭世富的亲戚们送来的红绸子。中梁两边的梁柱上，贴着红腾腾的对联，写道“上梁恰逢紫微星，立柱正值黄道日”，横楣是“太公在此”。这太极图、红绸子和红对联，贴挂在新木料房架上，是多么惹眼，多么堂皇啊！戴着毡帽的中年人和老年人的脑袋，戴着黑制帽和包头巾的年轻人的脑袋，还有留发髻的、剪短发的和梳两条辫的女人们的脑袋，一大片统统地仰天看着这楼房的房架。梁三老汉把自己穿旧棉衣的身体，无声无息地插进他们里头，没有引起任何人的注意，连他左右的人也没扭头看看新来了什么人。他在大伙中间，仰起戴破毡帽的头看着。

现在，木匠们把斧头或推刨插进腰带里，也从梯子上下地了。郭世富、世运和世华弟兄三人，分头邀请匠工们、送礼的亲戚们和帮忙的邻居们，到后院里入席；从那里发出来煮的和炒的猪肉的香味，强烈的、醉人的烧酒气味。人群中发生了紊乱。大部分看景的人走开了，有一部分人被事主家拉住了，不让走。许多人推说要等第二轮坐席，让匠工和亲戚先坐，因为他们有的要做活，有的要回家。

那是富农姚士杰，生得宽肩阔背，四十多岁的人像三十多岁一般坚实，穿着干净的黑市布棉衣，傲然地挺着胸脯站在那里。他的一双狡猾的眼睛，总是嘲笑地瞟着看景的人。他那神气好像说："你们眼馋吗？看看算啰！甭看共产党叫你们翻身呢，你们盖得起房吗？"梁三老汉从姚士杰的脸上看得出：富农是这个意思。准是这个意思！一点不错！他知道姚士杰这人，不管面上装得多老实、多和善，心里总是恶狠的。姚士杰他爹活着的时候，就是这样的。人不离种子！

啊！那是郭振山！多大汉子高耸在人群中间，就像仙鹤站在小水鸟中间一样，洪亮的嗓音在和聚在他周围的人谈论着什么。他是村里的代表主任、四九年的老共产党员，在村里享有最高的威望。梁三老汉知道：郭振山和姚士杰是这村里的一对厉害公鸡，经常在一块斗的。解放前，郭振山斗不过姚士杰；解放后，姚士杰可斗不过郭振山了。在土改的当儿，富农有一阵子很服了软。但过后嘴虽不硬了，心里还是硬的。现在，这两个仇人一同在郭世富家做客了，而且都等着第二轮坐席。真是要强的人！

"你在你的党好哩！"梁三老汉在心里恭敬地对郭振山说，"你把俺生宝拉进党里头做啥嘛？俺生宝不是那种和人争气的人。你把他拉进去，叫我老汉怎弄哩？你弟兄三个，外头有人干事，屋里有人种地，你们积极得起啊！"但是老汉光在心里这样想，嘴里却不敢这样说。他在地多的人和能干的人面前，有一种难以克制的自卑感。

噢噢，郭二老汉也在这里！老天爷，他这么大年纪也从上河沿跑来看架梁！你看他头发胡子雪白，扶着棍站在那里。做了一辈子重活的人啊！腰像断了脊骨一样，深深地弯下去了。在稻地里的住户里头，梁三老汉最心服、最敬仰这老汉——当年从郭家河领着儿子庆喜来到这蛤蟆滩落脚，只带着一些木把被手磨细了的小农具：锄、镢头和铁锹……现在和儿子庆喜终于创立了家业，变成一大家子人了。郭庆喜贪活不知疲劳，外号叫“铁人”；又是个孝子，记住自己五岁离娘的苦处，见天给老爹爹保证二两烧酒，报答当年抚养的恩情。梁三老汉看见这个心好命也好的老人，想起养子生宝对自己的不孝敬来，冤得简直要落下泪来了。他凑到郭二老汉跟前去，这正是听他倾吐郁闷的适当的人。他老人家不会把别人的家务纠纷当趣话闲摆弄的。

没有受到邀请吃席的闲人们，由郭世富盖的这楼房，议论起村中的住宅情况：人们住在土墙稻草棚里，春天骇怕大风揭去棚顶的稻草，秋天又担心淫雨泡倒土墙。不知到什么年代，家家都能盖起瓦房就好了。但是怎么能打郭世富那么多稻谷呢嘛？根本不会有这样的事啊！要是家家都能像郭世富那样，套起胶轮车拉着稻谷到黄堡镇去粜，那就好了。谁有那么多地哪？要是每一株稻禾长得和柿树一样高大，收获时“稻树”底下铺上席，用长竹竿打，多好呢？笑话！梦想！简直是胡拉乱扯！说得太不着边际了！稻子怎么能长成树呢？

“哈哈哈……”十几个长胡子和不长胡子的嘴巴，大张着朝蓝天笑。

笑毕，有人发现梁三老汉和郭二老汉站在一块，互相问候着牙齿脱落的情况。有一个喜欢开玩笑的小伙子名叫孙志明，突然大声呼吁乱杂杂地站在街上的人安静下来，然后他像这个闲人会议的主持人一样，严肃地宣布：

“咱们大伙都甭乱嚷嚷哩。只有人家这老汉，”孙志明很不恭敬地用指头指着梁三老汉，“恐怕很快就要盖楼房啦！”

“哈哈哈……”人们又笑起来了。

一个恶作剧的中年人，丝毫没有一点敬老的自觉，竟然一声不响地走去，伸手一把抓住梁三老汉头上戴的旧毡帽。

“甭乱！甭乱！”梁三老汉双手按住帽子，央求着。

“不！放手！让大伙看看，你的脑袋到底比俺们平常人大多少。据说贵人头大，可是从来也没仔细看过……”

直至羞愧得梁三老汉红了脸，宣称要是再不放手就要破口，加上郭二老汉的劝教，那只无情地抓着毡帽的手才松开了。人们用各种眼光——有的同情、有的好笑、有的漠然——望着梁三老汉卑微地把自己的毡帽戴正。人们这样不尊重他，他也不怎么生气，因为他认为：只有像他哥梁大、郭二老汉他们一样创起业来，才能被人尊重。

郭二老汉垂着白胡子，气愤地斥责年轻人们：

"你们为啥欺负善老汉？"

"你还不知道吗？"孙志明，外号水嘴的那个小伙子，拍拍郭二老汉的肩头，说，"这几天，全村都在说梁生宝互助组的稀罕事哩。"

"啥梁生宝互助组？他们和老任家那几户，不是梁生禄是组长吗？"

"看！看！还是你在鼓里头蒙着哩嘛！"孙水嘴有声有色，滔滔不绝地说，"早撤换啦！头年子秋里，梁生禄还到城里开了一回丰产评比会，得回来一张奖状。梁大老汉说：'噢，给我看一看。'老汉接到手里，一眼没看，几把扯得粉碎，把梁生禄狠狠地训了一顿。从那以后，梁生禄就退后了。今年正月半头，就是梁生宝到城里参加的互助组长代表会……"

"噢噢！"郭二老汉不等孙水嘴说毕，对梁三老汉说，"我不晓得这过场……"

"头年子也是生禄应名，俺宝娃跑腿哎！"梁三老汉很难过地更正孙水嘴的叙述。

郭二老汉眨着白眉毛下边有皱纹的眼皮，盯着梁三老汉憋气的样子，安慰说：

"当组长就当组长嘛，俺庆喜不也当个互助组长吗？"

"看！看！你不出屋，简直是另一个世上的人啦！"孙水嘴忍不住大笑，"郭庆喜互助组哪里能和梁生宝互助组比哇？人家这时是全区的重点哩。梁生宝在城里开会时，应了窦堡区大王村县重点的挑战，回来就扩大了皂龙渠的冯有万、冯有义和从下堡村大十字搬过来的郭锁儿。三老汉！你们这阵统共是几户？"

"八……户……"

"你看！旁人三户五户的临时组能比吗？王大脑袋亲自帮助他们订生产计划……"

“哪个王大脑袋?”

“咱黄堡区的区委书记嘛！哪个脑袋有他大？……”

“啊呀！孙委员，”旁边有人讨厌地打断他，“叫你水嘴，可真没叫错呀！说开就不由你自己了！你见了王书记低头弯腰，像孙子一样，背后就叫人家王大脑袋哩!”

人们叫郭振山郭主任是尊敬，叫孙志明孙委员是嘲笑。

但是这个下堡乡五村的民政委员（当时，每乡五种委员会：民政、财粮、生产、文教、武装，每村一名委员。）显然不愿把话岔开。他只不好意思地笑了笑，脸也不红地继续说：

“郭二爷，人家订的生产计划，说出来能把你老汉吓死!”

“怎计划着哩?”

“每亩稻子均拉六百斤，一亩试办田要打一千斤。”

“拿人民斗说。”

“每亩二石四，试办田四石!”

“呀呀！我的天！时兴人真个胆子大!”郭二老汉转眼看看，梁三老汉气得鼓鼓，脸色苍白了，快要倒下去的样子。

“这还不算哪!”水嘴进一步说，“今年秋里割了稻子不种青稞，嫌那是粗粮……”

“种啥?”

“种麦!”

“哎咦！……地力和人力一样嘛，能背得起吗?”

“你愁啥?”孙水嘴说毕了故事，小鼻子小眼睛嘲笑地对着梁三老汉，“你愁啥？一亩地顶几亩地打粮食哩，你不盖瓦房，谁倒盖瓦房?”

梁三老汉狠狠地白了孙水嘴一眼，把后脑袋朝向他，心里咒骂道：“你是个龟子孙！你拿人家的难受开心！你这辈子寻不下对象！你老死熬你的光棍去吧！……”

人们重新纷纷议论起来了。有人说，梁生宝人年轻，做事没底底。另外的人说，县里夸奖他几句，他就脚跟离地了。也有人估计，他做不到的话，很可能犯法，因为据区委书记在村里讲话，“计划就是法律”……几乎一致的看法是：要是代表主任郭振山出头领导那样一个互助组，也许还有点门路；梁生宝不自量，等碰破了脑袋以后，他才知道铁是铁，石头是石头……

梁三老汉把全部注意力集中在耳朵上，逮住人们所说的每一句话。听了这些话，老汉多么寒心啊……

他的目光久久地停留在头发、胡子和眉毛都雪白了的郭二老汉的红光脸上。他奇怪：这个老人说话又慢，声音又低，他用一种什么方法教导儿子安分守己过光景的呢？他多么想参考参考旁人的训子方法。

“走！郭二叔！”梁三老汉亲切地要求，“到你屋里蹲一阵去。咱谈叙谈叙，好不好？”

“好嘛！你是个勤快人，平素请也请不到……”

第二章

“秀兰。”

“唔。”

“我，我，我问你个话。……”

“啥话？改霞，看你难开口成那样！”

徐改霞闺女情态的脸上，是人们想起了有趣事情的那种笑容。她一对大眼睛盯住梁秀兰，却不开口。

两个女学生是从下堡小学放了晚学回家的。现在她们肩膀擦肩膀，经过汤河边的草滩小径，向河上的独木桥走着。初春雨后的傍晚——白雪皑皑的秦岭奇峰，绿汪汪的关中平原，汤河平静的绿水和天边映红的晚照——这乡村里色彩斑斓的大自然美，更衬托出两个农家闺女的青春美。

“啥话？改霞，你快说嘛！看你的眼睛同锥子一样，还能钻到人心里去吗？”秀兰见她只笑不开口，觉得话里一定有蹊跷。

改霞终于笑问：“我问你：见天前晌，下了第三堂课，你到哪里去了？”

“我在教室里呀！”

“你在哪个教室里？”

“在俺四年级教室呀！”

“去吧！去吧！你魂灵也不在那里！你瞒得了我吗？秀兰！见天黄堡镇的乡邮过去的时候，你从学校的后门溜出去，到大十字做啥去了？”

“你尽瞎编！”秀兰嘴软地否认，开始有点脸红。

“瞎编？我注意你很有些日子哩！今儿可叫我捉住了。我悄悄跟在你后头，亲眼盯着你进了邮政代办所。你是不是等杨明山的信等急了？坦白！”

秀兰的紫糖色脸一直红到脖颈里。她是一个忠厚朴实的闺女，额颅像她妈，颧骨、嘴唇和鼻梁，都像梁三老汉。

“娃家！甭太急哩！”改霞继续取笑她，“你的信写去才个把月，人家在外国的战场上，回信没那么快！你想念他想念得急吗？告诉姐，怎么个滋味儿？……”

秀兰被撩逗得再也忍不住了。她转身，伸手就抓改霞。改霞早有戒备，跑开了。秀兰红着脸，牙咬住下嘴唇，带着被怒容掩盖不住的幸福笑容，猛追改霞。于是，提着书兜的两个女学生在河边草滩上跑起圈子来了。改霞笑得跑不动了，只好蹲下来。立刻，她觉得两条辫根子被小伙子一般有力的手扭住了。

“老实点不？嗯？”秀兰审问她的“俘虏”。

“老实……”改霞还是笑得说不成话。

“往后还敢瞎说不？嗯？”

“不敢……哩。”

直至改霞发誓绝不把秀兰这秘密泄露给旁人（如果泄露了，她是小狗），秀兰这才松了手。两个姑娘重新回到河边的草滩小径上。

改霞从心眼里偷偷羡慕秀兰：爱人是朝鲜前线立了战功的英雄，自己在家里安心得意学文化。有这样的爱人，大概走路时脚步也有劲，坐在教室里也舒坦，吃饭也香，做梦也甜吧？有这样的爱人，等他十年八年再结婚，有什么关系呢？改霞恨死了村内一些庸俗的人，竟说她和周村家解除婚约是嫌女婿不漂亮。社会上总有那么一部分人，拿自己的低级趣味，忖度旁人崇高的心情。她懒得去听。她想：既然新社会给了她挑选对象的自由，总要找一个思想前进的、生活有意义的青年，她才情愿把自己的命运和他的命运扭在一起。为了慎重，虽然女性的美妙年龄已经在抗婚中过去了几岁，改霞也绝不匆忙。

但秀兰的幸福对她很有影响。最近，她内心中萦绕着一种对男性的欲念。这并非生理上的原因，而是成天和秀兰在一起，觉得自己精神很空虚。她绝不是渴望着结婚！如果是那样没意思的女人，她不会抗婚三年，终于达到解除婚约的目的。她是觉得她那么需要和秀兰一样，想念着一个男人，而又被一个男人所想念——这个男人给她光荣的感觉，是她心上的温暖和甜蜜！

连改霞自己也觉得出来：从解除婚约以后，她变了很多。从前，她在小伙子们中间跑跑跳跳，说说笑笑，毫不拘束，毫不戒备；现在，有了重新挑选对象的权利，她拘束起来了，戒备起来了，总在避免被人误解。她感觉村里的学校里有许多人，也用和从前不同的眼光看她了。这是不可避免的。她站在三年级学生娃们排头，好像老师领着一班学生。她和一、二年级的女老师同岁，怎能不引人注意？秀兰不同，人家是志愿军的未婚妻，现在被人们羡慕，将来跟一个光荣归国的英雄共同生活。改霞念着小学三年级，却不知道自己将走一条什么样的生活道路。这心思给这个二十一岁的女青年团员增添了精神负担。但尽管人们注视她，她有烦恼，她却从来不对任何人诉述。她对秀兰也不说。她那白嫩的脸上尽量表现得坦然、沉静，就像她心里什么心事也没得。……

过了汤河的独木桥，改霞问秀兰：

“你爸和你妈，和好了吧？”

“还不多说话哩。要和从前一样，还要过些日子哩。”

“你爸还是倔倔的吗？”改霞又关心地问。

“和气多了。”秀兰说，有所感觉地看看改霞的表情，故意把她爸说得挺好，“俺爸真有意思，那天和郭庆喜他爸说了半天话，大概是庆喜他爸劝了一顿吧，俺爸回来就给俺妈赔不是，说：‘算哩！甭难受哩！是我的不对！往后咱啥啥也不管哩！给咱吃上穿上就对哩！’说毕，就到马房里做啥去了。俺哥说得对，甭看俺爸脾气挺倔，心可好。嘴里不停地咄呐，手里可不停地干活……”

停了停，改霞又进一步问：

“你哥也真是……村里有人讥笑，屋里有人闹仗，他满不在乎吗？难道他对那生产计划真有把握吗？他心里没一点含糊吗？”

秀兰笑了。现在，她似乎揣摩到改霞的心情了。

“你也真是！”她笑着说，“心里含糊，跑起来还能有劲吗？俺哥说，县上的互助组长代表会毕了，杨书记把他单独叫去谈了一回话。他说，有党领导，他慌啥？你不晓得俺哥认定了一条路，八根绳也拽不转吗？”秀兰尽量地夸生宝，她知道她哥和改霞过去相好。

她这几句话深深地打进了改霞的心窝。改霞怎么不晓得呢？她晓得生宝在土地改革运动中，总是不显示自己地踏踏实实做着对大伙有益的事情；但是，他有气魄担当起这样惊人的事业，变成全下堡乡谈论的中心，她没料到。“有党领导，我慌啥？”改霞知道这是生宝说话的口头禅。……

到了梁家草棚院的街门口，秀兰邀请同学进院去串门儿。

“不啦。天不早了。”改霞满怀心思地说。

“耍一阵阵，天就黑了吗？”

“我……回呀。”改霞嘴里这么说，脚下却不走。她眼望着新雪白晃晃的终南山，心想着梁三老汉不喜欢她的模样。老汉用那么鄙弃的眼光看她，和她说话的声调那么冰冷。她进去，要是碰见老汉，该是多么没趣。但她的两只大眼睛扑闪扑闪，穿过敞开的街门，瞟着生宝独住的那个草棚屋。她多么想趁生宝不在的机会，领略领略她曾经那么爱慕的人屋里的气氛。

“秀兰！你等一等！”是音量很重的声音在吼叫。

两个女伴回头看时，代表主任郭振山肩上扛着一根丈二长、老碗粗的木料，从汤河岸上向她们走来了。她们等着他到了跟前。这个高大、粗壮的村干部把木料的一头着地，立了起来，用一只手扶着，站住休息。满腮胡楂的长形脸，对着两个女青年团员亲切地笑着。他并不怎么喘气，休息显然是为了说什么话。

“郭主任掮木料去来?”改霞尊敬地打招呼。

“不哎！我在乡政府开会来。路遇郭家河一个人，到黄堡卖木料去呀，一问，价钱合理，我把它撂下哩。”郭振山满意地解释着，大眼珠子令人敬畏地盯住秀兰，问，“你哥到郭县去，还没回来?”

“嗯。还没哩。”

“乡上又布置下来活跃借贷（土改后动员粮食低利互济）任务，叫帮助困难户度春荒哩。今黑夜，咱五村的代表到我屋里商量呀。你哥不在，你叫生禄来一下吧！反正，你们下河沿这一选区，也只有他家能有些余粮。”

“对啦，”秀兰同意，“我这就告诉他去。”

“叫他一定来啊!”

“嗯啊。”秀兰向同学点头告别就走了。

“改霞，”代表主任这才转身亲切地笑说，“你不是回家吗？把这几张统计表帮我拿上，甭揉哩。”

“对，”改霞欣然接住纸卷，很小心地放进书兜，书兜里还有语文、算术和帮她妈纳的一只鞋底子。

在顺着小渠往南去的草路上，郭振山轻快地掮着沉重的木料，一边走着，一边出气毫不困难地说笑着。

“改霞！听说你不安心上学哩?”

“没有呀!”改霞惊奇地否认，“你听谁说的?”

“你妈说的。”郭振山心直口快地说，笑着；显然因为掮木料的限制，才不能掉头观察改霞的表情。

改霞的嫩脸皮唰地通红，热辣辣地发起烧来。“你老糊涂了!”她在心里怨她妈，“你朝人家叨咕啥?”但是她又仔细一想，不必怨妈。对代表主任，她没有必要隐瞒自己的心情。

“是这样，”提着书兜走在郭振山背后，改霞不好意思地解释，“我心里慌。自己年龄大了，念下去又上不成中学，不如趁早参加农业，搞互助合作……”

“不对！”代表主任的大脑袋戴着瓜皮帽，在木料前头，毫不客气地打断她，“不对！改霞！要不是解放，你想上学，办得到吗？旧社会，咱稻地野滩的泥腿户，娃子也上不起学，甭说闺女吧！这如今托共产党毛主席的福哩。只要学校里还容让年龄大的学生上，你就安安宁宁上你的！文化是好东西，多往肚里装些，坏不了肚子。笑哩？实话！书念多了，脑筋聪明，笔下能写嘛。做啥，有文化比没文化强。改霞！你明白这个意思吧？……”

改霞在后头尊敬地看看郭振山穿旧棉袄掮木料的庄稼人背影。这个很会说话的强有力的农民共产党员，在下堡乡五村，是改霞最崇拜的人物，他最会解人心上的疙瘩。蛤蟆滩流行一种私下的议论，认为论办事的能力，郭振山不在他乡支书卢明昌之下；振山光是户大口多，贪家事，才没脱离生产。改霞在心里同意这种看法。妈告诉过她：郭主任年轻时，地不够种，担着瓦盆串乡村卖。他把担子放在某一个村当中一吆呼，召集起许多妇女。他会把那些仅仅来看看他的货色而根本不想用粮食换瓦盆的妇女，说得高高兴兴改变了主意，并且暂时认为：只有在那一天用粮食换瓦盆最聪明，最合算。郭振山就是这样善于运用语言的魔力！

改霞自己也借助过代表主任的说服力。当五〇年秀兰开始上小学的时候，改霞要上，妈不让；当时是农会主席的郭振山说服了这位守旧老人。在和周家解除婚约这件事上，她和妈顶牛顶了三年，最后，还是代表主任打破了她妈的旧道德观念。改霞崇拜郭振山，还因为这个精明的庄稼人对她是兄长般动机纯洁地关怀。他把一个无依无靠的寡妇的女儿，引导到下堡乡五村的政治舞台上来，使她这个农村闺女，尝到了她所没有梦想过的社会斗争的生活滋味。现在她是下堡小学的团支部委员。她觉得解放后，天也比解放前蓝，日头也比解放前红，大地也比解放前清亮。她内心投向社会事业的欲望越来越强烈，总觉得她要有所作为，才不枉解放，才不枉党的教育、培养……

郭振山在稻地中间通向官渠岸的铁轮大车路上，毫不吃力地把木料从左肩膀换到右肩膀上去。他继续教育改霞：

“你暂时稳稳上你的学。你千万甭胡打算。这如今学本领又不是给自个人学哩。咱国家用人才哩。今年是咱国家大建设的头一年，到处盖工厂，开矿山，修铁路哩。这就和咱庄稼人盖房一样嘛，才破了土哩。工程越来越用人手，改霞！往后，上面一帮又一帮朝乡村要人呀。我听说很多的军事人才都转到工业方面去了。地方干部也是要了又要，永要不够。你明白这个意思哩吧？……”

改霞在后头走着，手里拿着装语文、算术和鞋底的书兜，另一只手里拿着代表主任的统计表格，非常严肃地听着。她明白了：代表主任又在给她指引一个生活的新天地！

二十一岁的闺女心中不由得一动，但随即想起了生宝。她想和生宝在一起搞互助合作……

“好郭主任哩！我在咱稻地里跑跑能行，出外怕……”

“咦啊！你把自己看成一寸高的人哩！”郭振山不摸她脑里想啥，只管进行教育，“瞧不起自己，是旧社会女人的习气嘛。改霞！你要明白：是共产党员、是青年团员，不管男女，到全国哪个地场，人家都喜愿要啊！为啥哩？”他把声音放低了，“和咱乡下一样嘛，党团员是骨头，群众是肉。你还不明白这个意思吗？……”

改霞从心底感激郭振山，他总是鼓励她不要小视自己。

“难道组织上叫你出外，你不去吗？”郭振山更明确地问，“头年，陕棉一厂要女工，咱下堡乡分得两个任务，说能去团员，最好！那时光，我就举荐你来。卢支书说：你还没解除婚约哩，走了影响不好，怕周村家说咱组织上破坏人家的婚姻。今年再有工厂要人，你还有啥牵挂哩？人家到朝鲜都抢得去，叫你参加国家建设，你不情愿去吗？那么，咱国家要这些党团员做啥？”

改霞不觉心里一沉：这倒是个原则问题。一个生活上新的岔道口，不知不觉伸到她脚尖前头来了。她得赶紧决定——是很快和生宝好呢？还是到西安进工厂呢？……

“今春又有工厂要人吗？”她试探地问，心里开始有点着急。

郭振山说：“听说西安城东灞桥镇啥地方新修起一座纱厂，比国棉一、二厂两个合起来还大。工人要上万哩！”

改霞心里更急：“有公示吗？……”

“眼时还没来文，可有风声了。你思量嘛：既然工厂盖起了，用人不得远去。保险！又是要没结过婚的，里头又要有一部分团员。保险着哩！改霞，你听我的话，没错！你妈一辈子没生养小子。把你叫成改改，也没改出个小子。我看你就当小子！顶天立地，出外头闯世界去！只要你情愿，你妈那方面，有我哩！”

改霞没作声。好处是代表主任掮着木料，看不到她的表情：她白嫩的脸庞在晚霞的辉映下阴暗了。唉唉！郭主任这回可没解开她心上的疙瘩，倒给她心里搁上了一块沉重的东西。

在一霎间，改霞还不能完全把心平定下来，好像每一个人猛然发现处在生活的重大变动以前，不能把心平定下来一样。她的心情是很复杂的。她并不是对住工厂完全没兴趣。她觉得这是很值得认真考虑的前途。甚至于，这对她个人来说，也许是更有意义、更理想、更有出息的前途；对党和国家来说，是义不容辞的。

改霞心里很难受。她的心，在刚才碰见代表主任以前，一直是倾向生宝的。纯洁的爱情和热烈的事业心，本来是互相不矛盾的。她憧憬着同生宝在一个和谐的家庭，共同创造蛤蟆滩的新生活。她并不把念了小学三年级当作挑选对象时考虑的新因素。这一点，她不赞成郭主任。她当初上学的动机，就是为了出嫁到周村不做普通的农家妇女，继续参加周村的各项社会活动，如果终于解除不了婚约的话。她完全没想到：生活向她面前突然间伸过来另一条路，而这条路更加符合她的事业心，却同她的感情尖锐地矛盾。

生活呀！生活呀！你为什么总是给人出难题呢？

改霞已经思量好：等生宝买稻种回来，她就要和他打破两年来双方有意疏远的不自然的关系了。她要和他开始光明正大谈亲事了；现在，她要不要重新慎重地考虑一下呢？

在来到离官渠岸二百来步远的路上，改霞为了不使代表主任发觉，故意沉默了好一阵，才假装很轻松愉快地探问：

“郭主任，村里好些人讥笑梁生宝互助组的计划，你看，他们能做到不……”

改霞心中很关切地用大眼睛盯住前头走着的郭振山，等待着回答。郭振山停住了，又把木料的一头着地，立了起来，用手扶住了。他张大他的满腮胡楂的嘴巴，大声向东吼叫：

“志明！志明！……”

“哎——”孙水嘴在稻地中间的草棚屋旁边给猪喂晚食，答应了。

“你过来。这里有两张统计表，你拿回去。你两三天里头填好了，送到乡政府去……”

“噢啊！”

改霞看见孙水嘴放下木勺子，从田间小路上跑过来了。

当二十四岁的、还没找下对象的民政委员多情地盯住改霞，把统计表从改霞手里接走以后，代表主任重新掮起木料了。他强劲地走着，却不回答改霞的问题。

改霞重新小心翼翼地笑着试探：

“郭主任，你看，生宝他们的生产计划能做到吗？村里好些人讥笑哩！……”

“弄好哩，能解决贫雇农的一些困难。”

“王书记上回在村里不是说社会主义萌芽哩？”

郭振山显然不情愿谈论这方面的话，他威严地咳嗽了一声，说：

“要不是解放，要是在旧社会，你这阵出嫁到周村，就四年了吧？管你称心不称心，抱上娃以后，你怨命运去吧！解放前，你一个大字不识，你不乖乖转你的锅台、井台、碾台、磨台，你想怎样？这时好！这时解放得好！只要人脑筋灵醒，有文化、有能耐，不分男高女低。你思量思量去吧！”郭振山尽量鼓励改霞更高地估计自己和解放的意义。

“好，我思量思量……”改霞在分路的时候说，闺女家纯良的心，开始倾向于听代表主任的指点。

她听出来了：代表主任是委婉地表示不赞成她和生宝好的意思。她甚至于怀疑：是不是她妈要代表主任和她说这些话呢？唉唉！她怎么办呢？她像一个小孩子信任大人一样信任代表主任啊！人家走过的桥比她走过的路还长啊！在她还是一个穿开裆裤的毛丫头的时候，人家就是稻地里出名的人了。在土地改革的期间，郭振山被人叫作“轰炸机”，他在斗争地主的群众大会上出现，大喝一声，吓得地主浑身发抖，尿到裤子里头。改霞从心里敬佩他，他在改霞心目中的威信，是不可动摇的。而且，人家说得对嘛——她不仅明白“解放”的意义，她像感觉冷热一样感觉到“解放”对她的影响。听起来，代表主任关心她，鼓励她进步，没有一点自私的动机，完全是出于对国家建设的热心支援。她怎么能不考虑他的话呢？她甚至于觉得，违背了代表主任的意思，就是违背了党的意思，就是忘恩负义！

唉唉！原来代表主任也不重视生宝的互助组。看样子，他不承认互助组是社会主义萌芽。听口气，他只承认“能解决贫雇农的一些困难”。二十一岁的农村女团员，自恨只有一股投向社会事业的热情，却没有判断这个问题的水平。梁生宝对呢，还是郭振山对呢？开头，改霞以为代表主任对生宝互助组冷淡，是因为生宝没和他商量就把大事揽回村了。他们不融洽，经过解释，会消除的。现在，她恍然明白了：代表主任对互助合作的看法根本不同。也许郭振山是对的！你看，“社会主义”这个名词，庄稼人嘴里说起来，还很别扭、很生涩，好多人只会说“社会”，不会说“社会主义”。这大概就是生宝的努力被人讥笑的原因吧？

“生宝呀！”改霞走在官渠岸小巷里的时候想，“你为啥不和郭主任商量商量，在县里放大炮呢？你真冒失，没郭主任的帮助，你怕不成功吧？”

她的心情，随着暮色阴暗，更加阴暗下来。她开始担心她喜爱的人不光彩地失败。她为生宝难过。村内和党内这样强有力的人物，不给他撑腰、鼓劲，他要巩固他们的互助组、完成增产计划，该是多么吃力呀！她还不能马上决定，她是不是通过秀兰，把这个情况告诉生宝呢？

要生宝趁早慎重考虑，把口气放软一点，免得日后难堪呢？

不能！不能！绝对不能！代表主任今天和她说的话，当面只有路旁的嫩草、渠里的流水和稻地里复种的青稞，它们不会说话。她警告自己：

“你不管走哪条路，绝不能把郭主任的话露了风，挑起村里两个党员不团结……”

在土地改革的运动中，改霞曾经不断地这样思量过：“要是我有生宝这样一个女婿，那我可有福啦！”这话她嘴里说不出，可是她用她那富于表情的眉眼，扰乱过生宝的心思。现在，她有可能立刻决定嫁给他的时候，生活却发生了这样大的变化。她不得不重新考虑。她看出来的：生宝最近一见她就脸红，是对她怀着念头哩。年轻有为的小伙子呀！你对互助合作那么大的胆量和气魄，你对这样事这么无能？如果你胆大一点，泼辣一点，两个人的关系，说不定你去郭县以前已经确定下来了。要是那样，改霞又怎么能陷入这个刚才开了头的矛盾中呢？……

第三章

过年时供祖先的桌上，摆着一盏石油灯壶。冒着一炷黑烟的灯火，把微弱的光线，投射到坐在板凳上的和蹲在脚地的庄稼人脸上。

郭振山站在桌旁，背靠着白泥墙讲话。泥墙上，两面缎子锦旗发光：一面是一九五〇年夏争红旗竞赛，本村是全黄堡区第一；另一面是为了一九五一年抗美援朝爱国运动，本村搞得最热烈。这两面奖旗是郭振山领导下的下堡乡五村的荣耀。任何人走进这草棚屋，他都要增加几分对郭振山的敬意，心里暗暗对自己说：“噢！这是个先进人物哩！”

代表主任正讲得起劲。论起一个农民，郭振山的记忆力是惊人的。他完全用自己的脑子，把支书卢明昌和乡长樊富泰两人所讲的话一脑子装回来，糅合起来，说明着发动活跃借贷的意义。他用自己的语言，从贫雇农虽然分了田地，但生产的底子很差，说到要是村干部不组织余粮户给他们借贷，他们势必要受各村余粮户的剥削。他还说：眼时互助合作还没大发展哩，政府要是放任不管，贫雇农又没站稳脚跟，那就会重新欠债，卖掉分来的土地……你看他讲得多明确。

“这就是咱们村干部的重要性儿！”他最后强调指出，不恰当地使用脱离生产干部们的术语，“各代表们！先把自个儿选区的困难户和余粮户的底摸一摸，咱们就开大会发动呀。干部们有余粮的，应当踊跃地起带头。咱村的各项工作向来不落后，这回甭叫人家北岸子的人，笑咱们松了劲！”

“振山，你少说几句不行吗？”已经脱了衣裳睡在被窝里的他妈，在黑暗的东屋警告。

“石油是掏钱买的，不是从汤河里舀来的！早知道他说上没完，我非叫他到学校里开会去不结。那里点官油，他爱说，说上一夜！”老婆婆又在里屋和儿媳妇叨咕着。

郭振山气得脸黑红了。他妈给他丢了脸！你看，来开会的人似乎在笑而又不好意思笑。

老婆婆在东屋再没作声。她要是再作声，有地位的儿子就要和她冲突。

“众位有啥意见？……”郭振山换了笑容问。他开始用手揉着一个木盒子里的生烟叶子，往烟锅里塞着。他用权威人士的眼珠子盯着在场的人。

一片沉默。可以听见老二郭振海在西厢屋里呼噜呼噜的鼾声，和东厢屋牛啃着切碎的玉米秆的声音。夜，深沉而寂静，土围墙和街门外面，从稻地里的哪个草棚屋，传来了拉胡琴的悦耳的声音。

这里没有人说话。一选区的代表郭世富低着戴毡帽的脑袋蹲在脚地，用烟锅在脚地画着什么。二选区的代表、困难户高增福，穿着开花破棉袄，抱着睡了觉的四岁娃子坐在板凳上，用不满意的眼光瞟着郭世富在脚地画着。三选区的代表郭庆喜，又是个余粮户，坐在板凳上，包头巾的脑袋仰脸靠住白泥墙，两眼闭得严严实实。这个外号“铁人”的家伙，大概干了一天重活，快要把他累死了吧！四选区的代表梁生宝不在，指定的代理人梁生禄不来，十七岁的少年欢喜来了。他来代替生宝的耳朵，听代表主任说些什么，等生宝回来告诉他，声明不发表意见。

郭振山吸着旱烟，鼻孔和口里三股冒烟，既严肃而又不使人难堪地说：

“哎！庆喜！你到这里睡觉来哩？还是开会来哩？”

“我没睡觉！”铁人一听，警觉地一伸腰在板凳上坐正，拘束地笑说，“嘻，你的话，我全听下哩。”

“听下了，你有啥意见吗？”

铁人尴尬地笑笑，然后用下巴指指依旧蹲在脚地用烟锅画着的郭世富，又笑笑，意思是叫郭世富先说。看来，郭世富既不是看见，也不是听见，大约是靠第六感觉，知道有人指点他。他机警地抬起头来，脸上表现出富户传统的优越感，非常轻蔑地瞅瞅铁人。

“你说你的！你长着嘴嘛！你和我伙一个嘴吗？”

善良的铁人羞怯地笑笑，眨巴眨巴眼睛，红了脸。

“那么你先说你的吧！”郭振山顺水推船说。和往年一样，代表主任对这个大庄稼院的家长拿出粮食来帮助困难户，抱着很大希望。

但是郭世富脸色板平，拿板弄势地说：

“旁人先说，我这里还有个事要思量思量……”

“你在脚地画啥？”郭振山有兴趣地问，嘴里噙着烟锅，手里端起石油灯壶，到跟前蹲下去一看，脚地画了许多横横直直的线条。他看了一阵，看不明白，“大叔，你这是画啥？你给咱讲解讲解……”

“嘿嘿，也没啥咯。”郭世富轻淡地笑笑，郑重其事地认真说，“就是我新盖的楼房底下的马房嘛。马房和草房开一个门，那牲口槽，就得南北盘，牲口头朝东，尻子朝西。马房和草房开两个门，那牲口槽，就得东西盘，牲口头朝北，尻子朝南。两种盘法各有长短咯。开一个门，牲口圈里头宽敞，省一道门的木料，可牲口出进不方便，空气也差池。开两个门，空气倒是畅，出进也方便，可添草麻烦了……因此上，我一时还捉不定主意。就是这！”郭世富用烟锅指着脚地的两种图样。

郭振山听着听着，一股怒火从胸口冒上来了，鬓角的青筋哏哏地跳着。他想："我在那里讲话，你在这里思谋着你修建的事儿。你还有脸给我细讲解！"

郭振山高大粗壮的身子蹲着，牙咬得嘣嘣响，气得站不起来，石油灯壶在他一只大手里颤抖着。他忍了再忍，为了不妨碍活跃借贷的大事，没有发作，只冰冷地说：

"马房和草房的事，你回去再合计去！先说咱的公事！"

郭世富站了起来。他把提着烟锅的手和另一只手，傲然地背到背后去。他向前走了两步，挺着胸脯，好像故意让大家拿他的整洁的黑市布棉袄和高增福的开花棉袄比较一下似的。

"众位！"他开口说，为了庆祝上梁之喜，嘴唇的胡髭新近剪得很整齐，"唔！大伙拿眼睛能看见，我今年盖了三间楼房。往年我有余粮，大伙说给穷乡党借几石就借几石。今年，实在说哩，我自家也把两条腿伸进一条裤脚里去了。……"

他的话引起高增福和欢喜不相信的冷笑。铁人不知是讨好郭世富呢，还是和郭世富的利害一致呢，慨叹说：

"是啊，盖那楼房，砖瓦、木料、工钱和吃的，要一河滩粮食哩！"

郭振山瞪大了眼珠子，盯了铁人一眼。高增福抱着娃转过身说：

"庆喜！你甭把世富当成你了！砖瓦和木料是前两年预备下的！今年只掏工钱和吃的。你思量嘛！世富是那号没计划的人吗？能把两条腿伸进一条裤脚里去吗？笑话！"

"嘿嘿，我不清楚。你增福这么说，或许还有些余……"铁人看见郭世富很不高兴地盯他，又把"粮"字从舌尖咽了回去。

高增福和欢喜都笑庆喜。他想随风倒，附和任何人；他总处在左右为难的地位。

"世富叔！"代表主任很厉害地，但带着勉强的笑容，问，"难道你这回连三石两石也不给咱村的困难户周济了吗？"

"不行啦！一斗也不行啦！俺屋里二十多口子端碗哩。我的小子还在县中上学哩。"

"'天下农民一家人'的口号用不着啦？"

“咳！看你！我这阵单慌俺屋里的人，吃不到夏忙哩！”

“那么把你也算在困难户里头吧！”代表主任改变成讽刺的口气，声调也变得更重了。他眼珠子咄咄逼人地盯住郭世富，企图逼使他屈服。

但是，郭世富有皱纹的脸，挺得板平，既不露一丝笑容，又不显慌。可以看出，他在努力给人一种严肃、坚定的印象，表示他的话已经说尽了，再没有什么商量的余地了。

郭振山满腮胡楂的脸，渐渐地沉了下来。这位本家叔叔意外的强硬，使在场的每个人都盯着他，好像说：“看你代表主任有办法吗？”郭振山知道：要是郭世富连一点粮食也不借出来，那么郭庆喜、梁生禄和其他普通中农，就更没指望了。自然，在乡政府的干部会上，各村的代表主任都喊叫今年的活跃借贷难办；但总不能不给几家最困难的翻身户筹借点吧？何况五村在下堡乡总是先进的行政村呢！

“世富叔！”郭振山口气里开始带点警告的意味了，“你先甭把话说绝好不好？你盖房是实！可像你这样的大庄稼院，多少不往出借点粮食，是说不过去的。你考虑考虑！中贫农的团结性儿要紧啊！”

郭世富用拿烟锅的手揭起毡帽，另一只手舒服地搔着五十多岁的夹杂着白头发的光脑袋。大伙望着他，看他会说什么话；但是他把毡帽重新戴上，又擤着鼻涕。也许他擤毕鼻涕，会考虑好说什么话吧？但是他又把烟锅插在烟布袋里，慢条斯理地装起烟来考虑着什么，然后从怀里掏出火柴吸烟了……这样，这个拿板弄势的富裕中农直至散会，好歹没吭声。

散会以后，大伙在黑乎乎的院子里走着。郭世富非常和气、非常亲热地说：

“欢喜！欢娃子！你四爹前年吃了我七斗‘活跃借贷’，秋后还了二斗；去年吃了五斗，一颗也没还。统共欠我一石。”

“你……啥意思？”欢喜瞪大了稚气的眼睛。

“唉！好娃子哩！我盖房盖下困难哩！”郭世富非常沉重的样子诉苦。

“噢噢！”欢喜恍然明白了，大声地说，“人家发动‘活跃借贷’，你讨陈账？你不晓得俺四爹土改以前没一犁沟地吗！这两年有了地，少这没那，总是缓不过气嘛。你困难，你盖楼房！俺四爹不困难，成天掮着镢头和铁锨，出去卖日工！他是有粮食不还你吗？”

“咦？看这娃！你凶啥？我是地主吗？你管训我啦？”

“你要在春荒时节讨陈账，你比地主还要可恶咯！”欢喜出得口。

“主任，你听！”郭世富转身痛苦地朝着郭振山，带着不平的口吻说，“这是你主任经手借去的粮食啊。说了当年春上吃了秋后还。没还也罢哩，没粮食有话也好。问一声，连一句顺气的话也没。你说这中贫农的团结性儿怎着？”

说毕，难受得哼唧着，摇着头出了街门走了。

“没粮！官司打到北京城，也没粮！放开你的马跑！”欢喜使着年轻娃的性子，在街门外的土场上朝郭世富的背影，大声吼叫。这个下堡小学的毕业生才不在乎你富裕中农不富裕中农哩！

好像照脑袋被抡了一棍，郭振山有一霎时麻木了。他很想说几句挺厉害的但又合乎政策的话：首先批评郭世富施放烟幕、消极抵抗政府的号召，然后批评欢喜态度不好。但他脑子里没有现成的词句，不，简直可以说，他缺乏机智。他变成一个又憨又大的粗鲁庄稼人，猛不防蛤蟆滩有势力的人物袭击他。一霎时内，他还找不到他变得这样无用的原因。

大伙不欢而散以后，身躯魁梧的庄稼人孤零零地站在自家街门外的土场上。繁星在高空透过还没有发芽的枯树枝，好像也在嘲笑他：“你的威信哪里去了？”是的，郭振山怨恨自己没想到郭世富会变得这样嚣张。他沉默了很一阵，然后咬住牙说：“好！把你郭世富没办法的话，我郭振山还当啥共产党员？咱们走着瞧吧！”

“郭主任！”一个人低低的声音把他从愤恨中唤醒过来。原来高增福还没走哩，抱着娃站在他身后哩。

高增福抱着依然睡觉的男娃子，胳膊上吊着烂棉袄的破布条和棉花絮子，显得沮丧极了。

“你快回家去，把才才放到炕上睡去吧！”

“我等着单另和你说几句话哩。”

“啥话呢？”

“姚士杰往黄堡镇他丈人爸家搬粮食哩。”

“搬去做啥？”

“做啥？富农还有好心眼吗？嘴说他丈人爸借哩，实际在镇上放高利贷哩！”高增福把声音压得更低些说，“唉！郭主任，我听说，郭世富也假上寨村他姐家的名放高利贷哩！这回活跃借贷，唉！郭主任，难搞啊……”

习惯于蛤蟆滩的每一个庄稼人都听话的郭振山，彻夜睡不着觉。

过去的事情一幕一幕在郭振山脑子里重演起来了。

郭世富弟兄三人，穿着高增福现在穿的那种开花烂棉袄，从郭家河搬到蛤蟆滩来了。他们租不到足够的稻地，只好像任老四现在一样，给人家卖日工。郭世富破命地干活，连剃头的工夫也没。毛茸茸的长头发里夹杂着柴枝，两手虎口裂缝里渗出鲜血来。女人们在冬天穿着单裤。孩子们不穿裤子，冻得小腿杆像红萝卜一样。

有一年冬天，突然发生了意外的事情——北原上马家堡的地主，把渠岸边挨着水口的连片四十八亩稻地，一张契约卖给了家住在县城里的国民党骑兵第二师师长韩占奎。土匪出身的军阀家庭对于经营田产既是外行，又没兴趣，不乐意和许多佃户来往。韩公馆派人到下堡村寻找一个可以独家承租的务实佃户，郭世富弟兄三人被选中了。于是乎，不几年，郭世富就买下马，拴起车，成了大庄稼院了。他们街门外土场上的柴垛像山一般高。这情景，在郭振山记忆里，如同昨天的事情一样。

那些年头，郭世富经常把自己装扮得衣冠楚楚，挑着用洁白毛巾覆盖着的一对大竹篮子，到县城里的韩公馆去敬“财神”。满年四季，不管忙闲，桃上来送桃，柿子上来送柿子。春天的鸭蛋，夏天的瓜果，秋天的莲菜，冬天的荸荠，是必不可少的“贡品”。郭世富每次从城里回来，总是荣幸地夸耀他在韩公馆受到的接待。韩老太太怎样让背盒子炮的勤务兵把他叫到上房去的，怎样问讯田地的情形的……他一直说到穷佃户们心里暗恨他，嘲笑地问："那么，你没给你那韩老太太趴下磕个头吗？"

但是，不管人们羡慕也罢，嫉妒也罢，暗恨也罢，郭世富却由租种这四十八亩稻地创立了自己的家业。每年冬天都有愁眉苦脸的破产庄稼人把卖地的契约，递到郭世富的有着一层硬皮的手里。终于，他自己的地渐渐多了，不得不把韩家的地转租给旁人。好多佃户巴结他。他选中了几家，其中有现在的代表主任。郭振山那时租不到足够的地种，兼着挑担儿卖瓦盆的营生。

"这些稻地的租子怎么算呢？"新佃户们问。

"我给东家多少，你们也给多少咯！"郭世富畅快地回答。

"你给东家多少呢？"

"我……咳！渠岸地嘛，有规例哩。"

"是四斗吗？"

"嗯啊……"郭世富嘴里答应，假装找什么东西，转过脸去。

几个新佃户互相看看，心下怀疑，嘴上却说不出。郭振山的大眼珠子盯住郭世富不自然的脸色，冲口问：

"大叔，你租这稻地，起初不是三斗来吗？啥时加的租？"

郭世富的脸唰地红了。他撒谎被当面揭穿，一时拐不过弯儿，竟用暴躁来笨拙地掩饰他的窘迫。

"你种就种，不种就甭种！最你的话难说！……"他用长者的身份教训晚辈。

"大叔！"郭振山为了少拿租子，顾不得情面，说，"咱们都是在郭家河穷得立不住脚，搬到蛤蟆滩来的哎。你家搬过来的那阵是啥样？叫花子刚刚有吃的了，就苛待要饭的啦？"

几句话说得郭世富满脸通红，惭愧地低下了戴毡帽的头。过了一阵，郭世富重抬起头来，红着脸说：

"这事，实在叫我作难。你们知道：我每年要给东家送多少礼啊！这阵，地大伙种了，东家还只和我一个人说哩。少给人家送些礼吧，怕人家说咱忘恩负义；朝大伙凑吧，怎么凑法呢？我思来想去：朝你们多要点租子算了。这……这话……说起来，实在歪口地说不出来。”

“该着，该着！”好几个新佃户面软，不好意思再争了。

“不对！”郭振山却面硬地说，“你们不思量吗？俺大叔给东家送礼，能用几石大米吗？给咱们每亩加上一斗租子，好几石大米哩呀！”

他向郭世富不客气地说：

“大叔！这样办吧：你啥时送礼，给我言传，我朝大伙凑！”

从那时起，郭世富记恨郭振山了，离远看见他，就绕道走了。不得已见了面，皮笑肉不笑，说话慢吞吞，爱说不说。但郭振山在稻地里却一下子有了威望，穷佃户们把他当被剥削者的领袖敬佩了。

解放后，郭振山当了村农会主席。郭世富对他的态度又变了。好殷勤啊！离多远看见，就满脸堆起笑纹来，笑得眼睛眯成一条线，谄媚地打着招呼：

“振山，嘻，你吃啦？”

土地改革的风浪，涌到动荡不安的下堡村来了。郭振山在稻地中间的路上走过去，踩得土地都在颤抖。他是蛤蟆滩第一个要紧人。他的热烈的言词和大胆的行动，反映着穷佃户们的渴望土地和生产条件的意志。由于缺乏睡眠，他大眼珠经常罩着血丝网。有两个月，他没有看见郭世富，只听人说：老汉肚里得了病块，吃不进去饭，人瘦得只剩了一把干骨头，不得长久了。一个挺爱劳动的人，不知不觉要死了——郭振山觉得怪可惜。

有一天，下着雪的夜里，郭振山从下堡村乡政府散了会回家。他上了炕，正脱衣裳，听见外面有人敲街门：吧吧吧……

“谁呀？”

“我啊！”孙水嘴的声音。

郭振山出去开了街门。不是孙水嘴！一个瘦长个子的黑影子，深深地弯下腰去，拱进了街门。孙水嘴用两只手在胳膊上提着他，以防他趴到地上。

“志明，这是谁呢？”

"我……"郭世富罪犯一般怯弱的答声。

"这是怎回事呢?"郭振山莫名其妙地问。

三个人走进中间屋里——就是今晚布置活跃借贷的屋里——郭世富脸孔三分像人，七分像鬼，眼珠子从两个深坑里朝外探望，如同刚从棺材里爬出来的一样，把郭振山吓了一跳。

"叔叔给老侄回话来了……"郭世富低着戴毡帽的头请罪。

郭振山不明白。

"叔叔的性命在老侄手里。你老侄叫活，我就能活……"

"啥事情呢? 志明。"郭振山问孙水嘴。

水嘴咳嗽了一声，清了清喉咙，打开了话匣子。

"他是骇怕斗争哩。冒两个月了，他白日吃不下饭，黑夜睡不着觉。黑间外头有点动静，他就叫家里人出去看看，是不是民兵监视他家。白日有人到他院里去串一下，他就当成是找他上斗争大会哩，吓得他出一身冷汗。今黑间，他到俺屋里，央我领他来见你……"

"咳咳!"郭振山觉得好笑，"你是怕我公报私仇?"

郭世富不吭声，连头也不抬。

"你放心好哩!"郭振山权威地宣布，"你的成分，工作组研究过了：富裕中农！你从前巴结地主，知过必改，往后诚心诚意跟上贫雇农走。"

郭世富抬起头来，俩眼珠子从深坑里射出惊喜的光芒。魂灵回到他枯瘦的躯体上来了。

"亲不亲，一家人嘛。"郭振山情不自禁，要教育本家叔叔几句，"那时候，你心底里恨我，碰见了躲我，连话也不想和我说。你哪里知道，要不是你这个不成器的侄儿阻挡你，你这时就是转租剥削的二地主嘛!"

郭世富把头埋得更低了。他唉了一声，做出恨自己的神气。

……

第二天，郭振山从外边回家，他妈说：

"振山，你世富叔给咱送来一封点心，一斤酒，一包挂面。酒在柜子里放着，你喝去；点心和挂面，我叫振海今日送给你姐夫了。他病沉重，不爱吃饭。”

“咳！妈呀！”郭振山大眼珠子像要蹦出来了，“咱不能接人家的礼嘛！要原物给人家退回去呀！已经送走了吗？”

“送走了！”

“你真眼小！叫人家说我包庇他的成分来！”

“我哪知道？”老婆婆拿为娘身份强硬地反驳，“我当成人家巴结你，送来不接，还伤人家的脸哩。再说，世富家又爱送礼。从前给县里韩公馆送，这阵又给咱送。我哪知道包皮哩包馅哩？要退，你另买一封点心退去！”

“罢罢罢！”郭振山心里想，“接哩就接哩！我没包庇他的成分，旁人爱说说去。再说，郭世富那号势利眼，我把礼退回去，他保险还是慌！”

郭振山舍不得喝那一斤酒。下一个黄堡镇集日，他叫老二振海拿到集上卖了，给牛买成缰绳和套环。

郭世富的身子渐渐地伸直起来了。到分配土地的阶段，他已经胜任用斧头往冻结的稻地里打木橛子的工作了。他对帮助贫雇农的这项任务，非常的卖力。他掂起斧头，咬住下嘴唇，使劲地捣着木橛子。每碰见什么人，他嘴里就像念经一样说：

“天下农民一家人……”

当看见农会主席郭振山走来的时候，他更显得积极；好像要不是有他郭世富，什么事都会弄坏了似的。梁生宝、高增福和改霞，都讨厌郭世富这种不正常的表现；但郭振山觉得没什么，人家这总算进步了。

土地改革后，郭振山倡议在官渠岸修一所普小，让稻地的贫雇农子弟在文化上翻身！在一次村民大会上，他用威严的大眼珠盯住富农姚士杰，建议他捐出他渠岸上的四棵大白杨树做檩子和梁，表示他对贫雇农文化翻身的拥护，而贫雇农自己只出得起工。全体蛤蟆滩的男女，都钦佩郭振山雄图大计，都盯着姚士杰作难的脸。姚士杰迟疑了一刻，然后抬起头，敌意地翻了郭振山一眼，使劲儿咽了口唾沫水，答应了。紧接着，滑头的郭世富在人群中站了起来。他自报他捐两棵白杨树，表示“中贫农的团结性儿”，博得了好一阵雷动的掌声。在普选中，经过郭振山的提名，郭世富被举为官渠岸东头的乡人民代表了。一九五一年春天，他给村里的困难户借出了六石粮食；一九五二年春天，他又借出了五石粮食。他使得郭振山在下堡村乡政府开会的时候，脸上非常的光彩。大十字、王家桥、郭家河、葛家堡、马家堡的代表主任，都奇怪蛤蟆滩的代表主任，似乎有一种语言的魔力来推动行政工作吧？……

“好！郭世富！”现在，郭振山睡在炕上恨他的本家叔父，“好！郭世富！这阵土地证到你手里了！政府宣布土改时期结束了！你那套虚情假意就用不着了！你眼里就没我郭振山了！你解放前的真面目又露出来了！好！把你郭世富没办法治，我郭振山就不当共产党员哩！咱走着瞧！”

郭振山在被窝里用脑筋想着：在土改的风浪过去以后，用一种什么办法治服这个经营大片田地的老狐狸精呢？老家伙竟仗着他的一份子大家业和一大帮男女劳动人，向蛤蟆滩党的领导和政府的号召挑战哩！但是，郭振山想来想去，没有想出什么好像一个物体一样，拿起来可以投出去的办法。他开始感觉得，离开了惊心动魄的社会革命运动，他个人并不是那么强大！过去推动蛤蟆滩工作的主要力量，也不是他个人在蛤蟆滩的威望，而是党的政策的无比伟大的力量。他在蛤蟆滩威望的提高，只不过是他按党的政策办事的结果。想到这一点，强壮的庄稼人浑身往外冒汗：整党中，同志们对他的批评，重新涌上心头来了。这是多么令人烦恼的记忆啊！

第四章

任老四穿好破棉袄，结好腰里的稻草绳腰带，掮起镢头和铁锹了。他大舌头嘴里溅着唾沫星子，对婆娘说：

“叫桂花给我送饭来！我在郭家河西头打土坯哩。”

“我看叫桂花也跟你去吧。她就十五了，能帮你供土哩。”

“谁给我们送饭呢？”任老四对婆娘的这个提议感到了兴趣。

“我嘛，”婆娘严肃地说，“你看啥？我脚小，兴许走得慢点，可准把饭给你送到地场就对哩。”

“我是说，你送饭，咱娃们谁看呢？”

“叫欢喜他妈看一下，不行吗？”

任老四看看仍然睡在一条破被儿里头的一串娃们，好像还没羽毛的小燕子一样露出一排小脑袋。他用他那指头弯曲了的粗糙的手，亲热地摸摸其中最大的一个男娃的小脑袋。他最亲这个，因为这是最先接替他的劳动重负的一个。这时候，小黄牛犊在脚地的后头，啃槽帮子。黑夜没草喂，仗着桂花白日看着它在渠道边啃野草哩。没人看着可不行！它会不取得任何人的同意，就溜进人家稻地里去，大咬大嚼其青稞苗，惹起青稞主人的娃们不堪入耳的咒骂。小黄牛犊毫不在乎，任老四脸上热辣辣的。

“不行。桂花要放牛犊！”他断然地说，坚决跷出门限走了。

这个近五十岁的人，弯着水蛇腰。他掮的镢头和铁锨，也是很滑稽的。方形的铁锨，底边变成了圆形，磨掉了三分之一；镢头几乎磨掉了将近一半，剩下来的像个老女人的小脚。镢头和铁锨的木柄，也被他的手磨得凹凸不平了。人们经常拿这家具取笑他，可是他还是带着它们出去给人家做零活。这有什么好笑的？他置不起新的。土改仅仅使他一家人不再四季挨饿，并不能使他富裕起来。要是生活的负担让他稍能喘过气，他很想给自己搭个牛棚棚。他才不愿意一家大小和小黄牛犊挤在一个草棚屋哩！半夜三更哞哞叫着要吃草，叉开两条后腿唰唰地撒着尿。（没有脸的小家伙呀！）任老四的草棚屋东墙上边垮开一个窟窿，他塞上去一捆玉米秆子填起来，在修补房屋的季节，他却给旁人打坯，挣几个钱买粮吃。为什么呢？娃们一饿，哇哇地愣哭，他心里怪不是滋味啊！

他在街门外土场上，贪馋地吸着早春清晨的新鲜空气。他大声地咳嗽着，吐着痰，把肺里的污浊气清除干净。他理直气壮地吸空气，因为眼时空气还没被什么私人所占有，不需要掏钱买，他怕什么？

侄子欢喜已经从河那岸北原崖根挑了第一担干土回来了，正要去挑第二担。勤快的小学毕业生没事的时候，他就储存忙天用的垫牛圈土。

“四爹，你做啥去?”欢喜问。

“到郭家河去。”任老四说，“揽下人家一千土坯。”

“说了多少钱?”

“这!”任老四高兴地伸出一只手，叉开五个指头，摇了两摇，嘴里溅着唾沫星子，满意地说，“能量几斗玉米。欢娃！你也该出去打听点活干啦，这春荒时节，甭蹲在屋里等人请。甭放不下学生架子！瞅空子干几天吧，给家里跑闹点口粮要紧。生宝买稻种回来，山路硬了，咱互助组进山呀嘛。”

任老四说着，脚步带劲地从土场北边几棵桃树中间的斜径上走过去。欢喜挑着空担笼，跟在后头过河，很满意他四爹高涨的情绪，决定不把昨黑夜郭世富说的话告诉他。

“欢娃，”任老四却一边走一边问，“你昨黑间听他们说，今年活跃借贷还搞成搞不成?”

“甭提哩!”

“怎?”

“没指望!”

“我眼不瞎也算见这一卦哩！我从根就没指望今年再借。”任老四爽朗地笑着，很满意自己观察事物的眼力。他高兴地说，“咱再不靠他大户的周借粮哩！从今向后，咱靠咱互助组过!”

欢喜，到底人年轻，肚里装不住还没凉下去的热话。一种对郭世富的愤恨和他对他四爹的骨肉之情，好像神使鬼遣似的，使他不由自主地把头一黑夜郭世富讨陈账的话，告诉了他四爹。

老四听着听着，紧张起来了。他猛地折转身站住，嘴里溅着唾沫星子，愤怒地问：“他还放些啥臭屁来?”

“走！打你的土坯去。是狼是虎，他奔你身来再说。”欢喜立刻后悔不该告诉他了。

任老四起身时鼓足的那股子劲头，一下子撒了气。一双灰灰的眼珠子，失神地望着终南山披雪的山峰。可怜啊！庄稼人欠了人家的账债，睡觉也睡不踏实啊！

过了一刻，任老四忽然用坚定的脚步朝回走了。

“你这是做啥？”欢喜拦住他，“揽下人家的土坯，也不打去了吗？”

“自己吃不到嘴里的话，我打土坯做鸟！见他妈的鬼，我寻他郭世富去！”

“你寻郭世富做啥？隔着代表主任的手，他不能直接朝你要！”

“我去叫郭世富，干脆拿刀把我杀了算哩！”

“看！你又是这！我猜想：他也不是真朝你要粮。他是拿这话堵干部的嘴哩。你再不指望低利吃大户的借粮，就对了。”

但是，任老四气得扭歪了嘴，瘦长脸铁青。

“你这该相信王书记的话了吧？”欢喜借这件事，更进一步地宣传他四爹说，“你这该坚定走互助合作的路啦吧？咱穷庄稼人除过组织到一块互助生产，永世也不会真正翻身。”

春雨以后，太阳一晒，空气里散发着一种令人胸闷的气味。好像地球内部烧着火似的，平原上冒着热气。你抓起一把关中平原的黑胶土，黏糕一样，一捏一个很结实的窝窝头。温暖的初春的阳光啊！你从碧蓝的天空，无私地照着所有上身脱光的庄稼人打土坯。

郭振山街门外的土场上，一条大黄牛懒洋洋地站在拴它的木桩跟前。它有时向左边，有时向右边，弯曲着它的脖子，伸出长舌头，舐着身上闪着金光的茸毛。大群温柔的杂色母鸡，跟着一只傲慢的公鸡，在土场上一个很大的柴垛根底，认真地刨着，寻找着被遗漏的颗粒。这俨然已经接近大庄稼院门前的气象了。

郭振山和他兄弟郭振海，在土场南边的空地上打土坯。彪壮的郭振海脱成了赤臂膀，只穿着一件汗背心，在紧张地打土坯，他哥供模子。兄弟俩准备拆墙换炕，弄秧子粪哩。

孙水嘴蹲在场边的一个碌碡跟前，埋头在一张纸上写着什么。

“对哩！”水嘴停住廉价的水笔说，“一、二、三、四选区的互助组都登上了。”

“劳力和半劳力分别着哩吧？”代表主任用铁锹往土坯模子里填着土问。

“分别着哩。”

“马、牛和驴呢？”

“也分别着哩。看你！我还能回回弄错吗？”

郭振山事务式地交代：“二选区中农多，只高增福一个互助组，四户贫农。先前，王书记在村里的时光，增福说他想拉扯一两户中农入组哩，不晓得弄成事了没。志明，你跑几步腿，问问他，再登上。”

“对！”水嘴畅快地答应。

手里拿着一张纸，晃晃荡荡走过土场，孙委员快乐地唱着秦腔：“老了老了实老了，十八年老了王宝钏……”

突然间，在西边草棚院土围墙拐角的地方，他停住嘴，慌忙结着他对襟棉袄的领扣，又赶紧把黑制帽在脑袋上转了转戴正。

改霞吃过了饭上学去，提着书兜走过来了。

“改霞，”孙水嘴满脸堆起笑容，骚情地问，“吃过饭哩？”

“嗯啊……”

“哎，真的。你看一看这张表这么登记对吗？”水嘴站在当路，两只手把纸捧到改霞白嫩的脸跟前，眼睛贪馋地盯着改霞漂亮的眼睛。

改霞勉强地笑笑，说：“你常登记，还会错吗？”说着侧转身子躲开水嘴，匆匆走掉了。

孙水嘴朝她背影说：“改霞，你不晓得。有一回，我把贫农的贫字，写成贪污的贪字了。乡文书把我好剋了一顿，说我故意糟蹋贫农。咱实地没那个心。……”

“嗬，好大辫子！”他放低了声音赞美改霞。

“她听郭主任的话，”水嘴一边往南走，一边高兴地思量，“只要郭主任帮我说话，她就能有八成可能性儿！……”

他喜得眯起眼来，又掉头看了看改霞走远了的背影，心里甜滋滋的向高增福的草棚屋走去了。

高增福倒霉透了。终南山里汤河峪的那条沟深，但走完了四十里龙窝洞，也就到了尽头了。高增福的倒霉劲儿，看来没个尽头。六岁时候，他爹给地主铡草，切掉了四个指头，丧失了生产的技能，尽靠讨饭把福娃子拉扯大。福娃子会在渠岸上割草，就给人家干活，长工生活一直熬到土地改革。一九五〇年冬天，长工高二分到六亩稻地。一九五一年春天，人民政府发给他耕畜贷款，他买了头小牛，开始了创立家业的奋斗。谁料想刚刚一年，女人因为难产猛地一死，又把他掼倒了。三年期限的耕畜贷款还分文未还，贫农高增福已经把耕牛卖掉，埋葬了女人。他只好和另外三户贫农伙使一头牛，一户一条牛腿地对付着种地。他带着女人丢下的四岁娃子才才，过着一半男人一半女人的生活。现在，他正当着女人，在富农邻居姚士杰的碾子上轧玉米糁糁哩。

“才才，你爸在家吗？”情绪正高涨的水嘴，叱咤风云地问。

才才在草棚屋门前耍，说：“不在。”

“上哪里去了？”

“在那里。”才娃指指四合头砖瓦院外头的碾房。

高增福在姚士杰街门外的碾房里听见，穿着袖子上吊棉絮的开花破棉袄，手里拿着扫碾盘的笤帚，沉默地走出碾房来。

痛苦和忧愁，是这三十几岁的人瘦削的脸上固定的表情。高增福是沉默寡言的。无论你什么时候看见他，他总像刚刚独自一个人哭过的样子；其实他即使在埋葬女人的时候，也没掉过一颗眼泪珠。他的出身已经给他精神上注入了一种特别的素质，使他能够用咬牙的沉默，抵抗命运给他的一切打击。他既不诉苦，也不埋怨，拿起农具是男人，拿起灶具是女人。作为乡人民代表，他还得经常在黑夜抱着才才，参加村内各种会议。有时要过汤河到下堡村乡政府去开会，他也把才才背在背上。

“志明，你寻我做啥？”高增福回到他草棚屋前面的土场上，静静地问，鼻尖上沾着玉米粉。

孙委员转过身来，神气活像区上甚至县上派下来的干部，手里拿着一张纸，扬起脑袋看着姚士杰四合院的砖瓦院墙，鼻孔里发出轻蔑的响声，用权威的喉音说：

“哼！嗯？你和富农的关系又好哩？”

“谁？”

“这官渠岸只姚士杰有碾子吗？”

“你，啥意思？”

“啥意思！人家会说：乡人民代表又和富农拉扯开哩！怪不得一般农民见土改的一股风刮过去了，又和富农拉上关系哩！”

“放屁！——”高增福嘲弄地笑骂说，“孙委员！少在我跟前装相！有事你快说，没事我忙！”

“你互助组添了几户？”

“一户也没！”

“为啥？不说你要吸收两户中农吗？”

“人家不来！”

“那么，还是四个劳力，一个畜力？”

“嗯！”

孙水嘴走后，高增福在碾房里一边推碾子，一边无限感慨地思量：

“郭主任专心发家啰，对工作，心淡啰。我这互助组畜力困难，想吸收两户中农，投他的大面子给人家说说，他嘴里空答应，到底还是没说。他把从乡上应回来的啥工作，都推给孙水嘴办，他和振海闷头干活！水嘴积极，不是为人民，保险又谋着啥好事哩。你看他在黄堡兴盛德字号当过伙计的那身街溜子气吧！唉，谁能给郭主任提醒提醒就好哩。可惜！可惜！郭主任是有能耐的好庄稼人啊！……”

高增福轧完玉米糁糁，走进富农砖墁地四合院去还笤帚。

“放在那里！”姚士杰毡帽下边的胖脸阴沉着，厌恶地说。

高增福把笤帚放在楼下的窗台上。趁这个工夫，他从没有糊纸的窗格子中间，瞅见前楼下边砖脚地上，立着几条装满粮食的口袋。他达到了他从这院借笤帚的目的了。

“唉！又装起几口袋……”当他走出街门洞的时候，心中灰暗地想着。这件事在他肚里结起一颗很难受的疙瘩——富农把粮食往外村转移，假亲戚的名，剥削穷庄稼人；本村的困难户又转弯抹角，投面子向外村掏大利借粮哩。

整整一天，高增福哪里也不去。他蹲在他草棚屋前面的土场上编稻草帘子，一边机警地留意着他的富农邻居的动静。既不是责任感，也不是好奇心，而是一种强烈的阶级感情，使他对富农的粮食活动从心底里关切。对于高增福，一切穷庄稼人受剥削和他自己受剥削是一样的心疼。他对他的邻居的仇视是刻骨的，不可调和的。在他看来，富农剥削人这一点和地主是一样可恶。土改的那二年，姚士杰每年春天拿出十石粮食交给村干部周借给困难户；现在颁发了土地证，富农的狰狞面目，又露了本相。高增福一定要看看姚士杰的这几口袋粮食，又往什么地方运。

但是直至日头落在西边邻县的秦岭山丛，春寒从终南山降临到平原上的村庄里来，高增福的手冷得不能再在露天地里编稻草帘子了，他也没发现邻居有什么动静。

夜里，二更天，从黄堡东原上升起的月亮，照到高增福草棚屋的窗纸上了。父亲搂着的儿子，在炕上睡着了。父亲眼皮也涩涩的，迷迷糊糊，也快要睡着了。好像所有心中搁事的人一样，他睡不踏实的。听得邻居的街门扇一响，他的头脑立刻清醒起来，眼皮立刻灵活了。

高增福急忙穿好衣裳，出来看时，一个人赶着一头牲口，牵着一头牲口的黑影子，已经过了有几棵柏树的姚家坟园南边了。

“哼！这小子，做贼心虚！”他心里想，急忙把才娃在里头睡着的草棚屋的板门关住，向住在皂龙渠那边的民兵队长冯有万家里奔去了。他惹得全官渠岸的狗都咬起来了。犬吠声一直把他送到下河沿冯有万的草棚屋窗前。

“万！万！”他趴在民兵队长家外窗台向屋里喊叫，呼哧呼哧喘气。

“啊？”冯有万在里头答应。

“快！”

“啥事？”

“快起！”

过了一刻儿，穿上衣裳，掂着步枪的冯有万冲出板门了。他目光炯炯地探照着月光中的高增福。这小伙子真强悍，显出战斗的紧张，用手结着尚未结好的棉袄纽扣。

高增福把一只手搭在冯有万胳膊上，低低地告他，发现了什么鬼鬼祟祟的情况。

“咱村的困难户等着活跃借贷哩，他小子连夜往外村转粮！”

“我把他堵回来！问他狗日的转出去做啥！”

冯有万说着就跑，两只脚不着地似的飞快。从黑乎乎的青稞苗中间月光照白的小径上，他向高增福指给的方向飞跑去了。

高增福自己朝郭振山的草棚院走去，脚跟很有劲。

“终究还是把你捉住了！”增福满意地想，在脑子里对姚士杰说，“你总是见不得人！要是你敢光明正大放高利贷，为啥要黑天半夜偷偷摸摸弄事哩？”

高增福想：报告给代表主任，够他姚士杰受！郭振山会胸脯一挺，眼一瞪，轰炸机投弹一般吼叫一声，姚士杰就同老鼠见猫一般，缩作一团了。高增福看见这个情景，心里多么畅快啊！全村人都敬佩郭振山，不是他高增福一个人！解放前，姚士杰在蛤蟆滩为王的年头，郭振山也不怕他。人们把姚士杰使用的那条渠叫作霸王渠。无论什么时候，只要姓姚的稻地要水，他就理直气壮把穷佃户正灌的水口堵了，也没人敢吭气。那年夏天，高大的郭振山和强壮的姚士杰，在渠岸草地上扭打起来了。郭振山扭着姚士杰的领口，姚士杰抓着郭振山的布衫，两个人过了汤河，进了下堡村大庙里头当时的国民党乡公所说理。郭振山的这份大胆，把他变成穷佃户们崇拜的英雄，因为他满足了他们藏在内心不敢表达的愿望。现在，高增福相信：代表主任绝不会容忍富农破坏活跃借贷的工作！

带着坚定的信心，高增福带劲地叩响代表主任的街门。郭振山在里头深处应了声。过了一刻儿，听见门板响，主任掩着衣襟出来了。高大的身体带着火炕上被窝里的热气，他上身微微弯着，听着这位热心为大伙奔跑的人民代表的紧急报告。郭振山对姚士杰的仇恨和他对活跃借贷工作的担心，使他对富农的行为冒火了。郭振山多毛的大鼻孔里冒出的热气，直喷到高增福脸上来了。高增福想：这一状告准了！

“叫我回去结上腰带，咱走！”

郭振山回屋里去结腰带了。高增福在外头等着，高兴地想着冯有万那两条飞毛腿，说不定这时已经追上了姚士杰。

但郭振山从深院里出来，软了：“啊呀！增福，我刚才一思量，不对哇！”

高增福疑惑起来了。

“怎么？不可以把他挡回来吗？咱政府出了活跃借贷的指示，他把粮食转出去放高利贷哩！追回来，咱理问他！”

“他在哪里放高利贷？给谁放？放了多少？利息多高？你都调查清楚哩吧？”

“这，这，还没调查……”

“不对！增福！姚士杰自己绝不认账！”

“他不认账！咱问他：不是放高利贷，为啥黑天半夜偷偷摸摸……”

“他说：他不是偷旁人的粮食。他说：他自家的粮食，他愿意白日运哩，还是黑夜运哩，旁人管不着。增福，咱政府宣布了土改结束，解除了对地主和富农的财产的冻结了。姚士杰是条恶狗，不好惹。咱没条款挡人家的粮食呀。”熟悉规章制度的郭振山，很理智地说服高增福。

高增福肚里没有词句了。因一时的冲动，做下这冒失的事情。他心里开始有点不安。他没想到土改时期已经结束了，而这是很重要的一点。

停了停，他寻思到了一条：

“那么，活跃借贷的指示，不是咱中央人民政府出的吗？”

“嘿嘿！”郭振山非常亲切地说，“增福！那是指示，不是法令嘛！咱不能强迫人家嘛。”郭振山忽然感慨地说，“兄弟！我也愿意老像土改时一样好办事，可那好年头过去啰。”

说着，郭振山又一片好心地劝说高增福：“人们都该打自个人过光景的主意了。兄弟！共产党对穷庄稼人好是好，不能年年土改嘛！要从发展生产上，解决老根子的问题嘛！”

代表主任说出了这句话，高增福从心里往外凉，直至浑身冰凉。

“我高增福倒凭什么发展生产呢？你郭振山能发展生产了！”高增福在心里不满地想，开始对他曾经那么敬佩的人，有了反感。

“那么有万挡住姚士杰，该怎说呢？”他打个寒噤问，显得颓唐极了。

“这有啥？”郭振山气魄很大地笑说，“你去告诉有万，放那个小子走就是哩。咱不找他的麻烦，他还找咱的碴儿吗？好冷！你快去吧。你把才才放到哪里了呢？你太积极了！”

高增福在回转的路上，心是凉的，腿是软的，脑袋是木的。他感觉到郭振山对他的关心和表扬，是空洞洞的，没有价值的。他感觉到自己前途茫茫，往后的光景难混了。他承认不该挡富农的粮食，郭振山比他更懂得政策。但是郭振山的言词，他说话的神气和他的笑，却表现出他现在已经变富了，不再能体会困难户的心情了。他再不能像解放初期，特别是土改初期发动贫雇农的时候那样，对穷苦人说些热烈的同情话了。这个在村里威望极高的共产党员的变化，给可怜的高增福精神上增添了负担。他担心：像目前的境况，他很难保住他分到的六亩稻地。说什么呢？缺口粮，上稻地的肥料还不知在什么地方。耕畜贷款还在黄堡镇人民银行营业所的账上写着哩，以后的贷款还轮得到他吗？他想着：要是他家住在下河沿，入了梁生宝的互助组，他也许不会有这一层忧愁。但他住得离下河沿二里远。

噫！前面迎面大踏步走来一个人，那是谁呢？

“有万！”高增福试着吼叫。

“增福！你这人！”是冯有万，声音在静夜的平原上清晰地说，“你这人！人家朝黄堡走哩，你叫我朝南追。”

“呵呀呀！姚士杰鬼这大？朝南走了一截，绕开官渠岸，又朝东拐，迷惑人哩！还是上他丈人爸家哩！”高增福心里惊讶地想，嘴里说，“没追上算哩！”

冯有万，黑制帽掀在后脑上，宽阔的前额上汗水在月光下闪亮，背着步枪站在高增福面前，奇怪地问：

“你怎不高兴?”

“没啥。”高增福很庆幸没追上姚士杰，警戒自己不要对这个直性子民兵队长流露一句对代表主任不满的话，含含糊糊地说，“咱们回去吧。以后……以后再……”

在苍苍茫茫的夜色中，高增福独自在黑乎乎的麦地里灰色的小径上回家。他想到自己心上的人，长眠在丈二深的土地里，又想到好像一块什么东西似的，被丢在草棚屋炕上的可怜才才。他想到两户中农不愿入他的互助组的冷情，想到半月以后没有粮食吃的苦境。他鼻根一酸，眼珠被眼泪罩了起来。但是他咬住嘴唇，没有让眼泪掉下来。他眨了几下眼皮，泪水经鼻泪管到鼻腔、到咽喉，然后带着一股咸盐味，从食道流进装着几碗稀玉米糊糊的肚囊里去了。

“哭做啥!”他责备自己软弱，“骨头挺硬！到哪里说哪里的话！你不是从旧社会也熬出来了吗？即便郭振山靠不上了，共产党不是只他一个人，怕啥!”

第五章

春雨唰唰地下着。透过外面淌着雨水的玻璃车窗，看见秦岭西部太白山的远峰、松坡，渭河上游的平原、竹林、乡村和市镇，百里烟波，都笼罩在白茫茫的春雨中。

当潼关到宝鸡的列车进站的时候，暮色正向郭县车站和车站旁边同铁路垂直相对的小街合拢来。在两分钟里头，列车把一些下车的旅客，倒在被雨淋着的小站上，就只管自己顶着雨毫不迟疑地向西冲去了。

这时间，车站小街两边的店铺，已经点起了灯火，挂在门口的马灯照到泥泞的土街上来了。土街两头，就像在房脊后边似的，渭河春汛的鸣哨声，在人们不知不觉中，增高起来了。听着像是涨水，其实是夜静了。在春汛期间，郭县北关渭河的渡口，暂时取消了每天晚班火车到站后的最后一次摆渡，这次车下来的旅客，不得不在车站旅馆宿夜。现在全部旅客，听了招徕客人的旅馆伙计介绍了这个情况，都陆陆续续进了这个旅馆或那个旅馆了。小街上，霎时间，空寂无人。只有他——一个年轻庄稼人，头上顶着一条麻袋，背上披着一条麻袋，一只胳膊抱着用麻袋包着的被窝卷儿，黑幢幢地站在街边靠墙搭的一个破席棚底下。

你为什么不进旅馆去呢？难道所有的旅馆都客满了吗？

不！从渭河下游坐了几百里火车，来到这里买稻种的梁生宝，现在碰到一个小小的难题。蛤蟆滩的小伙子问过几家旅馆，住一宿都要几角钱——有的要五角，有的要四角，睡大炕也要两角。他舍不得花这两角钱！他从汤河上的家乡起身的时候，根本没预备住客店的钱。他想：走到哪里黑了，随便什么地方不能滚一夜呢？没想到天时地势，就把他搁在这个车站上了。他站在破席棚底下，并不十分着急地思量着：

"把它的！这到哪里过一夜呢？……"

他那茁壮的身体，站在这异乡的陌生车站小街上，他的心这时却回到渭河下游终南山下的稻地里去了。钱对于那里的贫雇农，该是多么困难啊！庄稼人们恨不得把一分钱掰成两半使唤。他起身时收集稻种钱，可不容易来着！有些外互助组的庄稼人，一再表示，要劳驾他捎买些稻种，临了却没弄到钱。本互助组有两户，是他组长垫着。要是他不垫，嘿，就根本没可能全组实现换稻种的计划。

"生禄！"他在心里恨梁大老汉的儿子梁生禄说，"我这回算把你看透了。整党学习以前，我对互助合作的意义不明了，以为你地多、牲口强，叫你把组长当上，我从旁帮助。真是笑话！靠你那种自发思想，怎能把贫雇农领到社会主义的路上哩嘛？我朝你借三块钱，你都不肯。你交够你用的稻种钱，连多一角也不给！我知道你管钱，你推到老人身上！好！看我离了你，把互助组的稻种买回来不？"

现在离家几百里的生宝，心里明白：他带来了多少钱，要买多少稻种，还要运费和他自己来回的车票。他怎能贪图睡得舒服，多花一角钱呢？从前，汤河上的庄稼人不知道这郭县地面有一种急稻子，秋天割倒稻子来得及种麦，夏天割倒麦能赶上泡地插秧；只要有肥料，一年可以稻麦两熟。他互助组已经决定：今年秋后不种青稞！那算什么粮食？富农姚士杰，富裕中农郭世富、郭庆喜、梁生禄和中农冯有义他们，只拿青稞喂牲口；一般中农，除非不得已，夹带着吃几顿青稞；只有可怜的贫雇农种得稻子，吃不上大米，把青稞和小米、玉米一样当主粮，往肚里塞哩。生宝对这点，心里总不平服。

"生宝！"任老四曾经弯着水蛇腰，嘴里溅着唾沫星子，感激地对他说，"宝娃子！你这回领着大伙试办成功了，可就把俺一亩地变成二亩啰！说句心里话，我和你四婶念你一辈子好！怎说呢？娃们有馍吃了嘛！青稞，娃们吃了肚里难受，愣闹哄哩。……"

"就说稻地麦一亩只收二百斤吧！全黄堡区五千亩稻地，要增产一百万斤小麦哩！生宝同志！……"这是区委王书记用铅笔敲着桌子说的话。这位区委书记敲着桌子，是吸引人们注意他的话，他的眼睛却深情地盯住生宝。生宝明白：那是希望和信赖的眼光……

"不！我哪怕就在房檐底下蹲一夜哩，也要节省下这两角钱！"生宝站在席棚底下对自己说，嗅惯了汤河上亲切的烧稻草根的炊烟，很不习惯这车站小街上呛人的煤气味。

做出这个决定，生宝心里一高兴，连煤气味也就不是那么使他发呕了。度过了讨饭的童年生活，在财东马房里睡觉的少年，青年时代又在秦岭荒山里混日子，他不知道世界上有什么可以叫作"困难"！他觉得：照党的指示给群众办事，"受苦"就是享乐。只有那些时刻盼望领赏的人，才念念不忘自己为群众吃过苦。而当他想起上火车的时候，看见有人在票房的脚地睡觉的印象，他更高兴了——他这一夜要享福了，不需要在房檐底下蹲了。嘻嘻……

他头上顶着一条麻袋，背上披着一条麻袋，抱着被窝卷儿，高兴得满脸笑容，走进一家小饭铺里。他要了五分钱的一碗汤面，喝了两碗面汤，吃了他妈给他烙的馍。他打着饱嗝，取开棉袄口袋上的锁针用嘴唇夹住，掏出一个红布小包来。他在饭桌上很仔细地打开红布小包，又打开他妹子秀兰写过大字的一层纸，才取出那些七凑八凑起来的，用指头捅鸡屁股、锥鞋底子挣来的人民币来，拣出最破的一张五分票，付了汤面钱。这五分票再装下去，就要烂在他手里了。……

尽管饭铺的堂倌和管账先生一直嘲笑地盯他，他毫不局促地用不花钱的面汤，把风干的馍送进肚里去了。他更不因为人家笑他庄稼人带钱的方式，显得匆忙。相反，他在脑子里时刻警惕自己：出了门要拿稳，甭慌，免得差错和丢失东西。办不好事情，会失党的威信哩。

梁生宝是个朴实庄稼人。即使在担任民兵队长的那二年里头，他也不是那号伸胳膊踢腿、锋芒毕露、咄咄逼人的角色。在一九五二年，中共全党进行社会主义思想教育的整党运动中，他被接收入党。雄心勃勃地肩负起改造世界的重任以后，这个朴实庄稼人变得更兢兢业业了，举动言谈，看上去比他虚岁二十七的年龄更老成持重。和他同一批入党的下堡村有个党员，举行过入党仪式从会议室出来，群众就觉得他派头大了。梁生宝相反，他因为考虑到不是个人而是党在群众里头的影响，有时候倒不免过分谨慎。……

踏着土街上的泥泞，生宝从饭铺跑到车站票房了。一九五三年间，渭河平原的陇海沿线，小站还没电灯哩。夜间，火车一过，车站和旁的地方一样，陷落在黑暗中去了。没有火车的时候，这公共场所反而是个寂寞僻陋的去处。生宝划着一根洋火，观察了票房的全部情况。他划第二根洋火，选定他睡觉的地方。划了第三根洋火，他才把麻袋在砖墁脚地上铺开来了。

他头枕着过行李的磅秤底盘，和衣睡下了，底盘上衬着麻袋和他的包头巾。他掏出他那杆一巴掌长的旱烟锅，点着一锅旱烟，睡下香喷喷地吸着，独自一个人笑眯眯地说：

"这好地场嘛！又雅静，又宽敞……"

他想：在这里美美睡上一夜，明日一早过渭河，到太白山下的产稻区买稻种呀！

但是，也许是过分的兴奋，也许是异乡的情调，这个远离家乡的庄稼人，睡不着觉。

票房的玻璃门窗外头，是风声，是雨声，是渭河的流水声。

不管他在火车上也好，下了火车也好，不管他离开家乡多远，下堡村对岸稻地里那几户人家，在精神上离他总是最近的。他想到他妈，这时准定挂着他在这风雨之夜，住在什么地方。他想到继父，不知道老汉因他这回出门生气没有。他想到妹子秀兰，准定又在进行宣传，要老人相信他走对了路。他想到他互助组的基本群众——有万、欢喜、任老四……当他想到改霞的时候，他的思想就固执地停留在这个正在考虑嫁给谁的大闺女身上了：改霞离他这样近，他在这砖脚地上闭起眼睛，就像她在身边一样。她朝着他笑，深情的眼睛扑闪扑闪瞟他，扰乱他的心思……

在土改那年，他俩在一块接触得多。他和她一同到县城参加过一回青年积极分子代表会议。他俩也经常同其他村干部和积极分子一块过汤河，到下堡村乡政府开会。改霞总显得喜欢接近生宝。开会的时候，她使人感觉到她故意挨近他坐；走在路上，她也总在他旁边走着。有一天黑夜，从乡政府散了会回家，汤河涨水拆了板桥，人们不得不脱脚蹚水过河。水嘴孙志明去搀改霞，她婉言拒绝了，却把一只柔软的闺女家的手，塞到生宝被农具磨硬的手掌里。渐渐地，人们开始用一种特别的眼光看他俩，背后有了细声细气的议论。那时间，改霞和周村家还没解除婚约，他的痨病童养媳妇还活着哩。在下堡乡党支书卢明昌隐隐约约暗示过生宝一回以后，生宝就以一种生硬的方式，避免和改霞接近了。现在，已经二十一岁的改霞，终于解除婚约了，他可怜的童养媳妇也死去了。他是不是可以和她……不！不！那么简单？也许人家上了二年学，眼高了，看不上他这个泥腿庄稼人了哩！……

他想：用什么办法试探一下她的心底才好呢？给他妹子秀兰说，又说不出口。“把它的！这不是托人办的事情嘛！”

他还没想出试探改霞的办法，就呼呼地睡着了。

……

早晨天一亮，一个包头巾、挟行李的野小伙子，出现在渭河上游的黄土高岸上了。他一只胳膊抱着被窝卷儿，另一只手在嘴上做个喇叭筒，向南岸呐喊着水手开船。他一直呐喊到住在南岸稻草棚棚里的水手应了声，才在渭河岸上溜达着，看陌生的异乡景致，等开船……

春雨在夜间什么时候停了，梁生宝不知道；但当下，天还阴着，浓厚的乌云还在八百里秦川上空翻腾哩。可能还有雨哩。昨天在火车上看见的太白山，现在躲在云彩里头去了。根据汤河上的经验，只有看见南山的时候，天才有放晴的可能——这里也是这样吧？

生宝注意到一个非常有趣的事情：渭河上游的河床很狭窄，竟比平原低几十丈；而下游的河床，只比平原低几尺，很宽，两岸有沙滩，河水年年任性地改道。这是什么道理呢？啊啊！原来上游地势高，水急，所以河床淘得深；下游地势平，水缓，所以淤起来很宽的沙滩。

“高。是高。这里地势是高。”他自言自语说，“同是阴历二月中间天气，我觉着这里比汤河上冷。”站在这里时间长了，他感觉出这个差别来了。

噢噢！对着哩！怪不道这里有急稻子。这里准定是春季暖得迟，秋季冷得早，所以稻子的生长期短。

生宝觉得：把许多事情联系起来思量，很有意思。他有这个爱好。

咦咦！这里的土色怎么和汤河上的土色不同哩？汤河上的土色发黑，是黑胶土，这里好像土色浅啊！他弯腰抓起一把被雨水湿透了的黄土，使劲一捏，又一放。果然！没汤河上的土性黏。他丢掉土，在麻袋上擦着泥手，心里想：

“啊呀！这里适宜的稻种，到汤河上爱长不爱长哩？种庄稼，土性有很大的关系；这倒是个事哩！跑这远的，弄回去的稻种使不成，可就糟哩。”

这样一想，倒添了心思。他急于过渭河到太白山下的产稻区看看稻种，问清楚这种稻种的特性。

直至平原上的村庄处处冒出浓白柴烟的时候，生宝才同后来的几个行人，一船过了渭河。

他在郭县东关一家茶铺吃了早饭——喝了一分钱的开水，吃了随身带来的馍。

当他吃毕早饭的时候，春雨又下起来了，淅淅沥沥地……

梁生宝从茶铺出来，仰头东看西看，雨并不甚大。他决定赤脚。他把他妹子秀兰用白羊毛给他织的袜子和他妈给他做的布鞋，包在麻袋里头。然后，他把棉裤的裤腿卷了起来，白布里子卷到膝盖底下。他又往头上顶着一条麻袋，背上披着一条麻袋，抱着用麻袋裹着的行李卷儿，向白茫茫的太白山下出发了。

"嘿！小伙子真争！啥事这么急？"他听见茶铺的人在背后说他。

一霎时以后，生宝走出郭县东关，就毫不畏难地投身在春雨茫茫的大平原上了。广阔无边的平原上，只有这一个黑点在道路上挪动。

生宝刚走开，觉得赤脚冰冷；但走一截以后，他的脚就习惯了雨里带雪的寒冷了。

梁生宝！你急什么？难道不可以等雨停了再走吗？春雨能下好久呢？你嫌车站、城镇住旅馆花钱，可以在路边的什么村里随便哪个庄稼院避一避雨嘛！何必故意逞能呢？

不！梁生宝不是那号逞能的愣小伙子。他知道他妈给他带的馍有限，要是延误了时光，吃不回家怎办？而且，他一发现渭河上游和下游土性有差别，他就恨不得一步跷到目的地，弄清此地稻种的特性，他才安心。要是他还没从下堡村起身，他可以因故再迟十天半月来；既然他走在路上了，他就连一刻也闲待不住。他就是这样性子的人。

他在春雨中踩着泥路走着。在他的脑子里，稻种代替了改霞，好像他昨晚在车站票房里根本没做桃色的遐想。

春雨的旷野里，天气是凉的，但生宝心中是热的。

他心中燃烧着熊熊的热火——不是恋爱的热火，而是理想的热火。年轻的庄稼人啊，一旦燃起了这种内心的热火，他们就成为不顾一切的入迷人物。除了他们的理想，他们觉得人类其他的生活简直没有趣味。为了理想，他们忘记吃饭，没有瞌睡，对女性的温存淡漠，失掉吃苦的感觉，和娘老子闹翻，甚至生命本身，也不是那么值得吝惜的了。

二十几年以前，当生宝是一个六七岁娃子的时候，陕北的年轻庄稼人，就是这样开始组织赤色游击小组的。这是陕北人、县委杨副书记说的。那年头，在陕北和在全中国一样，国民党军队、国民党政府、豪绅和地主的统治，简直是铁桶江山。但是，年轻庄稼人组织起来的游击小组，在党领导下，开始了推翻这个统治的尝试。杨副书记在正月里举行的互助组长代表会上做报告的时候说：一九三三年，陕北的老年庄稼人还说游击小组是胡闹哩，白送命哩；到一九三五年，游击小组变成了游击支队，建立起了赤色政权，压住山头同国民党军队挺硬打，当初说胡闹的老年人，也卷入这个斗争了。经过了多少次失败和胜利，多少换上军衣的年轻庄稼人的鲜血，洒在北方的黄土山头上，终于在梁生宝虚岁二十三的那年，全中国解放了，可怜的“地下农民”梁生宝站出来了！

生宝现在就是拿这个精神，在小农经济自发势力的汪洋大海中，开始搞互助组哩。杨副书记说得对：靠枪炮的革命已经成功了，靠优越性，靠多打粮食的革命才开头哩。生宝已经下定决心学习前代共产党人的榜样，把他的一切热情、聪明、精力和时间，都投入党所号召的这个事业。他觉得只有这样做，才活得带劲儿，才活得有味儿！

正月里，全省著名的劳模、窦堡区大王村互助组长王宗济从扩音器里发出的声音，永远在梁生宝记忆里震荡着。

“我们大王村，五〇年光我这个互助组认真互助，其余都是应名哩。过了两年，受了我这个组的带动，全村整顿起十四个互助组，都认真了。今年正月，我们两个组联起一个农业生产合作社……”

梁生宝当时是三千个听众里头的一个。他坐在三千个党的和非党的庄稼人里头，心在他穿棉袄的胸脯里头蛮动弹。他对自己说：

“王宗济是共产党员，咱这阵也是共产党员了。王宗济能办成的事，咱办不成吗？他是滹河川的稻地村，咱是汤河川的稻地村。百姓从前是一样的可怜，只要有人出头，大伙就能跟上来！”

但他又想：“啊呀！咱比王宗济年轻呀！人家四十多岁，咱二十多岁，村内威信不够，怎办？要是郭振山领头干，咱跟上做帮手，还许差不多哩。可惜！可惜！振山，你为啥对这事不热心嘛？……”

“咳！这有啥怕头？”生宝最后鄙视自己这种没出息的自卑心理，想道，“王宗济自己也说：是靠乡支部和区委的领导。有党领导，咱怕啥？”

于是，在王宗济发表毕挑战的演讲以后，穿黑棉袄、包头巾的小伙子，在人群中站了起来，举起一只胳膊，大声向主席台喊：

“黄堡区下堡乡第五村梁生宝，要求讲话！”

当他在主席台上表示毕决心下来的时候，区委书记就在通道上欣喜地等着他，握住他的手，攀住他的肩膀，亲热地说：“开毕会就到蛤蟆滩帮助你整顿互助组，订生产计划。”从那时候，生宝的心里就烘烘地热了起来。

他现在跑到几百里外，在渭河上游冒雨走路的劲头，就是同那天上台讲话的劲头相联系的。

在雨里带雪的春寒中，他走得满身汗。因为道路泥滑，他得全身使劲，保持平衡，才不至于跌跤。

直至晌午时光，他走了三十里泥路。他来到鸭鸿河上的一个稻地村庄里。他的麻袋已经拧过三回水，棉衣却没湿，只是潮潮的。他心里畅快得很哪！这个身强力壮的小伙子！

第六章

当徐改霞端坐在下堡小学三年级教室里听老师讲课的时候，有这个老婆或那个老汉，到官渠岸她家——有一棵柿树的草棚院，去串门儿。

人们带着非常关切的神情，向改霞她妈打探解除婚约以后的改霞，对找新的对象持什么态度。

有几个富裕、和睦的家庭里的诚实、聪明的小伙子，被提出来供这个汤河上有名的“俊女子”考虑。汤河上游东原上的上堡村，有个成分是小土地出租者的小学教员；汤河下游北原上章村，有个富农的独苗苗儿子；北原那边滮河川的范村，又有个成分是小土地出租者的乡文书；黄堡镇上一个布匹商有个在县城上中学的儿子；还有本村郭世富上县中的儿子永茂……看中她的，都是有些文化的青年。

永茂是本村人，不必细说了。所有其他托人提亲的小伙子，也都见过改霞的。介绍人都说：只要改霞答应他们的“提亲”，她提出的一切可能满足的合理要求，都好商量！

改霞啊！改霞啊！她也许是汤河上顶俊的女子，也许并不是哩！要不是她参加社会活动，要不是她到县城去当过青年代表，要不是她在黄堡镇一九五一年“五一”节的万人大会上讲过话，那么，一个在草棚屋里长大的乡村闺女，再漂亮也不可能有这样大的名气和吸引力呀。

改霞她妈鼻梁上架着用棉线连接白铜腿子的老花眼镜，给闺女做着鞋，听着每个介绍人的谈叙，都这样想着。她没敢给任何人任何有希望的回答，以免把自己陷入一种尴尬的处境；因为女儿的事，现在娘做不了主了。不过，这么多大户人家看上这个可怜寡妇的女儿，倒给了老婆婆心情上很大的满足。她心中长久积压着的对不起周村家的感觉，逐渐消失了。

她把提亲的情况，告诉她的斜对过邻居、她女儿事实上的生活顾问——代表主任。

郭振山连连地摇手，张大满腮胡楂的嘴巴大笑。

“使不得！使不得！提的这些对象，连一个也使不得！净是些富农、小土地出租、奸商和富裕中农嘛……净是些落后脑袋瓜子嘛！女婿都有文化，都不在家里咯，哪个女团员肯嫁给那号人家？整天侍候公婆，黑间管得连会也不让开去。你思量思量，改霞是那号傻瓜不是？出了笼的鸟，自己又进笼吗？嘿嘿嘿……”

郭振山笑毕，又很诚恳地劝导：

“你一个也甭给改霞说！全装到你肚里算哩！你甭搅扰她上学！念书和种地不同，心杂了念不进去！”

“对！对！”老婆婆同意。笑了笑，她又说，“可是……”

“可是啥哩？”

“可是永茂是个好……”

“噢！你看上这门亲哩？”郭振山吃惊地问。

老婆婆蛮有兴趣地笑笑，感慨地说：

“好人家嘛！郭世富是好人家嘛！地有地，人有人；马有马，车有车。家里满院灯亮，出门骡马铃响。又在一条街上，早不见晚见嘛……”

郭振山听得不耐烦。

“你看上郭世富的家业，改霞看上永茂吗？”

“永茂是县中学生。”

“思想儿怎样呢？”

“思想儿，思想儿……”老婆婆没有词地笑了；她在这方面考虑得少。

郭振山进一步明知故问：“永茂入团哩没？”

“怎？团员还非和团员不结？……”

“当然！你当成前五年、前十年的改霞了？没一点政治思想儿？永茂是个非团青年哎！咱五村的团小组，暑假寒假，组织中小学生宣传，写黑板报，传话筒广播，他都不积极咯。回回要团员们到街门口请叫他。他手里拿本啥故事书出来，还品麻地一边走一边看哩。改霞说：去了也没一点主动性儿！磨磨蹭蹭，不推不动。改霞烦死他了，你叫她嫁他？你这好主意嘛！”

老婆婆不好意思地笑笑。

“不明白时兴人的心思……”

“不明白，你甭管算哩。你叫她好好学文化。你家里有事情，但有三分奈何，甭耽搁她的功课。你娘儿俩孤寡身影，能有今日，得感谢毛主席的恩典。毛主席提倡文化的程度，你叫她好好上学去。你把她当个小子守到如今，图啥来？不是图个闺女好吗？……”

善于劝解人的代表主任，说得老婆婆很受感动。她想起来了人类情感上最难受的守寡生涯——

……过毕改霞她爸的三周年以后，所有的亲戚，都陆续走了。只有改霞她大舅留了下来，坐在炕沿上一个劲儿吸旱烟。大哥心心事事望着新寡的妹子，要说话不说话。

终于，改霞大舅开口了：

“二妹子！你……”

“大哥！你有啥话，敞开说！”

“我是说：你……你……你……”

“我怎？……”

“你没个小子。……”

“我把改改当小子守呀！”中年寡妇的眼泪从眼眶里涌了出来，泣不成声地说，“我把，改改，当小子，守呀！我宁肯，自个人，受难场，不情愿，改改，跟我……到……人家……屋里……受……受……受……”

“算哩！甭哭哩！”改霞大舅用手指抹去自己的眼泪，说，“是这话，你，你，在名誉方面……”

“放心！大哥！我不能失你们的脸面！”

就这样，老婆婆过了十几年严谨的寡妇生活，仅仅为了做妈而活着。整个蛤蟆滩的庄稼人都夸她行为光明，稻地里没一句关于她的流言蜚语。

在十几年的漫长岁月中，她一点一滴地，无形中和有形中按照自己的心性，铸造闺女的心性。终于，改霞长成一个十六七岁的、最容易害羞的闺女了。有谁多看她几眼，她就埋下头去，躲避赞美的目光。

改霞她妈做梦也梦不到：解放后，仅仅几个月的光景，使她十几年的心机枉费掉了。出去参加过几次群众会，柿树院就关不住改霞了。蛤蟆滩的穷佃户被共产党人带来的政策鼓舞着，表现出翻身的强烈要求；改霞又被穷佃户们翻身的要求鼓舞着，渴望女性切身的解放。郭振山暗示她：参加社会活动有助于她婚姻问题的解决。聪明的十八岁闺女，仅仅为了不情愿嫁到周村去，就大胆地投进群众运动的洪流里来了。谨小慎微的寡妇，在惊心动魄的群众运动里头，岂敢阻挡？另一方面，她心里也喜愿把财东们闹倒。暂时叫娃活动去吧！

只有当老婆婆听到改霞和生宝过分接近的风言风语的时候，她才觉察到自己做错了事情，后悔也来不及了。

她走到斜对过郭振山的草棚院。

“农会主席。”

“唔。”

“你到俺屋里去一下下。”

“做啥?”

“我，和你有话。”

“啥话，你说嘛!”

改霞她妈拿起襟子揩眼泪。

“这里说起不方便。你去一下下，不行吗?”

郭振山看见别人流眼泪，心软，说：

“好吧！你先回去。我把这一担牛粪担出场里，就来。”

农会主席满腮胡楂的嘴巴噙着烟锅，走进柿树院。改霞她妈脸上挂着眼泪珠，让他进屋里去。

“你坐下。”

“甭客气哩。啥话，你说吧!”

改霞她妈又撩起襟子揩眼泪。

“这是为啥呢?”郭振山纳闷地问。

老婆婆哽哽咽咽说：“把俺改霞的团员给退哩!”

“为啥呢?”

“她不能办工作哩!”

“怎哩?”

“我不让她出去跑哩!”

“唉唉!”振山不同意地说，“啥事你敞开说嘛！捏住拳头叫我猜吗?”

于是，改霞她妈吞吞吐吐地说：“梁生宝不是人，胡骚情……”

“啊噢!”郭振山恍然明白了，张大了满腮胡楂的嘴巴大笑，“没没没！没那号事！你甭听旁人胡造谣言，甭冤枉好人哩!”

改霞她妈惊讶地瞪大了泪眼。

“谁告诉你的?”郭振山非常厉害地追问，“你把这个人说出来！造谣破坏，决不轻饶他!”

看见农会主席认真、严肃的样子，老婆婆破涕为笑地问：

“那么，没……?”

“没!”郭振山肯定地说，“你甭听旁人胡吹播哩！共产党员和青年团员，净办对百姓有益的事情。坏人想破坏俺们的威信，破坏不了，总是在男女关系这方面编造，看见一男一女在一块走一下，就这么那么哩！有一加十！徐大婶子！你信不着旁人，你信不着你自家的闺女吗？你看改霞是那号货吗？好你哩，再甭胡思乱想哩！你哭鼻流水，人家笑话呀!"

寡妇老婆虽然相信了农会主席，但心里总不踏实。想起生宝的童养媳妇的痨病样子，又想起自己闺女如花似玉，心里总有十五个吊桶在打水。

她思量了一阵，提出一个非常朴素的要求。

"能把梁生宝开除出团，我就放心哩……"

她看见郭振山仰起满腮胡楂的脸，大张着厚嘴唇，半天笑不出声音来，她没好意思继续说下去。

郭振山笑毕，说："好我的你哩！你傻了心哩嘛！人家好好当咱村里的民兵队长，俺倒为啥要把人家开除出团嘛？你能笑死人了……"

"那你要多关照改改，常指教她……"

"你放心好哩！咱村里的青年团员，一个也不能让走到邪路上去!"

于是，的确在土改以来的一两年里头，改霞她妈一直是放心的。只有在生宝死了童养媳妇、改霞解除了婚约以后，她才重新要求代表主任注意改霞和生宝的关系。

每个星期六的后半晌，下堡小学照例没什么活动。晌午，改霞从学校回了家。她看见炕边上，放着走亲戚的竹篮子。竹篮子里放着一些新蒸的白面馍，馍的圆顶上点着红点，上面用一块经常收藏在包袱里的洁白毛巾覆盖着。竹篮子旁边放着改霞走亲戚的衣裳——一九五三年间正时兴的一套学生蓝制服。

"改改!"妈说，"你二姐的娃子明儿过生日。我走不动，你去上一回。她家路远，当天来回，太累人了。你在她家住上一宿，明儿后晌，早早回来。"

改霞正要和她二姐谈谈她矛盾的复杂心情。经过几天的独自思量，她对进工厂比较有兴趣了。只有一样事，在她心里疙疙瘩瘩不平服，就是有种对不起生宝的感觉。虽然他俩中间没有任何约言，但是有过感情。她总是这样想：如果不和生宝谈一次，她不声不响离开下堡村，进了工厂的话，恐怕是太没人情了吧？她不是那样俗气的女人，只要对自己有利，就毫不留恋地撇开自己热爱过的人。她想把她的真心实话告诉二姐，看看二姐说什么。在村里，她和谁说她这心事呢？郭振山吗？秀兰吗？妈妈？都不能说……

晌午以后，改霞走过蛤蟆滩的小路，过了汤河。她从下堡村大十字，奔了黄堡通县城的马路。她一路吸引着妇女们赞赏的眼光，小伙子们爱慕的眼光和姑娘们羡妒的眼光。

她走上了大坡，进入了下堡村的北原。渭河和八百里秦川，村庄、树木和铁路，自动展开在她面前。马路在两行还没发芽的刺槐树中间，向北延伸出去。高原上的麦田，呈现出返青期的葱绿。百灵子和黄莺在马路旁的刺槐树上，追着改霞似的朝前飞。

从县城回家取馍（当时每周一次）的县中学生，一群一伙，三三两两，在马路上向南走来。他们唱着，谈着，笑着，热烈地争论着，到和改霞相遇的时候，一下子静悄悄的，向她行"注目礼"了。有些在走过以后，还要扭头看一看。但是改霞目不斜视。她提着竹篮子走着，傲然昂着头，大眼睛平静地望着在她面前展开去的渭河平原，给人一种不容轻薄、不容嬉笑的凛然气概。漂亮对她来说，是一种外在的东西，与她的聪明、智慧、觉悟和能力，丝毫无关。她丝毫不觉得这是自己的所长，丝毫不因人注意而自满；相反，她讨厌人们贪婪的目光。

永茂在几个同学中间走来了。细长个子，白净脸儿，黑制帽外面故意露出一些偏分头的发梢，怪俏皮的。

"改霞，你上哪里去？"永茂站住，殷勤地问。

"上关村去。"改霞平淡地说。

"做啥去？"

"走亲戚呗！"

改霞不乐意地回答着，走过去了。她一边走一边说，没停住脚。她瞥见永茂俏皮地把偏分头的发梢露出黑制帽，轻蔑地扁一扁嘴。这个中学生平日表现出的富裕中农子弟的优越感，他对于假期回乡学生宣传活动的消极应付态度，和他对村里的各种运动的冷淡，在改霞心中堆积了足够的反感。她有足够的理由轻视他。

“你永茂有啥了不起？你家地多，还不是你爸当狗腿子的结果？有啥拿板弄势的？你甭给我骚情！谁喜爱你那熊样子？”改霞一边走一边想。

一辆双套胶轮车迎面过来了。车辕上手执长鞭坐着郭世华——郭世富的三兄弟。在他背后边，满满装了一堆男女乘客。

“咳！改霞，你上哪里去？”郭世华离多远就大声问。

改霞回答以后，车老板又满脸堆笑说：

“你明儿回来时，我这顺车捎你，不问你要钱。”

“我走得了！”改霞嘴说。她心想：“多蠢！当着一车人说不要钱。世上有那么多爱捡便宜的人？”

“哎！”郭世华在车辕上扭转身子，朝已经走过去的改霞背影还说，“改霞！明日，你在关村路口上等着！我赶半后晌就过来了！”

“不啦！”改霞不回头地说。她心想：“寒碜死人！我那么爱坐车？你细成那样，为了多拉一个客，你的侄子一星期取一回馍，你还不捎哩，偏来捎我。”她知道一点郭世富想要她做儿媳妇的动机。那真叫妄想！

下了北原那边的坡道，她走到滹河桥头三五家饭馆、茶铺、小店和修理自行车铺所组成的小街上。她的心突突地跳起来，全身的血向她脸上涌来。她牙咬着嘴唇，准备着经过一个内心非常紧张的时刻。

梁生宝从桥上贪大步地走过来了！满脸的汗水反射着阳光，因为走热了，手里捏着头巾。看见改霞，生宝的脸唰地红了。

“你回来了？”改霞机械地招呼，努力想把脸色定平。

“我回来了！”生宝高兴得激动地说，一只湿润的大手，使劲扯了扯衣襟边。显然不让改霞看见他落落踏踏！……

他的目光那样盯她，使她的目光不敢和他的相遇。她低了头。

她低着头，用一只脚尖，拨一块小石头。她在想着：和他说什么才好呢。

“我买了二百五十斤稻种。”生宝胜利地说，目的是打破尴尬。

“你的稻种在哪里呢？”

“在郭三车上。你刚才没碰见他吗？碰见了？”

“你为啥不跟稻种坐车呢？”

“咳！郭三的心可黑啦！二百五十斤稻种，要一份脚费。我要坐车，得另花钱。我说：是这，你光把稻种拉上，我在后头跑呀。”

改霞抬起头，感动地看看生宝红腾腾的脸，想起郭振山对生宝现在搞的事业的冷淡，心里不禁难受地想：“你这么积极，能成功吗？”她突然发现路旁有好些人，欣赏她和生宝多少有点缠绵的谈话和神情。她觉得很不自如，只好和生宝分路了。如果在左近没人的旷野上，她真想和他多说几句话。

她在滤河的大石桥上扭头看时，正在上坡的生宝，也在扭头看她。她的思想更矛盾了。她的感情更复杂了。她的心又偏到生宝这边来了。她决心从二姐家回来后，和生宝谈一次……

第七章

一个初春的阳光灿烂的上午，嘴里噙旱烟锅的庄稼人，提粪筐的庄稼人，和倒背双手的庄稼人，纷纷从稻地塄坎上的许多小径，向梁三老汉的草棚院走去。

“哎，宝娃子买的叫啥稻种呢？”

“百日黄嘛。听说从插秧到搭镰割稻子，只要一百天。”

“怪！自古常言：一月缓苗（变绿），一月长，一月出穗，一月黄。这‘百日黄’少二十天，差一个节气还多哩！”

“就要看打粮食怎样呢！”

“听梁生宝吹，这号稻子秆秆不高，穗穗够长。”

“出奇！这么说，肥料大些，也不怕长滥（长秆少粒）？”

“人家说，肥料大了，只要水灌均匀，没关系咯。”

“啊哈！有这么好的稻种？买回来多少呢？”

“一石多。听说本互助组分毕，还有余头哩。”

“要是有余头，咱也分它点试试看！……”

“百日黄”稻种的生长期短，在蛤蟆滩引起了这样广泛的兴趣，庄稼人们把梁三老汉的草棚院挤得水泄不通了。说话的声音很嘈杂，好像黄堡镇上的粮食市场一样。不光是蛤蟆滩的庄稼人，也有河北岸下堡村来的。有些庄稼人想分稻种，有些庄稼人光为满足好奇心。庄稼人为了一点好奇心，有时候可以跑几十里路哩！

人们把粗大的手伸进解开的口袋里，用指头捏一撮稻种，放在手掌心里细瞅。他们用大拇指头搓搓，用口轻轻吹去稻糠，又细瞅。他们把大米粒投进已经留下胡子的或者还没留下胡子的嘴里嚼碎，然后唾掉，然后互相交换意见。

都说：成色不赖！

头上包着头巾的梁生宝，用一个升子，把稻种从麻袋里，舀到他互助组的人们带来的器具里头。头上戴着黑制帽、庄稼人棉袄上结着军用宽皮带的冯有万，雄赳赳气昂昂地站在那里，用一杆钩子秤，确定各人的器具和稻种的分量。这个民兵队长的神气，很明显地给蛤蟆滩的庄稼人这样一种印象：他以本互助组的事情，吸引来这样多庄稼人参观为骄傲。

“哎！生宝，那不算个事呀！”人群中的任老四，大舌头嘴里溅着唾沫星子，大声嚷着。

“啥不算个事？”留分头的小学毕业生欢喜在旁边问。

“我说，生宝，”任老四不理他侄子，只对组长说话，“你一路的花销不合计在稻价里头，那不算个事呀！你出门好几天，为大伙劳累了就好了，再贴赔上些盘费？那算个啥理儿？……”

“你真烦人！”有万称着任老四的竹皮罐的分量，不满意地打断他，“要告诉你几遍呢？咱组长一路没进栈房，吃的是家里带去的馍，算啥盘费？”

“家里带去的馍，是泥捏的吗？”任老四坚持着他的观点。

他这泥捏馍的话，惹得许多庄稼人大笑，他自己却一本正经。他认定稻种价里头，只算原价、车票和运费，而不计算生宝的盘费，这事不合理。在生宝到郭县去了的这几天里，任老四在郭家河打了一千块土坯，挣得十元。生宝，一个大小伙子，在这个期间一个小钱不挣，还要贴赔盘费吗？即使生宝坚决要给大伙服务，他头上还有老人嘛！任老四看见为这件事，梁三老汉和生宝他妈闹得凶，他心里难受。他觉得为了使互助组巩固，应当让梁三老汉也满意一些才好。但当着这么多的庄稼人，任老四又说不出这个话来，心下直怪有万太心粗，不能细察人情世故。他见有万不搭理他的神气，又话里有话地说：

“你光管自家畅快，不顾人家的光景！”

“算哩！算哩！谁和你缠？咱组长不是小气鬼，人家是共产党员……”

“怎？共产党员不吃五谷，不穿布匹活着吗？”

生宝一只手捉着麻袋口，一只手捉着升子，看看任老四腰里结的稻草绳腰带，笑劝这个老实头庄稼人说：

“你甭挂心我哩！你挂心你自家的光景吧！”

欢喜也不满意他四爹的这份啰嗦劲儿。

“你尽废话！你连眼前这稻种钱，也是咱组长给你垫着哩。你这阵就要给钱？还是怎样？”

“我这阵给不起，欠也欠不起吗？”

这工夫，郭世富戴毡帽的脸孔，在更远点的人头中间，呈现出鄙视的笑容。他胡髭剪得很齐的嘴唇扁了扁，鼻孔里头发出轻蔑的冷笑声。那样子等于用嘴巴明言：“你两年欠下我一石‘活跃借贷’粮没还。你还说‘欠’、‘欠’，你光知道个‘欠’！”

欢喜眼尖，注意到郭世富的表情了。他气恨郭世富，把头一拐，说他四爹：

“把稻种拿回去，忙你的活儿去吧！”

任老四很满意地提起分给他的稻种，嘴里溅着唾沫星子，又说了许多感激话，这才走开。这时，他才看见郭世富戴毡帽的皱纹脸，他的脸色一下子黄了，很快又红了。那天早晨，欢喜告诉他郭世富向他讨账的时候，他那样的气愤，你也许以为：啊呀！不得了，任老四现在会放下装稻种的竹罐，扑过去和郭世富拼命吧？不！请你放心吧！俗话说得对："吃人的嘴软，欠人的理短。"还没从贫穷的压迫下解放出来的任老四，目光躲避着郭世富的目光，不声不响，跷出草棚院的街门，走了。

生宝和有万，继续给互助组的组员们分稻种。生禄、欢喜、王老二的儿子拴拴、冯有义、郭锁儿都把自己的稻种拿走了。他们把有万的稻种，也称得另放在一边了。

这时，早年的豆腐客梁大老汉，把一条口袋伸向冯有万。个子高大，垂着斑白的长胡子，拄着一根终南山里出产的楯木棍，秃顶老汉已经在旁边站着，等了一阵了。现在，他理直气壮地说：

"把这条口袋称一称。"

"这是做啥？"有万不明白老汉的意图。

秃顶老汉不和有万说话。他用家长兼富裕者的双重权威口气，命令生宝：

"给我弄上五升！"

"你？……"生宝迷惑地眨巴着眼睛，回忆着说，"你家的稻种，俺生禄哥拿回去了！"

"这是章村你大姐要的。尽说这稻种好，她要分些试试。"

全院子的眼睛，都盯着生宝作难的脸色。其中有些人在看过稻种以后，已经用互助组长的名义，向生宝表示了想分点稻种的意想。生宝答应他们本互助组分毕了，再看。

有万气得鼓鼓。他对于不合理的事情，极端缺乏忍耐心。当生宝起身去买稻种向生禄借几块钱的时候，就是这个秃顶老汉代替不声不响的生禄，不客气地拒绝的。现在竟厚着老脸皮，来替自己坐娘家的女儿分稻种来了！有万手里拿着秤，噘着嘴，直挺挺地站在那里，不肯给秃顶老汉称口袋的分量。

秃顶老汉软皮囊似的灰暗脸孔，带着一种盛气凌人的笑容，盯着年轻的互助组长。那神气表示他心里想着：

“我老汉出口了！看你小子尊不尊？”

生宝手里拿着空升子发呆。他想：

“这不是倚老卖老吗？这叫人怎办哩？他仗着他家的马在全互助组最强，又只他一家有车，互助组离不得他家。这真是欺人太甚了！我就不给他分这稻种，看他能怎样？”

把稻种送回家又来的欢喜，试着用一种聪明的方式，帮助组长打破这个僵局。他很惋惜的样子说：

“哎，生宝哥，你走时多带些钱，多买些稻种就好哩……”

“怎？”老头的秃顶脑袋一拐，垂着软囊囊的眼皮，盯住欢喜稚气的脸，挺厉害地问，“怎？起身的时光，俺家没给钱吗？这阵有富余的，旁人能分，门中人和亲戚倒不能分？俺拿多少稻种给多少钱，分文不欠人的！俺姓梁的和姓梁的说话，你姓任的插啥嘴？”

吓得欢喜再没张声。满院的人群静悄悄的，好像看一出戏看到紧要的场面。

生宝心里又拐了弯：“算了吧，给他算了吧！为了这几升稻种的事，惹恼老汉要退组，太没意思了。容让了他这一回……”

“伯哎！”他开口说，努力做出和好的笑容，“是这样：我多买了些稻种，可咱村的好些互助组长，口开得早。你老人家既开了口，给章村俺大姐家，多少也分上点。”

“分多少？”

“二升，你老人家看怎样？”

“哼！插不到半亩地！”

“三升！”生宝狠一狠，又添了一升。

“四升！”梁大老汉退让了一升。

“你老人家也给我留点情面！”生宝指着满院的人，强硬起来了，“叫大伙能看得下去！……”

秃顶老汉垂着斑白胡子，扭头看时，发现满院不平的脸色和愤懑的目光。他退让了。

“就是哩。三升就三升吧……”

要称稻种的时候，有万已经不在这里了。他已经忍耐不住，一句话也没说，掼下秤，掂着他自己分得的稻种，在什么时候走掉了。生宝自己捉秤，打发走了这个胡子斑白而不能令人尊敬的老汉。

一群庄稼人严严实实把生宝挤在中间。大伙争着抢着，要分稻种。

“我要二升！”

“给我分上二升行吗？”

“咱一升就行。咱是为了给明年引种籽。”

“给我，哎，生宝，给我弄上……”不好意思说出数目字了。

“啊呀！大伙甭挤好不好？”生宝实在被挤得受不了，他呼吁，“长余的稻种有限，要的人太多，得商量着办事哇！”

“对！商量着办事。”挤不到跟前的庄稼人们，在后头大声嚷着。

在生宝起身到郭县去以前，他曾征求过村内各代表和各互助组长说，如若有人愿意换新稻种的，可以凑钱给他，他可以给大伙捎办。但是有的人实在是弄不到钱；有的人摸不清稻种究竟好坏，不愿意冒一块钱的险；有的人担心生宝办不好事情，恐怕要白白分担他的车票、路费。现在，这些庄稼人被新稻种早熟的优点吸引住了。这给生宝很大的鼓励：庄稼人尽管有前进和落后、聪明和鲁笨、诚实和奸猾之分，但愿意多打粮食、愿意增加收入，是他们的共同点。这就使得互助合作有办法，有希望了。大概党就是根据这一点，提出互助合作道路来的吧？——想到这里，获得了新认识的年轻共产党员，兴奋起来了！他精神更加抖擞，容光更加焕发了。

一只出过了力的庄稼人手，从后面伸过来，扳生宝的肩膀。生宝扭头看时，是郭世富。生宝早注意到：这个穿一身干净的黑市布棉衣的庄稼人，自从进了这院子，手心里一直端着几颗“百日黄”稻子搓出的大米粒，一遍又一遍地埋头瞅着，仰头看看蓝天，心里谋算着什么。

现在，郭世富把胡髭剪得很齐的嘴巴，安置到生宝耳朵上来了。

“你能余多少稻种？”声音很低，很亲切。

“二三斗……”生宝大声地回答。

“一斗合计多少钱呢?”

“两块六角多一点。”

“我给五块钱，你卖给我一斗，行不?”

欢喜站在生宝旁边，听见郭世富的话，好像嗅见了狗屎的神气。

“这不是粮食市，世富老大!”欢喜警告，记恨着郭世富在布置活跃借贷那晚上，讨陈账的事儿。

“我不是稻种贩子嘛!”生宝对郭世富讽刺地笑说。

大伙嚷嚷起来了。

“世富老大！你说啥，大点声嘛!”

“没说啥，没说啥。”郭世富连忙声明着，见风头不顺，低头出了街门，离开这伙贫农。他们单独一个一个地，好对付，凑在一块很厉害。

生宝向大伙提出：蛤蟆滩的互助组长们，每人不超过二升稻种，去做试办。只有郭庆喜，他得给五升；因为庆喜是上河沿最主要的互助组长，并且在他买稻种起身时，借给他三块钱。大伙都同意了。

“老铁!”生宝向人群中间的铁人亲热地说，“理应再多给你些来，要的人太多了。”

“行哩，行哩。”铁人厚道地说，表现出另一种富裕中农的神气。

于是让欢喜记数，生宝就开始给大伙分稻种了。人们拥挤着，喧嚷着，一霎时把生宝弄得头昏脑涨。……

当院里只留下生宝一个人的时候，他把剩下的稻种一称，不住地惋惜地咂嘴。

“把它的！弄下这事!”

“怎呢?”妈在屋里问。

“弄得咱不够了。”

生宝妈坐在草棚屋炕上做鞋帮，通过敞开的窗口，温和地责备儿子：

“你常是冒冒失失，做事没个底底。我说你先把自家的稻种舀出再分，你说不好，要先人后己。这阵好！看弄得自家不够了吧？”

“罢哩！咱用上一部分旧稻种算哩。”生宝乐呵呵地说，因为自己对群众有用而情绪很高。

梁三老汉在磨棚子里磨玉米面，听见发生了什么事儿。他本来已经下定决心对“梁伟人”的事，采取不闻不问的态度了。但听见这事，心在他胸膛里蛮翻腾。他忍耐不住，颠出磨棚，站在院里。罗面把他弄得头发、眉毛、胡子一片粉白。他用非常丧气的目光，灰心地盯着生宝，袖子和瘪瘦的手上，落着一层玉米面粉，指着生宝说：

“你呀！你太能了！能上天！你给互助组买稻种嘛，你给大伙夸稻种这好那好做啥？这阵弄得自家也不够了！好！好！精明人！”

给老汉这么一说，生宝反而呵呵地大笑了。他笑继父的做人标准——自私自利是精明，弄虚作假是能人，大公无私却是愚蠢……

……

一家人聚齐吃晚饭的时候，梁三老汉舀起一碗饭，往摆在脚地的一张小方桌周围的矮凳上，坐下来了。

“宝娃！这，你回来了。”

“唔，爹，你说啥呢？”

“我说，咱那荸荠啥时挖呢？”

“就挖。等着用钱呢。买稻种拉下人家的账；还有，互助组马快要进山呀！”

“我不管你进山不进山！反正，卖荸荠的钱，得给我使唤几块！”

“你要几块？”

“十块。”

生宝笑了。生宝妈眼看这爷儿俩的谈话，口气不顺和。老汉脸吊下去，话音低沉而带气，好像又要爆发一场不和。她又出头代替儿子问：

“你要十块钱做啥哩？”

“你甭管！我有用项！”

“你做啥用呢？”

“我的汗褂穿成马笼头了。……”

"鸡下开蛋了。我预备拿鸡蛋钱，给你爷俩一人扯一个汗褂哩。"老婆很温和地劝说。

"不！"老汉别扭地说，"鸡蛋甭卖！"

"为啥哩？"

"我要吃。"

"你吃得了五个母鸡下的蛋吗？"老婆忍住笑又问。

"我早起冲得喝，晌午炒得吃，黑间煮得吃……"

闺女秀兰低头哧哧地笑开了。她觉得当着老人的面，把饭喷在碗里，对爹太不尊敬，就急忙端着饭碗，奔出院子去了。

老汉一本正经说诳话的神气，和他那种从早到晚闲不住过光景的勤俭比较起来，实在能笑破人的肚皮。他抬粪回家的时候，经常顺便捡些碎柴枝和破布片，交给生宝他妈。下堡村大十字卖粽子、油炸糕和瓜果的小贩们，开他的玩笑说："梁三老汉，全照你的样子，俺卖零食的都该喝西北风啦！"

"你老人家舍得那样浪吃吗？"生宝呵呵笑着，并不觉得事态有一点严重。

老汉抬起眼，严肃地瞟一眼生宝。

"我怎么舍不得？光你舍得？"

"你舍得，扯个汗褂也用不了十块钱呀！"生宝妈不满意老汉这种一再挑衅的做法。

老汉反而说："你甭和我寻气！我给人家十块钱做啥？我那么傻？我在黄堡镇下馆子哩。……"

他这么一说，儿子、闺女都哈哈大笑了。老伴也笑了。

"笑啥？"老汉还是不高兴，感慨地说，"我不吃做啥？还想发家吗？发不成家啰！我也帮着你踢蹬吧！"

"你光想发家！"老婆笑毕，又说老汉。

老汉翻起有皱纹的眼皮：

"谁愿意学任老四的样？谁倒愿意吃了今儿的没明儿的？"

生宝见二老再说下去，话激话，又要失和气了。同时他不在家的那回冲突，也提醒他有必要认真地向继父做点解释工作。他收敛了嬉笑，很严肃地用他在整党学习会上学来的道理，给继父讲解中国社会发展的前途，主要说明大家富裕的道路和自发的道路，有什么不同。

“啥叫自发的道路呢?”生宝说，“爹！打个比方，你就明白了。咱分下十亩稻地，是吧？我甭领导互助组哩！咱爷俩就像租种吕老二那十八亩稻地那样，使足了劲儿做。年年粮食有余头，有力量买地。该是这个样子吧？嗯，可老任家他们，劳力软的劳力软，娃多的娃多，离开互助组搞不好生产。他们年年得卖地。这也该是自自然然的事情吧？好！十年八年以后，老任家又和没土改一样，地全到咱爷俩名下了。咱成了财东，他们得给咱做活！是不是?”

老汉掩饰不住他心中对这段话有浓厚兴趣，咧开黄胡子嘴巴笑了。

“看！看！”老伴揭露说，“看你听得多高兴？你就爱听这个调调嘛。娃这回可说到你心眼上哩吧?”

梁三老汉为了表示他的心善，不赞成残酷的剥削，他声明：

“咱不雇长工，也不放粮。咱光图个富足，给子孙们创业哩！叫后人甭像咱一样受可怜。……”

“那不由你！”生宝斩钉截铁地反驳继父，“怪得很哩！庄稼人，地一多，钱一多，手就不爱握木头把儿哩。扁担和背绳碰到肩膀上，也不舒服哩。那时候，你就想叫旁人替自个儿做活。爹，你说：人一不爱劳动，还有好思想吗？成天光想着对旁人不利、对自个儿有利的事情!”

老汉在胡子嘴巴上使着劲儿，吃力地考虑着生宝这些使他大吃一惊的人生哲学。

生宝他妈和他妹子秀兰，被中共预备党员惊人的深刻议论，吸引住了。她们用喜悦的眼光，盯着头上包头巾、手里端老碗的生宝——这个人在她们不知不觉中，变得出人意料的聪明和会说，似乎要赶上郭振山了吧？……

生宝坐在矮凳上，继续向坐在对面的继父宣传。

“图富足，给子孙们创业的话，咱就得走大伙富足的道路。这是毛主席的话！一点没错！将来，全中国的庄稼人们，都不受可怜。现时搞互助组，日后搞合作社，再后用机器种地，用汽车拉粪、拉庄稼……”

梁三老汉本来被生宝关于剥削的道理，说动了心。现在他一听这些在他认为不着边际的空谈，又打消了对前一段话的考虑。老汉轻蔑而嘲笑地眯起皱纹眼皮，问：

“要几年？用机器种地要几年？明年？后年？”

生宝说不上要几年。在这方面，整党教育运动中，也没有确切的估计。生宝是个诚实人，他不能胡诌。他只笑笑，说：

“要多少年，党中央的委员们，许能知道……”

“他黄堡区的王书记，也不知道！甭吹！”梁三老汉胜利地大声呐喊。他弄不清楚许多概念，认为区委书记比中央委员还高明，因为王书记对他是具体的人，而党中央委员对他是抽象的。他只相信他见过的。

他惹得生宝和秀兰直笑，但他不在乎，觉得他抓住了要点，不失良机地迅速转入主动。

“你看人家郭振山！”他用实际例子来比，“你看人家也在党着哩！人家为啥不和你一样往前扑呢？人家土改毕了，人家退后一步，人家闷住头过人家的光景哩！你小子奔社会主义！你看今儿分稻种的样子，没到社会主义，你小子没裤子穿啰！说错了，算我老汉眼里没水！……”

生宝只笑不说话了。他不在继父面前，评论村里另一个党员的长短。他再辩论下去，不仅没有意义，反而还会弄坏。只要不决裂，他相信，他将来能改变继父的想法。而且，他现在还忙着，赶紧吃过饭，要找冯有万去。

当他出了街门的时候，妹子秀兰在月光中追上他，告诉他：改霞如何如何打听过他的事情……

第八章

人都有爱美之心，追求美也是人类的本能之一。

但生宝心里有两个念头在互相矛盾。有时候他想：改霞人样俊，心性也好，他要争取和她成亲。并且，从她看他的表情和眼神判断，他是有把握的。最大的阻碍是改霞她妈的顽固。但这只要他俩两厢情愿，也不是大的问题。有时候他又想："算了吧！人家上了三年级啦，恐怕这阵心大了，眼高了。咱庄稼人，本本分分，托人在什么村里瞅个对象，简简单单结个亲算哩。"他想：这样更实际些。自己负起了互助组搞丰产的责任，哪里还能为亲事分心呢？他这样想的近因，是那天改霞在滗河桥和他说话，不像从前那么热情；脚拨弄着路上的小石头块，心里恐怕有了其他的想法吧？脸上也有些捉摸不定的恍惚神情。再没比恋爱的青年人敏感了，对方一丝一毫的变化都能感受出来。

但改霞白嫩的脸盘，那双扑闪扑闪会说话的大眼睛，总使生宝恋恋难忘。她的俊秀的小手，早先给他坚硬的手掌里，留下了柔软和温热的感觉，总是一再地使他回忆起他们在土地改革运动中在一块的那些日子。

生宝希望给什么人，说说他这心内的矛盾，帮助他下个决心。但他给谁说呢？谁能帮助他下这个决心呢？有一回，他想对区委王书记倾吐衷肠，话已经从喉咙眼涌上来了，他的嘴唇和舌头，积极准备发音了，他的具有高度意志力的理智，又把话扣压起来，退回心中去了。

"给组织说这个做啥？"他在心里嘲笑自己的无聊，觉得对个人问题的纠缠，和为大伙谋利益的活动，是多么不相调和啊！

在互助组分稻种的这天黑夜，生宝从那天傍晚郭振山劝改霞进工厂的同一条路上，往南走去。他去找冯有万。一方面，他要批评有万，在秃顶老汉要分稻种的时候，不该气愤地掼下秤杆走掉；缺乏忍耐心，终将使自己不能在互助合作的道路上，坚持到底。另一方面，他就是想把他对改霞的心事，告诉有万，看他能给他出什么主意。

再不能拖延了！买稻种的任务完成以后，他得即刻开始为互助组进山做准备了。等到过了清明节，互助组的人就在终南山里头啰。他不能让给自个儿搞对象的念头，老是分散社会事业的心思。若是拿定主意和改霞谈，他希望在他进山以前。

夜色苍茫中，还没消散尽的做晚饭的炊烟，在复种青稞的稻地上飘浮着。生宝在牛车路上走着，噙着他的一巴掌长的烟锅，吸着旱烟。带着办成功一件事的暂时的轻快感觉，生宝想着：改霞对他这回的行动，心里会怎么思量呢？当他这样想的时候，路边的嫩草芽！渠里的流水！稻地里复种的青稞！你们为什么不把那天郭振山对改霞说的话，让这个恋爱的小伙子知道呢？

到岔路口该拐弯的时候，生宝站住了。东面稻地塄坎的小路上，过来一个黑影子。生宝不是看出，也不是从脚步声听出，而是从这条路只通向有万家的草棚屋，断定这就是他要找的人。

“万，你到哪里去？”生宝在月光中先开口问。

“你到哪里去？”有万反问。

不需要更多的问答，他们已经知道，他们是互相寻找了。这两个小伙子是这样的关系，自从搞起水稻丰产互助组以后，两个人只要是同时都在村里，他们就连一刻也不愿分离。共同的事业常常把肉体上是两个人，变成精神上是一个人，彼此难舍难分。生宝直到如今，还没有把他对改霞的心思告诉有万，主要因为有万太任性了。生宝恐怕这个愣家伙在不适当的场合，拿这事开玩笑。

“走！生宝。到你屋里去吧！”戴黑制帽的有万，拉着包头巾的生宝的袖子，说，“光棍屋里好拍嘴嘛！昨黑间，我就要在你炕上拍一夜来，见你出门这些日子，太乏了，叫你美美睡上一夜，咱再拍嘴。今黑间，我已经给屋里打了招呼，不回去睡了。”

生宝站着不动，在月光中笑着，盯住有万的胖脸盘。

“金姐娃没问你在哪里睡觉吗？”

“她知道我在你屋里。你甭瞎拍！人家相信咱自进了她屋，一心不二。”

“你经常在我屋里睡，她能乐意吗？”

“我告诉她互助组有事，她没二话。不是在你跟前卖嘴哩！当初进她家的门，咱就同说话人敲得响明：她娘儿俩日后，不能干涉咱的积极性儿；要是拖咱落后，咱可不干。”

“噢呀！你立场站得那稳？”

“当然！人没立场，如比树不扎根。你看吧，咱早晚要和你一样！”

“和我一样做啥？给她娘儿俩轰出来，再打光棍吗？”

“瞎拍！咱也要和你一样，入党！”

“就凭今儿俺伯分稻种时，你那股邪劲吗？王书记帮咱们订生产计划时，说你啥来着？要想引导农民走互助合作的道路，就得有忍耐心。你忘了吗？像你这样，到四五月生产紧忙的时光，咱能团结住大伙吗？”

“那股劲儿上来，唉，生宝，就像有鬼拨弄我一样。”有万愧悔地说，“我从你院里出来，在回家的路上，就后悔哩。心里恨自己：‘你这是做啥？一点也沉不住气！看人家生宝拿得多稳！’咱想返回来，又觉着怪没脸的。咱这就是寻你检讨来了。走吧，到你屋里细拍！”

这个犍牛一般强壮的小伙子，拉着生宝的一只胳膊走了。他和生宝在蛤蟆滩来说，算庄稼行里数一数二的把式。犁、耙、锄、割、扬种、插秧，除了铁人郭庆喜，没有比得上他俩的。这是他们熬长工熬来的本领。有万比生宝更长的，是惊人的体力。从终南山往山外运木料，别人掮四根杨木椽，他掮八根。他比生宝差的，是他那火药性子，谁说话做事不合他的脾性，他好像滚油煎心般，不能忍耐；但是过了那一阵子，他自己也觉得这样急躁没意思。

生宝最了解他。他知道有万这性格，是幼年时候形成的，很难一下子从根改变。人们不是说：幼年亡父、中年丧妻和老年失子，是人生三大不幸吗？那么有万和生宝都是孤儿出身。所不同的：生宝很快随母改嫁，得到继父梁三的荫庇；而有万很快连母亲也死掉了，在他能出卖自己的劳动养活自己以前，是在下堡村讨饭的一个野孩子。他本姓高，和高增福原是近族，两年前，做了一个寡妇老婆的独生女儿——金姐娃的进门女婿，才改姓了冯。在他能够懂得道理以前，他只知道恨——饥饿的时候，恨他看见正吃饭的人；寒冷的时候，恨他看见穿得暖和的人；想娘的时候，恨那些跟着妈的娃子……当到他懂事的年龄，这“恨”已经渗入他的气质，变成暴躁的性格了。他知道这样不对，但到时候就是控制不住自己，有时恨不得用耳光子，改变某个农民落后的一面。

虽然这样，生宝喜爱有万。因为他那苦难的童年，不仅造成他性格的缺点，也给了他正义感和意志力。一个人在小时受过艰难的严格训练，比十个娇生惯养的人还有用。有万的绝对公正、疾恶如仇、见公共事一马当先，使得生宝感到互助组有这个人，搞丰产的信心更强了。

两个知友，在生宝的草棚屋小炕上睡下了。他们吹熄了灯，就打开话匣子了。

在生宝买稻种不在家的时候，蛤蟆滩发生了几件事情。首先，上河沿李二和李三弟兄俩，为争地界边子，又干了仗。其次，前国民党军下士白占魁正月去了西安以后，他的风骚女人翠娥最近开始很活跃，三天两天往黄堡街上跑，可能又和什么人乱搞。最后，有万说到高增福寻他去追富农转移粮食的事儿，说到郭振山不带头搞互助组，整个官渠岸都是涣散的、死气沉沉的，看来高增福很苦恼……牵扯到另一个共产党员，这是党里头的事情，生宝照例谨慎地不对这个直性子人表示什么。

当生宝把他对改霞的心事告诉了有万的时候，他们的谈话热烈起来了。

“啊呀！有这美事，为啥不早告诉我哩？”有万一听，使劲推了面对面睡着的生宝一把，大为不满。但是随即他又笑了，问，“你啥时候起了这意？”

生宝告诉他在改霞解除婚约以后。

“我不信！”有万断然地说，“保险你两个在土改时……”

“低声点！”生宝推一推他，“俺妈和秀兰在对面草棚屋里醒着，你吵啥？”

有万压低了声音。

“保险你两个在土改的时候……你这阵坦白！”

“没！”生宝很正经地说，“接近是接近来，干干净净！旁人看见我那常病的媳妇要死不活，就那么胡猜哩，其实冤情。你看咱是那号乱七八糟的人吗？”

“那么，你们……”有万粗野地问，“搂抱来没？”

“没！”

“亲嘴来没？”

“没！这号烂脏话，你怎么说出口呢？”

“那么男人和女人怎样相好呢？”有万不在乎地笑着。

生宝第一次怀着深深的感情，娓娓动人地对人谈叙他和心爱的人中间的秘密。

改霞和他一道在县城里，参加青年积极分子代表会。每天傍晚，青年代表们纷纷在县城的街巷里转悠。改霞在街上向生宝提议出城去。他们出了东门，在绕城的滈河边，遛了一个圈。他承认这是他们唯一的一次私交——改霞向他倾吐自己对包办婚姻的不满，要求他帮她出主意，怎样才能解除婚约；他建议她利用代表主任的威信，争取她妈的谅解。后来，改霞又对他的不美满的婚姻，表示惋惜和同情，攻击旧社会数不尽的罪恶。他从她眉眼间看出她对他满怀着柔情……

“家伙！真有福！”有万听得入了神，很羡慕。他又热心地说，“是这，赶紧下手吧！你那是前两年的事，改霞这阵手稠着哪！”

“咱不怕她手稠。”

“你甭吹！讨卦的人嘴拍多了，泥菩萨还给好卦哩，慢说一个闺女家。你知道吗？伸手的尽是知识分子啊！”

“郭世富家的永茂吗？”

“嗯！听说还有教员、区乡干部……你一个泥腿子，有把握胜过人家吗？人家穿四个兜的制服，见天洗脸、刷牙，身上一股胰子味……”

“咱不怕她手稠！”生宝坚定地重复说，“不管有多少人提亲，关口在改霞本人的思想儿哩。要是她的心变了，爱上知识分子了，咱不同人家争！她的思想儿变了，那就说：不是咱的人啦。你说对吗？咱打定主意走这互助合作的道路，她和咱不合心，她是天仙女，请她上她的天！”

“对！你说得对！”有万多么钦佩生宝这实际态度，“那么，你就和她谈上一回！要红要黑，干脆一家伙！怎样？”

“我就是这主意！……”

但生宝心下，却仍然希望改霞没变心。只有看到什么明确的现象，证明改霞确实变了心，生宝才能把改霞从他心的深处挖出去。他希望很快和她谈一次话。

他苦于缺乏不被人注意的机会。这不是冬季，农村里没有什么社会活动，很少公开接触的场合。开学以后，改霞团的关系又转在下堡小学，连开会也不在一块了。黑夜改霞如果自己不出来，生宝又怎能撞进那柿树院去呢？那柿树院的土围墙只有一人多高，一个人从外头踮起脚尖，可以看见院里；但它对规矩的生宝却真高似青天，不可逾越。怎么办呢？

两个朋友睡在草棚星的小炕上，低低商量着，有万帮助生宝想着约会的办法。

上午，暖烘烘的阳光，照彻了蛤蟆滩的田园。梁三老汉一家子，在草棚院南边约莫三百步远的地里，挖荸荠了。父子俩一起把平铺在地面上的、经过一个冬天的风霜雨雪，已经开始腐坏的荸荠秸子，捋成一堆。然后，生宝用铁锹掘土，老汉提着竹篮子从被翻起来的泥块里，搜寻荸荠。秀兰从下堡小学回来吃过早饭走了以后，老婆儿也拿了一个小筛子，来参加了拾荸荠的工作。

离他们几十步远的地方，在靠近翻身渠边，一个凸起的小土坪上，有几个小坟堆，开放着黄灿灿的迎春花。其中有一个小小的新坟堆，底下长眠着一个瘦小的年轻女尸，就是生宝那可怜的童养媳妇。她去年还跟公婆一块拾荸荠哩，现在已经隔了一个世界了。再也用不着生宝请医生，用不着生宝到黄堡街上的中药铺，给她抓药了。对于这样温暖明朗的太阳，和这样可爱的春天的田野，她已经失去了知觉。梁三老汉对这个十一岁进门的童养媳妇，有着父女的感情。他来到这里，触景伤情，已经默然用指头抹了几回眼泪。后来，他在拾荸荠的时候，面向着北，避免看见那个戳痛他心的新坟堆。

阳光愈来愈暖，生宝热得出汗。他把棉袄脱下，放在荸荠地边的塄坎上，唾了唾手掌，重新拿起铁锹掘土。他只穿着白色的汗背心，裸露着健壮的赤胳膊。妈说：

“你甭能！当心凉着！”

“不要紧，”梁三老汉翻眼看看生宝，很内行地说，“到庄稼人脱棉袄的节令哩。他穿着干活，不得劲。”老汉故意说话，分散他对已故儿媳妇的思念。

的确，这是汤河滩里最后一块还没挖的荸荠。只有几分地，估计了六百斤收获，照市价能卖四十多元。这荸荠地和荸荠价，都包括在互助组的生产计划里头去啰。这地要和梁生禄的那一亩荸荠地，一同给全互助组下稻秧子。这钱要在互助组进终南山割竹子的时候，给组员们做底垫。生宝拖延着，迟迟不挖，是怕有什么用项，不得已把互助组的生产费用使唤掉。梁三老汉在拾荸荠的时候，并没有一般庄稼人在收获的时候有的那种舒畅心情。他对这个工作不热心，甚至可以说是冷淡的。

老汉对荸荠地给全组下稻秧子，没意见。大伙铺秧子粪的结果，会把这块地弄得很肥壮，秋后多打些稻子。他只是对拿荸荠钱给全组进山做底垫，心里结着一颗疙瘩，不舒服。

“宝娃，”老汉戴着遮阳光的破凉帽，不由他自己似的又发动了一场辩论。他在强烈的阳光下眯着眼睛问，“咱给大伙底垫，他们几时还咱？”

“山里回来就还。”生宝掘着土，顺口说，“误不了咱买肥料。”

“我不放心！”

“你又来了！人家割竹子挣下钱，不还咱吗？”老婆掩护儿子说。

“我不放心！”老汉重复说，“像任老四那号半老汉，养活着一串串娃子。嘴是无底洞，又填不满的。借的时光说还，还的时光没钱。这社会，你把他看上两眼！我看，不如取他们几个利息。自古常理：庄稼人们嫌背利，吃不上也尽着还账哩……”

“哈哈哈！”生宝手捉着铁锹把，脚踩着铁锹片，包头巾的脑袋，仰面朝着西边本县峪口区的蓝天大笑了。

“你笑啥？”老汉解释说，“咱不是为得利，咱是为叫他们快还！”

“爹，你的脑筋太好使了。黑夜间，你还说不剥削人，今前晌就变卦哩？咱互助组走社会主义的路线，你给咱定资本主义的老计！你还不如干脆直说：任老四！你活不成！我要拔你的锅！就是这话，实际就是这话。你好意思吗？爹！”

“他好意思！”生宝妈不满意地瞟了老汉一眼。她埋头用两只泥手，积极地从泥土里翻寻荸荠，好像和什么人比赛似的。她对儿子的事业，是热心的。这倒不是她像她老伴所想的那样偏袒儿子，这是她对订生产计划的时候在她家住了几天的区委书记的信任，或者更确切地说：通过王书记对共产党的信任。

梁三老汉尴尬地笑笑，一时没什么话说。他把小木凳往前挪挪，两只泥手搬着新翻起来的泥块。有一霎时，他低着头拾荸荠，有皱纹的脸上显出惭愧的表情。在辩论的第一个回合，他败北了。但是一霎时以后，皱纹脸上出现了新的表情——不平和愤懑。他发动了第二个回合。

“生禄家种一亩荸荠，为啥不给互助组底垫？拿卖荸荠的钱买地！”

“有这事吗？”生宝问妈。

“嗯！”妈说，“有这事。你到郭县去的那几天里，生禄家买下河那岸瘸子李三的一亩多地。”

“哪条渠的地？”

“就他家门头前，挨土场的那地！”梁三老汉嫉妒地说，“胳膊弯里头的地！那是啥地？和脚地一样近！”

“噢噢！”生宝明白了，怪不得买稻种起身的时候，他们连一块钱都不肯给他借，原来早已暗暗地使着买地的劲儿了。

生宝停住手，赤着胳膊站在那里向西望着。原来一百步以外，生禄腰里插着斧头，正在攀登高耸在他家草棚院西边蓝天上的大白杨树。秃顶老汉在树底下拾树枝，他的秃顶反射着阳光。去年，父子俩经常矛盾，今年，那父子俩和谐地走着一条路了。

生宝要求继父不要和生禄家比。人家地多，牲畜、农具齐全，已经是另外一个阶层的庄稼人了。虽然赶不上郭世富，却快赶上了郭庆喜。这时，发家的心正狠着呢。

“怎么拿我和他比？”生宝鄙弃地说，“我是共产党员！”

“郭振山也是党员！”老汉更有理了。

“……”生宝肚里没现成词句，唾了唾手掌，重新握起铁锹把掘土。

“只有你傻瓜！”老汉见生宝退却，加劲儿追击说，“人家当党员有利，你当党员尽吃亏！”

生宝掘着土，抿着嘴笑继父。他随即想起有万昨黑夜说破的真理：郭振山对互助合作消极，使得官渠岸的基本群众失去领导。想起这点，生宝因为笑容而发光的脸盘，霎时间阴暗了。是的！代表主任的思想，新近有了更危险的发展，离开党的要求，越来越远了。他和土改时自己所依靠的穷庄稼人，感情越来越淡漠了。他把心思和感情，专注在自己的草棚院、大黄牛和土地上去了。生宝简直不敢想象，这事发展下去的恶果。他惋惜郭振山赫赫一时的威信，更担心着下堡乡五村的工作搞不前去。这不是郭振山个人的损失，这首先是党和人民的损失！

土改分地时的记忆，在生宝脑里复活起来。

“给郭主任分些好地吧！”在评议会上，孙水嘴最活跃、最积极地发言，“大伙长眼睛的，都能看见：郭主任跑前跑后，误工搭夫，熬眼饿肚子，全为了大伙。吕二细鬼的地契，是谁搜翻出来的？是大村里的干部吗？不是的！是咱蛤蟆滩的郭主任。站在几千人的斗争大会上，指住鼻子说倒杨大剥皮的，是谁？是郭主任吧？郭主任不是为了他自个儿，他是为了大伙。因此上我说：他有情来咱有意。给他分的地比一般庄稼人好些，亩数一样，他工作组也没话。我就是这意见，大伙看吧！”

大伙——当时的农会委员和各小组长——当着郭振山的面，都抹不开脸。有的说：“对！”有的心里不乐意，嘴里也勉强说：“对嘛！”郭振山说：“不行！不行！那算做啥？咱明人不做暗事！”但是当给他评下全部一等一级稻地的时候，他接受了，只说他感谢大伙知疼知热的深情。要知道：贫雇农一个一个的人，也许有眼小的；但作为一个集体的时候，他们是非常大方的。

当时的农会委员兼民兵队长梁生宝，好歹没作声儿。凭着这个青年团员正直的秉性，他觉得孙水嘴未免说得过分了，好像蛤蟆滩的土地改革，是郭振山一个人的功劳！去年冬天，和查田定产同时进行的、吸收积极分子参加的整党支部大会上，下堡村有共产党员，提出了郭振山尽得一等一级地的问题。当时有人把孙水嘴的原话，重说了一遍，听得人肉麻得发呕，把参加那次会的区委王书记气得脸都青了。

“振山同志！全照你这样，中国人民要用什么来感谢毛主席呢？孙志明不是给你脸上贴金，他给你脸上抹狗屎哩！你不烦他，反倒介绍他入党！你想想，这是多危险的思想啊！”

郭振山低头在角落里靠泥墙蹲着，满腮胡楂的脸，红得猪肝一般。他介绍了两个党员——孙水嘴和梁生宝；水嘴没通过，大伙说他入党的动机不纯……

生宝年轻人的心灵，在那次整党会上，受了多大的震动啊。他后来在下堡村乡政府的会议室里举行的入党仪式上，对着泥墙上挂的红旗和领袖像宣誓。

“毛主席！我是讨吃娃出身！十冬腊月，我跟俺妈到这蛤蟆滩落脚。我是光着屁股来的。我长大了，为私有财产拼过命，也没算啥！我这时要加入你这光荣党了，我啥也不谋。穷庄稼人都有办法，我就有办法！我决不辱没党的名誉……”

他庄严地说着，落了泪，感动了下堡乡的新老党员。从那时以来，他时常都在心里暗暗给自己使劲，拿郭振山土改净得好地警惕自己。他的继父不能理解他的心理，不拿这个就拿那个和他比。说到生禄，他可以给老汉讲清楚；说到郭振山，他怎么和老汉说呢？这是党里头的问题，即使对妈和秀兰，他也没吐露过一句他对郭振山不满的心情。

日头从黄堡镇天空，移动到蛤蟆滩天空来了。生宝已经掘了一半荸荠地，够娘老子捡好一阵。他坐在腐坏的荸荠秸上，吸了一袋旱烟。口有点干，他跑到附近的渠边，洗净几个荸荠吃了，然后重新掘起来。

“嘿！好彪小伙子！”是郭振山音量很重的声音，“干得美啊！你快当劳动模范哩！……”

生宝停住手，掉头看时，满腮胡楂的代表主任，手里捏一个纸卷儿，站在隔着一块绿茵茵的青稞地东边的牛车路上。他的态度带着上级对下级或长辈对晚辈说话的那种优越感。生宝隐隐绰绰觉得：语音里带着讽刺意味。他心里有几分不愉快。但他还是同妈和继父，异口同声让代表主任过来吃荸荠。

“你来！”梁三老汉表现得最热情，因为他在蛤蟆滩最敬佩这个“精明人”，“你来嘛，荸荠这东西，在地里头时间越长越甜。”

但郭振山不到荸荠地边来。

“我在乡上开了一早起会，到这时还没吃饭哩！”他带着忘我工作的情绪说，“生宝同志！你过来一下，好不好？我和你说话！”

生宝丢开铁锨把，踩着掳过秸子的荸荠地，大步走过去。他继父两手掬着一掬带泥的荸荠，到渠边洗净，然后满脸堆起巴结人的笑，走过来，一死二活把洗净带水的荸荠，硬塞在郭振山手里。郭振山不得已，只好蹲下，用瓜皮帽装起荸荠，端在一只手里，然后光着头对生宝指示：

“今黑间开群众会呀。晌午你给你选区的各户长，都通知到！”

“开群众会做啥？”

“发动活跃借贷嘛。”

“噢噢。”

“怎么？”郭振山大为诧异，“欢喜没给你说吗？你甭钻了生产，就脱离了政治哇！”眼光咄咄逼人，俨然只有他郭振山是共产主义思想！

生宝记得王书记说过：当前农村政治上头等紧要的任务，就是互助合作；但他说不出口。他眨巴眨巴眼，看了看郭振山严肃的大脸盘，心里替郭振山难受地想：“你长嘴，怕专门为说旁人吧？”

“这回的活跃借贷难办哎。敲了锣，你再挨户叫一叫吧！”

“噢！”生宝答应。

走了几步，郭振山又折转身来：“生宝！”

“嗯。”

“听说你买的稻种挺好。”

“不赖。是增产的好品种……”

“听说分的人不少。”

“都分光哩。”

“没给我留下几升吗?”

“连我自家也不够了。你昨儿到跟前来，就好哩!”

“我和振海给牛切草，我寻思你忘不了我。算哩。没了算哩!”郭振山说，言下带点遗憾的语音。

只能忠于党和人民，而不能忠于郭振山个人的生宝，回到铁锹跟前，两手搓着吐到手掌的唾沫，望着向官渠岸走去的郭振山高大的背影，心里感慨地想：

“你呀！你呀！你呀！你呀！你介绍我入党，也想叫我报答你吗?……看起来，整党学习会上给你的教育，作用不大呀！唉！……”

生宝想着，多么为下堡乡五村今后的工作担心啊。当一个能力强的领导人，走上歧路的时候，在他领导下的正直的同志，心中是什么滋味，难以用言语来形容啊!

第九章

锣声停了，稻地里和官渠岸很活跃了一阵。吼叫人的声音和答应的声音，打街门的声音和犬吠的声音，以及在月亮上来以前，暮色昏暗中，朝着学校走去的人们说话的声音……满稻地滩里纷扰。

但当做晚饭的炊烟，从稻地上头消散干净的时候，村子也就沉寂下来了。愿意参加群众会的人，已经到了普小。不愿去的人已经关死了街门，钻进被窝里去，再叫也不应声了。

夜很暗。人眼分不清终南山的山峰和山谷，分不清下堡村北原的崖畔和柏树。庄稼人们在稻地小路上走着，只看见南北两边起伏的波线，和繁星密布的蓝天接连在一起。

民政委员孙志明敲毕锣，点着汽灯。打足了气的汽灯，挂在蛤蟆滩只收一、二年级儿童的普小教室屋梁上了，呜呜直响。辉煌的汽灯把刺眼的光芒，投射到教室的每一个角落，照得白泥墙上的黑板、五彩标语、彩色挂图、领袖像，以及排列在砖脚地上的课桌和板凳，如同白日一般显亮。但教室里，稀稀落落只坐着二十来个衣裳褴褛的庄稼人，他们家住在平原上，却是山民的贫穷相。他们有的吸着生烟叶子，有的伏在课桌上愁思叹气，有的利用这空闲和亮光“剿匪”——解开破烂衣襟，敞着怀捉虱子。根据郭振山的提议，用土改的斗争果实，买下的这盏公共汽灯，照亮这些为春荒而愁眉苦眼的脸孔。请不要大惊小怪！当这二十来个人散在一百多户庄稼人中间的时候，你可能不特别注意这部分人。他们是几年前被地主和旧中国的国家机器，榨干了骨髓的人们，人民政权只能给他们土地、耕畜贷款和农业贷款，号召他们组织起来生产，不能用某种魔术，使他们在骤然之间变富起来。这一点，不需要解释，他们自己能理解。……

他们看出：今年的“活跃借贷”没指望了。富农姚士杰和首户富裕中农郭世富，竟然都没有来嘛！其他有余粮的富裕中农和普通中农，在桃树林里头，在有枯草的土围墙头上，露出半个脑袋侦察着。他们见姚士杰和郭世富，两家大户都叫不到会场，他们每年春天只往出周借几斗粮的小庄稼户儿，去做什么呢？砍不倒大树，弄不多柴火！细枝碎草，抵得什么？睡吧！脱了衣裳睡吧！当他们脱衣裳的时候，他们给自己身边的婆娘叮咛：“咱代表再到外头吼叫，你应声。你就说我早去哩！”

解放以来，蛤蟆滩第一次开这样令人沮丧的群众会！

在合力扫荡了残酷剥削贫农、严重威胁中农的地主阶级以后，不贫困的庄稼人，开始和贫困的庄稼人分化起来。姚士杰和郭世富之类在农村中，当时是经济上有势力的人物暗中使着劲儿，竭力想促使这种分化加速。坐在蛤蟆滩普小教室里的二十来个穷庄稼人，用嘴说不出这个道理；但他们在精神上，分明感觉得出当前的形势。

许多不太贫困的庄稼人，见开不起会，陆陆续续走了。这二十几个人说什么也不散去。除了依靠共产党和人民政府，他们不想走其他的门路。当然，他们把分得的土地中的一段——地名、亩数、方向和四至——写在借粮的契约上，然后秘密递在余粮户的手里，是可以弄到粮食的。但那是多么冷酷无情的、多么令人心酸的生活道路啊！他们觉得那样做，不知怎么，总有点怪，有点别扭，有点和这个社会的发展不相调和，如同一个人脊背朝前，倒退着走路一样。

他们坐在教室里不走，理直气壮地想依靠共产党和人民政府。因为他们是用褴褛的衣裳里头，跳动着的心脏发出的全部心力和热情，支持这个党和她领导的政府的啊！

看！在教室的东边，乡支书卢明昌和郭振山，黑乎乎地站在一块苜蓿地里，热烈地谈着什么。他们准定是在想办法：也许商量要改日重新召集群众会吧？也许商量用农业贷款接济春荒吧？也许……总之，他们不会不向大伙做一番交代，就走掉的。还有，梁生宝把唯一到会的富裕中农，胆小殷勤的铁人郭庆喜，拉到教室西边的桃树林里去了，民兵队长冯有万也跟去了。你看他俩在昏暗中，一左一右把铁人箍定，蹲在一棵快要开花的桃树底下，恨不得压倒铁人，给他脑子里灌输什么思想。他们准定是要他接受他们的什么建议吧！

蛤蟆滩的两个共产党员，在分头为贫雇农翻身户活动着，他们为什么不耐心地等待呢？他们尤其把希望，寄托在代表主任郭振山身上。他会有办法的，他的脑筋是非常灵敏的。比起郭振山来，姚士杰和郭世富算老几？他们对郭振山的信赖，是他们对共产党信赖的具体表现。他们不习惯于考虑许多抽象的道理，他们是最实际的人。

那些躲会的自发户庄稼人，有二三十亩地，一头大牛，两三个劳动人，就以为他们是自己过光景的主席，掌握了自己的命运！他们竟然有人轻淡地谈论：共产党的好处是讲理，不骂人、打人，没苛捐杂税，不勒索百姓。笑话！他们希望历史永辈子停留在这里，他们希望新民主主义万岁！他们骇怕“斗争”这个字眼，不喜欢听“社会主义”这个饶舌的名词。……

现在坐在蛤蟆滩普小教室里的、这帮从前被压在底层的庄稼人，巴不得明天早晨实行社会主义才好呢。历史如果停留在这查田定产以后的局面，停留在一九五三年的话，那么，他们将要很快倒回一九四九年前的悲惨命运里头。共产党决不允许这样！毛主席英明：一边查田定产，一边整党，准备往前去哩。他们要坚决跟着共产党往前走！他们不能仅仅满足于几亩土地，满足于半饥半饱，满足于十年穿一件棉袄，满足于肩膀被扁担压肿！笑话！那岂不是傻瓜的想法吗？他们认为：他们过光景的主席也是毛泽东。

他们坐在教室里汽灯的强光下，非常的安静。安静是内心平静的表现，因为他们不急不躁。尽管父母的血液和童年的环境，给了他们不同的气质和性格，但贫穷给了他们同一个思想、感情和气度。这使得二十几个人坐在那里，如同一个人一样，纯朴的脑里，进行同一种思索，心情上活动着同一种感受。

瘦削、严肃、意志坚强的高增福，两只露棉絮的胳膊，搂着睡了觉的才娃，坐在第一排课桌后面的板凳上。他坐在那里，痛恨他的狡猾邻居。他去拍姚士杰的黑漆街门扇，把手都拍疼了，姚士杰的婆娘，才在院里头正房东屋遥遥应声，说姚士杰上黄堡镇去了。见鬼！擦黑天，高增福还看见姚士杰来着。但是有什么办法呢？那黑漆街门关得严严实实，没一点缝隙。隔着街门在院里头和他说话的，又是一个妇道。他自恨他这个人民代表，不能很好地为人民服务。要不是他自己兼女人烧锅做饭，要不是才娃累人，富农插翅也逃不脱会的。他会不黑天就蹲在四合院里，等姚士杰吃过饭一块去开会。只要富农到了会上，他就有话说了。“你为啥不帮困难户度春荒？你没余粮？你的余粮哪里去了？是不是暗地里在黄堡放高利贷？说！依实说！土改的风头刚过去，你就回到剥削的老路上了……”但是现在说什么呢？富农已经和他的婆娘，睡在油漆炕栏的炕上了。

一种灰失失的心情，从高增福不调和的瘦脸上表现出来。他不知道这个春天将怎么过，不知道夏初插秧前，买肥料的钱从哪里来。农历三月和四月，对他好像教室外面的夜一般黑。他虽熬煎着光景难混，但命运并不能把这个不幸的人打倒，因为他和周围的其他贫雇农一样，对分给他土地、放给他耕畜贷款的人民政府，还抱希望。他在一半男人一半女人的困难生活中挣扎着，还当着乡人民代表，继续积极地奔跑着，就是有这个希望在精神上支持着他。

高增福劝弯着水蛇腰、蹲在第一排课桌前边的任老四：

“老四，你屋离学校远，屋里又有一群娃子。我看你该早些回去。

你还看不出来吗？今黑间的会，没开头……”

“不！”任老四把参加会，当作拥护党和政府的一种表现，从大舌头嘴里拔出铜嘴子烟锅，溅着唾沫点子说，“咱等俺组长一块回去呀。”

“噢噢，你等生宝。对！你有生宝的互助组，你不犯愁！”增福羡慕地说。

“咱不犯愁，”老四庆幸地笑着承认，“不是咱有好大能耐，是咱傍着好邻居哩。人说‘远亲不如近邻’，实话！要不是生宝肩膀宽，担起俺常年互助组这一摊子生活问题儿，你看我犯愁不犯愁？我比你们哪个都犯愁！实话！这阵好了，俺互助组一过清明，就进山呀！”

老四很满意的神气和他的话，引起了留在教室里的衣裳褴褛的穷庄稼人们浓厚的兴趣。他们纷纷从后边的几排课桌，聚集到前头来，好像从这里露出了一线希望。

但他们聚集在一块，向任老四打听毕生宝互助组进山的计划，只好羡慕羡慕算啰。他们的稻草棚棚，分散在官渠岸和上河沿的每一个角落。他们的左邻右舍——那些从前有点种庄稼底底的佃户和半佃户，土改给他们分了地或添了地，使他们赶上了老中农，现在也学老中农的样子，闷着脑袋发家创业。他们只肯和穷邻居们，组织季节性的临时互助组，不肯像梁生宝那样，和大伙一心一计干！

这二十来个从前熬长工、卖零工的人，现在聚集在一块，商量他们自己组织到一块行不行。

“咱们组织到一块堆，叫增福给咱领头干！”瘦高个子王生茂提议，显出了快乐的眼光。

矮矮胖胖的铁锁王三说：

“咱的牲口在哪里？甭胡跌冒撩！”

“不用牲口，人拽犁，行不行？”李聚才热忱地说。

杨大海，一个很严肃的红脸盘庄稼人，不喜欢人们随便乱扯：

“胡吹！见过旱地‘二人抬杠’犁地，稻地可拽不动！”

“那么怎办呢？”好几个人失望地说。

“今年春上不好混啊！”高增福心情沉重地叹了口气，说，“咱等看党里头的人怎说。”

“反正他毛主席不叫饿死一个人！”后边有个不在乎的声音说话。大伙掉头看时，不是他们里头的人，是前国民党军下士白占魁。这家伙什么时候来的呢？

原来当他们破衣裳挨破衣裳，挤在一块商量“二人抬杠”的时候，教室里还有两个人。孙水嘴借汽灯的光，伏在靠北墙的课桌上，赶忙填着什么表格，要趁着卢支书回乡上的便利，捎给乡文书。白占魁坐在一进后门最后一个课桌后面的板凳上，吸着廉价黑色卷烟。是哩！就是他，细长脸上带着满不在乎的神气。

高增福搂着睡了觉的才才，转过身来问这个抗日战争初期驻在黄堡镇的大车连副班长：

“占魁，你啥时回来的？”

“昨日咯。”白占魁吸着卷烟回答。

“从哪里回来？”

“西省。”

“你这回在西省做啥营生来？”

“还不是收咱的破烂吗？”

“你白日收破烂，黑间住在啥地方？”

“在一个朋友屋里。”

“啥朋友？”

“摆破烂摊的嘛。咱还能有啥高朋贵友吗？”

“你那朋友，在西省啥巷子住？”

“民乐园。”白占魁回答了，但他的脸色由不在乎变成了很不高兴。手指夹着卷烟，恼怒地问高增福：

“你啥意思？你刨根问底，是啥意思？你既不是治安组长，又不是民兵队长！”

“我是人民代表！”增福从容不迫地说，消瘦脸很严肃。

“你又不是俺上河沿的代表，管不着我！”

“我是下堡乡人民代表！”

四只眼睛对峙起来了。高增福的眼睛里，射出两道锐利的冷光，盯在白占魁灰暗的细长脸上。大伙劝增福："算哩！算哩！生闲气做啥？"但忠于社会义务的人民代表，并不认为这是生闲气。他不情愿这个出身不好的半路庄稼人，年年在困难户里头混。

在解放前，国民党抽兵，庄稼人买壮丁去顶替的时候，白占魁卖过自己五回。每一回，新兵从"师管区"开拔的时候，他都能逃脱。解放后，在土改中，他曾经表现出一种疯狂的积极；但这个大车连副班长，在新社会始终不能发挥他的聪明和才气，始终没有达到当村干部的目的。他是这样一个"庄稼人"：一九四二年，驻在黄堡镇的国民党军向山西中条山开拔的时候，当时还是他的情妇的李翠娥，把他藏了下来，他开始在蛤蟆滩卖零工。他套磨子反插了磨棍，好像牲口可以用头顶着磨石转似的；他给人家犁地，什么时候掉了铧，他也不知道，发觉后遍地用手刨着，寻找埋在土里的铧。抗日战争后期，他干脆专门贩卖自己。解放后他从分得的稻地塄坎上拔回来黄豆，连秸子架在草棚屋前面的树丫上，他那以风骚有名的婆娘李翠娥，做饭时用多少，拿棒槌打多少黄豆。他们没有娃子，上黄堡的集，像有文化的人一样，两口子一齐去。他们坐在馆子里，男女平等地吃羊肉煮馍。就是这个白占魁，去年冬天查田定产的工作组到村里的时候，他从民政委员孙志明那里取来传话筒，满村吼叫："二次土改呀！人都甭进山哩！"他挡住秋收秋播后要进山担木炭、运木料的困难户不让走，满蛤蟆滩鼓动大伙，把姚士杰和郭世富都补定成地主，他们的"油水"比"瘦"地主还厚。郭振山狠狠地训了他一顿，他才老实点了。土改时分给白占魁和李翠娥四亩稻地，但高增福总觉着他们不是正路庄稼人，李翠娥脸蛋子上的肉和屁股蛋子上的肉，没大的分别。

邪不压正！白占魁的两只三角眼败北了。他最后轻蔑地把戴着旧毡帽的脑袋一拐，扭开了脸。

高增福乘胜追击：

"我是乡人民代表，不可以问问你吗？你在西省收破烂，这时间既不下种，又不收割，回来做啥？"

“你管得着吗？”白占魁重新振作起来，三角眼盯住增福。

增福说：“管不管，问问你！不能问吗？”

任老四站了起来，弯着水蛇腰，把烟锅从有胡楂的嘴里拔开，溅着唾沫星子，笑说：

“实话，我眼不瞎，能算见这一卦！占魁，你想必是在西省，就算见咱村又到发动活跃借贷的时光了吧？是不是？你说！”

白占魁露出被卷烟熏黑的牙齿笑笑。

任老四说：“今年发不动啰。你算白跑了这一回！”

“发动了，也不能给你吃哩！占魁！”高增福毫不留情地说，“前年和去年，给你吃了，是犯了错哩。你算啥困难户？上集没旁的事，专为去吃馆子……”

白占魁再也忍不住了。那经过操练的敏捷的身子一纵，站了起来。大伙以为他要和高增福干仗，他却冲出教室门走了。只听见他在院子里咄咄呐呐：

“鸡巴毛当头发！啥人民代……”以后的话被街门隔断了。

高增福气得两眼直冒火星。那家伙显然在骂他。他想追出去，怀里睡着才娃。大伙劝增福，何必和这种人较量呢？再说：白占魁虽然不是村干部，但解放后历次运动，他都在积极分子里头跟着哩。他天不怕地不怕，有时候也的确热心，够吃苦。但高增福不同意，他说：

“这家伙实在不是东西！前两年他领了活跃借贷粮，说啥话呢：‘土改吃地主，活跃借贷吃富农和中农。’你们看，他领借粮的时候，根本没准备还嘛。咱们不能让他混在咱们里头，冒充困难户嘛。他没当上村干部？他当上村干部，我就不当村干部！”

大伙十分钦佩高增福这认真负责的态度。他不管光景过得怎样凄惶，精神上总是像汤河岸上的白杨树一般正直、白净，高出所有其他的榆树、柳树和刺槐，树梢扫着蓝天上轻柔的白云片。他无形中变成蛤蟆滩这些困难户的代表人物了，大伙的眼睛望着他，看他怎么度过这个春荒。他们都希望跟着他走哩。

时间使这二十来个穷庄稼人开始焦躁起来了。看看外头，卢支书仍然在苜蓿地里，和郭振山说话哩。他们说什么呢？是商量怎样召集另一次会的办法呢，还是放弃了发动活跃借贷，正在研究什么新的办法，帮助困难户度春荒？……

……不！没有办法！在苜蓿地里谈话的两个共产党员，除了活跃借贷和互助合作，他们也没有旁的门路。上级一再强调专款专用，不许把为了推广七寸步犁、解放式水车、化学肥料和杀虫农药的农业贷款，贷给困难户买粮食！这是违反政策的不负责任的轻率做法，造成农业生产上的损失，会招惹来违法乱纪的罪名。有限的社会救济款，是专为那些受了命运的突然打击，丧失了劳力的可怜老汉、老婆而设的。他们是个别的，一村只有三两户，而困难户要比他们多十倍，怎么能够用救济的办法解决问题呢？必须从生产上出主意……

郭振山高大的庄稼汉身躯，黑幢幢地站在苜蓿地里。他满腮胡楂的脸绷得很紧，咬紧牙恨姚士杰和郭世富——官渠岸一东一西，两座自发势力的堡垒。他说：攻不破这两座堡垒，就威胁到他郭振山的威信，威胁到下堡乡五村今后的各项工作任务了。

郭振山对卢支书很难堪地说：

“明昌，只要他们上了会场，我就有办法！我有群众，他们没群众！就凭我这两片嘴，三说两说，他们总得拿出些粮食！不是吹！谁知道，这两个顽固脑袋，比水渠里的泥鳅还滑，根本不上场来嘛……”

郭振山木愣愣地站在苜蓿地里，气愤地拍着两只被劳动锻炼粗大的手。

离他二尺远，对面站着手里捏手电筒的卢支书。他听着，有皱痕的脸上，带着不重视郭振山这番表白的神情。披着灰制服棉袄站在这里的，是下堡乡一个棱角四方四正的共产党人，尽管他言谈举动不引人注目。即使在工作成功的时候，卢明昌也不赞成夸大个人的作用；在工作失败的时候，还在侈谈个人的作用，只有掩盖自己的缺点或错误的人，才这样做。作为中共下堡乡支部书记，接触的人多，他有观察这号人心理的经验。

卢明昌和郭振山一般年纪，比郭振山身量低，外表显得平常、渺小。支书穿着脱离生产干部的制服，也不能改变他庄稼人的体形——粗大的手，一尺的脚，出过力的胳膊和腿，微驼的背和被扁担压松弛的肩膀。中国有几百万、几千万这样的同志，他们穿上制服、毛呢料子衣服，还是那么和蔼可亲，平易近人，不会装腔作势。他们联系过和继续联系着不知其数的群众。

卢支书平静地笑笑，诚恳地说：

"振山！甭粘姚士杰和郭世富了。他们要是都进步，还要咱共产党员做啥呢？凡事都从自己方面多检查。比方说，乡上为这事开过两回会布置，你回来就没好好做准备工作嘛。同志，你还是粗心大意哩，重视乡上的意见不够。你要是通过个别谈话，动员好几个能借出几斗粮的普通中农，也不至于弄成这个僵局吧！你总相信你那套'轰'的办法。振山，不行哩！今后要做艰苦、细致的工作哩！"

郭振山多毛的大鼻孔，长长嘘了一嘘气。

"唉！好明昌哩！一只手拍不响！蛤蟆滩两个共产党员，咱的生宝同志，埋头生产，不问政治。头一回开会，他到郭县去买稻种，不在家，欢喜来听会。他回来了，也不和咱联系。小伙子入党以后，有些骄傲……"

卢明昌听不下去了。他对这个和他有开玩笑交情的人，不客气地说：

"啊呀呀！轰炸机！你思想上长了霉子了呀！整党以后，你还说搞互助生产是不问政治哩！你忘了王书记去年冬里，在咱下堡乡支部大会上说的啥话哩？光光把公粮催交了，把农贷发下去，把统计表填上来，给打官司的人写介绍，给领结婚证的人开证明，这算啥了不起的政治？组织上经常叫咱们共产党员，甭光粘行政事务，要组织群众，领导群众生产哩。你应该把互助生产和单干生产分清楚！你说人家生宝不问政治，人家还怎和你联系呢？应当你主动帮助他才对嘛！"

郭振山的大鼻梁冒出细碎汗珠来了，他的满腮胡楂的脸也红了。他的互助组应名，实际是单干生产。即使黑夜里，卢支书也看清楚他尴尬的神情。

郭振山好一阵肚里没有一个词句。他用两只粗大的手，摸他瓜皮帽下边满腮胡楂的脸，企图拿这个动作，调节他头部过高的温度。

摸毕了脸，谢天谢地，郭振山终于寻思到一条可以站得住的情由，又来掩盖他的失败了。

“明昌，”郭振山竟用一种忧国的调子说，“我总觉着咱国家宣布结束土改，好不对呀？”

“怎不对呢？”

“自宣布结束土改起，姚士杰和郭世富就抬起头来哩。一般的庄稼人屋里，供桌上过年过节时，供先人的灵位哩，平时供土地证哩。啥工作也不好推动哩……”

“那你说怎弄哩？一年一回土改？最后把中农都收拾了？拉平？”

“你看你！我就那么不懂政策？我是说：咱也不一年一回土改，咱也不宣布结束。……”

“叫农村老紧张着？”

“实地光富农和富裕中农紧张。”

“普通中农不紧张？”

“紧张是紧张，不碍生产……”

“叫广大贫农心里也不落实？不打主意往前干？”

“……”能言善辩的郭振山肚里的词汇，又用光了。

卢支书忍住愤懑，用一种非常不满但又爱护的语调警告：

“同志！甭在中央的路线上找毛病哩。应当检查咱自家工作做得啥样？思想上有啥肮脏没？你从前卖瓦盆走的地方不少，是比一般庄稼人见识广。可比起咱中央的同志，咱们，你和我一样，从天上差到地下。马克思和列宁，咱在领袖像上经常见，很面熟，他们到底说了些啥？你知道吗？不知道？是那么，还是老老实实检查自家吧。听说，你和黄堡北门外砖瓦窑上的韩万祥有拉扯，应当注意自己是啥人！”

“你听谁说我和韩万祥拉扯？”郭振山紧张起来，气愤起来。

但支书很平静，很耐心的样子解释：

“没拉扯，你甭紧张。到教室里去，宣布叫困难户们回去。你告诉人家，等全乡各村都开过会，咱再研究怎办。快去吧！我披棉袄，你不披棉袄，当心凉着！”

“你听谁说我和韩万祥拉扯？”郭振山坚持着问，不在乎春寒。

“咱们往后再谈，甭叫困难户们等哩！”

“不！要弄清楚是谁给我头上捏事！”

“甭急！甭急！到底有拉扯没，支部将来会弄清楚的。你去叫大伙散吧！”卢支书说着，用手电在苜蓿地里的小径上一晃，披着棉袄，气恨恨地走了。

郭振山使对他寄托希望的困难户出乎意料的失望。他跑到教室门口，急急忙忙说了一声不开会了，就跑去追卢支书了。连孙水嘴填的表，他也来不及捎走了。他要弄清楚，到底是什么人在乡支部反映他！

孙水嘴把汽灯提走以后，穷庄稼人在学校的黑院子里，把梁生宝围住了。有几个人，突如其来，提出扩大梁生宝互助组的要求。生宝完全没有预料到这一着，站在褴褛的破衣裳中间，一只手摸着耳朵后面的脖颈，脸上带着作难的苦笑。

“乡党们，”他作难地说，“我这互助组才整顿好嘛。我又是头一年当组长嘛。明年，叫我锻炼上一年，明年，大伙看我办事还差不多，再来。我年轻，没能耐，害怕闪得大伙过不好光景。”

“我们长眼着哩，你买稻种的事，办得不赖。”李聚才说。

“你甭光看见你的几家邻居亲近！”瘦高个子王生茂笑说。

“草棚屋虽远点，稻地可相连着哩！”严肃的杨大海说。

生宝心里多么难受啊。他看见这伙人，比看见他家里的人亲！吸收他们参加他的互助组吧，怕户数太多弄不好；而且新收几户没牲口的组员，畜力又成了大问题。不成，万万不成。他想起窦堡区大王村的劳模王宗济在县上介绍的经验了：“互助组要好，开头要小。”他不能冒冒失失，办出没底底的事。但是另一方面，他又从心底里深深地同情这些没牲口或牲口弱的、非和旁人联络在一块不能耕种的困难户。他们的中农邻居、翻了身的前佃农或前半自耕户，在季节性的临时互助组里，用畜力换他们的劳力，得到他们的好处，而到耕种完毕以后，特别是农闲的时候，两只手闲得发慌，却没有人组织他们搞副业。这样，他们永远也摘不掉“困难户”的帽子，年年有春荒。他们的要求不仅引起生宝的同情，而且引起一个共产党员对群众的困难要帮助的那种责任感。他觉得从这群穿破烂衣裳的人中间悄悄地溜掉，是可耻的。

“万！”他喊叫。

“嗯！”有万在人群后边的黑暗中答应。

生宝说：“万，你来，咱商量能不能改变一下咱的计划。”

原来，生宝和有万趁着会没开起的工夫，在教室后边的角落里宣传鼓动郭庆喜，要铁人借出两石粮食给他自己选区的困难户，使他那些生活困难的选民，暂时能接续上家里的口粮，好配合生宝的互助组从山里往山口运扫帚。现在，生宝想改变计划，索性让原来准备运扫帚的那帮人，也参加割竹子，而改由另一帮人运扫帚，这样就可以帮助全村的困难户，解决一部分问题了。

“这帮人的口粮可又从哪里弄呢？”有万疑虑地问。

“想办法！”生宝思索着，加重语气说，“想办法！一交开扫帚，他供销社就要给开脚钱，不会等交够了才开支。不会！咱公家办事，不会那死板。这样，暂时缺的口粮就少了，就好想办法了。……”

大伙听了生宝和有万的谈话，霎时间高兴得沸腾起来。生宝从他们身上，卸下了沉重的精神负担，他们顿时感到轻松了许多。他们用喜欢和感激的眼睛，在刚刚上来的月光中，盯着生宝敦厚的脸盘。他们恨不得抱住他，亲他的脸。他胸怀里跳动着这样一颗纯良而富于同情的心。

大伙争先恐后报名：

“我去哩！”

“我也去哩！”

“说啥也得有咱一份！”

院里突然显得异常活跃而有生气。胳膊上吊着破布条和烂棉花絮子，高增福抱着刚刚醒了的才娃，站在人群中间，安静地劝大伙不要争抢。他外表安静，心里其实是很激动的。就好像一匹骏马看见其他的马跑开的时候那样，他控制不住自己渴望着跑的激情。生宝见义勇为的做法，使增福忠诚的心，被激发得颤抖着。他手抱着才娃，用胳膊肘子戳一戳生宝，说：

“生宝，把官渠岸参加运扫帚的人，交给我组织，你只管组织你们割竹子的人去。”

大伙一致表示拥护。生宝问：

“有才娃累你，你能进山吗？”

“你甭管！”增福说，“你甭管我进不进山。只要疙瘩在咱身上，好解！你只管组织你割竹子的人，运扫帚的事有我！”

……

在回家的路上，任老四一路慨叹着，慨叹着。生宝问：

“老四叔，你心里思量啥呢？”

“我思量你人年轻，肚肠宽大，”任老四溅着唾沫星子说，“你揽事这么宽，心里有底吗？”

生宝显出痛苦的脸相，摊开两只手，要哭的样子说：

“有啥法子呢？眼看见那些困难户要挨饿，心里头刀绞哩！共产党员不管，谁管他们呢？”

第十章

一匹枣红母马，拴在四合院外边的高墙根儿。姚士杰用铁刮子，搔过开始换毛的马。他蹲在地下，歪着戴瓜皮帽的脑袋，从下面观察母马鼓鼓的大肚皮跳动。在里头动弹的不是骡驹，而是三百块人民币。富农断定：它只能比这个数多，不能比这个数少！

“快啦！”姚士杰独自一个人快活地说话，“至多半个月，它就下呀……”

女人要生娃子，母马要下骡驹，又添人口又添财，富农心中热腾腾，乐滋滋，说不出的舒畅。

“混账！他妈的，啥人民代表！真正混账！”什么人咒咒骂骂在巷子里走过来。姚士杰掉头一看，噢！白占魁！

“我的天！还有人惹你?”姚士杰鄙视地想，不理睬他，继续观察母马肚皮的跳动。

这白占魁在土改和复查土改的时候，那股疯狂劲儿，曾经吓得姚士杰心惊肉跳。那时候，一想起万一共产党听信了这个疯狂分子，把他的成分定成地主，接着分配掉他的土地和浮财，最后往他的四合院里头，塞进来几户基本群众，他就饭也咽不下去了，觉也睡不着了。他只想拿把杀猪刀，去捅死这个家伙。可是在村巷里碰见他，姚士杰还得强意打招呼，把这个兵痞二流子当村干部逢迎，问他：“吃了饭没?”现在，嗯，现在姚士杰连郭振山也不骇怕了，还尿他白占魁做什么?

姚士杰站起来了。他一只手搔着母马滚圆溜胖的臀部，另一只手伸下去捏马奶子。他想更准确地判断下骡驹的日期。他右眼上眼皮有一点疤的眼睛，高傲地望着天空，故意显得十分不可亲近，好像他根本不认识白占魁是哪个村的人。

“新社会不压迫人？他妈的！不往死压迫人!”白占魁到高增福草棚屋前面转了个弯，又折过来了。他不再往东去了。他把裤管提起来，愤怒地在姚士杰街门对面，照壁跟前的土台上蹲下来了，“他妈的！啥鸟都在我白占魁脑袋上垒窝！实话说吧，姓白的不是好欺负的!”

姚士杰觉得白占魁好奇怪。为什么在他跟前骂村干部呢？是不是专意骂给他听呢？他在上黄堡集的路上，听见如果有人骂拥护新社会的任何人，他都感到兴趣。他不由自主要凑到跟前去听听，听了觉得心里很舒畅。现在，这个土改中的疯狂分子，跑到他跟前来骂人民代表，为什么呢？他不由自主地丢开了母马，转过身来，两手互相拍打着从马奶子沾上的肮脏，有兴趣地笑问：

“你这大清早为啥?”

“为啥！高增福昨黑间在学校里，指住鼻子训我！我咽不下去他小子这口气！我不和他闹事，他还想给我扣反革命帽子哩！……”

啊啊！原来这个前国民党军下士是来找高增福挑衅的。高增福带着才娃，不知上哪里去了。看见那草棚屋的板门挂着铁锁，他才更加放肆起来，在富农跟前蹲下来。

姚士杰好笑地问：

“说的啥话？怎能给土改积极分子扣反革命帽子？”

“好你哩！咱啥积极分子？……”

“你不是跑得挺欢吗？只不过没当干部罢了。”

“好士杰哩！甭在我脸上撒尿了。”白占魁表现出一种求饶的神气。

姚士杰更加大胆地嘲笑：

“你那么骚情，也没当上村干部？你喊‘共产党万岁’，一世界都听见，也是白喊吗？”

白占魁歪倒了齐额颅箍头巾的光秃脑袋，灰溜溜地扯长声，叹了口气。然后，他很难受地说：

“从前的事甭提哩。算我瞎了眼！士杰，咱在这汤河滩里，站不住了……”

“为啥站不住了？这不是好地方吗？‘滹河一川，不如汤河一湾’！”姚士杰嘲弄地盯着白占魁。白占魁好像伤了根的草，蔫溜溜地耷拉着脑袋。姚士杰忍不住报复心，大声教训说：“你甭想一年一回土改哩！就像种地一样，年年冬里等工作组来，收拾人家。不是给你分下几亩地啦吗？你该好好学学种庄稼的活哩哎！”

“唉！”白占魁叹口气说，“种啥庄稼哩？牛没牛，驴没驴，连吃的也没……”

姚士杰立刻觉察到不妙，后悔自己不该理睬这个不定型的家伙。他干咳了一声，什么也没说，从拴马橛子上拿起铁刮子，忙往街门里头走。

但是白占魁在街门道里追上了他，扯住他的干净的黑棉袄袖子，用下贱的眼光望着他。

“士杰！给我借上二斗白米。……”

“啊？我哪里有……”

“收了夏还你麦！……”

“咳！你看你！放手！我连黑米也没……”

“好士杰哩！你甭记恨我哩！前两年，那股潮流，害得‘好乡亲’

全成仇人了。”

在前一刹那间，姚士杰真想把白占魁推出街门道去，把街门扇咔嚓一声闩起来。但是这一刹那间，听了白占魁这句明白求饶的话，他心里转了念头：

“这是一条狗。撂给他点吃的，他朝你摇尾巴；惹恼他，他破命咬你。叫他倒过来咬干部吧！”

在他这样想着的时候，白占魁见和解有了希望，又笑嘻嘻地加添说：

“翠娥给我出的主意，她叫我来朝你借米。……”

一句话勾起了姚士杰解放前和李翠娥的旧情，脸上露出了笑容。白占魁灰黄的笑脸不如翠娥柔软的臀部，能够打动姚士杰的心。

“就是啦！你放脱我的袖子。”

白占魁放脱富农的袖子，露出满嘴的黑牙齿，逢迎地笑着。

“我也困难。所以上，昨黑间活跃借贷的会，我就没敢去咯。”

“我知道，怎么能不知道呢？嘻嘻……”

“悄悄地！甭张声！甭叫人家说我有一河滩粮食咯！”

“放心！我不是娃子。再说，有二斗米安顿住翠娥，我就走西省了。要回来，在割青稞的时候……”

“那么，黑间拿口袋来！……”姚士杰慷慨地说。

……夜里，白占魁刚刚撅着屁股背着米口袋，像一条狗一样骨碌碌溜出四合院的街门。这四合院几年来在被斗争的危险中那种互相谅解、互相怜悯的家庭和睦，一下子遭到了破坏。

姚士杰他妈，一个六十几岁的胖老婆子，无论如何也不能理解儿子的这种糊涂行为。老婆婆是这官渠岸著名的“慈善家”，正房中屋里供着菩萨，见天三叩首，早晚一炉香。她对于任何恶言、凶事，总是那一句既简单又包含着一切意思的“阿弥陀佛”。几年来，老婆婆对村中历次群众运动的阶级斗争，说过无数的“阿弥陀佛”。对于大喊大叫要求把她家定成地主的白占魁，她更不倦地祝祷菩萨显灵，惩戒尘世上的这个坏虫，哪料想到她的儿子，现在反倒借给他粮食，真是“阿弥陀佛”！

姚士杰走到东厢屋，他妈跟到东厢屋；姚士杰走到西厢屋，他妈跟到西厢屋。姚士杰走到门房西屋马槽跟前，给母马拌草，他妈也跟着去了。她站在他眼前，棉花嘴咄咄呐呐，一定要问清楚儿子为什么给白占魁借米。在她看来，宁肯把大米倒在槽里拌马料，撒在院里喂鸡，也不借给那个菩萨将来要惩戒的人。

姚士杰一只手拿水瓢，另一只手拿木棒搅拌麸皮和干草。他尽量忍耐着，不对信奉菩萨的他妈冒火。

“妈，”他善劝说，“这社会的事，你老人家不明白。”

“我明白。你说。我能明白。”

“你明白个啥嘛！你明白！你明白？土改那阵子，我买了一张毛主席像，你不让挂！好汉厉害不在脸上，在心里头哩！”

老婆婆肉囊囊的脸上，表现出一种认错的笑容。

“你说清楚是为给村干部们看的，我还阻挡来吗？”

“正月里来了亲戚，你就给咱露底哩！多亏是富亲戚，要是穷亲戚……”

姚士杰想起这种假装拥护共产党的底子被揭穿，可能在邻居中间引起的恶印象，他恨得两眼直瞪着他妈，用搅拌草的木棒棒敲槽帮子。

“阿弥陀佛！阿弥陀佛！”老婆婆见俗人儿子生了气，低头扶着门框，退了出去。

“阿弥陀佛！”她在黑暗中走过砖铺的院子，继续念着，回正房东屋去了。

姚士杰回到正房西屋，三十几岁还娇滴滴的婆娘，坐在炕上噘着个嘴，屁股一拧，把黑油油头发的后脑对准他。中年妇人固执地不给自己的男人看见她营养得很红润的脸盘。……

姚士杰站在竖柜跟前，从抽屉里取出火纸，准备吸水烟。他抿着嘴笑，心底里相当喜欢这女人的醋劲儿。隔了二三年，眼角里只要扫见一点影儿，就又勾起她的醋意来了。

他摆出男人威严的架子，从石油灯上点着火纸，呼噜呼噜吸水烟，不招惹婆娘。他把二斗大米打发走白占魁，浑身带劲儿。实在说，他不想再和李翠娥勾搭；实在说，他知道一个富农，在新政权底下应该怎样检点。他带劲是因为这条咬了他二三年的癞皮狗，终于重新归顺了他。政府发给姚士杰土地证，宣布他的成分最后确定，他精神上已经产生了一种安全感。白占魁的归顺，可以说更具体地证实了这种安全的可靠。像白占魁这样的人，他和你好，也许并不是你走运；但他和你决裂，你就很有可能吃他的亏。

他的婆娘掂着下腹尖尖的肚皮，正在铺炕。她摔摔掼掼，表示她的抗议。她等待着男人开言，可是她只听见吸水烟的声音。她终于憋不住了，自己先开口了。

“你规矩才几年，这又张狂起了?”

“我做啥了呢?”

“你当心！看冯有万那个愣小子，把你和翠娥绑在一块，送到下堡村乡政府着!”

“咦呀！你把我全当成一个竹筒子啦！我就那么没心？这社会里，看我的魂灵还敢到翠娥那草棚屋去不?”

“那么你为啥给白占魁塞粮食?”

“你放心！他白吃不了的。”

“你给他一石白米，看他白吃了不?”

“我给他两石!”姚士杰牙帮子一歪，显出凶狠的阴谋家的脸相说，“我有我的用意。前两年你听见他喊共产党万岁，心不哆嗦吗？给他咬我一口，恐怕你要到县里的看守所去看望我哩!”

婆娘明白了，掉过头瞟他一眼，扑哧笑了。

爷爷是清朝末年死的。稻地里只有少数六十岁以上的人见过姚老汉，说是死于一种奇怪的慢性病——“财痨”。姚士杰他爹，差不多所有蛤蟆滩的新老住户都知道外号叫“铁爪子”，意思是剥削人残忍。最被人广泛传说的是“铁爪子”有一个净粮食的扇车，穷佃户们想借用一下吗？不行！扇车上写着四个大字：“出赁不借”，使唤一回一升粮食。你使唤毕，当晚即便忙到半夜，也不要忘了把扇车抬还“铁爪子”；因为第二天早晨还去，他就要给你算两回，向你要二升粮食。你表示难意，老汉会板着脸说：“这是规例，不是兴你一家嘛……”

姚士杰敦实的身体里循环的，就是这样气质的血型。他平生的理想，是和下堡村的杨大剥皮、吕二细鬼，三足鼎立，平起平坐，而不满足于仅仅做蛤蟆滩的“稻地王”。但是一九四九年的解放，打断了他这美梦。一九五〇年按土地改革法，征收了他多余的土地，又清算了他的高利贷剥削；那些过去给他的利息已经和本金相等的，就一笔勾销了。工作人员在群众会上，还一再地公开宣传孤立富农，要求他的左邻右舍和他划清界限，防止富农的破坏活动。唉唉！解放前，全蛤蟆滩的公事，都从他姚士杰口里出。他从稻地中间的路上走过去，两旁稻地里干活的穷庄稼人，都停住活儿，向他招呼。土改把他翻到全村人的最底层，整个蛤蟆滩是一家，姚士杰独独是另一家。这种对待使他满肚子气。他心中不光恨共产党，而且恨蛤蟆滩的每一个拥护共产党的庄稼人。……

白占魁取走粮食的第二天早晨，姚士杰在正房中屋脚地，端着大老碗吃饭，听见街门洞里一个人咳嗽了一声。

“士杰在家不？”什么人问。

姚士杰心里不禁一怔，嘴里噙着饭，臭骂白占魁：“这个龟子孙！大约是郭振山指使他来刺探我的虚实。这个龟子孙！他咒骂高增福，大约是迷弄我的圈套。我上当了！唉！这个龟子孙呀！……”

在一霎间，姚士杰被土地改革时群情激愤的可怕印象，吓昏了头。一大群贫农像洪水一样，涌进下堡村地主吕二细鬼的四合院里，把二细鬼挤得贴在墙壁上，向老汉要地契和高利贷的账本，那喊声使人毛骨悚然。姚士杰很骇怕自己大胆抗拒活跃借贷，激怒了春荒中缺粮的人们，由仇人郭振山领着，一齐涌进他的四合院来。当然，他可以说：“我没余粮……”“你没余粮？给白占魁借，你就有吗？”他又说什么呢？他很后悔，给白占魁借粮食，是多么糊涂的轻举妄动啊！人家一片声，他浑身是嘴，也说不过去了……

咦！透过竹门帘，姚士杰看见赤脚穿着草鞋，从街门道走进砖铺的院子里的，是高增荣，脸上既没有恼怒，眼里也不含敌意。这是怎么回事呢？咦！他看见的是解放以前，穷庄稼人走进他四合院的那种表情，一种没办法的穷人求借的表情：谦恭地站在当院，等待着主人在屋里应声。他几乎不相信他的眼睛！经常督促人们和他划清界限的，不是人民代表高增福吗？现在高代表的亲哥，投奔富农来了？这高增荣听他兄弟的话，已经有两年多不进四合院了。……

姚士杰站起，放下饭碗，走出正房的砖门台。他没有请这个赤脚草鞋客进屋。他只问：

“你来寻个啥?”

高增荣穿草鞋的赤脚，踏上砖砌的门台，竟然毫无骨气地叹息：

“唉！士杰！你不知情。要不，我也不来难为你。你知道，今年的活跃借贷没弄成……”

“你们再喊叫孤立我嘛!”姚士杰在心里对代表主任郭振山和人民代表高增福胜利地说，但是他嘴里却对高增荣拖长声说，“唔。也难怪干部们咯。这二年，弄得人全空哩。……”

毛头毛脑的高增荣在门台蹲下来了。他用手搔着脑袋，又叹气又咂嘴：

“唉！啧！你不知道我的难场。俺老二给下河沿梁生宝互助组，联络进山掮扫帚的人哩。倒是条活路，可俺屋里家在月子里，还没下炕，我走不脱嘛!”

“郭振山都没咒念的话，你小子能有几手!”姚士杰在心里蔑视梁生宝，嘴里对高增荣说，“唉，都难场咯。各人有各人的难场咯……”

人民代表他哥，眼巴巴地盯着姚士杰毫无感情的板平脸，那么难开口地一个词一个词说道：

“你，能不能，给我，借二斗……”

“哎哈！你甭光看门楼高哩。现时高门楼是空架子，草棚屋是粮仓。”

“利大小，由你……”

“啊呀！这社会谁还贪利大小哩？要是我姚士杰有粮食，和前二年一样，自报出来，叫村干部给大伙分配去，多光荣哩!”

“那，你的路宽，能不能，问你的亲戚、朋友……”

“我给你打听打听，可不准有啊!”

整个前晌，姚士杰努力给自己做着决定：怎样回答高增荣呢？他蹲在脚地上吸水烟，从后园的井里绞水，在马房里垫土，那半旧的破了底边的瓜皮帽下面，脑子里有两个姚士杰在争辩。这个姚士杰反对给高增荣借粮：他兄弟高二是姚士杰所痛恨的人；但是另一个姚士杰赞成：高增荣是个鲁笨人，有奶便是娘。当村干部能给他解决困难的时候，他就“和富农划清界限”；活跃借贷一没指望，他又投奔富农。

“这号人，有用。”姚士杰对自己说。他突然想到高增荣在高增福的互助组里，隐隐约约觉得，似乎通过人民代表的哥，可以报复人民代表，稍稍地解他心头之恨。……

“郭大！你的咒儿念完啦!”他独自一个人突然又对他的仇人郭振山说话，“郭大！你光剩下互助合作一个法儿啦！这个是软法儿，我不怕你的。只要公家讲自愿，你治不住我。我看你也不指望着拿这个法儿整我!”

想到这里，姚士杰从心里到皮肤，浑身上下说不出的舒坦。好像吃了一服什么药，他吸水烟，在井台上绞水，在马房里垫土，都特别带劲儿。甚至于咳嗽的声音，也比往日大些，吐出去的痰像出了膛的子弹一样。他站在砖门台上，双手叉着粗壮的腰，显出一种恢复起来的威势。

官渠岸缺粮户看见活跃借贷没指望，又见代表主任没什么表示，大部分入了高增福组织的掮扫帚伙伙。但在吃过晌午饭以后，又有一个糊涂虫，溜进了官渠岸西头的四合院。

姚士杰大胆起来，产生了一种竞争心，想吸引少一些人参加掮扫帚。他把自己变成一个热心帮助困难户度春荒的人，富于同情心和互助精神。他心里再没有什么顾虑了。他觉得没有必要蹲在地上谈叙半天套子话，既烦絮，又耽搁工夫。他没多余的工夫，要出去给婆娘打听熬月子女工。他作出痛快的笑脸，直截了当地问来访的人：

“你寻我是不是想借几颗粮食？”

“嘻嘻，你真有眼……”

“要几斗才能接上青稞上场？”

“三斗差不多了……”

“我没粮食！说响！我没粮食！我明日在黄堡镇上，给你打听一下，看俺亲戚有没？要有，你多跑几步腿，去镇上背一下。”

“这可劳你的神了……”

“唉！到这困难的社会啦，能看着好乡亲受熬煎吗？可有一样：甭给人吹，惹得风一股雨一股。”

“咱不是娃子……”

“就说是你自己打听的！”

“对。明白。”

姚士杰非常满意“困难的社会”这个词儿。他本来想说“困难的时节”，但到嘴边变成了“社会”。人的心理真是奇妙，“言是心声”，一点不假。他努力注意这个没骨气的贫农，听了“困难的社会”，脸上没有特殊的反感。他更加大胆，更加畅快了。

这天后半晌，他本该出去给快要“上炕”的婆娘，打听一个熬月子的女工，却留在家里迟迟不走，在后园里整菜地，希望有更多的困难户来找他。他从缺粮人愁楚的脸上感到快乐。他把和告债的人谈话，当作世界上最有意思的享受。共产党不仅剥夺了他的这种享受，几年来，他一直在一种不安的罪犯心理状态下混日子。现在，他摆脱了这种心理状态，感觉到天高云淡、风和日丽的春天特别畅快！从前，每逢春荒时节是他最快活的日子。现在，时轮又转回来了吗？他在被划清界限的孤立中局促够了吗？他可以伸一伸腰，抬一抬头了吗？当他还住在四合院里，当他前楼上有那么多粮食的时候，他总是觉得自己比郭振山优越得多。要不是郭振山仗着共产党员四个字大喊大叫，他从心里不服气他——“谁手里有粮，谁是村里王！”正是这样！前两年活跃借贷时，困难户在春荒中吃着姚士杰和郭世富的粮食，却记着郭振山的人情；现在不行了，土地证到了掌握粮食的人手里头啰！

姚士杰的劳力是很强的。他眨眼工夫，在后园里整出了种茄子和种辣椒的地，用小锄给韭菜松了土，给两架大葡萄浇了水。他干一气活儿，吸一阵水烟。他一边蹲在井台上吸水烟，一边计算他转移到黄堡的粮食，计划着每一个集日，他专门蹲在黄堡街上放粮食，嘴里说是旁人的……

“士杰，”他妈嚅动着厚嘴唇，问，“你还不出去打听熬月子的吗?”

“去呀。”

“她身笨了，该息着啦。”

“我知道。”

老婆婆用欣喜的眼光观察儿子。儿子的难受就是她的难受，儿子的快活就是她的快活。现在，她已经明白儿子为什么给白占魁粮食了。她已经从儿子放肆的咳嗽声和空前的干劲，觉察出儿子情绪上的变化了。这种情绪也感染了她，鼓舞了她，她忍不住口，厚嘴唇一颤一抖地问:

“你，都应承下了?”

“我应承下啥了?”

“咱有那么多粮食吗?”

“好你哩！你甭打听闲事!”

“娃呀！你甭瞒我！我满年四季不出街门，走不了风。你当心咱的邻居!”老婆婆用肥囊囊的下巴，指着高增福的稻草棚。

“我不怕他!”

“阿弥陀佛。你当心他!”老婆婆蹒跚地回到前院去了。

姚士杰蹲在井台上，手里端着白铜水烟瓶，盛气凌人地对一只水桶说:

“高二！你给共产党骚情顶了啥？到这阵你还那么积极，想叫共产党给你分配个婆娘吗?”

高增福的不幸，是姚士杰最称心如意的事。向土改工作组提供姚士杰放高利贷的材料的，是高增福。在四邻中经常督促大伙和富农划清界限的，也是高增福。在姚士杰看来，土改以后高增福死婆娘，是老天替他报应。

“土改拔了我姚士杰几根根汗毛，你高增福就没婆娘了!”姚士杰很满意地想着，根本没把他从前的长工放在眼里。现在，他一感觉到自己重新有了力量，心中就萌起一种难以克服的报复欲……

姚士杰从官渠岸的村巷里走过去了。不要说他心中的快活不能不反映在脸上吧，就是他前楼上的那些粮食，也反映在他的腰背上，走起路来特别带劲儿。他的三十来亩稻地，他的枣红母马，他的在蛤蟆滩的草棚屋中间如同神庙一般的四合院，在土改的浪潮中曾经成为他心慌的因素，现在却和从前一样，给他增添精神了。

他非常地满意自己“有眼力”。早先他曾经稳定自己说：“忍住点吧！能站着，也能蹲下，才算好汉哩。光能站着，不能蹲下，是二杆子。世事总要定点的，它不能老这样紧张。蹲下，往后还能站起来；不蹲下，人家就要把咱打倒了。”他认定他在土改运动中蹲了两年，现在是重新站起来了。

他觉得村巷里遇见的人，看他的眼光似乎也变了，似乎没有从前那么强烈的敌意了。虽然全蛤蟆滩一百多户人里头只有两个人向他求借，这使他略微有点失望，但他对形势的变化，基本上是满意的。

郭世富从官渠岸东头迎面走过来。离老远，姚士杰就招呼：

“世富叔哎，到哪里去呀?”

“到下堡村去。”郭世富说，抬起略微有点眯缝的眼睛，看看富农眉飞色舞的快活模样，“你到哪里去呀?”

“我屋里家快上炕了，到稻地滩里打听一个熬月子的。咱们一块走。”

“走嘛!”郭世富现在同意了。

姚士杰看着老汉，忍不住笑。在查田定产、颁发土地证以前，这个大庄稼院的家长，准会想个什么借口甩开姚士杰，如果在看见他的时候，已经来不及从岔路上躲开他的话。姚士杰现在既然重新做了债主，他和地主有了很多佃户、军阀有了很多的士兵是一个劲儿，不由得想嘲弄嘲弄这个比狐狸还精滑的老汉几句。

“世富叔，”他笑眯了眼问，“你这阵和我一块走路，不嫌我的成分不好了吗？”

郭世富不自然地笑笑。

“你小心着！”姚士杰继续开玩笑说，“你小心和我说上一句话，你自己也给划成富农着！呵呵呵，前两年，你比贫雇农和我的界限划得还清。”

这句话碰到了郭世富的疼处，老汉的皱纹脸严肃地辩解说：

“好你哩！不是咱没情没谊，是世事不对头喀。你看，这阵不‘斗争’了，我就该不躲避你了吧？”老汉说着，谄媚地一笑。

姚士杰想起这个解放前常常和他商量村事的人，解放后拼命巴结他的仇人郭振山，他几乎忍不住要挖苦他几句，让他心里难受难受。但是一想起郭世富巴结郭振山是虚情假意，虽然外表上和他姚士杰离得远了，而内心还是挨得近的，他就又打消了挖苦老汉的意思。可不是吗？土地证一到手里，郭世富就疏远了他的仇人郭振山，在对待活跃借贷的事情上，公然和他一致行动。既然人家已经和他重新靠拢了，他又何必说些叫人难堪的话呢？

蛤蟆滩的两座四合院的两个当家人，一前一后在稻地中间的草路上走着。春天下午，已经到了西边峪口区和渭边区天空的日头，把他们挨得很近的身影，投射到稻地里复种的青稞苗上。

“活跃借贷没事了。”郭世富欣喜地报告。

“当然没事了！”姚士杰在前头走着，自负地说。

“我去看看河那岸的各行政村，发动起没……”

“甭看！当然发动不起来！前两年，人都是怕情，怕斗争哩。凭你的良心说，你郭世富情愿不情愿把粮食成几石几石地挖出去，让村干部给人借？你自己是傻瓜，不识数吗？”

郭世富苦笑一笑，表现出他不情愿又没奈何的意思。

姚士杰掉头看看走在后头的郭世富的表情，更加大胆地发挥他的评论：

“你思量思量：这伙穷鬼，分了财东的地，喊共产党万岁；借了咱们的粮食，也喊共产党万岁。讲理不讲理？”姚士杰说着，竟有点委屈。

郭世富慌忙左右前后转动着春天摘了毡帽的脑袋，看看左近的稻地里和草棚屋外面是不是有人。虽然土改的浪潮已经过去，村里已经平静下来，但是见姚士杰这个危险人物，嘴里发出这样爆炸性的论调，郭世富心中悸动。

这时候，他们周围的稻地野滩里，没一个成年人。有几个男女娃娃，在稻地塄坎上挖野菜；有几个娃娃在拾柴火；还有几个娃娃在渠岸边放牛。他们听不见这两个行人说话，也不注意他们在一块这个新现象。

“算哩！算哩！”郭世富劝姚士杰说，“过去的事，就甭提哩。没斗争咱，就谢天谢地哩。”

这个曾经和郭振山一块说“咱”的人民代表，现在竟然和富农亲切地说“咱”了。姚士杰听了心里很舒服，不由得掉头一看，脸上露出得意的笑容来。

他带着胜利者的心情，向郭世富打听他的大仇人郭振山的近况。

“软哩！”郭世富紧走两步赶上来，和富农并肩走着，欣喜地低低说，“软哩！听说挨了卢支书的批评，有两天不出街门哩。”

“为啥挨卢支书的批评呢？”姚士杰有兴趣地问。

“党里头的事，咱不知情。”郭世富低低地说，“看情形，是嫌他对互助组不真心。下河沿梁三老汉那小子梁生宝，这时可红了。”

“那算啥东西？看他连骨头有几两重吧！”

“咦！”郭世富警告，“可不敢小视他。他没俺振山老大咋呼得厉害，心里可有钢！他把咱滩里困难户的生活问题儿，担在他肩膀上哩！”

于是，郭世富又和姚士杰谈起“百日黄”稻种的事情。梁生宝互助组稻麦两熟的计划，紧紧地吸引了这个毕生给土地打主意的富裕中农。他用抒情的调子对富农坦白：他曾经把稻地里复种麦子当作一种美妙的梦想，在脑子里装了几十年。现在，想不到一个年轻小伙子，要走在他头前了。他又说，梁生宝互助组为了挣来实现稻麦两熟的肥料，必须进秦岭里头上刀山（竹茬），而他只要到黄堡粮市上粜些粮食，就可以叫老三吆着胶轮车拉肥料回来了。他毫不费劲儿就能做到的事情，却眼巴巴地看着人家梁生宝碰破头地愣干，他心里不舒服。他曾经在正分稻种的梁生宝草棚院流连盘桓，想高价买一斗稻种，梁生宝不给他，这更使他心中结起一颗疙瘩。他输不起这口气！

"要不是我今春上盖了三间楼房，"郭世富不服气地说，"我非亲自到郭县去买回来'百日黄'不结！"

他说得姚士杰在路上转向他站住了，用严峻的眼光盯住他：

"那稻种果真好吗？"

"不赖。"

"咱这里的地气能行吗？"

"全在秦岭底下，怎么不行？"

"干！"重新活跃起来的姚士杰，胸中燃烧着渴望报复的烈火，猖狂地说，"干！你给咱到郭县跑一回，路费咱按稻种摊！咱两家的稻地合起来，有他梁生宝破烂互助组稻地多。甭叫这小子独独成功了，在村里卖嘴。"

"对！我就是这番主意！"郭世富胡子嘴巴上也来了劲儿。

第十一章

那是一九五〇年的冬天。可怜的才娃他妈还在人间，才娃那时只有两岁，娘儿俩整天在姚士杰四合院西边的草棚屋里。官渠岸西头的农会小组长高增福，没明没夜不在家。土地改革运动在村里一开展，高增福忙得白日只回家急急匆匆吃两顿饭，黑夜要回他的草棚屋，总在半夜以后哪。

一个落下一场厚雪的早晨，庄稼人起来，都打扫自己院里的雪。高增福没有像每日一样，天一亮就出去活动。他扫了自己门前的雪，就留在草棚屋里。趁婆娘烧锅做早饭的这个空子，他独自一个人站在脚地，把竖柜上摆的瓶子、盆子和碟子，都当作听众，练习诉苦。他爹和他自己熬长工所受的压迫和剥削，被工作组同志选定为重点，要他在全下堡乡的群众大会上讲出来；可是他总也讲不连贯，这一回练习遗漏了这件事，下一回练习又遗漏了另一件事。他很为这个着急。他已经向工作组同志说过一回，是不是他可以不上下堡乡的大会。回答只是一句话："拿出点主人翁的气魄来！难道你不情愿提高一般农民的觉悟吗？"他的阶级自尊心立刻克服了他对自己讲话能力的自卑心，开始一有空闲就练习。

"乡亲们！咱高增福五辈子熬长工的苦处，三天三夜说不完……"

他正在脚地练习诉苦，草棚屋的板门开了。他扭头一看，走进门的竟是他的东墙邻居姚士杰，鼻子口里三道寒气。

"嘻！增福兄弟，你在家里哩？"姚士杰脸上巴结地笑着。

"唔。"高增福冷淡地答应，神气里带着农会小组长对富农应有的优越感，看他从前的东家。

姚士杰一面谄笑，说：

"增福兄弟！自从运动一来，你兄弟忙得日夜不着家边。哥想和你兄弟扯拉扯拉，总是见不到你兄弟的面。今日早起落下这场雪，你兄弟没出去，到哥那面去坐一坐，咱哥儿俩谈叙谈叙。"说着，动手捉住农会小组长的一只胳膊就拉。

"不不不，"增福竭力挣脱着被姚士杰抓住的棉袄袖子，严肃地说，"你放脱。有什么话，你就在这里说。"

高增福心里骂他从前的东家："啥东西！从前你为啥不和我这么亲热？土地改革刚到划阶级、定成分的阶段，你小子就拉拢我？你想收买咱高增福，算是你眼里没水，认不得人！"

但是姚士杰的眼睛，并看不透农会小组长在心里骂他。

"好增福兄弟哩！"他重新捉住挣脱的袖子，一个劲地麻缠，"念咱哥儿俩在一块劳动过几年的旧情，你兄弟不给哥赏这个脸吗？你兄弟放心！你兄弟到哥那面去一下，保险碍不住你兄弟在农会里头办事。哥知道自己老几。哥识得几个字，能对付着看报。哥懂得一点政策哩。哥知道哥不够地主，哥满年四季劳动哩嘛！只不过，唉，旧社会嘛，人的思想都不开化，贪财爱利，哥地比一般庄稼人多，粮食打得吃不了，常有人借，还时给一点点利。这就是罪过，真正是罪过。这阵哥的思想大变化……”

“你嘴真巧啊！”愁诉苦时不会讲话的高增福，不客气地打断姚士杰，“你地多怪旧社会，你剥削人怪人家要借粮。这么说，你雇我长工，也怪我要熬长工。人们爱没地？人家爱没吃的？人家爱熬长工？是不是？你算了吧！放脱我的袖子！”

经过整顿贫雇农队伍的阶级教育，高增福毫不困难地把他从前的东家说得嘴底无言。

姚士杰仿佛受到了突然的袭击，惊呆了，规规矩矩放开了高增福的袖子，显然他低估了他从前的长工最近的发展。他一时有点慌乱，不知该怎么办。

“我看你的思想一点也没变化！”高增福拿出人民民主专政的派头，不客气地指责这个需要割封建尾巴的人。

“变化了！”姚士杰惭愧地笑笑，“兄弟，你听哥说完嘛。”

“你说你怎么变化了？”

“哥这阵思想大变化。哥思量来：‘咱这阵已经是毛主席的民了嘛，咱就要和贫雇往一块堆活哩嘛。咱住在官渠岸，不是独家独户住在稻地滩里，咱总不能和乡党们不来往。’哥心里就是这样思量。有一句假话，哥就是四条腿。哥恨不能把心掏出来，给你兄弟看看。你兄弟这阵是官渠岸西头的办事人，哥就是想讨你兄弟的高教，看哥怎样才能和大伙活在一块堆。土地改革法不许献地，真把人着急死。你兄弟怎么也得给哥出个主意……”

“你规规矩矩当个守法富农，没人动你一根毫毛。”高增福指教地说。

“守法！哥守法！”姚士杰样子很恳切地答应，“我的天！咱还敢犯法吗？哥就是怕‘孤立’。你兄弟想想办法，看哥给官渠岸的贫雇献点啥礼，甭孤立哥，行不行？”姚士杰用希望的眼睛，盯着农会小组长凝神沉思的脸。

高增福听了一怔，心里想："啊呀！这小子心大着哩嘛！看样子还想利用我，收买全渠岸的贫雇哩。好，我就顺着他说，探探他的心思到底想怎样……"

"你说你想献个啥礼呢？"高增福换了随机应变的态度。

农会小组长的沉思和他态度的变化，在富农心中引起了更强烈的希望。姚士杰重新捉住他的胳膊，亲热地说：

"走！兄弟，咱到哥那面去，计议计议……"

"就在这里说，才娃他妈嘴牢着哩。"

"你这阵是办工作的干部，怕有人来寻你哩。走吧！走吧！"

"走就走！你放脱，甭拉拉扯扯……"

两个人从扫开以后又落下一层薄雪的路上，走进四合院的街门。我的天！富农全家老少从房里出来，在砖铺的院里迎接贵宾一般，迎接他们从前的长工。迷信老婆子、姚士杰的婆娘、姚士杰的出嫁到马家堡的三妹子以及娃子们，脸上都是谄媚的、巴结的和骚情的笑容。那个年轻漂亮的三妹子，浓眉大眼，相当动人，竟然跑来用戴戒指的手，拂去落在增福棉袄上的雪花，身子贴身子紧挨高增福走着。她的一个有弹性的胖奶头，在黑市布棉袄里头跳动，一步一碰高增福的穿破棉袄的臂膀，并且肉麻地问：

"高二哥呀，这些日子忙啦？"

高增福嘴里说："唔，忙。"心里生气："这算做啥哩！这和套麻雀一样，套我高增福哩嘛！"

农会小组长怀着百倍的警惕，被他从前的东家一家人拥进正房中屋了。有一霎时，他完全惊呆了。这里脚地中间，摆好了红油八仙桌和太师椅子。桌上摆好了四碟小菜、酒壶、酒樽和筷子。当姚士杰的三妹子，用胖奶头碰高增福肩膀的时候，他只感到全身如同针刺一般不舒服；现在，看见这个桌面，他忍耐不住要呕吐了。姚士杰简直把他不当人，竟敢这样简单地污辱他的人格。这里是陷阱，他一刻也不能逗留在这里。

"坐！坐进去，咱谈叙。"姚士杰殷勤招待着，忙忙碌碌，转身吩咐他婆娘和他三妹，“炒菜！炒来热菜，俺哥儿俩旋喝旋说呀。增福身忙，没工夫磨。”

高增福痴瞪瞪地站在砖脚地想：“我这阵就走，没探到这小子心底上……”

“坐！你坐嘛！”姚士杰往椅子里推高增福，“立客难待。你看全家都站在这里。你一坐，他们就各做各的去了。”

高增福心里真着急：他绝不能坐下！富农的酒菜是喂狗的，他是堂堂正正的雇农，正准备在全下堡乡的大会上诉封建压迫和剥削的苦，怎么能给富农当狗喂呢。他鄙视地看也不看桌上摆好的酒菜，他看见就发呕。他虽然有一个消化玉米糊糊、窝窝头的胃，他觉得自己在精神上，比这个富农要高贵百倍。但是不坐下来吧，他却没揭开富农阴谋的底细；只知道姚士杰企图收买，却不知道他的全部阴谋。

“你坐嘛！你怕啥？”姚士杰根本不能理解高增福精神上的高贵，他以为他从前的长工内心在矛盾，所以他更加放肆地说，“你兄弟放心！咱隔壁邻居，他谁能知道咱哥儿俩喝酒呢？自从土改运动一开展，没人进我这院来。……”

这时候，高增福已经想出了新的主意，他又一次换了随机应变的态度，说：

“不是怕人知道，是咱身忙，吃了早饭又要开会。你这番意思，我心领了。往后，等运动过后，哪一黑夜没事，咱再喝。你这阵只说你是啥心思吧。”

“也好。你兄弟说的也对。运动过后，咱哥儿俩消消停停喝。”姚士杰盯着高增福的瘦长脸，显然在判断高增福的虚实，犹豫不决。

高增福故意说：“你没话了？那么我走了。……”

姚士杰忙拉住说：“你甭走。”

“那么你快说。”

“哥说……”姚士杰还是盯着高增福的脸，还是犹豫不决，“哥说出来，能行，咱办；不行，和哥没说一样。好不好？”

“你说嘛。”

“不行，可和哥没说一样啊！”

“你看你！你是说不说？”

“哥说！哥说！”

“你快说！”

“咱村的成分快定完了没？”

“还没定完。”

“快了不？”

“快了。”

“把哥包涵包涵，行不？”

“怎么样？”

姚士杰使着很大的劲儿，紧张地说：

“你叫哥拿出多少粮食，哥就拿出多少粮食，给咱渠岸的贫雇献礼。……”

“唔，你说。你往完说。”

“哥受不了孤立。哥喜愿进步。天下农民一家人嘛！全渠岸一家人，哥独独另一家人，哥受不了。……”

“你说，你说完。”

“把哥的成分下成中农。只要你兄弟和咱渠岸的贫雇们说哥是中农，他工作组走群众的路线！……”

“呸！”高增福听到底，往脚地上唾了一口，愤愤地走了。

当天上午，高增福就把这下雪天早晨发生的事情，一根一板告诉了土改工作组同志和农会主席郭振山了。专为揭露拉拢干部、收买群众、破坏土改的不法富农姚士杰，开了一回斗争会。会上郭振山的嗓音能炸破房子，指住鼻子，把旧社会和他打过架的姚士杰，训得抬不起头来。从此以后，姚士杰在说话和行为方面检点得多了，但从他的外表上也可以看出：他恨透了高增福和郭振山了。

整个土地改革以后的这个时期，姚士杰一直是老实的，服软的。一九五二年冬天查田定产以后，颁发了土地证，姚士杰又抬起头来了。高增福每天注意他的富农邻居的表现，看来那些姚士杰曾经觉得是祸患的家业，现在又变成贵重的财产了，神气上又表露出富户的优越感来了。从前，不管姚士杰心里怎么恨高增福，表面上还装得没什么，见面总是先开口打招呼。查田定产以后，姚士杰似乎觉得再没必要虚情假意了。要是高增福不先开口打招呼，姚士杰就高傲地昂着头，不搭话走过去了。那神气等于明明白白说："叫你高二再厉害!"高增福连这点意思还看不出来吗?

高增福难受极了：土地改革时期宣告结束了，土地改革法撤销了，土地所有权确定了，对土地买卖和粮食借贷的冻结，也解除了——到黄堡上集去的路上，你看吧，所有汤河两岸的富农和富裕中农，都抬起头，有说有笑了。贫雇农发愁：眼看着失掉了对富农和富裕中农的控制；要是没什么新的国法治他们，那还得了？几年工夫，贫雇农翻身户十有九家要倒回土改以前的穷光景去。

没了婆娘，又卖了用耕畜贷款买来的耕牛，人民代表高增福，这时心里慌。他不知道他前面路上是红是黑。要是他再失去土地，二回头熬起长工，怎么能带大才娃呢？他近来常常对着在他怀里睡熟的才娃叹息："才娃呀！才娃呀！你托生在哪里不好？为啥托生在这草棚屋受难?"

受过三天三夜也诉不完的苦，高增福自己并不骇怕艰难。你看他无论什么时候，总是绷着瘦长脸，咬着牙巴；他是在心里鼓着劲儿，准备经受生活中的任何考验。但是，他却无论如何也没想到：政府指示的活跃借贷，没有能帮助困难户度春荒，竟给了阴险毒辣的姚士杰报复他的机会。

……高增福一听说他哥增荣，到四合院去投奔富农借粮，急得直跺脚。他当下就去找他哥。他哥到终南山口割茅柴去了。傍黑天，他注意到他哥背着一大捆茅柴回来了，他就又找去了。他一进他哥的只有土围墙、没有街门的草棚院，就说：

"哥！你怎这糊涂?"

"我怎糊涂?"增荣满脸尘土上流着汗水，解着茅柴上的麻绳，转过脸奇怪地问。

“你怎么投到富农怀里去了呢？你……”

“噢啊！”高增荣明白了，很歉然地笑笑，说，“我没粮食吃嘛！借富农的粮食，又没犯法！”

“你的立场？……”

“好兄弟哩！站稳立场不吃饭，肚也不饿吗？”

“啊哈！你呀！”高增福一听他哥这种没骨气的话，急得肠断肚炸，气呼呼地说，“你朝富农低头，对不住墓坑里咱爹的骨头！老实告诉你！饿死事小，失节事大！咱就是这话！没告你说吗？一过清明，咱渠岸的困难户，给生宝互助组掮开扫帚，就有钱买粮了，怎样就能把你饿死嘛！”

“我不能跑山。我腿关节疼。”增荣瓮声瓮气说，“你不知道我，早年给财东家做稻地活，遭下风湿症？”

“你不能跑，把才娃寄放在你家里，我跑嘛！”

增荣没有词儿了。

在月子里还没下炕的增荣婆娘，在草棚屋炕上接嘴了。

“好兄弟哩！”产妇细声细气朝院子里说，“咱两家还是各顾各吧。看你爷俩的难场，还顾得了俺一家子哩？再说，我还没下炕，也照看不了你才娃呀。……”

明白了。高增福完全明白了。他再也没说什么的必要了。他还说什么呢？他知道他哥是婆娘当家，自己做不得主。这不是他哥的结发妻子。他哥是被这个死了丈夫、丢下一个娃子的女人招进门的，听这个女人的指拨干活，干活，干活。准是这个女人叫他哥投奔富农的！

高增福心里想：“我熬十万零八辈子光棍，也不跟这号女人过！”

高增福气愤地走了。他在土围墙的豁口，端端碰上在墙外听声的姚士杰。两个仇人没打招呼。高增福走了，姚士杰进院了。

“增荣！你要借的粮食，我给你打听到了。要借几斗有几斗。”姚士杰大声亲切地说，故意气向巷子走去的高增福。

第十二章

有了皱纹的宽额颅上，隆起着拔过火罐的酱红色圆印；毛茸茸的大鼻孔喷着火焰般的热气；嘴唇干裂了，有胡楂的嘴角上出现了火泡；那双曾经是光芒四射的大眼睛珠子，现在失去了神采；土改时候打雷似的嗓子，也嘶哑了——咱们的郭振山，躺在草棚屋的小炕上两天了。

普通的伤风感冒，打击不倒这个强壮的中年庄稼汉。这个强性子人，向来在发烧的时候，既不吃药，也不躺下，他是用拼命劳动来治感冒的，总是隔过夜就治好了。但是这回他病得沉重，不吃不喝，只是用被窝包住脑袋沉睡。

代表主任他妈不断地颠到小炕边来问：

"振山，叫给你擀些细面条儿吧？"

"不吃……"代表主任在被窝里头瓮声瓮气地回答。

"那么叫给你打几个鸡蛋？……"

"吃不下去。"

"唉！振山！"老婆婆愁眉苦脸说，"你是个常指教人的人嘛！人是铁，饭是钢。人有了病不想吃，也得强吃点。你是个常指教人的人……"

"去去去！……"被窝里头不耐烦了。

但是，世界上没有一个娘和儿子赌气。老婆婆隔不大工夫，又颠到小炕边来了。

"振山，这阵你觉着怎样？"

"哼……"郭振山不愿意说话。

"振山，"他妈焦虑地说，"你这回病，好不对劲儿呀。是不是叫振海上黄堡去，把卫生所的先生请来？"

"不用……"

"那么，叫到下堡村去请高先生来？"

"好你哩！"

“怎么？”

“叫我静静地睡……”被窝里瓮声瓮气的声音断了。

老婆婆按照古老的迷信思想，认定儿子不仅仅是开活跃借贷会的那晚上，和卢支书在汤河畔上说话时间长，着了凉。她怀疑：是不是有什么魔鬼在儿子和卢支书说话的时候，附了他的身？老婆婆暗地里同振山媳妇和振海媳妇取得协议，在星全的黑夜，瞒着无神论的共产党员，到汤河畔的路上送鬼。她跪在路上，用两手堆起一个沙土堆，插香、焚纸、叩头，老婆婆求告魔鬼，在十字路上另等旁人去。……

但是，代表主任第二天仍然是沉睡不起，虽然头上摸起来已经不那么发烧了。……

包在被窝里的郭振山难受极了。他觉得人到倒霉的时候，走平路都会栽跟头的。头年冬天，他刚刚准备买二亩稻地，就被梁生宝知道，汇报给支部了，弄得他在整党的支部会上检讨了三回。这回，他把准备买地的部分粮食，投资给私商韩万祥开设在黄堡北门外的砖瓦窑“支援建设”，想不到卢支书这么快就知道了。他那晚追到汤河畔上，和卢支书磨了半天牙，支书也没有漏出一点口风，是谁反映他的。他坚决地不承认有这回事情。卢支书说：“没这回事，你管他谁反映呢？”他又试探地说：他没有给砖瓦窑投资，即便投了资，也不能和买地、放账那些可耻的剥削行为比，这是支援建设。卢支书说：“呀！同志！你的嘴才太巧了嘛！你支援建设，为啥不同生宝同志一样，实心实意组织上一个互助组，帮助翻身户生产呢？你把粮食投给私商开的砖瓦窑，‘支援建设’哩？好同志哩！你这是做生意！你甭看自己那么精，看别人那么傻哩！你心上有七十二个窟窿眼儿，别人都能看出来，只不过是嘴里不说罢了！”郭振山红了脸。他还说什么呢？党支书已经把话说绝了。

郭振山在被窝里头苦苦寻思：卢支书到底是怎么知道的？这件事在什么时候、什么地点漏了风的？就连他妈、他婆娘、振海两口子，他都瞒着。他们问他：为什么给老韩装粮食？他告诉他们：“悄悄不敢说！我拿咱节余下的粮食，陆陆续续给咱定下些砖瓦。想住高瓦房的话，把嘴闭紧些！”全家都感激这个当家人深谋远虑，又知道他在去冬整党的会上挨过“整”，还会给他抖风吗？至于韩万祥，为了解决窑上工人的口粮问题，拉他的股子，恨不得给他作揖。“咱情知你们党里头不许买地、放账、雇长工、做生意。郭主任，你放心！这事天知地知，你知我知！从我嘴里漏了风，你往咱脸上唾！说老韩不成人！叫咱老韩穿开裆裤！”好精的韩掌柜，也算黄堡街上少数几个精人里头的一个哩，会拆自己的台吗？啊，啊！郭振山终于从记忆里搜索出来了，似乎有两回在黄堡集上，他和韩万祥说话，给梁生宝碰见过。……

“又是他！”郭振山在被窝里苦恼地想，“又是他！对这号事，就他眼尖、鼻子灵！”

他难受地回忆起农历正月里，区委王书记到蛤蟆滩来整顿互助组的那些使他难堪的日子。他觉得自己理短，说话用的音量很小，甚至身量也太高了，目标大了容易引人注目。加上王书记和梁生宝那么亲热，黑夜两人挤在一个小炕上睡觉，他心里更加不是味儿。那时候，郭振山就在心里警告他自己：“你当心啊，当心人家往王书记耳朵里，灌你的坏话啊！你要当心呀！”现在，郭振山在充满了汗水味的被窝里，愤愤然想道：

“生宝同志！你要指望你的能耐往上爬哪！你甭在领导跟前，臭我郭振山的名声，抬高你自家！”

他从心里不服气梁生宝。小伙子能有几两几钱能耐？

“我郭某人要是和你一样，婆娘没婆娘，娃子没娃子，我的互助组，比你生宝同志的能强十倍！不是吹！”郭振山在被窝里头，不服气地想。

他脑袋一想热，就想豁出来不创家立业了，创国家大业吧。叫你生宝看看谁把互助组闹得更欢腾。但他在被窝一翻身，又改变了主意：不能拿过光景的事赌气！“社会主义”，这是人们刚开始在嘴上谈论的名词。到处有人关切地问：咱中国什么时候实行社会主义？没有一个地方有人明确地回答过。可见庄稼人面前，摆着的是一条渺茫的漫长道路。也许这一代人走不到，需要下一代人接着走哩！感谢土地改革，给了幸运的郭振山这创家立业的坚实基础，他和他兄弟振海两个气死牛地劳动，不愁压不倒他郭世富！何况老三振江在城市向农村第一次要人的时候，他就让他到西安电厂里去当徒工，升了技工就能往家捎钱！一九五三年是国家建设的第一个五年计划的头一年，却是郭振山创业的第一个五年计划的第三年。他是从一九五一年就开始了。他的第一个五年计划的目标是：按人口平均，土地面积赶上郭世富。以此为限，绝不超过。他绝不使自己的家业接近仇人姚士杰，那和他的"政治性儿"水火不相容。他一根椽一根檩地备料，人不知鬼不觉地准备在他的第二个五年计划（即从一九五六年起）盖瓦房。先盖正房，第三年（一九五八）盖东西厢房，第五年（一九六〇）盖前楼。不能太急，太急了不像个共产党员！但即使这样，党组织一再阻挠他的计划实现。他创业的第一个五年计划已经破产了，整党的时候已经把共产党员买地，提到犯纪律的水平上来了。他只好把第二个五年计划的事情提前，谁知刚刚露了头，就被党支部发觉了。

在头年冬天整党的会上，郭振山也曾热过：

"说得对着哩！红军走雪山，过草地的那工夫，也不知道啥时光全国解放喀。可是他们走破了脚还是走，十几年就打倒了老蒋。这社会主义也许只要一二十年工夫吧？"

他和下堡乡的其他共产党员，一块走出下堡村乡政府的大门洞，脑子里充满了崇高的社会主义理想。在过汤河的独木桥的时候，在稻地中间的小路上走着的时候，他和生宝同志亲密地商量过，怎样把蛤蟆滩的互助组整顿好，怎样帮助在生产上和生活上有困难的分地户，别叫他们重新摔倒啰。但是当他睡在炕上婆娘娃子们中间的时候，西厢屋郭振海强壮的鼾声，东厢屋牛棚里牛啃铡碎的玉米秆的声音，棚上头保卫粮食的猫咬住老鼠的声音，一下子就把他拉回现实世界了。他办工作误工太多了，老二振海都经常威胁着要和他分家哩；他认真搞互助组，老二怎么能情愿呢？他自己娃多，振海娃少；他的劳动也不抵振海那么强壮了。他不能和老二分家。不能！坚决不能！俗话说："好家当，怕三份分哩！"分开以后，他家人的生活要受紧！一块过，底子厚，力量大！

"咱当个普普通通的党员算哩！咱光把村里的行政工作办好算哩！"

他想，“光荣！光荣！咱没那条件光荣啊！”于是，土改时候下堡乡赫赫有名的人物，拿定最后的主意，给自家当家，不给贫雇农当家了。他没想到卢支书抓他抓得这样紧，也没想到村里的行政工作，竟变得这样难办，竟不允许他敷衍了事！

他妈端来一碗汤面条。碗里五颜六色——红的是辣椒，绿的是蒜苗，黄的是豆油点子，看了真使人流出口水。老婆婆端到她儿子跟前，用筷子搅几搅，说：

“振山，看！你屋里家给做下了，你就强挣着吃上它两碗。”

郭振山推开被窝，挣扎着坐起来了，他接住碗了。他看看碗里，又皱起眉头来，心里发愁：

“怎么办呀？村里的行政工作，这样难办，党员这样难当，怎么办呀？”这个非常严重的问题，塞得他脑袋发涨。

“亏你还是常指教人的人！”他妈又咄呐他。

“在外头精明，在屋里糊涂！妈，你甭管他，爱吃不吃！”他婆娘抱着噙奶的娃子，赌气了。

郭振山勉强用筷子夹起面条，送进嘴里。他懒得嚼。他心里头想：“共产党员呀！共产党员呀！这么难当？”他的脑子还是被这个问题苦恼着——卢明昌用那么不喜欢的眼光盯他哩。他不在这个党过不了日子吗？

他使劲地咽下去第一口面条。他用筷子夹了第二口，噙在嘴里，又不嚼动了。这时候，他的全部身体都失去知觉和动作的机能了，周身的血液都集中在脑袋上去了。

这时候，郭振山好像不在他自家的草棚屋的小炕上，而像在渭河的船上，昏昏悠悠，坐不稳当了。他头昏，喉咙堵塞，嘴里酸苦。他想呕吐。糟糕！草棚屋在动弹了，挂在稻草棚底下椽子上的竹篮子在摇摆，脚地的竖柜在摇摆……

这时候，好像在草棚院外头什么地方，“轰……呜呜”——一声巨响，他刚觉得耳鸣，碗就掉在被子上了，他就什么也不知道了。

当他在被窝里头重新清醒过来的时候，他满腮胡楂的脸流着眼泪，羞愧难当地声明什么事也没，叫家人们都散，做各人的活去。

郭振山啊！郭振山啊！有几千年历史的庄稼人没出息的那部分精神，和他高大的肉体胶着在一块，难解难分。旧社会在他的精神上，堆积了太多的旧思想，卢支书已经批评过他了，他刚才开始进行自我分裂。是共产党员郭振山战胜呢？还是庄稼人郭振山战胜呢？

家人们散去以后，他浑身冷汗，独独躺在被窝里。共产党员郭振山痛斥庄稼人兼卖瓦盆的郭振山：

“你胡思乱想个啥？你想往绝路上走呀？放清醒点！你把眼睛睁亮！你怎敢想离开党？要在党！要在党！离开了党，蛤蟆滩的庄稼人拿眼睛能把你盯死！离开了党，仇人姚士杰会往你脸上撒尿呀！……”

在一霎间，事物在创业的庄稼人郭振山眼前，显得比较清晰了：党是伟大无比的力量！它现在有效地掌握了中国历史的发展！它的政策影响着每一个中国人的生活——它使饥饿者食饱，使奢侈者简朴，使劳动者光荣，使懒鬼变勤，使强霸者服软，使弱者胆振，使社会安定，使黄堡镇的集日繁华……而他郭振山呢？一个普普通通的庄稼人，只有在执行党的政策前两年，人们才真正重视起他来。离开了党，他就重新只剩下一个高大的肉体，能扛二百斤的力气，和一个庄稼人过光景的小聪明啰！

郭振山向来把“在党”看得高于一切。他从来也不曾缺席过一回党的会议。汤河涨水，他绕王家桥也要去；王家桥被山洪冲垮了，他绕黄堡大桥也要去！怎么现在为了发家创业想离开党呢？笑话！……

水嘴孙志明来看代表主任，给郭振山带来村内的新消息——白占魁婆娘翠娥给人透露：似乎姚士杰给她借了二斗白米，白占魁安住家，又到西省收破烂去了。官渠岸有两家困难户私下向富农借粮，高增福他哥高增荣，也到富农的瓦房院去了，气得高增福跺脚哩。上河沿好些庄稼人和梁生宝互助组，联络到一块，进山割竹子。郭庆喜被梁生宝和冯有万说得没办法，给他选区的困难户借了安家的粮食。高增福出头在官渠岸，组织掮扫帚的脚力……

郭振山听了难受。他这代表主任已经失去控制蛤蟆滩局势的能力了。村内的事态，离开他的影响，各自发展着：富农对他似乎不再有所畏惧；贫农对他好像也没有什么指望了。梁生宝和冯有万，也不来请教他，要求他指点他们进山应注意的事项。他听孙水嘴滔滔不绝地说着，听着听着，脑子里就明确了一点：他已经被自己的自发行为，拉出了蛤蟆滩的斗争行列。他已经变成革命的局外人了。难怪卢支书拿不喜欢的眼光看他哩。

“算哩算哩！”郭振山难受地婉言劝止，“志明，我头疼。你甭说了。有啥活路，你先做去，往后咱再拉扯。……”说毕，他扯被窝包住了头。

孙水嘴眨着眼，惊愕不解地盯了一阵，然后灰失失地离开了。报告完村内的消息以后，要试探试探代表主任，能不能帮助一下他和改霞的亲事来，谁知郭主任竟病成这个样子呢？唉！……

改霞的思想像她红润的脸蛋一般健康，她的心地像她的天蓝色的布衫一般纯洁。她像蜜蜂采蜜一般勤地追求知识，追求进步，渴望对社会贡献自己的精神力量，争取自己的光荣。对这个二十一岁的团支部委员来说，光荣就是一切。她简直不能理解，一个人在这样伟大的社会上，怎样能不光荣地活着。她瞧不起孙水嘴，除了他看她的眼光里带着淫邪以外，代表主任介绍他入党没有被通过，也是重要的原因。她想：“哼！什么青年！连党也入不了！”至于改霞，土地、房屋、车辆、牲畜、衣物、用具……私有财产，在她眼里如同汤河边的丸石、沙子和杂草一般没有意义；要是她到了适当的时机，提出入党的申请而不被接受，她不知道她怎样活下去！做一个共产党员，把自己的一份力量汇集到党的巨大力量里头去，是改霞心目中光荣的起码标准。

但是，她还没有足够的知识和经验，还仅仅看见共产党员的称号光荣，而不能识破个别有着这个光荣称号的人，内心的想法和隐秘的活动，和称号不相符。她是这样纯真，只有正心眼，没有拐心眼，习惯了以最好的假设估计她所敬佩的人，以最坏的假设估计她所厌恶的人。当她知道富农和富裕中农，竟明目张胆抵制活跃借贷工作的时候，她真是恨得直想用她自己的手，去扭掐姚士杰和郭世富，用她自己的口，往他们的厚脸上唾！同时她对负责这个工作的代表主任，从心底深处同情。解放后，改霞和郭振山的历史关系，使她怀疑不到代表主任有不好的心眼；而他对互助组不真心，他以他户大口多解释。纯良的改霞心里头想："确实！生宝家庭情况简单！"当改霞从下堡小学回来，听妈说代表主任病了的时候，她放下书兜，立刻到斜对过草棚院，去看望他。

和孙水嘴来看望的时候不同，郭振山把被窝推到一旁，赤脚片蹲在炕席上，和站在脚地的下堡小学的团支部委员说话。

看见关心自己的进步和前途的代表主任脸上的病态，改霞简直惊呆了——几天在村巷里没见，郭主任竟变成这个样子：由于被窝包住脑袋睡得太多，大脸盘灰暗而浮肿，皱痕变成了皱纹，胡楂更加零乱了，好像一个龙钟的失意老人，蹲在阴暗的角落里。

问讯过几句病情以后，改霞很关心地问讯：为什么不请黄堡卫生所的医生看看？

"算哩！"郭振山嗓子仍然有点瓮声瓮气地说，"算哩！今日好多哩！"

的确！他妈和他婆娘也证实：这个家庭里的重要人，显然逐渐振作起来了，有点精神了。他和改霞说话的时候，脸上有笑容了。她们看出来的——愁容和笑容是不相容的，做作的笑容是掩盖不住愁容的。

郭振山已经从一个危险的思想里，苦斗出来了。他竭力往宽处想，往亮处想。他警告自己：只要和姚士杰居住在这同一个行政村，就永远也甭离开党！姚士杰和他的仇恨，在两人同时都在地球上活着的时候，是解不开的。他倒是经过土改，解了点心头之恨；而姚士杰则更仇恨他了，其所以不敢向他龇牙咧嘴，仅仅因为他这阵站在好汉台上。对他来说，离开党等于自找苦吃。一对一，他怎么能拼过姚士杰呢？他想开了，决定接受卢支书的批评：把投资给韩万祥砖瓦窑场的大米，改成定买砖瓦，推脱"做生意"的指责。至于互助组，他只有忍受卢支书的批评和王书记的冷淡了。他只有等待看生宝最后能弄成什么样子，再说话。他不能拿十几口人的光景孤注一掷嘛。自己既不愿积极响应党的号召，就不能像土改时那样好叫人表扬了。他决定：闷倒头过日子吧！

郭振山一说服了自己，他的病就轻多了，他就再不用被窝蒙头了。他妈和他婆娘只见病轻了，不知道他竟经过这样严重的一场斗争！天真无邪的改霞梦也梦想不到这样复杂的内情。改霞只见郭振山赤脚片蹲在炕席上，她哪知道他心里想得这么多呢？改霞甚至于想：唉唉！看代表主任为本村的困难户，忧愁成什么样子了。她心想：郭振山肚里怄着姚士杰和郭世富的气。这使她更加尊敬郭主任了呢！

团支部委员穿着格子布圆口薄底鞋，站在郭振山草棚屋的土脚地上，气愤地抨击姚士杰和郭世富对活跃借贷的抵制，表示她对代表主任的同情。

经过一场自我斗争的郭振山，现在表现得心平气和，很有自我批评精神。

“咱有短缺。”他承认，“咱有短缺。要不是正月里，俺屋里大伙说得咱把几颗余粮定了砖瓦，他姚士杰和郭世富敢？咱先拿出余粮，扶帮了困难户，咱再同他们说话。咱舌根硬嘛！这阵，唉！错了！错了！咱错了！咱不该听屋里大伙的话！‘家有千口，主事一人’嘛！咱住了几辈子草棚屋了，急着住瓦房做啥哩嘛！”

样子十分沉痛的自我批评，深深地打动了改霞单纯的心。任何程度的自我批评都受人欢迎，都被人尊敬，而绝不降低自己。

“唉！好改霞哩！”他又继续难受地说，“屋里大伙说：年年要缮稻草，咱这河川野滩，风揭棚顶，黑间赶得人起也起不及。咱心思：也对，省得一起风，人在屋里睡不稳。哪知道……”他难受得简直说不下去了。

改霞相信代表主任的失悔。她知道：家庭是每一个共产党员和青年团员的陷坑。你稍不警觉，就会失足。她手指头卷着她学生蓝布衫的衣襟角，想着她说几句什么聪明的话，安慰代表主任呢？

郭振山又继续说：

“你来得正好。我正要告诉你，问问你妈愿不愿意入我这个互助组。”

改霞感到意外的惊奇：“你家不是和老金家哥儿俩一组吗？”

"唔，"郭振山说，"是和老金家一组。可他哥儿俩都是有牲畜户。互助组里头没捎带一家没牲畜户，也是咱的短缺。"

改霞怀疑地问："怕老金家不情愿吧！俺家男劳力没男劳力，牲畜没牲畜，哪个互助组也不情愿收俺，俺是负担……"

"不要紧，他不情愿有我哩。"

改霞大喜。年轻人一高兴就激动，她感激地说：

"是这，甭问俺妈啦，保她满心喜愿就对哩。咱斜对过邻居，你不知道俺吗？俺娘儿俩，年年靠亲戚的牲畜，捎带庄稼……"

于是，单纯的改霞，看见郭振山更亲切了。这是一个知过必改的人啊！她想到自己失去父亲，没有兄长，而有着这个年长的共产党员的关照，是很幸运的。

郭振山抬眼看看改霞高兴的脸盘，如同开放的花朵一般。他问：

"考工厂的事，拿定主意了没？"

"还没。"改霞笑着回答。

"怎么还没？"

改霞只笑不说话了。她要和生宝谈一次话，直到现在还没有机会。也不是完全没机会，更准确地说，她一直在等待着生宝主动地开口约她。她不愿意自己主动地约生宝。那多难为情呢？多不好意思开口呢？多脸红呢？她可是说不出口啊！……

一个闺女怎么能把这心思告诉旁人呢？郭振山又关心地问：

"怎么还没？"

改霞笑笑说："郭主任躺下休息吧，我回去了。……"

第十三章

生宝蹲在冯有万草棚屋的土脚地上，一只手拿着早已灭了火的小烟锅，另一只手的粗硬指头，在石油灯壶照亮的土脚地上画着，嘴里念念有词：

"一五得五，五六三十……"

“怎么样？”端着大老碗，急急忙忙用筷子往嘴里塞饭的有万，嘴里嚼着饭，伸长脖子问，“每人给分十五块，够吗？”

“够！”生宝说，继续计算着，“五七三十五……”

互助组长腰里这时装着二百五十块硬铮铮的人民币！好家伙！梁生宝破棉袄口袋里，什么时候倒装过这么多钱嘛？没有！这是他在黄堡镇同区供销社订扫帚合同时，预支的三分之一扫帚价。这个喜出望外的事情，一下子给他精神上注入了一股新的力量。他拿着供销社开的支票，往人民银行营业所走的时候，脚步是那么有劲。他脸上笑眯眯的，心里想：嗬！有党的领导，和供销社拉上关系，又有国家银行做后台老板，咱怕什么？他取出款，小心翼翼装在腰里。这些票子所显示的新社会意义，使他浑身说不出怎么舒帖的滋味。当郭振山显得无能为力，梁生宝出来试图控制蛤蟆滩局面的时候，他仅仅出于一种党性要求和感情驱使。那晚上，他并没有十分把握。

他现在可有把握了。他计算：怎样更恰当地在进山的人里头分配这笔钱，让大伙买安家的粮食，买换季的布匹，买进山用的弯镰、麻鞋、毛裹脚等。这时候，欢喜正在稻地里，从这个稻草棚跑到那个稻草棚召集人。生宝等有万吃毕饭，就一同到地点适中的冯有义草棚院去开会。

冯有万虎兴兴地突然提出：

“怎么样？生宝！咱们不借他郭铁人的那些钱，怎么样？叫所有的中农们看看，咱们穷鬼离了他们中农，办成事办不成？”

“啊呀！”生宝大吃一惊，说，“你怎么给咱出这号黑主意？咱们虽说都年轻，办事可不能像娃们一样啊。是哩，中农是有些对互助合作不积极，他们是有些瞧不起咱贫农，可党的政策叫咱团结中农来，没叫咱和中农赌气嘛……”

他说得有万认错地笑笑，低下头去重新吃饭。牵涉到党的政策，有万不敢强辩。

生宝吸着了烟，继续说：“你要是真想入党的话，可不能老使自个人的性子啊。啥啥都得按党的政策办事！你忘了王书记给咱说的啥哩？咱的互助组不是私人合伙做啥哩，咱就代表社会主义……”

当他这样批评有万的时候，坐在炕上的有万丈母娘，站在脚地案板跟前的有万媳妇金姐娃，都非常高兴。她们喜愿生宝指教这个野性子的进门女婿，他是一块生铁疙瘩，锉一锉好。她们又说不过他呢。……

面貌慈祥的丈母娘，用喜欢的眼光看着生宝，若有所思。看着看着，老婆婆忍不住兴趣地问：

“生宝，你今年二十几啦？”

“二十五，”生宝仰起脸把他的选举年龄说出来，问，“冯大婶，你问这个做啥哩？”

“做啥？你为大伙的事，东跑西奔，也不思量对个象吗？”

有万媳妇金姐娃抿嘴笑着看生宝，生宝感觉很不自如，说：

“不忙这个……”

“还不忙！上了平三十，这新社会的闺女，就没人跟你啰！你有心思的话，婶子我可知道范村有个好对象哩……”

“把你忙得！”蹲在脚地吃饭的有万，不客气地打断多事的丈母娘，说，“人家早有了……”

“噢？有对象啦？哪个村的闺女？”

“没没没……”生宝尴尬地，坚决否认，同时白了有万一眼。但是从金姐娃给她妈使眼色看来，有万显然把生宝和改霞的秘密，告诉媳妇了。这个愣家伙！还是怕他嘴不牢，他真没出息。生宝常为有万这个毛病惋惜，有时甚至不由得担心：和这个冒失鬼一块搞党交给的这样重大的事业，真个危险！你看他，既拿不稳，态度又不好。他对丈母娘的那个态度，使生宝想到：要不是那寡母女爱上这块生铁疙瘩的劳动本领，他那样不把人家当老人敬重，行吗？

当有万吃毕饭，两个人在夜色苍茫中，走向冯有义草棚院的时候，生宝在野外责备有万，不该把还没把握的事告诉金姐娃。

“你肚里能装一瓦罐饭，装不住一句话！胀得慌吗？”

“怎么？”有万略微有点愧悔地说，“你到如今还没和改霞挂上钩吗？”

“你看我哪里有工夫哩？俗话说得好：一心不能二用……”

“说几句情话，要好大工夫？”

“总要碰个好机会，不给旁人看见才好吧……”

“唉唉！没想到你在这号事情上，才是个窝囊废！”有万忍不住笑，“怎么能靠‘碰’机会呢？靠‘碰’机会，能靠到明年。”

“那你说怎办呢？”

“既是她有情来你有意，你看见她就和她约会嘛！”

“怎么个约会法？”

“你再看见她就说：‘改霞，今黑间，你在啥地方找我，我在那里等着你，和你说几句话。’”

“真是个胆大不识羞的参谋！给我出的这号黑主意！”

“怎么又是黑主意？”有万并不生气，笑说，“那么你等着吧！改霞看见你会说：‘生宝，今黑间，你在啥啥地方找我，我和你说几句话。’人家女娃娃家，比你还好意思开口?！亏你还是个有过童养媳妇的人，在女人跟前这么没用！我当成这几天里，不知哪一黑间，你准在桃树林里抱住改霞亲嘴哩，因此上，我耐住性子不打扰你……”

生宝咬住下唇，捏起疙疙瘩瘩的老拳，在有万厚墩墩的肩膀上，使劲捣了一锤。

“你真不要脸！”

但他心里却不得不承认这个“参谋”的话，有些道理。他承认自己脸皮太薄，承认在这方面，略嫌有点粗野的有万，办法稠。这几天里，他和改霞在稻地中间的路上碰见过一两回。他远远地就开始鼓着勇气，准备和她多说几句话，探一探对方的心底；但是一到跟前，除了打招呼的话，再连什么也说不出口了。而且他心里还发慌，总觉得四周稻草棚棚外面，有人盯他和改霞说话，很担心他在村里的威信受到损伤。他的威信不够，为了能够办好党交给的事业，必须尽力提高自己在群众中的威信，使群众跟着走的时候，心里很踏实。

冯有义的草棚屋，比较宽敞一些。里头的一间，盘着锅头和炕，住着人。外头的两间，是个小小的豆腐作坊。农闲期，互助组在这里搞副业哩。现在，十几个庄稼人，已经蹲满这豆腐坊的潮湿土脚地。人们一听欢喜说弄得一笔款子，来得既踊跃又迅速。啊哈！到底共产党和人民政府靠得住！

豆腐磨子上，放着一盏石油提灯。生宝站在跟前，向大伙报告他同黄堡区供销社订扫帚合同的经过。他订了一千五百把扫帚的合同，规格是每把七斤重，价格是每把五角钱，统共七百五十元。除过预付的三分之一，下余的五百元，将在交完货的时候一次结清。……

"好哇！"任老四从他那口水津津的大舌头嘴巴里，拔出烟锅，溅着大滴大滴的唾沫星子，乐得大声说，"人民政府真正好！没地分地。没牲口给贷款。如今割竹子的人还没进山，就给钱。唉，早知道这样……"

"四爹！"欢喜不安地打断他的话，"闲话，你等组长讲完，再说吧。"

"这不是闲话！"任老四根本不把这个十七岁的小学毕业生放在眼里。他问大伙，"这是闲话吗？大伙说是闲话，我就不说哩。"

大伙都碍于情面，微笑着不好意思评论。冯有万不客气：

"不是闲话？咱们是召集起来，讨论政府好坏吗？"

"你甭在我身上使唤你那套国民党老作风！"任老四不服气地说，"新社会，啥人也不能摆官僚！当然，民兵队长也不能摆官僚！"

"啊？不让你啰嗦，就是国民党作风？"有万吃惊地问。

"啰嗦？你觉着啰嗦！王书记还爱听我这'啰嗦'哩！"

"那么你怎不到黄堡区委说去呢？"有万嘲笑地说。

豆腐坊里蹲的人，都忍不住笑。生宝笑说有万：

"你总爱和他抬杠。他肚里生起话了，不说出来，难受得慌。你和他抬，不是话更长吗？"

"好好好！我不和他抬了，叫他说吧！"有万带着勉强的笑容，不作声了。

得到了组长的支持，任老四更是理直气壮。他现在移在豆腐坊的正中间，做正式讲话了。

“不是我任老四爱啰嗦，咱政府办的每一桩事，都合咱们穷汉的心眼嘛！话从肚里往出冒哩嘛！”

“好哩，好哩！你快冒吧！”快乐的铁锁王三在昏暗的角落里笑。

“咱政府对我，比俺爹还强！”老四不慌不忙地宣布，“俺爹去世的时光，给俺弟兄没留下一点家业，倒留下些账债。旁人分家，分房分地哩，俺任家弟兄分家，分账债哩……”

“真絮烦！”欢喜着急地说，“这话你该说过一千遍了吧！”

“这是序话！你少打岔！正话在后头！”老四郑重其事声明，看来他这时已经动了感情，相当激愤地说，“早知道这样，头年他郭世富上门来，给我任老四磕头，我也不借他那些臭粮！为啥哩？跑山的活路，没我任老四不在行的嘛。我到黄堡街上和供销社订上个合同，人家给我三分之一，我屋里就能吃能穿，何必‘欠’郭世富的？”

冯有万简直不能容忍。老四竟用这种可笑的无稽之谈，来浪费时间。欢喜因为他叔父的丝毫不实际而又慷慨激昂的话，感到了羞愧，这个爱面子的小学毕业生，看见所有的人都在笑他的叔父。

“你说的真好听！”有万又好笑又好气地说，“你办到吗？”

“怎么？我不算共产党的基本群众吗？”任老四看见大伙的气色不对劲，有点茫然地说，“我盘算他生宝能订，我就能订！”

生宝给老四解释：不是每一个人都可以和供销社订合同。供销社只和带着乡政府介绍信的互助组订。对单干的人，他们只在庄稼人把扫帚掮出山以后，在黄堡街上零星收购。……

“这叫结合合同，就是供销社和互助组结合的意思。”生宝最后说。

任老四张大了胡子巴碴的嘴巴：“啊噢！那你不早说明白呢？”

“你抢话哩，轮到人家说吗？”欢喜不满意地盯他叔父一眼。老四不好意思地笑笑，退回到墙根蹲下去了。

有万催生宝赶快分钱，但生宝却要趁着这个话头，向本互助组和铁人郭庆喜选区参加割竹子的人，讲一件令人振奋的事情。

生宝在黄堡区供销社订合同的时候，遇见县联社的一位同志，说：北原那边滻河川的大王村，以王宗济农业生产合作社为骨干，全村的互助组与窦堡区供销社订了一万把扫帚的合同，全村六十个劳力进山，仅仅一个多月的工夫，就要赚回五千块钱。不光全村的口粮、换季的布匹不成问题，稻地用的皮渣、油渣、化肥，都已经订好货了。县、区、乡各级干部走进大王村，看不见一个贫雇农衣服破烂，或者为生活困难和生产困难愁眉不展，只见全村男女老少都忙生产。

“我问县联社那个同志：大王村那么多劳力进山，难道中农也去割竹子吗？他说：‘中农为啥不去？你以为中农进山，只能挖药材，不能割竹子吗？脑筋亮开点吧！只要贫雇农拧成一股劲，走互助合作的路，中农就得跟着来！’你们看，人家那里互助合作的力量大小？”生宝最后鼓动地问。

蹲在这豆腐坊里的贫雇农翻身户，听着听着活跃起来。他们先是瞪大了惊奇的眼睛，随后脸上浮起欣喜的笑容，你看看他，他看看你，个个抖擞起精神。注入生宝精神上的那股力量，现在又注入他面前的这些准备进山割竹子的人精神上去了。

生宝的意思是想使他们，不光看见他们预先得到的这十几块钱的意义，而且要看到贫雇农团结起来的力量，不要因为生活困难和生产困难，在中农面前感到自卑。

他的话发生了这个作用，人们七嘴八舌向他说：

“干！生宝，你给俺领头，干！”瘦高个子王生茂呐喊。

“咱们紧跟着大王村的后头走！”严肃的杨大海说。

“同是一个太阳底下的人，大王村办到，蛤蟆滩为啥办不到！”铁锁王三、李聚才和其他几个人乱嘴纷纷地说。

经常好发点议论的任老四，现在却陷入了沉思。他靠墙壁蹲在那里，勾着包头巾的脑袋，咬着烟锅，使劲地想着什么。他原来听了生宝的报告，立刻想起政府对贫雇农的恩情，却没有想到这件事的意义，就在贫雇农本身。就是说党的力量，实际就是贫雇农的团结。最后，任老四用一种动感情的声调说：

“生宝呀，还是你的脑瓜好使唤。要是贫雇农不组织到一块，让政府一个一个扶帮，怎么能扶得起呢？扶起这个，倒了那个。咱村里高增福就是样子——政府给他耕畜贷款来没？给来。可是他的牛卖了，头一回到期的贷款还没还，政府能给贷第二回款吗？组织起来！说啥也得组织起来！”

“你这才算说了几句正话。”有万笑着评论，又一次催促生宝，“好哩，快分发钱吧。”

生宝很满意地从腰里掏出那个红布小包。所有的眼睛，都盯着他粗硬手指的动作：解开小包，一张一张揭着票子点数。他在银行的营业所点了一回，回到家里又点了一回。他给大伙办事，这是头一回经手这么大的款项，单怕有一点差错。他从黄堡回家的路上，精神都有点异常，虽然装钱的口袋用锁针锁着，他还是不停地用手捏捏红布小包，仿佛总怕它跑掉似的——他知道：为了这笔钱，乡亲们得吃多少苦，得流多少汗啊！

这笔钱在这困难的季节，对乡亲们是多么宝贵啊！往年春天，他们也进山，但只进一回，两回，混得婆娘和娃饿不起，能接上青稞就行了。谁想多进两回山，能结起伴吗？庄稼人们一想到深山峡谷，想到遮天蔽日的森林，想到老虎、豹子和狗熊……只要在山外想出一点办法，谁也不情愿三个两个人，孤孤单单地冒险。现在好了，他们十六个人浩浩荡荡，在终南山里割一个月竹子，每个人要挣几十块钱啊……

生宝每点出十五块钱，有万交给一个人，欢喜记在纸上。

分毕钱，生宝又布置了进山应准备的事项，最后一致同意一过清明节就走。

大伙正要散去，突然听见草棚院的街门响。谁呢？谁在院子里走呢？大伙眼盯着草棚屋敞开的板门口，门外出现了一个黑幢幢的人影，还抱着一抱什么东西。现在，那人艰难地抬起一只脚，踏进门里。

“噢噢，是你！”大伙同声说。

“我摸黑到你家里，说你到有万家里去了。我又摸黑到有万家里，说你两个一块到这里了。”高增福带着春夜的冷气，站在脚地对生宝说，他抱着的才娃已经睡着了。

“怎么？”生宝看见增福灰溜溜的样子，问，“掮扫帚的人有麻达了？”

“不是。掮扫帚的人有哩。”

“那么，啥事这么吃紧，你半夜三更抱个娃子到处寻我？”

高增福一时说不出话来。大伙看见这个三十多岁的人，使着很大的劲儿忍住了，没有让眼泪掉出来。生宝奇怪：还能有什么打击，落到这个不幸的人头上呢？对这屋里没了女人，种地没了牲口的孤苦伶仃的爷俩，命运还能给他什么过不去呢？……

大伙只知道官渠岸中农多，东头一个大富裕中农，西头一个几辈子老富农，高增福虽说是个人民代表，查田定产以后，他在自己的选区里，开始有点孤立了。哪知道现在会有什么不幸落在他头上呢？

有人递过来一条板凳，叫高增福坐下，他抱着才娃累。他说他不累，他已经抱惯了，两只胳膊已经打熬出来了。大伙苦笑了一笑，等他开言。他把才娃抱合适一点，咽下去一口气，说：

“我那互助组垮了。俺哥，人家和富农搭伙种地去了。王大和王二，借口俺哥出组了，也不干了。”

“啊——”人们惊奇地张大了嘴巴，“是吗？”

“就是的。俺哥和姚士杰到一块堆哩。”高增福加重语气重复一遍，讽刺地说着反话，“俺哥缺畜力，姚士杰缺劳力，合到一块堆两好嘛。姚士杰龟子孙还欺负我，叫俺哥给我捎话，说我情愿合伙也行，他不记仇。你们看这是不是往我脸上撒尿？”高增福说着，牙咬得咯吧咯吧。

大伙都气得涨红了脸，有万一跺脚说：

“富农太猖狂了！这是啥世界？富农能这样猖狂？你为啥不寻他代表主任？”

高增福摇摇头。他心里想：“不是前两年的郭振山了！他面面上是共产党员，心底里是富裕中农了。土改塞肥了他，他合适了。”但是他嘴里不说出来，他只失望地对有万说：

“你忘了咱挡姚士杰粮食的那回事吗？寻他做啥？我思量来，没挡人家搭犋种地的国法，代表主任又能怎样？算哩！怪咱的人！”

“那么，你想怎么办呢？”梁生宝问，他一直在思量着，怎样帮助这个不幸的人。

高增福嘴上使着全身的劲儿说：

“俺哥走他的富农路线，我走我的穷汉路线！我这来寻你们，就看你说怎么办呢。”

生宝陷入了摸不着深浅的沉思。这时，谁要拿锥子，在他茁壮的身上戳，他也不知道了。

“我思量你准是这意思。”梁生宝慷慨仗义地说，“你放心！甭熬煎！你领着一帮儿人给咱掮扫帚，把才娃交给俺妈！”

梁生宝在要紧处的一句话，把大伙说得肃然起敬。高增福听了这句，千年的痛苦，万年的忧愁，都可以忘了，身上那股强劲立刻涌上脸来。

松软的眼皮里，包着一包对高增福同情的眼泪，任老四一直没出声，现在他的皱纹脸上，出现了笑容。他小心谨慎地提醒生宝：

“你妈的人品没错儿，可三老汉……”

“俺爹的人品也没错儿。他一天吃饭、干活、咄呐，三样事。咄呐是咄呐，心眼可正。今年他和咱们不一心，明年他就是咱们里头的人了。谁也没我清楚俺爹！”生宝转向高增福说，“增福，你放心，才娃在俺家里受不了屈。”

高增福不知怎么感激是好，说：“我一百个放心喀。”

他的瘦长脸有了一丝儿笑容，但是立刻又消失了。他还给梁生宝互助组带来了他们意外的消息：郭世富也要到郭县去买“百日黄”稻种，也要搞稻麦两熟了。这消息给梁生宝互助组的组员们加了劲儿，大伙齐声说：

“好！咱就和他世富老大比赛！”

年轻的生宝把世富老大的挑战，根本没放在眼里头。他更重视窦堡区大王村的新发展。至于苍头发老汉的活跃，是暂时的。右眼上眼皮有一块疤痕的姚士杰恶狠，也是暂时的。他们要重新服软的。生宝感觉到：蛤蟆滩真正有势力的人，被一个新的目标吸引着，换了以他的互助组为中心，都聚集在这里。坚强的人们，来吧！梁生宝和你们同生死，共艰难！现在，他已经分明感觉到：向终南山进军的意义，是更重大了。

第十四章

真有趣！改霞接到一封从县中写来的求爱信。

秀兰每天到下堡村邮政代办所去，她的未婚夫杨明山没来信，倒拿到改霞这封信。厚道的生宝妹子，掩饰不住替自己的亲哥失望，悄悄把信交给改霞，就走了。改霞开头不相信："胡说！县中啥人给我写信呢?"当她一看见真的有人写信给她的时候，害羞的闺女绯红了脸。接着，当她看清楚是郭世富的儿子永茂写的时候，她脸上立刻出现了厌恶的表情。

改霞对永茂没一点好感。为了证明自己的心地，她在放学回家的路上，当着秀兰的面才拆信。她拉秀兰和她一块站在汤河边的草地上，帮助她看这位县中学生的作品。她们——一个小学三年级、一个四年级，这封长信（钢笔写了三页）有许多字，她们认不得，只是上下意思连贯起来，才凑凑乎乎弄明白全信的八成含意。

那个假期回到蛤蟆滩那么高傲、不易接近的县中学生，不知是真是假，信里劈头就诉苦，说：他因为爱改霞的缘故，夜里睡不好，上课和自习，思想开小差，已经严重地荒废了学业。他说：只有改霞"答复"了他的"恋爱问题"，他才能安心学习。他说得那样危险，似乎如果不"答复"，就是一种不仁慈的表现了。

这个荒唐鬼不好好演他的代数习题或几何习题，却大胆地抄袭他课外阅读的什么文章的全部华丽辞藻，赞美改霞的脸、眼睛和嘴，赞美她的身材、头发和走路。他倒是显得很有学问了，可害苦了两个阅读能力很低的小学生。啊啊！他也赞美她的性格坚定和活泼，却惋惜改霞不认识自己的"价值"，把假期的"青春光阴"，都"浪费"在村内活动上去了。

"就如去冬咱村查田定产吧，"永茂的蓝墨水在红线条的信笺上写道，"你有啥必要性参加丈量土地的工作呢？这工作，咱村内能做的人根本很多。你利用暑假寒假的时间，在家中自修，把小学六年的功课五年赶完，考中学多好呢？我很想到你家帮助你赶功课，见你和一些无知无识的村干部满田地跑，心中实是难受。……”

“呸！”改霞鄙弃地往草地上一唾，说，“臭思想儿！人家无知无识！就你能行！”

忠厚老诚的秀兰，用眼睛测量着改霞的心底，从旁说：

“就是！永茂就不像个新中国的青年！他把咱村的啥啥运动，都看成闲淡事儿，就他的学习当紧！他学习不是为咱国家，光是为他自己将来寻职业，挣得钱多！你说是不是？”

“他根本不响应党的号召！”改霞斩钉截铁地断定。

她们看下去，县中学生又抄袭报纸语言了，好像另一个人的口气，继续写道：

“目前社会改革已经基本上完成了，祖国大规模建设开始了。党的政策是首先发展工业，所以乡村的现状怕要维持几十年，才会变化。我家生活比较富裕，只要你答复我的要求，我父亲同意供你上中学……”

“呸！呸！真恶心！”改霞连连往草地上唾着，气得鼓鼓，“不要脸！谁稀罕你家的地多、有胶轮车？呸！”

她觉得永茂侮辱了她。他把她当作庸俗的势利眼了。她早从代表主任嘴里知道永茂信里所说的国家大势。她只不过想听郭振山的话，去西安当工人阶级，而又对生宝恋恋不舍，矛盾着；她根本没有一点意思，在土改的暴风雨时代过去以后，就背离党所指引的道路，为了个人的企图投进富有子弟的怀抱。一九四九年还是一个十七岁的黄毛丫头，改霞是在社会改革的风浪中长成大姑娘的。她感到：娘只生了她肉体的生命，她精神上的生命是党给她的。她恨富裕中农轻薄的儿子有眼无珠，只看见她的外貌，却看不见她的内心。她细密的牙齿咬住红润的嘴唇。她要把这封不要脸的信撕碎，投到汤河的绿水里去。突然间，她改变了主意。她对秀兰说：

“我把它交给代表主任！怎样？这个家伙污辱村干部，还挑拨我脱离团的生活哩……”

“对！”秀兰热烈地支持，“随便给人家骚情，尽说破坏话。啥东西！”

过了汤河的独木桥，两个女生踏上有沙粒的青草堤岸。她们又往前走了一截，透过清明节前刚发芽的榆、柳的柔软枝条，看见郭振山和他兄弟振海在翻身渠西面平地，就是把田地高处的土移到低处，使旱地变成稻地。她们用手齐眉毛遮住夕阳耀眼的红光，看见代表主任撅起大屁股挖土，他兄弟振海推土车。弟兄俩，上身脱得精光，强壮得发亮的肩膀、脊背和厚墩墩的胸脯，汗涔涔地反射着从平原西边地平线上照过来的夕阳。

秀兰回了家，改霞提着书兜，离开她日常来往的道路，愤愤地踩着稻地塄坎上的嫩草，怒气冲冲奔翻身渠西面去了。

……郭振山是一九五一年冬天，从下堡村钉鞋匠王跛子手里，买了这二亩桃林地的。为了买这块地，他在整党学习的会上，好抬不起头呀！在下堡乡的众党员面前检讨的时候，他那满腮胡楂的大脸盘，火烫烫地发烧哩。但检讨过后，在回家的路上，看看这二亩地，他心里还是觉得舒坦得很。他对人说："哎呀！这地在王跛子手里，一则隔河，二则路遥远，三则没劳力加工，浪费地力，真正可惜。哈！从前跛子只图卖一季鲜桃嘛，这阵桃树败了，种的麦子真像梁大老汉秃脑顶的头发，等于撂了荒。这和政府号召增加生产，根本不相合。到我郭振山名下，嘿，俺弟兄俩兵强马壮，可能把这块地播弄好哩。虽说共产党员买地，影响是不大好，可响应了政府增产的号召呀……"在党支部的会上，众党员们纷纷批判他这种把歪道理说得很顺口的论调，揭露他这是用漂亮的言词，掩盖他的自发思想。青年团员改霞，只参加过整党中一般的会议；检查几个支部委员的思想的阶段，团员没有被吸收参加。改霞只知道郭振山在整党中受过有限度的批评，不知道他受批评的具体情形。她也很奇怪这个有能力的共产党员，为什么和普通庄稼人一样贪恋家业？但看见他的劳动劲头，她又趋向于原谅他了。可不是吗？代表主任一买到手，弟兄俩就伐桃树；刚种了一年旱地，现在又改水田，要栽稻子了。……

现在在翻身渠西边平地的郭振山，早已不是改霞前天看他病在炕上的样子。他身体上的疾病和心情上的苦恼，早跟着他额颅上火罐印记的消失，消失掉了。改霞去看他的时候，他不是还为了没发动起来“活跃借贷”难过吗？不是还说了一些自我批评的沉痛话，引起改霞的尊敬和同情吗？就在改霞走后不久，孙水嘴兴奋地又跑去向他报告：全乡五个行政村，连一个村也没发动起来富农和富裕中农！只有个别村，普通中农有周借出几斗粮的。民政委员叫代表主任大放宽心，这事难为不住人了。代表主任听了，立刻有了精神。他猛地下了炕，病也没了，苦恼也没了。他想：“你卢支书再批评我！旁的村，该不是我郭振山当代表主任吧？为啥发动不起来呢？”既然是查田定产以后农村社会潮流的缘故，怪他郭振山做什么呢？高大而强壮的庄稼汉，一顿吃了约莫二斤馍，还喝了一老碗玉米粥，然后打着响亮的饱嗝，对他二兄弟说：

“振海！你给咱预备镢头、铁锹和推土车。咱平地去！”

那晚上，当郭振山听说梁生宝他们为进山的事，在冯有义草棚院豆腐坊正开会的时候，这个身量魁梧的庄稼汉，小偷一般避开正路，从复种青稞的稻地里斜踏过去了。他鬼鬼溜溜跑到黄堡镇北门外韩万祥的砖瓦窑上了。他轻声细气把韩掌柜叫到黑夜没人的野地里。他告诉韩掌柜：他给窑上投资的事，走漏了风声，卢支书问过了他。他说：为了“在党”，他只好退股。他又说：韩掌柜没钱没粮还他的话，他要求给他预备些砖瓦，过了清明节，他就要拉。韩掌柜的确不情愿放弃他这股子，但这关系着一个人“在党”的大事，蹲在地下，两只手捧着低下去的脑袋作难。停了一阵，嘴里一股水烟味的韩万祥说：“既然漏了风，郭主任，给你多少拉上一点砖瓦，遮遮人家的耳目。郭主任，全退不行！”郭振山思量了一阵，说：“不！不！过了清明，我一定要拉！全退！当然全退！我郭振山不是娃子！我知道怎办哩！”他庄稼人的发家思想，和这个奸商根本不同。他警觉着不要被这个奸商拉进更深的污泥坑里去。为了自己、自己的婆娘和娃子们，郭振山必须在党！他从黄堡北门外回到蛤蟆滩，梁生宝他们在冯有义草棚院，还没散会哩。在来去的路上，他全没碰见一个熟人。他在神不知鬼不觉中，就把这个危险事实露出的破绽，用泥巴糊了。他很满意他的能干！他梁生宝有这十分之一的能耐没？嗯？

现在，在翻身渠西面平地的郭振山，心情上已经不搁一点烦恼了。他平地越干越起劲儿，一个人又用镢头挖土，又用铁锹往土车里装土。一个顶俩！老二振海见他哥这样卖力气发家创业，推着土车愣跑哩。他拖着空车转来，也不站在一旁歇歇气等着他哥装土，自己捞起一把闲着的铁锹，就装起来。弟兄俩干得满头大汗，满身大汗。干！脱了上衣干！他们那么惹眼，吸引着整个蛤蟆滩的注意。有些人羡慕郭振山，说他弟兄“三人一条心，黄土变成金”；有些人则不满他，说他只管自己发家创业，不帮助官渠岸的困难户。羡慕去吧！不满去吧！郭振山什么也不知道。老实说吧，蛤蟆滩没有几个人，敢当着面说郭振山！代表主任脸一沉，要多难看有多难看！

在天真无邪的改霞心目中，代表主任基本上是正派的、正确的。她爱的生宝同志入党的介绍人嘛。她听说，整党中批评他的时候，人人都得先说几句他在土改中的功绩，然后才惋惜他对互助合作不积极。她踩着稻地塄坎上的青草，向郭振山走着，做梦也不会想到代表主任是摸黑找韩掌柜那样的人。要是有人告诉她这件事，她当然会认为是中伤，破坏共产党员的威信。因为在她眼里，郭振山的心地、积极的言词，他那魁梧的身躯，和他一本正经的外表，是相一致的。即便在整党时检讨过土改中占便宜、土改后买地的自发思想，都不足以动摇整个土改时期，郭振山嵌在改霞脑中的不可磨灭的印象。我的天！下堡乡只有两个县人民代表——卢支书和郭主任！这样的事实可以怀疑它的正确性，世界上还有什么事情，值得改霞信任呢？在她看来，代表主任是完全可以信赖的：在蛤蟆滩，他是党的领导；刚出土的嫩芽梁生宝，无论如何，还需要时间来证明他有作为。并且这代表主任又是无私地关心她的前途啊……

改霞怒气冲冲跑到翻身渠西岸来了。她站在弯腰用镢头挖土的郭振山跟前，把手里的信，伸手递给他。

赤着上身做活的郭振山，停住做活了。他手握着镢头把，转过身，兄长一般亲切。他看着改霞气呼呼地使着性子，脸都发青了。他一边接信，一边笑问：

“啥事？改霞，把你气的？……”

“不要脸的永茂给人写信哩！”改霞连气带羞，脸又通红了，两眼冒火星。她愤恨地咬牙切齿说，“谁知道他啰啰唆唆写多少！拿供我上中学引诱我哩！挑拨我脱离团的关系！反正我不能让他白白辱没我！”

上身脱得精光的郭振山，痴呆地拿着信，正在考虑着说什么，改霞一拧身就走了。原来振海拖着空土车转来了，她嫌怪不好意思。会看势的郭振山，只笑了笑，也不再叫住她了。……

改霞回到柿树院的草棚屋，妈见她不高兴，问她。她不免把事由约略说了一遍，生一阵气。妈劝了她几句。……

黄昏中，娘儿俩正吃晚饭中间，一个高大的庄稼汉，一只手端着老碗，另一只手端小菜碟，肩膀上搭着庄稼人吃饭时揩汗的毛巾，从昏暗的街门进来了。这斜对门邻居，到柿树院来串门吃饭，已经变成习惯了。所以双方都无须打招呼，比打招呼更显得亲切。

重劳动了一天，没一点疲劳模样，郭振山把小碟放在草棚屋门前土院子的地上，蹲下来吃饭，一边笑着，说坐在门台阶上吃饭的改霞：

“生那么大气做啥哩！富裕户的子弟嘛，哪有咱党团员的思想儿好哩？你不高兴他，就甭理他算哩。一村一巷，为这号事，不值得闹！惹人笑话哩！”

“对着哩！”改霞她妈赞成，“我也是这么说她来……”

改霞不张声。她生气。

代表主任喝了一口玉米糊糊，又用筷子夹了一口咸菜，放进有胡楂的嘴里嚼着。他继续用兄长一般亲切而严肃的口吻教育：

“况且，只等西安的纱厂到咱县来招考，你就进工厂走了。你何必为这号恋爱事实，闹得满村风雨？羞了永茂，自己也不好看喀！是不是？”

“就是哩。”改霞她妈同意。

代表主任继续说：“他永茂再不写信，你就算哩。他再写信，你交给我。我好好训他！对不对？改霞？”

在这样权威的分析面前，改霞还说什么呢？她同意了。

郭振山慷慨仗义地对改霞她妈说：

“婶子！你这时算入了俺互助组哩。种地、收割，全托付给我！改霞要参加工业去呀，你甭存一点点顾虑。我的天！大城市要建设社会主义哩嘛，俺党团员不去，谁去？她在家，农业上劳动，她又不强的！她参加了工业，你有啥困难，寻我。你甭顾虑一点点！”

改霞她妈笑说：“只要改霞情愿，她去……”

改霞既不表示情愿，也不声明不情愿。她是有主意的闺女，代表主任只能影响她的考虑，不能代替她拿主意。她还没拿定最后的主意哩，她还没和生宝谈哩。她不愿意过多地谈论没考虑成熟的事情，引起代表主任和她妈的注意。

第二天早晨，改霞上学去，她妈追到街门外。

“改改，你下了学，到郭家河你大姐家去一下，问问她家的牛，明儿有空空，咱磨点玉米面和扁豆面。……”

“嗯啊……”

郭振山和振海去翻身渠平地，在街上听见，说：

“改霞！你甭去哩！俺家的牛，眼时没活儿，闲站在那里，你们拉去磨面。”

改霞提着书兜站住了，望着站在街门口的妈。妈对代表主任说：

“还是叫她拉去吧！俺常用牲口，不是一回。”

“一年要用几万回？”郭振山很有风趣地问。

改霞她妈淳厚地笑笑。郭振山开玩笑说：

“一年三百六十天，该不用三百六十回吧？”

“连三十六回也没……”

“是这，就使唤俺家的大黄牛！它捎带你娘儿两口的一点点碾磨活儿，不算啥！既然你家入了俺互助组，做碾磨还要从亲戚家拉牲口，你这是存心给我难看吗？”郭振山话很重，满腮胡楂的脸上却笑着。

代表主任这样恳切，寡母女还能说什么呢？

当天傍黑，改霞从下堡小学放学回家，帮助妈用笸箩和细筛，在草棚院北边的官渠里，淘好玉米和扁豆。

第二天早晨，郭振山自己把戴好套绳的大黄牛，牵进有一棵柿树的草棚院里。改霞她妈心中十分不安，手忙脚乱，说了许多客气话。不知怎么感激是好啊。实在！应当借用牲口的人自己去牵，怎能让牛主家送上门来呢？

"郭主任！快把牛拴在柿树上，忙你自己的去吧！"

"不忙！"郭振山矜持地笑着，一只大手捉着牛缰绳，另一只大手掌，满意地抚摸着牛背上茸茸的金黄毛，说，"你拿笤帚来扫磨子吧，我帮你套上。"

这个高大的中年庄稼人，不仅帮助寡妇老婆儿把大黄牛套在磨子上，而且帮助她把淘好的粮食和所有的磨具——笸箩、簸箕……统统搬到磨棚里来，好像他不是邻居，而是她的什么亲戚。老婆婆不安地一再请他做自己的活儿去，但他直至把磨面的事，全都安排停当，才两只大手互相拍打着，放心地走了。

郭振山这样的关怀，引起了老婆儿的疑心。她在磨面的时候，独自一个人不由得思忖：

"郭主任为啥要对俺这么好呢？好得就像巴结俺一样。我这个死老婆子，对人家有啥用吗？"

她竭力往好的方面想，她摸不到一点点有根据的坏心眼。代表主任经常教育村里人，难道他本人还能有什么不可告人的打算吗？她嫁到这蛤蟆滩来以后，眼看着郭振山从一个九岁的娃子，长成一个四十来岁受人尊敬的大汉。他对妇女的态度，即使在旧社会，也是礼仪的，何况他眼时又是共产党员，又当着全村的领头人。而且，郭振山比她闺女改霞大二十来岁，比她自己小二十来岁哩……

由于寡母和待嫁闺女的处境，改霞她妈在这方面很谨慎。她怕人背后议论，她甚至不情愿和任何一个邻居过于亲密。这就是她不向邻居们借牲口，而舍近求远，从她的两个女婿家牵牲口做碾磨活儿的原因。

当改霞从下堡小学回来的时候，妈把她对代表主任的怀疑，告诉了闺女。改霞笑得直不起腰来，辫子搭到地上。她勉强站直起来，又笑得眼泪也出来了。笑毕，她把辫子甩到后面去，用手帕揩着笑出来的眼泪，才告诉妈说："妈！你的心比针眼还小！你倒是会用脑子……"

妈瞪大了眼睛，很不高兴。她怎么能明白这个社会的一切事情呢？她整天和锅、盆、碗、筷、笸箩、簸箕结伴，怎么能想通这柿树院外头的许多事情呢？

"死女子！你笑妈做啥？"

改霞揩毕笑出来的眼泪，漂亮的脸庞立刻严肃起来了。她按实在的情况，告诉妈说："代表主任受了卢支书的批评哩，对互助组热心了。和梁生宝一样，也帮助有困难的邻居哩。妈，这是党里头的事情，你千万甭对旁人叨叨……"

妈做出不喜欢提到梁生宝的表情，改霞就不说下去了。

代表主任的形象在改霞妈心目中更高了。老婆婆对于庄稼人"在党"的意义，也有了进一步的认识。共产党能把庄稼人教育成更厚道、更大方、更深谋远虑的人，这符合她的心思。只有梁生宝入党，使她惋惜。梁生宝和改霞中间，没有说不清的事实，她相信；但她不相信他们中间，没一点让人看不上眼的地方。和人家没出嫁的闺女有不正大的关系，这就使改霞她妈对梁生宝抱了成见。生宝的一切活动，连走路的步态，她都讨厌。她喜愿改霞离开她去住工厂，就是怕她和梁生宝好。……

第十五章

人生的道路虽然漫长，但紧要处常常只有几步，特别是当人年轻的时候。

没有一个人的生活道路是笔直的，没有岔道的。有些岔道口，譬如政治上的岔道口，事业上的岔道口，个人生活上的岔道口，你走错一步，可以影响人生的一个时期，也可以影响一生。解放前，由于社会影响很坏，好些年轻人不自觉这一点，常常造成生命力的浪费，甚至碌碌终生，结果对社会事业毫无贡献。解放后的青年团员徐改霞，尽管是个乡村闺女，她早已懂得用怎样的态度对待人生了。

蛤蟆滩的庄稼人，用眼睛看不见改霞和生宝有关系。他们没工夫在乡村的道路上溜达着，互相等待对方。三年级小学生还不会写恋爱信；就是会写吧，在识字班学过字，还没完全卸掉半文盲帽子的互助组长，也不会看信。又没得红娘式的人物，帮助他们联络联络，要理解对方的心思是多么困难啊！蛤蟆滩经济上和政治上的封建势力是已经搞垮了；但庄稼人精神上的封建思想，还需要一些时间才能冲洗净哩！在群众里有影响的年轻人谈亲事的时候，还不得不顾忌着点。但改霞对生宝的喜爱是强烈的、现代的。

夜里，改霞和妈一块，睡在柿树院草棚屋的小炕上。妈睡得齁齁的，她睡不着。短促的春夜对于改霞，这样漫长！

改霞翻来覆去思量一件事情——难道她真要离开她生长在这里的柿树院吗？难道她真要离开这青翠的终南山、清绿的汤河吗？她真要离开这白鹤、青鹳、鹭鸶和黄鸭飞来飞去的稻地吗？她真要住到西安市郊什么地方的一座红楼里头，在她完全陌生的工厂和工人宿舍里，探索新的生活，结识新的朋友，最后不是和土地改革的同伴生宝，而是和她新喜欢上的一个小伙子，同生活共命运吗？……

她的心沉重得很。她感到难受，觉得别扭。她问她自己：你是不情愿离开这美丽的蛤蟆滩，到大城市里去参加国家工业化吗？她心里想去呀！对于一个向往着社会主义的青年团员，没有比参加工业化更理想的了。听说许多军队干部和地方干部，都转向工业。参加工业已经变成一种时尚了。工人阶级的光荣也吸引着改霞。一九五一年和一九五二年，西安的工厂到县里来招人，愿去的还少，需要动员。但是一九五三年不同了，“社会主义”已经代替“土地改革”，变成汤河流域谈论的新名词。下堡小学多少年龄大的女生，都打主意去考工厂了。她们有一部分人，谈论着前两年住了工厂的女同学所介绍的城市生活：吃的什么、穿的什么、住的什么、用的什么、看的什么……团支部委员改霞从旁听见，扁扁嘴，耸着鼻子，鄙弃这些富裕中农的姑娘。她们要多俗气有多俗气，尽想着“楼上楼下，电灯电话”！改霞考工厂不是为了这些。她从画报上看到过郝建秀的形象，她就希望做一个那样的女工。新中国给郝建秀那么可怜的女孩子，开辟了英雄的道路，改霞从她的事迹受到了鼓舞。

……既是这样，她就应该快活起来了，为什么难受呢？

她还是难受，别扭。她考虑：她这样做，算不算自私？算不算对不起生宝？她从生宝看见她的时候，那么局促不安，她断定生宝的心意还在她身上。而她呢？要是她当初就不喜欢生宝，那才简单哩！不，她现在还喜欢他。这就是压在她心上的疙瘩！不是青翠的终南山，不是清澈的汤河，不是优美的稻地，不是飘飘的仙鹤，更不是熟悉的草棚屋……而是这里活动着一个名叫梁生宝的小伙子，改霞才留恋不舍。

还是在生宝的童养媳妇活着的时候，改霞区上一回、乡上一回地跑解除婚约。那时她心里想："我的人要是像生宝那样，该多好呢！"她那时把生宝当作她理想中的人儿。不是生宝的脸盘、眼睛、眉毛、鼻子和嘴哪点招人喜欢，因为生宝的相貌，实在是很平常的。生宝——他的心地善良，他的行为正直，他做事的勇敢，同他的声音、相貌和体魄结合成一个整体，引起改霞闺女的爱慕心。哪管他是谁的儿子、有多少地产和房屋、公婆的心性好坏呢！"不挑秦川地，单挑好女婿。"要是两年以前，在土改的浪潮中间两人都像现在这样都没对象，天王老子也挡不住改霞到生宝的草棚屋做媳妇去！妈呀，舆论呀，梁三老汉不高兴的脸孔呀，比起蕴藏在她内心纯真的感情，算得了什么！她才不在乎呢！但现在，她万万没想到，在生宝变成单身汉、她解除了婚约的时候，社会形势却变成这样。蛤蟆滩再也听不见下堡村的锣鼓响和口号声，再也看不见马路上红旗飘和人群流。村里死气沉沉，只听见牛叫、犬吠、鸡鸣，闷得人发慌。而如雨后春笋的城市建设，却向着三年级小学生改霞招手。这真使她为难了！她不是那种没心的人，怎么能一下子忘了土改时的旧情，舍弃生宝，只管自己高飞远走呢？

"你念了三年级了。改改，朝你提亲的对象，都是有文墨的人。他生宝在识字班才学得几个字儿……"这是改霞妈的思想。老婆婆嘴里没说出来，改霞从她脸上看出来了。唉唉！可怜的老封建脑瓜呀！难道你女儿上学是为了提高身价找对象的吗？改霞才不是那种贱货呢。她知道她上了三年学，起了多么一点变化；而生宝，即便他还是民兵队长、还没入党的时候，她已经从他的说话、做事上看出：他是要干大事业的人。在改霞的记忆里头，不少这样的情况——生宝在公众场合里站着，既不露锋芒，又不自卑畏缩。他总是静静地听着别人说话，不去插言。当他一开口说话的时候，他说一些在场的人都说不出的、最有分量的话，引起人们的重视。凡是这种时候，改霞的心就完全倾倒于生宝了。一个农村的贫苦青年，丝毫没有一点自私自利的想法；这一点，也紧紧地抓住了改霞的心。

郭振山那天开导以后，改霞开始想："唉！生宝好是好，谁知道蛤蟆滩要几十年才能到社会主义呢？几十年啦！自发势力这么厉害，一个小小的互助组，能掀起多大浪！这样我留在蛤蟆滩，几十年以后，我就是一个该抱孙子的老太婆了。我还是奔城里的社会主义吧。"对于改霞，搞对象既不是为了吃穿有人管，更不是为了生理上的需要。她是为了一种崭新的愿望——两口子共同创造社会主义。这样一想，她觉得她离开生宝去住工厂，是正当的。她觉得她的决定是爱国的、前进的和积极的。她的心平静了几天。

但当她听说生宝竟组织起一大帮人，准备进终南山，勇敢地回击自发势力抵制"活跃借贷"的挑战，改霞的心重新被震撼了。啊啊！你这么大胆，在一九五三年春天，可真不简单！改霞知道蛤蟆滩多少庄稼人，都在准备着过几十年没有苛捐杂税、没有兵灾土匪、没有恶霸地主、没有强盗小偷，只有庄稼人和庄稼人互相争财夺利的日子。而整党学习从精神上动员起来的生宝，却领着一帮基本群众，发动了新的斗争。他这大胆的行动，又动摇了郭振山授意改霞考工厂的决心。她几次想和秀兰谈一谈，但考虑到转话常常不能准确地表达原意，她话到嘴边又咽回去了。她要和生宝直接谈一次。在他进山以前，她一定要瞅机会和他谈一次，长谈一次，细谈一次，从从容容地谈一次……

改霞的机会来了。这个星期日恰好是黄堡镇集日。她从秀兰嘴里知道，生宝过了清明节进山，这几天，正在忙着准备进山的事儿呢。她想："他一定上集去。我到黄堡碰上他，两个人自自然然在上东原冯店村的路上说话，那里熟人少。……"

"妈，我今日上集去呀。"她早晨起来对妈说。

妈惊异："你上集去做啥？咱娘儿俩今日种梅豆吧！"

"我买个本本去……"

"啥本本？"

"本本呗！啥本本！作业本本……"

妈疑心地盯了她一眼，答应说："唔。去嘛。"

整个早晨，老婆婆打扫草棚屋、做早饭。改霞面对着春天早晨的太阳照彻的窗子，梳头、编辫子。她对着镜子，编着二十一岁大闺女乌黑油亮的粗辫子。然后，她带劲儿地把两条辫子甩到背后去。

早饭后，改霞提着妈在里头放了三十来个鸡蛋的竹篮篮，出了柿树院的街门。她抬起梳得油亮的头，向下河沿方向一瞭望——看不见生宝，只见生宝的草棚院，静静地坐落在正发芽的榆树和杨树底下。妈跟出街门，叮咛：

"改改，你早去早回，甭在街上浪一天。后晌，咱娘儿俩种梅豆！"

"唔。"改霞嘴里答应，心里想，"生宝还没走呢。我先走。对！我在黄堡镇上等他……"

她穿着带扣的花格子布鞋，两只小脚片在田间小径上，跷着轻轻的步子。她心里喜盈盈、乐洋洋，如同路旁盛开的蒲公英和猫眼眼花。

清明节前，汤河两岸换上了春天的盛装，正是桃红柳绿、莺飞燕舞的时光。阳光照着已经拔了节的麦苗，发出一种刺鼻的麦青香。青稞，已经在孕穗了。路旁渠道里的流水，清澈见底，哗哗地赶着它归向大海的漫长路程。政府发动过春灌，很多单干户被古旧的农谚——"浇夏无粮"，封锁了脑筋，存在着顾虑。生宝互助组为了给庄稼人做出榜样，实行了春灌，施了硫酸铵化肥，小麦枝叶分外茂盛深绿，颜色像终南山的松峰。

改霞出了田间小道，踏上了从黄堡到峪口镇的公路。公路上，推小车的，赶牲口的，扛苇秆的，背木板的，挑担儿的，提篮儿的，抱着鸡的……已经换了季的和还没换季的庄稼人，踏起路上的尘土，在暖烘烘的阳光下，络绎不绝地涌向黄堡。

改霞走得很慢。三三两两的和单独的庄稼人，从她身边走到她前边去了。有人扭头看看她，然后对相随的伙伴笑说：

“这闺女在等人，看着脚尖走路……”

“你管呢？讨厌！”改霞心里说，用白眼珠朝前扫了一眼。

有蛤蟆滩准备进山的人，也三三两两走到她前边去。他们边走边谈论着他们要买的东西——弯镰、削镰、毛裹缠、麻鞋……有人说他有弯镰，只买一把削镰；有人说：生宝说来，不需要每人一把削镰，两三个人伙使一把就行了；因为削去扫帚把上的细枝，不像割竹子，快得很哩。——“生宝说来”！什么都是“生宝说来”！生宝俨然成了他们的权威了。

改霞听得他们这样谈论，心里感到舒服——“生宝是有办法，他胆大心细……”

“啊呀，改霞！”任老四敞着嗓门吼叫，嘴里溅着唾沫星子，“你是去也不去？怎么走在路上，还二心不定？”

“我想个事儿。”改霞红着脸撒谎。

任老四的胡楂嘴巴咧开笑笑，水蛇腰一晃一晃朝前走了。改霞心里想：生宝为什么还不来呢？现在，她想转身往后看，怕看见熟人笑她。走了几步，她又想：也许生宝在黄堡事多，前头走了呢。

“改霞，你上集去吗？”是孙水嘴骚情的声调。改霞感到一阵后紧。她不需要用眼睛看，就能想象到孙水嘴的眼光。那贪馋的眼光，真使任何一个正经闺女骇怕。……

现在，孙水嘴三跷两蹦，追上来了。他和她并着肩走。他用穿白布衫的臂膀，去碰改霞穿学生蓝布衫的臂膀。改霞讨厌地躲开点。

“来！我给你提篮子。”

“不！我自己会提。”改霞把竹篮子从右手换到左手。

孙水嘴不屈不挠，绕身到左边去夺篮子。死乞白赖！

“你这几颗鸡蛋，我偷得生喝不了！”

改霞又把篮子从左手换到右手。她拉长了脸，很严肃地略带点警告的意味，说：

“志明！你好好走路，甭夺夺抢抢！给人家看见像啥?”

孙水嘴脸也不红，不害羞地笑笑。他放弃了替改霞提篮子的意图。但他并不灰心，他寻找着另外为改霞服务的可能性。

“这几颗鸡蛋，合着你专意卖一回吗？你大约还有旁的事情哩吧?”

改霞没作声，她觉得身边跟着鬼一般不自如。她想着：“真倒霉，碰上这个家伙。他要不是个民政，帮助代表主任办事，我就不给他好脸看。”改霞看在代表主任的分儿上，忍耐着。

“你上集还有旁的事吧?”水嘴又一次试探。

“唔。”

“啥事？忙不过来，我帮你办……”

“用不着。”

说话中间，改霞已经加快了脚步。她把原来从她身边走上前去的人，一一赶过去。她想丢开孙水嘴。她受不了他看她的脸、辫子和胸脯的那种贪馋眼光。他和她说话的声气酸溜溜的，似乎把她当名誉有问题的女人看待哩。“呸！啥烂脏思想!”她心里恨恨地想。

但是，孙水嘴并不自觉。他和改霞一样快慢地走，一边走一边说话，又笑又说，努力给路上的人一种不必怀疑的印象：这是两个对象上集哩。水嘴味味道道地告诉改霞：黄堡镇文化站，有解说新婚姻法的连环画片，还有新法接生的挂图，每逢集日，看的人很多很多。至于他，不上集便罢，上集就得去看看，提高他的思想和科学文化。他建议改霞也去提高……

“没脸!”改霞在心里骂，“你见天到黄堡文化站提高，找不下对象，干着急!”

但她嘴里一声不吭。水嘴爱说什么说什么去。她憋着一肚子气，走得风快。她过了黄堡大桥，经过堡子南门外的粮食市、干草市和牲畜市，才把水嘴甩到喧喧嚷嚷的庄稼人群里头，她自己撞进了堡子南门。看看水嘴不在身边，她才松了口气。

她是为了会生宝而来的！现在，生宝在哪里呢？她到大桥头上等着他吧？不行！她看得清清楚楚：郭振山在牲畜市上买猪娃哩！代表主任一再鼓励她参加工业化，她不愿意让他知道，她背着他找生宝谈话。

"唉！晦气！晦气！"改霞在庄稼人丛中这样思量，"我跑到这里，做啥来哩？"

她把妈的鸡蛋，卖到供销社的副食品收购部去。然后她在竹竿子和麻绳子撑着布帐的街上，踯躅过来，又踯躅过去。她心里暗自着急：她是在一个地方站着等生宝呢，还是在街上游来游去"碰"他呢？她不能错过今天这个集日，因为再两天过了清明节，生宝要进山了。

她在黄堡拥挤着庄稼人的街上，转了三个来回。要在动荡的戴草帽和包头巾的庄稼人群中，盯一个浓眉大眼的红脸盘，她眼睛太忙、太累了。她头脑有点不舒服起来了。她改变了主意。她在南街的十字口站着，注意过往的庄稼人群里有没有生宝。没有！她突然想到：唉唉！生宝现在肯定不是一个人上集，即便碰见他，他和有万、欢喜几个人在一块忙着什么事务，她怎么能邀他到上东原的路上去呢？

"他忙！他一定忙！他要领那一大帮人进山，还能不忙吗？我怎么办呢？"改霞越思量越没希望，越觉得在这里等候，没有意义。

但她还是等着。她想："我等到晌午过了……"

不好！郭振山满腮胡楂，筐子里提着两个哼哼唧唧的猪娃，过来了。旁边走着戴黑制帽的民政委员，对代表主任巴结地请求着什么。改霞急忙在庄稼人群中躲起来。他们没有看见她。等到他们走过去，她又站出来。改霞听见代表主任大声说：

"志明，你甭在改霞身上打主意哩！人家不是咱农村人的对象。人家走呀！"

"她到哪里去呀？"水嘴吃惊地问。

郭振山教育衣冠楚楚的小伙子说："旁人的事情，你甭打听！你不打听旁人的事能过日子嘛……"

以后的话，改霞听不见了。郭振山和孙水嘴，向供销社的农具供应部走去了。

改霞从心底佩服代表主任教育水嘴的话。代表主任又为她出主意，又替她守秘密。那个老练劲儿啊！

在一霎间，特别是生宝使她失望，使她站在黄堡街上难受的一霎间，改霞心中好一阵翻腾啊！代表主任那样热心地鼓动她奔城市的社会主义去，她却用敷衍的态度对待人家！按人情来说，这岂不是不厚道吗？她感到抱歉！她感到对不住代表主任的关怀！好心肠的闺女啊，她竟独自一个人红了脸啦。

改霞独自个儿在赶集的庄稼人群中，又一次仔细思量：代表主任到底为啥一再鼓动她参加工业化？可笑！不必要的怀疑！这个满腮胡楂的中年庄稼人，对她有什么要求？他兄弟郭振江订下东原上冯店村的姑娘；在黄堡照了相、吃了馆子、逛了街、扯了衣服料子，只剩下结婚登记了。改霞肯定这斜对过邻居，对她的热心完全是出于一片好心，对于她的前途和对于国家工业化的一种良善愿望。

这种精神和改霞的精神完全相合。

她狠了狠心，要回家了。她不等生宝了。她这决心是最后的！她毫不犹豫地在庄稼人群中，走过了黄堡大桥。她很后悔上这回集！她不如留在家里和妈一块种梅豆。

改霞在回头路上，心里深深感慨着，对这时不知在哪里的生宝说：

“盼望你成功，盼望你胜利，盼望你找个可心对象。我，走呀……”

她这样想着，突然间鼻根一酸，眼泪涌上了美丽的眼圈。这既不是软弱，也不是落后。这是为了崇高的理想而牺牲感情的时候，从人身上溢出几滴感情的浆汁。改霞用巧妙的手指，把溢出眼角的两滴泪水抹掉，往回走去。

她断定生宝这时在黄堡街上，淹没在庄稼人里头。她再没机会和他谈话了。遗憾！遗憾！遗憾！

她低头走着。这时，大路上已经很少上集的庄稼人了；她低头走着，也撞不了谁。她一边走，一边思量亲事的奥秘。虽然她决心做一个新型妇女，但她仍然是一个农村姑娘，形势的变化和偶然的因素，都使她很难捉摸。她想："算啦！暂时不提这层事啦。"

她抬起头，突然间发现：咦！生宝和有万，在黄堡镇通峪口镇宽阔的公路上，迎面走来了。真正叫人高兴啊！整个西边峪口区和渭边区的天地，一下子明光灿烂，使人心胸舒畅！

一霎时以前她想什么来呢？一眨眼，她心里连一点印象也没有了。

她喜欢地盯着：有万一边走，一边热烈地对生宝说着什么。生宝带笑听着，扯大步走着。生宝换了季，穿着白小衫，敞着领口，露出红红的脯颈。他一只手提着满满一篮子鸡蛋，那是勤俭的妈妈的副业生产。当发现了改霞的时候，有万和生宝站住了，互相看看。一霎时以后，他们重新走起来了，但是不再说话，相当严肃，好像要和什么重要人物遇面那么作态。

他们一作态，倒使改霞感到慌乱。在这个空旷的大路上碰见，她和生宝到什么地方去说话呢？紧张，毫无精神准备。她说什么呢？怎么说呢？讨厌的有万！难道你和生宝的身子长在一块了吗？为什么老跟着他呢？叫改霞多难为情呢？死有万哪！

现在，双方走近了。改霞脸发烧，心慌，手脚痴笨。诡谲的有万露齿一笑，和她打了个招呼，丢下生宝，头前扯大步走了。小伙子粗鲁是粗鲁，还识趣啊！

生宝，脸通红，独自站在改霞面前，表情很不自然。他左边看看，右边看看，近处的田间和大路上，没熟人，这才克服了他神情上的慌乱，咧嘴笑着，望着改霞。

春天的阳光一片好心照亮着他俩！

改霞在生宝左看右看的时候，已经把一条粗辫子扯到胸前来了。她一只手提篮，另一只手捏住这条辫子，这样来掩饰她的局促不自然。生宝眼忽闪忽闪，看着改霞的姿态，会心地笑了笑。改霞等待着生宝说话，可是显然他不知道说什么好。应该文明一些，从其他的话开头，不可以直截了当，像讲买卖一样。看出来生宝很忙，一定去黄堡街上有好多事情。有万已经前头走了，他没空绕弯儿说多余的话吧？而且这空旷的毫无遮蔽的马路上，对乡下人来说，也不是谈情说爱的理想地方嘛。

他的样子显得很着急，很匆忙。

聪明的改霞看出他这心思。她发现公路南边有一个照料菜地的稻草庵子。那里，春天菜还没长起来的时候，没人。怕什么！她豁出来了。人们爱说什么说什么去！她提议两人到草庵跟前去说话，在那里可以遮蔽住蛤蟆滩方面的眼光。生宝高兴地同意了。两人选择了不同的田间小路，向草庵子走去了。

被风雨所蚀的稻草庵子，确实热心帮忙，把公路和蛤蟆滩，遮到另一个世界去了。现在他们没有被人发现的顾虑了。现在，全世界只有他们两个限制性的会面，是他俩面对的严重事件。可惜，这种安排反而加重了谈判的气氛，对谈亲事并不有利。改霞空着的一只手，拿起那个辫梢，眼睛看着这个辫梢，多少带点抱怨的意味，问：

“为啥这时候才上集？”

“咳！”生宝好容易有话说了，“俺互助组拴拴他爸真难缠，对拴拴进山，总不放心。我和有万说服了瞎老汉。要不，俺俩今日黄堡的事儿还蛮多呢！……”

“你们过了清明就进山呀？”改霞又多余地问。

“唔。大后天……”

“多少人？”

“十六个人割竹子。背扫帚的人不定数，由增福组织哩。”

改霞恨自己，“扯这些闲言淡话做啥！浪费时间做啥！”但是她又无论如何，说不到她和生宝的婚姻问题上来。说不出口，没有办法。她这才知道，谈亲事并不是世界上一件轻而易举的事情。沉默了一阵，她鼓起勇气，使着大劲儿决定引导生宝，让他提出要求。

“生宝同志，我想和你谈一件事……”

“谈嘛……”生宝显得高兴极了，看来他也是愁说不出口来……

改霞低下头去，看着她手里的辫梢，征求意见似的说：

“西安新修起国棉三厂，我想去参加工业化，你看怎样？”她说着，仍然低着头，对着她的辫梢笑着。她等待着生宝反对。她很满意她这个问话。这一下可以逼使生宝提出对她的要求。她想着，只要生宝一反对，一百个郭振山鼓动，她也不去工厂了。

但是当她抬起头来的时候，她惊呆了。生宝的态度完全变了——面部发灰、带有讽刺意味的笑容。

“好嘛！进工厂去，好嘛！”他客气地说着，一下变得和她疏远了，眼光里带着不谅解她的神情。

她的心一下子沉下去了。她感到脑子有点麻木、失去作用。

“好嘛！”精神完全被进山的事占据的生宝，客客气气地说，“我忙着哩，有万在黄堡等我着哩。咱，往后再……”说着，匆匆忙忙，话还没落音就扯腿走了。

“生宝，你看你，你听我说完嘛！”改霞焦急地朝生宝提着鸡蛋篮子的背影喊叫，希望挽救僵局。

生宝一边走一边回过头说：“往后再说！我这时忙着哩……”

他从田间小道踏上了马路，扯开大步走了。唉！

“啊呀！生宝！你在这里啦？叫我好等你呀！”有万提着两双麻鞋、一张刚买的弯镰，大吼大叫跑过来了。小伙子满脸神秘的笑容，用手亲昵地拍生宝的脊背，“怎样？”

生宝在一家铁铺门前蹲着。门里门外，摆满了镢头、铁锨、铧、镰刀、提钩、铁勺子、锅……的农具和灶具。有万大喊大叫（真没办法，他就是这个脾性嘛）来到生宝跟前的时候，生宝正在察看一口小锅。生宝没有好气地用肘子推开他。

有万蹲下来，一只胳膊又亲热地抱住生宝的肩膀，笑嘻嘻地问：

“怎样？生宝！我在大桥头上，扭头一看，咦，不见你们了。你俩钻到地里头去了！”

“甭乱说！”生宝板平脸，又把有万的胳膊掀开，显得很不高兴。

有万惊奇了，瞪起白眼：“怎么回事？是不是你动手动脚来，人家不让？”

“万，你看这口尺八锅，做得下咱割竹子的人喝的稀饭吗？”生宝拍拍他面前的一口小锅，事务式地问。

有万不忙回答，继续研究地盯着生宝的脸盘，不愿意改换话题。但是，脸色虽然平静，可也看出有点闷闷不乐的生宝，坚持着这个话头，继续说：

“尺八的锅，十六个人喝稀饭，够了。再大的锅，带起来可笨重。你说对不对？”

有万只好放弃了他的意图，开始察看小锅，考虑这个问题。

“自然，”生宝从各方面分析地说，“要光熬稀饭。要是不烙玉米馍，光焖干饭吃，那就不够了。可是，不能分两回焖吗？……”现在，生宝的全部心思都集中在这口锅的问题上了。

有万考虑了一阵，说：“朝谁家借不到一口锅吗？”

“朝谁家借呢？咱进山的人，全是小家小户，只一口锅。人家大家大户，有多余锅，咱借得到吗？买上一口算哩！山里使唤毕，没人要了，算成我的。”

“让我思量思量，”有万说。他想了一下，想起来了，“你看增福的锅行不行？他领一帮人掮扫帚，不在家吃饭，才娃在你家托着哩……”

生宝两巴掌一拍大腿，说：“对！对！我就没想起他来。……”他开始高兴了。

“你尽想谁呢？”有万又开玩笑，好像不由他自己。

生宝还是不搭这个茬儿。他从心里满意地说：

“对！对！增福的锅，不生问题。那人，咱借鞋，他连袜子给脱哩！保险！”他在这个铁铺只买了一把弯镰、一把削镰走了。

当两个人走在土街上的庄稼人丛中时，生宝才摇摇头，难受地告诉有万说：

“我估计对哩！人家思想变哩，不是咱的人哩。”

“啊？——”有万大吃一惊，“她怎么说来？”

“人家想进工厂哩。你思量，既有这意思，咱何必惹那个麻烦？咱泥腿子、黑脊背，本本色色，不攀高亲。咱要闹互助合作，又要闹丰产，咱哪里有闲工夫和她缠？你往后再甭提这层事了。”

有万这个强壮的小伙子，被一件想不通的事压倒了。

“鸟！”过了一阵，他粗鲁地说，“她改霞才念了几天书，就想上天入地！叫俺婶给你说范村的那货！”

“不！今年一年不提这事。”

“为啥？”

“怕分心。耽搁了互助组的事，闹不成丰产，咱丢脸事小，党的影响弄坏了，旁人以后也难闹。”

他的话深深地感动了有万。有万从心里敬佩地盯盯这个光棍朋友，不谈这事了。

两个人在街上转来转去，又买了几样东西。生宝给自己买了麻鞋、毛裹缠，又给郭锁和拴拴捎得各买了一套，统统放在他提鸡蛋的竹篮子里，叫有万带回村去。他对有万说：

“你先回去，才后半晌，还能做些活哩。我到区委上去，看王书记在家不。咱要进山呀，叫他给咱指示指示。”

第十六章

黄堡镇前街是商业地区，后街净庄稼人住户。生宝现在走在比较狭窄的庄稼院街道上，他觉得比拥挤喧嚣、充满尘土的前街，舒服得多了，清爽得多了。

把所有在市集上要办的事务办完以后，摆脱了有万，个人的不畅快重新涌上梁代表心头来了。

不畅快！是不畅快！改霞思想的变化，使他心情上很不畅快。他觉得心里头怪别扭的。

生宝喜爱改霞的聪明、有志气和爱劳动。并不是他有意瞧不起一般的女青年群众，实在说，改霞坚持解除婚约的坚定性，她在农忙时节和来帮忙的姐夫们一块下地的吃苦精神，她对公众事务的热心，和她大姑娘在小学生娃们中间上学求知识的落落大方，是闺女里头少有的！正是她的这种意志、精神和上进心，合乎生宝所从事的社会主义革命的要求！他觉得：他要是和改霞结亲，他俩就变成了合股绳，力量更大了。

现在，改霞既然有意思去参加祖国的工业化，生宝怎么能够那样无聊？——竟然设法去改变改霞的良好愿望，来达到个人的目的！为了祖国建设，他应该赞助她进工厂。想到这里，生宝就努力克制心中的不畅快！但每个人精神上都有几根感情的支柱——对父母的、对信仰的、对理想的、对知友和对爱情的感情支柱。无论哪一根断了，都要心痛的。在生宝对另一个女人发生兴趣以前，只要一想到这件事，他就不会畅快的。

生宝带着爱情上失意的心情，踏进挂着中共黄堡区委会和区公所招牌的街门。

噫！区公所占的前院，在有几棵正发芽的刺槐的土院子里，庄稼人们——男的、女的、老的、少的，里三层外三层，挤成一大团。有的踮起脚尖，伸长脖子往人群中间瞅；有的歪转包头巾的脑袋，把耳朵对准人群中间细听哩……

生宝想："看啥热闹呢？出了啥事情呢？"

他也走到人群边踮起脚尖，伸长脖子从人头上边往中间看。看不见。他也歪转包头巾的头，听人群中间说什么。听不出头绪。他只听见——

一个声音说："你看！你看！这是伤！这！"

另一个声音说："你就说我把你打死了来，你还在这里说话？说的不算！哎！"

生宝在人群的外圈儿，听得中刘村的庄稼人，谈论所发生的事情。

这是黄堡区东原上中刘村的哥儿俩——老二和老三——在闹事。老大是今早去世的，尸首还停在脚地，没装进棺材哩。两兄弟不忙着大哥的丧事，却忙着打官司，因为老大没儿子，两兄弟都争着要把自己的儿子过继给亡兄。老二的理由是：按顺序，挨他的儿子，挨不到老三的儿子。老三的理由是：他三个儿子，而二哥只有两个儿子，应当讲公道，不能光讲顺序！亲戚、邻居、门中人，挤满当事人的院子，说了一早晨，没说倒，才来到区上，因为必须立刻决定谁是孝子，好办丧事。当他们在这里说理的时候，他们的婆娘们和娃子们，在家里大哭死者，尽嗓子哭，简直是号叫，表示他们对死者有感情。其实，他们都是对死者名下的十来亩田地有感情……

生宝听了挖心地难受。他在整党学习中，听了区委王书记社会发展史的通俗报告。他现在又在痛恨一个可憎的名词——私有财产。

私有财产——一切罪恶的源泉！使继父和他别扭，使这两弟兄不相亲，使有能力的郭振山没有积极性，使蛤蟆滩的土地不能尽量发挥作用。快！快！快！尽快地革掉这私有财产制度的命吧！共产党人是世界上最有人类自尊心的人，生宝要把这当作崇高的责任。

生宝不喜看这幕丑剧。这是人类的丑剧！生宝怏怏不乐地离开这个场合，他劝大伙都不要看。他说这弟兄俩太没意思了。

当生宝进到后院区委会院子里的时候，对私有财产制度的憎恨，在他心情上控制了失恋情绪。对于正直的共产党人，不管是军人、工人、干部、庄稼人、学者……社会问题永久地抑制着个人问题！生宝不是那号没出息的家伙：成天泡在个人情绪里头，唉声叹气，怨天尤人；而对于社会问题、革命事业和党所面临的形势，倒没有强烈的反应！

“王书记在家吗?”生宝站在区委会院子里，带着战斗者的情绪，精神振奋地喊叫。

听见从里头开门的声音。一只手从里头挑起了白布门帘。王书记胖胖的脸带着欢迎的笑容，站在门外的砖台阶上了。区委书记身量并不高大，但却敦实，离着多远就伸出胳膊，好像要把生宝拉进屋里去：

“来来来……”

生宝带着兄弟看见亲哥似的情感，急走几步，把庄稼人粗硬的大手，交到党委书记手里。

如像某种物质的东西一样，这位中共预备党员的精神，立刻和中共区委书记的精神，融在一起去了。弟兄之间，有时有这个现象，有时并不是这样而像中刘村那两兄弟一样。就是这位外表似乎很笨，而内心雪亮的区委书记，去冬在下堡乡重点试办整党，给生宝平凡的庄稼人身体，注入了伟大的精神力量。入党以后，生宝隐约觉得，生命似乎获得了新的意义。简直变了性质——从直接为自己间接为社会的人，变成直接为社会间接为自己的人了。他感谢他的启蒙人王书记。他乐得大张着嘴巴，笑呵呵的。这时对改霞的不畅快，和对中刘村那哥儿俩的厌恶，已经从他精神上消退掉了。

王书记拉住生宝的庄稼人硬手，笑盈盈地说：

“你来得正好！你看屋里坐个谁?”

生宝肥厚的庄稼人脊背，被王书记的一只手亲切地按摩着，他脚下很轻地走进王书记屋里。他喜得简直要像小孩子一样跳起来了。

“啊呀！杨书记嘛，你啥时来?”

县委副书记从屋子后窗前的一张木椅子里，站了起来。他带着喜出望外的笑容，大踏步走到门边，用左手握住生宝的右手，把右手搭在生宝的白小衫肩膀上，老大哥对小兄弟似的亲热地说：

“我们正商量到你们蛤蟆滩去呢。”

“那么咱们一块走嘛!”容光闪闪的生宝高兴极了。

杨书记说：“你来啦，我们就不去了。县委上打电话，叫我今天回县哩。我忙着哩。……”

三十岁上下的县委副书记两只炯炯的眼睛，发射着智慧的光芒，赏识地盯着这个包头巾的年轻庄稼人，直盯得生宝怪不好意思起来了。生宝从正月里在县委同陶、杨二位书记谈话的时候，就开始有了一种感觉：似乎他这个莽莽撞撞的年轻庄稼汉，对党实现一个伟大的计划，有些用处。在当时，这种感觉还是模糊的，不敢肯定的；现在杨书记对他的这份亲热，这份喜欢，这份信任，就使他确信他感觉对了。

当杨书记左手握着他的右手，右手搭在他肩膀上的这一时间，生宝心中感到相当的不安。党是不是把他看得太高了呢？他是不是真的对党改造农民有很大的用处呢？他当然希望能实现他的豪言壮语。但愿他能兢兢业业，不要让党错宠爱了他吧！他的心情有点紧张，他感到担子的重量。但是这位相当活跃的陕北老同志，却拍拍生宝的肩膀，笑眯了眼问：

“怎么着哩？小光棍汉！寻下个对象哩没?”

“还没……”生宝怪不自然，他想起了刚才和改霞的决裂。

县委副书记大不称心地说：

“怎么忸忸怩怩？这么棒的小伙子，中共预备党员，寻个对象有什么难哩？又不要花钱？”杨书记转向区委书记问，“还要花钱吗？经过宣传贯彻婚姻法运动，还要花钱吗？”

区委王书记带着下级的谦逊，笑说：

“不要花钱，恐怕要花些时间。”

“对！”生宝得到了启发，“着重是忙得顾不上……”

“把它当成副业嘛！不要专门谈恋爱嘛！哎哎，不要把事情看得那么刻板吧！我说可以公私兼顾，你说呢？佐民同志？”

杨书记和区委王佐民书记，两人笑得呵呵的。生宝紧张的心情，被县委副书记这一番笑谈，一下子冲得烟消云散了。同志间政治上的关系和劳动人中间感情上的关系，竟融合得这样自然呀！生宝这个刚入党的年轻庄稼人，不禁深有感触。他觉得同志感情是世界上最崇高、最纯洁的感情；而庄稼人之间的感情，在私有财产制度之下，不常常是反映人与人之间利害关系的庸俗人情吗？邻居间在利害一致的时候，相好得那么俗不堪言；一旦错收了一颗鸡蛋，拌几句嘴，就该别扭多少日子了。

点着杨书记招待的一支纸烟以后，极端兴奋的生宝并顾不得吸。他庄稼人拿惯旱烟锅的手，笨拙地拿着冒烟的纸烟，坐在杨书记旁边的一个小凳上，只顾向前倾着茁壮的身子，眼睛专注地望着穿一身灰制服的县委副书记。这位杨书记外表很像下堡小学的体育教员：高大、结实，留着很精神的小平头，脸上带着一种健康的粗糙，给人的印象好像是在旷野里长大的劳动人，不像是房子里长大的知识分子那么纤细、白净和文雅。生宝看着看着，动了感情。他那么亲切地问：

“杨书记，你比正月里我在县上见你时，精神！”

杨书记说：“是吗？也许是这么个事情。我是个贱皮，宜跑！一下乡，能吃能睡。一个月不下乡，就萎靡不振，这搭也疼，那搭也疼。……”

“这是长期做农村工作的习惯。”区委书记王佐民尊敬地评论。

生宝曾经从区委书记嘴里听到过这位杨书记的一些身世。父亲是一九三五年安塞战役倒下去的英雄，母亲被凶恶的地主领着残酷的敌人捉住凌迟死了。革命家的儿子靠同志们的抚育长大起来，在延安上保育小学。边区中学毕业以后，烈士的遗孤，从乡文书一直工作到担任区委书记的职务。一九四九年南下到本县的时候，他是县委宣传部长；现在，杨书记分工专管互助合作。……

生宝在县里几次开会，听过许多负责干部的讲话。有生动、简明的报告，的确也有冗长、枯燥，使人睡觉的报告。但听杨书记讲话，不是听报告，而是一种很好的享受——浅显、通俗、深刻、简短、有风趣。生宝觉得，有些陕北老同志夹杂关中口音讲话，很难听，倒不如本本色色陕北话顺耳；而杨书记因为一九四九年以来经常在农村跑，他虽是陕北口音，却用当地庄稼人的语言讲话。这使他到处都容易和庄稼人亲近。生宝在大会场听他的报告，不知不觉两个钟头过去了。他希望再听两个钟头或者四个钟头，但杨书记已经笑眯眯地把纸单单装进衣服兜里去了。生宝向窦堡区大王村王宗济农业合作社应战以后，区委书记陪同他到杨书记办公室里去过一回，这使得现在碰到一块的这三个积极活动的共产党人成了老朋友了。

杨书记坐在椅子里，用食指叩着纸烟上的烟灰，笑问生宝：

“今春上，农村的自发势力很嚣张。你的互助组怎样？挺得住吗？”

生宝心里感佩地想：“啊啊！党里头就这么知疼知热吗？农村党员遇到困难，县委马上就觉着哩！”

他咽了嘴里的唾液，豪迈地说：

“挺得住，杨书记！使上吃奶的劲儿，拿肩膀也要把他们挺住！他们张狂，是临时性儿。他们不耐久，咱们耐久！……”

杨书记非常高兴地对区委书记笑说：

“他说的耐久不耐久这个话，倒有意思。”

区委书记看来很满意区里有生宝这样个同志，笑笑。

杨书记又笑问生宝：“据你看，自发势力像今春上这个张狂劲儿，能耐好久呢？”

梁生宝毫不费思索地说：

"等咱互助合作的根扎稳，他们就张狂不起来了。"

"对！对！这个说法对！"杨书记听了，非常赏识。他又对区委书记严肃地说："方向明确着哩！我走了好几个区：峪口区、渭边区、王渡区、九寨区和三官庙区。凡是方向明确的人，都积极战斗，都很有自信心；凡是方向模糊的人，都消极应付，都给自发势力抵制活跃借贷，搞得蒙头转向了。"

"就是的。"王书记点着他很大的留发头，说，"俺黄堡区也是这样。有些基层干部，还不明白：不可能经常从富农、富裕中农身上挤油水，来克服贫雇农的困难嘛！"

生宝被县和区这两位领导人的谈话，深深地吸引住了。当他注意听着他们谈话的时候，他心里想起蛤蟆滩的姚士杰和郭世富来。他也想起振山同志来。原来到处都是这样的情况啊！

王书记对生宝说：

"把你互助组的情况，给咱们谈谈。我总说要去看看，总没空儿。不是这样就是那样事情，拔不出腿。今日杨书记来了，才把我从东原上叫下来。杨书记问你互助组的情况，我也说不上来。"

"我知道你忙咯，"生宝很谅解地说，"你是一黄堡区的书记，又不是俺互助组的书记嘛。"

于是生宝汇报，不是光他的互助组，而是半个村子的贫雇农，参加了进山割竹子的集体行动。两个党委书记大大惊喜起来，眉飞色舞。

"噢！上河沿的贫雇农也去吗？"王书记站了起来，熟悉情况地问。

"就是的。"生宝说，"捎扫帚的是官渠岸的贫雇，由高增福组织哩。"

王书记振奋地问："那么你村基本上没春荒啰？"

生宝说："俺连上稻地的肥料也有哩！"

"好！搞得好！就要这样搞！"注意倾听的杨书记，非常满意地对区委书记说，"要是每个村里有一个像样的互助组做骨干，组织困难户进山，那就好办了！"

杨书记的瞳孔里放出憧憬的光芒。生宝注意盯着，这位县委副书记听了他的汇报，从椅子里站了起来，高兴地笑着，在砖脚地带劲地走了一个来回。

杨书记重新坐在椅子里，两眼集中起眼神，盯住手里举到面前的纸烟，好像他在研究燃烧的纸烟如何冒烟。党委书记脑里是考虑什么重大的问题呢？生宝摸不着杨书记脑里，活动着什么深奥莫测的思想。他钦佩首长们，苦心为人民打算的这股劲儿。

过了一刻，杨书记的目光从纸烟上转到生宝脸上来了。

"梁生宝同志，我要问你一个问题。"

"看我知道吗。"

"你心里怎想，你就怎说。"

"对。"生宝做出准备应考的姿态。

眉目英俊的杨书记，用食指叩着纸烟灰，神秘莫测地说：

"现在有两种意见。有一种意见说：互助组没有中农的车、马，搞不好生产的。不能丰产嘛，互助组就不能巩固啰！这号人们还说：互助组不吸收中农参加，也不合乎党的政策，党的政策叫团结中农嘛……你觉得怎样？生宝同志，你同意他们吗？"

梁生宝在木凳腿子上擦灭了纸烟，随之把半截烟捏在手里，集中精力来对付这个问题。我的天！这不是小问题，这是个大大的问题呀！这关乎党的路线哩！能随便瞎说吗？

考虑了一阵，生宝抬起头，要求县委副书记：

"杨书记，你把另一种意见给咱说一下，我再思量。"生宝是个心回肠转的人，不是直杆子人。

杨书记很满意地笑了笑，说：

"另一种意见嘛，说：没有中农的车、马，贫农互助组也能搞好生产咯；勉强地拉扯中农，反而把互助组弄成形式，或者弄起一大堆意见，不能解决，后来干脆散伙了。这就是大伙常说的'春组织、夏垮台、明年春上可再来'那话。这号意见的人们还说：党的政策说团结中农，意思只是互助组里不能打击中农，不能损害中农的利益，并不是说互助组非沾中农的光不可，要看中农的脸色办事情，不然就弄不成互助组。你觉得怎样？"

生宝听了一半，紧张起来的精神，立刻轻松下来了。他变得十分畅快。他的行动已经替他做了回答。他明白杨书记问他的意图。他说：

"党的政策是依靠贫农，团结中农。要是没中农的车、马，就不能增产，那不是依靠中农去了吗？简直没贫雇农的一点骨气！"

杨书记听得哈哈大笑。但他随即收敛了笑容，严肃地问：

"可是有人说：党的政策是依靠贫农去团结中农。你怎样回答？"

"太咬文嚼字了！那么党做什么呢？"率直的区委书记对这号书生的迂腐语调，很不满意。

生宝同意王书记，说："王书记，你该知道俺互助组的情形吧？有万是贫农，生禄是中农，我是共产党员。我代表咱党。我不能靠有万去团结生禄嘛，两个人老矛盾哩。我一定是靠有万他们把互助组撑架起来，我又想办法叫大伙和生禄团结。杨书记，这如今的互助合作，我看，我看……我看和土改……"

杨书记开玩笑地鼓励说："打破顾虑，大胆暴露思想！"

生宝打着这样的主意：反正说错了可以得到杨书记的纠正。这里没外人！

生宝使了使劲儿，大着胆子放炮："这如今的互助组和土改不同哩！土改中间，贫农和中农没矛盾，一股劲儿斗地主。这如今互助组里头，贫农和中农矛盾才大哩！"

杨书记带劲地点着头，看得出来满意极了。他脸上——眼睛、鼻子和嘴，都高兴。

生宝明白，他的话，显然正对了县委副书记的心思。他十分欣慰。整党学习总算没有白熬了夜。

杨书记站了起来，使劲把纸烟头丢进痰盂里去。然后，他兴奋地又在砖脚地走了一个来回。他紧张地思索着。生宝和区委书记的眼睛，跟着杨书记的高大个子移动。生宝心中思量——这个陕北人，好像县城里并没有他温柔的李英兰同志，和可亲可爱的娃子们。他好像一个光身汉，骑个自行车，满县里跑。为了人民的事情，他操这么大的心，费这么多思索。生宝在心里叮咛他自己：要好好向杨书记学习哩！

杨书记坐回原位上来了。旅行中风尘仆仆的脸上，出现了一种苦笑和惋惜混合的表情。

“佐民！”杨书记亲切地叫区委书记的名字，感慨地说，“你注意到了没有？一个工厂里的工人，一个连队里的战士，一个村子里的干部，他们一心一意为我们的事业奋斗，他们在精神上和思想上，就和马克思、列宁相通了。他们心里想的，正是毛主席要说的和要写的话。你说对不对？”

“就是的。是这样。”王佐民非常兴奋地看看生宝。

杨书记不看生宝。他很严肃，继续说：

“相反的，有些指导斗争的同志，不论什么新的事情，他们都要先从字面上咬一咬，嚼一嚼。硬是不到群众里头去请教！他们本意很拥护党的政策，咬嚼的结果，违反了党的政策，弄得十分可笑！有些地方在错误地批判贫农组哩，认为互助组里只有贫农，没有中农是一种偏向，应当大力纠正。他们认为：应当把贫农和中农搭配在一块组织，才合乎团结的政策。三官庙区有个石桥村，石桥村有个贫农任明亮，任明亮联络起四户贫农，组织起一个土地集中互助组。……”

“土地集中？……”王佐民奇怪地问。

“土地集中！”杨书记说，“他们要叫农业生产合作社来，区委不让嘛。他们说，不让就不叫吧，自己只有四户，仍然叫互助组算了。不！后来区委连土地集中也不让，说怕弄乱，影响不好！你看怪不怪，不让贫农闹革命！要闹，非得和中农一块不可！中农眼时又不闹！你说怎整？”

“俺黄堡区眼时还没这号现象。”王佐民自慰地说。

“要所有的同志，在思想上扭过弯儿来，还得一个时期啊。什么事情，都要有个过程啊。多少年的民主革命嘛，现在换了任务了。旧脑筋，新任务，这是个矛盾。”杨书记筹思着说。

“是的，”王佐民说，“这是农村工作干部的普遍现象。今年是个新旧任务交接时期，问题特别突出。”

“青黄不接！”

“就是的。”王佐民以下级对上级的谦恭态度说，“在干部思想上，的确是这样子。虽然经过了整党教育，普遍的情况还是把互助合作和一般的行政任务，并列起来看待哩。其他任务一繁忙，就把这个任务挤开了。因为这是长期任务，没限时间咯……”

“长期的、复杂的、艰巨的、光荣的任务！是不是？”

“可不是！有些乡干部也学会了这一套。”王佐民笑着。

“这一套调子简单！”杨书记笑一笑，说，“什么生动具体的事情，拿这套调子一讲，就完了。”

杨书记很生气。生宝很同情杨书记，他领教过一些干部中的书生作风，他也很不满意。

生宝注意盯着，区委书记在乡下跑得很粗糙的大脸盘上，表现出十分敬佩杨书记的神气。生宝看得出：王书记从上级领导同志的一段话里，一定受到了什么启发吧？你看！不会吸烟的王书记，手摸着脸，想了想，又用请示的口气说了：

“杨书记，下面还有这样的情况：基层干部虽然在整党中经过社会主义思想教育，可是对互助合作是个大革命，眼时还认识不够。所以在实际工作中间，方式方法简单化，不从思想上教育。譬如有个别乡长，在群众会上竟然这样讲话：‘没有共产党，你们怎能分到地嘛？共产党号召互助合作，你们对互助组不热心，还闹自发！把良心拿出来！’……”

说得杨书记和生宝大笑起来。生宝知道下堡乡的乡长樊富泰，就是这个神气。生宝亲耳听见樊乡长这样讲过话。

王书记激愤地说：“这号干部真没出息！他们不思量我们党的一切号召，都是为了群众的利益。除过群众的利益，并没有我们党自己单另的一种利益。所以我们党提出的一切号召，土改也好，互助合作也好，都要在群众觉悟的基础上搞。要群众觉悟，这当然要麻烦啦。要做许多教育工作啦。没出息的干部，不爱做教育工作，就向群众讨账。我给你分了地，你还不响应我的号召吗？杨书记，你看庸俗不庸俗？他们根本不考虑：我们党的工作基础，永远是群众的觉悟，不是群众的感恩！”

“不光要做教育工作！”杨书记不仅同意区委书记的意见，而且更进一步发挥说，“在互助合作这方面，还要做出榜样来，叫群众看一看哩。有一部分先进群众，讲道理，可以接受，可是大部分庄稼人要看事实哩！这个和土改不同，你说得天花乱坠，他要看是不是多打粮食，是不是增加收入。”

县委副书记说得比区委书记更加深刻、更加透彻。生宝听了，觉得从心里往外舒服。他努力从这两位领导同志的谈话中，学点道理。他竭力使自己不插话，不岔开他们的话头。他恨自己不多识字，不能像区乡干部那样，往本本上记两位书记讲的话。他常常苦于自己不懂很多道理。他很后悔没有把冯有万领来，让他也听听革命道理。懂得这些道理，干起来人心里有准！

这个年轻庄稼人，使着劲儿听两位书记的谈话，不知不觉，把手里的半截纸烟捏碎了。

生宝虽不是心胸窄狭的人，但是由于杨书记这几句话的启发，他竟忍不住要替他继父鸣几句不平了。他激动起来：

“我的天！杨书记。庄稼人都是务实的人嘛！不保险可不干。嘿！耳听为虚，眼见为实——这是庄稼人的口头话。庄稼人眼见过小家小户小光景，没见过社会主义嘛！就拿俺爹说吧！俺父子在一口锅里舀饭吃，我做梦，梦互助组；俺妈说，俺爹做梦，梦他当上富裕中农哩！”

“真有意思。”两位书记同声笑了。

“可不是吗？”生宝说，“真逗人笑。富裕中农的光景，在他眼里再美没有哩嘛。社会主义他没见过，咱不能强迫他相信。咱只能做出样子给他看。可是俺的樊乡长说俺爹扯我的腿，对不起共产党，是忘恩负义，是没良心，根本不像个贫雇农样子。俺爹为啥不像贫雇农样子？土地证往墙上一钉，就跪下给毛主席像磕头，这是没良心吗？樊乡长以为不是我亲爹，我听了他的话也许高兴。实际，我听了难受得很哩。他太把俺爹不当人了！俺爹是好农民。王书记，你该知道俺滩里的白占魁吧？你就是赶明日要实行共产主义，他也赞成。你喜爱这个人吗？他倒是脑筋灵敏着哩！”

王书记笑说：“你这阵还生樊富泰的气吗？”

“提起来不好受！”生宝毫不掩饰地说，“他说俺爹坏，我心里疼嘛。民国十八年，没他收留的话，我的骨头这阵找也找不见了，还闹啥互助合作哩？我经常对俺爹态度好。咱共产党员，不能忘恩负义，叫人家群众笑咱。”

说到这里，生宝才悟到不免太激动了，不免带了个人恩怨，又缓和气氛说：

“自然，樊乡长也是为工作。他觉着，这是他进步，他也不是有意辱没俺爹咯。……”

县和区的两位书记吃惊地注意生宝的激动。他们并不打断他，只是十分惊讶地听着。显然，他们没有料到，生宝是这样一个重感情的人。

杨书记很有感触地对区委书记说：

“我们好多同志，硬是不注意农民小私有者和小生产者的一面。几千年受压迫、受剥削，劳动最重，生活最苦，这就造成他们革命的一面。刚才梁生宝同志说的，小家小户小光景，几千年的小农经济生活，又造成了他们落后的一面：自私，保守，散漫，不习惯组织和纪律……所以毛主席在一九四九年，一解放就警告我们：教育农民是严重的任务。毛主席并不是随便说话哩……”

“在互助合作中间，农民主要的是革命的一面呢，还是主要的是落后的一面呢？”王佐民探讨地问。

杨书记新给了生宝一支烟，自己拿了一支，却不顾擦火吸烟了，只顾他非常热烈、雄辩地谈论起来：

“佐民！这个问题，我是这么看法——不能拿我们常说的民族资产阶级的两面性来看农民的问题，应该具体地分析具体情况。农民嘛，是工人阶级的同盟军，是劳动的阶级嘛。民主革命阶段是同盟军，社会主义革命阶段还是同盟军嘛。工农联盟是永久的，不是临时的。但是，革命革到要对小农经济进行社会主义改造的阶段啦，农民小私有者和小生产者的一面，不是变成矛盾的一个方面了吗？不是应该引起大家的注意了吗？我想毛主席那句话的意思，就在这里。我们对革命的阶级，绝不能强迫命令，或者像你刚才说的那么讨账。我们坚持自愿原则，采取群众自己教育自己的方式方法：重点试办、典型示范、评比参观……逐步地引导农民克服小私有者和小生产者的一面。而且，我们这么做的时候，还主要地依靠贫农，因为贫农革命的要求更迫切，那点点小农经济的底子更薄。我看这没什么神秘，也不可怕。我们有办法的。佐民，你这里有《毛选》吗？有？把第一卷拿来！"

区委书记很兴奋地从书架上，抽出一本咖啡色书皮的精装书。县委副书记伸手接过这本很大很大的书来，很熟练地翻到第三百一十一页上，用眼睛寻找着。

"这里！这里！你听！"杨书记非常快活地念道，"任何事物的内部都有其新旧两个方面的矛盾，形成为一系列的曲折的斗争。斗争的结果，新的方面由小变大，上升为支配的东西；旧的方面则由大变小，变成逐步归于灭亡的东西。而一当新的方面对于旧的方面取得支配地位的时候，旧事物的性质就变化为新事物的性质。……"

"互助合作和小农经济的关系，就是这么样。"县委副书记把书还给区委书记的时候，肯定地说，"生宝同志，你听明白哩吧？"

"明白！能明白！"生宝没有阅读能力，但因经常学习和参加各种会议，听讲能力很强，他非常畅快地说，"互助合作是新事，小农经济是旧事，不是吗？新事由小变大，旧事由大变小，不是吗？"

杨书记很满意地笑说："还有！你们家庭内部的矛盾，也是一样。等你互助组成功了的时候，你爹就不叫你听他的话了。他就听你的话了。对不对呢？"

"对！对！就是这样！"生宝激动地说。

杨书记擦着了洋火，给生宝点烟。生宝推让，要杨书记先吸。当杨书记吸烟的时候，生宝用那么尊敬和佩服的眼光，看他那聪明、理智和有力的面部表情。

"呀呀呀！"生宝在心里头惊讶，"有文化、有经验的领导同志，懂得这么多道理？"

生宝吸着烟时，心里想：这是他一生中很值得珍贵的一次会见。要是他单独见县委副书记，或者他单独见区委书记，他不会听见这些高深理论的。只有两位领导者谈话，他从旁才能听到这些宝贵的话语。这些话语，比金子还要有价值哩！

杨书记吸着烟，说："生宝同志，你们那个搞法很好。好好搞一年，明年互助组长代表会上，你再上一次台。"

"对！"生宝慨然答复，嘴上非常有劲。

王书记说："今年县上给黄堡区派来两个农业技术员，我准备把一个摆在东原上搞小麦和玉米，一个摆在你们组里搞水稻密植。"

"好嘛！"梁生宝喜得眼睛瞪圆、闪亮。

王书记问："你们谁留在家里下稻秧子？"

"生禄和有义。他两个中农不情愿进山。"

"不好。"王书记说，"应该把欢喜留在家里下稻秧子。因为刚才杨书记说，今年要从培育壮秧做起，实行一系列的新技术，不是光搞密植。"

杨书记对生宝说："今年，我们县上改变做法了。要各区把两个农技员分开放在两个互助组里，不要再全区跑啰。讲来讲去，人家不信嘛。做出样子，给人家看看嘛。因此，生宝同志，要狠住搞！"

"好啊！太好啦！"生宝简直要跳起来，"杨书记，王书记，我要回了。"

"怎么？"

"叫欢喜甭准备进山的事了，叫有义准备。我要走了。"

"甭忙！"王书记说，"看杨书记还有啥指示吗？"

"欢喜是怎样个人？"杨书记问。

"小学毕业生，贫农。"

"好，好。应该在人事上给将来做准备，明白吗？"

"明白！"生宝畅快地说，"准备咱的技术人才！"

区委书记又叮咛："你们在山里头一个月，可要注意安全啦！"

县委副书记说："你叫他到区卫生所带点药品、药棉和纱布好啰。

不要他们的钱，从区上的互助合作经费里开支。”

“好吧。跟我走。”区委书记拉住生宝的手。

生宝啊！生宝啊！他这时高兴得不知说什么是好啊！他还说什么呢？人类语言的确有不够表达感情的时候。这哪里是梁生宝互助组？他个人，嘿！他哪里会想到这些，办到这些呢？

他在房门口辞别了杨书记。跟王书记到区秘书办公室带了介绍信，又在大门口辞别了王书记。王书记又一次嘱咐他：“安全第一！出了岔子可不好！”

生宝回到庄稼人拥挤的前街上了。他心里恍恍惚惚：这难道是种地吗？这难道是跑山吗？啊呀！这形式上是种地、跑山，这实质上是革命嘛！这是积蓄着力量，准备推翻私有财产制度哩嘛！整党学习中所说的许多话，现在一步一步地在实行。只有伟大的共产党才搞这个事，庄稼人自己绝不会这样搞法！

事情越来，生宝心中越明确了。“这样搞法啊？杨书记！你正月里没这样告诉我。”梁生宝现在有信心，有决心，决不辜负首长们的关心！

生宝在街道上的庄稼人里头，活泼地趱行着，觉得生活多么有意思啊！太阳多红啊！天多蓝啊！庄稼人们多么可亲啊！他心里产生了一种向前探索新生活的强烈欲望。

到卫生所，把介绍信递进取药的小方口，在过道的门洞里等着配药品，生宝逐渐冷静下来了。这时他才发现手里还捏着那半截捏碎的纸烟哩。他从手掌里把纸吹掉，把烟末小心翼翼地装进他的烟口袋里——东西不可浪费！

把纸烟末装进烟口袋以后，他开始从头至尾回忆今天所听到的“马列主义”。他不会写笔记，每次到县上开会，靠回家的路上一再回忆来加深印象。他不能忘记杨书记说的这些话。绝对不能！他要在一生中慢慢享用这些话。我的天！多么深的道理，可是多么好懂啊！

第十七章

清明前三天，汤河流域的庄稼人，就开始上坟了。庄稼人们洗了手，提着竹篮，带着供品、香和纸。孝性强的人们，还带着铁锨，准备往先人坟堆上培土，或者堵塞田鼠打下的洞穴，以免山洪灌进墓里。

到清明节的一天，平原上所有的坟堆，就都插了白纸钱了。有没插结实的，被春风吹起来，在麦田里和路上，随意地飘飘落落，渲染着清明节日的气氛。

梁三老汉拿眼睛盯着哩：看他生宝想起上童养媳妇的坟不？真是铁石心肠的家伙呀！看他那股上天入地的劲头吧！为了筹办进山的事务，下堡村一跑，黄堡镇一跑。他回到蛤蟆滩，又从这草棚院跑到那草棚院，忙得碰破了头。看！看！唯有上媳妇的坟这件事不当紧。他到底忙些什么事务呢？

"你小子不喜愿对我说嘛，我也不喜愿问你！"老汉心里头赌气地想。

为了公众事务把世俗人情撇在一边，这种心情，是梁三老汉所不能理解的。他一辈子老实、无能，对环境的压迫逆来顺受，人生的目的十分微小。他看不惯生宝这股叱咤风云的劲头！就像他真是治国平天下的人！

生宝做些什么事情，一点也不和老人商量。梁三老汉也不情愿问他。问他做什么呢？人家在党！啥事，人家都和党里头的人商量哩。还来问他爹做啥？

老汉心里头想："全蛤蟆滩，不，全下堡乡，就你小子能！人家谁倒像你小子一样，领带人马、安营下寨、盘锅头起火，成个把月在山里头割竹子呢？就像要夺江山那神气！哪里有点庄稼人的气味呢？"

老汉在街门外背靠碌碡蹲着、想着。脑子里想什么，嘴里不由得说出声音来了："你小子！你小子……"

孙水嘴过路听见，感到兴趣，问：

“三老汉！你一个人在这里嘀咕啥呢？你和地下的蚂蚁说话吗？”

梁三老汉摇摇头，不喜理孙水嘴。不要说习惯拿别人家里的纠纷当谈话资料的水嘴吧，即使旁的嘴紧人，老汉也不再往外嘀咕家内的实情啰。家丑不可外扬嘛！他不情愿让生宝他妈难受。在他半死不活的那些灾难的年头，老伴待承他太好哩。他再生也得记牢这一点。要不是碍着生宝他妈的情面，哼！他决不容让生宝这样黄风雾罩地闹腾！不是正经庄稼人过光景的动静嘛！老汉总觉着这个行动里头，潜伏着某种可怕的危险。只有少数心大性强的人，才敢这样大闹乾坤。一旦爆发出来危险，会到不可收拾的地步。但老汉却不能出面阻挡，因为生宝他妈在炕上坐着哩。他的困难就在这里。一切都看在这个寡言少语、和蔼可亲的笑脸上吧——她早年是一个贤良的婆娘，现时是一个慈心的妈妈啊。他必须重视：她对生宝，有比对他更深的感情。他不愿意伤她的心！他要耐心地等她慢慢觉悟过来，知道护着儿子就是害了儿子的道理。

清明节这天，梁三老汉终于代表生宝上童养媳妇的坟了。就拿这一点来说，老汉也鄙弃生宝！不管怎么，总算夫妻了一回嘛！一日夫妻，百日恩情嘛！给死人烧纸插香，固然是感情上需要；但有时候，为了给世人看得过去，也得做做样子吧！你共产党员不迷信，汤河两岸的庄稼人迷信嘛！哼！

梁三老汉蹲在媳妇的新坟堆前了。纸烧了，香插了，老汉想起过去的凄惶日子来了。老汉的眼泪流出来了。

开头，眼泪只是揩了又流，流了又揩，不断线地涌着。随后老汉竟用理智的力量，控制不住情感的冲击了。摆毕了供品，他竟完全被感情所驱使了。他竟不顾体统地哭出声音来了。

哭就哭吧！哭一哭会疏散一些心中的郁闷的，胸腔里头会觉得宽敞一些的！

“我那可怜娃呀！唉嘿嘿嘿……”

一只手抓住他夹袄肩头，拉了拉，说：

“三叔！甭哭哩！”

梁三老汉抬起头，用泪眼看见梁生禄。

“生宝哪去哩？你给儿媳妇烧纸？……”生禄不高兴地问。

梁三老汉哭哽咽了的嗓音说：

“他到上堡村林管站，领进山证去了。”

“你甭哭哩！”生禄很不满意，说，“甭给俺丢人哩！”

“怎是给你家丢人呢？”老汉惊奇地瞪起泪眼。

生禄说：“咱一个梁字掰不烂……你公公哭媳妇，给一姓梁的丢人哩！”

“噢啊！是这，你走！我不哭哩！”

老汉很不高兴地收拾起上坟的东西，回到草棚院里。

“生禄！”老汉心里头骂，“你小子不知道俺的童养媳妇和闺女一样亲吗？你小子知道一个梁字掰不烂，你小子为啥把互助组长掀到俺生宝头上哩？把你头上的虱子捉到俺头上，你还有脸说俺！”

老汉把上毕坟的东西送回草棚屋里，出来重新背靠碌碡，蹲在土场上。他用很讨厌的眼光，盯着梁生禄家的草棚院。

他现在面临着令人难受的局面：生宝要领带人马进山了，他没有办法阻挡。在买稻种去的时候，老汉还料不到，生宝是这样一个吃铁化钢的家伙，竟然联络起这一大帮人进山。从前，梁三老汉只是在村人面前感到自卑，现在他在生宝面前也感到自卑了。他几乎没有一点信心，开口说服生宝不要闹得太大。

进山的事有危险。自古以来，个人只为个人担凶险，不为旁人担凶险。个人为个人的光景，出了什么事都好了结。至于会出什么事呢？梁三老汉按照迷信的传统，想也不敢想得更具体些。人，只应当想吉祥如意的事嘛！他看见生宝准备带去的药品、药棉、纱布，心在打寒战，心往下沉哩……

不对！他越思量越觉得：当老人的不应当坐等出了事再说话。

梁三老汉在土场上站起来了。他眯起眼睛向下堡村望着。他低头从土场边的小径走过梁生禄家的桃树林子。他下了汤河铺着青草的堤岸斜坡。他过了汤河绿水上的独木桥了。

不大工夫，梁三老汉就站在下堡村乡政府卢支书屋子里了。

屋子里有两条板凳，找党支书谈话的庄稼人，照例都在板凳上坐。卢明昌为了表示对重点互助组组长的老爹亲热和恭敬，让梁三老汉坐在他办公的椅子里，他自己坐板凳。

“你坐在椅子里，”支书非常亲热地说，“你老人家坐正，咱叔侄俩说话。我常想过河去，安慰安慰你老人家，穷忙！”

梁三老汉既不坐椅子，也不坐板凳。他蹲在一进门的砖脚地上，在心里头准备着他要说的话。

支书为了尊重老汉的习惯，他自己也在老汉对面蹲下来了，让椅子和板凳都空着好了。

卢明昌拿微笑的眼光，盯着梁三老汉忧思重重的脸色。

“老人家！你渴不？我给你舀水去？……”

“不！”梁三老汉的树根手，抓住支书的灰布袖子，“庄稼人吃啥东西会渴？”他不会拐弯抹角说客气话。他只能照实际的情形说话。他不管听话的人满意不满意。

卢支书笑笑，表现出很满意老汉这种实实在在的态度。

梁三老汉已经在肚里打好了草稿了。他开始说：

“明昌，你是咱本乡田地人，又是个庄稼人出身……”

“对！”卢支书非常同意，“这个话，你说得对对！”

“庄稼人过日子的道理，你都懂得哩……”

“懂得不多……”

“你全懂得！”梁三老汉肯定说，“庄稼人不懂庄稼人的事吗？嘿！只不过有时间，就不按庄稼人心思说话了。”

“我按啥人的心思说话呢？”

“你按共产党的心思说话！”

“对！对！”卢支书非常高兴，“你看问题看得准！”

但是梁三老汉并不高兴，他仍然是进门时的阴暗表情。

“毛主席给穷庄稼人分下地，是不是为了过日子？明昌！凭你的良心说！”他开始质问了。

支书笑着：“当然是为了过日子嘛。你看不见我们尽量提倡生产吗？”

“你看梁生宝的神气，像过日子的神气吗?”

“他是过大日子的神气。你老人家要过小日子。我知道，你父子俩，就为这个矛盾着哩……”

“看看看!”老汉摊开了两只树根手，“我说你们在党的是一家人，一点没说错！一家人看见一家人亲嘛！你们说话一个调调。你们全姓共，是不是?”

党支书有了皱痕的中年庄稼人脸上，突然放出从心里往外快乐的光芒。再没比这样的谈话，使支书高兴的了。

“哈哈！梁三叔！你老人家今日来，怎净说些很深的理呢？看起来，你老人家思量共产党和庄稼人的分别，思量了很多日子了。要不，你说不出这么深的理儿。好！说得对！对对！我承认：我们全姓共!”

“你甭给我灌迷魂汤哩!”梁三老汉严肃地警觉着自己不被软化。

但是老汉无意中的一句闪烁着思想光辉的话，启发得卢明昌格外想发点议论。

“你老人家说得对对！对对！俺在党的全是一家人，一家人看见一家人亲！这个村里有姓王的，没姓李的；那个村里有姓赵的，没姓刘的。可是村村都有姓共的！俺姓共的势力大得很！老人家！财东老爷、土匪特务、反动道门……都骇怕俺姓共的！老百姓喜欢俺姓共的！为啥呢？俺姓共是姓共，俺不挤轧百姓嘛。俺团结赵钱孙李、周吴郑王、冯陈褚魏、蒋沈韩杨……的劳动人民，改造旧社会，建设新国家哩。你老人家看我说得对也不对？啊?”

梁三老汉再也板不住脸。他笑了。他的劳动者的善良，他的受过压迫的心灵，他的被剥削过的痛苦记忆，以及解放三年多来共产党所做的好事，促使他本能地相信卢支书这番有风趣的议论。卢支书说了几句很好强的话，但却非常实际，梁三老汉一点也不觉得浮夸。卢明昌是个务实庄稼人，后来才办党务工作。梁三老汉喜欢这号人。他知道，他自己在精神上和王书记、卢支书、生宝他们挨近着哩；仅仅他们搞的互助合作，他眼时无论如何想不通：“你们把种地的机器拿来，再闹腾嘛！离社会主义还有几十年，空吹做啥?”

老汉松开皱纹脸，笑着。他的八字胡子在两嘴岔上展开了翅膀。他像所有厚道的庄稼人一样，要他自己卸掉几千年私有制社会因袭的精神负担，是不可能的幻想！但是，话是开心的钥匙，当他被什么通俗易懂的道理感动的时候，他的心思会开朗起来，虽然以后，他还会有被财产占有欲压倒的时候。

他是一个耿直的庄稼人，知道新社会的伟大性质。他不骇怕共产党员。像卢支书这样和他说道理，他很喜愿听。像樊乡长那样说他没良心，他理也不喜理他！他碰见不和樊富泰打招呼。“你当了乡长，能怎？我不理识你！你能把我押起来！甭唬人哩！新社会就是县长、省长，对百姓也得耐心！甭摆你的官僚架子哩！我把公粮一交，你和我没话！”

卢支书盯住梁三老汉使劲考虑问题的脸相，拍拍他驼背的肩膀，亲热地说：

“梁三叔！你老人家看我说得对不对？”

“对是对，互助组你们办不成功。不是我梁三老汉一个人挡事，旁的庄稼人都不实心……”

“生宝组里谁不实心？”

“俺哥和生禄，都不实心！他们名在互助组里头，心在互助组外头哩。要不是生荣在解放军里头在党，回回家信叫入互助组，依他父子俩的意思，早退出去哩！俺生宝傻，看不透人的心思……”

“咦咦！你说的啥？生宝傻？你说的那是中农，贫农该都实心实意互助哩吧？”

“贫农也有不实心的，我注意看他们的容颜举动哩。”

“谁不实心？”

“你不走话？”

“你看！你寻我来，就应该信服我。”

梁三老汉鼓了鼓劲，决心向党支书揭露生宝互助组潜伏的矛盾。

“头一个王瞎子不实心！他因为拴拴地不够种，在互助组趁挣生禄家的工分哩。他家全看生禄家的脸色行事。生禄在组，他就在组；生禄出组，他就出组。王瞎子不想叫拴拴进山，又不愿耽误几十块钱。你看！又想吃大饼，又不愿累牙。拿咱看，他不愿叫拴拴进山，正好！少一个累赘，不担一份心。你知道，拴拴不是灵巧人。生宝小子好强，硬要全班人马走，强拉扯人家……”

“还有谁不实心？”卢明昌想了解得更清楚些。

“还有郭锁儿也不实心！他从下堡村搬过河来，犁没犁，牛没牛。他不入组，不能种地。我看他是有了牲畜农具，就出组的神气。我嘴里不说话，我拿眼睛看他们哩。光光有万、欢喜、老四……他们几个和生宝一心。旁的都含含糊糊……”

“冯有义怎样呢？”

“那是个老好人。互助组好好，他也好好。互助组闹问题儿，他也要变心……”

“慢慢来，梁三叔！”卢支书很和气地说，“由不实心到实心，得几年哩。和尚刚剃了头发，就有了道行了吗？还不是要在寺院里修吗？你放心，俺慢慢教育他们呀！你老人家甭拉生宝的腿，俺工作得就快。河这岸，下堡村的人都说：‘看人家稻地里梁三老汉指教出来的子弟吧！生宝骨血是渭北人，心术是梁三老汉的心术，真是好样！’人家这样高看你老人家，你千万不要做低了，叫人家笑！”

老汉羞惭地低垂了光头。真是隔河千里远！原来下堡村的人竟这样抬举他啊！他谨小慎微的庄稼人狭窄心境，怎能和生宝叱咤风云的气魄联系起来呢？他心中绞痛。他劳动人民的自尊心，现在翻到他庄稼人的小气上头来了。他问他自己：“你六十几的人了，你想从这个尘世上带走啥东西呢？”他又回到他和老伴干仗以后的思想上去了：“只要给我吃上、穿上，你生宝看怎弄怎弄去！世事是你的世事！”

他抬起头来，皱纹脸上非常和蔼、诚恳。

“卢支书，我给你说句心里话。”

“你说。你老人家说。”

“进山的事，有凶险……”

“我知道，生宝有准备哩。”

“哪一年春上，汤河口都要抬出来几个……”他说不出“死的和伤的”那些可怕的字眼。

支书很喜欢老汉的关心，说：“你老人家放心！生宝是个细心人，不是那号冒失鬼。他们人又多，啥事也没。”

“唉！”老汉叹口气，说，“人，只能往吉庆处思量嘛！万一出了啥岔子，实在受不了。他领的头嘛，他坐班房，我们家里人难受……”

卢明昌忍不住大笑：“看你说的啥？生宝为啥坐班房？出了事情，也是俺共产党的事情，怎么能叫生宝一个人坐班房呢？你放心好哩！你不是说我们全姓共吗？”

梁三老汉放下了心中的负担，笑了。他站起来，说：“是这，我回呀！要是有三长两短，你们党里头高抬贵手。……”

卢支书忍住笑，把老汉送出大门洞，搀着他下高台阶，说：“你只管放放心心！啥事想不通哩，你寻我来，咱叔侄俩谈叙！”

生宝领了进山证，在回家路过黄堡镇的时候，碰见欢喜在街上等他。继父到乡上告他去了。真丢人！家也不回了，他在黄堡通县城的马路上，直奔下堡村。他知道没有什么事情。不过，老汉跑到乡上一闹，影响可不好。他到了乡政府。卢支书告诉他实在的情形，他高兴地咧嘴笑着，用惊喜的眼光望着支书亲切的笑容。他原来准备往回背他继父的，要是老汉无论如何不回家的话。

卢支书问：“领得进山证哩？”

生宝用腰带的一头揩着脸上的汗水说：“领得哩。倒霉！”

“怎么？”

“老爷岭这头，今年整个封山育林，不许割竹子。指定俺过了大岭，在苦菜滩左近割哩。”

“啊呀！那就要多走四十里，掮扫帚的人苦了。”

“四十里啥路嘛！直上直下，岭两面像走梯子一样。卢支书，你过过老爷岭吗？人说那是四十里猴路。”

卢支书笑说：“我过过一百回也不止。那么，供销社就要给掮扫帚的人加脚价啦？”

“我回头的时光，就和黄堡供销社说好了。每把扫帚加一角钱脚价。就这，也怕官渠岸那伙尖脑壳别扭嗯。我回去还得寻增福商量哩。不对的话，就得我帮他开个会哩。”

“对!”卢支书很满意生宝的办法，说，“应该对大伙儿说明：封山育林是国家的政策，森林是人民的财产。要不是解放前国民党的烧山政策，老爷岭这面有的是竹楣！国家还舍不得吗?”

“就得这么说。事实也就是这样咯!”

“都安顿好了吗?”卢支书关心地问，“还有啥事要乡上帮助吗? 说起来，实在对不住。乡上忙忙乱乱，对你帮助不够。”

“哪里? 这就是帮助嘛。教育我就是帮助我。”年轻的生宝，在四十来岁的支书面前，谦逊地说。

他说他一切都安排好了：进山的用具，应带的粮食、衣物，他和有万挨个检查了一遍；因为欢喜留在家里学新式秧田，他们把中农冯有义也动员起来进山了。

“原来，俺准备叫乡上关照关照下稻秧子的事来，这阵有县上派的农技员，就好哩。”生宝最后说，一切都非常满意的神气。

生宝要走的时候，卢支书一只手捉住他的手，另一只手搭在他结实的肩膀上，亲密地送他，好像他要远征一样。

“生宝同志，”卢支书语重心长地说，“你对你后爸的态度，恐怕还要积极地争取哩吧? 要知道，他是你的后爸，不是亲爸啊。一般落后群众看现象，不看本质，容易同情他。咱共产党员前进是要前进，可不能不注意社会影响啊。”

生宝在卢支书的一只胳膊搂抱中走着，听了这番话，很动感情。

“忙！卢支书，实在是忙！不是我另眼看待后爸。”生宝重视党支书的忠告，解释说，“我总觉着，外人的工作要紧，自家人没啥。闹翻了，也容易好起来……”

卢支书点头同意他的解释。

“还有一样，”生宝又继续说，“俺爹那自发性儿，就和神经病一样嘛。有几天犯了，有几天可好哩。他独独一个人蹲在那里，拧住眉头子想、想、想。你知道他想啥呢？你给他说些进步话，他就好了；他看见人家过光景，又生我的气了。我一天东跑西跑，哪里有工夫细揣摸他的心思呢?”

卢支书很同情、很谅解地说：“也对。那么就叫你娘和秀兰，多关心老汉些。主要是群众影响的问题……”

在汤河边上，生宝请卢支书回去。支书用庄稼人手掌，亲昵地拍着生宝结实的肩膀，告别说：

“一路顺风！过一个月再见！”

“不生问题！”生宝在独木桥边有信心地说，“害病、受伤，俺带着药哩。老虎、豹子，有万带着快枪哩。”

两个共产党人分别了。生宝过了独木桥，卢支书还在河边站着，望着，望着，望着。生宝英武的身影，走过梁生禄的桃树林子去了……

……生宝回到黄昏中的草棚院。他问妈和秀兰，爹在哪里。她们告诉他，在马棚的小炕上睡觉哩，要他不要惊动老人。

秀兰高兴地报告：“哥！卢支书的话，可说进他心里头了。爹从乡上回来，和气得很了。说你是干大事的人，他愿意老天保佑你，甭栽跤最好。他说干大事的人，栽大跤，庄稼人走千辈子踏平的老路，不栽跤，稳稳当当活一辈子。你说他多有意思？……”

生宝听了更高兴，笑说：“那么，你把咱爹看简单了？他成天琢磨，脑子想得更深！”

生宝要进马棚去看看爹。妈拉住他的夹袄袖子。

“你甭去。”

“怎?”

“他难受。你要离家一个月，他替你担一份心。他嘱咐俺：等你回来告诉你，甭惊动他。他说：他独独在马棚里睡到天明，你已经不在家了。他说，他看见你要走，心里说不出的滋味。你就甭惹他难受吧！你忙你的事情去，俺娘儿俩招呼了他哩！”

多么令人心动的父子感情啊！生宝不听妈的话，他一定要进去看看他爹。他要对老人说些孝敬的话，说些有政治思想意义的话，使老人不要替他担心。

生宝强走进马棚，秀兰在马棚门口看着。

老人睡在小炕上，脸朝着泥墙。生宝走近小炕边，轻轻叫了两声："爹！爹！"

老人不作声。

"爹！爹！"生宝又叫，轻轻推了推。

老人扭过皱纹脸来，睁开眼睛。灵活的眼神表明，他并没睡觉。

"领得进山证哩？"

"领得哩。"

"啥啥都预备好哩？"

"都预备好哩。"

"那么你去，我不阻挡你。你活你的大人，我胆小庄稼人不挡路。但愿你把人手，都欢溜溜地领出山来，谢天谢地。就是这话！"

"爹！你起来，我想和你说几句家务话哩。"

"和你妈说去。我心里头烦，听不进去。就是这话！"

生宝知道他爹的执拗性子，放弃了谈话的意图，心情很愉快地退了出来。

……第二天鸡啼时分，蛤蟆滩犬吠，人言——生宝的割竹子队，向秦岭深山的苦菜滩出发了。

（原出版单位：中国青年出版社 1960 年 9 月第 1 版）

保卫延安

（节选）

杜鹏程

第一章　延安

一

一九四七年三月开初，吕梁山还是冰天雪地。西北风滚过白茫茫的山岭，旋转啸叫。黄灿灿的太阳光透过干枯的树枝杈照在雪地上，花花点点的。山沟里寒森森的，大冰凌像帘子一样挂在山崖沿上。

山头上，山沟里，一溜一行的战士、战马和驮炮牲口，顶着比刀子还利的大风前进。有些战士抓起把雪往口里填；有些战士把崖边上的小冰凌锥用刺刀敲下来，放在嘴里吮着。他们的灰棉军衣都冻得直溜溜的，走起路来咔嚓嚓响。因为他们晚间是在雪地里过夜的。

这是人民解放军的一个纵队，奉命从山西中部出发，不分日夜向西挺进。他们，像各战场的人民战士一样，从人民解放战争开头到如今，没日没夜地奋战了八个来月。目下，他们要去作战的地方，环境将更艰苦，战斗将更残酷。

枪不离肩马不离鞍，战士们急行军十来天，赶到了黄河畔。

黄河两岸耸立着万丈高山。战士们站在河畔仰起头看，天像一条摆动的长带子。人要站在河两岸的山尖上，说不定云彩就从耳边飞过，伸手也能摸着冰凉的青天。山峡中，浑黄的河水卷着大冰块，冲撞峻峭的山崖，发出轰轰的吼声。黄河喷出雾一样的冷气，逼得人喘不上气，透进了骨缝，钻进了血管。难怪扳船的老艄公说，这里的人六月暑天还穿皮袄哩！

纵队的前卫部队在沟口里的山岔中集结，准备渡河。蒋匪的五六架美国造战斗机，在黄河渡口上空盘旋侦察，俯冲扫射；枪声、火药味，加上黄河的吼声，让人觉得战场就在眼前，让人感到一种不寻常的紧张。

旅长陈兴允骑马从山口里驰出来，眼前就是黄河，他急忙勒住马。那匹高大肥实的枣红马，抖了它通身上的汗水，竖起耳朵，对黄河嘶叫了几声。又扬起尾巴猛摆头，两个前蹄在地上刨着，像是陈旅长一放缰绳，它就会腾空而起，纵过黄河。

陈旅长跳下马，把马交给身后的通信员。他向前走了几步，习惯地看看左右的山势。接着，双手帮在腹前，长久地望着那急湍的浪涛。

团参谋长卫毅和第一营教导员张培，从山口出来走到陈旅长身边。

卫毅和张培站在一起，看来蛮有意思。卫毅，脸方，眉粗；身材高大结实，肩膀挺宽，堂堂正正的，不愧是个山东大汉。张培呢，比卫毅低一头，身体单薄，脸膛清瘦，看起来斯斯文文的。他负过四次伤，流血多，身体单薄。这么看外表，谁也不相信他是过了十年战斗生活的人。

陈旅长说："我们在黄河上来回过了多少次啊！黄河跟我们是有老交情的。"这愉快、爽朗的声调，是卫毅他们听惯了的。

卫毅微微耸动肩膀，淳厚地笑了笑说："我们跟黄河打交道多，并不是讨厌的事哪！"

陈旅长笑了："怎么会是讨厌的事呢？相反的，我每次渡黄河，心里总是很不平静。想想看，几千年来中华民族在它身旁进行了多么英勇而艰苦的斗争啊！"他扭头看张培："是咯，你总是这样悄悄的不大吭声。"

张培脸红了。他温和而谦逊地说："习惯很难改，也是进步慢啊！"

陈旅长猛一挥手，说："瞎扯，瞎扯！像你这样脾性也是蛮好的。大约你们营的战士们把你当母亲看，是么？"

张培微微一笑，说："战士们要真的这样看我，那倒是让人高兴的事。"

陈旅长问："这几天日夜急行军，你吃得消?"

"我骑马行军，还有什么好说的。战士们倒是真够呛!"

陈旅长明知故问："卫毅，张培真是骑马行军?"

卫毅挺不自然，微微耸肩，说："行军中，他的马总是让走拐了腿的战士骑。"

陈旅长脸上闪过不满意的气色，说："这些事，我真是懒得再说!"

张培知道旅长不满意他的来由。半个来月前，张培还躺在医院里，胸脯上的弹伤算好了，身体呢，还很弱。他听说部队要过黄河去作战，就再三要求提前出院归队。部队出发的头一天，他赶回来了。这几天行军中，陈旅长每次碰到他都要说："身体这样弱，为什么要急着赶回来？同志，打仗的机会有的是啊!"

敌人的五六架飞机，从黄河上空俯冲下来，扔了几颗小型炸弹，扫射了一阵子，怪叫着钻到云彩里去了。

陈旅长脸上闪过严峻的气色，说："我们得抓紧每一分钟往前赶。西北形势严重，非常严重!"

他把敌人的阵势讲了一番。八年的抗日战争，打得多么苦啊！可是一场大战刚完，中国人民连一口气都来不及喘，以蒋介石为首的国民党反动派，凭借四百三十万兵力和经济优势，把没有飞机坦克、大炮很少的一百二十万人民解放军和中国人民，根本不放在眼里。在去年六月底，以中原解放区为起点，悍然发动了对我解放区的"全面进攻"。其势汹汹，不可一世啊！敌人以为三个月到六个月，就可以举杯庆祝胜利了。可是，我解放区军民，挺起胸膛，英勇而坚决地展开了自卫作战。八个多月，为了使自己保持主动地位，我们放弃了不少地方和一百多座城市。可是，作战一百多次，消灭敌人七十多万，迫使敌人从三月份起，放弃了"全面进攻"，只好集中重兵，在山东和西北发动什么"重点进攻"。现在敌人几十万人马正向山东疯狂进攻；我们西北哩，敌人总共动员了三十多万军队，用在第一线的军队就二十几万。三月十三日，南线，胡宗南的十四五万军队，沿咸榆公路及其以东地区，向延安进攻。西线，马鸿逵、马步芳，正向我陇东分区[①]三边分区[②]进攻。北线榆林的敌人，准备向我绥德、米脂县一带进攻。这就是说，敌人从四面八方可天盖地地扑来了！

卫毅和张培看看陈旅长那黑沉沉铁一样的脸色。这脸色，是他们每次在部队发起攻击的时候常见的。

陈旅长望着河西面黑压压的山，低声而沉重地说："前面摆着更大的考验啊，同志们！"

"保卫党中央！"

"保卫毛主席！"

"保卫延安！"

"保卫陕甘宁边区！"

"打退敌人的进攻！"

战士们的喊声，黄河的浪涛声，汇成巨大的吼声。这吼声，就像三更半夜里，突然雷响电闪、狂风暴雨来了似的。

陈旅长、卫毅、张培回头望去：集结在山口里的部队，利用渡河前的时间，分别举行干部会议、党员会议、军人大会，进行战斗动员。

在一个连队前面，有个连长模样的人，胸脯抢前，扬着手，大声喊："同志们，我们去保卫党中央，保卫毛主席……"

陈旅长觉得，战士们浑身全紧张了，像是那讲话的人在战士们心里放了一把火！

那个队前讲话的人，指着黄河喊："同志们，我们马上要渡河。……敌人正向延安进攻。同志们，延安，那是我们党中央和毛主席住了十几年的地方呀……民主圣地延安，全中国全世界谁不知道……"

战士们都瞅河西的大山。有些个战士，站起来又坐下，像是要说什么。

陈旅长指着战士们面前讲话的人，问："那是谁？啊，对咯，那是

---

① 系陕甘宁边区的一个分区，包括庆阳、环县、合水等县。

② 包池、定边、安边等县。

周大勇。”他望着卫毅和张培说：“是咯，要随时向战士们说明，我们到陕甘宁边区作战的意义。”他低头沉思，有些激愤。“前去的路子是艰难的。但是，你们要给战士们特别说明：毛主席在西北亲自指挥我们作战，这就是胜利的最大保证。好吧，你们立刻去组织战士们渡河。我去看看司令员是不是上来咯！”

卫毅迈开稳实的大步，向河边走去。他走了几步，回头看：张培还站在原地望着河西陕甘宁边区的千山万岭，眼睛一眨也不眨，有什么东西在他心里颤动。

卫毅喊：“张培，走哇！你们营马上就要渡河。”

张培缓缓地走到卫毅跟前，嘴唇有点抖动，说：“参谋长！我，我恨不得一下子飞到延安去。”

卫毅瞅着张培，心里也在翻腾，说：“张培，着急没有用。……我们要去和敌人干一场，要结结实实和他干一场！”他举起右拳，从空中猛地劈下来。

长城外刮来的风，带来满天黄沙。战士们向渡口边移动，风把衣服吹得胀鼓鼓的，沙子把脸打得生疼。

大风卷起黄河浪，冲撞山崖，飞溅出的水点子，打在战士们身上、脸上。河上游，有几只小木船，乘风顺水下来了。它们有时爬上像山峰一样高的浪头，接着又猛然跌下来；有时候被大旋涡卷起来急速地打转转，像是转眼就要覆没了，可是突然又箭一样地破浪前进了。船上的水手，“嗨哟——嗨哟——”地呐喊，拼命地摇桨，和风浪搏斗。

河岸上挤满准备渡河的部队、战马和驮炮牲口。有许多战士齐声向扳船的人喊：“扳哟——加油啊！扳哟——加油啊！”有几头高大的驮炮骡子，被人们的喊声和黄河的吼声惊吓得在河滩里胡跳乱蹦。炮兵战士在追赶跑脱的骡子。

指挥员们都非常忙迫地布置过河的事情。参谋工作人员来回奔跑。通信工作人员，有的骑着马去传达命令，有的在检查河边刚拉好的电线，有的背着电话机正把电话线从山口向河边拉。

第一营营长刘元兴，把帽子拿在手里抡着，吼喊：“通信员！喊一连连长来。跑步！”

小通信员一忽溜，向后边跑去了。约有两三分钟的时光，通信员跟一个青年指挥员跑来了。这个青年指挥员跑到营长跟前，左手按住腰里摆动的驳壳枪，脚后跟一靠，敬了礼。端铮铮地站在营长身旁，等候吩咐。

刘营长没还礼，也没吱声，脸色黑煞煞的，很恼火。他回头把第一连连长周大勇瞅了一眼，像是满肚子火气消了大半。他想：“行！不管把什么任务交给他，保险出不了娄子。”

周大勇长得很匀实，肩膀挺宽，个子不算顶高，可是比中等个子的人高出半头，长方脸儿，两道又宽又黑的眉毛下，有一对顽强的眼睛闪闪发光。他站在营长身边像在地上扎了根，让你觉得，就是上去三五个小伙子，也休想推动他。

刘元兴搓着手，说：“吕梁山上冷，黄河边更冷！”

周大勇说：“营长，蹦跶几下满身是火。”

刘营长说：“嗬！年纪不饶人。我要像你那样年纪，又有你那一彪个子，就跳到冰窟窿里也不害怕！”

周大勇笑了：“七老八老，你才三十四呀！”

“那也比你多吃十年饭啊，同志！”

敌人飞机在河对岸疯狂地俯冲、扫射。刘营长望着翻腾的黄河，说：“狗娘养的，你再扫射还能挡住老子过河？周大勇，你们连队先过！”

“我巴不得有这一声命令。”周大勇眼里闪着按压不住的热情。

刘营长问：“战士们把伪装圈做好了吗？”

“做好了。”

刘营长看了一下表，说：“现在是下午两点。旅首长命令，今天黄昏咱们旅一定过完。好啊，你立刻带部队来！”

“行！”周大勇敬了礼正要转身走。

刘营长说：“别忙！你们连队一过去，就摆在对面山头上，组织对空射击。”他指着飞机又说：“这些吃冤枉的家伙是顶怕死的，你摆起机枪摔它两梭子，它飞得可高啦。哦！看，船拉下来了。快，快带部队来过河！”

二

全纵队的人马渡过黄河，由东朝西，直向延安方向进军。敌人飞机顺着窄狭的山沟扫射、轰炸，想阻止我军前进。战士们在敌人飞机扫射的时候卧倒，飞机转过去的时候又爬起来走。卧下去，爬起来……他们就这样行进，一直到天黑，才算平静下来。

战士们经过通夜急行军，三月十八日路过延川县境，这里离延安一百八十里，可是满眼都是战争景象。人民政府的工作人员在转运公粮。老汉和妇女们在坚壁东西。路岔上、村口边，儿童们在放哨。一队一队的自卫军东来西往。他们有的背着七九步枪，有的扛着红缨枪，大约是到什么地方去参加演习的。

战士们急急地向前走去。他们边走边看那小庙墙壁上、石崖上写的战斗动员标语：

“全边区人民紧急动员起来！保卫共产党中央！保卫毛主席！保卫陕甘宁边区！保卫延安！保卫土地！保卫丰衣足食的生活！”

“边区的军队指挥员、战斗员和后勤人员们！你们是站在最光荣的岗位上，全中国、全世界人民的眼睛都望着你们，他们把重大的希望寄托在你们身上！毛主席、朱总司令所教导的一切，现在是实行的时候了！”

“敌人又要在这里杀人放火了！”第一连连长周大勇心里充满激愤。

陕甘宁边区这片山地，东西七八百里，南北八九百里，可是大城小镇，沟沟渠渠，周大勇差不多都到过。他和陕甘宁边区的老乡，一块度过很多艰难的日子。他在无定河边给老乡们割过庄稼送过粪；在延河畔，老乡们也给他讲过陕北土地革命的故事。

他想起陕北、延安，像想起家乡一样亲切。当他还只有一支步枪高的时候，他就随工农红军，经过二万五千里长征到了陕北。往后，红军改编成第八路军，他像很多红军战士一样，哭着把缀有红五星的帽子裹在包袱里，从陕北开到抗日前线。次后十年内，他跟他的很多战友，几次回到陕北、延安，又几次从陕北、延安出发去远征苦战。

如今，周大勇又踏上陕甘宁边区的土地，又向延安前进。可是，这次回来跟往回不同，因为战争的火在陕甘宁边区烧起来了，而且就要烧到党中央住的延安。这些想法从周大勇的脑子闪过时，惨厉的痛苦和愤怒，就煎熬着他的心。他曾经出生入死，在战争中看见过许多悲痛的事，但是，他从来也没体验过他此刻所产生的激动感情。这正像，一个人走近自己祖祖辈辈生活的村子，看见强盗们在杀自己的生身爹娘一样！

三月十九日，太阳刚爬上东山头，部队就进到延安正东百十里的大川里。川道里尘土滚滚，拥挤着撤退中的人、车辆、毛驴和耕牛。牲口驮着粮食草料，车辆上装着家具、纺线车和盆盆罐罐。有的车辆上，还有只猫睡在家具旁边。……人群中，很少看见中年男人或是年轻小伙子，他们有的去给自己部队带路，有的去抬担架，有的去运粮，有的手执武器去保卫家乡。只有妇女们，背着孩子，挑起全家人的生活担子去逃难；老太太们有的背着包袱，有的抱着鸡，手里还拿着舀水的木瓢。小孩子们，有的扛着放羊用的小铁铲，后面跟着一条狗；有的背着书包、木刀。老汉们，有的背着农具，有的挑着被子、衣物……有些人，谁也不和谁说话，谁也不看谁，仿佛向来就不认识。他们满脸是尘土，看来，又熬累又难过！有些人，一会儿回头望延安的天空，一会儿又望路两旁的田地和山坡。平时，人们很少注意这身边习见的事物，很少注意这黄土山岭、红土山沟和那家乡上空的云彩。如今，战争来了，人们要和这一切分别的时候，便觉得，往日那难得的时光并没有充分地利用，许多美好的事物也没有努力去理解它。

这些逃难的群众没有看见自己队伍的时候，都很惊慌；待看见了自己部队的时候，便坐在路边不朝前走了。照他们想，部队上去，三下五除二就把敌人收拾了，战争就结束了，太平日子就又过起来了。

背着孩子的妇女们，脸上显出喜盈盈的气色。她们都叽叽咕咕地议论起来了：

“啊，瞧呀，咱们的人马多稠。不怕，不怕，天打五雷轰的白军来不了！”

“不怕了，瞧！咱们从河东调过来几十万人马。”

周大勇想：“几十万？一共才五千多人啊！”他在战争生活中常遇到这样的事情：人们往往根据他们的心愿，编造或夸大一些矛盾而可笑的好消息以求得安慰。他边走边问：“老乡，敌人还远哩吧？”

“远哩？人家说，敌人到了咱们延安城啦！依我想，敌人到延安南边的二十里铺啦！”

“咳！你才瞎说。同志，敌人离延安还有三四十里路程。”

“延安……不妙，很不妙！”周大勇感觉到，老乡们说的这些互相有很大出入的消息，给他带来一种沉重的压力。又问：“老乡，不是说你们早就撤退了么？怎么，你们还挤在这里？”

老乡们乱噪噪地回答：

“穷家难离，热土难舍嘛！”

“金窝银窝不如自己的穷窝嘛！”

“这一阵说不来啦！乡长同志天天劝说，叫我们走远处安家。我们可又谋划：咱们的队伍还能叫白军占咱们的延安……反正几天工夫仗就打完了，我们也就回去了。如今呀，……昏三倒四……一满说不来了……唉，仗要打到什么年月，以后的日子可怎么过呀！”

周大勇的脸色阴暗暗的。他一面走，一面给老乡解释：要准备长期打仗。

路上拥挤得走不动。旅首长传下命令：“部队靠右首的河边走！”前边部队掉转方向朝河边走，后边部队拥住了。周大勇在一辆大车边停住脚。车上有一个十一二岁的男孩子，躺着呻唤。他是在来路上，敌人飞机扫射时负伤的。这个孩子身边，躺着一个咽了气的女人。周大勇问了一位老乡，知道这个女人是在前边十来里路上，被敌人飞机扫射死的。

周大勇站在那里，右手紧抓住腰里的皮带，左手紧抓住驳壳枪的木套，脸像青石刻的一样，没有任何表情。他全身的血液，像是凝结住不流了；心像被老虎钳子钳住在绞拧。站在离他十几步远地方的指导员王成德，粗粗地出了一口气！

周大勇的眼光从老乡的大车上移到战士们的面容上，战士们都直望着前方，像是不忍看身旁那辆车上的惨情！

大车旁边站着一位老太太。车上一死一伤的人都是她的亲人。老太太望着大车上的尸首跟受伤的孩子，失魂落魄地发呆。她觉得一切都像做梦一样模糊、捉摸不定。她呆滞的眼光，落到战士们那严肃的脸膛上，像是问："仗可真的要在咱们边区打起来啦？你们就能让白军占咱们延安呀？孩儿，不能吧！"她再看看那车上儿媳妇的尸首跟受伤的孙子时，又觉得无情的火已经烧到延安了，已经烧到自己的头上了！战争，战争已经毁了她血一滴汗一滴建立起的家园！……

周大勇想给老太太宽心。还想说，敌人占不了延安，部队急急忙忙朝前赶，就为的是保卫延安嘛，可是，半句话也没说出来。他心里火燎滚油浇：老乡们老的老小的小，去逃难，可是逃到哪里去呢？军人，军人的责任不就是保卫他们的生命家园么？不就是保护他们不担惊受怕么？周大勇恨不得一步迈到延安，就让他跟他的战友用生命支架住一切打击吧，就让敌人把美国的钢铁跟火药全部抛过来吧！

老太太抬起头，眼泪扑簌簌地落下来。停了好一阵，她从牙缝里挤出一句话："孩儿，把白军杀人贼的黑心肠掏出来啊！"

周大勇身旁的一个战士说："老妈妈，你尽管放心，说什么我们也不能让敌人占领咱们延安！"

一群跟上大人逃难的小孩，挤到队伍中间，拉着战士们的手，问东问西。一个六七岁的小孩站在土坎上，一蹦就趴在周大勇的背上。他把小嘴巴贴着周大勇的耳朵，说："叔叔，明天打走白军，我们就该回去了吧，是不是？叔叔，叔叔，你看我把书包也带出来了。"

世界上还有比这不懂事的孩子说的话，更叫人心痛么？周大勇转过身子，双手捧住孩子的脸，眼对眼看了很久，很久！啊，这一对稚气而晶亮的小眼睛，还不知道残暴的敌人怎样残暴；也不知道真正的战争和生活的艰难。因为，当他第一次睁开眼看这世界的时候，他的父兄已经用血汗把陕甘宁边区这一片土地洗刷干净了；当他能辨识人的脸膛的时候，他周围就有许多正直无私而充满感情的脸膛；当他会玩耍的时候，就坐在延河边，一边用胖胖的小脚扑通扑通打水，一边听叔叔和阿姨们唱歌——呼唤幸福生活的歌。可是如今，他要去逃难！……

孩子在周大勇眼瞳里看见了自己的模样，他抱住他的脖子，脸腮靠脸腮，高兴地喊："叔叔，你眼里有个人人……"

突然，前边吹起防空号，霎时间，各个连队的司号员都吹起号来。凄厉而激昂的号声，使人心里打战！敌人三架战斗机顺大川上来，连圈子也没有绕，就顺着川道向人群中俯冲扫射。小孩妇女、头发白花花的老母亲，都跟部队挤在一块；飞机俯冲声，扫射声，女人们尖锐的喊声，孩子们的哭声……指挥员们在高喊："散开，散开！"怎么能散开呢？……一个妇女手一扬，躺在血水中。她怀中正在吃奶的孩子被远远地摔在路边。周大勇不顾飞机扫射，从路上扑过去把那孩子紧紧地抱在怀里，用胸脯护着孩子。他像是觉得自己宽大的脊背，可以挡住敌人的子弹。其实，那孩子早就咽了气！

离周大勇五六步远的地方，有一摊血水，血水中放着一个小书包。血水周围有一些散乱的小学课本的页子；还有些书页子挂在路边的枯草上，有些随风飘飞在空中！

田地里到处是被打坏的车子、农具、家具，还有些衣服、被子、棉花，正在吐火冒烟。路边的蒿草燃烧后，变成一堆堆黑色灰烬。

周大勇，这位在生活中经历过一切打熬的人，这位在战火中走过几万里的人，眼里闪着泪花子。他的每一根神经都在绞痛，每一个细胞都在割裂！……

飞机扫射罢，路边村子里的老乡们，带着门板，跑到大路上救护伤的，抬埋死的。他们，不悲叹也不流泪，不呐喊也不说话。山沟里充满着沉默和严肃。空气中飘飞着尘埃、烟雾和硝烟味。

前川里跑上来十来个区乡干部，都背着大枪；没日没夜地工作，把他们的眼睛都熬得通红。干部们向那拥来挤去的老乡们讲话，告诉他们朝哪里去安全。

成千上万的老人、妇女、娃娃，向东面山沟中的大道上走去——带着苦难和失去亲人的痛苦，向前走去。他们沉重的脚，蹚起了漫天尘土！

周大勇脸色变得黢黑。他眼前不断地出现着老太太们那悲苦的面容和孩子们那水灵灵的眼睛。指导员王成德从他身边闪上去，撕破嗓子喊："同志们，要记住，这就是美国走狗美国飞机美国子弹杀死的人！同志们……"

王成德就在周大勇跟前吼喊，可是他喊了些什么，周大勇半句也没听清。周大勇和战士们一样，滚沸的血在全身冲激，全部想法、情绪都拧在一件事上：立刻前去，用刺刀捅死窜进陕甘宁边区的强盗！

大路上、小路上、河槽里、山根下，都挤满了飞快前进的部队行列。战士们当中，没有一个人说话，没有一个人咳嗽，像是大家闭住了气，绷紧住嘴。

周大勇瞪起那鹰一样的眼睛，一边走，一边望着前边起伏的山岭、川道里的村庄和树林，望着延安的天空。

延安的天空浮着一团团的云彩。云彩让太阳光烧得火红。

三月十九日晌午，部队穿过延安正东八十里的甘谷驿小镇。这里有一条大路直通延安，清湛湛的延河绕镇子流过。这条河是经过延安流来的，经过党中央和毛主席住的那些窑洞下边的山脚流来的。

甘谷驿，人们该是多么熟悉它啊！

抗日战争中，千万干部从前方回到延安学习，或是从延安出发过黄河到抗日前线去，多半路过这里。先前，这个小镇子是很热闹的，现在呢，小商号的门都死死地关着，冷清清的街上，只有民兵们背着步枪、梭镖、大刀，来回巡游。

像潮水一样的部队急急地流过街道，给甘谷驿小镇添了生气。

远处有打雷一样的爆炸声。战士们在议论，有的说那是炮声，有的说那是飞机轰炸的响声。

团参谋长卫毅跟上本团直属队穿过街道的当儿，看见陈旅长站在街旁的台阶上，朝西望着。他从马上跳下来，走到旅长跟前。

陈旅长回过头，说："卫毅，延安周围的一草一木，我看起来都蛮眼熟！大概是一九四二年，对咯，就是一九四二年，我从前方回延安学习，就经过这个小镇子。"

卫毅说："我一九四一年从前方回延安学习，一九四四年从延安出发到前方去工作，来回也是从这儿过。"

陈旅长说："你在延安住过好几年，那你对延安一定很熟悉。"

卫毅说："是啊，我熟悉透啦。旅长！你记得延安北门外的中央党校吗？一九四二年，毛主席在那里给我们做过关于整风运动的报告。"

陈旅长说："记得。那时候，我正在党校一部学习。中央党校对过就是杨家岭，党中央一直住在那里。毛主席也在那里住过。党的第七次全国代表大会也在那里开的。嗬！想起这一切，都像是昨天的事情。"他朝西望去，只能看见那伸向远处的山岭和延安上空的云彩。"卫毅！陕北、延安，对中国革命真是有说不尽的功劳。十年内战，我们没有得到休息，后来到陕北才得到休息。抗日战争开始，陕北又成了我们的总后方。我们全国各地的干部，特别是负责干部，差不多都在延安学习过，差不多都吃过陕北老乡的小米啊。"

他俩谈到毛主席住的枣园村，中国人民革命军事委员会和朱总司令住的王家坪，边区政府，清凉山，宝塔山，延安城，桥儿沟，新市场，文化沟，八路军大礼堂，参议会大礼堂……他俩谈得那样热气，像是谈到自己熟悉的家乡一样；像是那里的任何东西——哪怕是一块石头，都跟他们的生命紧紧连在一起。

卫毅说："旅长！现在要不是去打仗，而是回延安去报告工作，去学习，去找熟识的同志……咳！还想这些干什么！现在，战争就是一切！"

陈旅长背着手，脸色是凝固、严峻而阴沉的，一阵很难察觉的激动掠过嘴唇。他眼珠一动也不动地望着急急前进的战士们，再也没吐一个字。

三

延安，周围是山，延河绕城流过。城东的宝塔山上有雄伟的九级宝塔，城东北的清凉山上有万佛洞和四季常青的松柏。在这些名山、宝塔的映衬下，延安城显得格外庄严、美丽。

延安，这个挨长城靠黄河的古城，像井冈山和瑞金一样万古不朽。在那狂风暴雨的年头，有许多伟大的历史事件，是跟延安的名字联系在一块的。一九三五年十月，中国共产党中央和毛主席，率领工农红军，经过二万五千里长征到达陕北。往后，党中央和毛主席就在延安城边的延河畔，住了十来年。

党中央和毛主席住在延安，延安就成了中国的心脏，成了中国革命的司令部，成了胜利的发源地。

卢沟桥上炮声响了，祖国在血跟大火中飘摇。千千万万的人，像潮水一样流向延安，寻求救国的道理。

党中央和毛主席在延安抚养了这千千万万的人，并给了他们制胜的思想武器。中国人民靠着这制胜的武器，才坚持了八年抗战打败了日本强盗。

日本强盗垮台了，美国强盗又来了。美国强盗，指挥蒋介石烧起了内战的大火。

党中央和毛主席又在延安，指导中国人民对美帝国主义的走狗蒋介石进行猛烈的斗争。

这时光是："中国人顶的一块天，北边明来南边暗。"但是，在黑暗中受苦受难的人，时常听见党中央和毛主席从延安发出雄伟坚强的声音。这声音，划破黑暗的天空，照亮了生活跟斗争的道路。

党中央和毛主席住在延安，陕甘宁边区就成了圣洁的乐园，人们过着丰衣足食的日子。往年，秋田下来，陕甘宁边区各地的劳动英雄、农民代表，就拿上瓜果菜蔬，到延安给毛主席报告丰收的喜讯。毛主席和工人、农民，常常在这山清水秀的地方，谈论生产方法跟收成的好坏。

毛主席也常常在清朗朗的延河边散步，思考中国人民的现在跟将来。

毛主席住的窑洞对面的山头上，一早一晚就漫过牛群、羊群。农民和牧人常常望着毛主席那窑洞的窗子，唱着歌颂自己伟大领袖的曲调。

毛主席在那青山绿水间的窑洞中，为中国人民解放进行了伟大的工作。毛主席在那朴素的住宅中，写出了许多指导中国革命的不朽著作。

夏秋交接的季节，是陕北最好的时日。早晨大雾罩着延安，罩着延安城周围的山川和流水，几十步远，就什么也看不清。雾气里，牲口的铃铛声怪中听地响着，报告一天劳动的开始。远处，雾气罩着的山头上，有人唱起了信天游。这朴实优美的歌声，是在歌唱共产党和毛主席的功劳，歌唱劳动的愉快，歌唱美好的生活，歌唱幸福的爱情。红艳艳的太阳光照射在宝塔山尖上的时光，雾气像幕布一样拉开了，延安城渐渐地显在太阳光里。城周围的山坡上、沟渠里，一片一片的人在听课，在讨论学习中的疑难。

肥实的山羊、绵羊，在山坡上追逐跳蹦。放羊娃，坐在长着野花的山头上，吹起了梅笛儿。满山的谷子、高粱，随风摇摆。川道里的果树林边，坐着的老年人，边捻毛线边哼小曲。有时候，谁家的姑娘，牵着一头牛或是一对对的绵羊在河边饮水。她一边摩着自己的家畜，一边呆呆地看宝塔倒在河里的影子；那塔影随着水的波纹在抖动哩。

太阳落山时光，延安是一片欢乐的歌声。青年们在延安城边唱："黄河之滨，集合着一群，中华民族优秀的子孙……"有的人，还在党中央和毛主席住的窑洞下边散步。

延河边成群的萤火虫飞窜开来的时光，延安又沉入广阔深刻的思想里了。

夜里，延安城四面的山上，一层层窑洞的窗子上，一排排的灯光闪亮。你站在延安城向四面山上望去，直觉得四面都是万丈高楼。在那万千个闪光发亮的窗子里，人们正用全部精力工作学习，思索真理。最重要的是，在这万千闪亮的窗子里，有毛主席和他的战友的一些窗子。在这样的夜晚，兴许，毛主席和他的战友正在那灯光下，思考全中国，思考全世界哩。

天上有晶亮的星星，地下有朗朗的流水声。民主圣地——延安的夜晚，该多美啊！

可是，如今——一九四七年三月十八日的夜里，空旷旷的延安城躺在寒森森的黑暗里。城南、城北，被敌人飞机轰炸倒的房子，已经烧了好几天，房屋的木料早烧光了，晚上只有点点火星在天空飘飞。街上除了准备最后撤退的治安工作人员和一群群由青年农民组成的自卫军以外，机关工作人员、学生、老百姓，撤退得连一个也不见了。没有歌声没有笑语，往日四面山上的万盏灯光也不见了，只有延河的水还照常不息地向东流去。

十八日后半夜，有很多西北野战军的队伍，从延安南川拥上来。他们是才从南线撤退下来的。一道道的手电光，划破了无边的黑暗。战士们趁着手电光，看那城墙上、石崖上写着的字：

"中国共产党万岁！"

"毛主席万岁！"

"我们要把蒋胡匪军埋葬在延安！"

"民主圣地延安是我们的，我们一定要回到延安来！"

……

战士们默默不语地行进着。他们的脚步是沉重而缓慢的，仿佛他们有意放慢脚步，在这延安城里多走一阵。部队行列中，有时传出了一些悲愤而短促的叹息声。有一个战士，身上还有火药味，头上绑着绷带，绷带上渗出了血。他边走边用手摸延安的城墙。有一个躺在担架上的伤员，要求他的战友停住脚步，放下担架，给他揭开被子，他要看一看延安。从他说话的声音听来，他像是刚刚从昏迷状态里苏醒过来。

部队穿过延安城，分成两股：一股顺延安西川流去了，一股顺延安东川流去了。

延安北门外，王家坪村边，站着许多威严的哨兵。王家坪沟口那片桃树林子跟前，有许多军事机关的人员，在等候出发命令。他们，有的人站在马匹和文件驮子旁边，有的在桃树林里来回走动，有的坐在桃树下的石桌旁边低声谈话。

桃树枝快吐绿芽了，喷出香味，带来春天的气息。一个小通信员，折下一截桃枝放在鼻子下边闻着。

王家坪半山坡一个窑洞的窗子，让灯光染成淡红色。沟口等着出发命令的人，不停地望着那个窗子。

远处传来一阵阵沉重的爆炸声和机关枪的响声。

突然，有六个骑马的人，从延安南川上来，穿过延安城出了北门，向右首一拐，催马蹚过延河。他们下了马；其中有两个人把马交给别人，穿过桃树林，向王家坪的山坡上走去。

两个骑兵通信员，拉着马在河边来回遛。两个干部模样的军人，一人点起一支烟，站在河边。他们不停地望着王家坪半山坡那闪亮的窗子。

“天快明了。天明敌人就可能到延安。可是彭副总司令还在这里！”这人转身问身后的人，“咱们旅长、政治委员去见彭总，时间该不会长吧?”

“怎么会长？这是什么时候呀！”

两个干部好一阵工夫都默默不语，像是各人都集中注意力，在看自己手指中间那红星星的烟头。其中一个人粗粗地出了一口气，像是很恼火。

“我们在延安以南和西南抗击了这几天，是够敌人呛的！”

“我们的战士是很英勇啊！南线，胡宗南向我们进攻的兵力，有十四五万。我们一共五千人，就抗击了七天，杀伤敌人五千多，又打死了四十八旅旅长何奇。不过，最关紧要的还是我们抗击部队争取了时间，掩护了党中央和延安各机关、学校、群众安全转移。就这一下，便敲碎了敌人企图突然袭击延安、打击我们党中央的阴谋。”

“我们打是打得很好，但是还要撤退……有什么办法？战争需要这样嘛……再过两三个钟头，延安就可能落到敌人手里！这无论如何是让人难受的！”这位军人用手轻轻地搅着河水，独自说，“唉！延河啊，延河……”

他们不由得眼光就转向左前方的山峁——党中央和毛主席住过的杨

家岭和枣园村。其中一个人说：

“我们中央机关和毛主席，大概撤退到延安北边什么地方了！”

“现在，我们能最后再去看看杨家岭和枣园村——”

“嗬，灯光！”

他们正前方王家坪的山根下，在桃树林的跟前，有灯光闪亮：一盏，两盏，三盏……

天地间是黑漆漆的一片。河两岸是黑乎乎的大山。远处，闷声闷气的爆炸声滚过天空，空气中还有硝烟味。沉默的延安城，像在思索着马上就要来到的灾难。可是在这样的情景下，人们看见了灯光，那样明亮的灯光。这景象，让人想起茫茫的大海里，有一艘挂着桅灯的轮船，在狂风暴雨的黑夜里乘风破浪，按照航线，向它的目的地驶驰。

灯光，从这几个军人面前二十多公尺远的地方闪过去了。他们看清了：那是一条长长的队伍行列。行列前头，有人提着几盏马灯。行列中间是驮电台、文件、行李的骡马；最后边走着的人像是战斗部队。

这一支队伍的出现，给延安城周围带来非常严肃的气氛。他们走得很慢很整齐。人们可以听见镇静的脚步声，夹着延河的流水声、兵器轻微的撞击声，战马的铁掌声。他们中间有很多人像是边走边望延安城。

站在河边的这几个军人，注视着灯光和人影，不声不吭。他们身边的战马，扬起头竖起耳朵，也像是在听什么动静。突然，这几位军人心情快活，精神焕发。他们那因我军要从延安撤退而悲愤的心情完全消失了。仿佛，他们现在不是要从这座伟大的山城撤退，而是刚收复了这庄严的圣地。

他们望着那明亮的灯光和那队伍行列经过清凉山下，向延安东川飞机场和桥儿沟那个方向，缓缓地移去。

那两个去见彭总的军人，从山坡下来向河边走来。

河边站着的两个干部，向前跑了几步，问：“旅长，你见彭总了吗？他说什么啦？”

“彭总说，党中央的指示是非常英明的：我们守延安，我们就把包袱背上咯；我们放弃延安，敌人就把包袱背上咯。他还说，不要急躁，打仗的机会多得很；敌人永远占不到我们的便宜，他们是要倒霉的，过去如此，现在如此，将来还是如此。”

“旅长，彭总也很气愤吧?”

站在旅长身后的那位旅政治委员说：“看不出来。彭总倒是给我们叮咛，要谨慎；要懂得一个一个地夺取敌人阵地，一点一滴地积蓄自己的力量的道理。彭总说，毛主席一再指示，延安是要保的，因为我们在延安住了十年，挖了窑洞，吃了小米，学了马列主义，培养了干部，领导了中国革命，全中国、全世界都知道有个延安。但是延安又不可保，因为美帝国主义支持下的蒋介石，调集了几十万军队，有飞机、坦克、大炮，我们只有两万多人，靠的是小米加步枪，这就决定了不可能一下子把几十万敌人消灭。存人失地，人地皆存；存地失人，人地皆失。这是很明白的道理。那种不顾自己力量硬要拼命蛮干的想法，是不对头的!”

那位旅长坐在一块石头上，望着黑乌乌的延安城，说：“党中央让我们主力部队在延安东北六七十里的青化砭地区集结待命；另外，又派一小股部队朝延安西北的安塞川方向节节后退，诱击敌人，迷惑敌人，以便我们主力部队相机打击他。看来，我们是给胡宗南把什么都安排好啦。我临走的时候，彭总对我说：敌人到延安扑一个大空，政治上不利，军事上更是什么也捞不到。但是敌人因为占领延安，一定非常狂妄骄傲，轻视我军。他们除了拿部分兵力固守延安和保护补给线以外，主力部队必然寻找我军进行决战。我们在延安西北地区诱击敌人的部队，就是要迎合敌人找我主力部队决战的心理，让敌人先到安塞县一带再扑一次空，挫挫敌人的锐气。”

那位旅政治委员说：“党中央指挥我们向东，指挥敌人向西，不仅是让敌人再次扑空挫敌人锐气，而且为了使敌人发生过失。我军以逸待劳，利用他的过失……”他左手在空中一抡，“往后的事，就看你们这些打手了。”他回头望望王家坪半山坡上那透露出灯光的窗子，说：“彭总马上就要离开延安。”

远处的炮弹爆炸声越来越近，空气在波动着。天快明啦，夜，更深也更黑啦。

通信员们把几匹马拉来。那位旅长扳住马鞍子，说：“同志们，走啊！敌人右兵团的先头部队，已经进到延安以南的七里铺咯！”

干部们和通信员们翻身上马。

那位旅长勒住马，四下里看。他看毛主席住过的枣园村，看党中央住过的杨家岭，看朱总司令住过的王家坪，看庄严的延安城。黑乌乌的，他什么也看不清，可是还要多看一看。多会儿再回来呢？他声音沙哑地说：“刚才从这里过去一支部队吗？对。那就是我们毛主席带领的中央机关！”

那两位干部连忙问：“什么？旅长！什么？我们党中央才离开延安？不会吧！”

“我们毛主席才离开延安？旅长……为什么？”

那位旅长喉咙里涌起激愤和沉痛。他说：“同志们……不要再问！我说不上来……走！”他双腿猛磕马肚子，马跑开了。其他五匹马也跟上跑开了。他们，顺着毛主席和中央机关人员刚才走过的那条路，向东驰去。疾奔的马蹄声，给延安城的黑夜，更添了一层紧张的战争气氛。

那六匹马跑去两个钟头以后，敌人的炮弹，就在延安城冲起黑烟柱。延安升腾起大火。这灾难的火光映红了半边天！

四

我军刚从山西赶来的这个纵队，在甘谷驿镇以西的山沟里，集结待命。

三月十九日断黑，团部的骑兵通信员王少新，从前沟跑上来。他经过第一营驻地的时候，几个认识他的战士拦住问：“少新，干什么去？”

王少新勒住马，说：“到旅政治部拿报纸去！”

战士们问：“有什么消息？”

“听说敌人进了……延安……还有什么来……反正我说不上来！”

战士们脸色唰地变了，都拥到王少新跟前，问：“你这倒霉的家伙，延安到底怎么样？”

王少新又急又气，说：“真是逼住哑巴要说话。我又不是司令员，哪里会知道很多事！”

他猛扯马缰绳，双腿猛磕马肚子，马像疯了一样，顺沟飞去了。狂奔的马蹄磕碰冰冻的土地，就像磕碰着战士们的心。这偏僻的山沟，弥漫着沉重的悲痛气息！

“延安……放弃了？……”这使人震惊的消息风一样快地传遍各连队。战士们都在焦灼地议论。有的战士说，这些风言风语不足凭信，我们党中央和毛主席住的延安，就能松松活活让敌人占了？有的说，我们是来保卫延安的，八字没见一撇，延安就能放弃？不会，一万个不会。眨眼工夫，这个消息又传得走了样。有的战士说，敌人确实打到了延安城边，但是还没进城。有的说，有一股敌人冲进延安，又被我军反击出去了。有的说，放弃延安的消息是特务造的谣，那个特务让纵队保卫部捆起来了。……

尽管战士们按自己的想法，把这个消息做了各种各样的修改，尽管战士们坚决不相信延安会放弃，可是大伙的心上都坠上了一块大石头。第一连炊事班做的晚饭，剩了大半锅！

夜里，刮起了大风。大风吹熄了星星月亮，扯起满天黑云彩。远处传来的爆炸声，有时候很清晰，有时候又很模糊。

第一连举行军人大会。战士们在河边一个小场子里，方方正正地坐了一片。往天开会前，大伙亲亲密密挤在一块，低声地开玩笑，亲切地骂着。有的战士，还趁开会前的空子，顺便念几段自己编的“快板”、“练子嘴”。各排互相拉着唱歌子。有时候，大伙还欢迎某一个战士出来，唱一段小调呀，地方戏呀！常常在这样的场合，大伙会听到全国各地的曲调跟民歌，可够热闹红火。现在呢，大伙都紧张严肃地坐着，每一个人的心里都沉甸甸的。实在太闷气，文化教员走出队列，指挥大家唱歌子。战士们放开嗓子唱：

中国的高山峻岭一心要抬头，

中国的长江大河一心要奔流，
中华民族一心要独立，
中国人民一心要自由，
我们一心跟着毛泽东奋斗。
昨天我们打垮了日寇，
今天我们要消灭那美国的走狗。
胜利胜利再胜利，
奋斗奋斗再奋斗！

战士们把这个歌子唱一遍又一遍，直到值星排长宣布开会，才煞住歌声。

第一营教导员张培站在队列旁边。周大勇靠一棵树干站着，低着头，一只手叉在皮带上，一只手捂在前额上。

周大勇说："教导员！我们指导员到团政治处去开会，过一会儿才能回来，不等他了，你先讲吧！"

"你讲吧，我不一定讲。"

周大勇这个小伙子是性情爽快的人，着实说，他不晓得犯愁是什么味道。他平时开言动语嗓门总是洪亮的，可是目下讲话开头说了声："同志们……"喉咙里就憋了一团东西。他看不见战士们，听不见风吼声，也不知道自己要讲什么。停了一两分钟，直到教导员提醒他，他才从牙缝里挤出了这几个字："我军退出延安……"

战士们像听到什么命令一样，哗地一齐站起来。

五六分钟的时光，讲话、听话的人，都不作声。大伙都轻轻地短促地呼吸着，像是只要有一个人开口，或有人咳嗽一声，就有什么好大的东西要猛烈爆炸。

一阵阵的大风，沉重地滚转过山头、沟渠呜呜地吼叫着。风沙漫天，天昏地暗。

猛然，一个战士打破让人耐不住的闷气，问："我们党中央和毛主席住的延安……可真的……说呀，连长！"

会场鸦雀无声，战士们呼哧呼哧地出气，心脏空咚空咚地跳动像擂鼓一样响。他们都两眼发黑，脑子里轰轰作响，脚下的土地像春天的雪在融化着。

周大勇也像木头人一样站在那里，脑子里乱成一片。他觉得，好像有谁用铁锤敲着他热腾腾的心。滚热的眼泪，忽撒撒地落下来！

有人低声哭了！眨眼工夫，全场人都恸哭起来。有的战士还跺脚，抽噎着哭。眼泪滴在手上、胸脯上、冰冷的枪托上！

张培看周大勇讲不下去，他走到战士们面前。他要说话，可是好一阵也说不出话。他寻思：人民解放战争打了八个多月，难道我们放弃的地方少吗？有许多战士亲眼看见自己的家乡放弃了，可是谁淌过一滴泪呢？自己参加人民军队十年开外，也没见过战士们这样哭过！……今天上午旅长把我们退出延安的意义讲得多详尽啊！是的，党中央和毛主席把一切早都规划好咯。我们主动撤出延安，诱敌深入。这样，一方面便于我们集中兵力在运动中各个歼灭敌人；一方面使西北战场成为一个战略钳制区，拖住敌人几十万机动兵力。……从全国跟西北战场的情况来看，这些办法都蛮好。是的，我军退出延安是为了保卫延安；退出延安是为了打到西安，打到南京。是的，这一股妖风是猛烈的，但是它刮不了好久。

张培一清二楚地知道我军退出延安的目的和意义，可是这一刻他和战士们一样，眼里滚着泪花子。他声音颤抖地说："同志们，坐下！同志们，我们确实退出延安了……今天是三月十九号，我们永远会记住……"

战士马长胜站起来，喊："报告！……延安是我们的……我们党中央和毛主席在延安住了……延安……党中央……毛主席……"他用拳头猛烈地捶打自己的胸膛，像是胸膛里有什么东西要爆炸似的。

张培抑制着自己涌动的感情，强忍住眼泪，说："同志们，党中央安全地撤离延安。同志们放心，旅首长传达说：毛主席还继续在陕北指挥全国人民解放战争，并亲自指挥我们；毛主席和我们在一起……"

二班长马全有猛地站起来，喊："报告！教导员，我说一句话。

我……我们共产党员，革命军人，没日没夜从山西赶来，赶来……赶来保卫党中央，保卫毛主席，保……保卫延安……如今……我们算什么共产党员呢？算什么革命战士？”

一个战士喊：“教导员！为了我们毛主席……下命令呀！去拼，去跟敌人拼呀！”

战士们雷一样的声音爆炸开来：

“拼呀！拼呀！”

“我们豁出来咯！拼呀！”

“拼……拼……拼……”

“为党中央……我们……去收复延安……去……去……”

“为毛主席……”

“去呀！……去呀……”

“党中央……毛主席……毛主席……延安……”

“我……我就是战斗到死……我也要……要让我们党中央回到延安。我，我要是在战斗中牺牲了，你们收复了延安，替我写一封信给毛主席，就说一个共产党员牺牲了……他呀，他没有保卫住延安……永远难过……”这是轻机枪射手李江国的喊声。

哭声变成喊声，喊声变成一片宣誓声。大风越刮越大，宣誓声也越来越高。

张培说：“同志们，不要难过，不要流泪，听我说。同志们！我们爱党中央和毛主席，我们就应该……”

战士们一哇声地喊：“保卫党中央……保卫毛主席……”

喊声像滚雷一样响。山头上、沟渠中滚转的大风，把这吼声带到远方去了。

张培说：“同志们！没有必要，我们是不死守一城一地的……只要我们把敌人的有生力量消灭了，延安能收回来，西安也会解放。美国走狗蒋介石匪徒侵占延安，这不是他们的胜利，而是他们更快地走向死亡……同志们！不要伤心，不要落泪，而要磨快刺刀，磨快刺刀……”

他的话音没落点，二班长马全有举起枪，说：“教导员！我们发誓，……我们发誓，我们战到最后一个人也要收复延安！”

战士们纷纷举起枪，呼喊着……

开会中，一班长王老虎背靠土坎抱着枪，不声不吭。散会了，他还是一动也不动地蹲在那里。马全有拉了他一把，说：“老虎！走吧。”王老虎慢腾腾地站起来，还是半个字不吐。马全有还想问老虎几句话，但是他知道，王老虎是什么也不会说的。因为，王老虎是最能把仇恨深深地埋在心底里的人。

五

第二天晚间，团参谋长卫毅和一营教导员张培，在各连队巡转。他们从二连驻的一排窑洞走出来，下了山坡，顺山沟的小溪流朝前走去。

乍地，一个人从身后赶上来，喊：“报告！”

张培回头看，天黑得分不清眉眼。但是，张培从那敦实的身影上，认出了这人是第一连老炊事员孙全厚。

张培问：“老孙，你有什么事？”

“教导员，”老孙咽了一口唾沫，“教导员，你说，我只能拿菜刀？我嘛，能当战斗员。指导员跟同志们都说我年纪大了，五十七岁就算……教导员……我……我好赖也是个党员……我就是八十岁……目下，大伙都下决心保卫党中央和毛主席，我要到班里去。只要我亲手杀死几个敌人，就不枉党和毛主席教育了我一场，我死也甘心！”

张培一时不知道该说什么好。他背着手，右脚轻轻地在地上磨蹭着。

卫毅走到老孙跟前，说：“老孙，你有一片忠心。这哪，党是知道的。但是做饭也是不能少的工作！”

老孙难受地低下头，说：“我心里……”

张培拉住他的手，说：“老孙，你的想法很对。人要活得有出息，就应该站在斗争的最前头。这站在最前头的人，有的拿着机关枪，有的拿着锅铲子。懂我说的意思吗？好，你回去休息吧！”

老孙说："对。教导员……我……"他犹疑了一阵，磨磨蹭蹭转过身，走开了。

卫毅和张培肩并肩在山沟中的小路上走着，不声不吭。他俩带着一种感动的心情寻思老孙刚才的请求。老孙的话音，在他们耳边响着；老孙的形样，老是出现在他们眼前。

他俩向吐出灯光的窑门口走去，那里传出了激烈的讲话声。他俩走到窑洞门口，看见周大勇站在窑洞外的墙边，像在思量什么。

张培问："周大勇，你们开什么会？"

"支部大会。"

张培伸头冲窑里看，只见指导员王成德正发言。他扭头问："你为什么站在外头？"

周大勇没有吭声。他知道我军确实退出延安好几天了，可是他总觉得这个消息是不真实的。有时候，他脑子里茫茫糊糊的，像是正在若睡若醒的时候，做什么噩梦一样。

张培说："同志，战争是要长期打下去的，我们还要忍受很多艰难苦处哩！"

周大勇声音有点颤动地说："教导员，道理我统统明白，可这一口气下不去……要是敌人把我们打败了……那就认输吧……可是，不是这么回事呀！延安，那是我们党中央和毛主席住的地方……"

卫毅问："周大勇，依你说，怎么办呢？我们豁出来硬拼？目前西北战场上，敌人动员了几十万兵力，我们只有两万几千人。敌人是美械装备，我们呢？拿步枪来说，有日本鬼子的'三八式'，有阎锡山的'太原造'。每个战士只有几发子弹。一句话：目前我们还只能靠步枪、刺刀、炸药、手榴弹和现代化装备的敌人拼命；而且我们用的这些武器，还靠从敌人手里夺取哩。依我说，你还是耐心做工作，反复给战士们解释：只要我们能不断地消灭敌人有生力量，那往后的事情就好办啦！周大勇，你们要抓紧时间做工作，我们马上就要打仗！"

周大勇一听说马上要打仗，精神一振，忙说："当真？"

"当真，明天下午就行动。"

六

西北野战军的主力部队，隐蔽在青化砭东西两面大山背后的深沟里。

干部们成天都去青化砭左右的山头上看地形，有少数部队在山头上做工事。

团长赵劲率领三十多个干部，一会儿从这个山头爬到那个山头，用望远镜四处观察；一会儿把地图铺在地上，干部们围成一个圈，商量着怎样部署，怎样出击。

卫毅讲了些什么话以后，大家都连连点头说："这真是一个伏击的好地方。"

一营长刘元兴接住卫毅的话尾，说："可不是？这就是青化砭。你们看，这简直是打上灯笼也找不着的好地形！敌人只要钻进来，我们一把就能全部捞住它。妙！妙！"

青化砭在延安东北六七十里的地方。咸榆公路从延安向东伸去五十多里到了姚店子村，再由姚店子村折转向北伸入这青化砭的小山沟里。这一条沟是东西两条山夹着一条小河，公路和小河平行。

赵劲率领干部们爬过了几个山头。他又把作战地图铺在地下，低头沉思。干部们围在赵劲周围，弯下身子，盯着地图。

赵劲捡起一根小树枝，指着地图，讲着预定的兵力部署的情况："同志们，我们的部队摆在这周围的山上。敌人进了伏击圈——青化砭地区，北面堵击敌人的部队打响以后，兄弟部队从两面夹击。我们这个团的任务是：堵住敌人的屁股，斩断敌人退路，保证我主力部队全歼敌人的三十一旅。"他的眼光扫过干部们的脸，又说："整个阵势就是这样。"

干部们看着周围的山头，有的人想着赵团长说的话；有的掏出日记本用笔写着什么；有的在低声议论：

"这一条口袋哪，蛮好！敌人要钻进来就准'报销'了他。"

"可是敌人准往里钻吗?"

刘元兴说:"谁又不是算卦的,不过敌人可能来就是咯!"

赵劲说:"不是可能,而是一定来!"他又把敌情介绍了一番:胡宗南匪徒占领延安以后,八面威风,瞎冲冒撞,大喊大叫,要找我主力"决战"。敌人把延安西北安塞川我们诱击的小股部队,当成我军的主力部队。于是,昨天敌人五万多人,向安塞县进攻,去"扑灭"我军主力。同时,敌人又派出三十一旅等部为右翼,向青化砭地区搜索前进,这支部队当日进到延安东川四十里的拐茆村一带,离我军预备伏击的这个青化砭只有二三十里。

赵劲讲到末了,说:"同志们,这样,我们让敌人服从了我们的指挥。现在我们的中心任务就是:把上级的意图变成战士的决心,把战士们的决心变成胜利。"

看外表,赵劲是个长期过惯严格的军队生活的人。不管什么时候,他的皮带绑腿都扎得很整齐;身子挺得直铮铮的。他负过十次伤,失血多,瘦棱棱的脸有些黄。

猛然,赵劲指着东面的山坡,说:"看!七〇一[①]来咯。"干部们顺着他的手看去,只见陈旅长带着五六个干部从山坡走上来。

旅长头上冒着汗气,大概他跑了很多山头。他以军人惯有的敏捷,拿起望远镜向周围看。他看见青化砭西面山头上,兄弟部队的干部三三两两的也在看地形。看了一阵,他把望远镜的皮带挂在脖子上,让镜子吊在胸前,对身旁的通信员们严厉地喊:"要注意隐蔽,你们都拥到这里干什么?"

陈旅长背着手,望着赵劲和干部们,说:"这头一炮一定要打响,一定要把敌人的威风压下去。"他把镜子交给警卫员,拍了拍身上的土,又问:"赵劲!地形摸得怎么样?"

赵团长端铮铮地站在旅长身边,思量了一下,说:"初步摸了一下。另外,拉了些部队上来开始做工事了。"

---

① "七〇一"是陈旅长的代号。

陈旅长问了问团的火力阵地和兵力部署的准备情形，又对身边一个干部说：“你们团的任务搞清了么？好，你来复诵。”

那个干部说：“敌人进了伏击圈，前面打响，我们就不顾一切地斩断敌人的后路，捆住‘口袋’口。”他指着左前方补充了一句：“堵住敌人进来的那个沟口。”

陈旅长望着左前方，足有四五分钟。又问旁边一个干部：“你们最好的出击道路在哪里？”

“跳过正前方这个山峁，一直就戳下去啦！”

陈旅长想了一阵，问：“你亲自去看过的吗？”

“这好复杂呀，一眼就看透了。”

“这样简单？我要亲自去看看，”陈旅长瞅了赵劲一眼，“战斗中有些事情看来很简单。但是，最简单的事情也常常是最复杂最困难的事情。”

赵团长眼睛一眨也不眨，看着正前方。他觉得旅长末了的一句话有些责备他的意味。

陈旅长和干部们上了另外一个山峁。他研究了团的迫击炮阵地和重机枪掩体，还站在重机枪掩体中试着瞄准。他问：“赵劲，看来，这里你还没有检查过？”

“是的。”

陈旅长转身，问那些站在他身旁的干部：“你们这些火器的任务是什么？”

一个干部回答：“报告！我们的任务是封锁敌人进来的沟口。”

陈旅长说：“可是站在这机枪掩体中，就根本看不见沟口啊！你们团里一共有几挺重机枪？多少子弹？”

“全团共有四挺；每挺枪，平均三百五十发子弹。”

陈旅长说：“瞎扯！四挺中还有一挺马克沁不能用吧？”

“对！”

陈旅长又问一个重机枪射手：“每挺重机枪平均有三百五十发子弹，战斗打响了，你哗哗几下子就把它送出去了。子弹打完了又怎么办呢?”

那个战士立正站着不吱声。

陈旅长说:“子弹打完蒋介石还会送来的。你是这样想么?不过,照你们现在这样摆机关枪,蒋介石就不会给你送来子弹。”他看看干部们,大家都很窘。他又指着机关枪,说:“这就不是来打仗的,这是来凑热闹的。子弹总比人的两腿快哟,你如果不首先用火力斩断敌人的退路,那你就捆不住‘口袋’口。我们有的同志爱说,‘三发炮弹一摔,机枪一叫,战士们冲上去一排子手榴弹就解决问题。’试试看,你停留在这水平上,就会碰得头破血流。战争,战争是不同你讲客气的,同志!”停了停,他又盯着赵劲,说:“我认为好简单是会害死人的!你也应该这样想。”说罢,他不等赵劲回答,就向前走去。

卫毅亲自率领战士们修正重机枪掩体。

陈旅长在阵地上走着。他边走边跟战士们打招呼,还跟那些走近他的战士握手。他喊:“同志们,头一炮可要打响啊!”他洪亮愉快的声音传遍了战壕。

战士们纷纷呐喊:“七〇一,头一炮保险打响!”

他检查工事;向战士们询问连队上的各种情形:战斗准备工作,大伙的情绪,夜里睡觉冷不冷,伙食好坏,有没有烟草。

陈旅长走到一个掩体边,看见周大勇跟李江国正研究什么。他说:“李江国,战士们情绪怎么样?”

李江国刺棱地直起腰,望着旅长的眼睛,说:“战士们一个个都嗷嗷叫!”

陈旅长大笑起来。他把李江国从头到脚打量了一番,说:“你这个调皮的家伙,光劲头足就行?”他指着他的头说:“还要把脑筋这部机器开动起来!”又把那喜爱的眼光从李江国脸上移到周大勇脸上,问:“年轻的老革命!李江国是个又威武又聪明的战士,对么?”

周大勇望着旅长的脸,说:“对。”

李江国憋住满肚子高兴,样子显得很庄严。

陈旅长脸色突然变得严厉了,说:“周大勇同志!告诉你们连队的每一个干部，这一仗只能打好，不准打坏！”

陈旅长走后，李江国跳下掩体，说：“连长，咱们旅长总叫你‘年轻的老革命’。这外号实在给叫开了。”

周大勇说：“他叫‘年轻的老革命’倒好点，一叫‘周大勇同志’，那十回有九回是剋我。嘿，我算摸透咯！”

七

战士们通夜都在青化砭周围的山头上紧张地挖工事，构筑火力阵地。那些把工事做好了的连队，便在阵地上演习，修正工事。夜里，你从这个山头到那个山头，处处能听到铁锹挖土声、紧张的脚步声、短促的命令声。不准高声说话，更不准抽烟；但是总有人在山头背后，解开衣服把头蒙住，悄悄抽烟。老战士都体验过：一天两天不吃饭是难受，可是不抽烟喉咙痒痒得格外难熬。

战士们通宵做工事，天麻麻亮，便把工事和大炮伪装起来。白天，只留少数人监视敌人，多半的人都隐蔽在青化砭东西的大山后头。

第二天拂晓，部队进入阵地，据说敌人先头部队正向伏击地点前进。战士们趴在工事中，把子弹推上膛，把手榴弹的保险盖都打开，一个个摆在工事边。他们的眼睛一眨也不眨地盯着山沟口。一点钟，两点钟，……到了后半晌还不见敌人的踪影。每一个指战员的心都提到喉咙门上了，眼睛也望得酸痛。啊，出马第一仗是不是能打准，真是关系太大了。

太阳趁人不注意像夜里的流星一样，嗖地落在西边山线上。

阵地上那些战斗经验蛮多的老战士，像李江国、马全有、马长胜都急得直跺脚搓大腿。

王老虎口里噙着小旱烟锅，蹲在工事里，不声不吭。看来，他黏黏糊糊的，像是天塌下来也休想让他着急似的。他眯着眼，瞅着自己的嘴边的小烟锅。像是他那五寸长的小烟锅有说不清的妙处，他正在集中注意力研究它。

战士宁金山心神不安地问王老虎："一班长！你说，这里离延安才几十里路，咱们好多万人趴在这里，敌人就不知道？"

王老虎眼睛不离自己的小烟锅，慢腾腾地说："哼，忙什么哩？心急吃不成熟饭。你要懂得，咱们耳灵眼亮，敌人呢，是聋子瞎子。"

宁金山怯生生地说："班长！兄弟参加咱们解放军还不上一个月，可是提起打仗倒不外行……"他看王老虎稳晏晏地磕着小烟锅，就想不透：为啥王老虎他们就相信敌人一定来？照他的想法，这一仗不准能打上。国民党的队伍打仗，也精得很，他还能睁大眼睛朝刀刃上踏？再说，国民党的队伍都是美国人出主意指挥，带很多美国大炮，厉害得多呢！宁金山抬头看看天空敌人的侦察机，他不光对这次战斗没有心劲，就是他跟上人民解放军一直打下去，会打出什么名堂，心里也很嘀咕。

马全有不知为了什么事情，一下子就给冒火啦。他瞪着虎彪彪的眼，左脸腮上的一条寸把长的伤疤也变红了，喊："你穷叨咕什么？我拔掉你的舌头！"

宁金山一看马全有那两只眼角下吊的眼，以为马全有冲他发火。他心里像十五只吊桶打水，七上八下的。

猛地，马全有旁边一个战士气鼓鼓地说："怎么的，你倒把好心当成驴肝肺！好，咱们支部会上见。"

宁金山知道马全有跟那个战士争论啥事情，跟自己无干。他松了一口气，心里熨帖了。

这当儿，太阳快落山了。红彩霞把连绵起伏的山头，染得红艳艳的。成千上万的乌鸦飞过天空。战士们嘁嘁喳喳地说，乌鸦是世界上最败兴的东西！

来上钩的敌人，还是无影无踪！

第三天夜间四点钟，部队又往青化砭的山头上爬。山坡上，左一路右一路的队伍，插来插去。除了战士们的脚步声和刺刀磕碰手榴弹的响声外，一切都静悄悄的。

部队四点半进入阵地。赵劲在电话中和旅指挥所联络罢，坐在一个小土洞里抽烟。

团参谋长卫毅顺塄坎走过来。他老是兴头挺足的，像是他有使不尽的精力，用不完的心劲。他弯下腰钻进团指挥所的掩蔽部，一条腿跪在地下，立刻就给各营打电话，要他们检查战斗准备工作。他放下电话耳机，说："团长，杨主任说他到一营去了。"说罢，他叫来一参谋跟电话排长，吩咐了些事情，又对赵劲说："团长，我到弹药所去检查一下，十分钟就回来。"

赵劲没吱声，心想：让他去吧，卫毅这样的人是不会让自己有一分钟闲空的。赵劲走出掩蔽部，顺塄坎向北走去。有的战士在挖防空洞，有的用树枝伪装工事，有的低声谈话，有的背靠塄坎拉鼾声。猛然，赵劲看见远处有手电闪光，他骂："这不是成心给敌人通消息？倒霉的家伙！"就朝那闪光的地方走去。

战士们蹲在潮得湿漉漉的工事中，从半夜趴到拂晓，从拂晓趴到太阳露头。

"今天，就看今天了！"战士们都这样担心地想。他们那缺乏睡眠的脸上，罩上一层焦虑的气色。指挥员们，有的长久地望着树影，树影像是根本就不动；有的盯着手腕上的表，时针、分针就像睡着了。时间，在人们无限焦虑中，仿佛就压根儿不行进似的。

"嗒嗒嗒嗒……轰！轰！"猛然，青化砭通向延安东川的沟口那边，传来枪声跟手榴弹爆炸声。战士们全都抬起头，伸长耳朵，浑身的汗毛孔都张开了。大伙惊疑地互相瞧着，谁也不说话，可是各人心里都在猜测：糟糕！大概敌人跟我们的侦察员们干起来了，大概敌人发觉了我们埋伏的部队。嗨，敌人就在青化砭沟口，胜利看起来很近；可是呢，胜利像是还在千里之外似的！

太阳打东边山线上升起了一竿子高。延安东边的大川道里，死沉沉的不见人的踪影。风不吹树不摇，天地间的空气，像是凝结起来永不流动了。远处的天空，影影糊糊的有几架敌人飞机在绕圈子，大约是侦察什么哩。

延安东川离青化砭南沟口不远的地方，有个小村子。村子里的老乡们都跑光了。

这工夫，从小沟岔走出来一位叫李振德的老人，手里提着像短棍子一样的旱烟锅，朝村里走去。他六十来岁，身材高大,肩膀挺宽,方脸上的颧骨很高,长长的眉毛快要盖住那深眼窝了,花白的胡子随风飘动。

前四五天，每天麻麻亮，村子里的人就上山躲敌人，上灯时光才回来。李振德不信敌人能占延安。家里人白天上山躲藏，他总不去。过去的经验，他翻过来掉过去思量了好多遍：敌人进攻了几回边区，哪一回可打进来过？三月十九日那天，人家传言送语：敌人当真占了延安。他说："延安是好占的地方？那是咱们毛主席住了多年的地方啊！"村长给他讲了我军退出延安的情形，他还说："土地革命那一阵，你还吃饭不知饥饱哩！年轻人，没经过阵势。你呀，净听那些逃难的人瞎说乱道！"话是这么说，究其实呢？李振德从听到敌人占了延安的消息，就成天价坐在村边崖畔上，望着大川里的道路。往日，那条路上车马来往，行人不断，直到后半夜，还能听到驮炭骆驼的铃铛声。如今呢，那一溜一行逃难人用双脚蹚起的雾蒙蒙的灰尘，遮住了人民政权带来的一切繁荣景象。他整夜前后思量合不拢眼。一锅烟的工夫，他就成十次心问口口问心："我们土地革命那阵儿可有几根烂枪呀！如今，我们气势多大啊！白军敢来？它能招架得住？"他再瞧瞧自己多年来血一点汗一滴置买的盆盆罐罐、锅灶农具，这么，他对目下的时势，就尽从好的方面去看、去想。

昨晚间，他的大儿子李玉山托人捎来口信，要他跟家里人一道上山躲敌人。李振德心动啦："玉山说要躲，可就要躲。他呀，很精明，谋虑事情总没差错。"他对他的大儿子有一种特别的信任。李玉山在上川当区长，去年冬天因为工作努力得了奖。那时节，李振德捋着胡子向人夸："我家几辈子人，就数玉山有出息。从我往上数三辈，都是黑肚子，'李'字好歹认不来。玉山嘛，还能扛起竹竿[①]胡画札。土地革命

① "竹竿"是指毛笔而说。

那阵儿，玉山跟上我们赤卫军拾子弹壳哩。如今，这后生倒当了模范区长啦!”

今天临明，李振德打算跟上家里人上山躲敌人。他正要起身，自己部队上的一个侦察员跑来，请他做向导。还说有点要紧事情，千万请他老人家劳累一趟，不要推辞。李振德一听，躁了：“请我带路？革命倒像是给旁人革哩！你听着，我老汉多会儿都是把公事放在私事前头的!”

侦察员笑着说：“对，对！算你老人家对革命有认识。走吧!”

李振德临出门的时光，他的老伴说，家里人去北山躲敌人。可是他返转来，在北山没找见人影。想必是敌人没来，家里老老小小也没出来。他这样推想，毫没道理。但是他那热窑暖炕，吸住他的想法，腿不由人就向家里移。

他走到离延安东川姚店子村还有三四里路的地方，头发一根根地直立起来。我军撤走了，敌人还没来，像那战争中常见的真空地带一样：这里空荡荡的，看不见烟筒冒烟，听不见鸡叫狗咬，没有活气！他走在这地区，心里发毛，仿佛这里每一秒钟都可能发生天崩地塌的祸事。他对自己的胆怯劲生气：“太平日月把人娇惯坏啦!”

他走了二三里路，进了自己的村子。村当中的崖壁上新刷上了斗大的字：“共产党万岁!”“不做亡国奴，不做蒋介石的奴隶！全边区的男女老少，武装起来，消灭敌人!”“坚壁清野，饿死敌人，困死敌人!”村子里打扫得很干净，四处都光溜溜的，连一根柴草棒也没有了。他想，就让那千刀万剐的贼来把窑洞背走吧！他正朝自个儿的家门走，听见飞机怪叫着从头皮上擦过去，接着就是轰轰的爆炸声。姚店子村起火了，黑烟冒起了！姚店子村正西五十里就是延安城。他望着延安的上空，那里灰蒙蒙的。但是，他觉着延安这一阵儿也是火光冲天。他自言自语地说：“这是什么日月……唉……毛主席……毛主席，你该不会遇到什么凶险吧!”他昏花的老眼中，流下了泪。

如今，几十年的生活，都从他脑子里闪过：旧社会熬长工……十一年当中只吃过二斤白面……还有那一件穿了二十一年的破棉袄……那时节，他常对自己的老婆说："唉！咱们是两个肩膀抬着一张嘴的穷汉。多会儿，咱们有了一块地，那就死了也埋不到河滩里啦！"以后陕北"红"了，他家分下了土地、牛、羊。他起早搭黑地死熬苦受，慢慢的日子过得有了眉目。自己这边区，也一年强似一年……没有饥饿讨饭的人，东西丢到路上没人拾……他心里念叨："如今，唉！这好日月要完结了吗？旧社会又要来折腾人？世道又要翻个过儿？河水就能倒过来流？"

他正心慌意乱地寻思着过去和目下的事，正在看那空寂、凄凉、叫人无法安身的家园，猛地，他的小孙子拴牛跑回来。小拴牛呀，跑得过急，上气不接下气，圆胖胖的小脸涨得红通通的。他说："爷爷！你教我好找呀！快，快到后山上去。这一阵还敢在村子里蹲！"

李老汉摇头。他觉得眼花、腿软，十分疲劳。

拴牛拉着老汉的手，说："爷爷，你听不见？前川里枪打得啪、啪的！快到后山上去，后山上有咱们的队伍。"

李老汉眼里闪闪发光，说："唵，咱们队伍不是朝东走啦？北山上当真有咱们的大队人马？"

"就是嘛！人马可多啦！"

李老汉说："那就有救啦。拴牛，你妈这个人真固执！我给她赌咒发愿地说，叫她不要打发你胡窜乱跑。她呀，把我的话当耳边风！"

李老汉边走边说："我是眼看要咽气的人啦！死，也死不到自己的炕上了！这是什么凶神恶煞来作践人？"他不停地回头望着自己的窑洞，望着那窑洞上边每年挂苞谷棒子和辣子椒的地方。啊，那窑洞看见过受苦人的伤心泪，也听见过庄稼汉的欢笑声。啊，那祖祖辈辈住过的窑洞，目下是这样叫人见爱，难割难舍！

李老汉和拴牛还没离开村子就听见枪声："叭——咕——叭——咕——叭叭……"

跟着枪声来的就是喊声，马的嘶叫声，分不清有多少人马。这个像死了一样的山庄子，翻腾起来了。树上宿着的各种鸟儿，也被惊吓得在天空乱飞。

敌人搜索部队进了村。

跑是跑不脱啦！李老汉拉上小孙子拴牛，赶快跑回自己的窑洞，用石头死顶住门。他尽力不让自己的目光和拴牛的目光相遇，何必让孩子从自己的目光中看出什么是危险跟灾难，什么是生离和死别！

小拴牛从门缝一瞅，吱哇一声，像火烧了一样喊："爷爷，坏啦！你看，提着枪，捉的鸡，准是白军。爷爷，跑不出去，咋办?"他的心嘟嘟地跳。他从前没有见过白军，他想不来这些鬼会带来什么祸事！只觉得害怕，恨不得藏在老鼠洞里去。

李老汉眼睛瞪起，怪怕人的。他说："瞅什么哩，窝到灶火角里去!"

"爷爷……"

李老汉用手威胁拴牛，不让他吭声。外面又"啪"地打了一枪。拴牛浑身打战："爷爷！跑不出去，咋办?"

"'咋办，咋办'，你悄悄的！事到如今，就打了盆说盆，打了罐说罐，跑不了就按跑不了的办！拴牛，北山上有咱们的大队人马哩，这帮鬼糟蹋不长。拴牛，遇见白军，可千万不能说后山上有咱们的队伍。记牢，拴牛，千万不能给敌人说实话。你说了实话，我把你眼珠子挖出来!"李老汉觉得一切难逃的灾祸已经压到头上的时候，反倒心里平静了。他凛然地坐到炕边，把一根拐棍放在两腿中间，支着下巴，胡子颤动着。

拴牛两颗吃惊的黑眼珠骨碌碌地转。他越来越怕，可是还想不开那些可怕的事情，到底怎样可怕。"爷爷……"他紧紧地抱住爷爷的腿。像任何小孩子一样，他觉得有他的爹娘或是爷爷保护他，就有天大的祸事，他也不应该害怕。

爷孙俩正说话间，咔嚓一声，门给踢开了，进来六七个横眉竖眼的敌人。这帮敌人有的高，有的矮，有的黑粗，有的精瘦，个个都满脸灰土，戴着葫芦瓢似的棉帽子，穿着挺新的黄布军衣。有的端着"中正式"步枪，有的端着美式冲锋枪，看起来，又凶又横。

"出去！有话要问！不走？老子要开枪了!"敌人臭骂、吼叫；枪托碰着门板，枪栓拉得哗啦哗啦响，刺刀在李老汉眼睫毛下边乱晃。李老汉觉得眼前一团黑，天昏地暗。他用手扶住墙，站着。有几个敌人窜到窑后边，锅架打翻了，破猪食盆子的底儿朝天了，破酸菜瓮给打破了，瓮里的水像黑血一样流出来。

李振德咬紧牙关。他知道，这帮恶煞，不折磨死你，就不会饶你。可是，眼前，耻辱比死亡更可怕。他恨自己年迈力衰，要是十几年以前，早就撂倒几个敌人啦，至少也一命换一命。他轻蔑地盯着敌人，仿佛在说："你们把眼睁开，这里的人，这里的人是跟上共产党，用菜刀砍出了个陕甘宁边区的人。"

敌人搜索连的排长，揪住李老汉的衣服领子，前拉后推地吼喊："老百姓都钻到哪里去了？"

李老汉不停地喘气，头颤动地说："啊……啊……你问老百姓么？……跑贼去了！"

敌人排长问："妈的，跑什么贼？"

李老汉长一口短一口地呼吸。他用那昏花冰冷的眼，瞅那些腰里缠着包袱的强盗，说："不晓得！"

敌人排长贼眉溜眼地到处看了一阵，脸上的气色缓和了一点，问："这村子周围有没有土匪？"

李老汉说："什么土匪？我们边区这十年来，不要说土匪，你就把金子丢到大路上，也没有人拾！"

那个敌人龇牙咧嘴地骂："你装什么糊涂？老子问你哪里有共军，有八路军？"

李老汉一只手背着，一只手扶住墙，说："啊，八路军么？兵行鬼道嘛，咱们老百姓说不来！"

话没落点，一群强盗就吓唬、臭骂，枪托拳头落到老汉头上、身上。……

拴牛拉着李老汉，尖喉咙哑嗓子地哭喊："爷爷！……"

李老汉扶住墙想爬起来，但是两条腿软酥酥的不由自主。他爬起来又倒下去，头昏眼花，天也转地也动。他咬住牙，又强打精神站起来，扶住孩子的肩膀，说："拴牛，死，也要站起死。拴牛，扶我一把……爷爷是黄土拥到脖子上的人了，旧社会新社会都经过了。拴牛！爷爷活够了！"他颤巍巍地站着。绷着嘴，嘴边一条条的褶纹，像弓弦一样紧；胡子颤动。他那很深的眼窝里射出的两股光是凶猛的，尖利的，冰冷的。站在他面前的几个敌人，在他的眼光威逼下，都不自觉地向后退了半步。

那个敌人排长吼叫："来！把这个老家伙捆起来！"

一霎时，李老汉被五花大绑捆起来。拴牛紧紧地抱住爷爷的腿。李老汉感觉到拴牛抱着他的腿，这感觉使他心酸！

敌人搜索连连长来了。这家伙，脑袋不大，下巴挺尖；一身黄卡其布衣服，脚穿黄色的长筒皮靴。他把他的排长问了一下，就贼眉溜眼地把拴牛拉到一边问话。

李老汉吐着口里的血，瞪起眼，长长的眉毛和睫毛在颤动，厉声高喊："拴牛！"

一个匪徒上去打了李老汉一巴掌，说："你打什么电话！"

李老汉鼻子口里血直淌，他喘着气，抬起头，直挺挺地站着。如今，只有如今，他感觉到自己并没有衰老。

那个敌人连长，把拴牛拉到一边，假迷三道地说："我们是八路军，国军打到延安我们掉了队。八路军在哪里？你说。我给你钱，给你糖，快说！"

拴牛说："你不是八路军。八路军我常见哩，不打人，不骂人，也不捉鸡，可和气哩！"

敌人连长两手插在裤兜里，两腿叉开，把拴牛端详了一阵。又把那美国式的帽子推在脑后，点了根纸烟叼在嘴角，问："小崽子，你认错了，我们不是八路军是什么军？"

"白军！"

一个敌人问："啥子叫白军啊？"

拴牛怯生生地说："顽固军。"

那个匪军连长脸一翻，上去一脚把拴牛踢翻在地，用膝盖压住拴牛的胸膛，又打又骂。

拴牛又哭又喊："爷爷！爷爷！我……我……"

李老汉被一种强大的感情控制了，他呐喊："拴牛，你什么也不知道。他要问什么，爷爷都知道。"

几个匪徒一听，龇牙咧嘴地跑到李老汉跟前，说："贱骨头！你早说何必受这份洋罪。说吧！"

敌人解开李老汉身上的绳子。李老汉跌跌撞撞地走过去护着孩子，心一酸，泪水涌满了眼眶，他连忙把脸捂在孩子的背上，让眼泪往心里流。他思量：说什么哩？说我们的队伍就在后面山上？这千万使不得。不说吧！拴牛人小，万一说出了实话……霎时，万千事情闪过眼前。他想起了十多年以前，自己跟上刘志丹同志闹革命，打土豪、分田地……他想起了这多时村里人都说的话："活是边区人，死是边区鬼！"心里又筹思：我们的队伍就在山上哩！他们不会跟你们这帮恶煞善罢甘休的！一想到这里，他觉得心劲又大了：说不定自己的队伍会呼呼呼地扑来，搭救他爷孙两辈人。

敌人排长掏出一把票子，说："老头子，不能亏你。你说哪里有八路军，指一下就行了。"

"指一下就行了？你要我把良心卖给你？畜生们，你们算找错人了！"李老汉心里盘算。

拴牛望着北面的山头，一个匪徒顺着孩子的眼光急问："这边山上有吧？"

李老汉心里暗暗吃了一惊，但是他还是稳晏晏的，脸色凝然不动，说："老总！他们前两天是在这边山上哩，昨天夜间跳过延河到南边山上去了。只有七个人，大约是游击队，成不了啥气势！"

敌人搜索连长喊："马云山！带这个老头子到对面山上搜索。注意！根本找不到向导，不能让老头子跑掉。"

李老汉面色蜡黄，形容枯瘦，但是目光炯炯，非常庄严、自尊。他一颠一跛地走着，望那前面移来的几株枣树，枣树干枯而刚劲的枝杈，撑在天空，无畏地迎着冷风。拴牛死死地拉住李老汉的后袄襟。他眼珠子发痴，像是吓得迷糊啦！

李老汉朝前走一步，心就抽一下，像是他一步一步走近了绝地。可是，他心里还在重复："伤天害理的畜生！你们从我口里半个字也掏不出！"

匪徒们不停地向山上打枪，战战兢兢贼头贼脑地互相丢眼色。他们觉得，这些山沟都像很大的嘴巴一样，随时都可能把他们生吞下去。一个匪军吹胡子瞪眼地吼喊："走！快走，快走！"其他匪军像助威一样，跟着乱喊、咒骂。

敌人兴师动众地押着李振德和他的孙子，从村子里走出来。这件事惊动了我军侦察员。

侦察员们蹲在青化砭沟口的山坡上监视敌人的行动，盯着川道里平展展的土地、片片的绿麦苗、闪闪发光的延河。他们跟前放个很小的电话机，埋在土里的电话线向北伸去。

侦察员们浑身插上蒿草，远看起来，活像一堆堆天然生长的蒿草。小麻雀也落在那蒿草上，喳喳叫。

延安东川里，三五十个一伙的敌人搜索部队，顺着树林、河槽搜索前进。有一伙敌人，趴在延河边的一棵树下，用望远镜朝我军侦察员们蹲的山坡望了好久，还"啪"地放了一枪。子弹从侦察员们头上飞过去。

侦察排长喊："别动！敌人在冒诈哩。"

一个侦察员说："我不动。我只想用手摸摸敌人打来的子弹，试试它的体温。"

"住口！"排长生气了。突然，他倒抽了一口冷气，轻声地说："看！"

侦察员们揉揉眼，盯住敌人押着的老乡跟小孩。

"怪呀！敌人怎么能捉住那老乡呢？啊，兴许，那老乡就是今天拂晓给我们带路的那位老汉。"这侦察员用手敲着自己的脑壳，说，"他姓什么来？哦，对，对。他姓李。"

"去你的吧！那姓李的老大伯能落到敌人手里？他是个老革命，作战经验比我们也不少。”

“注意！”

“注意！”

侦察员们紧张地转述排长的命令。因为敌人押着老乡和小孩，向侦察员们蹲的这座山根下走来。侦察员们浑身紧缩着，仿佛他们想钻地入土。

“我真想开枪！”

“排长！糟啦！转移吧！”

“不准说话！注意保险机，不要走了火！”排长圆瞪着眼，紧咬嘴唇，盯着老乡和敌人。他的脸通红，额头上的汗珠泼剌剌地滴在地上。他跟战士们撤退是很容易的，可是身后不远的地方，就是自己的伏击部队呀。他想：“不要紧，敌人押着的那个老乡，像这里一百五十万老乡一样，不会出卖胜利，而会至死不屈。”

可是，敌人押着的老乡跟小孩，还是一直向侦察员们蹲的这座山根下走着。侦察排长把帽子向脑后一推，头上直冒热气。他声音急迫地命令：

“从左至右，一个随一个转移！”

左边第一个战士，倒退在一个塄坎下，接着第二个战士往后退。……

“停止！”排长的音调，因为高兴而有点颤抖。

原来，那位老汉和小孩领着那帮敌人，走在侦察员们蹲的这座山下时，突然向南一拐，涉过延河朝南山坡爬去了。

蹲在北山坡的我军侦察员们，用望远镜观看。老乡和敌人的身影一会儿让山头遮了，一会儿又出现在更高的山头上。猛乍，那位老乡站定了，用胳膊护着孩子，回头看敌人。那帮敌人向后一退，又向前逼近几步。那老乡手抡了一下，弯下腰抱定孩子，向前纵了几步，跳下了绝崖深沟！……

几十个匪徒像是猛地发愣了。直到他们醒悟过来的时候，才乱打了一阵枪，朝崖下扔了几颗手榴弹，灰溜溜地返回来，下了山。

我军侦察员们紧握着枪，眼睛一眨也不眨地盯住远方的山头。侦察排长原是坐在地上观察的。突然，他手里的镜子掉了。他胸脯一挺跪了起来，紧紧地抓住一个侦察员的胳膊，低声重复："老乡……老乡……"

就在这天吃早饭的时光，敌人三十一旅得到他们搜索部队的报告："前边无敌踪。"这样，他们便大摇大摆地顺公路向青化砭大沟中推进。

八

第一连在最前面的山堡上。营长刘元兴不停地从营指挥所打来电话，要第一连注意观察。

指导员王成德给趴在山梁背后的战士们叮咛：要把鞋子绑紧。连长周大勇把驳壳枪插在腰里的皮带上。他弯下腰，顺塄坎来回跑，告诉战士们："手榴弹准备好！注意，不要把枪口堵上土；要沉住气，没有命令不准打枪！"

严肃紧张的空气，在阵地上流动。阵地上静得像几百年没人去过的古庙一样。

战士们有的贴住耳朵谈什么；有的蹲在塄坎下，轮流抽那最宝贵的烟头；有的紧缩着身子，抱着枪，轻轻地呼吸着。

"赶快敲打起来吧！我心里实在痒痒得不行。"

"这阵我心里七上八下的不安生，只有稀里哗啦地干起来，我这心跳劲才能收煞！"

"听，听！手榴弹铮铮响，它要发表意见啦！"

突然有三架战斗机划过天空。敌人的飞机在青化砭地区绕了几个圈子，顺着山沟俯冲下来，扫射了一阵，向远方飞去。

战士们都眼睛一眨也不眨地盯着敌人的飞机，一直到看不见。

"注意，敌人！"这命令声很低，可是有的人听到了，有的人感觉到了。战士们因为太兴奋、紧张，心冲到喉咙门快要蹦出口。天气挺冷，可是大伙头上直冒汗。

最前面负责观察的少数战士格外着急、兴奋，全身火辣辣的。看！上午十点钟的时光，一片黄煞煞的敌人从南朝北拥进了沟：前面是尖兵，后边是大队人马，顺公路大摇大摆地推进。山炮、迫击炮、重机枪，都在牲口上驮着。当官的骑在马上，一摇一晃地舞动马鞭子，好安逸呀，简直像游山玩水哩！骑在马上的军官，有的还往两边山上瞭望，贼头贼脑的；有的双手撑在腰里，像思谋什么；有的腰杆挺得笔直，望着前方，看起来蛮威武。一溜一行的士兵，背着笨重的行囊，扛着步枪、弓起腰低垂着头走，像是累得慌。有的士兵把步枪当扁担，挑着行李。有的士兵扛着轻机枪，连枪衣也没脱。有一个士兵，枪梢一晃把当官的马惊了。那当官的掉转马头，用鞭子朝那当兵的头上猛抽。……

周大勇带着几个战士，在山沿上一个隐蔽的地方观察。他那钢板似的胸脯贴在掩体的胸墙上，用两个铁一样的拳头支住下巴，紧盯着沟里的敌人。这就是胡宗南匪徒！就是这一伙土匪占领了我们党中央和毛主席住的延安！周大勇牙咬得吱吱响，脸色通红，鼻孔扇动，眉头拧成一条绳。

敌人残暴可恨，敌人安然自在的样子更可恨！

“用刺刀挑，才解恨！”马全有的声音。

“用手榴弹，把这狗操的捣成肉饼！”马长胜搭话了。

“糟糕！”李江国沉不住气了。

“留神！”王老虎命令。

宁金山怯生生的声音有点发抖：“班……班长……”

周大勇刺棱地缩下身子，说：“不准吱声！”

原来敌人派出的侧翼搜索部队，顺着两翼的山头搜索着前进。有百十来个敌人端着冲锋枪，向“英雄部”阵地上走来了。敌人边走边射击，还叽里哇啦地叫喊：“出来！出来！不要装蒜，我们知道你们人不多。”

周大勇看得分明：有些战士沉不住气，就要开枪。但是，在这节骨眼上，只要有人打一枪，敌人的乌龟头往回一缩，日夜期待的胜利就忽地飞去了，一切心血都白费了！

可憎的敌人还是向战士们接近。……

王老虎看起来满不在意。他低下头绑鞋带子，那双手呀，可紧张得打战。

马全有急得直流汗，他一边绑鞋带一边低声提议："连长，敲打起来吧!"

周大勇猛摆手，低声喊："胡说。彭总有命令，前面部队打响，我们才能打。我们是堵屁股的呀!"

马长胜不停地咽唾沫。他说："连长，不打枪，上去用刺刀解决他。"

周大勇很凶地瞪了他一眼，说："你不打枪敌人打嘛，一打枪就把锅砸咯!"

李江国两手在大腿上搓着，好像浑身起了风湿疙瘩，痒得撑不定："祖宗呀！活受洋罪，心要炸了！活受洋罪，心要炸了!"

王老虎不眨眼地盯着敌人，说："沉住气!"

一秒钟啊顶一年!

周大勇使劲地抓住自己胸前衣服，脸红通通的，黄豆大的汗珠顺脸泼刺刺地淌下来。

怎么办呢？敌人搜索部队离我们部队伪装的重机枪阵地，只有三百公尺……二百五十公尺……战场上所有的人都闭住气，盯着这一股敌人！这当儿，真希望像战士们摆龙门阵时说的一样，能够有什么"罩眼法"遮住敌人的眼睛。但是，不管你怎么样想，敌人还是向前走。再过半分钟不开枪就不行了。……猛然，敌人这股侧翼搜索部队，进到离重机枪阵地一百八十公尺的地方，乱打了一阵枪，又折转向我伏击部队右前方走去，而且敌人跳过一个山头，顺山梁直向北走去了。

战士们都长出了一口气，阵地上有轻轻的笑声。但是因为人们太惊奇、太高兴，心跳得更凶了。这时候，只有这时候，战士们才觉着脊背上的汗水，湿透了棉衣。

战士们高兴得你挤我，我戳你，多乐和多熨帖啊！暖融融的阳光，照着神秘的战场和愉快的脸膛，照着粗壮而严肃的大炮和精干而调皮的机关枪。

王老虎那稍长的脸，因为兴奋，涨得通红。他提议："我说，——嘿，我的棉衣像冰凌一样贴在身上！——我说，给这些敌人记一功。"

李江国说："你们说国民党腐败不好，我看，也还不能完全那么说！"

马全有忽地转过身子问："你放这一炮什么意思？"

李江国说："这还用问？你看，那一群家伙，不是马马虎虎地帮助了中国革命？这不是国民党腐败的功劳吗？"

一阵不出声的笑。

王老虎擦着头上的汗，拉长声调说："照我看，杜鲁门把他的全部家当拿出来，也把蒋介石打扮不成人样子！"

马长胜一动也不动地望着自己的胸脯，说："癞狗扶不上墙呗！"

接着，战士们就争论，有没有"运气"这玩意儿。有的战士说有，并举出他在战争中遇到的"怪事"，证明他的看法。可是大多数战士说，相信"运气"，就是"迷信脑瓜"。

猛地，连长周大勇低声喊："同志们，注意！"

战士们一个个都伸长脖子瞪起眼看，敌人差不多全部进到大沟里了。他们凝神屏气，好像盯着一个转眼就要剧烈爆炸的什么东西。阵地上罩着让人呼吸困难的闷气。这种闷气掩盖着焦灼、渴望、紧张！

大约，又过了十来分钟，前边一二十里的地方机枪"嗒嗒嗒"响了。

随着这枪声，憋在人心里的那股气，一下子给爆发了；那看来寂静和空虚的阵地，也一下子给翻腾了：青化砭上空，枪榴弹爆炸了，冒起一团团的黑烟。枪声、炮声一齐吼叫起来。我军各种火力，压在敌人头上。敌人混乱了。

青化砭的川道里，烟雾腾腾。……

"冲呀！"

"同志们！冲呀！"

战士们像猛然暴涨的山洪一样，向山沟中冲下来了。

青化砭左右山头上的冲锋号，激昂地吹起来。一个小司号员站在一个最高的山顶上，扬起头鼓起全身气力吹号，那号上的红绸子还随风飘动。

赵劲他们团的任务是堵住敌人的屁股，所以战士们直向敌人进来的沟口飞跑，不管三七二十一，前面就是胜利，是沟也跳，是崖也跳。

跑得最快，伸得最突出的是第一连。连长周大勇率领两个排跑在队伍的最前边。指导员王成德率领一个排在连长右侧奋勇前进。这时王指导员身边有人高喊："堵住敌人屁股就是胜利！"战士们回头一看，原来是团参谋长卫毅。他满脸淌汗，在指挥第一连右翼的一支部队。第一连左翼，营长刘元兴率领本营二、三连在飞跑。他只穿一件衬衫，两只袖子捋到肘子以上，边跑边凶狠狠地咒骂什么。

山坡上，尘土漫天。枪声炮声喊声像狂风在吼，摇得山脉直晃荡。

赵劲在一块高地上指挥着团的火力。连发的机关枪，像长剑一样斩断敌人的退路。各种炮弹，不是丢在敌群中，倒是丢在敌人刚才进来的山口上；炮弹爆炸以后掀起的尘土烟雾，像一座山一样，堵住了敌人的退路。那座山一样的尘土烟雾，不断地增长着，一直伸得挨住了天，嘿呀，鸟儿也飞不过去。

看起来这山沟不宽，可是去斩断敌人退路的战士们一口气跑到指定地点，就是七八里路。

青化砭上下二十多里的川道里，拥满了敌人。敌人像潮水一样，哗地涌流到东边山根下，碰到迎头爆发的火力，哗地涌流到西山根下，又是劈头盖脑浇下来的手榴弹。敌人在沟里就是这样涌来流去。炮弹在敌群中爆炸，受惊的骡马，踏着人腾空而起。……有些敌人军官摇着指挥旗，冒着我军炮火在奔跑指挥。有的敌人趴在河槽里顽强地射击着。有的敌人恶狠狠地挺起刺刀，迎击我军的战士。……

战场上，是一片"缴枪不杀"的喊声，是刺刀枪托的猛烈格斗声。

这时，团长赵劲带一个营，配合兄弟部队从山上扑下来，冲入敌群了。他们步步遇到敌人的抵抗；有些地方，敌人一个班被打得剩下一个人，但是那一个人还在拼死抵抗，仿佛不到万不得已绝不放下武器。

赵劲率领战士们顺沟向北攻，看见兄弟部队捉住了一个军官。这个军官就是敌人三十一旅旅长。敌人少将旅长两手垂下，木头人似的站在公路上。他，脸抽动，流冷汗，干瞪眼，瞎咕哝：“就这样完了？就这样完了？……”看样子，他像是很不服气，也像是不相信他目前的处境。过了一阵，他咚地往地下一蹲，双手抱住头，气愤若狂地嘟囔：“想不到，太快！想不到，太快！连展开兵力的时间都没有。就全军……就全军……想不到！万万想不到……”

沟渠、河槽、山岔里，有些零散的敌人，还在拼命抵抗。枪声稀稀拉拉；手榴弹轰隆隆，东一下西一下地爆炸。天空敌人的飞机绕来绕去，不投弹，也不扫射。因为它闹不清青化砭发生了什么事情。

赵劲让战士们把他们捉到的三百多个俘虏集合起来。俘虏们有的丢了帽子，有的丢了鞋，有的棉衣被酸枣刺挂得稀烂。那些混在俘虏群里的敌人军官，有的疯狂地撕扯自己的头发，用那充血的眼睛瞧着我军战士；有的把帽子压在眼眉上，偷偷丢掉他身上那些可以表明他军官身份的东西。

我军战士们有的拼命地把子弹带往身上背；有的捡起敌人崭新的美国造冲锋枪，怪稀罕地说：“伙计！你从美国到这里也挺辛苦，跟我去为人民服务！”

陈旅长大笑着走来了，战士们立刻围住他。他高兴地喊：“干脆，利索！两个钟头消灭四千，一个也没漏掉。呵呵，这才叫一网打尽。”

战士们欢跳欢蹦，你说你捉的俘虏多，他说他缴的枪也不少；有的人还骑在刚缴来的大炮上。担架队员用担架抬着缴获来的枪械、子弹。

部队奉命马上转移。战士们带着俘虏、背上新枪、扛上子弹，边走边唱：

蒋介石，运输大队长，
派人送来美国枪。
……

没多久，敌人增援部队上来的时候，青化砭山沟里，除了敌人尸体和遍地丢下的美国式大帽子以外，什么也没有了。

人民解放军像一股风一样，无影无踪，去向不明。

青化砭胜利的消息，像闪电一样快地传遍陕甘宁边区。人们扳住指头一算，这次胜利，恰在我军退出延安的第六天。

第二章　蟠龙镇

一

战士李江国和宁金山，在山头上的几株柳树下边站哨。春天爬上了柳梢。阵阵暖洋洋的风，带来杏花的香味。有两只兔子机警地从他俩脚边蹿过去，啃嫩绿的小草。

宁金山扛着枪，有气无力，像没睡够的样子。他朝四下里看，山头一个挤着一个，一直挤到天边。他心里乱糟糟地嘀咕："穷山恶水啊！可是还得在这里打仗。白日黑夜，走路，走路，走路，这么折腾下去……"

李江国肩宽，高大，真是比宁金山高一头宽一膀。他也朝四下里瞭望。他觉得这起伏的黄土山头，真像一片大洪水的波涛。这波涛把窜在陕北的敌人都吞没了。他咧开嘴笑："这些个山头看来真够味。它够敌人爬啊！"

宁金山脚跟一靠说："是！"

刚下过雨，空气清新。李江国鼻眼扇动，猛吸了几口气。他觉得自己身体强壮，心情愉快；周围的山川，沟渠里的流水，随风摆的庄稼苗，看来都是亲切可爱的。他持着枪，挺着胸，扬起富于表情的方脸，瞭望远方。过了一会儿，又像在演戏台上指挥很多人唱歌一样，左手打拍子，脑壳摇动，压住洪亮的嗓门，低声唱道：

红旗呼啦啦飘，
喜鹊喳喳叫。
青化砭，
羊马河，
两仗打得好。
把敌人两个旅消灭掉，
胜利的消息人人都欢笑。

宁金山瞧着李江国，他不由得羡慕起李江国那股旺盛的精力跟乐和的心情了。可他也吃不透：这多时，泥里滚水里爬，李江国的衣服烂得披一片吊一片了，鞋子开了眼睛，脚指头向外张望，他为啥还那样乐和？宁金山的眼光跟李江国的眼光碰头了，他觉得李江国看破了自己的心思。

宁金山不自在地笑了："你呀，你总是高高兴兴的！"

李江国说："嘿！你说话老是干巴巴的没有油水。我高兴，咱们连队谁又不高兴呢？你扳指头算算嘛：敌人在延安东北的青化砭丢了一个旅以后，赶紧把扑在延安西北安塞县的主力队伍拉回延安。敌人火啦，又要在延安东北面找我们部队决战哩。敌人十来万人，顺咸榆公路，绕了个大圈子，武装游行了十几天，走了四百多里，又扑了空——没有找到我们主力在哪里。末了，他们灰溜溜地回到延安附近。后来，敌人驻瓦窑堡的一三五旅，朝蟠龙镇地区开进，去跟他们主力会合。咱们又在羊马河喊里喀喳，把一三五旅全收拾了。羊马河这一仗，离青化砭那一仗才十八九天，离延安撤退才二十来天。多棒呀！宁金山，这么下去，敌人很快就要缴出伙食账的！"他思谋着，又说："不瞎说，老战士最会捉摸上级的心思。……金山，照我看，咱们又快打仗了！"

宁金山的心扑通一跳，问："当真？"

李江国说："看你那副神气！我的话不灵验？你好大的忘性。羊马河战斗还没敲打起来的时光，我对你说：宁金山，不要穷嘀咕，敌人准会上我们的圈套。你那阵没吭声，可是我晓得你在心里骂我：嘿，李江国吹牛！事情到底咋样呢？还不是六个钟头又消灭他四五千名吗？金山，过去的事不提叙，不过你得好好相信咱们打仗的一套办法。要不，你就会走上邪道的！”

宁金山脚一靠，说：“是！”

李江国怪腻歪地说：“去你的蛋！一开口就‘是，是，是’。对同志嘛，心里咋想口里就咋说。口和心不一致的人，准臭！”

李江国又唱起歌子来了。宁金山分明觉得：李江国那乐和的情绪，像电流一样传到他心里了。宁金山凭多年的当兵经验，看出了：国民党队伍瞎扑乱闯的蠢劲，是够瞧的。他思量：“人民解放战争，是一定会胜利的。再说，我也是四尺五的汉子，人家熬得我熬不得？”他觉得又有心劲了。可是，猛然像有一只大手又扼住他的脖子，捂住他的眼，心又紧缩了。李江国唱：“青化砭、羊马河，两仗打得好，把敌人两个旅消灭掉……”他唱得那样高兴，那样不费力。不错，他宁金山就是在青化砭、羊马河战斗打罢，才相信人民解放军打仗的能巧。可是他也是在这几次战斗打罢，心里越发的着慌、烦躁、害怕。“对啦，这多时，敌人是消灭了不少，可是哪一次战斗不是刚打扫罢战场，又奉命转移呢！天老爷！运动战，运动战，差点把我腿把子运动断！”这一个多月的战斗生活中，让宁金山最忘不了的是：没日没夜地跟敌人在山头上打转转。敌人在这个山头上，我军在那个山头上。有多少回我军黑夜中行军，和敌人搅在一起，就用手榴弹、刺刀、枪托拼起来；饥一顿饱一顿，翻山过岭，打仗，摸黑夜，急行军，淋雨，疲劳，热，冷，血，汗，火……

宁金山愿意走李江国他们走的那条路，但是像有什么东西拖住他的腿，他不能向前再进一步。尽管，这一步看来并不算远。

换了哨，李江国跟宁金山朝半山坡他们连队驻的庄子走去。

李江国指着一个挑担子的人说：“瞧，那是谁？”不等宁金山回答，他有根有梢地又说：“我敢打赌，一定是马长胜。你猜，我为啥老远就能认出他？他的脖子负过伤，有点歪。”他把那陈辈老百年的事统统拉起来了：马长胜是在什么地方脖子上负伤的，当时的情况怎样，他表现得怎样勇敢……

“是，是，是。”宁金山有口无心地点头应承。实在说，李江国的每一句话都让他心躁，“说的话比水还淡，真不知趣！”

李江国根本没有注意宁金山的心情，还是照自己的意思一直把话说完：“马长胜，自小就在煤窑上挖煤，一个工人成分的人呀！你看，他个子不高，脊背能擀面，脸面红喷喷的，长得多虎势！他那两条胳膊呀，比椽还粗，拳头有蒜钵子大。说起力气，大得出奇，谁也敌不过他。过去跟日本鬼子拼刺刀，数他能行。”

宁金山应付着说：“看得出，他脾气执拗点，对人心地可实落。”

李江国说：“对，对。不要看他说起话来，嘴头了一噘，能把你推出三丈远，像是跟谁有什么过不去。实在呢，他倒是个好同志。不说虚，我打心里喜欢他。”

说话间，他俩走到马长胜身边了。马长胜满头淌汗，他大约给老乡挑过几十担粪了。

李江国说：“马长胜同志，我来慰劳你，你实在太辛苦！”

马长胜说：“劳动又不是看戏！”

李江国给宁金山丢了一个眼色，说：“瞧瞧，我的祖宗！这不是活像谁欠了他二斗租子？”

第一连战士们住在几孔老乡过去放草的破窑洞里。部队说不定马上就要出发，可是战士们照他们的老习惯：把破窑洞打扫得很干净；子弹带、手榴弹袋、挂包都整整齐齐地挂在墙上；四棱四整的背包一个靠一个，一字排地摆在地上。

有的战士看书，有的写信，有的谈说战斗中的种种事情。王老虎噙着的小烟锅，早就熄了。他坐在窑洞角落里，似笑非笑，像是他知道世间许多秘密而有趣的事情。他不声不吭，可是他用思量的神情，认真地听同志们说话。他这神气，让人觉得，他是最能理解别人心情的，可是半句吹牛的话也瞒哄不过他。看来，他毫不显眼，可是他有一种高尚的品质，很有力地吸引人，不论谁看见他，就不由自主地跟他亲近了。

靠窑门口，有四五个战士围住马全有。马全有在地上画了一个大圈子，声音激烈地讲："敌人现在打进来了，想退走是不由他了。敌人呀，越陷越深越倒霉！"

李江国一脚踏进窑门，大声喊："报告！马全有同志，你声音低些，小心把窑洞震垮了！"

宁金山进了窑洞，连子弹带都没解，就躺在草上。王老虎当是他身体不美气，连忙过去照护他。他摸摸宁金山的头，揣揣他的手，亲切耐心地问长问短，活像一位老母亲。

"我拿我的脑袋打赌，马全有立刻就要把蒋介石的锅砸碎了。"李江国把枪跟子弹带挂在木钉上，一阵旋风似的挤到马全有跟前。

马全有没有理睬李江国，继续放大嗓门讲："敌人到处找我们主力决战哩。真是活亏人！他们全军轻装，士兵背上干粮，十来万人分成几路，每一路摆成横直三四十里的方阵，只走山路，不走平路，天天行军，夜夜露营，每天磨蹭二三十里路。他们像瞎子一样，到处乱碰，到处扑空，到处挨揍，还闹不清我们主力在哪里。我们呢，不出手就不说，一出手就捞他一把。打了这几仗，我也看透了：胡宗南满脑袋糨糊。依我说，敌人要找我主力决战，我们就和他决吧！不打赢他才有鬼！"听他说话的口气，像是他立刻就要去把敌人生吞活剥。

"决战？"王老虎慢悠悠地在鞋帮上磕烟袋锅，"小伙子！敌人打仗缺几手，可要全部搞垮他，还得出好几身汗！"

大伙也不同意马全有的看法：

"彭总说啦，打了胜仗就更要谨慎小心，马全有呢，倒要和敌人去决战！"

"他脑袋发热啦！我们为什么来一套运动战，他都不懂！"

"怪不得他呀！他没有战略头脑呀！"李江国像做结论似的说。

马全有凶啦，立眉瞪眼，左脸腮的伤疤也红了，喊道："去，去！照你们这磨蹭劲，延安八辈子也收复不了！气死人了！"

李江国两手摊开，说："咱们跟马全有讨论问题，就得准备反冲锋。这么的，我给你们服务一趟。我多会儿都是吃苦在前，再疲劳也不说二话。"他捡起两片石皮，把衣袖捋起，干咳嗽了几声，清清嗓子，跳过来，蹦过去，敲打着，表演着，唱道：

大饭桶胡宗南，
进攻陕北占延安。
同志们一听心里烦，
端起刺刀就要干。
指挥员说：
沉住气稳稳干，
叫我上山看一看。
指挥员上了山，
眼里看心盘算，
想在心里笑在脸。
指挥员发了言：
大饭桶呀胡宗南，
拉住他的鼻子叫他转；
拉他过上几架山，
拉他转上几个弯，
三转五不转，
胡宗南昏昏悠悠连东西南北也找不见。
这时候指挥员下命令：
同志们要勇敢，
一声号令齐向前。
打破他的锅，
砸碎他的碗，
让胡宗南吃不成这反动饭。

同志们都鼓掌，喊："再来一个！再来一个！"

这有什么难？张口就来。李江国手指一动，左手里的两片石皮又拨刺刺刺地怪中听地响起来。他拉长声音一字一板地唱：

彭副总司令撒开满天网，
咱们转移到山头上；
敌人钻进网里来，
又捉俘虏又缴枪。

李江国唱完，有人把卷好的烟递到他手里，有人把一碗开水放到他跟前。李江国抿了一口水，品了品水的味道，点起烟，罗锅着腰坐在背包上，拧起眉头，拉长脸，显得很愁苦。他正要开口，王老虎搭话了：“且慢！李江国再说，就说下坡啦!”

同志们哄地笑了。

李江国说：“老虎算摸清我的底啦！不扯淡咱们就谈点正经事。眼看，五黄六月就来了，我们得抓紧时间趁天凉再打一仗。再说，我们也得问问敌人，给我们把单衣准备好了没有?”说罢，就把破棉衣上的棉花套子一块一块往下撕。

马全有刺棱地冲起一站，上身向前抢着，说：“对。给上级建议，马上出动打仗!”

李江国仿佛大吃一惊，一把拦住马全有，说：“慢来，慢来！你一把把蒋介石五脏挖出来，杜鲁门会哭死。这责任我担当不起!”

在这一帮人中，大伙对王老虎心服口服。大伙争论起事情来，张说张有理，王说王有理，脸红脖子粗，半天下不了台。可是只要王老虎出面慢声慢气地说上一句半句的，满天云彩就散了。

王老虎说：“江国，你不要把鼓点子敲乱了。我看，咱们还是写请战书吧!”他慢慢地掏出个本本，缓缓地扯下一张纸，把铅笔在舌尖上蘸了几下，眯缝着眼，笑眯眯地说：“来！签——名。”他说话声音很低，像是三天没吃饭。

战士们争着写名字。年轻的战士们故意推挤着人；有的还趴在别人背上。大伙围住王老虎，像是捕捉什么眨眼就会飞掉的东西似的。

大伙儿闹腾得正欢，窑洞门外送来响亮的声音：“也有我一份!”

战士们抬头一看，原来是连长周大勇。大伙儿忽地起来，立正站着，胸脯起伏，脸膛红通通的，眼里兴奋地闪亮。

周大勇站在窑门口，双手撑住门框，喜眉笑眼地说："同志们，想打仗？要得。马上就有大仗打！"

接着，就是一阵热烈的掌声。

周大勇跟战士们谈罢马上要打仗的消息，就和指导员王成德到了团司令部。团部营以上干部正开会。这里没有一个连级干部，团长找周大勇他们来干什么，让人摸不透。

团长赵劲向开会的干部们打了个招呼，就把周大勇跟王成德领到隔壁的窑洞中。

赵劲身子挺得笔直，两个大拇指头挂在腰里的皮带上。他今天显得格外精干、有力。他望着窑洞的墙壁，说："我们把蒋介石这最后一支战略预备队——胡宗南的几十万兵力拖在陕北，这是敌人最头痛的事。懂吗？"

周大勇立正站着，直望着赵劲，说："懂。"

赵劲说："是咯，懂得这一点，你就不会光看到你们连队，而会看到全国。现在蒋介石在其他各战场，碰得鼻青眼肿，他想从陕北战场，把胡宗南的兵力抽出一部分，送到华北去。但是胡宗南在陕北也下不了台。我们把他的队伍拖来拖去，搞得他精疲力竭。就在敌人这要命的关头，陈赓兵团[①]突然间发动攻势，解放了晋西南大部分地区。现在陈赓兵团的战士们，差不多可以隔黄河望到胡宗南的老窝——西安。敌人后方吃紧了，因此，胡宗南把全部本钱拿出来，下了最大的决心，'结束陕北战争'。我们哩，也给敌人打了点主意。可是我们实现这主意之前，先要派一支部队，打一次有趣而重要的战斗。"他来回走动，用生硬而怀疑的口气说："周大勇同志！我们团想派你去执行这任务，可不知道你行不行啊！"

"嗨，我跟他打仗好多年，他像是不了解我似的。"周大勇心里怪

---

① 陈赓兵团，即陈赓将军率领的部队。

窝火。“团长！行，行。有任务就交给我，要完不成，受什么处分都成。”他想用手势表明自己的决心，可是在赵团长面前，他的手说什么也不能抬起来指东画西。

赵劲盯着周大勇，冷淡而不信任地说：“不，你不行。我问你——不要皱眉头呀——你会打胜仗，可是你会打败仗吗？会打非常狼狈的败仗吗？”

“去打败仗？团长今天是怎么啦？”周大勇蒙头转向，瞧瞧团长。团长是不开玩笑的，看，他瘦岩岩的脸，还是又严肃又自尊的。周大勇思量：“想必是我听错了！”他怯生生地问：“团长！要我去打败仗？这样任务我可没有……为什么？为什么要——”

赵劲说：“为什么？要你这样做，你就这样做。”他喊参谋，要他拿一份作战地图来。

赵劲把地图铺在地上，说：“周大勇！敌人急于寻找我军主力决战。彭总就按敌人的胃口下菜。这就是说，彭总要我们纵队每个团抽出一两个连，临时组成一个团，这个团，要把这里——蟠龙镇地区的敌人主力部队向北引四百里，引到绥德、米脂县一带；而且还一定要给敌人造成这样一种错觉：我们撑不住了，要过黄河。”

周大勇又高兴又疑难。高兴的是，这次任务真有趣；疑难的是，背上敌人主力部队北上，可是敌人愿意上圈套吗？

赵劲看破了周大勇的心思。他说：“你要学会摸敌人的脾气嘛！这多时，敌人找不见我们的主力部队，急得眼都红了。你们背敌人北上的部队，故意暴露一下子，敌人准会跟踪追击。当然，这次任务完成得好不好，还看你们心眼多不多。打比方，你们是边打边退的。那么，打的时候要像打的样子，退的时候也要像退的样子。要不，敌人就怀疑我们有鬼。你们最好沿途有计划地丢弃一些烂鞋、烂衣服、破枪、子弹带……如果捉到俘虏，也睁着眼让他们跑掉，让他们回去报告你们的行踪跟狼狈的样子。周大勇！我们家乡话说：‘卖什么唱什么，装什么像什么。’对敌人不能讲老实。反正你放心去，带你们执行这次任务的是三团王团长，他的鬼八卦多得很。”他望着远处的山头，又说：“那个高山堡下边就是蟠龙镇。如果你们愿意的话，完成任务回来，路过蟠龙镇，顺便去玩玩。”

周大勇说：“蟠龙镇是敌人占着哪!”

赵劲说：“你什么时候可以学得更聪明呢？你们走后，我们让机关枪去跟敌人谈判谈判，蟠龙镇不就回到我们手里咯？同志！我们对蟠龙镇很感兴趣，因为，那里敌人给我们准备了大批弹药、粮食和服装啊!”他认真地说这些话，口气还有点严厉，脸上没有一丝笑。

周大勇说：“我马上通知我们连队的同志们，要他们准备出发。”

赵劲说：“别忙，二营已经抽出了两个连。二营副营长负伤了。部队要打蟠龙镇，别的营级干部抽不出来。你就带二营的两个连去。他们都听你指挥。”

周大勇看看赵团长旁边站的指导员王成德。

王成德点头，说：“大勇，你只管放心去。这次攻打蟠龙镇，我们连队会扎扎实实地干他一下。不会给咱们一连脸上抹黑!”

二

雨哗哗地下着。山野间白茫茫的，二三十步远，就什么也看不清。

周大勇他们配合兄弟部队的七八个连队，从蟠龙镇地区出发，背着敌人主力部队十多万人，一直北上。

今天是周大勇他们背着敌人主力部队北上的第三天。后半晌，他们跟敌人打了一仗，又摆脱敌人，急行军二十里，就在延安东北二百多里的一个小山沟宿营了。周大勇布置了警戒，从山坡上下来，朝一个村子走去。他满身是泥，脸上的雨水往下流。他，心情沉重。因为他指挥的第五连伤亡很大，连长、指导员统统牺牲了。他刚才在山头上看见王团长。王团长眼窝深陷，脸像被心火烧焦了似的。他说：“大勇，执行这样的任务，真是难，难极咯！敌人猾呀，猾得很哪!”

周大勇走近一个窑洞，听见窑内有些个战士议论什么，有的声调是高昂、兴奋的，有的声调是激愤、不满的。

“我们今天打完仗，临撤退的时光，可看了个清：敌人像一群蝗虫一样，在一个个的山头上爬呀，爬呀！大雨忽撒撒来了，下得瓢泼。我看，敌人今天淋得够受！”

“那还用说。今天咱们抓的俘虏，看那死样子：背着武器、弹药、行李，九天干粮三天生粮，压得腰弓起；穿的破棉衣，活像叫花子；嘿呀！大雨再一浇，就人不像人鬼不像鬼。”

“你们还谈天说地哩，看我们打的是什么仗呀！今天，我们跟敌人打得正上劲，周连长突然命令撤退。撤退就撤退吧，嗨嗨！给你来了个乌七八糟乱窜，活像打了败仗！这不是成心让敌人耻笑我们哩？我们见过多少连长，可没有见过他这样沉不住气的连长呀！”

“你说那一套算什么哩，我们比你还恼火！连长让我们班扔掉了四个背包，还让我把臂章扯碎扔了。我愿意舍命也舍不得我的臂章，可是命令如山倒呀！我们班里那个陕北战士才说得怪：‘毛主席还没过黄河，我们这帮扛枪的人，倒先要过黄河。我死也死到陕甘宁边区！’瞧瞧，这样折腾下去，兵怎么带呢？”

“亏你们还是老战士，连这点问题都识不透。周连长在装神卖鬼哩。我心里才有底！”

周大勇靠在窑门边的土墙上，听了最后那个战士说话的口气，暗暗吃了一惊：“要是敌人也看破我们的用意，那就糟透咯！”他正要进窑洞，去跟战士们一块烤衣服，通信班班长跑来报告：“六连副指导员找你。”

周大勇说：“要他到左边这个窑洞来。慢走！你派几个通信员到山沟里去找老乡，就说咱们部队回来了。告诉通信员们，谁要尖声怪叫惊动了老乡，我可不会饶他！”

六连副指导员卫刚一脚踏进窑门，喊：“嘿，捞住了！”他满身泥巴，帽檐滴水，皮带上别着扳起机头的驳壳枪。

卫刚说：“我们放警戒回来，跟游击队的同志们一道，消灭了敌人一个便衣侦察队。敌人鬼得很，赶上毛驴，驮上草料、粮食。你要盘问，他们就说，‘给八路军送粮草哩！’装蒜也装不像。大勇，敌人是消灭了，粮食却搬回来了。你出去看吧，看了准高兴！”卫刚眼睛喷发着热情，乐得直跳蹦。

周大勇脑子一转，想：“敌人在尽力摸我们的情况哩！这消息要立刻向王团长报告。”他又拍着卫刚的脊背说：“嗬，你干得真利索！游击队的同志们呢？”

“在外面搬粮食哩。”

周大勇喊：“通信员，要五连派一个班去搬粮食，请游击队的同志们上来烤衣服。快！”

卫刚一来打了胜仗，二来受到周大勇的夸奖，心眼笑开了，高兴得坐不稳。他脱了上身的衣服，抡着胳膊来回蹦跶着取暖。他说：“执行这一次‘背敌人’的任务，我就少活五年。太费心思了！咱们主力部队大约正攻打蟠龙镇哩，那才是兵对兵，将对将，干起来特别痛快！”

周大勇说：“太费心思了？只有头脑简单的人，才光靠一身气力打仗哩！”他看看卫刚那高大强壮的体格、又宽又厚实的胸脯，就觉得卫刚强壮的体格很像自己。他寻思：两三年以前，自己的性情跟卫刚的性情一模一样，也是那么冒腾腾、气刚刚的。周大勇从心眼里喜欢起卫刚了。同时，他也从卫刚的样子想起了团参谋长卫毅。他说：“卫刚，你简直跟你哥一样高大、有劲！”

卫刚说：“一个娘养的又能差了多少！”接着又不耐烦地摇头：“别提他。我哥是参谋长，大干部，和我没关系！”

周大勇又好笑又奇怪，他瞧着卫刚那孩子似的纯真模样，说：“你对你哥意见蛮大咯！”

卫刚说：“说来，气得我肚子咕咕叫。我哥在羊马河战斗中负伤，我跑了三十多里到医院看他。刚开头，我们还谈得很亲热，可是没谈上十句话就崩了。我说，你在医院多住几天，好好歇息调养。他给了我一头子，说什么他是来战斗的，不是压床铺的。我真气死了！”

周大勇看卫刚气呼呼的样子，失笑了。他正要说什么，突然听见门外有人大声喊：“周连长，周连长！”

周大勇闪出窑门，就跟一个人碰了个面对面。这人三十开外，大高个儿，头上绑块白毛巾，背着挂包、盒子枪。他浑身是泥，大概没有少跌跤。

周大勇把这人仔细打量了一阵，猛地扳住他的肩膀，说：“这不是李区长？你也要起枪杆子咯？记得吗？青化砭战斗的时光，你带担架队，我见过你一面。”

李玉山一只脚踏在炕沿上，用毛巾擦脸上的雨水，说：“好大的雨哟！周连长，啊，就叫你大勇吧。一回生二回熟，见一面就算老朋友。大勇，我在青化砭跟你拉罢话，倒有月数时日没见面啦！大勇，如今我不是区长了，我当了游击队队长，领了一帮两头齐的小伙子，满山乱蹦呢！说正经的，刚才搞到的那几口袋小米，算部队的呢，还是算游击队的呢？要算部队的，那每袋小米你得给我一板盒子枪子弹。”

周大勇说：“老李，怎么分起你我啦，反正煮肉烂在锅里！”

李玉山照周大勇胸前砰地打了一拳，说：“跟你说笑哩，我们就是来给部队搞粮食的。大勇，群众听说敌人来了，就把衣服、粮食、家具，都坚壁起来了，到处精光，像扫帚扫过的一样。要不是咱们今天搞到这几口袋小米，你们的行军锅就要挂起来当钟敲哩！”

三

敌人主力部队从蟠龙镇一带北上以后，我军主力部队就靠近到蟠龙镇周围地区。

四月的后十天，白天黑夜都下着蒙蒙雨。山野间，雾腾腾的。天，越来越低，快压到人头上了。战士们上山下沟滑得连跌带滚；蹲在那潮湿的破窑洞里，出气也不舒坦。这样的天气该会把战士们憋得发慌吧！不，战士们倒乐和得不行。他们把这天气看作是胜利的预兆，立功的好机会。因为在西北战场上，每次打仗一定下雨。什么原因？也许是战争中常碰到的凑巧事吧！

这几天，战士们整天忙着做战斗准备：做梯子，捆炸药，擦枪，开会研究打敌人的办法。排以上的干部，每天都顶着雨，踩着泥浆，再三再四地看蟠龙镇的地形和研究敌人构筑的工事。

五月开头的一天，旅长陈兴允正带领干部们看地形，突然接到通知，要他立刻到野战军司令部去。

今天一早，人民解放军副总司令、西北野战军司令员兼政治委员彭德怀将军，冒着雨在蟠龙镇周围的山头上观察了敌人的主要阵地以后，回到野战军司令部。

彭总住在一家老乡的窑洞里。窑洞的门窗都让敌人烧掉了。进了窑洞，右首有一片门板支起的一张床，床上放着很简单的铺盖。窑后头的墙上挂满作战地图。

野战军司令部通知：下午召开旅以上的干部会议。可是旅长陈兴允奉彭总指示，上午十点钟就赶来了。因为陈兴允的那个旅，是担任主攻蟠龙镇制高点——积玉峁这重要任务的。

陈兴允走到彭总住的窑洞门口，把帽子上的水拧了拧又戴上，喊了声："报告！"窑里没有回答声。

"警卫员不是说彭总回来了吗？"陈兴允想。他正要转身问院子里站的参谋人员，突然又听到彭总住的窑洞里有说话声："这里敲他一下……这里……哦，这就对啦……"

陈兴允伸头往窑里看，原来彭总正在那里凝神专注地思考什么。

彭总坐在火堆旁边的一块石头上。他的衣服透湿，身边的柴火堆上放一顶军帽，帽檐上流下点点的水滴。他仰起头，微闭着眼，两手抱住膝盖，肩膀左右微微摇动。

"报告！"陈兴允轻轻地走进窑洞，低声喊。

"哦，你来咯！把湿衣服脱掉。"彭总走到床边，提起一件破旧的棉衣，说："披上。"

彭总中等以上的身材，普通工人的脸相，两道又粗又黑的浓眉下一对不大的眼睛闪着严肃刚毅的光芒。这位天才的军事家像普通劳动人民一样质朴、淳厚。他和陈兴允谈了几句话以后，又注视作战地图，扳住指头在计算什么。有时，他来回轻轻地踱着步子。看来，他总是全副精力都贯注在某一点上，冷静地深思着。

我们部队接连打了几次胜仗，把敌人进攻延安时光的那股凶劲挫下去了。现在又把敌人主力部队指挥着向绥德地区爬去了；拿下蟠龙镇这孤立据点，他一定也心里有数。可是陈兴允明显地感觉到：彭总不光没有兴奋情绪，反而更谨慎，更沉入深思。

彭总让陈旅长走到地图边，要他看其他战场敌我态势以及敌人在陕北的分布情况和动向。有时候，他回头看陈兴允的眼睛，仿佛在观察："他是否懂了这一切呢？"

陈兴允觉得彭总那严肃深沉的眼光，直射到人心里。在这样的眼光下，软弱、犹豫、自私都无法隐藏，正像眼睛里不能有针尖大的灰尘一样。

彭总沉静地站在地图面前，使人感到一种巨大的精神力量。他并不使你感到冷淡，相反的，这是耐心的启发、等待和父兄般的关怀。

虽然将要进行的战斗，是部队在陕甘宁边区作战的第一次攻坚战，虽然部队攻坚经验很少，可是陈兴允一站到彭总面前，他就觉得蟠龙镇一定会拿下。

彭总深思着，偶尔和陈兴允说一两句话。

陈兴允在这第一次和彭总接近的时刻，彭总的举止言谈使他微微感到奇异。他回忆起自己每一次对干部交代任务的时候，生怕他们了解不清，总是反复地给他们讲，要他们中间某些人复诵。可是彭总老是冷静地、精神非常集中地谋虑着，而很少说话。他为什么很少说话？兴许，彭总觉得自己深刻体验到的经验，虽然是花了很大代价才换来的，是非常宝贵的，可是对那些没体验过这些经验的人说，不一定感觉到那是可贵的！随即，陈兴允又觉得，自己这种推想不一定正确。因为不管是自己，不管是其他干部，哪怕和彭总接近时间很短，也就能从他思考问题、处理事情中，从他的生活作风和一举一动中学到很多东西。彭总不长篇大论地讲话，可是他的话里，压缩着宝贵的思想和丰富的经验。他的话，会让你联想起很多的事情。他的话，一投入你的脑子中，你那很多模糊感觉到而说不出的凌乱、片断的经验，便连贯起来了，系统了，明确了，提高了。这时，你会惊奇地对自己说："啊！事情原来这样简单、明确！可是以前我怎么觉得它是那样复杂和没有头绪呢？"

陈兴允正寻思，猛地看见一位头发花白的老汉，站在窑洞门口，扶着根棍子，伸头进来对彭总说："同志，要水喝你言传，到自己家里啦，不要见外。"他说话的时候，喉咙里呼噜噜地吼着痰，"啊呀！总是忙哟！忙哟！"

彭总转过身走近那位老汉，说："老人家，不麻烦你。"他和蔼亲切地又问："你有什么事要找我商量？"

老汉艰难地摇头，说："没有，没——有。"

那位老人刚走，三个小娃娃跑到彭总住的窑洞门口。这些个娃娃最大的有六七岁，最小的只有四五岁。警卫员一边瞪眼吓唬，一边低声喊："小鬼，别乱跑，回来！"娃娃们根本不理睬，连跳带蹦地闯到彭总住的窑洞中去了。

彭总弯下腰，轻轻摩着娃娃们的头，问："噢，你们有什么军国大事要来讨论？"

娃娃们傻呵呵地互相瞧瞧，一对对的黑眼珠，像那荷花叶上的水珠一样滚转。他们憨溜溜地笑了。接着，他们像事先商量好了一样，一拥上去抱住彭总的腿，有的向彭总要子弹壳，有的向彭总要一支很小很小的手枪。

彭总给一个小娃绑好鞋带，给另外一个小娃擦了擦鼻涕，然后又跟他们有趣地谈了一阵，最后说："这里不需要你们发言！"娃娃们跳着往出走，彭总用手照护着他们，一面走，一面说："好，到外面去玩。对你们是不能讲原则的。小心，不要跌跤！"

彭总望着走远了的娃娃们，故意踏着泥水，倒退着、跳着向他招小手，他坦然地笑了。

彭总转过身，说："敌人主力部队，竟然向北去咯。"

陈兴允说："谁叫他们急着找我军决战，愚蠢！"

"这就叫按主观愿望办事嘛！"彭总讥讽地说，"决战是要决战，但是要在我们指定的时间和地点决战。"他向陈兴允问了战士们对最近战局的看法和议论以后，又非常简明地把全国战争情况讲了一番。然后，背着手，站在窑门口，眯着眼睛望远处雾沉沉的高山头。望了一阵，他转身问："拿下蟠龙镇，你有没有信心？"

陈兴允说："我还需要充分地了解情况。"

彭总看着地图，扳住指头冷静地讲着计算着。他说，北上的敌人到绥德城最少要七天。为什么敌人到绥德城要七天？他计算了陕北的山路、气候，敌人每个士兵的负重量、行军速度和特点。又讲，我们一开始攻蟠龙镇，进到绥德城的敌人部队必然反转来增援。他们反转来以前，一定要请示胡宗南。胡宗南接到绥德城敌人请示的电报，会提出几个什么样的作战方案。他考虑这些方案又要多少时间，胡宗南考虑好了，把电报发到绥德城的敌人手中，又要多少时间。敌人从绥德城返回蟠龙镇地区，路上还要多少时间。末了，彭总总括起来说："这样看来，最少，最少我们有四天的攻击时间。"

陈兴允惊奇地想：彭总讲得多么肯定，多么详尽，多么清楚啊！胡宗南的脾气，甚至于胡宗南接到我军攻击蟠龙镇的消息时，那种震惊的样子他也想象到了。

彭总察觉到陈兴允的心情了。他打量着陈兴允，坦率地说："没有什么可惊奇的。你和胡宗南打交道也不少嘛！他历来是我军手下的败将。一九三六年十月山城堡打的那一仗，你参加了，消灭了胡宗南一个主力师。十年内战的最后一战啊！那时候，我们就认识了他，知道他是个运输队长。抗日战争初期——一九三八年，我和几位同志路过西安，住在胡宗南的司令部里，表面上是很客气咯！但是，我们知道将来是要和这家伙交手的。吃饭啦，谈话啦，使我们有机会进一步了解这位上将司令长官。你想想看，我们硬是听见他两个小时打了十四次电话，都是讲什么军衣上的扣子怎么钉呀等等鸡毛蒜皮的事情。和我同行的同志们说，胡宗南是个志大才疏的饭桶。我同意这个看法。因为他无能而又死心塌地地追随蒋介石，所以蒋才把几十万军队交给他指挥。拿眼前的情况来说，他坐在千里之外的西安指挥，而他在前线的兵团司令，不得到他的批准，连一个营也调不动。这样一个独断专行的人，除了葬送他的军队还能干什么？”

陈兴允聚精会神，听得出神了，最后止不住地低声笑了。

彭总手轻轻一挥，说：“不能再评论胡宗南了，我们还是研究当前的任务吧！”

彭总指着地图，继续沉静地讲，敌人在蟠龙镇周围几十里的山头上，除了强大的野战工事以外，还有三十多个重要碉堡，拿下这些重要阵地，需要多少时间。并讲到敌人的兵力、火器、士气、战斗力，敌人的优点和弱点；我们的兵力、火器、士气、战斗力，我们的有利条件和不利条件……

陈兴允觉得脑子里千头万绪的想法，现在非常明确了；对这次攻坚战，他分外乐观，分外有把握了。

彭总讲完，背着手慈祥地看着陈兴允，又问：“你觉得怎么样？”

陈兴允说：“原来我担心的是时间。照彭总的计算，我们除了战斗准备需要的时间，还有四天的攻击时间。”

彭总肯定地插了一句：“是的。最少，最少有四天——四天四夜啊！”

“那就很有把握。”

彭总问：“有把握吗？你用什么战术手段，拿下积玉峁这个决定全局的重要阵地？”

陈兴允看着挂满地图的墙壁，回想着这几天侦察、研究的印象，回想着积玉峁的地形、敌人的兵力分布、工事构筑、火力配系。他边回想边盘算。

彭总仿佛怕打扰陈兴允的思索，轻轻地踱着步子。

陈旅长讲了讲：侦察地形的结果，火力阵地的选择，突击部队的组织，冲锋道路的开辟……

彭总背着手一动也不动地站在那里，注意力非常集中地听，像是掂量陈兴允说的每一句话、每一个字。有时彭总的眼光移到作战地图上，边听边思索。当陈兴允讲到土工作业和爆破问题的时候，彭总说：“土工作业和爆破怎么样？你仔细讲。”

陈兴允说："我们火器很少，炮弹有限。因此，土工作业和爆破在这次攻坚战中有决定作用。……各个进攻部队把交通壕挖得顶住敌人阵地的外壕；用大铡刀砍断铁丝网……逢到绝崖无法攀登的时候，就在崖壁上挖洞爆炸，使崖壁变为坡形，成为冲锋道路……"

彭总向前微微地移动了一下脚步，他全副精力又集中到某一点上思索了。过了一阵，他说："你说得对。土工作业与爆破，在这次攻坚战中是会起重大作用的。"

彭总又仔细地讲了关于侦察地形、火力和突击队的组织等，还语重心长地叮咛："陈兴允同志！我们要兢兢业业地挑起党中央交给我们的担子。算算这个账：革命早胜利一个月，会给老百姓减轻多少负担啊！就拿这次战斗说，它包含多少生命、物质和劳动，而指挥人员的任何一点微小的疏忽，都会造成不可补偿的损失。你回去反复地对各级军事指挥员和政治工作人员讲：不能有丝毫大意，战斗前须有确切的计划，周详的准备——战斗胜利是充分准备的结果，严格地检查——把战士们的每一颗子弹和每一根鞋带都要检查到。"

陈兴允一边听彭总说话，一边想着自己旅的战斗准备工作和对准备工作检查的情况。啊，几个重要环节没有注意到，到处都是漏洞。他心里焦灼不安，很想立刻抓起电话机，告诉旅政治部主任、参谋长和各个团的干部说：同志，不要说什么都准备好啦，赶快打吧；实际上，我们简直什么都没有充分准备，更不要说严格检查了！

"你攻击这一点，你就必须打上去，无论遇到什么困难，你也必须拿下它。"彭总指着地图上的积玉峁说。"这就要求指挥员有最大的决心和毅力，有坚定顽强的战斗意志。"他指着自己的头，又说："一个人的头脑里不能是一格一格的；或者说一个人的思想不能分为两半：这边要胜利，这边又怕消耗。否则，你看到消耗心就软了，战斗意志便会动摇，从而也会影响到战斗胜利。这是很危险的。"停了一阵，他稳实而从容地踱了几步，像循循善诱的老教师似的说："消灭多少万敌人，是从消灭敌人一个哨兵、一个班开始的。你若对这一个哨兵一个班不小心，那就可能影响到整个战斗的进展。敌人的兵、飞机、大炮再多，都吓不住我们，可是在具体战斗中哪怕敌人兵力很少你也不能轻视他，而要认真谨慎地对付他。”他坚毅地把手摆了一下，像总结他的谈话似的说：“死老虎也要当活老虎打；轻敌骄傲的人注定要失败，这在古今中外都是一样的！”

陈兴允想着彭总的话，想着积玉峁的地形。接着，他脑子又闪过了一个想法：彭总讲到整个西北战场的敌人的时候，是那样轻蔑，可是讲到怎样夺取积玉峁这个山堡的时候，却讲得非常详尽，连那战斗中团长、营长都可以不去着重过问的事情他也讲到了。

彭总问：“还有什么问题？”

陈兴允说：“没有别的问题，就是炮弹还少点，不过我们回去想办法。”

彭总没有表示什么。

陈兴允说了关于炮弹少的意见以后，又很后悔：自己哪一次打仗，不是三五发或十来发炮弹就解决问题呢？炮弹完了，仗还不是一样要打！是咯，这问题何必提呢？

回来的路上，陈兴允再三地思量过彭总说的每一句话，这些话好像在什么地方听过多少遍，但是这次听了又觉得格外新鲜和思想丰富。

马猛跑了一阵，陈兴允回头一看，骑兵通信员落远了。他放松马的嚼口，让马信步走着。这样，他又静心地寻思起来：“我提到炮弹少的问题，彭总没有表示什么。是咯，这个问题不应该提。可是，说心里话，从哪里要能搞来四五发山炮弹，那就是最大的宝贝啊！”

四

一天断黑，准备进入阵地的西北野战军主力部队，有的集合在山沟里，有的开始向山上爬去。骑兵通信员来回在沟里奔跑。

这时光，蟠龙镇四下里的山头上，传来机枪短促的射击声。

部队全部进入阵地以后，旅指挥所就设在一个塄坎下面的土窑中。

陈旅长正在给几个干部交代什么，电话铃响了。他拿起耳机，立刻就听出是纵队司令员的声音：

“兴允，部队都进入阵地了吧？啊，啊，要把最大的决心拿出来，我们一定打得赢。告诉你一个好消息：野战军司令部发给你们八发山炮弹。”

陈旅长一听就高兴地喊：“好呀！这才是宝贝。司令员，彭总记性确实好。昨天他问我有什么困难，我顺便提了一句：要有几发山炮弹就好了。现在他就给我送来了八发。他这一下可帮了我的大忙啊！”

司令员说：“也许用不了多少时间，我们就会在一次战斗中一连往敌人头上摔几万发炮弹，可是现在有八颗炮弹，就是一笔大本钱哪。告诉你们的炮手，一颗都不能落空。”耳机中送来爽朗愉快的笑声。

陈旅长回答：“放心，炮手们恨不得拿一发炮弹当十发用，谁还舍得空放！”

月亮一阵价从云彩中露出脸，照着起伏的山头，一阵又让云彩吞没了。刚下过雨，空气特别清新，敌人的枪声，听起来也格外清脆。我方阵地上，是被黑暗严严地覆盖着。战士们挤在塄坎下、交通壕里、掩体里、山峁背后。他们有的人用帽子捂住嘴，轻声咳嗽；有的摸着枪口，生怕堵上了土；有的轻轻地用袄袖子擦机枪上的土，或者把脸腮贴住枪身像在给枪叮咛什么。

夜里五点钟的时光，枪声渐渐地紧了，子弹在头上尖叫。敌人阵地上红绿信号弹交叉着放射；一个一个的照明弹，像电灯一样挂在天空，白灿灿的，把有些个山头照得通亮。

敌我双方都在紧张地活动着。眨眼工夫，那伸展在我军阵地上的几百根电话线上，便会猛然传出彭总那简短而严厉的命令声：“战斗开始！”随着这命令声，西北战场第一次激烈的攻坚战斗便要展开。

胡匪军主力军九个半旅，从蟠龙镇地区向绥德地区推进时，西北野战军的指挥员在蟠龙镇附近的山头上，看着他们摆成长宽几十里的方阵，在一眼望不尽的黄土山上，向北漫去。

胡匪军整整走了一个星期，五月二日到了绥德城。

敌军十来万人，有的拥到绥德城内，有的就摆在城周围的山头上。第一军军长董钊住在绥德城内一座大院落里。

参谋们正在房子内挂作战地图。董钊正在洗脸。二十九军军长刘戡正在看一份电报草稿。这电报是要发给胡宗南的，内容是："……共匪溃不成军，收复战略要地绥德……"

电话铃响了。刘戡抓起电话耳机，听了半天一个字也没吐。末了，他严厉地喊："知道了！"

刘戡站在桌子跟前，用拳头轻轻地敲着桌子，说："董军长！各部开小差、生病的士兵很多。……现在各部带的给养只能维持一天。已经到五月了，士兵们还穿着破棉衣。这……"他摸摸下巴筹思。

董钊说："胡先生再三电示，他很关怀各部将士，第一批单衣、衬衣四万多套已经运到战略补给站蟠龙镇；至于给养，他也电示，早就运集到蟠龙镇。虽然道路坎坷不平，可是用汽车把粮食从蟠龙镇运到此地，只需要两三天时间。目前我们在绥德城按兵一两日，等候给养，然后再向米脂县一带推进。麟书兄，你以为如何？"

刘戡举起手正要说话，一个脸色白净净的军官递给他一份电报。刘戡走到作战地图下，回头对董钊说："董军长！二十八旅和二十二军一部，由榆林城南下，已经进至镇川堡一线，很快就可以占领米脂城。"

董钊说："看来，我们和榆林城南下的军队，马上便可会师。此行虽然艰险，但是亦属顺利。"他得意地摆着头，潇洒地来回走动。

刘戡用拳头在地图上很熟练地量了一下，说："榆林城南下的军队距我们至多不过一百二十多华里。我们如果不在绥德城暂停，那么两边靠拢，明天定可会师。我们和他们会师后：第一，打通了咸榆公路——交通线是近代战争的命脉；第二，会师后，我们以全部兵力向东把敌人压至黄河边。敌人必然背水为战。这样，敌人将会有什么下场，简直可以说……"

说话间，一个夹皮包的军官又把一份电报递给董钊。

董钊一看电报，猛然一惊，变颜失色。他一手抓着桌沿，一手垂下，像是僵掉了。过了好一阵，他把电报飞快地看了三遍，仿佛还没看清，嘴里嘟嘟哝哝：“会有这样的事情？简直难以设想！”

刘戡早已看清董钊震动的神色，但他走来走去不言不语。他仿佛表示：任何打击都值不得发慌，任何突然事变都在他的意料中。嘴边挂着傲慢、藐视的冷笑。过了好一阵，他稳健而冷淡地从董钊手里把电报接过来，用眼一扫，思索了很久，沉着而冷静地说：“共军包围了蟠龙镇？……庸人自扰！共军声东击西的诡计，只能欺骗纸上谈兵的人。我永不能理解胡先生周围的人，像盛文……”他稳重地把电报用茶碗压在桌子上，说：“第一，我们从蟠龙镇地区出发，就紧紧地追赶着敌人主力，难道敌人突然从绥德地区飞回蟠龙镇地区了？第二，据空军侦察报告，敌人在绥德、米脂县以东的黄河渡口边，集中了大批船只，这不是准备东渡逃跑吗？第三，我们从蟠龙镇地区出动后，共军就有一支队伍尾随我军前进。最初，我们以为是游击队虚张声势，但是现在查明尾随我们北上的敌人是共军三五九旅等部。很明显，他们的目的是要拖住我军，使我军不能集中全力向绥德以东地区压迫他们的主力军。第四，我们前边是敌人溃逃的主力，后边是共军三五九旅等部，试问，共军用什么东西夺取蟠龙镇呢？哼哼，共军的实力情况我们是略知一二的。第五，我军长途远征，给养最为重要，而敌人以小股兵力佯攻我军战略补给站蟠龙镇，就易使我军恐慌。但是这只能使盛文之类的人恐慌呀！看，这电报必然是出自盛文之手。胡先生任命这样一个不学无术的人当参谋长掌握军机，哼，将会断送我们的丰功伟业！”

刘戡傲然自得地瞅董钊。这傲慢的眼色中倾倒出他对董钊的全部不满与藐视。

董钊眨眨眼，说：“我们首先要向胡先生请示；也需要充分研究敌情。我以为，我们最好按兵绥德地区，暂不推进。当然，这也必须向胡先生请示。总之，总之宜缓不宜急。麟书兄，你以为怎么好呢？”

刘戡缓缓地说：“‘宜缓’并不等于不动。鄙人的看法是：我们迅速派出空军继续在绥德以东地区，尤其是在黄河渡口上空侦察敌人动向。只要在这里发现敌人主力，那敌人一切诡计就暴露无遗。其次，董军长坐镇绥德城，我指挥我的二十九军，在绥德周围清剿。如此，既可搜寻粮食，又可探测敌人的虚实。”

刘戡不等董钊答话，就转身出去，回到城内二十九军军部驻扎的地方去了。

五月三日，胡匪军好几万士兵，在绥德城周围，像一群蝗虫一样，从这山头爬到那山头上……

董钊在他住的房子里，坐一阵睡一阵，地图下边站一阵。就这样，他从二日黄昏磨蹭到三日拂晓，从三日拂晓又磨蹭到四日太阳出。他除了召见几个心腹人以外，闭门拒绝会见其他任何人。有些将校官员们，走到军部门口都被副官长挡了驾。风声不好，到底出了什么事情？只有第一军几个师长知道底细。但是他们除了在屋子里绕桌转圈以外，屁办法也拿不出。昨天黄昏，董钊以他个人名义给胡宗南发了急电，询问这摆在绥德地区的主力部队怎么办，但是迟迟不见回音。董钊心里毛辣火热。

胡宗南署名的电报不见来。可是董钊还不断地接到胡宗南指挥部照例应该发来的电报。电报的大致内容都是：

“共军围攻蟠龙镇，炮火异常猛烈，我守军已被迫放弃五处重要阵地……”

“共军已摧毁蟠龙镇大部阵地。坚守各该阵地的将士，全部壮烈殉国……”

“共军正猛攻蟠龙镇制高点积玉峁……指挥部已命李昆岗与蟠龙镇共存亡……不得擅自突围……”

“……你指挥的空军，务令其星夜返回，支援蟠龙镇。毋误戎机……”

五月四日早晨，胡宗南催促董钊、刘戡率部回头增援蟠龙镇的电报，不断地飞来了。这些电报像催命符一样，都是十万火急的。

“发昏！发昏！空运也来不及！”董钊软瘫瘫地坐在凳子上，电报从手里溜下去，在空中颤抖地飞了一阵，躺在他脚下。

董钊身旁的桌子上，放着四五架军用电话机。那些电话机的铃子响了好久，董钊仿佛才突然听见。他拖起沉重的胳膊，抓起电话耳机。耳机中送来话："军长！职部……粮食……"他放下这个电话耳机，又抓起一个听："军长！职部粮绝……"每个电话耳机中都用不同的话，送来同样的意思：没粮食吃。迟不报告早不报告，都偏偏在这节骨眼上来凑热闹，该死！

董钊把桌子轻轻一敲，一个参谋怯生生地进来了。

董钊说："电话不要接过来，两小时之内，我不和任何人讲话。"

四日下午，董钊开起报话机。他听见坚守蟠龙镇的一六七旅旅长李昆岗向延安长官指挥部呼喊讲话：要求空军助战，要求增援。

董钊又拨开旁边的收音机。收音机发出吱吱哇哇刺耳的声音，过会儿又是乱哄哄的军乐声，接着有女人娇滴滴的声音送出来："陕北剿匪之国军将士，英勇奋战，共军已被击溃，零散的匪徒，有东渡入晋之势……"

董钊长叹了一口气，说："嘘！无——聊！"

董钊回头看，奉命来开会的师长、旅长们全都来了。率领队伍在绥德城周围"清剿"的刘戡，也急急地赶来了。董钊关住收音机。

将校官员们，有的人看作战地图；有的坐得端正正的，集中注意力研究着自己的鼻子；有的望着墙壁。谁也不说话，谁也不看谁，人们很少动作，房子里充满紧张的气息，像是有人擦一根洋火，这房子里的空气，就会轰地燃烧起来。

董钊拿出几份电报，往桌子上轻轻一扔，说："蟠龙镇陷入共军之手，只是时间迟早而已！"

有人问："军长，所谓迟早……"

"那就是说，不是今晚就是明天……"

"增援呀！"

地图边站的一个旅长说："增援？援兵都在距蟠龙镇三四百里路的此地，老兄！"

刘戡用手敲着桌子，说："李昆岗很老练，胡先生向来器重他，也许他能转危为安。另外，蟠龙镇的工事坚固，火力很强，又加上七八千人防守，以共军的兵力、装备看，是难以摧毁的！"

刘戡身旁的一个师长说："李昆岗已经证明了他非凡的忠勇；要给了别人，早成阶下囚了！"

董钊走来走去，仿佛走累了，他拿出一片纸，说："我和刘军长共同署名给胡先生拟了个万万火急的电报。意思是：我们经过慎重斟酌，认为指挥部命令我们火速回头增援蟠龙镇，确是唯一良策。"接着，他又摇头说："其实……与其说增援蟠龙镇，还不如说我们马上返回延安地区，免得……"

一个师长脸色阴沉地说："越快越好，再迟，我们就会全部饿死在此地。"

接着，就是一番议论，多是关于没有粮食吃的问题。

有一个短粗个子的军官，慷慨激昂地说："当前最紧急的事情是：没有粮食。请问，我们如何能空肚子爬上七八天回到延安？喝西北风？"

"这样谈下去永远谈不出个结果。我们只有沿途搜寻老百姓的粮食……好在，天无绝人之路！"

董钊说："而且空军还可以投一些粮食，虽然说是杯水车薪，但是……"

一个军官站起来，双手撑住桌沿，两臂不停地颤动，说："纯粹是挖肉补疮！我军为进攻这倒霉的陕北，从晋南抽调了七个旅，结果晋南共军乘虚而入，势如破竹。恕我冒昧直言：这简直是丢了肥肉啃骨头，而这块要命的骨头又卡住了咽喉。"

墙角有人说话："我认为老兄见解高明。质言之，我们的战略就是大错特错的。我们以数十万精锐之师进攻陕北之时，各战场打得并不顺利！那时候，为什么要开辟这陕北战场呢？再说，各位是身临其境了，看看，陕北简直是地狱！这里，共军统治多年，老百姓脑子红透了，我们派出的谍报人员立刻失踪。我们只能依靠空军侦察，可是陕北是一片山地，空军活动受到很大限制……我们没有耳目，听不见看不清，情况不明，地理不熟……诸位，痛心！痛心！"他抡着胳膊，"诸位饱读兵书，试想，中外战史上有谁像我们这样打糊涂仗？"

一个胖军官愤然拍着桌子，唾沫点子乱溅，喊：“错误的时间，错误的地点，打错误的仗！不是吗？军事上最忌讳的，我们偏偏都犯……”

烟雾弥漫在房间里，不连贯的说话、惊叹、疯狂的手势，一阵一阵爆发。

董钊两手朝下压着，说：“各位不必激动，平静点！各位不必激动，平静点！事已至此，只好就事论事。各位不必激动，平静点！”

一个军官站起来，说：“完全是盛文把事情弄糟糕的。他坐镇延安，用红蓝铅笔在地图上乱画，我们就满山遍野乱窜！让他来尝尝这个滋味。他主持的情报处是干什么的？简直是一帮吹牛拍马的坏蛋！他们就会说大话！”

“老弟，不，不能怪罪盛文兄。我认为是胡先生……哦，我认为是我们无能！”

刘戡脸色阴沉沉的，又傲慢又冷酷。他站起来敲着桌子，说：“不，不是我们无能，而是共军狡猾。他没有胆量和我们摆开打，他不敢和我们决战，只是诡计多罢了。这样打仗是不足以折服人的！”

门口有一个军官低声说：“他诡计多，还是我们咬不住他？假如我们能咬住他，也不容他不决战！”

一个军官不看大家，面向地图，说：“咬不住他？不……我们头顶上有些人，心血来潮时就拿出一套作战计划……”

刘戡轻轻挥着手，用很有权威的口气说：“我提醒各位，别说得太远了！我请各位正视我军目前的处境，并极力向自己部下说明：敌人绝不能把我们置于死地！”

一个军官问：“出路呢？”

这时一个机要人员进来，低声向刘戡说：“蟠龙镇守军又向延安呼喊增援，说援兵不来他们只好突围。看来……”他说得很低，但是全房子的人都听见了。

大家都互相看看，像是那“不幸”消息的每一个字，都像鞭子一样抽着他们的心。

有人低声说："李昆岗是个了不起的人物，他喊支持不了，那可真是油尽捻子干了！"

正说话间，一个军官像勾魂鬼似的，又送来电报。

这电报是榆林城南下的敌人的匪首发来的，询问"国军"主力部队为什么不进军米脂县境跟他们会师。

一个旅长说："我们自身难保，还去理他？好，好，我们赶快撤回延安，不论是死是活，撤走总比待在这里好一万倍。"

军官们都站起来，正要起身走，又来了一份电报：

"蟠龙镇落入共军之手，我忠勇将士全部为党国捐躯……"

这消息本来是意料中的，但是当它真正被证实的时候，反而把这帮将军们震动得神经麻木。坐着的人像钉在板凳上，站着的人像僵掉了。大家不动也不说话。有的人脸色发紫，有的人脸色发青。只有刘戡显得特别：他像发热发冷，时而大声说什么，时而含糊地嘟囔。他的头左右摆动，脸是铅色的。

一个旅长望着地图，两腿直打哆嗦，嘴里连连嘟囔："我们是越陷越深啊！原来共军陈赓部控制风陵渡，威胁西安，于是我们计划把共军主力挤过黄河，然后集中力量增援晋西南。现在我军主力陷在这距西安千里之外的地方，不仅丢了蟠龙镇，使全军陷于绝境，而且共军陈赓部趁机渡河，进攻西安……彭德怀乘虚夺取延安……那就不可收拾了，诸位仁兄呀！"

刘戡胸脯抢前，眼睛血红，猛拍桌子，尖声呐喊："胡说！还不至于这样严重。"

五

周大勇和他的战士们配合兄弟部队，把敌人背到绥德地区；接着，又和敌人一道返回来。一天，他们经过夜行军后，天明进入一条大沟。

周大勇迈着稳实的大步，走在部队前面。他不停地向后传："走快！"后边的六连副指导员卫刚派通信员上来告诉周大勇："前头要压着点，走得太快了俘虏们跟不上!”

周大勇扭头，看看自己身后那长溜溜的部队行列。部队行列当间是俘虏们，足有二百多名。他很乐和，来回跑了半个月，总算完成了任务。

战士们呼吸着早晨湿润的空气，消散了一夜行军的疲劳。

太阳刚露头，万千山头上抹了一层淡淡的红光。天上有片片薄云彩，沟里有雾气腾起。路边的青草红花上，还滚着晶亮的水珠。布谷鸟在树上叫唤。

山头上影影绰绰走着几个老乡，吆着牛羊。牲口的铃铛“当啷当啷”地响着。老乡们像欢迎战士们似的，放开嗓子唱信天游。

一个男人在唱：

一杆红旗空中飘，
咱们的子弟兵上来了。

一个女人接着唱：

青天蓝天蓝漾漾的天，
看见咱们队伍心喜欢。

这悠扬的歌声在早晨清爽的空气里波荡，分外中听。

部队行列中的陕北战士，像回答老乡似的也扯开嗓子唱：

你看我亲来我看你亲，
咱们原本是一家人。

周大勇看见前头有一位老汉。他带着部队向前走去，准备请他老人家带路。

那老汉站在村边，背着手，看那被敌人烧毁的门窗，破倒的树木，破碎的家具，纺车，牛腿，鸡毛，血污……他一句话也不说；脸上的气色很凶，像是有满肚子怒气要往外泼。

周大勇说："老人家，请你给我们带带路，行吗?"

老汉冷冷地瞅了周大勇一眼，说："有什么不行，我的腿又没坏!"

周大勇说："走吧！我知道你老人家乐意帮助自己的军队。"

老汉一条胳膊直溜溜地吊着像是坏啦，走起路来颠颠跛跛的，可是看起来腰板挺硬朗。他说："也该长个眼嘛！不论谁，你都当外人看。"

周大勇瞅瞅这老汉，偷偷地吐了吐舌头。

周大勇知道，自己主力部队在拿下蟠龙镇以后，已经转移到安塞县真武洞一带休整。他问："到真武洞还有好远?"

老汉伸出四个指头说："四十里顶多不少，咱们陕北就是路便宜，你大放宽心地走吧!"

这老汉胡子和两鬓的头发都花白了。宽大的方脸，高颧骨，长长的眉毛快要盖住了他那深眼窝。虽说是个残疾人，说话声音可气刚刚的。

这位老人路过那些被敌人烧毁的村庄的时候，总要停住脚，眼珠子发直地看一阵，可是不长吁短叹也不说话。他跟周大勇说话的时候，也不管人家是不是在听，他总是按照自己要说的一直说下去。

周大勇那尊敬人的态度跟那稳重而又知趣的说话，让这位脾气很倔的老汉喜爱起他来了。老汉有时瞅瞅周大勇，表示他对自己子弟兵很满意。他的话也比较多啦。

老汉说："孩儿，咱们毛主席，总是把咱们老百姓挂在心上的。人家劝他过黄河，他总不去。让我说，毛主席还是到河东去安稳。炮火连天的，他老人家要是有个一差二错，咱们该指靠什么？唉！提心吊胆的，生怕咱们毛主席遇上什么凶险，天塌下来。可一阵我又谋划，毛主席真是过了河，咱们心里又空荡荡的。孩儿，我是二心不定呀!"

周大勇说："是啊，老伯伯，战士们知道毛主席指挥全国解放战争，还和我们一道行军、打仗、淋雨，也急得什么似的。……老伯伯，你放心，咱们毛主席要留在陕北，那准有大道理。他老人家谋虑的事情，定没差错。"

老汉说：“你的话也在理。孩儿，我问你点事，你不要笑话我脑筋不开。”他瞧瞧周大勇，像是表示：孩儿，我能问你就是信任你。

“人家都说，蒋介石、胡宗南在西安开会，咱们毛主席立在咱们陕北的山上就能看见，也能听见他们说话。日子长啦，敌人也知道了。他们不开会也不说话，有什么打算就写在纸上，可是咱们毛主席一算就知道敌人的心思啦！”

周大勇笑了，说：“老乡们说这话的人可多咯。老伯伯，没有这么回事。咱们毛主席看敌人，当然是看到他骨头里去了。可是照你的说法，毛主席就成神仙啦！”

老汉冷冷地看了周大勇一眼，很不满意。他一字一板，字音咬得很重，说：“这一阵儿打仗，张口露牙都是秘密。你呀，把我当外人看，不说实话。我晓得，咱们毛主席不同凡人。白军刚占延安，毛主席就在青化砭、羊马河、蟠龙镇，画了三个圈圈。我们村里还有人亲眼看见来。那一阵，人还想不开毛主席的用意。后首一打仗，这才晓得，咱们毛主席在那里画个圈，敌人走到那里就倒霉。我问你，听说咱们毛主席又画了好些个圈，这可属实？”他的口气倔强而自信。像是对这千真万确的事实，他并不需要从周大勇口里得到证实，只是希望知道这件事怎么发展了。

他的脸，是严肃、固执的，凝然不动的。

周大勇想解释：我军能打胜仗，那是因为凭借着伟大的毛泽东军事思想和人民群众，而不是别的。但是为什么要解释？自己听见老乡们讲说这些事情，不是第一次也不是第十次；对这朴素虔诚的信念有什么辩驳的必要呢？

周大勇回想起战争中陕北人民对自己部队的帮助，他对这老汉更产生了一种尊敬、亲切的感情。他说：“老伯伯，咱们陕北人民为了自己部队消灭敌人，什么风险的事都敢干。你知道李振德老汉吧，他可真是一位英雄！我们部队上的政治工作机关，把他老人家的事迹印成书教育战士哩！”

老汉说：“那值不得提。刘志丹同志领我们干了多年革命；打一九三五年到如今，共产党和毛主席又教育我们十来年。你说，老百姓就是帮助自己队伍做上一星半点事情，那还不是自己的本分！”

周大勇说：“你老人家说得好简单啊！没有李振德老人那份自我牺牲的精神，我们部队就很难取得青化砭战斗的胜利！”

老汉感动地看了周大勇一眼，说：“四十五天，咱们就接连消灭敌人三个旅。这么，敌人是支撑不长的！”

周大勇觉得老汉有意把话岔开。他说：“这，你说得对。可是，你对李振德这位英雄的看法有问题。李振德老人活着的时候你可见过他？”

老汉说：“过去……如今……啊，同志！李振德呀，他死不了。他舍不得咱们共产党的新世道。要是天遂人愿，他还想活百儿八十岁哩。”

嗬，话里有话。周大勇忙问：“老伯伯，按你的说法，莫非李振德老人还在世？”

老汉咽了一口唾沫，像是无意谈下去。

周大勇看这老汉神气不对劲，更疑惑了。他焦急地问：“老伯伯，他当真在世？现在在哪里？说呀！”

老汉磨磨蹭蹭地说：“说……我说是……就是我嘛！”他又觉得没有必要这样吞吞吐吐，就摊开说：“我就是李振德！”

周大勇心里涌起了强烈的高兴、感动、惊讶的情感，可是又不太相信。他拉住李振德老人的手，从头到脚把他打量了好一阵，说：“老伯伯，你真是……人家不是说你老人家跳崖殁啦？”

“李振德老英雄在我们队列里”的消息，急速地从部队行列里传下去了。欢呼声、致敬声，像波浪一样，从前面流下去，从后边涌上来。

周大勇跟李振德老人谈了一阵，他才了解：青化砭战斗那一天，李振德老人不给敌人做事，抱着他的孙子跳了崖。他的小孙子拴牛牺牲了。李振德老人在当天后半夜让游击队救出来。他昏迷了几天几夜，苏醒过来的时候，已经躺在自己野战军的医院里了。

李振德老人说，他的大小子叫李玉山，以前当区长，现在带领游击队。他那死去的孙子——拴牛，就是李玉山的后代。二小子奶名叫满满，前些个日子，报名参加正规军，听说在新兵团受训，好久也没信息了。

周大勇说："巧，可巧！老伯伯，我认得李玉山。前几天，我还见他来。他是一个可好的同志，常帮我们搞粮食、动员民夫担架；还和我们一块儿打仗。"

李振德说："打起仗，一家人就四离五散了，亲娘老子也见不上自己的儿女。你前几天还见玉山来，我倒一个来月连他的踪影都见不上。唉！如今，一家老老小小的担子都落到我肩上啦！累得我不能分身给公家办事！"

周大勇问："你老人家的家，现在住在哪里？"

李振德艰难地摇头，说："着实说，还有什么家哩！能拿动枪的人，都参加游击队啦。我那老伴引上两个孙子，逃到羊马河西边，在亲戚家里落脚。羊马河一带，敌人常骚扰，不是好落脚的地方。我谋划，过几天，把我老伴跟孙子们送到北边我大女儿家里去。敌人这一下来，我看再不会到北边去啦。"

"你大闺女出嫁到哪里？"

"清涧城北边的九里山！"

周大勇说："你老人家把家搬到那里也好，免得东奔西跑，担惊受怕！"

六

周大勇给团首长汇报了执行诱击敌人的情形以后，向一营驻的村子走去。路上，他看见本团的战士一溜一行地从团供给处回来。他们有的人把自己的旧武器换成了美国式新武器，有的扛着缴获来的弹药和军装，有的扛着"洋面"袋子。他们一边走一边喜气洋洋地唱歌：

换枪换枪快换枪，
快把老枪换新枪。

蒋介石运输大队长，
派人送来美国枪。
……

周大勇回到了第一连。

打了胜仗，战士们高兴得又跳又唱。他们把日夜战斗的疲劳，忘记得一干二净。谁打得好，谁抓的俘虏多，谁该记功，这就成了战士们谈话的好材料。

“刘德有，你们班抓了多少俘虏？”

“九十六个俘虏，外加四挺重机枪。你们哩？”

“我们班呀！只捉了二十九个俘虏。可是捞住两门山炮。”

“美式的吗？”

“当然是！”

“看，我说杜鲁门不错，你们还硬说不好。”

“什么思想？你和杜鲁门是亲戚？”

“亲戚？他给我做儿子，我还嫌丢人。可你也该想想，杜鲁门要不派蒋介石给咱们送大炮机关枪，咱们就再厉害，还能光凭两个拳头打出天下？”

“这倒是实在话。可是你们给人家打收条了没有？”

“手续要做到嘛！我们不打收条，蒋介石没有办法向美国老板杜鲁门报账！”

“收条怎么写的？”

“这样写的。”这个战士用步枪的探条在地上画：

今收到

运输大队长蒋介石送来美式大炮两门。

中国人民解放军

战士们看见周大勇就哗地站起来，举手敬礼。周大勇还了礼，战士们便围在他身边，你一言我一语地给他报告蟠龙镇战斗中本连的战功、战绩。

“你们收煞了吧，听我给连长报告！”李江国迈大步走来，把人豁开，给连长敬了礼。

“他一开口可就算黄河决开了口子！”

“你听，赛过打机关枪！”

李江国不顾别人的议论，说：“连长，你要在家，看了准高兴！蟠龙镇制高点——积玉峁，就是咱们连队先登上去的。那呀，是一点也不含糊的攻坚战，攻了三四次才拿下来。赶打进蟠龙镇的工夫，半个月亮照当头，王指导员率领我们解决了敌人的旅部。敌人中将旅长就是王老虎亲手掐住的！”

周大勇说：“一六七旅旅长李昆岗是老虎亲手掐的吗？”

“是呀，他还捉到好几个大脑袋哩！”

有几个战士把王老虎推来了，嚷嚷着说：“连长，老虎躲在人背后，不敢露面。连长，他第一个登上积玉峁；旅长说，要奖励他！”

王老虎站在连长面前，脸红通通的，挺不自在，手没处放，脚没处站。

周大勇双手扳住王老虎的肩膀，说：“老虎，你平时一定是把‘勇敢’藏在荷包里，打仗的工夫才拿出来使！”

李江国说：“连长！你是知道的：老虎不光把‘勇敢’装在荷包里，就是干粮、鞋子、烟叶这三样东西，他不管在什么情况下，总是准备得好好的，保存得牢牢的。我说这是农民意识，他还不服气！”

王老虎说：“农——民——意——识？老战士的经验啊！”

李江国说：“连长，老虎可真拉不上桌面子！别的连队请他报告英雄事迹，他说：‘我愿意打十次冲锋，也不愿意上台讲一次话，那么多的人瞪着眼瞧，多不自在啊！’亏他还叫个‘老虎’！连长，还有，还有，他在真武洞边区军民五万多人的祝捷大会上，让人家选到主席团里去了。就坐在周副主席旁边。周副主席拉着他的手说：‘你名字叫老虎，那一定很厉害咯，敌人一定害怕你。是不是？’他浑身出汗，都忘记站起来敬礼。再说，他开了一天会，都没敢朝台下看一眼！连长！你说亏人不亏人。”

王老虎说：“江国！人家积德是修桥补路哩，你只要少说话，就积下天大的德啦！”

李江国说：“老虎，你叫我少说话，可是憋得我害了胃病的时候谁负责？”

王老虎说：“你呀，你是一年不吃饭也有力气开玩笑。”

李江国说：“不错，不错。我死了也是躺在地上数星星哩！”

王老虎不出声地笑了笑，向连长敬了礼，说：“我们班有个病号，我去给他搞点酸汤面，酸汤面！”

他稳稳实实地朝一座院落走去。

周大勇望着王老虎那比一般人稍高的背影。行军中，战斗中，他多少次望着这背影啊。战士们说：“是兵不是兵，身背四十斤。”这四十斤该有多少东西：枪、子弹带、手榴弹袋、刺刀、饭包、背包……可是王老虎背上这些东西，这些东西就像长在他身上了。走路的时候，你别想听到他身上有什么东西磕碰着响；打仗的时候，他背的东西也不会成为他的累赘。行军中，新战士都望着他这位久经锻炼的老战士。他们都觉得他迈步是有尺寸的，脚板怎样着地，也是有讲究的。要不，王老虎怎么能自自然然不费力气，脚不起泡，而且又走得那样快呢？

陈旅长打来电话，要周大勇马上去旅司令部。

周大勇向旅部走去，边走边想，王老虎那有趣的形样，不停地出现在他眼前。他自言自语地说：“白天黑夜，三年五载，王老虎总是不声不吭地走在部队行列里，不声不吭地走在部队行列里啊！”

周大勇喊了声报告，进了旅长住的窑洞。

陈旅长穿着衬衣，袖子捋在肘子上边。他正忙着修理收音机。桌子、凳子上，放着拆散的收音机零件；还有一架照相机——这是他随身带了多年的物件。

周大勇看看这一堆东西，想：“旅长总爱摆弄这些东西！”他对旅长这些爱好，是特别熟悉的。

陈旅长兴致勃勃，边收拾他那些东西，边说：“年轻的老革命！你是不喜欢这些玩意儿的。你跟了我很长时间，到底你是你，我还是我啊！”

旅长这爽快乐和的脾性，大大咧咧的样子，周大勇也非常熟悉。

陈旅长洗了手，仔细把周大勇打量了一阵，说：“你瘦咯，这一趟可够辛苦！”

“公道点说，敌人才够辛苦哩！”

陈旅长说：“你们把敌人从蟠龙镇地区引到绥德城，又从绥德城把敌人护送回来，真是够关心、够爱护咯！啊，谈谈，你感觉到敌人的情绪怎样？很晦气吧？”

周大勇说：“敌人不光晦气，还很泄气！”他走到窑门口，只见窑外墙上贴着一张大麻纸。纸上有毛笔写的一首诗：

胡蛮胡蛮不中用，
咸榆公路打不通。
丢了蟠龙丢绥德，
一趟游行两头空。
官兵六千当俘虏，
九个半旅像狗熊。
……

陈旅长笑了，说：“年轻的老革命！有味道吗？那是旅司令部那个外号叫‘跳蚤’的小通信员，从报上抄来的。来，我们具体谈谈。”他朝墙上挂的作战地图边走去。

周大勇指着地图说：“五月四号我们拿下蟠龙镇，五月五号，敌人九个半旅全部从绥德地区掉转头向延安地区窜。昨天，敌人才饿着肚子爬回蟠龙镇一线。”

“敌人爬回蟠龙镇，刚赶上开追悼会。”陈旅长的手指从地图上的延安东北九十里的蟠龙镇地区，移到延安西北九十里的真武洞地区，说：“我们野战军在这一拖。敌人昨天爬回蟠龙镇，可是我们在这里，穿上敌人送来的新衣服、吃上敌人的‘洋面’睡大觉，已经休息了七八天。”陈旅长搔着后脑壳，来回稳实地走着，又说：“这七八天是很巧妙的七八天。你想想，敌人几十万人马威风八面地扑来了。我们两万来人，不慌不忙地一下一下揍他；揍得敌人团团转，而我们机警地跳在一边休息。嘀嘀，这内边该有多少学问啊！”

“旅长！这几天蒋介石、胡宗南大概闹情绪咯？”

陈旅长说：“我懒得去研究他们的思想问题。你要有兴趣，你就关住门去研究一下。”他纵声大笑，并给周大勇叮咛，要参加诱击敌人回来的战士们很好地休息。

周大勇说：“旅长！那位李振德老人你知道吗？”

陈旅长说：“不光我知道，整个陕甘宁边区，谁不知道啊，他很英勇地牺牲咯！”

周大勇说：“他呀，不光活着，还很健康。他现在在我们团政治处哩！”周大勇把李振德怎样跳崖，怎样遇救，又怎样到了这里，给旅长一五一十地报告了个清。

陈旅长惊奇、高兴地说：“这才怪！警卫员！警卫员！准备招待客人的东西。”他想了一下，又说：“大勇，我要同李振德老人好好地谈一谈。谈罢，就请他到各团给战士们做报告；用人民的英雄事迹教育战士，是再好也没有咯！是吗？”

“是的，旅长。”

七

战士们一有空闲，就摆龙门阵。每个人都谈自己在蟠龙镇战斗中的经历，谈受挫时候的焦急，胜利时候的乐和。大伙都挺高兴，只有第一连战士宁金山，眉尖子拧起，摆起那么一副要死不活的样子。指导员找他谈了几次，他总说：“我思想上没有什么问题，就是闹肚子，身上不美气！”

下晚，宁金山水饭没进口，指导员王成德又来看他。王指导员跟他拉了一阵话，还说，派通信员到卫生队请医生去了。

宁金山知道自己并没有啥病，只有一种想法沉重地压着他。过去好些天，这种想法有时分明地出现了，有时隐蔽得连自己也感觉不到。但是这种想法，可永没有离开过他。

他躺在铺上，看着窑顶，这股烦躁劲呀，就像脑子里有千军万马在闹腾！疲劳、消沉、害怕，这一切好比千百条绳子一样捆着他的心。他很想摆脱这一切，但是他提不起精神，唤不起力量。

现在，他那种不能对人说的想法，更加分明，更加尖利："我要用什么方法赶快离开部队！"一想到这儿，一股冰水就流过脊梁骨，心也冰凉透冷不跳了！他像一个深更半夜走在三岔路口的人，又急又累又拿不定主意。

猛乍，他想起了指导员、同志们。他们都很好……救过他的命……要拉他走上正路。他们把他当亲兄弟看待。有一次他病了，指导员和好些同志，在他身旁坐了一夜，给他喂汤灌水，就说亲娘吧，又能比这好到哪里呢？不错，老百姓拥护解放军，敌人是不行了……革命好，革命有希望……有一种力量呼唤他去过困难的、有意义的生活。可是，运动战！运动战！没死没活地行军……危险……再熬下去……看不见边的黑暗又包围了他；越来越重的大石头，又压在他的胸脯上……猛地，他吃了一惊，觉得疲乏、头晕、发烧，心像一堆乱麻。"我真的病了？"他把头捂在被子里，哭了。

亮堂堂的月亮，照着起伏的山头跟川道。河槽里吹过阵阵凉风，挺舒服的。

周大勇和王成德从营部回来。他俩敞开衣服，让凉风吹拂；披着月光，肩并肩地走着，听那远处传来的战士们的唱歌声。

往天，连首长外出回来，通信员小成早就把水打好，亲热地说东道西。可是今天连首长回来，他噘起嘴，站在墙角下，像是有满肚子怨气。

周大勇没理睬他，把驳壳枪挂在墙上，又坐在炕沿上解绑带。

王成德问："小鬼，你嘴噘得简直能拴一条牛。怎么啦？"

"宁金山开小差了！"

周大勇好像不太相信，又问了小成一句。他思量了一下，一股按压不住的火从心里冲上来，把桌子猛乍一拍，说："没骨头，没骨头！想逃避斗争，恐怕蒋介石不答应！"

王成德右脚踏在凳子上，右肘支住膝盖用手托住下巴，望着跳动的灯焰想什么。停了一阵，他自言自语地说："党交给我们这么有力的思想武器，可是我们……"他把板凳踢开走出去了！

王成德心里毛辣火热地在院子里来回走动。他觉得，这不是一个人开小差的问题，这是对本连队政治工作的一次检验！

这当儿，战士们都非常着急地在院子里议论。全连队的人心情都是激愤的。

李江国说："昨天下晚，团长还表扬咱们是全团四个'巩固部队'的模范连队中的一个连队哪。这一下，'模范'请了长假咯！不要脸的逃兵！"

王老虎半天没吭气，等到很多人都说完，他才说："不怨天不怨地，只怨我们工作有缺点！"

马全有说："指导员给他谈了几次话，他说得干梆硬铮，可是他溜了。你拿他有什么办法？你就是钻进他的肚子，把你闷死，把他撑死，也解决不了他的思想问题呀！"

马长胜说："你就是恨铁不成钢。宁金山开小差，你也有一份责任。"

马全有冒火啦，他脸红脖子粗地喊着："他不革命要我负责任？"

马长胜说："风不吹树不摇，说你有缺点，也不是平白无故的。"

李江国说："马全有，你的主观性太强！人家一批评，你就来个反冲锋。这不是成心脱离群众？"

马全有两只眼瞪得灯盏一样，气呼呼，直跺脚，呐喊："你们给我尿这一脖子，倒像是我开了小差！"

王老虎说："全有！少拌嘴好不好。你总是说风就是雨！"

恰好王指导员来了，大家都不顶嘴了。王成德不高兴地说：“吵什么？工作出了娄子就埋怨？”

战士们都挺起胸脯，不声不吭，立正站着。

王成德说：“稍息！同志们，我们常说，共产党员就要会领导落后的人跟革命事业一块前进，可是看看我们！”

马全有说：“指导员，我错了，我不该和同志们吵。跑了人，我心里火得很。”

李江国说：“指导员说得对，反正我们大家都有一份责任。”他悄悄地拉了一下马全有的手，说：“全有，算我错了，刚才咱们俩就算没吵吧！”

王老虎听见他们悄悄说话，他想：“马全有、李江国，真是一根肠子通到底的人。遇见什么事，不扎实地想一想，就哇哇地吼喊！”

王指导员望着真武洞对面的山，停了好一阵，对支部组织委员说：“王老虎！关于宁金山开小差的事，我们马上召开支部委员会研究。你把人召集到连部。快！”

后半夜，有些冷，偏西的月洒下了清冷的光。

“向西、向北、向南跑上几天就不成了，那里都是蒋管区。向东，过黄河到解放区……要不……”宁金山想着，跑着，向东，向东，见山就爬，见水就蹚。被树枝绊着，跌着……帽子丢了，裤子撕破了，手掌流血，衣服凉冰冰地贴在身上。他，眼睛模糊，看不清路，上气不接下气，脑门顶里猛烈地跳动。向东，向东，背着西边天空挂的月亮向东跑。他不停地反悔着，可是，他一想到自己要到那安宁的、没有危险的地方时，心里又产生了一线喜悦的希望。

翻过一架山，猛乍，天黑地暗了。天快明了。他希望天明又害怕天明。

宁金山又向东跑了百十来里，天放亮了。他趴在山头上缩头缩脑地四下里看，只见两三个敌人在沟里饮马。那马扬起头，迎着冷风，嘶叫了几声。这嘶叫声颤动在清早的空气里，听来特别尖锐、刺耳、可怕。

“下边有敌人！下边有敌人，这周围就可能有敌人的警戒部队。”当兵的经验对宁金山有了帮助。他不停地利用地形、地物，匍匐着向塄坎下边爬着。猛乍，他看见一条小路上有些麦草，他顺着稀稀拉拉的麦草爬去，看见了一个小山洞子。他像跌在深水中的人，猛地抓到一根绳子一样高兴，几下子就蹿进了草堵的小窑洞。

“啊呀！”尖叫声从草堆中冒出来。立刻，那发出叫声的嘴又被什么东西捂住了。

宁金山跪在草堆中，端着两只手，心跳得像要爆炸。他望着草堆，像是僵了。

草动了，伸出了蓬乱的头发，头发上还挂了几根草。那披头散发下面是昏花冰冷的眼睛。那眼睛周围，因常害眼病而溃烂了。

宁金山看清了：这是一位又瘦又小的老太太。她跪在地上，因为用力过火，上身挺着。她蜡黄的脸皮包骨头，牙齿完全掉了，嘴唇向内收着。那昏花发红的眼，怪可怕的。她死盯着宁金山，像是防备着就要向她扑来的豺狼一样。

宁金山有气无力地坐下来，眼睛死灰灰无着落地转动着，说：“老妈妈，不要怕，我……”他看看自己的灰军衣。那灰军衣上净是泥土，有几处撕得吊下来。

老太太软绵绵地坐到草中，惊慌疑惑地打量这从天上掉下来的人。然后，她的眼光落在宁金山那灰军衣上，望了老半天。突然，她哭了：“啊，咱们队伍上的！”她那瘦弱的身子颤动得像风地里的树叶一样！

小窑洞有活气了。两个小孩从草里钻出来，趴在宁金山膝盖上。老太太拉住宁金山的手，把脸凑近他的脸，说：“亲人啊，你当真是咱们队伍上的人？炮火连天的，你可为啥独自个儿……你，熬累坏啦！”

宁金山眼皮愁苦地吊下来，说：“老妈妈，我找不见队伍。我，我掉队了！”

老太太像亲自己的孩子一样，她跪在地上，给宁金山剥那头上、衣服上的泥巴，说：“孩儿，离了自己的队伍就跟离了娘老子一样，该是嘛？唉，这世道，没法子哟……”

老太太解开一个包袱。包袱里，有几件粗布衣服，衣服中间夹着一张毛主席木刻像，还有几张米面饼子。

老太太把毛主席像双手拿起来，说："孩儿，这张像是我那老伴前年在延安城请来的，请来就挂在家里。如今，没有家啦！我把毛主席像总带着，想起这艰难日月了，就没心劲；没心劲的时光就看看咱们毛主席！"

宁金山望着窑外发呆；脸上的颜色急速地变化着：时而发白，时而发灰，时而又发暗。

老太太问："坏人造谣言，说毛主席过了河，该不能吧？"

"没有。老妈妈，毛主席没有过河。老妈妈，你不要问了！"宁金山趴到草上，把头塞到草里，说："我心里……"

老太太说："想必是饿啦！心里难受。"她给宁金山拿出两张饼子，说："孩儿，吃，吃饱藏到天黑再合计。吃，人是铁饭是钢，吃饱就有气力。你恓惶的！看，看，你手心的血！"

老母亲的关照、疼惜，孩子们亲热而可怜的眼光，这些，让宁金山的心里格外火燎。他希望这会儿猛乍飞来一颗子弹，打穿自己的脑壳，那倒好些！

宁金山看见孩子们饥饿的眼色投到饼子上。他把一张饼子递给那个五岁上下的孩子。那孩子一面伸手接，一面看祖母的脸色。

"吃着碗里，看着锅里！"老太太把孩子们拉过来，但是，又觉得这样对待孩子太忍心了！她把孩子搂到怀里，眼泪从那干皱的脸上淌下来。她边哭边说："唉，不懂事的冤家！"

宁金山说："老妈妈！孩子们没吃饭？"

老太太说："你只管吃，不要招理他们。唉，如今过的是什么日子！千刀万剐的白军，他们不得好死！前几天，敌人白日抢粮，傍黑就退回镇子。我们白日间躲在山里，黑间下山喝上一口汤汤水水。谁又知道，前日，敌人来扎到下村，一扎就是两三天。孩儿，我们是延安川道里的人，我家离这里有几十里路。这里有我家的亲戚。我们总说到这里避一避难，如今，你看，哪里也不能安生。我那老伴说，再向北走，躲到九里山我那大女儿家里去。哟！老的老，小的小，抬脚动步都不容易。如今，我几个儿子、媳妇都见不上。我见不上他们，死也合不上眼。这年月，多儿多女多冤家，儿女多罪孽重。唉，天老爷，仗可要打到多会儿，多会儿才能安宁！”她眼泪蒙蒙。

宁金山怕老太太看出自己心里的翻腾劲儿。他找话说：“快太平了。你看，你老人家孙子都有了好几个，过几年……”

老太太哭了：“不能提叙！我们一家七八口人，一打仗就谁也找不上谁！……白军逼得我那老伴跟我那大孙子拴牛跳了崖……拴牛殁啦！”

宁金山打了一个冷战。他想起前两天在全营军人大会上讲话的老人：李振德。

老太太说：“我那老伴，直性子，远亲近邻都喜欢跟他来往。他胳膊坏啦，眼不得力，黑间走路高一脚低一脚。他也跟上我那大小子李玉山四到五处闹腾地打仗！”

宁金山身上像火烧了一样，他一条腿跪在地下，身上刺棱地一挺，正要开口说啥，老太太猛乍把两个小孙子往草里一推，又把宁金山推倒。宁金山觉得老太太猛然产生了出奇的力量。

老太太那变颜失色的面容，让宁金山满身起了鸡皮疙瘩。

“白军！……天老爷呀……”她吓得心里绞痛，身体像在萎缩，像经过霜打的树叶在风地里抖。

宁金山听见窑外有说话声，他习惯地来了个抓枪的动作，一看，抓了一把草。他想：“他娘的，这样死了才冤！”他肚皮贴紧地皮，闭住呼吸，只听见自己的心空咚空咚像擂鼓一样响。

老太太跟孩子们的心，由于害怕而静止着不动了。窑洞里静得让人耳朵里发出各种离奇古怪的噪音。

窑洞外的山坡上有脚步声、说话声：

“能捉住一个老百姓就好了！”

“我们常找粮食，已经摸出门道了。你不要看不起那鬼也不去的冷地方，那里常常有粮食衣服，碰对了运气还能找到娘儿们！”

“顺着这些麦草，往上走。”

“那不是个山洞子吗？准有油水，上，上，上！”

太阳偏西了。远处有断断续续的枪声。这枪声，让人心里颤抖！

八

宁金山被敌人捆起来吊在牛圈的横梁上。他鼻子、口里淌血水，身上千奇百怪地痛，像谁用刀子一片一片剐他。悔恨的心，像在滚油锅里煎。猛然，他听见隔壁窑洞里传来惨叫、骂声、打声。

“说，他是你的什么人？不说，不说剥了你的皮！”

“他是我亲生儿！你剥了我的皮，他还是我亲生儿……”

“满口胡说！他是你的儿子，为什么穿共军的军衣！”

“你打死我，他还是我亲生儿，他是我身上的肉！不睁眼的天呀！啊呀……”

宁金山想起老太太那风能吹倒的身体，焦灼地思量：“我，我做了什么事呀！”他哭了，眼泪从脸上滚下来，混着血。

隔壁窑洞又传来打声、骂声、撕碎人心的惨叫声！……

时光，在巨大而残酷的悲痛里，一分一秒地缓慢地行进着！敌人一直把老太太拷问到天黑才罢手。

月光从牛圈栅栏门格里透进来。牛圈门外，有个敌人哨兵端着刺刀，来回游动。刺刀闪寒光。那刺刀尖上挑着死亡，牛圈阴森森的角落里隐藏着死亡。愁惨的空气也不流动！

宁金山两条胳膊麻木了，快要掉下来了。他喉咙里冒烟生火，昏过去好几回。他决心试探一下自己的运气，像病人呻唤一样地说：“给口水喝吧！”

敌人哨兵喊：“喊啥！闭嘴！”

宁金山听出了哨兵的河南口音。他说：“乡亲！哎哟哟，唉，乡亲，听口音你是河南人。我也是河南人。亲不亲，一乡人。咱们统是出门在外的……”

哨兵没有吼喊，像是拉长耳朵，听什么动静。宁金山当是敌人打瞌睡。他强打精神睁开眼，朝牛圈外头看，只见墙根的阴影里冒出一个人。那人扑到哨兵身后，举起明晃晃的马刀，一下子把哨兵劈成两半。接着，那人捡起了敌人的枪，背上，又嗖地扑进牛圈，用刀把宁金山手腕上的绳子割断，说："快跑！朝西！"

宁金山一把拉住那人问："救命恩人啊，你，你……"他生怕这是一场梦。

那人说："我是游击队上的。这村里有人给我们报信，说咱们一个同志叫敌人逮住了。我就来搭救你。"

猛乍，一个黑影闪了一下，爬进牛圈来，声音颤抖地说："快跑，放哨的不见了……不见……"

游击队员大吃一惊，向旁边一跳，抡起了大刀。那爬进来的黑影向地上一滚，差点大叫起来。

宁金山听出那是老太太的声音，他忙说："不怕，老妈妈，不怕。这是咱们的人。"他向游击队员说："这，这位老妈妈，是，是李玉山的老人。"

"啊，李大娘，知道，知道，老邻居嘛！"

老太太爬到宁金山身边，说："孩儿，快回咱们部队去！唉，我心口……我活不长……"

"老妈妈，快，咱们一道走！"

"孩儿！你先逃命，你先……"

"你，老妈妈，你……"

"我慢慢爬出去，我要爬出去。……反正我要有个三长两短，你给玉山捎个话！孩儿，去，往西走十来里就是羊马河！再往西就赶上了咱们的部队。孩儿，快高飞远走呀！我是有了今天没明天的人，唉，再见不上你啦！"

游击队员说："这是什么时光，还说东道西。你先走，同志，李大娘有我照护。"

宁金山顺着塄坎的阴影爬去，爬了两三里路，就放开腿跑，逢沟跳沟，逢崖跳崖，耳边生风，脚底板发热。

他一口气跑了二十来里，歇了脚，就爬到小河边，咕咕喝了一肚子水，坐下来，贵贱也走不动了。他全身骨头像散了一样裂痛。天也转地也转，身子不由自主。他晕沉沉地倒在地上。月亮落下去了，黑暗严严地裹住了宁金山。

他缓歇了一阵，焦灼地思量："到河东解放区去？藏在这里的山沟混日子？到蒋管区？回家吗？……这年月呀，真不如死了好！"他心神不安，毫无主意。可是，他一想到"敌人会追来的"这个问题的时候，精神猛乍给提起来了。他站起来，可是当"到哪里去"这个问题又闪过他脑子的时候，他觉着一步也移不动。他后悔，恨自己。他想起连长、指导员、同志们、老太太……"我回部队去？我有脸见人？唉，我是把一碗水泼到地上了！"他撕开胸前的衣服，跺脚，像害了抽风病一样。这比敌人用刀剐更难熬啊！他独自嘟哝："我自找的难过……"脑子里有一点火星烧起来，猛然那火星又让无边的黑暗吞没了，过会儿，火星又呼呼地烧大了，脑子里的一片黑暗，慢慢地退缩着……乍地，他听见扑通一声，像有人从高处跳下来。宁金山脑子里还没有转过弯，就有一个黑影把他拦腰抱定，十几把刺刀在眼前乱晃，有很多人还喊：

"捆起再说！"

"先捅他两个穿膛过的窟窿！"

宁金山浑身抖得像十冬腊月穿着单衫。他想："天老爷，我是从河里跳到井里了！"他正在恨上天无路的时候，忽然发现他前面站着的几个人头上绑着白手巾，而在这些人身后似乎拥着成千的人。他思量："这该是游击队——要是敌人便衣队呢？不，敌人便衣队，晚上不敢出来活动！再说，便衣队哪会有这么多的人？"他相信自己的判断没错，一线希望在心里闪亮。他壮起胆问："你们是游击队吗？"

"游击队咋着，还不是一样逮住你们这些美国狗腿子了！"

宁金山理直气壮地喊："同志，干什么嘛？我是咱们野战军的战士！"

一个游击队员冒冒失失喊："这家伙捣鬼！来，给他脑袋上钻个洞！”说着，就噼里啪嚓把宁金山打了一顿耳刮子。有的人还稀里哗啦拉枪栓。

宁金山说：“忙啥哩？同志，叫你们队长来，同志！”

一个队员喊：“李队长，来看这个鬼。李队长，你要慢走几步，我们就让这个鬼到美国去吃酒席啦！”

一个提盒子枪的人走过来。他是高个子，走起路来很稳实。

宁金山说：“队长同志！我是‘英雄部’的战士，一点也不假！我掉了队！给你说，你们这里有名的游击队长李玉山，我还知道。他爹李振德老人前两天还在我们营里讲话来！”

那位队长用电筒照了一下宁金山的脸，说：“我就是李玉山，可是我就认不得你呀！”

宁金山说：“你当真是李队长？……你……你当然认不得我，可是我们连长周大勇、指导员王成德都认识你呀。他们常说起你和你领导的游击队。”

李玉山拉着宁金山的手，说：“你真个是咱们部队上的同志。误会了！你们连长、指导员可好？”

“咱们部队上的同志”这句话，立刻招引来一阵亲切的握手、问好。有人还给宁金山递上纸烟，有人递上水壶、干粮。笑声，亲热的骂声；有人还低声哼陕北小调。

刚才打了宁金山耳刮子的那个年轻队员说：“同志，不要怄气，居家过日子也有碟子碰碗的时候，更不要说现在是打仗耍刀子呢。来，照我脸上打一下算了结！”

宁金山乐和得不行，话也多了，好像他倒是真的掉了队，经过很多风险让同志们从死亡的边沿上拉出来一样。他说：“李队长！你带的队员个个勇敢，我回去要给同志报告你们活动的情况。”

没等李队长开口，好多队员七嘴八舌地凑上来，说：

“同志，我们不勇敢能行？敌人把刀子放在咱们脖子上啦！”

“我们冒上这一条命啦！反正没有别的路儿走！”

“干游击队这营生，当年刘志丹和谢子长就给我们教会了。”

宁金山翻过来掉过去地在心里重复着游击队员的话："反正没有别的路儿走！"但是，当他想到自己是革命队伍的逃兵，就浑身软绵绵的了；身上被敌人打伤的地方，也突然像刀割一样痛起来！

李玉山拍着宁金山的肩膀，亲热地说："同志，咱们到前村去吃点，喝点，我们派人送你回部队去。这一带游击队多得很，可别再发生误会啦。"

宁金山很想说："李队长！你妈，她老人家……她……"话到口边又吞到肚里去了。

九

第一连今天热闹红火，像老乡家里过喜事。战士们都理了发，在河湾里洗了澡。每个人贴身穿着敌人送来的崭新的黄军衣，外面罩着洗得很干净的灰军衣。脚上全穿着敌人送来的胶底黄帆布鞋。他们把院子里打扫得精光发亮。墙上新出的墙报，随风舞动。墙报上的作品都是战士们写的：有快板、有诗歌、有小文章；有的是用铅笔写的，有的用钢笔写的，有的是借老乡的毛笔写的。样子是花里胡哨，内容却只有一个——欢迎新战士。

蟠龙镇战斗打罢，全旅的解放兵，一多半送到山西去训练了，少一半留下来补充部队。留下补充的解放兵，都是年轻、纯净、阶级成分好的人。

不大一会儿工夫，指导员带来了十来个新战士。这些新战士还穿着国民党军队的黄军衣，只是换了一顶解放军的灰色军帽，胳膊上戴着印有"解放"二字的解放军的臂章。有什么办法呢？人是来了，但是给他们穿的灰军衣还不知道在哪儿。

指导员把新战士带进了院子，等着欢迎的战士们就喊口号、鼓掌、欢呼。那些新战士没有看见过这场面，也没有鼓掌的习惯，他们都缩着脖子，惶惑地四处看。

王指导员把新战士分到各班，要他们跟老战士见见面。

一个新战士走进第一班住的房子，同志们迎上来拉手问好，有的给他端一碗开水，有的给他送一件衬衣，有的给他递过来一双鞋。大伙喜眉笑眼地对这位新战士说："看，这是陕北老乡们给咱们做的。鞋底上还写着字——'穿上鞋子跑得快，一心一意打老蒋'。""看！这碗套是山西翻身农民捎来的。这上边的花儿绣得多精致，这几个字也绣得蛮好——'我们的亲人子弟兵'。"

那个新战士什么也没有听清，不管谁问他什么，他都站起来立正，牛头不对马嘴地说："是!"像是机械装置的人。

王老虎问："同志，你叫什么名字？"

那个新战士连忙站起来，脚跟一靠，说："报告，我叫宁二子。"他瞧着王老虎，只见这人蔫头蔫脑，像是精神不足，看来不见得有啥大能耐。可是这位名叫老虎的班长，笑眯眯地噙着个小烟袋，怪和善的——大约一生一世也不会生气发火，见了教人喜爱，像是人一见他就被他吸住了。

宁二子看着每一个人的脸膛，哎！他们怎么一个个满脸是笑？当兵还这么乐和？这么遂心？

宁二子从当国民党的兵那天起，他赌咒发愿地说：吃屎喝尿也不当兵，世上什么事不是人干的呢？可是从他一踏进第一班，一股子没经过的亲热气就吸住了他。为什么呢？他吃不透。

集合哨子吹了。战士们跑出去，方方正正地站了一片。

宁金山从人缝里挤出来，耷拉着脑袋，谁也不看，蹲在土台子旁边。他让游击队送回部队以后，团政治处保卫股把他审查了一番，认为没有别的问题。他开小差的事，还没处理。今天第一连开欢迎新战士大会，政治处让他来旁听，受教育。

宁二子看见大伙都瞅宁金山，有些人还低声议论什么。他倒抽了一口冷气。因为他记起国民党队伍枪毙逃兵的惨状。那逃兵脸上流血，五花大绑……宁二子心里扑通扑通跳起来！

大伙儿正放开嗓子唱歌，指导员王成德走上台，手一压，全场鸦雀无声。他说："今天，咱们开会，一来是欢迎新战士；二来新老战士互相自我介绍，大伙认识一下。同志们，我先来介绍一下我们连队。”他指着那许多红色小旗，说：“咱们连队的光荣，都写在这些小旗旗上面的。你们看！”大家看着一面红旗。那红旗因为雨淋日头晒，褪成黄色了。那黄颜色上还有几片巴掌大的黑迹。

“同志们，这旗上写的七个字是：‘第一连英勇顽强’。旗上那一片一片的黑迹是血，是咱们连长的血。连长周大勇同志，是咱们纵队有名的战斗英雄，一九四六年八月他打上这红旗率领战士们攻敌人碉堡的时候负伤的。”他讲了那次战斗，讲了那次战斗中，周大勇怎样捂住冒血的伤口，率领同志们把这面红旗插上敌人阵地。

王指导员把十几面旗帜简单地介绍了一番，说：“现在老战士先一个挨着一个介绍自己吧。”

李江国刺棱地站起来，说：“报告！要论老战士，那咱们连队里就数周连长最老。你们没听见旅首长常说‘年轻的老革命’吗？还是让连长先讲他的身世根底吧！”

战士们哗哗地鼓掌，真像机关枪连发。

周大勇笑盈盈地站起来，望了一下战士们。老战士们觉得连长看见了他们每个人的脸膛、眼睛。他们乐得扬动眉毛，互相挤靠着。

新来的战士们都伸长脖子看连长。连长可最关紧要，全连人的命都在他手里扼着哩！宁二子把连长打量了一阵。他想：好一个精干利索的人啊！可是连长是不是随便揍人？他要揍人呀，那可吃不消！

周大勇走到土台跟前，脸色严厉，眉头拧成一股绳子。他说：“新来的同志们，咱们连的人，不是工人就是农民。旧社会，咱们忍饥受饿，挨打受气，在火坑里过日月！”

新战士眼睛一眨也不眨地望着连长。这阵，说他们在听连长讲话，还不如说他们在看连长的模样，捉摸连长的脾性。

“拿我来说，家里的人都叫反革命杀光了！我小小的就到咱们部队。同志们，没有共产党就没有我；没有人民军队也没有我。”

过去的种种经历，闪上周大勇的脑子。他二十四年的岁月，有一半是在北方度过的。他在北方的千山万岭中，说不定多少次，顶着长城外吹来的风沙，望着星星，想起湖南的家乡，闻到那里的稻香味啊！那水多树稠的乡村，肥沃的稻田，茂密的竹林，那是他出生的地方。那里有他孩童时期熟识的景物，跟形成他最初认识人生的种种事情。

周大勇思量着，怎样让新战士们从自己身上认识中国工人农民应该走的路子。他的家乡，他身世中那辛酸悲苦的一段生活，又活生生地映在眼前。

一九三六年三月开初，一支工农红军在湖南靠近贵州的边境上行军，他们是去赶自己的主力部队——红二方面军。有一天，一个讨米的孩子，趴在林子后边，机警地瞧着路上过往的队伍。这队伍里的人，穿着各种各样的衣服，有的帽子上还勒着红带子。他们有的人背着雨伞，有的背着斗笠，有的人腰里挂着三双草鞋。讨米的孩子想：这定是红军。他从路旁的田埜上跑过来，拉着一个红军战士的衣角，央告："你们是红军？就是红军。红军叔叔，收下我吧！不要看我小，叫我当红军我什么也不怕。"

这个红军战士指着后面的一个人，说："去找他吧，他准会收留你。"

这孩子等后面那个人走上来，就一把拉住那人的衣角，说："叔叔，我要当红军，收下我吧！"

此人，正是红军的一个团政治委员——现在本旅的旅长陈兴允。

当时，政治委员陈兴允闪到队列旁边，把这孩子打量了一阵。只见他齐头到脚有一支马枪高，瘦得皮包骨头，头发像茅草堆，两只小手像鸡爪子。穿的衣服稀巴烂，光脚丫子。但是，那一双乌黑晶亮的眼睛，骨碌碌地打转，显得怪机灵懂事。

政治委员弯下腰，摸摸那孩子的手，问："你能当红军？一支步枪就会把你压坏的。你是谁家的孩子？"

这孩子别的话不说，一口咬定："你收下我！"他把手里提的讨米口袋扔到一边，双手拉住政治委员的衣角，好像表决心："你不收下我，我就不准你走！"

政治委员轻轻拍着他的背，说：“你倒蛮厉害的！不行啊，现在正打仗，部队一天拉一百多里。你能成吗？”

这孩子望着政治委员，眼睛一眨也不眨，可是泪水却在他很脏的脸上冲开两条小渠。他说：“我在红军里待过，打仗我不怕。红军是为穷苦人的，我没家没舍，你不收我，我会饿死的！”

“会饿死的？”政治委员双手扳住这孩子的肩膀，眼直盯着他，望了好久。这句话打动了政治委员的心。因为他知道，饥饿中的人们，怎样用十年的生命换一口饱饭。因为他知道，“会饿死的”这句话中，包含了多少辛酸的眼泪和无告的痛苦！

部队沙沙地从政治委员身边过，红军战士们望望孩子又望望政治委员，像是请求政治委员把这孩子收留下。

团政治委员陈兴允详细地问了一番，原来这孩子看来不到十岁，可是已经十三岁了。他叫小八哥（到部队以后，起了官名周大勇）。先前他有父亲、妈妈、哥哥。父亲、哥哥给人家揽工受苦。后来，家乡起了红军，穷人有了活路。一九三四年十月，中央红军长征以后，周大勇的家乡又变成地狱。土豪劣绅组织的清乡团，在农村里清乡、捉人、吊打、砍头、烧房子……村村冒烟，处处起火；守寡几十年的老太太，转眼失去独生子；刚出嫁的女人，霎时失去丈夫；吃奶的孩子，趴在母亲的尸体上，哭哑了嗓子……水渠里流着农民的血，乡村变成了杀场。周大勇的父亲、哥哥早先都是共产党员。土豪劣绅领上清乡团，到处捉拿他们。狂风暴雨，闪电撕扯着黑夜。父亲和哥哥，提着短刀，顺着田垄，钻进了大山，消失在森林中……有一天，敌人把周大勇的妈妈捉住，要她交出丈夫和儿子。敌人用火烧她的头发，她可半个字不吐……她的尸体在村边大树上整整吊了七天！这时候，周大勇白天偷偷地趴在草丛中，望着母亲的尸体吞饮眼泪；晚上，他在母亲的尸体下，仰着头，低声呼喊：“娘呀！娘呀……”后来，还是本村农民冒上生命危险，把她的尸首从树上放下来埋葬的。周大勇永远记得：当邻居们摸着黑，把母亲的尸体刚从树上放下来的时光，他抱住母亲的尸体放声大哭。突然一位老太太捂住他的嘴，说：“不敢哭，不敢哭！不是哭的时候。”啊，在这年月里，人们连用眼泪祭奠自己生身母亲的自由都没有了！

一位邻居老太太，她的儿子叫反革命活活烧死。她哭瞎了双眼。这位无依无靠的老人，收留下周大勇这个没家没舍的孤苦孩子！这当儿，周大勇刚到十一岁。人生中为什么发生了这么可怕的事？他为什么这么悲惨？他的房子为什么一把火就化成灰烬？妈妈那样的善心人为什么叫人家吊死在大树上？父亲、哥哥成年成月累断腰筋受苦，为什么这世界偏不容他们？这些血海冤仇的根源，他还不十分清楚。他只恨那帮杀人凶手。他只希望：什么时候能见到不知下落的父亲跟哥哥。

时光，在血里流转，在火里流转。

一九三六年开初，周大勇才十三岁。有的人，在他这样的年龄，有温暖的家庭、父母亲的教养，无忧无虑。周大勇呢，他还不能理解人生，人生已经煎熬他了；他稚嫩的肩膀还挑不起生活的担子，生活的担子已经落到他肩上了：给人家放猪放牛、做短工，靠自己的力气过活了，看人家的脸色吃饭了！

这一年二月的一天，周大勇的父亲偷偷溜回来，把周大勇带上，连夜逃奔外乡。这工夫，周大勇才知道，哥哥在红军里作战牺牲了！

父亲带上他加入了一支红军游击队。父亲当了一名炊事员。行军的时候，父亲拉上他；驻军的时候，父亲烧火做饭，他就睡在父亲腿边！父亲常说：“旧社会，我们靠山山移，靠墙墙倒，红军队伍就是我们的家啊！别人不革命能行，我们不革命就没法子活！”

父亲这样讲，周大勇也觉得：红军里不打人不骂人，热闹又快活，实在不错。

旧社会，好人磨难多。周大勇跟上父亲在红军部队里过活了不上二十天，就出了事。一天，部队被敌人包围了。部队突围的时候，父亲牺牲了。一个红军战士，身上七处负伤，他拖着周大勇跑了二里来路，就倒在血水里咽了气。周大勇独自个儿跑了半夜，敌人不见了，可是自己的部队也不见了。苦难的日子又缠住了人。他白天七婆婆八爷爷挨门讨米，黑夜就缩在房檐下或小庙里打盹。这个小小的孩子，没吃没穿没依没靠，在茫茫的人生大海中漂流起来。他成日价四处寻找自己的队伍——工农红军。碰巧，今天遇见了红军的大队人马……

周大勇望望战士们，心一酸泪花子就滚下来。他简单地讲了一番自己的身世，又说："同志们，我是没家没舍讨米的孤儿，共产党和毛主席把我抚养成人。同志们，共产党和毛主席让我懂得了许多事情，但是有一条最重要：我们不拿起枪，就要永远让人家踩在脚下。同志们，我们手里拿着枪，还要知道枪是为了干什么用。能这样，没用的人也会变成有用的人，胆怯的也会变成勇敢的，愚笨的也会变成聪明的，落后的也会变成进步的。一句话，只要知道自己为什么活着，我们这让人祖祖辈辈踏在脚下的人，就会变成翻天覆地的人！"他转过身子长久地望着毛主席像。战士们也跟着他的眼光望去。

会场中鸦雀无声。

全连队的老战士，对连长这身世根底都一清二楚。可是现在听连长提叙起来，心里还不是股滋味。

过了一阵，老战士们都嘁嘁喳喳给新战士介绍自己连长的各种事情。有的说，连长怎样跟千千万万的红军战士一道，开动两只脚经过十来个省份，走了两万五千里。有的说，一九四〇年，连长虽说才十七岁，可是倒成了一名呱呱叫的轻机枪射手。次后，他由于作战英勇，当了战斗英雄。有的说，一九四二年——抗日战争最艰苦的年月，党派周大勇到一个武工队当队长；他在吕梁山麓的很多县份活动。有一次，他化装混到敌人占领的城内，把敌人翻译官口里塞上棉花，装在口袋里，放在牲口上从城内驮出来。过了几天他又化装进城，坐在饭馆里，突然满街人跑马叫，日本兵爬上城墙，伪军在街上大喊："周大勇混进城了！"这时光，周大勇和街上的人一块挤在路边，他还问人家："周大勇是什么人，这样厉害？"

那些新补充的解放战士，听了周大勇的种种事情，都在思量。啊，他现在是连长，十来年前还是讨米的孩子，连长也跟咱们一样可怜。新解放战士们觉着，连长和他们，心碰心了。他们从连长身上看到了光明跟希望，正像有谁一口气吹散了满天云，让他们看见了蓝漾漾的天，红艳艳的太阳一样。

生活像潮水一样流了几千年，也没有冲去人民的贫穷和难过。世界这样大，可是到处穷人都这样惨！连长的身世，也让战士们各人想起各人的苦楚。在场的这些人，在生活中忍受过一个人能忍受的一切。他们的心上处处被轻视和压迫刻上了伤痕。他们每个人，都带着失去田地的痛苦、饥饿的煎熬和复仇的怒火。

新战士都想讲话，可是他们没有当着大伙讲话的习惯，需要有人带头先讲。

有人用肩膀碰碰宁金山，低声说："你总该先说几句话吧？"

宁金山抱着头，只是哭。让他说什么？他想说，祖祖辈辈用眼泪浇别人的土地。他想说，打日本强盗的工夫他当了国民党的兵，后来汤恩伯在河南打了败仗，他让日本鬼子捉住塞到东北的煤井里挖煤！他想说，日本鬼子投降了，他跳出火坑向家里走，可是还没过黄河又让国民党的队伍抓了兵。后来他开了小差，半路上，又让阎锡山的队伍抓去当兵。他想说，旧社会，他的冤比谁也深；有家难奔有国难投的苦楚，他比谁也知道得清……唉，有什么脸在同志们面前说话？

新战士宁二子觉得心里有什么东西涌动，坐也坐不稳。

王老虎看看宁二子想说话又不敢说，就推他站起来讲话。同志们也喊口号欢迎宁二子讲话。

宁二子站起来，两腿直打哆嗦。他想说，穷人年年缴不起租子，全家饿得吃榆树皮。他想说，腊月三十日晚上，讨账人打上小灯笼，像勾魂鬼似的……可是脑子乱哄哄地抓不住话头。他左思右想好一阵，就前言不搭后语地讲起来。他讲那人民战士都经过的伤心事，他讲那中国工人农民都流过的血和泪。末了，他擦擦眼泪，又卷衣角，低下头说："如今，俺们一家人，也不知道流落到哪里去了！俺哥宁金山，也有七年没有音信……"

宁金山豁开人，走到宁二子跟前，盯着他，急迫地问："你哥，你哥是宁金山？你可是朱家店的宁二子？……"

全场的战士，本来都低下头抹眼泪哩，可是听见宁金山说话，大伙的眼光，都忽地集中在那亲兄弟相认的场面上了……

第三章　陇东高原

一

一清早，旅司令部举行干部会议。会上，旅首长讲了：要进行新战役。王成德、周大勇开罢会，回到连队的时候，太阳挂在西边山线上。

他俩把在旅部开会时光记的笔记，翻来翻去琢磨了好一阵，便让文书用四张大麻纸，把陕北敌人兵力分布的情况画了张简单的图，准备本连队开战斗动员会议时候使用。

参加会议的支部委员、党小组组长和班排干部都来了。他们都变得更英俊了：服装整齐，脸膛儿光彩；腰里的皮带和腿上的绑带都扎得很正规。

王成德说："同志们，要打仗了！"他声音很低，说得很平常。可是，这句话像吸铁石一样，一下子把战士们的情绪、眼光和注意力都紧紧地吸住了。战士们的脸膛更加豁亮生动了，一双双黑骨碌嘟的眼睛，闪着严肃、热情的光。眨眼间，每一个人心里都闪动着各种情绪和想法。王老虎脊背靠墙站着。他瞅着自己嘴边的小烟锅，像是"要打仗了！"这句话他根本没听到。其实，他不光是听到了，而且心里的想法比别人并不少。蟠龙镇战斗，他第一个登上积玉峁，成了陕甘宁边区出名的英雄。真武洞五万多人的祝捷大会上，他跟周恩来同志、彭副总司令肩靠肩坐在主席台上，还被选入主席团。当一名大英雄那是闹着玩的吗？要功上加功呀。可是在这回部队行动中立什么功呢？他想到巩固部队，想到要求最艰苦的任务，还想到自己班里有人打仗胆儿小、行军时脚上常常起泡……嗨嗨，该有多少事情啊！马全有呢，一听"要打仗了"就刺棱地冲起一站，心里轰地冒起一股火。他觉着，要打仗马上就走，走到就打，打的时候最好拼刺刀；再迟一分钟心都会炸！再说，下次战役中他要捉十个俘虏——这计划是自己向党支部提出并保证要完成的，说话要算数。李江国呢，他是急着想表决心，想挑战，还偏偏要和马长胜这老牛筋挑战。马长胜扭着脖子噘起嘴，脸色黑煞煞的；谁也不看，眼珠子固执地盯着自己的胸膛。他窝了满肚子的气，想跟人吵架。他生谁的气？生自己的气。瞧瞧，要打仗了，可是自己班里有个闹病的，而那个战士闹病是因为自己关心不够。只有老炊事班长孙全厚的样子出奇，打指导员一开口说话的时光，他就咧开嘴，喜眉笑眼的像有满心眼的高兴。因为蟠龙镇战斗中，他搞到敌人的两口行军锅，又轻又大。从今向后，到哪里再不必向人央告着借锅啦！管他什么战役，就是走到天边上，炊事班先不发愁——有口锅，不论是稠的稀的，总能让同志们吃上口热的。

王成德说："同志们，看，敌人整个架势就是这样：胡宗南的主力队伍从绥德城窜回来以后，就在这延安附近摆着！"他的手指移到地图上延安老西边的地方，说："这是陕甘宁边区的陇东分区。青海马步芳的一百旅……还有宁夏马家匪徒的八十一师……占着我们陇东分区。"他念了很多地名和番号。接着他又指着陕西西北角靠长城边的地方说："这是陕甘宁边区的三边分区。宁夏马鸿逵匪徒有五六个团的兵力占着我们这块地方。"他的手指在陇东分区和三边分区画了个大圈子，又说："三月间，胡宗南进攻延安的时候，宁夏和青海的马家匪徒，趁我们跟胡宗南打得抽不出手来，就出兵占了我们这两个分区。这多时，他们在这一带'清剿'哩，杀人放火，老百姓苦得撑不住！同志们，敌人阵势就是这样。咱们大家先合计一番，看下次战役怎么打。"

马全有说："先不管他什么马家匪徒，那是篮子里的菜，迟早会收拾他的。我们先集中力量打胡宗南匪徒。"

六班班长说："就是嘛，擒贼先擒王，搞掉胡宗南再说。"

李江国把人豁开朝前走了一步，说："算啦，同志们！打仗是凭自己的意愿？仗怎么打是要根据敌情来决定。我们对敌人的活动跟打算两眼墨黑，这样讨论到牛年马年也是白搭！"

王成德说："还是旧话，蒋介石的日子越来越难过。他要胡宗南赶快结束陕北战争，然后把兵力抽出来，送到别的战场上去。"

马长胜闷声闷气，像坐在瓮里说话："他来得容易，想走，可不能那么简单！让胡宗南试试看！"

周大勇插上说："是呀，敌人知道不消灭我们的军队，我们就要砸碎他的锅。这么，敌人就有个消灭我们的阴谋。"

李江国说："什么阴谋不阴谋，他们那一套，我们见过。胡宗南肚子里没货，是个草包！"

王成德把那幅四张麻纸的大地图往墙上一挂，说："延安以南是咱们陕甘宁边区的关中分区。胡宗南要他关中分区的队伍向北进攻，要陇东分区的马家匪徒向东攻，配合延安地区胡匪主力把我们围在这安塞地区消灭。瞧，敌人这算盘打得多带劲呀！"

一排排长说："胡宗南的部队死挤成一团，我们目下还啃不动。现在先收拾马家这些狗杂种，教敌人合围不成。"

周大勇说："对呀。敌人想让他们的几股子部队分头猛进，在这里围歼我们。可是我们不等他动，就先打他个头昏眼花。这样，第一，打碎了敌人的合围计划；第二，不等敌人拧到一块，我们就把他零敲碎打了。"

一个班长说："打这儿向西到陇东地区，要走三四百里，还要穿过大森林；要是再去三边分区，还得过沙漠呀！这也得估划估划。"

马全有说："不要说翻大山钻梢林过沙漠，党中央让我们到天边上去帮助劳动人民翻身，我们也不怕；要怕，还叫什么共产党员！"

李江国说："钻梢林过沙漠那唬不住人，可我也不同意到什么陇东分区和三边分区去。咱们先把胡宗南收拾光，让党中央和毛主席回到延安再说。党中央和毛主席回不到延安，我们心里难受！"

周大勇说："我们在延安周围打运动战就行，运动到远处就不行！同志们，这算什么军事思想？"

王成德说："如果上级决定去陇东分区作战呢？"

马长胜说："那就坚决执行呗！"

窑洞里挺闷气，没人说话没人吱声。王成德用拳头撑住下巴，忽眨着眼。

周大勇双手撑在腰里，望望这个瞅瞅那个。他躁气了，说："同志们，你们怎么连一点道理都闹不通！我们不能光看到陕北和延安，我们还要朝全国看，要有战略头脑呀！"

周大勇讲罢，大伙你一言我一语嘟嘟哝哝地在议论。这工夫，王老虎悄悄地蹲在墙角，思量什么。像是，他最大的心愿就是希望人家不注意他。

李江国喊："老虎，说话呀！三个人里头有诸葛亮，大伙一讨论，就把这理弄明白了。说话呀，老虎！"

王老虎磨磨蹭蹭站起来，低着头，用脚轻轻踢地下的石头子，说："要是上级决定进行陇东战役，我们就舍命地去执行；要是上级还没决定，让大伙出主意、讨论，那……延安多会儿才能收复？……同志们，我也拿不定主意啊！"他不自在地微微一笑，又眯缝着眼睛，想算着什么。

王成德说："同志们！上级决定要进行陇东战役。我们向陇东分区进军去打马家匪徒。眼下看，我们是把西北战场最主要的敌人胡宗南放下了，实在呢，我们是把他钳制得更紧了。因为，敌人怕我们从陇东地区插出去，戳到他们后方去。所以，我们一动，胡宗南一定跟上我们转……再说，我们用零敲碎打的办法，把胡宗南的帮凶一个一个地敲掉，那胡宗南就孤立了，就好打了。说到敌人还占着我们延安，这不要紧，反正敌人要的是地方，我们要的是胜利……"

散了会，王成德坐在门槛上，双手捧住头，心里火热毛辣的。周大勇朝墙站着，用拳头咚咚地捶打墙壁。突然，他转过身，说："今天的战斗动员会，就没开出个名堂！真他妈的窝囊，什么工作都不能干得称心如意，老是疙里疙瘩的！老王！咱们再召集支委会，从头重来！我就不信世界上还有做不好的事情！"

第一连开罢第一次战斗动员会的第三天——五月二十一日夜里，风不吹草不动，一轮明月挂在天空，照得山沟如同白昼。

安塞县真武洞前后左右的山沟、河槽里，挤满了马上要出动的西北野战军的部队。战士们集合在川道里，除了轻微的咳嗽声以外，什么声响也听不见。河槽里驮山炮的骡子，一排一排站着，都不叫唤。它们也像是懂得，现在需要特别肃静。

部队临出发的时光，王成德接到上级的命令：跟团政治处的几位干部一块到黄河边去带训练好的新兵，补充部队。

周大勇说："老王，我说指导员跟连长的工作没有好大分别，你还强辩。瞧！现在不是连长跟指导员的工作都搁在我肩上了吗？"

王成德说："喊什么冤！我不用几天工夫就回来了。"

部队出发了，像往常一样，开头走动的时候好拥挤哟！战士、担架队的老乡们、战马、驮炮骡子……南来的北往的，插过来穿过去，像是乱沓沓的没有次序。直到部队走出十来里路，那就利索了：这一路在这一条沟，那一路在那一条沟，一道道的人流，从不同的道路上向一个共同的目的地流去。

天亮了，部队行列里红火了，荒山冷沟也变得热闹而有生气了。沿部队行列，每隔五六百公尺就有一个师政治部或团政治处的宣传员，拉开嗓子给战士们讲新战役的意义跟行军中应该注意的事项。山坡上，路旁边，每隔三五十步就贴着一张鼓动战士们行军的标语或图画。战士们上大山的时候，就能听到宣传员在山顶敲锣打鼓，用喊话筒呼喊："上一山又一山，我们是铁腿英雄汉……"

各连队的行列里更热闹：有的战士说书、讲笑话，有的说快板，有的唱民歌小调。

晌午，部队进入到一条大川道里。

周大勇走在第一连行列前头。他朝前看，前边是伸到远方的部队行列。朝后看，后边是望不见尾的队伍。路随山转，部队行列也弯弯曲曲地向前流去。他觉着，他是这人流中的一滴水，是这伟大组织的一个细胞。要是离开这个整体，他的生命就完结了。这许许多多的人，大半他都认不得，可是他们的欢乐、难过，就是他的欢乐、难过；他们是他的同志、亲人。他又觉得，部队行列像个大链子，自己的连队，只不过是这链子当中的一个小环子，可也是不能少的一个环子。这许多环子中的一个环子是不是结实，那就看自己的工作了。他觉得责任的担子沉重，而工作又做得不够强，心里着急、惭愧。可是他反转寻思，往上数有营长、教导员，团、旅首长……往下数有排长、班长和战士，只要自己在这严密的组织中努力向前，那么，自己就有学不完的东西，说不尽的快乐。

他猛地抬头一看，前边部队已经伸入黑山森林里去了。

二

战士们经过了一夜又两天的行军。一天，太阳快压山的时候，部队在没有人烟的森林里宿营了。

战士们倚着一棵棵的大树，用树枝搭起了准备睡觉的小棚子。炊事班烧火做饭了，一股一股的烟，冒出森林伸展到天空。西边天上的红彩霞，把树梢抹成了红的。树上有各种鸟雀叫唤，像是比赛唱歌。黄刺玫花，散放着香味。遍地都是叫不出名字的小花，有的红艳艳，有的黄澄澄，有的蓝灿灿，有的红彤彤，实在是美。

沟渠里，炮兵们在饮牲口。有的炮兵战士脱光衣服，在沟里的小水流里洗澡、唱歌；有些个战士绕树干追赶着闹着玩。一个骑兵通信员背着手顺山坡朝上走，马跟在他后边。他蹲下，马就站住；他跑，马就跟上跑。他吹起口哨，那马的头就一摆一摆，有节奏地踏着蹄子，像是对它的主人表演什么。他猛地往地下一扑，说："卧倒！"那马也就卧倒；他的头靠着马头，手还比画着，像是对那匹精灵的马，说什么蛮有味道的事情。

森林中，到处是战士们欢乐的笑声，到处是雄壮的歌声："我们是工农的子弟，我们是人民的武装……"

警卫员们给团首长用树枝在一棵大树下搭起一个棚子。这棚子比战士们的棚子阔气多啦：三面还用被单遮着。

团参谋长卫毅盘着腿坐在团首长住的棚子里，跟他弟弟卫刚谈话。

卫毅摸摸自己的左腿，那左腿膝盖下边的伤口还没痊愈。他说："羊马河战斗中我负伤以后，在医院里整整躺了一个月。现在总算赶上了部队！往后，我负了伤，愿意坐上担架在前方转，可千万再不去医院压床铺了。躺在床上老是惦记部队，心像油煎！这一回来，碰巧赶上打仗，我可真有这份福气！卫刚，怎么着，你们连队工作搞得很起劲吗？你还是冒冒腾腾地凭一股子热情办事？"

卫刚把手里的一根小树枝折来折去，赌气地说："我只有一股蛮劲，再没别的能耐。工作也只能做成现在这个样子！"

卫毅亲热地望着他的弟弟，他打心眼里喜欢他。他觉得他太年轻，得到的表扬已经太多；经不起表扬的人，并不是没有的。他说："只有一股蛮劲还行？听说，你不想做政治工作而想做什么'单纯的军事工作'。奇怪啊！"

卫刚觉得他哥误会了他的意思，蛮抱屈地说："我是说，不想做指导员，想做个指挥员，比方，当个排长也行。"

卫毅说："这想法并不坏呀，可是为什么不想当指导员？太麻烦，是不是？"

卫刚用树枝在腿上轻轻地敲打着，不吱声，像是有满肚子牢骚似的。

卫毅从马褡子里抽出几本书，说："这几本书，是我在山西给你买的。你再忙，学习总是不能放松。"

卫刚把书往胳肢窝下一夹，站起来就准备走。

卫毅问："就走吗？"

"我还有工作。"

"你还需要什么？"

卫刚一脚踏出了棚子，说："什么也不需要！"

卫毅走出棚子，赶上了卫刚，跟他并肩走着。他问："你怎么啦？"

卫刚憋了两三分钟才说："你对我的看法不全面！"

卫毅笑了，望着数不清的参天大树，说："卫刚，让我怎么说哪？

战斗中，我看见你把战士们带上去了，平素看到你在工作中做出成绩，我就比别人更高兴。可是你为什么做出芝麻大点的事情，就要让人看见呢？这不好啊！看看我们的战士，他们都是些朴实稳厚的人，完成惊天动地的业绩，也不作声。卫刚，你我不论做出多大的功绩，也不需要向人显示，因为那是我们本分以内的。”他双臂帮在胸前，凝视着树上归窠的鸟雀，思量了一阵，又说：“我常想，就算我单枪匹马消灭了上万的敌人，立了大功，但是这比起党教养我的苦辛来，比起共产主义事业来，又算得什么？卫刚，你同意我的看法吗？”

“这说法还有错？”卫刚的声音平和了。

卫刚迈大步走开以后，卫毅还双手撑在腰里，在原地站立了好一阵。他回想着他的弟弟，微微耸动肩膀，自言自语地说：“还太年轻啊！”

团政治委员李诚，从下面山坡上走上来。他一走近棚子，就看见卫毅找来几个刚从连队上回来的参谋，汇报今天行军中的各种情况。他想：“卫毅的腿真快！半点钟以前我还看见他在二营，转眼他又回到团部来了。”

李诚看见棚子很小，里边挤的人太多，就蹲在一棵大树下。

卫毅看见政治委员，他轻轻耸了一下肩膀，微微一笑。李政委也随便地扬起手向他打招呼。

团政治委员李诚，高个儿，脸有点瘦。不论谁一见他，就觉得他那肌肉并不丰满的身体里，像是储藏着使用不尽的精力。

李诚翻开放在膝盖上的小日记本，边看边思量。

部队今年三月临过黄河的时光，他就跟旅政治委员到晋绥军区开“建军会议”去了。他离开部队三个来月，觉得自己对部队情况有点生疏。因此，他回来的这五天工夫，成天在各营、连跟干部、战士谈话。他要具体掌握部队情况，特别是思想情况。

他反复分析了他了解到的各种情况，看到，随着战争的发展，政治工作者面前摆下了繁重的任务。不错，那种勇往直前、信心百倍的战斗精神，非常旺盛。但是，现在斗争特别艰苦，在这人烟稀少的地方，大兵团作战，没有房子住；粮食少，战士们常是饥一顿饱一顿；长途行军，整天翻山过岭；特别是，战斗残酷、复杂而又频繁。因此，那些软弱的东西也就暴露出来了！李诚想起团党委会讨论过的几个人。这些人的错误思想，虽然表现为各种式样，但是归结起来就是：向困难低头，畏缩不前。他站起来望着身旁什么地方，望了好一阵，然后，把右拳提到胸前向下击着，独自说："要朝这些坏思想开火！哪怕这坏思想是一星星一点点，也要肃清它，彻底肃清它！"

李诚的举动显出：紧张的战斗生活，不光把人平时举止态度上的细节磨掉了，就连人那些迟缓柔弱、犹豫不定的脾性也磨掉了。它让人作风雷厉风行，性情果敢爽直。

李诚穿过灌木林，走到团政治处的宿营地旁边。

政治处的电话机就安在一棵大树下。组织股的一个干事，正在电话上和二营教导员谈工作。另一个干事，在文件箱里翻寻什么材料。一个戴近视眼镜的保卫干事坐在草地上，把手枪放在两腿中间，正审问一个混入部队的特务。有一个年轻人趴在地下，画着明天鼓动战士们行军的图画。一棵大树旁边的文件箱子上，趴着一个刻小报的油印员。他刻的文章多半是快板、诗歌和"顺口溜"。油印员刻着刻着就把头搁在手背上睡着了。李诚轻手轻脚地走到油印员对面，蹲下去，把钢板、蜡纸和铁笔挪过来，帮油印员刻了一小段，又摇着头独自说："我当宣传员的时候也刻过钢板，可是我刻写的技术比这小鬼差远啦！"他亲切地望着油印员那孩子式的脸颊，那脸颊被太阳晒得起了一些白色而透明的薄皮。

李诚朝一棵大树跟前走去。那里团政治处杨主任，召集了十来个干部正在开会。

团政治处的那些干部，都是每天行军时候，杨主任派到各个连队上去的。他们和战士们一道行军，帮助连队工作，了解战士们的思想情绪等。每天，部队宿营后，他们就回到团政治处，给团政治委员和政治主任汇报了解到的各种情况。

李诚对这种"汇报会议"很关心，每次都去参加。

宣教股长汇报。他讲，第六连创造了一种行军中鼓励战士情绪的新方法。

杨主任把本本上记的话看了看，说："高股长，像你这样深入连队了解问题，可就丰富了咱们政治处的工作。同志们，加油干哪！有了你们这些人深入连队，就有了很多看不见的线把团党委和战士们连接起来了！"他抬起头，看见李诚站在自己身边。又说："政委！你来迟了一步，没听上高股长的汇报！"

"妙哇！把团党委和战士们连接起来了！"李诚边想边对高股长说，"你再讲一遍！"

李诚垂着两手，头微微低着，望着旁边什么地方。听了好一阵，他说："杨主任！让高股长和二营教导员一道到六连，把这种新方法再从头到尾了解一番。经过仔细研究以后，真正证明它是有效的方法，那就请二营教导员到一、三营去做一次报告，让大家都学习这种方法。"

杨主任说："着啊，这样做稳当些。"

接着又有一个宣传干事汇报。他的脸膛看来又俊秀又聪明。他拿出个小本子看着，说："杨主任，我了解第五连的情形是这样的：战士们非常疲劳，他们情绪都不太高，有一两个班排干部也愁眉苦脸……"

李诚瞅了那个宣传干事一眼，问："什么原因？"

"不知道……他们的指导员看起来办法也不多！"

杨主任问："你这个代表政治机关去的人，又给他们出了些什么主意呢？"

"我，我也累得喘不过气。我……"

"不说你，还谈五连的情况吧！"

"恐怕再没有什么了！"

李诚一字一板地说："不要说什么'恐怕，恐怕'，确实一点说！"

宣传干事慌了，瞧瞧左右坐的几个干事、工作员，像是求援。他说："我想，大概再没有什么了……"

李诚脸色凝然不动，那千百斤重似的眼光，压在宣传干事身上。他说："算啦！谁知道你说了一大篇什么！不要你汇报五连情况，先请你弄清，你为什么这样愁眉苦脸呢?”他直盯着那个宣传干事，盯了好一阵，说：“奇怪，热腾腾的连队生活反映在你脑子里，就是这样！照你的说法，战士们日夜行军，艰苦奋战的英雄气概怎么解释呢？你看不见那些病了硬说没病，自己脚磨得出了血，还一样鼓舞别人帮助别人的人吗？我们知道，并不是每一个人都是坚强的，有个把子让困难吓倒了的人。对这些人应该做的工作，营团党委已经具体布置了。你最好到五连再住几天，呼吸呼吸战士们的正气。这对你现在有好处，对你将来也有好处。”他向前走了几步，停住脚步，回头望着那个宣传干事，说：“有一次咱们旅政治委员给我谈，‘严格地说，如果你在一天的生活中，没有任何新的感觉，那么你这一天便算过得很糊涂；如果你根本感觉不到那不断涌现的推动自己向上的思想，或者说失掉了对新鲜事物敏锐的感觉，那你的脑筋就快要干枯啦！’我看，这几句话，对你也很有用处。”

断黑，树枝梢上挂满晶亮的星星。森林的空地上，炊事员们烧起一堆堆的火。黑暗中，不时发出哨兵威严的喊声。

李诚时而在树林边向站哨的战士询问什么，时而在火堆跟前和炊事员聊天，时而又向教导员或指导员指示什么。

李诚靠一棵树干站着。树上的鸟儿扑棱扑棱扇着翅膀，像是对这森林里突然出现的热闹生活很不习惯。李诚的警卫员站在一棵树下，他很想捡起块石头朝鸟窝扔去，可又怕打扰了李诚的思索。咦！政治委员在想什么哩？兴许他正在谛听这森林晚间是怎样呼吸？其实政治委员正在听着战士们讲话。

“事事立功嘛！大伙没意见就给宁金山记一功。”这是班长王老虎的声音。

“梁世德也应该记功。他行军中帮助别人扛枪，宿了营又帮炊事班挑水……”

“不行！梁世德今天行军的工夫，踏了老乡的庄稼苗。这呀，是个了不起的错误。说说，咱们为什么打仗？为了人民利益哪。可踏了老乡庄稼，不就破坏了人民利益？一个革命战士嘛，自个儿做了对不起人民的事，他心里就像锥子扎。可梁世德就没有在大伙面前坦白这件事，这就是阶级觉悟不高呀！”

“不要胡拉被子乱扯毡。有功记功，有过记过，这是两回事呀！”

“说得出奇！怎么是两回事？……”

李诚一动也不动地听着、思量着。像他在战斗生活中千百次体验过的一样：战士们说的话中，有很多宝贵的思想。这些思想是闪闪发光的、具体的，仿佛伸手就可以摸到似的。

他调查研究，到处看到处听，并思量分析这一切，已经成了习惯。他跟战士们一块生活、呼吸，好像也一分钟不能间断。

他调查研究，便能从日常的生活现象中，领悟到一些重大问题。他到处看到处听，便能从战士们的面容、眼色、笑声、不关紧要的说话当中，锐敏地感觉思想的动静。常有这样的事情：他从一个连部驻的院子门口走过，看见一个战士站在那里发愣。他就到连部对指导员说：第几班某某人，大概有什么样的心思。指导员一研究，果真不错。有时候，他突然在电话上对某营教导员说，哪一连哪一班有个叫什么名字的战士，家里来了封信。信里头说，他母亲病亡，你们要很好地安慰那个战士。接电话的干部听到这些话很奇怪：今天就没见政治委员到营里来呀，他怎么会知道这些事？

只要有机会，李诚总愿意把铺盖搬到连队上去住。因为他跟战士生活在一块，就明显地感觉到他们的智慧、想法、要求、愿望向他脑子里流来。这各种向他脑子涌流来的东西是复杂紊乱的，可是这一切很快就在他脑子里起了变化，有了条理。有时候，李诚装了满脑子问题一时抓不住要领，可是干部或战士的某一句话给他提起了头，一切立刻都明确了；事物的内涵或单纯的本质，也都立刻清楚地显示出来了。这当儿，他得到别人意想不到的愉快。这种心情，让他工作精力更加充沛。

周大勇从一棵大树边闪过来。李诚问他干什么去，周大勇说，他刚开完支部会，现在去找个战士谈点问题。

李诚问了第一连战斗动员的情形以后，说：“周大勇同志！你光给战士们讲，我们是为自己打仗，一定要完成任务，这还不够。我们的战士，不是普通的士兵，他们都是革命家、军事家。因此，不仅要让他们知道我们的事业一定会胜利，而且要让他们知道用什么方法取得胜利。这样，他们才有不能摧毁的必胜信心。过去我们在这方面只零零碎碎进行了点教育工作，非常不够。周大勇，行军当中，你要利用每一分钟，拿我们实战的例子，简单生动地给战士们讲解我们的作战原则。当然，这件事要做好，还必须全团很好地组织一番学习，但是我们不能等待一切都准备齐全了才做工作。不能等待，说干就干，不能大干就小干，能干多少先干多少。”

周大勇想起部队出发前，在本连队的战斗动员会上，自己就因为没有想到这些问题使工作走了弯路。李政委刚回到部队，可是他劈头就提出这个问题！

这时光，山坡上爬上来两个战士。他俩走累了，坐在一棵倒下的树干上，抽着烟，笑哈哈地闲聊。

“我把你父亲来信的事向连长一报告，连长再向政治委员一报告，那你小子就有好受的了！”

“你成心跟我作对！我又没有捏死你的儿子。政治委员的眼睛多尖！你不多嘴，保不定他啥时候也会知道。真个的，咱们俩感情挺好，包庇点！”他咕咕咕地笑了。

“别怕！我不给你公开宣传就对了。不过，说公道话，你这愣小子，可也太叫人恼火！”

“如今这翻身农民，说话可就气粗！我父亲那封信末尾还写着：‘儿呀，白日盼，夜里盼，半年盼不来你一个字。你不给家里写信，我就要写信批评你们的政治委员。他是干什么的？他怎样指引我的儿子……’我心里直扑腾，他老人家要真的……”

黑暗中有人插话：“牛子才，你父亲说得很对。他应当批评我，他有权利批评我。”

嗬！政治委员的声音。天晓得，悄悄话让他给听见了！两个战士像让火烧了脚后跟一样，一蹦跳起来，立正站着，又吃惊又好笑。

李诚问："你好久没有给家里写信了？"

牛子才嘴里像塞满东西，哧哧吭吭地说："从过黄河……过黄河……到如今，一个字也……"

李诚说："来，来，坐下！"

两个战士坐在政治委员旁边。周大勇站在他们对面。

李诚说："周大勇，你也坐下听听。凑巧，这不近情理的事情发生在你们连队。"他侧过脸问牛子才："为什么不给家里写信？理由大致是战斗频繁，行军紧张，忙！你说说？"

牛子才摸摸枪，肩膀动动，像是蚊子钻到衬衣里，浑身痒痒又不好去搔。

李诚说："你家里是翻身户，想来过去你父亲不是长工便是贫农？"

牛子才说："我父亲揽过多半辈子长工，土地改革当中，我家分到十九亩三分地。"

李诚望着树梢的星星，手轻轻地拍着膝盖，说："劳动人民屎一把尿一把，从贫困生活里把自己的子女拉扯成人。战争来了，他们又把子女送到自己军队里。为了他们养育了那些英雄的子女，中国人民世世代代都会感激他们的。这样的人——用自己的肩胛扛着人民解放事业的人，谁会有一时一刻忘记他们？更不要说他们的亲生骨肉啦！你父亲在信里对我们做政治工作的人表示不满。我听了，心里不是股滋味……嗬嗬，我还是一个政治委员，鬼才晓得！"他望树边站的周大勇，问："你说哩？"

周大勇含含糊糊地说："我们也要负责！"他心里直嘀咕，提防着。他觉得政治委员总在转弯抹角把批评重点向他身上移。

李诚说："我们把事情办糟了，就拍胸膛喊：我负责。负什么责？碰鬼，一句空话！"他转过身又问牛子才："你不写信，你家里人埋怨谁？埋怨共产党。注意，同志！就连这些私人的小事情，也关联到我们党的威望和事业！这些重大问题你都没有好好想过。是这样吗？有不同的看法也可以讲哇。"停了好一阵，他站起来又说："做事不近情理的人，就不是很好的革命战士。牛子才，明天一宿营，你就给你家里写封信。记住！”

两个战士走开以后，李诚跟周大勇在树林里散步似的转悠。李诚抽的烟卷，一闪一闪发亮。风刮树叶嘶啦啦价响。空气中，飘着山间野花的香味。一群一群的雁鸣叫着飞过天空。

李诚说：“这里实在好啊！将来仗打完了，说不定我们还会来这里搞建设。那时候，也许还能看到我们现在搭的这些小棚子。”

周大勇有口无心地说：“是嘛！”其实鸟叫也好花香也好，将来到这里搞建设也好，他都无心去注意。牛子才那封信的事，又把他单纯的心境搅乱了。什么鬼把心窍迷啦？自己成天跟战士们一块滚，有些问题硬是看不见。李政委一来，那些自己看不见的问题又偏偏跳出来露丑！周大勇那颗年轻而要强的心，让一种强烈的责任感攫住在审问。

李诚感觉到周大勇的心情了。他说：“你还在想牛子才的家信？很恼火吗？嗬，同志！指挥员、政治工作人员，要像父母亲一样爱护、关心战士。这样，万千劳动人民的父母，把子女交给我们带领，才会放心。看来，牛子才家里来信的事，你根本不知道。”

周大勇秉着他爽直的性情承认：“不知道！”

李诚说：“好干部连他的每个战士睡下说什么梦话，怎样磨牙统统知道。好的干部是战士思想情绪的体温表。你注意到了没有？咱们在老乡家里驻扎，老乡的女人抱着个吃奶的孩子。那孩子咿咿呀呀说话，咱们什么名堂也听不出，可是那位母亲全听清了，而且很有味道地和她的孩子谈话。有时候，老乡的女人在院子里筛麦子，突然，她跑回去给她刚出月子的孩子加件衣服。我问过老乡的女人：为什么突然要给孩子加件衣服？她说，她觉着她的孩子需要加件衣服。瞧！原来母亲和孩子的感觉是相通的。一个干部应该是最好的母亲！多想一想，周大勇。生活中到处可以学习。去，该睡觉啦！”

李诚和周大勇谈罢话以后，穿过树林，踏着地下厚厚的落叶，朝团首长睡的棚子走去。远处的森林里有一种什么鸟儿，用柔和而清晰的声音，在不停地歌唱。近处，有流水声，有唧唧的虫叫声；有萤火虫在飞窜。猫一样大的小兽，从他身边窜过去，嗖地爬上大树。树上的鸟儿扑棱棱地飞起，冲撞着树的枝叶。李诚停住脚步很有趣地望着树梢，静听着。

三

西北野战军不分日夜地钻森林、上山翻沟向西挺进。

团政治委员李诚，在行军中不是按照一般习惯：首长骑着马走在部队前头，有时候往后传两句什么命令。他总是这样：部队开始走开了，他和团长赵劲骑着马在部队前边走，走上五六里路，他跳下马闪出队列站着。过来一个教导员，他叮咛几句话。再过来一个指导员，他又喊："为什么你行军中一定要跟在连队尾巴上走呢？反正是走路嘛，一面走，一面就找个战士谈话。这样，一天你不就可以和五六个人谈过话吗？要你们做工作，你们总说没时间，行军的时间就是指导员做工作的全部时间。"有时候，他也加入到某一个连队行列中和战士们谈话，听他们的心思，看他们对上级作战意图了解的程度。走上一阵，他又闪出部队行列，站到那里，一个一个告诉那些做政治工作的干部：今天行军中应该做些什么工作。一直到他这个团走完，他又骑上马赶到本团队伍的最前头。然后跳下马，又站在那里，又给一个个干部吩咐事情，布置、检查工作。

有时候，李诚的警卫员和饲养员跟着他上来下去地奔跑。他们好不满意啊！

饲养员对警卫员说："四二号来回跑个啥子哟！"

"跑啥子，他的事多嘛！"

警卫员趁空对李诚说："四二号，你这样来回跑，会把身体跑垮的。再说，我们来回跟上你跑……"

李诚说："谁叫你们跟上我跑呢？你们只会叫苦！叫苦！"

警卫员再没敢往下说，可是心里嘀咕："我哪里是为我叫苦啊！"

饲养员看说话的机会不可错过，他赶紧插了一句，说："四二号，我拉上马跟直属队走，你骑啥子哟？"

李诚把手一摆，边走边说："好啰唆呀！骑马，骑马！上级为什么给我一匹马骑？因为我是政治委员应该骑马吗？不是，同志！上级给我发一匹马，那是叫我骑上它少消耗一些体力，多用一些脑筋；上级要我这个骑马的干部顶两个三个干部工作。因此，行起军来，我不能老是压马。同志，懂了吗？”

一天，部队行军五十里以后，停下来做半小时的休息时，李诚像往常一样，抓紧时间，立刻召集来七八位干部。他简单明了地问：“你们的单位半月前补充的新解放战士，今天行军中有什么思想反映？”

有的干部很具体地说出了一些重要问题。有的干部说：“情绪很高，没有问题。”

李诚对那些能具体地了解战士思想情绪的干部，巧妙地称赞几句。对那些说“情绪很高，没有问题”的干部，就非常严厉地批评：“简直不能容忍！你整天跟战士们一起生活，而不知道他们的思想情况，这算什么政治工作者呢？‘没问题’？那你可以睡大觉啊！同志，只要有工作就有问题。好啦，这里有一位老师。”他扭头对一个指导员说：“请你把刚才给我谈的话，再对大家讲讲。”

那位指导员说：“以前我的工作情形是这样，喜欢使用那老一套的简单办法，部队临出发的时候，我站在队前问，‘完成今天的行军任务有信心没有？’战士们喊，‘有信心！’我便满意了，认为自己要做的工作做完了。可是工作中常出毛病。我们教导员帮我总结领导方法的时候说，‘你要让战士们对上级的作战意图或行军任务真正心里有底，那就不是队前简单地讲几句话便能解决问题，而要仔细切实地做工作。’这几天我改变了工作方法。比方，刚才我和我连一排长谈话。他说，他们排里的战士们情绪都很高，没有问题。但是我深入一步研究，就发现第一排有不少战士在说，‘马家的队伍落后得很，连迫击炮也没有。我们在延安周围作战，缴了胡宗南很多大炮，这次我们打仗不用费劲，炮把敌人一轰垮，便冲上去了！’这就是说，还有些战士有轻视敌人和过分依赖炮火的思想。”

一个瘦高个子的指导员说：“这种思想有是有，不过只是个别的人……”

“个别的?”李诚接过来话头问。“多奇怪的想法啊！同志，要是百万大军中有一个人的想法和我们的奋斗目标有抵触，那么，我们就要耐心艰苦地做工作，使大家齐心。不做艰苦的工作，光说‘不可战胜’，那是一句骗人的空话。”他深沉锐敏的眼光，慢慢地从这个干部脸上移到那个干部的脸上，察看他们的思想活动。“同志们，团党委指示：一个政治工作者，他应当了解全连每个战士，像了解他的五个手指头一样！……这指示中列举了很多具体办法。这些办法是集中了全团人的智慧订出来的。可是我们有些同志，愿意把它挂在口头上，而不愿意真正地掌握它。”

“前进！前进!”战士们转述着指挥员的命令，部队又继续向前移动了。

李诚站在部队旁边，战士们从他身边流过去。他扭头看后面那长长的人流。他在那么多的指战员中，远远地就认出了周大勇。

在天气黑洞洞的夜行军中，本团部队从李诚身旁过去，他从那行军速度的急缓上，能识别出每一个连队。部队宿营的时候，他住在房子里，窗外走过一个人，他从脚步声就能听出那是谁。

李诚第一次看到一个新战士，他就问清他的名字、成分，并且观察他身材、脸膛上的特点，还在心里默写着这问到和看到的一切。他要牢牢地记住他。因此，全团有一个月军龄的战士，李诚就可以叫起他的名字；有两个月军龄的战士，他就能说出他的出身、年龄、籍贯、一般的思想表现；说到老战士，那他连他们的脾气、长处、习惯、立过什么功，都能一清二楚地说上来。有时候，在夜战中，一个战士负了重伤，精疲力竭，突然，李诚在黑暗中喊那个战士的名字，鼓励他几句，那个战士便获得了生命和气力，从血和绝望中勇敢地站起来了。

现在，李诚远远地就认出了周大勇，并不是他看清了周大勇的模样。他是从那结实高大的形样和走起路跨大步的姿态上，感觉到那是周大勇。

周大勇气昂昂地上来了，李诚跟他肩靠肩朝前走去。

李诚对周大勇这浑身每个汗毛孔里都渗透着忠诚和勇敢的干部，是打心眼里喜欢的。他觉得，在整一年的人民解放战争中，周大勇变得老练了。

周大勇的米袋搭在肩上。现在他是连长又是指导员，所以除驳壳枪以外，他还背了一个挂包，为的是装党内文件和各种材料用。他看来总是精干、利索的。

李诚问："后天我们就可能进入战斗。战士们情绪怎么样?"

"很高!"

"好高？谈谈，你做了些什么具体工作?"

周大勇讲：党支部怎样研究上级打好第一仗的意图，战士们怎样讨论，他又和谁做了个别谈话。

李诚想："嗯，他的确做了不少工作。"又问："你觉得你们连队，在进行战斗动员的工作上还存在什么问题?"

"没有。"

李政委看了他一眼，停了好一阵，声音低沉地说："'没有'这两个字，你是经过仔细思考的吗？你对自己的任何话，一说出口就准备负责到底吗?"

这一问，倒把周大勇问愣了。

"嗬！我们要求万众一心，可是一个连队就该有多么复杂！你们连队，共有九十七个人。这九十七人来自天南海北。他们当中，有工人、农民，有新战士、老战士；新战士里头有解放战士，有翻身农民……思想水平不同，出身不同，性情不同，战斗经历不同……而你要把他们的思想统统集中到战斗上来。战斗，对一个战士提出了最高的要求。想想，你对每一个人该要做多少工作呀!"

李诚的话，给周大勇的心里放了一把火。在先，周大勇觉得本连队战斗动员工作做得还凑合，目下，又觉得工作中问题又挺多，心里有点着慌。

战士们哗哗地前进，前边不断地传来命令："跟上!""迈大步跟上!"

李诚和周大勇肩并肩向前走。他走得很快很稳，低着头。他脑子像重机关枪连发那样紧张地思考事情。一个骑兵通信员顺着部队行列上来，递给他一封折成三角形的信，李诚拆开看了一下，装在衣袋里。他问："有些战士对背米袋子的事很恼火！是吗？"

周大勇想了一下，说："嗯，新战士特别恼火！"

李诚说："我刚才听见李江国用山西小调唱：

我的米袋四尺长，
这就是我的大后方。
不要说是背上累，
有粮就能打胜仗。"

周大勇笑了，说："我早就听见了。编编唱唱这一套是李江国的拿手好戏！"

李诚说："你听见了？那你为什么不让全连战士跟他学着唱这个歌呢？拿战士们的话教育战士们，这不是很妙的教育方法吗？"他指着周大勇肩上搭的米袋，问："它搭在你肩上和搭在战士们肩上有什么不同？"

"政委，没有什么不同，都是一样沉！"

"不。周大勇同志！我们常常是希望上级给我一套工作办法，却不在自己身边的生活中去找寻工作办法！"

这一说，让周大勇脑子里又兜起了很多问题。他望了望政治委员那锐敏而深思的眼睛，思量政治委员的话。

"你让你肩膀上的这个米袋子，发挥更大的作用吧。"李诚从口袋里掏出刚才接到的信，说，"李干事给团政治处写来的这封信，应该立刻传给全团的干部看。信里头说，各连队的新战士对背米袋的事都有意见，可是九连的新战士不但没有意见而且乐意背。因为九连指导员给战士们讲话的时候，指着自己肩上的米袋说，'同志们背米袋累，我也很累。但是我为什么还要背呢？'他就向新战士解释，自古以来打仗都是'兵马未动，粮草先行'。可我们呢，新兵补上了，想给新兵发的武器还在敌人的仓库里；部队行动了，要吃的面粉还在西安胡宗南的面粉公司。我们必须背三天粮食，不背就要饿肚子。他还把他在战争中体验到的事实——米袋、干粮袋如何救了我们命的事实，讲了那么几段，然后发动老战士们也来向大伙儿讲。周大勇！我想，这些办法可能比我们干巴巴地讲一通道理强得多。”

周大勇心里豁然亮了，脸上喜盈盈的。他真恨不得一把握住政治委员的手，说几句亲热的感激的话。

李诚说：“这些办法，你可以试试看。不过实地做起来，就不像说话这样不费力气。”他边走边筹思什么。猛然，他偏过头，瞅着周大勇说：“费力气？费力气又有什么？党把你选拔到领导工作岗位上来的原因之一，是因为你有超过平常人的精力。一般人身上发出的力量只能带动一部机器，你身上发出的力量就要带动十部机器。同志，想想，你要没有无穷无尽的精力，怎样能发动战士们高度的战斗意志，使他产生压倒一切的威力呢？”

李诚跨上马，把马的缰绳一扯，回头说：“周大勇，脑筋是个伟大的东西，但是不去思想，它就会像那路边的石头一样——没有多大用处。”

李诚催马顺着队伍行列向前面跑去了。马蹄扬起的灰尘，遮住了他的背影。

周大勇不眨眼地望着那马蹄扬起的灰尘。他想：啊，自己和这样的人并肩踏着征战的道路前进，不是一种很大的幸福吗？有一种感情在他胸中回荡。它不像人们打了胜仗以后的那种欢乐，也不像当了英雄出席庆功会那样高兴，这是一种把人推向思想高处的更严肃更深刻的感情。

部队从遮盖天日的森林中，日夜行进。弯弯曲曲的山路又窄又陡。黑压压的山头，一个刚移过去，一个又横挡在战士们前面。

一天，部队进入一条大川道。侵占陇东分区的马家骑兵在这里糟践过，所以远近不见人烟，一片荒凉。川道里的水稻田中，都长起了蒿草。只有清淙淙的河水，还在草丛中照常向东流去。

战士们在绿茸茸的草地上休息。

李诚站在一个土丘上朝周围看，只见那些团政治处的干部、营连的政治工作人员、支部委员、积极分子都在紧张地活动。他们有的人向战士讲解什么，有的给战士读报，有的向兄弟连队“访问工作办法”，有的向别人介绍自己的工作经验，有的在和某些人谈心……李诚想：如果说团党委是一个人的头脑的话，那么这些人便是布满全身的神经。这个团，依靠这一套完备而精密的组织，依靠这些奋不顾身地工作的人，才成了永远活力充沛的战无不胜的整体。

他从这个连队走到那个连队，一阵跟战士们谈什么，一阵又和干部们研究什么，像是他不让有一分钟的空闲时间从他身边轻轻地滑过去。

战士们看见团政治委员，眼里都高兴得闪光。他们从心底里喜欢自己的政治委员，特别喜欢听他的讲话。因为政治委员讲话不光头头是道、句句占理，而且生动有趣。他好像带了好多适合每一个人的钥匙，他会巧妙地用这钥匙去开动每一个人的心窍。不管在什么场合，当他看着人们的时候，大伙都觉得他的眼光又透进人的心里啦！的确，在团政治委员李诚眼里，每一个人的心都是一个小小的世界。他像一个科学家一样，时常在这个小世界的各个角落里，仔细地考察各种闪动着的思想和心理活动。

李诚走到一个连队跟前，看见一个年轻的副指导员领导战士们讨论问题。他站在那里，嘴里噙着烟斗，凝视着战士们那让人见爱的脸膛，听他们那动人的声音。

“你把黄河看成一条线了！我还提不出十个八个讨论问题？来，我先提一个问题：我们为什么一定能胜利？”

“我提个问题：大个子，你为什么要求参加共产党？”

“我提一个问题：为什么我们将来要进入社会主义社会？”

“对啦，真是一家十五口——七嘴八舌头，问题已经提了一筐子啦！现在讨论吧！”

李诚听着战士们的发言，脑中闪过了很多想法。当然，有些战士把复杂的问题想得简单了一些，可是这些工农子弟，他们认识了一点点真理，甚至是一句话，那么，这一点点真理，这一句话，就化成他们的血肉，就给了他们无限的力量，就能支持他们日日夜夜地战斗；即使生活再艰难困苦，战斗再频繁残酷，他们总不灰心，总不屈服。

第一连的战士们，坐在草地上。周大勇看见政治委员走过来，他喊："起立！"战士们哗地站起来，向政治委员致敬。周大勇站在战士们前面，兴奋地看着政治委员，像是表示："看，战士们一个个都挺棒！"

李诚点头要战士们坐下。

周大勇向李诚报告：他刚才利用时间，开了一个全连党员大会；现在同志们正讨论目前全国战争形势。

李诚跟周大勇肩靠肩，坐在草地上。他问："周大勇，昨晚间，我们部队突然掉转方向朝南插下来又折转向西走。对这，战士们有什么反应？"

周大勇眼里闪着纯真的光。他兴奋地说："战士们情绪都挺高。他们都说，这一下，我们要把马家匪徒的锅砸碎了！"

李诚问："战士们很高兴；部队突然掉转方向前进，你是不是高兴？"

"我有什么不高兴呢？高兴哇！"

李诚说："你应该高兴。可是我昨天夜里跟你们连队走的时候，听见一个山西的新战士说，'这一下要戳到甘肃去啦！越走越离我的家远啦！'有一个甘肃的新解放战士又说，'可是越走越离我家近了！'还有各种各样的议论，你注意听了没有？"

周大勇觉得政治委员的话有点不妙。他说："听啦。"

"你听出什么名堂了？"

"没有。"

李诚说："嗯，'没有'！问题又出在这'没有'上了。同志！你不光是要听战士们谈话，而且你要在那许多声音中仔细分辨：哪个音高哪个音低，哪个音强哪个音弱。要不，你听了也和没听一样。不错，大多数战士情绪确实很高，可是你不要因此而盲目地高兴。我觉得，大多数人是因为快进入战斗了情绪高，也有那么个把子人是有其他想法的。一个做领导工作的人，不能拿自己的情绪和想法去代替战士们的情绪和想法。这些话，我像是对你们说过百把遍了！昨晚间，你们连队有个战士哭啦?”

“是的，五班有一个战士，在部队向南一插过那一道河的时候哭咯!”

“他是哪里人？什么时候参加部队?”

“河南人，参加部队五六天。”

“为什么哭?”

“他听见人家说部队到甘肃去，害怕苦得撑不住。”

李诚看看周大勇，没有说什么。他指着那些唱着、笑着、谈论着的战士们，说：“你听战士们在讲什么?”

周大勇竖起耳朵听。

“我们中国真了不起：高山、平原、森林、河流……你瞧瞧，要什么有什么，难怪美帝国主义那样眼红!”

“是呀！没有咱们这些人，美帝国主义者不是要什么就可以拿什么吗！有了咱们他就干瞪眼没奈何。要不，为什么杜鲁门和蒋介石看见咱们，鼻子眼里都是气?”

战士们你一言我一语，说着陇东的高原，陕北的大山，黑压压的森林和富丽的河川；有的战士也谈论各地的土语方言，唱各地的山歌小调。

李诚说：“周大勇，听啊，战士们说得多好呀!”

“政治委员扯这些话干什么?”周大勇吃不透。

李诚说：“周大勇，你看见过吗？有时候你烧起一堆火，火在冒烟，你把它拨了一下，它就轰轰地烧起很大的火焰。我们这些人，”他指着火堆，“就要会把战士阶级仇恨的火拨得更旺!”

四

部队经过十六小时连续行军以后，宿营了。

半点钟以后就要举行干部会议。李诚盘腿坐在老乡的炕沿上，肘子支着膝盖，手托住下巴，正筹思什么。突然，他肚子叽里咕噜叫唤。他问自己："我没吃饭？"不提倒罢，一提肚子就发烧。

警卫员在一旁怪不满意地说："刚一宿营，你转身就到连队上去了。让我好找啊！"他噘起嘴嘟哝："谁知道你吃饭了没有！"

李诚眉头拧起，瞧瞧警卫员，说："同志，你成天就是跟我做斗争，哎！……"他找不出适当的话"训"他。因为，平心而论警卫员是责任心很强的好同志。"去！告诉炊事员，随便给点饭吃。要快！"

警卫员刚出了门，李诚又想起了什么事情。他跳下炕，走出去了。

他走得很快，很稳，低着头，像是边走边思谋事情。不大一阵工夫，又坐在第一连连部驻的土窑洞里了。

周大勇靠窑洞土墙站着。他对连部，对跑出跑进的通信员，都不顺眼。李政委昨天还批评他：容易用自己的想法和情绪代替战士们的想法和情绪。可是今天……什么工作都不能做得很顺心！恼火！恼火！他真想用拳头敲自己的脑壳。

李诚盯着周大勇。那眼里喷射出两股严厉的光芒，一直照射在周大勇心里。他问："你们连队有个开小差的？"

周大勇愣了一下。嗨，政治委员的消息可真灵通！有人开小差的事，发生在二十分钟以前，自己还没来得及报告，他倒来追究责任咯！他说："刚才有个开小差的，可是抓回来咯。"言外之意是：还和没跑一样。他用这样的口气说话，是想减轻自己的不安心情。

李诚下了炕，双手撑在桌子沿上，直望着周大勇，说："跑啦，抓回来，这是两件截然不同的事。我现在要和你专门研究'跑啦'这件事。那个战士叫尹根弟？大概没错。昨天行军中我跟他谈过一次话，而且谈罢话，我还把我对这个战士的看法告诉过你。好啦，你说，他为什么开小差？"

沉闷的空气夹着让人心烦的静默，像波浪一样流过他们四周。

李诚的话，让周大勇很窝火。一天忙得昏天暗地，上级看不见，还光拿一串问题来问你！他好久都没想清怎样回答问题。直到政治委员再问了一次，他才说："还是老问题，有些战士听别人瞎扯，陇东地势高水很缺，热得要死，这，这就有人害怕啦！"

李诚说："怕？多会儿都会有'怕'的人。要没有'怕'的人，还要共产党员干什么？"

周大勇说："反正……指导员走了以后……"他不知道自己嘴里嘟哝什么，只觉得挺难受又委屈。

"怎么？指导员把你们连队共产党的组织也装到挂包带走了？"李诚笑了，他有意缓和一下紧张的空气，让谈话变得轻松点，"你把你们连队的支部委员们全都找来！"

支部委员王老虎、马长胜、李江国、马全有、孙全厚，站在政治委员面前了。

李诚沉甸甸的眼光，从这个人身上移到那个人身上。他仔细地打量着每一个人，仿佛他第一次看见他们。

周大勇粗黑的眉毛抽动了两下，用手玩弄驳壳枪把子上的皮绳子。王老虎望着自己的鼻子，似笑非笑，若有所思。马全有直挺挺地站到那里，一直保持着立正姿势。他左脸腮的伤疤发红，像是随时都准备跟谁动手打架似的。马长胜有点发直的脖子微微歪着，下巴往内收着，瞪起牛一样的眼盯住墙壁。他执拗地沉默着，好像用铁棒子也撬不开他的口。李江国站在马长胜身后，尽力缩着脖子偷偷吐舌头，眼睛眨得忽闪忽闪的。马长胜粗短的身子虽说挺宽，但是遮不住高大的李江国。李江国朝王老虎背后移了移，用指头在老虎背上乱画什么。炊事班长孙全厚，用围裙不停地擦手，他像是正做饭的工夫奉命赶来的。

大伙儿闷得慌，服帖地等着政治委员开口说话，像是那开口的第一句是最受不了的。

李诚熟悉他面前站着的这些个人。他熟悉周大勇身上六处枪伤、两处炮伤、两处刺刀伤的位置和历史。他熟悉王老虎这位抗日战争年代威震"晋绥"的钢铁汉子——今天驰名西北战场的战斗英雄的每一件惊天动地的壮举。他熟悉马长胜那脖子是多会儿在哪一次战斗中负伤以后发直的。他熟悉马全有那硬折不弯的火一样的性子；也熟悉那脸上的伤疤，是在哪一次战斗中跟敌人对刺时留下的痕迹。那次战斗下来，马全有因为脑子受了很大震动，怎样在三天三夜里一直反复呼喊：“用刺刀捅！捅啊！捅呀！”

李诚更熟悉这位头发斑白的孙全厚，在病得昏昏迷迷的时候，怎样有气无力地说：“我……我的……行军锅！”他熟悉老孙把战士们不小心撒在地上的小米，怎样一粒一粒捡起来。也熟悉，一九四一年冬天，部队驻在黄河边，没油没菜吃，粮食更缺；那时候，老孙光脚板踏冰雪，人推磨子磨豆腐，还养了十来条猪，为了给第一连战士们改善伙食。有时候，老孙在推磨子中间，肚子饿身上冷，昏倒在地，可是他爬起来，头靠墙壁缓歇一阵，又一圈一圈地推动磨子转。这些困苦他不仅不向人叙说，还抽空儿半夜上山背炭，天明赶到集市上卖掉，赚来钱给战士们买灯油和学习用的纸张。

周大勇、王老虎他们这些人，对自己的政治委员也是十分熟悉的。他们知道他在生死节骨眼上，怎样突然出现在阵地前沿，给了他们使不尽的精力，跟他们肩并肩击退死亡。他们记得他怎样让他们这些普通的工人、农民，懂得本阶级的使命、生活的道路、人生的意义，让他们从人下人变成旋转天地的战士。他们也知道：政治委员低下头走路是思索问题；跟人说话时眼睛盯着地下什么地方是谋虑事情；而他“剋”起人来，可也很有分量。

李诚一边思量一边说：“你们连队有九十六个人，但是其中有很多人你们并不了解，并不了解啊！”他的口气缓和，不像大伙想的那样严重。

李江国不等别人说，就抢先说：“九十六个？嘿，我们连队是九十七个人呀！”

李诚说：“同志，应该是九十六。”

“九十七，准没错。”马长胜固执地说。

李诚问：“不是跑了一个？”

“咳，没跑了！”李江国乐了。他想：难怪李政委板起脸，原来他不知道尹根弟并没有跑脱。

李诚说："那还是九十六个人。尹根弟所以开小差，就是还不知道他为什么打仗，为谁打仗。这样的兵，是不能充数的，同志们。"

"那就不算他吧！"王老虎慢悠悠地说。

李诚说："不算他？这并没有解决问题呀！我还有几个问题咱们一块来研究。"他问，尹根弟是哪里人？多大年纪？什么成分？在反动军队中当兵好多年？性情如何？他到第一连以后，干部和共产党员们对他做了什么具体工作？……

大伙七凑八凑谈了几句。说罢，就你瞧我我瞅你，心里不安地翻腾着。

李诚一言不发。

孙全厚一口一口地咽唾沫。

李江国说："班排干部、支部委员们，谁也没闲着。啊呀，这都是废话！"

李诚说："是啊，革命本来是忙事情呀！"过了一阵，他又说："铁打的营盘流水的兵，这是对反革命队伍说的。我们的战士是为本阶级利益战斗的，可是为什么还有人开小差？这责任在我身上，也在你们身上。同志们，党把这一支部队交给我们，要我们把它带好。可是我们怎样带领它前进呢？看看，尹根弟到你们连队整整三天，你们对他连初步的了解工作也没进行，更不要说很好地爱护人家了！"

马全有说："他刚来，八字没见一撇就开小差。灰家伙，准不是好人！"

李诚说："你凭什么说他不是好人？尹根弟到我们这个连队的大家庭中来，一没有得到共产党员的爱护，二没有了解革命队伍跟反革命队伍的不同，他不开小差才有鬼！"他站在那里，眼睛望着左边墙角，思想在飞转。过会儿，他的眼光扫过每一个人的脸，说："一个连队是一支很厉害的力量。为什么呢？因为连队上有共产党的支部。可是看看你们这个连队的堡垒——支部吧！或者你们会想：跑一个人还不是平常事，何必看得那么严重？同志们，不要说跑一个人，就是我们丢掉一粒子弹，那对我们共产党员说，都是不能原谅的。你们支部抽空开个大会，从这个问题检查起，看你们工作还有什么漏洞。检查的结果，周大勇后天上午行军中，向我汇报。对啦，我还想和你们的教导员张培商量一下，请他利用行军中的空子，在你们营里召开一次‘巩固部队漫谈会’。你们在漫谈会上，把从尹根弟开小差这件事上得到的经验教训，向大家介绍一下，免得大家再出同样性质的娄子。”

周大勇站在一边，脸色阴沉沉的，心里像发了山水一样翻腾起来。

支部委员们刚走，连部小通信员小成闪进来。

李诚说：“小成，你脖子怎么老是黑漆漆的?”

“政委，别看脖子看看脚。我的脚可洗得白生生的!”

李诚说：“想必是，脖子目下对革命的用处不大?”

“有那么一点!”

李诚笑了，扳住小成的肩膀，眼对眼，说：“你这个调皮的小家伙，吃得这样胖。大概你喝一口凉水都长到身上了!”

他瞧瞧周大勇，说：“你心里还打什么小算盘? 啊，我把你的心搅乱了!”

“政委，没有什么。我心里挺难受，挺惭愧!”

李诚说：“‘难受，惭愧!’这并不坏呀! 不过，依我说，你还是鼓起全身气力，开动脑筋，把工作做好，这才是正道。好吧，请你给我搞点东西吃，要快! 五分钟以后，我要赶回团部去开会。吃罢饭，我走了，你就跳三尺高骂我，这个找碴子的家伙，到处生麻烦。是吗?”

周大勇沉重的心情一点也没减轻。他说：“不，不会。政委，我不能说一下子就会把工作做好。可是，我知道用什么样的责任心去工作! 另外……”

“另外什么?”

周大勇说：“当然，这个战士动摇是我们没有把工作做到。可是有些人，诉过苦又受过很多教育，阶级仇恨是什么他也知道……反正你就是把嘴唇磨破，你就是把好话说尽，人家就是不诚心革命……我真想不通……”他握着拳头，感情激动得脸涨红。“我真想不通，为劳动人民事业打仗，世界上还有比这更好的事? 哪怕明天我在战斗中把血流尽，我总认为我选定的事业是伟大的事业。……可是有些人还三心二意。我弄不清，他的脑筋怎么长着！”

李诚瞅着墙角，仿佛他正在轻轻地把手放在周大勇的心上，琢磨那跳动的思想。他说：“周大勇，你把有些事情看得太简单了。一个人要成为坚强的阶级战士，这要他经过反复锻炼，还要我们一点一滴地做很多艰苦的工作，才能达到。因此，你不能认为诉一次苦，谈几次话，就能解决了一切问题；同时，也不是在一次什么运动中，每个人都达到同一水平。诉苦，这对刚参加部队的战士，只是个开头的启发。嗬！你啊，真是个血气方刚的小伙子！”他把周大勇盯住看了一阵，又说：“不要心急：对思想差的人，不要动不动就处分，打倒了一个人的自尊心，那这个人就会变成提起一条放下一堆的人。对思想差的人，首先应该帮助他进行自我批评。一个人做了对不起党和人民的事情，他心里不难过不痛苦，那你再严厉地批评他，作用也不大。要让人自觉，哪怕是处分他。说到你们连队的工作，那团党委奖给你们的‘模范连队’的旗帜，就是最好的说明。不过，你任何时候都要看到自己工作中不够和错误的一面。工作成绩是在那里摆着的，谁也拿不走的；可是缺点和错误就妨害我们的事业前进！”

周大勇焦急的心情慢慢地消失着，他望着政治委员，身上有一种强大的力量在扩张。

五

昨天晚上，战士们在森林中的泥沼里摸了半夜，还没摸出二十里路。天明，他们又淋着雨走了三十里。上级传下命令：休息半天。

连阴雨从天黑下到天明，又从天明下到天黑。天像大铅板一样压在人们头上。远近都是雾蒙蒙的，人们身边像是堆满了云彩。

雾气罩住的森林里，有时传出来歌声。歌声像有传染性似的，一个地方有人唱起来，另外一个地方就有人接着唱起来，不大一阵工夫，上下几十里的川道里，到处都是歌声：

……

我们都是飞行军，
哪怕那山高水又深。
在密密的树林里，
到处安排同志们的宿营地。
在高高的山冈上，
有我们无数的好兄弟。
没有吃，没有穿，
自有那敌人送上前；
没有枪，没有炮，
敌人给我们造。
我们生长在这里，
每一寸土地都是我们自己的，
无论谁要抢占去，
我们就和他拼到底！

周大勇从团司令部开会回来，往连队走。他不停地想起团政治委员在会上讲话的样子。

周大勇满身透湿，裤筒上溅了很多泥巴，光着脚片。他走到一棵大树下，把手上的泥擦到树干上，又拧了拧裤腿上的水。

他听见远处传来歌声，也就边走边唱，两只手还起劲地打拍子，一不小心，“啪嚓”跌了一跤，身上摔得生疼。他从泥里爬起来，自个儿也失笑了。

抗日时期最艰苦的年代里，有一支人民军队在这里闹过生产。因此，森林里的山崖上，有很多窑洞。如今，窑洞都成了破烂的黑洞了，窑门外的蒿草长了一丈多高，显得十分荒凉！

周大勇拨开蒿草，进到窑洞里。他喊：“同志们，我们这个家庭还凑合！”

战士们都嘁嘁喳喳地说：

“不是凑合，倒是挺好！”

“看，连长，大伙挤在一块多热火！”

战士们有的擦枪，有的补衣服，有的围在火堆旁边津津有味地谈论着吃的事情，各地方的人都说各地方最好吃的东西。人们把这叫作“精神会餐”。在这“精神会餐”中，大伙儿激烈地争执：北方的新战士说大米性凉，吃了闹肚子，湖南战士听了火冒三丈！

周大勇把衣服脱下来在火上烤。他不胖，但是前胸后背厚实、宽大。他那两条胳膊，像两根很粗的铁棒一样。

李江国坐在周大勇左边的角角里，手里拿着两片石头，边敲边唱：

美国枪美国炮，
美国军装美国帽，
为什么都是美国货？
因为反动派净是美国造。

战士们哄地笑了。有人喊：“江国，再露一手！”

周大勇转过头去，正要和李江国说话，又听见一个战士低声慢气地用手比画着说：“现在有啥苦呢？拿我来说吧，十四岁上就给人家熬活，一熬就熬了十三年！那真是把脊梁骨压弓啦！出门看天气，进门看脸色。五黄六月，把东山日头背到西山。十冬腊月，光脚踏着雪。那时节，谁知道把死苦受到多会儿才到尽头？反过来说，眼下，我们就要胜利了，吃这么一星半点的苦，还有啥熬不下去？同志们，革命咋发展，咱们毛主席心里有底，咱们这管七斤半的人心里也有底！”

周大勇静静地听着战士们说话，心里唤起了一种兴奋的感情。他跟战士们挤到一块，讨论刚才那个战士说的话。激昂的谈话声，不时地从这个破窑洞里传出来。

夜里，一阵价大风摇得树林呜呜吼，一阵价稠密的雨点打得树叶沙沙沙响。远处的林子里传出狼和豹子的嗥叫声。

战士们有的抱着枪，躺在草上；有的坐在火堆边，头低在胸前打呼噜。

周大勇坐在火堆边，看今天团司令部开会的笔记。这笔记本上记着团政治委员李诚的讲话。李诚的形样又显现在周大勇眼前。周大勇觉得自己比起李诚来，仿佛缺乏一种什么东西。他问自己："我缺少政治委员那充沛的精力吗？缺乏那明敏的看问题的方法吗？"想来想去也想不出名堂。"哦，今天会上张教导员说：'周大勇，咱们政治委员的一举一动，你都在模仿啊！'真是这样？"他独自笑了。

他转过脸望望战士们。他身边一个战士，脸朝火堆睡着，那脸在睡梦中还笑着哩。突然，那个战士掉转身，嘴里吧吱吧吱像吃什么很香的东西。过了一会儿，那战士迷离马虎地喊："不要拉开距离——"另一个战士转转身，生气地蹬了一脚，说："睡觉也不安生，真是……"

周大勇觉得，这些战士们，现在格外让人见爱。这些英雄的战士们，人人都愿意为执行他周大勇的命令而拿出自己的血汗和生命。周大勇熟悉他们那各种各样悲惨的经历，熟悉每一个人的脾性，也熟悉他们当中，哪一个人枪法好，哪一个人是拼刺刀的能手，哪一个人能独身冲入敌人群中而毫无惧色。在往日那猛烈而残酷的战斗里，曾有多少次，周大勇的血和这些战友们的血流在一起啊！他们和周大勇是心连心，肉连肉的。他们的欢乐就是周大勇的欢乐；他们的难过就是周大勇的难过。谁要伤了他们一根汗毛，他周大勇就要泼上命去拼。

一个战士把脚伸到火堆边，大概他睡梦中感觉到冷。周大勇看那一双脚上漫着泥。他用小木棒轻轻剥那脚上的泥巴。那双脚后跟，像枣树皮一样裂开小口，从那小口中流出的血，凝成小血球。周大勇找了一个救急包，拆开取出了点棉花。他又把水壶的热水倒出了半茶碗。用棉花蘸开水，给那个战士洗脚跟。他一边小心地、轻轻地洗着，一边想起两三个钟头以后，部队还要继续行军的事情。

窑外沙沙沙的雨声，听了让人打盹。周大勇伸了个懒腰，把两条胳膊搭在膝盖上烤火，头低在胸前睡着了。他还没睡实在，就悠悠忽忽地听见有人吃力地朝火堆跟前爬，而且牙咬得嘣嘣响。周大勇强拉起眼皮，把火拨大。他看清了，爬的人是王小群。

昨晚间前半夜部队经过急行军以后，做两个钟头的“大休息”，王小群去站哨了。他站哨回来，身上又湿又冷，就睡在火堆旁。没多久，他睡熟了，把脚伸到火里。同志们听见叫声，都连忙爬起来，一看，王小群的两只脚让火烧伤了！医生疗治了一下，说，不大要紧。可是经过半夜又半天的行军，王小群的两只脚完全坏了！

周大勇问：“小群，你爬起来干什么？”

王小群又摇头又摇手，要连长说话轻点，不要惊动了同志们。

王小群坐到火堆边，头上出冷汗，大概他双脚痛得像刀子割。他想了想，像找什么借口一样，说：“连长，我冷得慌，起来烤烤火。没啥，你尽管睡。”

周大勇笑了笑，和王小群面对面坐在火边。

王小群说：“连长，卫生员说，明天要把我送到山西去蹲医院。一定要去？不去不成？”

“不成。”

“连长，那我就不能马上参加战斗啦！”王小群眉开眼笑地拨弄火，要让连长知道，自己脚上的伤不碍事。可是难熬的疼痛又不由自主地爬上嘴边。他说：“我顾虑的是，到了后方医院，人家说我残废了，不让我回连队。”

周大勇说：“多可笑！像你这棒小伙子还能残废？你不记得咱们李政委常说：一个人思想不残废，他就永远不会残废。”

王小群说：“这，我懂。连长，你为啥老盯住我？你怕我难受？不，脚是痛得厉害，可是我跟同志偎到一块就蛮高兴。连长，我说心里话，不哄你！”

“小群，我也一样：跟同志偎在一块就高兴，离开同志们就像把魂丢了一样。”

王小群挣扎着要爬起来。

周大勇问：“干什么去？”

“连长，你睡，别管我。我到窑门口解小手去。”

周大勇从火堆上跳过来，说："小群，来，我背你。小群，别看你个子大，像你这样的大汉，我管保能背起两个！"

"连长，别管我。你就背我到门口，我的脚还是不能挨地呀！"

"小群，活人还叫尿憋死？有的是办法。"周大勇左右看看，从火堆上跳过去，把自己挂包中的小洋瓷碗拿来。他为自己很快地想出这个办法而高兴。他说："小群，来！"

王小群摇头，说："连长，不像话。不，我非爬出去解手不可！"

"小群，不好意思？这才怪啦！"

王小群侧身躺在地上。周大勇用小洋瓷碗盛着他的尿。王小群脸背着火，眼里忽撒撒地滚出黄豆大的眼泪珠。

周大勇和王小群谈了一阵，夜深了，他反倒不瞌睡了。他想起山头上那淋雨放警戒的战士。

他走出窑洞，细雨凉飕飕地打在脸上、脖子上。他听见远处哨兵低沉雄伟的问口令声。左边一排窑洞中，烧着一堆堆的火，从那儿传出战士们的拉鼾声。

周大勇看见一个黑影扑嚓扑嚓踏着泥水走来了。那黑影突然一动也不动地站住了，仿佛窑洞中战士们的鼾声把那人吸引住了。

周大勇喊："口令！"

哦，原来是政治委员！

李诚说："周大勇，现在是十二点；两点半吃饭，三点钟出发！"

周大勇说："知道。"

李诚说："你站在这里干什么？睡觉的时候就要很好地睡觉，要爱护身体啊，同志！"

周大勇问："啊，你光要别人爱护身体！夜这么深了你为什么不睡觉？"

李诚说："我吗？"他笑了，"我那倒霉的警卫员出了个洋相：他硬要我睡在一个树枝搭的棚子里，我刚刚睡下，风把棚子吹倒了，铺盖全湿透了。我就想：是不是有的战士也像我一样傻，放着窑洞不住要住什么棚子。我想着想着就不知不觉地走到你们这里来了。"

战士们淋着雨，在高山峻岭中经过连续十几小时行军以后，爬上了陇东高原。这里比起陕北，别是一番天地。这时节，陕北的桃花、杏花刚开过，每年一开春就刮起的大黄风，至今还没停息。中午是有点热，一早一晚还离不了棉袄。可是这陇东高原上，麦梢都黄了，雨过天晴，燥热立刻就包围了人。陕北到处是连绵起伏的黄土山，这里虽然地势高，可是一眼望去还是平展展的。战士们乐啦：在这里走路比陕北容易多啦。其实，这高原让纵横的大沟割裂开了，走起路来要不断地翻大沟。远处看，一条条的部队行列，一会儿在高原上移动，一会儿消失了，过一会儿又在另外一块高原上出现了。

这样上呀下呀的翻大沟，很多战士脚上起了泡。部队行列越拉越长了！

部队进到一个破烂的小市镇，集合在一块休息。

团政治委员李诚听出了战士们唱歌唱得不起劲儿，这表明战士们是太累了，情绪有些沉闷。他让宣教股长指挥部队唱了一个歌子，就兴致勃勃地走在战士们面前，大声喊：“同志们！有一个好消息。”

战士们都抬起了头。

“我们增加了很多大炮！我们要打大胜仗了！”

战士们抹抹脸上的雨水，盯着政治委员，有的战士还互相丢着兴奋的眼色。

“但是我们很多同志脚上起了泡，走不动了。骑兵靠马步兵靠脚，你们走不动，胜仗就打不成！脚上起泡的人举手。”

一下子，全团就有多一半人举起手。

李诚问：“同志们，泡很大吗？”

战士们齐声回答：“很大！”

“有小的没有？”

“有！”

李诚说：“这就对了。像同志们说的一样，大泡叫榴弹炮（泡），小泡叫六〇炮（泡）。你们有的人脚上起一个泡，有的起了几个泡，这样说来我们全团至少有两千多门炮（泡）。我们有两千多门炮还不打大胜仗？”

战士们哄笑了，笑声赶跑了一切疲劳。他们精神焕发，脸膛生动了，有些战士还高兴地互相挤靠哩。

李诚说：“同志们，我刚才看了六连十个战士的脚。真的，他们的脚走坏了，实在是够呛啊！”他指着第七连的战士喊：“七连一排站起来！”

一排的战士哗地站起来。

李诚问：“为什么走起路来这样艰难？”

七连一排的战士回答：

“报告，因为今天走的路太多！”

“报告，今天行军走得太快。”

李诚让那个排的战士坐下。他向全团战士喊：“同志们，七连一排的同志们说的话多半不对。（战士们低声笑了）大家脚上起了泡，并不光是走的路太多，而是我们肩上担子重。你们一路上唱歌，‘脚踏着祖国的大地，背负着民族的希望……’对呀！我们背负着六万万人的希望啊！想想看，这个担子重不重？重。好吧，如果有人向同志们建议，把这担子减轻点，你们愿意吗？”

战士们一哇声地喊：“不能减轻！我们甘心情愿担起这个担子！”嘿！一千几百人的声音变成一股声音吼起来，震得山摇地动；连那天上的黑云彩也像吃了一惊，急急地飞驰而去。

李诚说：“对，完全对。同志们！问题已经解决，我的话也该收住啦！可是你们愿意听，我再来讲一个故事，一个很悲痛的故事！”

李诚指着五连队列中的一个战士，喊：“张有年！”

张有年站起来，战士们眼光都盯着他。

李诚指着张有年讲起来。张有年贫农成分，家里共有四口人：父亲、母亲、他，还有一个妹妹。去年五月间保长借着查户口就强奸了张有年的妹妹。第二天他妹妹上了吊。张有年气得在家里跳起来骂，保长就连夜把他绑起“卖了兵”。张有年的母亲急得死过去好几次。张有年的父亲眼看一家人死的死、散的散，怄气在心，第二天就上县衙门告状。保长给县长写了一张二指宽的条条：张屯儿欠他三年租子，不但一颗不缴，而且还抗“军粮军款”。县长按照保长说的这个罪名，把张有年父亲张屯儿押在监里，是死是活，至今还下落不明。羊马河战斗，我们把张有年解放过来……

李诚一提张有年的事情的时候，有些战士站起来了；眨眼工夫，全团人都站起来了。大家都盯着政治委员，默默不语。当李诚讲到最后的时候，突然，有巨大的声音爆炸似的轰响起来：

“打倒封建势力!”

“打倒蒋介石吃人的政权!”

“摧毁万恶的旧社会!”

有很多战士一面流泪一面喊。因为，类似这样悲惨的事情，战士们有的人经历过，有的人比政治委员还知道得多。

周大勇坐在战士们中，政治委员开头说话的时候，他就挺直身子定定地望着他，蒙蒙雨洒在脸上，他也没觉着。当政治委员讲到张有年的遭遇的时候，他忽而紧张地拧眉头，忽而气愤地睁大眼；最后，他产生了一种想去立刻厮杀的复仇心情。

李诚说：“同志们，我们背负着劳动人民的希望啊！因此，我们行军中，想起这些受煎熬的劳动人民，就会忘记自己的脚痛。同志们要记牢：我们向前多走一步，劳动人民就少受一点罪。好！我的话讲完了。最后问同志们，像你们这些人民英雄，还怕什么疲劳，还怕什么脚痛?”

战士们齐声高喊：“我们什么也不怕。”

李诚说：“对。没有顽强的行军，就没有顽强的战斗。像五连六班战士刘有成说的一样，‘山高没有我们的脚底板高，山大没有我们的决心大。’同志们，这才是英雄气概。好汉们，前进吧！马上要打仗了!”

战士们踏着泥水在前进。部队行列中，扬起高昂的歌声，充盈着渴望战斗的热情。

六

太阳向陇东高原上喷火。路上的烫土发烧。蝉儿耐不住热，在草丛里、树枝上，不歇气地叫唤。

高原下边的川道里有一条小河。这小河是绕着环县城流下来的。河边有一簇簇小树林子。树下的阴凉地里，有些个战士在开会。河里有些个战士边洗澡边打水仗，他们欢乐的喊声，远处都能听见。

周大勇从河边走上来。他穿了件刚洗过的粗布衬衫，两只袖子卷在肘子上边，提着一条手巾。

周大勇在陇东高原上经过近一个来月的行军打仗，脸色黝黑，筋肉更结实，精力也更旺盛了。他迈着大步往连部走，看来又健壮又愉快。他经过一棵棵的大树边的时候，总要停住脚站一站。天空飞过的小鸟，起劲地叫："旋黄，旋割！"他以为那鸟儿在树上叫，就抬起头眯着眼，在树下转圈圈。他想从树叶的空隙间，瞧瞧那叫"旋黄，旋割！"的鸟儿是什么形样。瞧了半天不见踪影，他捡了块石头扔上去，也不见鸟儿飞起来。他没奈何地走开了。边走边回头看，心想：最好晚上爬上树去捉一只。可是，它晚上准在树枝上住吗？说不定它晚上在麦地里钻着哩；那鸟儿一定鬼得很！

"孩儿，你就有这份闲散心肠！来，吃一碗凉面！"周大勇走进连部驻扎的院子，听见有人叫他，回头一看，是房东老太太。她端一碗凉面，站在那里，笑嘻嘻的又和善又亲热。

老太太说："你又要说'不吃'，是不是？我的大小子土地革命的时光就当了红军，这阵还在咱们队伍上哩。你住在我家，就跟我儿回来一样啊。你再要虚情假意地说'不吃'，我就要把你赶出我的门。看你敢不敢！"

周大勇满脸稚气，调皮地瞪大眼，说："老妈妈，你说服不了我的肚子！刚吃了晌午饭，肚里连口凉水也添不进去。饭不吃，情分我可领啦！"

老太太恼啦："这才叫领空肚子人情！你不吃就不吃吧。从今向后，不管你也不管是你们连部的人，都不准帮我们担水呀，劈柴呀，割草呀！你们谁来动手做活，我都不答应！"

周大勇贴着老太太的耳朵说："老妈妈，王指导员回来，我们一道去你家里吃饭，只要你能管得起，我就吃十八碗！"

"那就好！"

老太太看周大勇衬衣上有个纽扣吊着。她从针线包里拿出根针，说："孩儿，我给你缀两针。"她边缀边说："孩儿，瞧你这四棱四正的个子，机灵的眉眼，你办工作定是能行的！"

"能行？好你老人家哩！瞧，瞧，老妈妈，那是你家的公鸡吗？嘿，多俊样啊！怎么我在这里住了好几天，都没有看见它呢？"

"孩儿，你没看见它，它可看见你啦。我说，你们该不会再走了吧？"

"这可说不上来！"

老太太说："你们要开走了，丢下我们这老的小的不管，咱们毛主席晓得了，能跟你们了得？"她缀好纽扣，用牙咬断线，说："前些日子，人都慌啦！我谋划，咱们边区是咱们共产党的老根本，还能白白地叫敌人占去？没过几天，你们就开来啦，叫人喜欢不尽！"

周大勇想，自己从小失去了家，失去了爹跟娘，可是到处都是自己的家，到处都是关照自己的爹跟娘。他心里流动着愉快幸福的感情。

老太太走开好半天，周大勇还坐在那里。他背靠土墙，眯着眼，拔了根嫩草在嘴里嚼着。老太太刚才给他缀纽扣的动作跟说话的神气，唤起了他孩童时期的生活印象。

那天是端午节，是他交十岁的生日。家里刚分到田地，还分到几件土豪劣绅的衣服。娘的心绪特别好，就把分到的一件细布长衫给他改做成一套衣服。端午节的先一天黑夜，他就乐得睡不稳，第二天天不明就爬起来，穿上新衣服。娘还给他胳膊绑上了红布条，说这算是一个红军了。他乐得连粽子也不想吃了，连雄黄酒也没喝，像脱缰的马一样，跑出了门，就跟一帮小孩子在池塘边用泥巴打仗。眨眼工夫，他那身蓝臻臻的衣服，倒让泥染得花里胡哨了。越玩兴头越高，他跟孩子们比赛爬树。他刺溜溜地爬上爬下，新衣服扯得稀烂。回去，娘一看，躁啦，把他按倒在地，一阵好揍啊！他性子犟，躺在院子里从前晌哭到后晌。娘把他的衣服洗了，坐在院子里缝补。娘又不忍心看他哭，把他抱拢来，边补衣服边讲故事。

那是多美的故事啊！说是在过去那老远老远的年头，有个会作法念咒的活神仙，神通广大。他能呼风唤雨，也能旋转天地。能伸手摸着天，也能变成个指头长的小鱼。庄户人不晓得他的能耐，得罪了他。有一天，他抓了一把草往河里一扔，啊呀！都变成了鱼。庄户人都跳下河去摸鱼，末了，误了收庄稼。过后，人们知道了他的本领，有什么事都求他。那活神仙有一副好心肠：有人求他帮助，他慷慨相助。有一年，天上没雨，河也干了，庄户人活不了，都求他来搭救。他把自己的手指割破把血朝空中一洒，大雨唰唰下，河水潺潺流。旱灾过去了，可是插秧的季节也快过去了。庄户人那个急呀！他们又求活神仙。活神仙用棒子顶住一个筛面罗子，太阳便在空中不动，到庄户人插完秧，他把罗子一取掉，忽撒一下，天黑了，眨眼工夫，报晓的公鸡也叫唤了。

周大勇听娘讲了这个故事，成天想找那个活神仙去学法念咒，连做梦都梦见他：五六丈高的个子，力气大得出奇；很有同情心，可是很严厉……他时常做这个梦，一直到参加工农红军。

接着，周大勇又想起许多孩童时期听到的故事。这些故事，有的是娘在小小的油灯下，一边做针线一边讲的。那时，更深夜静，寒风吹过树梢，窗外的星星忽眨着眼。有的是隔壁的老奶奶一边纺线一边讲的。她双目失明，看不见世界的光彩。所以，她除了讲那有趣的故事以外，还特别喜欢听那单调的纺车声，和那夏天晚上的蛙声、蛐蛐儿的叫声。有的是村西头的白胡子老爷爷讲的。那时，天麻麻黑，他割完稻子，坐在水渠边背靠树干，边讲故事边望他旱烟锅里的星火。有时，他讲着讲着停住了，老半天不吭声；有时，他活灵活现地一口气讲到底……

他们用那善良优美还有点沉重的音调传述出的故事内容，都是按照他们朴素的心愿、想法随时增减的。但是这些故事给那纯洁而稚气的孩子，带来了多大的智慧和幻想啊！有些人，即使活到满头白发，而他孩童时期的印象：亲人的音容，古老的传说，家乡的流水景物，连家乡给了他的苦难，都深深地留在他的记忆中。像周大勇这些人，不仅没有因长期的战斗生活消磨掉那些朴素的记忆，而且是更强烈。因为他感觉到这记忆中的事物，是包含着辛酸的生活，沉重的劳动，美好的愿望和那不能遏止的生命力量。

指导员王成德从团政治处开会回来，看见周大勇背朝门坐在桌子边写日记。他伸长脖子从周大勇肩头上望下去，只见他写得又快又齐整。

猛然，周大勇觉得，有人在他脖子上热乎乎地吐气。他扭过头，脸差点和王成德的脸挨着。

周大勇像一个小学生一样，把日记本子一合，用胳膊压住本子，说："你刺探军事秘密？"

王成德说："我刚回来，这个战役也没赶上参加。你也不正正经经地给我谈谈情况，老是趴在桌子上写呀写呀的。来！让我看看，你到底写些什么玩意儿。"

周大勇一手挡住王成德的手，一手压住日记本，说："写得乌七八糟！"

王成德夺过日记本，翻了几页看：

六月二十一日　环县城郊

今天团司令部召开连以上干部会议。会上，团政治委员报告了陇东战役的情况：我们野战军突然出现在陇东高原上，把马家匪徒打了个没法子招架。激战半月多，消灭了许多敌人；陇东分区南北三百多里东西四百多里，除庆阳城的敌人还没扫清以外，全部收复了。……

会上，有几个干部眉眼皱得像喝了黄连水，直喊困难，说什么部队疲劳得撑不住。有的人还说："我们营里有不少战士，在河边洗衣服，洗着洗着，就打瞌睡滚到河里去了。因此，要求休息一个时期。”李政委才回答得妙：“我们到这世界上来，不是为了休息，而是为了战斗。……同志们，三两天部队就要行动。我们西北野战军又要来个突然向北进军，通过沙漠地带，收复三边分区，再次捕捉胡宗南的帮凶——马鸿逵匪徒。……同志们，战斗的生活告诉我们：伟大的目的会产生无穷的精力；艰难困苦会增加人民战士的光荣。……”

走！打！这就是目前生活中的一切。

六月二十二日　环县城郊

今天读完《铁流》这本书。工作紧张，读书时间少。有时候，我睡觉前读十来页，所以一直拉了十来天才读完。

工作一忙我就把学习丢开了，这是要不得的坏毛病。为了坚持学习这件事，在山西作战的时候，李政委把我狠狠地剋过一顿的。他说：“这是一个缺点，一定要克服。战胜自己的缺点，哪怕这个胜利很小，也可以十倍地加强你的毅力。你如果让任何小缺点战胜了你，那你就缺乏克服更大困难的力量了！”

我不能坚持学习，这就表示：我的缺点已经战胜了我很多次。没有比让缺点战胜自己更可怕的事……

王成德一页一页地翻着周大勇的日记。周大勇纯真的眼睛盯着王成德。他要从他的战友脸上，看出自己是不是写得正确。

周大勇说：“不好吧？说呀，是不是？瞧你的眼睛，嘿，想奚落我？”

王成德没吱声。他想起了前些时候李政委说过的几句话：“对周大勇这样的人说来，生活是很单纯的——战斗、学习、前进，一共六个大字。”他望着一旁，自言自语地说：“不错，一共六个大字！”

周大勇莫名其妙，双手卡住王成德肩膀，说：“你说什么？莫非你脑筋卡壳咯？来，我给你排除故障。”

王成德笑了笑，坐在炕边，手托住下巴，在深深地思量什么。

第四章　大沙漠

一

一天，夜里两点钟，哨子声把战士们从梦中扳醒来。时值盛夏，可是这高原上的夜晚，还是冷飕飕的。巷道里，各个院落里，到处都挤满了人。只有偶尔闪亮的手电光和炊事员做饭的灶房里吐露出的灯光，才划破了这漆黑的夜。

开饭了。有的战士还没有完全清醒，便摸着把饭舀到碗里，一连就吃好几碗饭。一锅饭吃完了，另一锅还没有抬出来，就在这一两分钟的间隙中，有人便靠在墙上呼噜呼噜地拉起鼾声，可是饭一来他立刻又吃起来。好像这样吃饭不是因为肚子需要，倒是为了完成任务。

夜里三点钟部队出发了。骑兵、炮兵，纵横交错的步兵行列，远处手电的闪光，深夜战马的嘶叫声。……

这一带是陕西、甘肃交界的一条险峻高耸的山脉。西北野战军的战士们在这人烟稀少的山地前进，向万里长城进军。当年刘志丹同志曾经率领陕北红军，在这里进行过长期而艰苦的斗争。一九三五年初冬，毛主席率领中央红军首先到达这里；后来，红军三大主力会师后，在这里英勇奋战。这里留下了毛主席、周副主席和许多巨人的足迹。中国工农红军经过举世闻名的二万五千里长征到达陕北之后，中国革命历史的新篇章，实际上是从吴旗镇周围这一带山区开始写起的。

战士们沿着红军当年开辟的道路，奋勇前进。大大小小的山头，一直起伏着伸展到天边去了，像是永世也走不完。战士们爬上爬下，一个山头闪过去，一个又突然横挡在面前。仿佛，一个个迎面扑来的山头，是陡然从平地冒起来的。

太阳喷火，战士们身上汗像瓢泼，汗从头顶直灌到脚底下；呼气吸气，嗓子都热辣辣的。他们的舌头粘在嘴里转动不灵，唾沫早就吐不出来了；两条腿除了酸痛还有些粗肿。战士们一步一滴汗，艰难地行进着。

行军第五日的下半天，战士们好像又走到山和水的尽头了。大山，渐渐变成了起伏的丘陵；大河变成细流，眼看着细流也渗到地下去了。

这些干巴巴的红土丘陵地带，很难找到指头粗的一棵树。当地老乡们叫它“八百里火焰山”。人们在这“八百里火焰山”上掏下去四十丈，掏不出水，反倒能掏出老辈子的炉灶的灰烬。

这里靠近沙漠了，水很缺，战士们即使找来一点水也是苦水。

六月末尾的那一天，部队宿在沙漠边沿的小村。

下晚刚一宿营，团参谋长卫毅就紧急地派出二十多个骑兵侦察员，到方圆二十里去找水。

第一营还算机遇不坏，他们驻的村子下面，有一眼小泉子。宿营后，二三十个炊事员，有的抬着大行军锅，有的提着灌水的葫芦，有的提着木桶，在那里等水。泉眼里麻绳粗的一股水往外流着，炊事员们都眼巴巴地瞧着它。啊，这一股清淙淙的细流系着成千上万人的生命哩!

第一连一直闹腾了多半夜，才凑合着吃了一顿饭。吃罢饭，有的人还没放下碗，便躺在地下睡着了。

夜里一点钟，王成德召开了支部大会，大伙儿研究了怎样通过沙漠的行军问题。

开罢会，王成德困得站下就睡着了。

周大勇望着王成德，只见他脸黄瘦，眼里网满血丝。他说：“你瞌睡？给眼里放辣面子吧!”

“真是穷开心，你总有气力!”

周大勇的脸色黑黝黝的，两道粗黑眉毛下的一双大眼睛，闪着渴望猛烈斗争的光。他那钢一样结实的身体里，像是蕴藏着使用不尽的力量。他这副样子，让人觉得：不管遇见什么敌人，他一伸手就能掐死他；黄河在他眼里只是一条小水渠，无际的沙漠只是一把沙土；要是上级有命令，他像是可以用刺刀把山削平似的。

王成德看看周大勇，劲头又来了，像是周大勇身上的力量传到他身上了。他说："大勇！来，咱们把水的问题再琢磨琢磨。团政治处指示，要我们沿途收买老乡的葫芦，用它装水。我们才买到十七个葫芦，这管什么用?"

战士们都睡了，炊事班长孙全厚还在烧水。他烧好最后一锅开水，就把战士们的水葫芦收集起来，一个个地灌满水。过后，他又舀了两碗水，给周连长跟王指导员送去。连长跟指导员，趴在灶火台上头顶头睡着了。看样子，大约他们是正在商量事情中间睡去的。他们头边放着一盏小小的麻油灯。灯焰噗晃噗晃地闪着。

老孙把嘴放在周大勇耳朵边，想喊："连长，起来喝水!"可是话到口边，又留住了。他一手端水，一手扶住灶火台子，微微弯下身子望着连长，那种老父亲疼爱子女的感情在他心里浮起来。

老孙的眼光落到周大勇那又黑又厚的头发上，只见那头发上有几根很小很小的草棍。这草棍大约是昨天晚上部队行军中大休息的时候，连长躺在路旁睡觉落上的。老孙像拿绣花针似的，把连长头上的小草，一根一根轻轻地取掉。他还想端来一盆水，亲自给连长把头洗一洗。哦，如今哪里能用水洗头？连长喝水还没喝够哩！一想起水，老孙的注意力又移到自己手里端的那碗开水上了。他鼓起很大的决心，叫了连长一声。

周大勇猛一睁眼，只见自己口边有一碗水。他嘴唇都干得浮肿起来了，真想把这碗水一下倒在口里。

周大勇从老孙手里把开水碗接过来，悄悄地说："别吭声！让指导员好好休息一阵，给他留点水，到他醒来的时候再喝。我喝过几口水了。我这碗水让连部的两个小鬼喝。"

老孙照着灯，只见卫生员三牛和通信员小成挤在一块睡觉。小成枕着三牛的肚子，睡得可甜啦。卫生员三牛还说些什么梦话。小成的嘴在动弹，莫非他梦见自己正在喝水？老孙心疼起来："孩儿们准是渴得厉害!"老孙想叫醒他们，可又不忍心打扰他们睡觉；不叫醒他们，又怕他们没喝上水身上出毛病。他的口跟心合计了好几回，还是把水端到他们口边去叫他们。

老孙把三牛推过去，叫不醒，拉一把，还不醒；抱在怀里，睡得更实在了。小成呢，老孙叫一声，他哼一声，叫得紧了，他脚乱蹬手乱抡，口里瞎嘟哝……

天将拂晓的时候，周大勇醒来了，揉了揉眼，身子舒展了一下，走出房子。他双臂抱在胸前，抵挡寒冷。多怪呀：白天晒得身上流油，晚上像是数九寒天，冷得抽筋。难怪老乡们说这里气候是：早穿皮袄午穿纱，抱上火炉吃西瓜。

他巡查了一趟哨岗，回来路过伙房，就顺便走进去。

孙全厚坐在火炉跟前，抱住膝盖睡定了。火光把他油渍渍的灰军服，照得发亮。他一阵一阵打冷战，轻声慢气地在梦中呻唤。

周大勇蹲下去，左手慢慢地搭在老孙肩上，头挨着头，把全身力量集中在耳朵上，听老孙长一口短一口地呼吸。过了一阵，他又轻轻地摸老孙那枣树皮一样的手，摸那浮肿而烫烧的脚……

老孙打了个冷战醒来了。他用衣袖擦脸上的汗。嗨！连长这样严肃地瞅他哩！他说："误了开饭时间？这……这……"他慌乱地左瞧右看。周大勇压住他的肩胛，要他坐下。老孙艰难地咽了一口唾沫，说："啊，连长，你要好好睡一觉，你和指导员总是劳累的！……嗐！忙，忙，叫人心疼！"

周大勇说："先说你吧，老孙。我看你的病不轻！"

"连长，我，没有什么病……算不了什么病！"

周大勇知道，老孙五六天来就闹痢疾，今天行军中，还晕倒了一次。岂止老孙是这样？很多战士喝了苦水都拉肚子。为了不耽误行程，夜行军中不少战士都是把裤子脱下来搭在肩膀上，让粪便顺腿往下流吧，反正连队里也没有女同志。周大勇想着老孙这几天行军中的艰难，再看看老孙那因睡眠不足而发炎的眼睛和那肿得穿不上鞋的脚，说："老孙，你是老战士，有什么话尽能给我谈呀！你有病，可又不吭气，这还成呀？"

老孙说："连长，你不是说要咬紧牙吗？……咱们炊事班人人脚肿，都有点小病。我能挺住，他们也能挺住。咦！我是个应名的党员，没有啥能耐，吃点苦可还行啊！"

周大勇用木棒拨弄火，眉头拧起，长久地满怀深情地望着老孙。他说："你好好休息。明天晚上十二点才出发；咱们要抽时间准备水，要不，部队就过不了沙漠。这么，你还能得空到卫生队看病。老孙，保重身体，千万保重身体。在这艰难的日子里，老战士比什么也宝贵！"

老孙说："连长！你快去歇息，看你跟指导员熬累的……嗐，教人心疼！"

二

上级指示，部队在原地不动，抽出一天时间准备水。因此，团司令部命令：各营各连，派人到方圆三十里去找水。到处部队都驻得满满当当的，找水不容易，找水的人员跑了多半天，搞回来的水，全团每人还匀不到一茶碗。

团长赵劲准备派三百个战士，再去搞些水回来，可是第二批找水的人员还没动身，就来了出发的命令。命令上写着：三边分区的敌人准备沿长城向西逃跑，因此，部队提前出发。

艰难的行军开始了。当地有谚语："过了八百里火焰山，一眼望不尽的老沙滩。"一点不假啊！

战士们在沙漠中走路，是走一步退半步，而且每走一步，鞋子里就灌满沙子。因此，他们从昨天下午六点钟出发，走了一个通夜，才走了四十里路。夜里又刮大风，做向导的老乡是过惯沙漠地带的生活的，但是连他们也迷失了方向。部队首长只能按指北针定方向，指挥部队前进。

第二个通夜行军过去了。

天亮了，太阳好像突然从沙漠中跳出来爬上了天空。

无边无际的沙漠像黄色的大海，太阳照在上面，万点光亮闪耀。战士们朝远处望，远处海天相连。战士们朝四面望，天像一口大锅倒扣在广阔的大海上。

一路路的部队行列，望不见头望不见尾，在广漠漠的黄沙中像浮游一样前进。

虽然说经过一天两夜的行军后，疲劳煎熬人，可是离开了大风沙的黑夜，战士们都精神一振。

政治工作人员、共产党员们，前呼后应地鼓动：

“发扬互助精神，战胜沙漠！”

“通过沙漠就是胜利！”

宣传员们站在队伍旁边，嗓子沙哑地讲着今天沙漠行军中大伙要注意的事情。

正晌午，蓝蓝的天上没一丝云彩，挂在天空的太阳猛烈地喷火，沙漠被烧得滚烫，空气灼热。人像跳到蒸笼里一样难受。没有一点水，没有一棵树，没有一丝风，战士们渴得嘴唇都裂口了，喉咙里直要生烟冒火，头昏眼花。很多人流鼻血。马尿下来，人们都眼红地瞅，生怕那混浊的马尿被沙漠汲去。

战士们把烫热的步枪，从这边肩上移到那边肩上，迈着沉重的脚步向前走去。

突然，天空传来轰轰的响声，战士们都习惯地向左右看，到处都是平漠漠的黄沙，没处隐蔽。

周大勇抬头看，只见一架飞机飞得很慢。他想：“侦察机！”

过了一会儿，敌人三架飞机来袭击。敌人飞机绕了一个圈子，就怪叫着向战士们俯冲扫射，千百条火箭从战士们前后左右穿过，沙子被打得扬起来。

战士们忽地散开，卧倒。只有周大勇直挺挺地站在那里，气汹汹地掏出手枪，准备朝飞机打。王成德跳起来把他按倒，说：“干什么？那有卵用！战士们早忍不住了，你一打响，战士们也要无秩序地射击起来了。”

周大勇气狠狠地把枪塞在枪套里。

周大勇拍拍身上的沙土，跟王成德一块走着。他气鼓鼓的，一句话也不说。

王成德问："你刚才发什么妖疯？"

"老王，我什么时候看见了我们的飞机，哪怕是一架，我立刻去死也情愿！"

王成德说："大勇，你想邪了！飞机我们很快也会有的。一九四一年，我带二百多民兵，把日本鬼子的炮楼围住，攻打了两天两夜，还是啃不动。那会儿，我们也想过，什么时候有了大批迫击炮、小型平射炮就好了。看，现在我们不是山炮、野炮也很多吗？"

周大勇眼睛盯着前方，紧绷着嘴，不吭声地向前走去。

王成德问："大勇，想什么哪？气还没消？"

周大勇说："老王，伤脑筋真是伤够了！有一天我们要有了现代化的装备，我打破头也要掌握它。"

远处刮来大黄风。那黄风，就像平地起了洪水，浪头有几十丈高，从远处流来。战士们盘算："这许凉快点！"他们把帽檐往下扯扯，让帽檐遮着眼睛，等候黄风刮来。

大黄风裹住了战士们。天地间灰蒙蒙的，太阳黄惨惨地挂在天空。战士们一点也不觉得凉快，反倒像从火炕跳到开水锅里了。这呀，是沙漠地的热风啊！战士们闷热得喘不过气，沙粒把脸打得生疼。他们睁不开眼，迎头风顶住，衣服被吹得鼓胀胀的。大伙定定地站稳，像是脚一动，人就会被风卷到天空去。

热风过去了，太阳又发泼地喷火。暴热、口渴、疲劳在折磨人！

有一个战士跑上来向周大勇报告："炊事班老孙又昏倒了！"

周大勇急急地离开队伍行列向后跑去。通信员小成也跟着连长向后跑去。周大勇通红的脸上汗水混着沙土。他浑身是汗，衣服透湿，像刚从河里跳出来一样。

周大勇跑到老孙跟前，看见一个炊事员抱着老孙。

他一条腿跪下去，从炊事员怀里把老孙抱过来，紧紧地搂到胸前。

那个炊事员站起来，说："连长！老孙，老孙不行啦！"

周大勇说："去！快去帮助指导员。看，那不是指导员？他又扶着谁！"

那个炊事员望着老孙，迟迟疑疑停了好久才走开。

老孙眼发直，干枯的嘴唇裂开，脸涨得通红，脖子上暴起发紫的血管。他的嘴唇动着，仿佛要给自己的同志和这世界留句什么话，但是说不出来。不大一阵工夫，他的呼吸由急促变得微弱了，脸由通红变成灰白……蜡黄……

周大勇紧紧地搂着老孙，眼珠子一动也不动地盯着老孙那半闭的眼睛，心神错乱地嘟哝："有一口水就好了！有一口水……"

通信员小成也机械地重复："有一口水就好了！"

一口水一条命呀！

敌人三架飞机，绕过来又栽下来，一条条的火箭，穿在周大勇周围的沙子里爆炸了。炸起的沙土扑在周大勇和老孙的脸上。周大勇用自己的胸膛遮掩住老孙。

周大勇望着那俯冲扫射的敌机，眼里喷火。他心里猛烈的仇恨混合着撕心的痛苦，浑身颤动，嘴唇发抖。哪怕他周大勇一分钟以后就死去，但是在这一分钟以内，他也要把那美国走狗的心肝挖出来！

团卫生队队长骑着马赶来了。他跳下马，喊："有办法，有办法，这针药有效。"

卫生队长拼命地把注射器的针尖往老孙胳膊上的血管里扎，可是扎不进去。生命离开了老孙，血管、筋肉都僵硬了！

周大勇把老孙轻轻放到地下，站起来。他把自己的破衣袖子撕下一片，想盖在老孙脸上，免得沙子吹进老孙眼里。可是周大勇拿上那块破布，呆呆地站在那里，像是他不知道自己要干什么；像是他的心脏停止跳动，血液停止循环，思想也木然不动了！

老孙啊，老孙！同志们走路你走路，同志们睡觉你做饭。为了同志们能吃饱，你三番五次勒裤带。你背上一口行军锅，走在部队行列里，风里来雨里去，日日夜夜，三年五载。你什么也不埋怨，什么也不计较；悄悄地活着，悄悄地死去。你呀，你为灾难深重的中国人民献出了自己的一切啊！

小成摸摸老孙衣服兜儿，看有什么遗物可以给老孙家里寄去。他从老孙口袋里掏出一个小盒、一个小本子。小盒里装着针线、破布、铅笔头跟炊事班的立功计划。那个小本子是麻纸订的，因为怕雨淋湿还用油布做了个皮子。那小本子的每一页上都留着老孙的黑指印，每一页上都歪歪扭扭地用铅笔写着核桃大的字：毛主席。

老孙不识字，可是他看见同志们都给毛主席写信，他也想写。他想把自己满肚子的话，写给自己的领袖毛主席。这样，他开始学字。他这上了年纪的战士，宿营后烧行军锅煮饭的时候，在这小本子上花了多少气力！他在紧张行军后的深夜里，在这小本子上写下了多少愿望！他在跟敌人拼死拼活的空隙中，面对着这卷了角的破本子，又有多少次看见了自己的亲人毛主席！如今，他永远不能写这封信了！

周大勇从通信员手里把老孙的小本一把夺过去，塞在口袋里。他想，他一定要设法把这小本子寄给毛主席。因为这是老孙生前的愿望、死后的遗言。

部队哗哗哗地前进着：战士们、担架队员们……走啊！走啊！老孙没有走完的路，同志们要走完！

战士们用眼光向倒下去的同志致敬。听不见长吁短叹，看不见愁眉苦脸，只有一种沉重而又严肃的空气，充满在天地之间。

周大勇双手撑在腰里，再一次地望望老孙那老诚忠厚的脸相。啊，这个跟他周大勇同生死共患难的战士，永远放下了自己的行军锅，永远再不会向他说："连长，我没啥能耐，吃点苦总还行……我好赖是个党员。唉，我做的事太少……连长，你跟指导员劳累的，教人心疼！"周大勇心里绞痛：有多少英雄好汉倒下去了啊！有多少热血浇在中国的土地上了啊！

周大勇和小成用黄沙掩埋了老孙的尸体。团供给处的队伍过来的工夫，周大勇要了一片炮弹箱子上的木板，用刺刀削了削。他从文书手里接过来毛笔，在木板上写着：

共产党员孙全厚，五十七岁，山西孝义人，为中国人民解放事业而光荣牺牲！

周大勇把这个木牌插在老孙的墓前，望着它，望着它！

周大勇擦了擦头上的汗，背上老孙留下的行军锅，正要去赶自己的连队，团政治委员李诚上来了。李诚满脸是沙土，嘴唇干得裂开小口子，鼻孔里塞了一团棉花，上嘴唇还有干了的鼻血。他的马满身是汗，口里流着白沫。

李诚跳下马，看了看木牌，站在坟墓旁边，脸上一条条的皱纹像刀子刻的一样。他抬起头，眼睛一眨也不眨地望着前进着的战士。

突然，李诚向战士呼喊：

“同志们！一个战士倒下了，千百个战士要勇敢前进！一个共产党员倒下了，千百个共产党员要勇敢前进！大山沙漠挡不住我们；血汗死亡吓不倒我们。前进！哪里有人民，我们就到哪里去；哪里有苦难，哪里就更需要我们。前进，勇敢前进！战胜一切困难！”

这用全部生命力量喊出的声音，掠过战士们的心头，在无边无际的沙漠上空雷也似的滚动。

战士们踏着沙窝，急急地向前走去。他们那黑瘦的脸膛上、眼窝里、耳朵里、嘴唇上，都是厚厚的一层沙土；两腿沉重得像灌满了铅。但是，他们都挺起胸脯扬起头，加快脚步，一直向前走去。他们都坚毅地凝视迎面移来的沙漠，凝视远方。

沙漠的远方，一阵旋风卷起了顶住天的黄沙柱。就算它是风暴吧，就让它排山倒海地卷来吧！

周大勇赶上自己的连队。王成德把一个昏倒的战士交给卫生队，也刚赶上来了。他俩肩并肩走去。周大勇敞着衣服，衣袖子卷到肘子以上，两手撑在腰里，肩上搭着米袋子，他扬起头迈着大步，向前走去。他现在的神气，就像每次部队在战斗中快要出击时的神气一样。他瞅了王成德一眼，像要说什么，可没说出来。

太阳快把人烧焦了。渴，渴，渴，渴得要命，任何人都感觉不到自己嘴里还有舌头和牙齿。心脏在猛烈地跳动，但是血液却仿佛越来越稠，越来越流得缓慢了。人们身上、手上和脖子里的血管，都发紫地暴起来了！战士们每走一步都要付出巨大的意志力量，可是不能休息，不敢休息，因为有人坐下去就会永远起不来！部队行进着，加快速度地行进着。战士们都眼巴巴地望着前边，希望前边就是乡村、市镇、草地和流水。往日他们走过千百个市镇、乡村，穿过许多草原，涉过许多河流。那时候，他们很少注意这些平常见惯了的人烟万物。现在，当战士们远远看见一个黑点的时候，就有说不出的欢腾。可是，他们走近那黑点，一看，原来是一堆蒿草。多少次希望变成了失望！慢慢地，战士们也不看了，闷着头走吧！总会走到沙漠的尽头，走到希望的边沿……

三

再次打击了胡宗南重要的帮凶马鸿逵匪徒，收复三边分区以后，西北野战军在长城沿线做短期的休息、整训。

旅司令部召开了营以上干部会议，布置休息、整训期间的练兵工作。会议一直开到晚上九点钟才结束。

旅长陈兴允在房子里来回踱着，像在筹思什么问题。

紧张艰苦的战斗生活，向革命战士要求旺盛的精力。陈旅长在作战的时候，几天几夜不睡觉；端上一支蜡烛，站在地图下，从上灯时光站到鸡叫，从鸡叫站到更深夜静。现在，部队虽然在休息、整训，从表面上看来军队生活是平静得多了，但是摆在陈旅长这些干部面前需要解决的问题，比行军作战中遇到的问题复杂得多了。

他浑身充盈着力量，眼睛光芒四射，络腮胡子半个月没有剃又长得黑茬茬的了。人说胡子是衰老的记号，可是他的胡子更增加了他的英雄气概。

有些个中年人，虽然经过很多磨炼，可是他年轻时候的性情或嗜好，总以某种形式显露在他的举动上，哪怕这些显露常是很难察觉的。陈兴允现在的举动，显露出他一九三〇年还是一个工农红军的连长时，定是正直、勇敢、愉快而又刚烈的人。

旅政治委员杨克文躺在地下铺的马褡子上，头边放着洋瓷碗做的灯盏，灯焰一跳一跳地晃着。他借着灯光，看毛主席写的书《中国革命战争的战略问题》。

房子中的墙角，放着一张破方桌。桌边有两个参谋和一个政治部宣传科的干事，在抄写什么材料。陈旅长有时候走在他们跟前，伸头看他们手里舞动的笔尖。

杨克文坐起来，机敏地看了旅长一眼，把书本卷起在膝盖上敲着，自言自语："许多人参加了同样一个会议，听了同样一个报告，看了同样的一本书，可是各人有各人独特的心得！"

陈旅长没听清旅政治委员的话，他扭转身正要问，杨政委又说："毛主席这本著作，我几年来看了至少有几十遍，可是现在读起来像是第一次才读，觉得书里每一句话都特别亲切、宝贵。怎么搞的？有些道理毛主席早就说过咯，自己也多次听过咯，可是自己在实际工作中花费了很多力气以后才能比较深刻地领会一点。老陈，人，有时候可真笨得出奇啊！"他急急地把书翻过几页，说："好久以来，我脑子里有些片断的体会，闪呀闪的，可是把它收拢不起来。看，老陈，看！我读了这一段，突然脑子里像是起了一种变化：一切片断的体会都连贯起来了，明确了。看！这一段，关于集中使用兵力的问题，尤其是这一句话，我看了，一下子就兜出来很多问题，像是自己的脑子里突然豁亮咯。"

陈旅长意味深长地说："这说明任何一点道理要真正变成自己的，确实是很不容易。不要说你没有体验过的事情，就是你拿全部心血体验过的事情，也要反复多少次，那你才真正算在斗争生活中，学习了一点东西。也许经验主义还在我脑子里作怪，我总觉得人是按照自己的经历走路的。"

杨政委把膝盖猛地拍了一下，说："一句话，你能把马克思列宁主义的道理和实际工作结合一点，你就进步一点；结合得多，你就进步得快；但是每一点结合都是不容易的。老陈——"

陈旅长用手势打断杨政委的话，说："瞧，小伙子们打瞌睡咯！"

杨政委说："年纪越轻瞌睡越多。我背机关枪的时候，部队一宿营，躺下立刻就睡得呼呼叫。"

陈旅长走过去，轻手轻脚地把自己的棉衣给一个年轻的参谋披上。

那个参谋醒来了。他又疲乏又不好意思地说："旅长！我不瞌睡，你倒应该睡一阵。"

陈旅长大声笑了。他把烟卷的一头在桌子上磕了磕，说："乱弹琴，睡得呼呼的，还说不瞌睡！"

他坐在那些青年人旁边，看着他们孩子式的脸膛，谈说贺龙将军的工作精神（他有很长时期跟随贺龙将军战斗），谈说战士们的英雄气概跟克服困难的事迹。

一个干事说："旅长！人要常常想到战士们的英雄行为，就觉得自己有使不尽的力气！"

陈旅长说："对呀，对呀！身体需要营养，思想也需要营养。身体不营养就要垮，思想不营养就要枯竭。不同的是：一顿不吃饭肚子就闹意见；十日半月不营养思想，人还不一定能感觉到。可是当一个人感觉到思想枯竭了的时候，同志，那他的生命就完结了——死咯，彻底地死咯！而且世界上没有比这种死亡更可怕的。"

一个参谋把桌子上的纸张收拾了一下，说："说来说去，反正我看到战士们的英雄行为，就觉得惭愧！"

"惭愧？"陈旅长举起头，回忆思索着，"我很少有这种感情。战士们的英雄行为总是强有力地鼓舞我前进。是鼓舞而不是惭愧。你不同意？咱们可以辩论呀！"

那个参谋说："我们不能和你比。你为党做了很多事情，可是我们——"

陈旅长打断他的话，说："你这不是成心说颠倒话么？同志！战士们，我们的战士，才是为党做了很多事情的人，才是为党的事业冲锋陷阵、赴汤蹈火的人。"

夜深了。一阵阵的风从沙漠中吹来，沙子打得窗户纸沙沙响。远处传来骆驼的铃铛声。隔壁房子里，老乡的孩子从梦中哭醒来，母亲悠然爱抚地哄孩子，孩子的哭声慢慢地消失了。

陈旅长看着那些参谋们抄写起的东西，一句一句地修改，掂量每一个字的轻重。有时候，他为一句话、一个字，琢磨几十分钟。有时候，他抬起头责备地说："搞什么嘛！你完全写错了。文化教养差，还不开动脑筋学习。思想懒汉，是最没有出息的！"说着，他就在床头上翻出一包书：有几本马克思列宁主义和毛主席的著作，有一本《孙子兵法》，两本写战争的小说，还有五六本描写爱情故事的外国文学译本。

陈旅长讲着各种书的内容。他讲得兴奋了，就放声大笑。他笑得那样纯真、愉快，简直像一个毫无挂牵的青年似的。

"叮——当——叮——当——"夜深人静，远处传来的骆驼铃铛声，听得更真切了。这种持续不断的声音，在广阔的沙漠上空波荡，听来是深远的静穆的。这种声音，让人想起坚韧的生命力量和沉重的劳动；也勾起了人的回忆。

杨克文把书放在一边，平躺着，用手垫着头。他静静地听着骆驼的铃铛声。过了好一阵，他说："今天下午我和周大勇谈了谈。奇怪！我看见他，就想起自己刚参加部队时候的情形。"

陈旅长说："周大勇总是尽量避免跟我碰头。有闲空子，我要好好整治他！"

"你对他太严厉咯！"

"那是喜爱他呀！"

"叮——当——叮——当——"骆驼铃铛声渐渐地远了。夜深了，这声音虽然很远，但是听来还非常清晰。

陈旅长侧起耳朵听了好一阵，说："老杨，骆驼在咱们南方真是稀罕东西。我小时候，那些卖艺的人拉上骆驼在我们乡下转。我跟一群小孩子去看骆驼，好玩得很。有一次，我跑了四五十里路去看骆驼，家里人找不见我急得要死，你说好笑不好笑！"

陈旅长仿佛因为骆驼的铃铛声勾起了他久远的回忆而觉着奇怪。他慢慢地磕着烟灰，说："一下子就想到这样遥远的过去！"他背靠着墙，眯缝着眼注视手指间夹的烟卷，烟卷冒起一股很细的白烟柱。他像是又沉入到回忆中去了。

他的生活是复杂的，也是简单的。说复杂，是因为他像千千万万的革命战士一样，经历了艰难困苦与曲折的斗争；说简单，是因为他也像每一个普通的中国劳动人民一样，一出世，饥饿、痛苦、不幸就像身影一样不离他。

三十七年前他出生在湖南浏阳县一个雇农的家里。他还是一个孩子的时候，就给人家做工，担起成年人劳动的担子。像俗语说的一样："受的牛马苦，吃的猪狗饭。"穷苦的生活折磨人，穷苦的生活又能琢磨出倔强的性情。

就仗着这种性情，他一九二七年逃出了家门，参加了"秋收暴动"，当了一名红军战士，上了井冈山。从此，他和他的战友，以革命为职业，以部队为家庭，以同志为兄弟，以武器为伙伴。从此，他和他的战友，转战在大江以南的红色根据地，征战了二万五千里，经历了八年的抗日战争，目前又投入到这空前艰难的爱国解放战争中。

一天，吃罢早饭的时光，团长赵劲跟团政治委员李诚，向旅司令部走去。

他俩通过平坦的草滩，跳过一条水渠，到了旅部门口，碰见了陈旅长的警卫员。

旅长的警卫员粗胖高大。说起他的名字很少有人知道，可是提起"老资格"或"大个子"来，全旅无人不知无人不晓。他是有八年军龄的老战士。战斗紧急，子弹乱飞的时光，只有他敢把旅长挡住，不让他到危险的地方去。为这，他常挨旅长的骂，可也常得到师政治部保卫科的夸奖。

李诚喊："老资格！"

警卫员轻巧地转过身子，很正规地敬了礼，说："李政委，你不是来开会就是来和旅首长讨论问题。玩的事，你不参加。"

赵劲说："老资格！李政委今天专门是来玩的。因为，他侦察到你给旅首长准备了好吃的东西。"

警卫员挺高兴，因为赵劲这样有趣地对他讲话还是第一次。他有时候跟别的团首长还可以说说笑笑，可是对赵劲总是敬畏的。赵劲在他印象中，是严厉而很少说话的。他说："赵团长，你愿意吃东西，我一定想办法，可是当真没有什么好吃喝！昨天，旅长领上我们满地跑，说是找什么野菜，其实哩，给老乡割了一天麦子。旅长一边割麦子一边和老乡拉话。太阳晒得人身上脱皮，我们想早点回来又不敢催他。看，我手上打了四个血泡！"

李诚说："旅长找什么野菜？现在粮食并不缺呀！"

警卫员抱怨地说："旅长说他认识几十种野菜，又说野菜怎么好吃。他呀，首长们都知道，那是说不来的！我们向陇东进军的工夫，有一天在洛河川里宿营，旅长就下到河里去摸鱼，一摸就摸两三个钟头！"

赵劲说："他一定摸得很多鱼，可惜我们不知道这个消息！"

警卫员说："什么呀！他摸了老半天才摸到大拇指头粗的五条鱼。就是那呀，他还说他要做几个菜哩。还没等到他做什么菜，老乡的猫就偷偷把鱼吃光，连一根鱼刺也没剩下。旅长把我骂得好惨啊！要不是群众纪律管着，我非宰掉老乡的猫不可！"

赵劲跟李诚向前走去。

警卫员说："旅首长不在呀！"

李诚问："到哪里去了？"

警卫员说："杨政委到城内给地方干部讲话去了。旅长，刚才还在房子里，可是眨眼就不见了。我现在正找他。"

赵劲说："你这个警卫员真是乱弹琴，连首长也看不住。要是旅首长碰到特务出了差错，保卫科会砍你的头！"

突然院子里送出了歌声："起来！不愿做奴隶的人们！把我们的血肉，筑成我们新的长城！……"

李诚说："这不是旅长的声音？他在家。"

赵劲一进门就冷冰冰地说："旅长，你的嗓子确实不行！"

陈旅长说："要唱得好，我就不必关住门唱咯！"说罢，他从床头摸出了照相机，兴头蛮大地讲，他的照相技术怎样好，会洗印还会放大，好像谁不会照相就是了不得的憾事。

赵劲不感兴趣地说："旅长，你照相技术再好，我也不羡慕！"

李诚说："旅长，这简直是给你泼凉水！"

陈旅长把照相机往铺上一扔，故意生气地说："赵劲，我照相的积极性叫你一脚踢光咯！"

赵劲嘿嘿嘿地笑了。

他们谈了一阵，李诚说："下午两点钟我们团党委会要开会，请你和杨政委去参加。"

陈旅长问："怎么，刘邓大军进入反攻的消息，你们还没传达？"

赵劲说："早传达咯。今天开会是总结传达工作，布置练兵工作。"

陈旅长说："战士们听到我军进入战略反攻，高兴得很吧？我刚听到这消息，整夜都睡不宁！"他看着墙壁上的一张中原地图又说："你们要随时把刘邓大军反攻的情形，向战士们报告。这样，战士们便知道刘邓大军带头反攻就是中国革命战争的伟大的转折，就是直接援助我们西北战场，援助我们全国各战场。这是有重大的战略意义和历史意义的事件啊！"

赵劲说："从今天的消息看，刘邓大军进展非常迅速。"

陈旅长说："反动派是一帮饭桶！他们招架不住刘邓大军的打击噢。"

四

团首长们住在长城边一家老乡的上房里。

傍黑，赵劲从连队里回来。他的裤子扯开了几绽，绑带上还沾着沙土。大概，他和战士们一块练习战术动作了。

李诚背朝门坐在桌子跟前，正看二营的一个工作报告。他看了一阵，把报告轻轻地往旁边一堆，说："毫无头绪，简直连问题的性质还没闹清！"从本子上撕下一页纸，低下头唰唰地写着什么。

赵劲放轻脚步，用两手把李诚的肩膀猛地按着。李诚肩膀摆了一下没摆脱，说：“别捣鬼！”他想回头看，赵劲两条胳膊使劲推着他的肩膀，躲着不让他看见。李诚说：“老赵，我知道是你。”

赵劲两手松开，望着李诚，说：“你怎么知道是我？”

李诚说：“由你的手劲上我感觉到是你，由你呼吸的声音我听到是你。”

赵劲不出声地笑着。

李诚问：“莫非我说得不对？”

赵劲摇头，眼睛调皮有趣地闪着光，说：“对。我也有这经验：夜战中，有好多回我在阵地上喊你，你准答应。其实，并不是我看清了你，我感觉到那是你。”

两人眼对眼笑了。

赵劲转过身，坐在床边，迅速地解下绑带，又使劲地缠着，缠得非常整齐。他的帽子、绑带、皮带，都整齐而有次序地放在枕头左边。他到现在还保持着这样的习惯：晚上睡觉的时候，数着身上脱下的东西，而且记着数目。比方说，解下来的东西是七件，晚上如果有事，他一爬起来，把七件东西数着带上，头也不回就走出去了，准不会丢东落西。

赵劲两手托在脑后，身子往后仰着靠在铺盖卷儿上。他在回想着这几天练兵的情形。

赵劲的警卫员真够麻烦。一阵，他进来报告：“团长，水打好了，洗脸吧！”赵劲根本没听见。警卫员轻手轻脚地走出去。一阵，他又进来说：“饭搞好了！”赵劲不耐烦地摆着头，让他走开。警卫员摸不着头脑，又不敢多问。他走出去，对李诚的警卫员说：“咱们这些首长，我看等不到四十岁，头发都要落光的！”

“首长们哪里能像咱们，干罢工作就吃饱喝足，扳倒睡觉。他们肩上的担子重！”

李诚说：“赵劲！我要政治处所有干部赶快把‘评纪律’的工作结束。然后，他们好集中力量搞练兵工作。”

赵劲没有回答。

李诚走过去，看见赵劲躺在床上，眼睛望着天棚发愣。他笑着说：

“赵劲，你像是得了什么病？”

赵劲坐起来，一字一板地说：“不是害病的时候啊！”

李诚问：“你今天到第一连去了吗？我下午到六连去了一趟，听六连战士说，第一连练兵工作搞得挺不错。”

赵劲伸了个懒腰站起来，像是要摆脱疲劳似的。他想起今天的练兵情形，想起战士们在练兵中的创造，想起他从连队上带回来的启示和心得。他觉得浑身都是力量，脸上闪过兴奋的光。

赵劲把两个大拇指头挂在腰间的皮带上，来回走着，讲着第一连练兵的情形。李诚听着，寻思着。

八点钟了，熄灯号吹过了。沙漠中刮来的大风，摇着门窗，撞击着长城。

卫毅闪进门来，说：“好大的风哟！”他揉着眼睛，唾着口内的沙土。他眼窝、鼻孔都是沙土。从他朴实稳厚和精力饱满的样子看来，像是他也从连队上带回来很多启示、心得和劲头。他向赵劲和李诚摆了一下手，说：“你们谈什么？一定是谈练兵。嘿！战士们想了很多办法，真是越练劲头越大！”

他盘腿坐在床上，立刻把参谋们都找来，要他们汇报今天参加各连队练兵时光了解到的情况。

卫毅带来满房子的工作热情。

一天，太阳快落山的时光，在野外练习战术动作的战士们，都集合起来，回到小村里去了。周大勇和一营教导员张培，从练兵场走到一块草地上。他俩周围是一片肥沃的田野和草地——沙漠中的绿洲。

目下看来，沙漠中的绿洲便是世上最如意的地方。绿茸茸的草地像绒毯子一样铺在地上，成熟了的麦子散发着香味。骆驼在远处的沙漠中浮游。放羊的人赶着一群群的牛羊回来了。他们边走边唱信天游小调：

人都说三边有三宝，
牛羊咸盐甜甘草哟！

这一切在经过连续行军、连续战斗以后的战士们看来，格外清爽，格外美好。

张培的旧灰军衣，整齐而清洁；破烂的地方，他都一针一针缝补过了。他慢慢地走着，不停地低下头瞧自己移动着的脚步，看来很清闲。有时候他望着远方的沙漠，像是很有趣味地想算什么。

他上了一个土堆，两条胳膊向前平伸，让风吹进袖筒。回头望望周大勇，笑了笑，像是说："这样挺舒坦，你也试试！"

周大勇觉着，张培这样谦逊、沉静、诚挚的性情挺好，连最毛躁的人见了他也会心平气和。张培打完仗，到什么学校当个教员，真是太好啦！

"战争考验人，严格地考验着人。这多时，艰苦的生活，唬倒了不少的人啊！"张培望着远处的沙漠，手指轻轻在空中弹着。"营部的刘副官，哎，这个人！他以前是我们的同志，可是现在变成我们前进路子上的障碍物了。"他的头轻轻地摇了摇，"那些把个人利益放在第一位的人，不管他的本质曾经怎样好，功劳怎样大，才能怎样高，都会丧失自己的一切变成精神空虚的人，一直到毁掉自己！"

周大勇说："上级批准开除他的党籍了。依我说，早就应当开除了！刘副官这样的人，他就不知道他为什么活着。一天吃饱喝胀就满足了，让他干点子工作，他就佯佯吾吾混日子。胡搞乱来……还说什么革命有前途他没前途！我最恨这种人……一个人没有思想，怎么可以活下去呢？一个人逃避生活的担子，逃避斗争的责任，那不就是一块废料吗？"激愤的情绪使得他的脸色更加刚毅。"像我们党的那些把自己的一切都献给人民的领导人，像我们的英勇而无私的战士，像那许许多多为劳动人民做过好事的人，他们硬是把历史向前推进了。人难道不应该像他们一样生活吗？"

张培说："是呀！人都应该像他们那样生活、斗争。"他望望周大勇纯真的脸膛和那喷发着热情的眼睛。停了一阵，他又把周大勇打量了一番，像是从周大勇那魁梧的身材上得到了什么启示。他掉转话头，说："政治工作做久了，就会觉着，人的力量是不能估量的，是无穷无尽的。像我们的战士们，你大胆地去估量，他们的力量也比你的估量高出一百倍。"

周大勇说："我们有不少同志，很年轻就牺牲了。他们要活着，那该还有多少力量可以发挥！"

张培轻轻地嘘了一声，说："我们在斗争的道路上，是负着很大的痛苦向前进的！他们有的人只活了二十多岁，有的还没活到二十岁……当然，生命的价值是不能拿时间长短来衡量的。"

周大勇折了根小蒿枝，在口里嚼着，认真地思量着张培说的话。

张培说："周大勇，我们的战士们在旧社会是一钱不值的人。可是他们到了革命队伍以后，就发挥了伟大的力量，成了顶天立地的人。我常想，要是将来我们走到共产主义社会，那所有的人更该发挥多么难以想象的力量啊！"

周大勇说："教导员，我也想过：我要好好地发挥自己的力量，还得住住什么军事学校。我参加部队以后，只住过几次教导队，知道的东西太少！"

张培望着周大勇的豁亮而愉快的面容，说："太阳一落，可真凉快啊！——周大勇同志，能有这样的机会更好，不过你不要把一个人的学习、锻炼的范围看得太狭小。——看，看，周大勇。那种鸟儿，你见过吗？啊，你没见过。据说，它是沙漠地特有的一种鸟儿。多好看呀！——像你已经比普通人升高了一截。笑什么？你不是战斗英雄吗？告诉你，我们在战斗生活中学到了别人得不到的东西。比方，平时同志们批评你，上级教育你，劳动、学习、锻炼……一句话：你得经过千辛万苦才能懂得那么一点点道理，学得那么一点点知识。可是在战斗中，猛烈的炮火、生死的斗争、艰苦的考验、英雄们壮烈的事迹、同志们的鼓舞，这一切很快地就把人那些庸俗的想法烧掉了！战斗中一个人会很快获得纯洁、高尚的品质。是吗？"

周大勇很少看见过张培这样的热情流露。他很感动，他仿佛看到思想在闪光。这种思想的闪光，让周大勇又一次清楚地看到了人生的道路。

“大勇，我常想，我们的军队不仅是一支军事力量，而且是一支政治力量、思想力量和新道德的伟大力量。你想想看，我们军队到了哪里，我们就把党的声音带到哪里。而且我们的战士拿自己勇敢和无私的行为，给人们建立了这样的榜样：每一个人应该怎样爱自己的人民，应该怎样生活、斗争，应该怎样一直向前。这就是说：我们的军队不但是消灭敌人、打碎旧社会的力量，而且是移风易俗的力量！我说得对吗？你懂得我的意思吗？”

周大勇说：“教导员，我懂得你的意思。党让我成为一个有用的人，我呢，也有决心成为一个对人民事业有用的人。”

张培说：“这是个很好的志愿。能这样，我们就不会辜负这英雄的时代；能这样，我们就能用自己有限的岁月，创造出无限的光辉事业。”他两条胳膊前后晃悠，脚在柔软的土地上轻轻地踏着，自言自语：“光辉的事业，光辉的事业……”他转过身来，手托在周大勇肩膀上，望着天和沙漠相接之处，说：“大勇同志，要是世界上没有那一帮剥削人压迫人的畜生，那人生会变得多么美好啊！”

周大勇眼睛一眨也不眨地望着张培那因兴奋而更加光彩的脸色，身心沉浸在一种庄严的向往中。

五

太阳让沙漠吞没了，一阵阵凉风吹来。老乡们的烟囱里冒出淡淡的青烟。女人们把洗锅水往猪食槽子里倒。有些个老乡，坐在树下抽旱烟，消散整一天辛勤劳动带来的熬累。

战士们，有的坐在老乡大门外的石板上擦枪，有的把纸压在膝盖上写信，有的把破衣服撕成条条打草鞋，有的帮老乡打水、碾场、挑粪，到处都是歌声和快活的笑谈声。

宁金山穿着衬衣、裤衩，正帮老乡挑粪。他近来有了战士们那种毫无挂牵的乐和劲了。他觉得胸怀宽畅，生活中那些黑影子不见了，四处都是明亮欢乐的。他有一种心愿，一天比一天强烈，那就是想多做点事情。

宁二子满脸通红，他跑到一棵树下，喊："哥，快来！"

宁金山看宁二子上气不接下气的样子，当是他闯下什么乱子了。

宁二子喊："动作快点，看你磨磨蹭蹭的！"

宁金山把粪担放下，沉下脸，说："忙啥！"但是他心里实在高兴。他觉着，二子现在看来才像个青年人。他像是看见了他弟弟七八年以前的样子。那阵，二子是十二三岁的孩子——他忠厚、老实，可也像一般孩子一样：好奇、好动、好热闹。

宁二子打参加部队那一天起，他就觉得他心里发生了不平常的事情。从他出生到世上，别人不把他当人看，往后，他也觉着他是下贱的人。像祖祖辈辈的穷人一样：受苦、受累，直到多咱把脊梁骨累断了，两腿伸直，那还不是像灰尘一样没人注意。可是从他进了第一连那一天起，就感觉到他是个人。这一发现让他心思满肚子，浑身是力量。因此，他在陇东战役中，作战英勇，立了一大功。

兄弟俩靠一棵大树，肩靠肩站着。

宁二子把脸靠近宁金山的肩膀，呼哧呼哧地出气，叫："哥，哥！"

宁金山偏头看，只见二子脸红脖子胀。他感觉到二子的心嘟嘟地跳，心想，二子一定有了喜事，这喜事跟自己还有关联。他问："啥事情嘛？"

二子一下跳到宁金山对面，脸差点挨上宁金山的脸，说："哥，俺，嘿，从哪说呀！这么的，哥，俺要求入党了！"

宁金山摆过头去，长出了一口气，像是他有一种心痛症。他把盯着他的宁二子拨拉开，说："二子，你要求入党？好事，好事！你可向支部提了没有？"

宁二子不看他哥哥那副架势。他觉得，他哥给他热烘烘的心里泼了一瓢冰水。他哥刚才用手拨拉开他的时候，他脚下的土地就自动地移开了。他跟他哥当间的距离越来越远了。

二子有一搭没一搭地说："入党的事提过了，两个党员同志也跟我谈过了。他们说，俺经过两个战役的考验，表现好。党小组讨论那阵，俺也参加了！"

宁金山一把抓住二子的胳膊，问："小组可通过啦?"

二子觉得他哥把他的胳膊扼得生疼。他用了很大的劲，才压住满肚子的火气，说："没通过!"

宁金山问："为啥？为啥?"

二子觉得他哥是装模作样。他用脚把地踢了个小土坑。猛地，他向前跑了几步，把一块拳头大的石头，踢了一丈多远。二子说："小组没通过，这用不着谁替俺操心。小组会上，党员同志们说了，俺再经过一个时期考验，把阶级觉悟再提高点，就可以入党。俺宁二子好容易才找到这一条道儿，俺就是把命拿出来，也要……反正俺知道路该怎样走!"他狠狠地把帽子扯下来擦汗。

宁金山向二子跟前抢了一步，盯着二子，嘴唇抽动。宁二子看他哥的脸，又可怕又污眼。他说："入党的事，你没有兴头听就拉倒。给，这正是家里来的信。"

宁金山机械地接住信，连看也没看。他像僵了一样，前胸抢前，站在那里。过了好一阵，他像是清醒了，又坐到树下拆开家信来看。那信上指头蛋大的字，蹦蹦跳呢。宁金山看了前一行忘了后一行。那一行行的字，也不停地变换位置，正像这几天演习班进攻的情形一样：有时候班长带上大伙一路纵队向前跑；有时候又急速地各个跃进；有时候，前面横着一条塄坎，班长手一抡，大伙嗖地趴在塄坎下，拉开相当远的距离。

宁金山勉强地看了几遍，总算看懂了。信上说，父亲前年就领上一家人过了黄河，到了解放区。如今分到了地，脱离苦海。父亲在"乡农会"当主席，母亲也捎带着做点妇女工作。前些日子，父亲碰到一个退伍的荣誉军人。这人原来在西北野战军"英雄部"一营当文书。他说，宁金山、宁二子兄弟俩在第一连工作，家里人听了很高兴；母亲哭了。再嘛，希望火速给家里写封信。宁金山自从让国民党军队绳捆索绑拉了兵，到如今有好几年了。这几年，他没日没夜地想念自己的家，想念自己骨肉相连的亲人。现在接到了家信，可是快活的心情和他早先设想的差多了。

他望着二子说："你看，他们有着落了。家里分到了地，这可是咱们祖祖辈辈也没梦到的事！"

宁二子说："哥，家里分到了地，这自然是好事情。可是这土地是有了共产党的领导，才分给咱们的。这一件重要事，你倒不提！"

宁金山的脸色唰地煞白。他说："二子，连你也不晓得我的难过？二子，我比你受的苦多，我比你走的弯路多！我难受，二子，我不成器！爹和妈屎一把尿一把地把我拉扯大，他们指望我走正路……我，我谁也对不起！"他蹲在地下，双手抱着头哭了，哭得肩膀抖动。

宁金山哭了一阵，心里清爽了点。他说："二子，这封信交给指导员，请他在队前念念，让同志们也知道，咱们一家人是怎么活出来的！"

二子这阵子心里也挺难受，刚才，自己误会了哥的意思。哥多活了几岁，多背了点包袱，自己没有很好地帮助他，反倒冷言冷语刺他的心，这哪里像个共产党员！他觉得，他已经是个党员了。

他俩不言不语地向连队走。二子想给他哥宽宽心，就说："哥，前天指导员传达，大反攻开始了，刘邓大军过黄河了。爹的信上说，他们正忙着支援前线，我捉摸就是支援刘邓大军过黄河吧！"

"嗯，准是。"宁金山想起刘邓大军渡过黄河这件事，心里就乐了。他说："二子，你看咱们全国各战场配合得多好，就像是一个人的胳膊腿儿一样。我们在这里吃点苦，猛一想心里挺不痛快，要往全国一看呢？心里可乐开了。原来我们翻山过岭一步一步踏沙窝都是有大作用的。懂得这个，人干起工作来就特别有心劲。我过去不懂得这些，常把自己看成一个普通当兵的，真是！"

宁二子看看他哥，只见他眼里高兴地闪光。他说："哥，指导员说，刘邓大军反攻了；陈赓兵团在山西又打得很急；蒋介石要调援兵，可是我们把胡宗南吸住，他想抽兵又抽不动。这俺才知道'三边战役'的胜利意义。哥，实在说，过沙漠的工夫我还没想到这些个。"

"对嘛，一个战士要常想到这些个，他就倒在沙窝里也是心甘情愿的！"王老虎的慢悠悠的声音。

宁二子四处看，不见人。宁金山绕过草堆，只见王老虎蹲在一棵大树下，静静地一动也不动地望着远方天空飘浮的云彩，微微地吹着口哨。

王老虎笑嘻嘻地说："你兄弟俩谈得可够热闹啊！"他左边放两件衣服、两双旧鞋、麻绳跟针线；右边放两封信。他膝盖上放两片纸，像是缝补罢衣服鞋子又在写什么。

宁金山偎在王老虎跟前说："我跟二子说话，你统听到了？班长！我刚到部队的工夫，听见李江国从天南说到海北，很奇怪也很烦腻。那时光，我成天想自己鼻子下边那一拧拧事，觉着啥也没味道，如今可不同，老觉乎着——"

王老虎从衣服兜里掏出小烟锅，一边往烟锅里装烟一边说："老觉乎着心眼里挺痛快，是吗？好战士他总是痛快乐和的。相比说，东北打了胜仗，他就觉着像咱们西北打了胜仗一样；山东有个战士当了英雄，也就像他自己当了英雄一样；指导员讲话说，苏联又盖了多少新工厂，他心里也乐得不行；实在说，就是天边上发生了什么事情，也就像他家里发生了什么事情一样，他统关心。你琢磨琢磨，看我说得对不对。"

宁金山思量，王老虎的话听了叫人喜欢，可是这种感情自己还没有体验过。

他看看王老虎旁边放的衣服、鞋子。是的，王老虎缝补过的这些东西，都是第一班战士们的。宁金山想起了：就在昨天晚上，他睡了一觉起来解手的时候，看见王老虎借着灯光在缝补一件衬衣。那件衬衣是战士林子德的。老虎把衬衣上撕破的口子，密密实实地缝起来。缝完，又把衬衣整整齐齐折起来，放在林子德身边。宁金山觉得，王老虎这些人活在这世上就是为了关心别人。

他顺手翻翻王老虎身边的信，看见一张女人的照片，照片背后写着：任冬梅。

宁金山说："班长，这就是大嫂？"

王老虎笑了："还没过门，就叫大嫂？"

宁二子把照片从宁金山手里拿过去，看来看去，说："看这女人该有二十几岁了，怎么还没过门？”

王老虎说：“战士养的儿女还是战士。蒋介石最怕这个，所以他用美国的大炮堵住咱们，不准结婚。瞧，多缺德！”他眯缝着眼笑的时候，左右的外眼角边，拥起了几条皱纹；那皱纹里也许隐藏着他悲苦的身世、朴素忠贞的爱情和艰难而光辉的战斗生涯。

王老虎他们三个人在这边谈得正热乎；可是，在他们左边的树林里，有三个人吵得正上劲儿。

第一连的两个小鬼——卫生员三牛、通信员小成，整天左右不离。

小成在羊马河战斗中被解放以后，就补入第一连。这多时，他虽说有进步，但是，这个又瘦小又机灵的孩子，有时候还出点小娄子。全连队数他难调理，他简直做梦都在跳蹦呢！战士们给他取了个外号：“猴子”。

三牛可跟小成不同。他喜欢学习，并且有自己的努力目标。比方，他很崇拜连长和指导员，时常想：像连长和指导员那样，打仗指挥百把人，平时背个驳壳枪多威风哪！因此，三牛努力学习连长和指导员的勇敢、机智，学习他们说话的声调，学习他们走着的人生道路。小成呢？他还是二心不定。你要问他，到底喜欢连队上的什么人，讨厌什么人？他会说：他讨厌马长胜，喜欢王老虎。为什么讨厌马长胜？有一次，他不小心打破了老乡一个碗，马长胜好心好意地批评他，他觉得马长胜是“剋”他。他跟王老虎最合得来，因为王老虎只要有空，就给他讲打仗的故事，又不发脾气。说到连队上其他的人，小成都喜欢也都不喜欢。比方老孙活着的时候，小成喜欢他，但是又觉得他不和他玩，而且总是劝他学习。提起学习他就头涨。同志们都说他“人小鬼大”，这句话并不算错。因为谁也说不清他那小小的心眼里，一天闪过多少想法。小成什么也想沾一手，可是干什么也是干三天两后晌就觉着没味道了。有时候，他正正经经地跟上三牛学字。有时候，又胡跳乱蹦地跟上司号员学吹号。有时候，他好半天呆迷迷傻呵呵地看树上的小鸟吱吱叫，他也想和小鸟一样在天空飞翔。有一次他看见炊事员切菜，劲头来了，热心地摆弄菜刀，结果把手指头切去了一块肉。一天下晚，三牛跟他很严肃地谈了一次话，批评他的缺点，说："这还成呀？你是通信员，就要懂得自己的职责，不要三心二意地乱闹腾！"小成下了决心不干别的事了。但是，有一天他看见连队的理发员理发，手又痒起来了，又学习理发。这小鬼，怪精灵，胆也大，他刚学了几天就自告奋勇给人家剃头。

这天，吃罢晚饭，李江国给老乡们做宣传回来，一面走一面唱，还不停地踢着路上的石头块；看见个小孩，他也做个鬼脸。

李江国做群众工作是一把好手。比方，部队驻在某一个村子，他立刻就和老头儿、老太太、小孩子们建立起亲密的关系，特别是那些农村的青年小伙子，一见他就跟他黏到一块了。

李江国走到第一连驻的院墙外面，人没进去，声音就进去了。眨眼，四处都是他扯起嗓子的喊声，隔千儿八百里也能听见。他碰见小卫生员三牛。

三牛问："李江国，你忙得真像个大首长！"

李江国说："箭箭不离屁股，我成天连放屁的空儿都没有！一天学习、练兵、开会……到吃罢晚饭才有点时间，可是我还要去向群众做宣传，还要给同志们写信。三牛，这样折腾下去，我会累得多吃四个馒头！"

三牛说："你吹牛。咱们连队上文化高的人有的是，谁要你写信！"

李江国说："买眼镜要对眼嘛！有人偏找我写信。好比说，今天石二拴叫我给他老婆写封信。我说，'你也能扛起竹竿，手也没坏呀。'他说，'我身体不美气嘛。'他躺在炕沿上，离我有一丈远瞅着我写。我写着，写着，就在纸上画起人人、马马、鸡鸭……石二拴问我，'写信为什么老画圈圈？我看你在瞎折腾吧！'我说，'你懂得什么！写一句就要画一个标点符号。'石二拴说，'你在捣鬼啦，谁画标点符号还像你一样，画那样大的圈子？'我说啦，把圈圈画大一点，你老婆一见信就高兴地说，'哎呀，我家石二拴画了这么大的圈，力气一定大了，身体一定结实了。'石二拴说，'哼，道理都是你的。'我说，不含糊，能写这两下子，那非有一定的政治文化水平不可。'我写完了，他从炕上下来把信一看，嘿，躁了，把我骂得好惨哟！我说，好好好，这是背上儿媳妇朝山哩，出了力气又挨骂！”

三牛一听笑得直拧肠子。李江国挤眉弄眼很神秘地说：“三牛，我想理发，但是我回到连上，又要汇报、开会，还要干这干那。三牛！头发长啦，热得我直流鼻血。敬礼！请你帮帮忙，把连部的理发员叫到咱们门外那小林子边，让他给我理发。你看，那里不是很僻静吗？”

三牛说：“理发员正帮炊事员擀面哩，顾不上。我给你叫小成来，他现在理发可是一把好手。”

小成听说有人请他理发，这还是第一回，一颗小小的心高兴得直冲到喉咙里。但是他还装得蛮神气，两只手插在裤兜儿里，耸耸肩膀，很不耐烦地问：“三牛，给谁理发？我可忙得很啊！”

三牛说：“得啦，没有肉豆腐也扳价钱。去，给李江国理理发。告诉你，老李很不简单。王老虎常说，他是自小卖蒸馍，百事都经过。旅、团首长，谁不夸奖他能干！”

李江国跟小成过去并不亲热。李江国觉得这个小鬼讨厌、不懂事，又觉得自己是个老战士，处处要给小成做样子，所以显出一副爱理不爱理的架势。

李江国绷着脸，背着手，摆得蛮像个老资格的样子，问：“你的手艺怎么样？可不能在我的头上瞎舞。”

小成冒充内行，说：“哼，没见货色就问价钱，剃一颗头是好复杂的问题！”

三牛说：“剃坏你的脑袋，赔个新的还不行！”

李江国眼一瞪，说：“什么场合都开玩笑！”

三牛说：“别装神卖鬼！我好说歹说，才给你把他请来，还不承情！”

李江国很不放心地洗了头，坐在凳子上。

小成一看李江国的头，心里发毛。嘿！黑凶凶的头发又硬又厚，看起来，问题怪复杂。小成怕李江国看出自己心虚，要强好胜的心理支持他，便硬着头皮刮刺刮刺地剃起来。他剃一刀，李江国就一咬牙。小成愈剃心愈慌，愈慌手愈颤。剃了约有五分钟，李江国头上就被割开一二十个小口子。血珠从李江国的脸上滴下来。

李江国再也忍不住了，他把小成推开，大声吼喊："你拿我的头学手艺哩！倒霉也不挑好日子！"

三牛在一边瞪起眼憨笑。

"胡摆弄一气，黑馍多包菜，丑人多作怪！我见过多少人，就没见过你这么赖皮的人。"李江国越骂越凶，舌头又尖又辣。

小成也火啦，嘣地往旁边一跳，像火星子飞到他脸上，说："你别吹胡子瞪眼。虽说你没有下红白帖子，反正总是你请我来的！"

李江国喊："滚远！滚远！"

小成说："我站在这里碍了谁的事！哼，你凶煞煞的要吃人？我是来革命的，又不是来装窝囊气的！"

李江国走后，三牛对小成说："不要和他争长论短，老李是雷声大雨点小，就是那股脾性。要不信，你就找他谈谈，保险一口气吹散满天云。"

小成说："我才不理他呢！"说罢，气汹汹地走了。

小成自从碰了这一鼻子灰以后，有一天多情绪都不高。三牛劝他不必灰心，继续努力掌握理发技术。接着，小成找来老乡一个葫芦，用刀子刮来刮去地练习理发。偏不凑巧，又遇见了马长胜。马长胜挺着脖子，那双眼瞪得像灯盏一样，像要把小成吞进去。他说："你，你就爱犯群众纪律。为什么随便拿老乡的葫芦？"

这一下，可把小成气炸了。他不敢当面顶马长胜，可是马长胜走了以后，他就受屈地说："都瞅定我的铆口了。哼，人倒了霉，放个屁也碰脚后跟！"

六

断黑，部队一片一片地集合在长城外的草地上。大伙儿坐在那里，有的擦着火柴吸烟，有的低声交谈，有的在队前清查人数。还有三三两两的人从村子走出来，那是去检查“群众纪律”或者向群众告别的同志。

西北野战军又要出动了。部队到哪里去呢？战士们猜想，是顺长城东去，朝七八百里以外的黄河沿前进。

老乡们围在部队周围，给自己的子弟兵送行。有的老乡硬给战士们手里塞馒头、烟叶。有的老乡给战士们叮咛：保重身体，走路、打仗要多检点。孩子们抱住战士们的腿，不让他们走。战士们给难离难舍的孩子擦鼻涕。一个老太太把脸挨着周大勇的胸脯哭了：“孩儿，多会儿再能见面呢？”

周大勇心里有说不出来的滋味。他在这里打过仗，这里埋葬着战友的尸体。他在这里帮老乡割过麦子打过场。就是这位老妈妈，她也在她的破房子里一边给周大勇补衣服，一边诉说她艰难的日月。“多会儿再能见面？”谁又知道？风里来雨里去的日子还长，现在要紧的是东奔西杀。

周大勇拉着老太太的手，说：“老妈妈，我下次还要来看你的！”这句话他到处说，所以听起来很空洞。

战士们又踏上了艰难的征途……

部队经过三个通夜行军，通过了沙漠。战士们看见东去的地势慢慢地高起来了。又走了五六十里，他们前面突然腾起的大山遮住了半面天。好像只要战士们登上前面的高山，便可以用刺刀轻轻地划破广阔的蓝天。

战士们又走了一夜，天明，下了一条沟。这一条沟东西三百多里，直通绥德城，顶到黄河岸。

川道里的大路上挤满了向东去的队伍。路两旁的小山岔里，走出来许多逃难的群众。

敌人的飞机，不停地顺着山沟俯冲扫射。

赵劲骑着马，走在本团部队的前面。他像任何指挥员一样：不管走在什么地方，总是用考察的眼光注意各种地形。突然，赵劲看见右前方的山头上，有几个军人模样的人，慢慢地走动，而且，那些人还不时地用望远镜观察着什么。

部队又进入了一条很窄的川道，川道两旁是黑乌乌的高山。战士们抬起头，天成了一条很窄的长带子。

部队向前流去，川道渐渐地宽了，山也渐渐地低了，村庄也越来越多了。

赵劲坐在马上，身子挺得笔直。有时候他稍微勒住马缰，扭转身子往后看：战士们唱歌，讲故事，谈笑话；望不见头尾的部队行列，数不清的面孔，热烈的情绪，满眼的力量。

太阳挂在西边山线上了。战士们正累得要命，每个人都想：能休息几分钟，那就太美啦！

说也奇怪，来路上，挤满前进的步兵、骑兵、炮兵和逃难的群众；敌人飞机扫射，枪声、火药味——一切都是战争景象。可是战士们向前望去，前面没有人挤，没有马叫，鸦雀无声。前面像是发生了什么不平常的事情。战士们猜想，“有情况”吗？不，一来，并没有传下“跑步”“脱枪衣”的命令；二来，赵团长、李政委并没有接到命令到前边去；再嘛，团首长也没有让参谋们把地图铺到路旁，研究什么。反倒是，李政委也伸着脖子往前看，赵团长脸上闪过平时少见的兴奋神色。他们也像在猜想着什么，预感到什么。

前后望去，都是望不见头尾的人流，这个巨大的人流，是一个整体。这整体的感觉是锐敏的。它感觉到前面是宁静的、严肃的。每个战士都盯着前方，竖起耳朵在听什么；就连后边几十里路上的战士们，也是这样。还在老后边的战士们，真是想到前边要发生什么事情吗？不，这只是一种军队行列中特有的情绪的感染。

忽然，有一股很大的力量，像电流一样，通过部队行列，通过每一个人的心。疲劳被赶跑了，战士们的面孔生动了，紧张了，也格外严肃了。每个战士都挺起胸膛，放大了脚步，眼睛一眨也不眨地盯着前方。

“毛主席！”

“毛主席！”这三个字像闪电快地从一个口里传到另一个口里，从一个心里传到另一个心里；眨眼，就传到后边几十里路上的部队行列里了。

按压不住的激动，在部队行列里膨胀着。欢呼声立刻就要爆发，可是现在正是紧张的战争时期，为了保守秘密，战士们不能喊“毛主席万岁！”但是他们举起拳头，摇天动地地呼喊：“万岁！……万岁！……”巨大的兴奋激荡着天空，无数火热的眼盯着前方；无数的臂膀摇动，像风吹动大森林一样。

“我们有党中央和毛主席！”战士们凭着这个信念，熬过许多艰苦的日子，连续打击了比我军多十几倍的敌人。多少平凡的人，在紧急关头因为想到党中央和毛主席，干出了惊天动地的事迹。可是现在党中央和毛主席就在眼前啊！

周大勇跟他的战士看不见毛主席，原来毛主席和中央机关插到他们团的行列前面走去。

战士们急得直催前面的人：“快走，不要拉开距离！”其实谁也没有拉开距离。他们都紧紧挤着，脚尖踮起，尽力伸长脖子朝前边看。他们恨不得插上翅膀飞到前面去。

突然，战士们看见前面山头上，老乡们挤得黑压压的，仿佛那些老乡们是猛然从地缝里冒出来的。战士们真眼红老乡们站着的好地方。

周大勇急得直跺脚，喊：“老王，老王，真急死人！每一次我们不是在前就是在后，总看不见毛主席和中央的各位首长！”

战士们也好，王成德也好，谁也没听见周大勇嚷嚷什么。

这当儿，也急坏了第一连的小鬼——三牛、小成。他们人小个子低，向前看是脊背，向后看是胸膛。他俩想闪出队伍行列，可是前后的人，把他俩挤得架在空中，脚不着地！小鬼们差点急得哭出来！

“万岁！……万岁！……”欢呼声，从部队前边流下来，又从后边涌上去，摇天动地。

战士们用全身力气唱：“东方红，太阳升，中国出了个毛泽东……”

歌声在山峰间回荡，招起了轰轰的响声。

走了十几里路，战士们的唱歌声变成热烈的议论声。每个人都觉得：不管自己是不是看见了毛主席和他的战友，可是今天毛主席和他的战友跟他们一块行军，这在他们一生中也是最光荣、最不能忘记的事情！而且他们都觉得：今天看见毛主席和中央机关从这里经过，跟将要进行的什么大战有关系。想到这里，他们又起劲地唱起歌了："没有共产党就没有新中国……"

天空，成群的鸟雀，忽上忽下欢乐地飞舞着。阵阵凉风吹来，山坡上沟渠里的高粱、苞谷叶子沙沙作响，像是这些庄稼在经过一阵大的激动以后，也亲密而急切地议论什么。

七

八月一日，西北野战军从绥德城西的大理河川出发，过了无定河，不分日夜一直北上，向长城身边的榆林前线挺进。

行军中，战士们都兴奋地谈着贺龙将军。因为，今天出发以前，西北野战军的指战员在大理河川开了个大会，纪念了"八一"建军节。在这会上，贺龙将军讲了话。

贺龙将军在陕甘宁边区战争时期，是西北军区司令员。战争中，有时候他和彭副总司令一块指挥西北野战军打仗，有时候指挥地方兵团对敌斗争；还不断地组织晋绥陕甘宁五省的人力物力，支持西北解放战争。西北野战军，大部分是贺龙同志当年领导的红二方面军——抗日战争年代的一二〇师。几个月前，才归彭总指挥。但是彭总指挥起来得心应手。这里头，包含着党、贺老总和他的战友的几十年辛勤培养的心血啊！贺老总的名言是："我们任何人带领的部队，都是党的军队，调到哪里，归谁指挥，都积极自动，毫无问题。做不到这一点，就不配做共产党领导下的革命军人。"这洪钟似的声音，至今仍在这征途中行进的勇士们耳边轰响。

赵劲和李诚，骑着马走在本团部队前边。他俩马头并着马头。有时候，他俩扭转头，看看身后热烈谈话的战士们。显然，他俩也是长久地谈过贺龙将军的。因为远在洪湖苏区时代，赵劲就给贺老总当警卫员；抗日战争开始，李诚这些青年学生参加了部队，于是他们都成了贺老总的部下。贺老总多么喜欢有知识的人啊！当他发现李诚作战勇敢、工作很有创造性，便把李诚从连队的文书提升为指导员，并对当时担任营长的赵劲说："我交给你一个'墨水罐子'，你要打破了，我可要找你算账！"

赵劲说："老李，这次进行榆林战役，传达也传达了，动员也动员了，可是我总觉得上级有点什么没有告诉我们。"

李诚说："不见得吧！旅党委会上杨政委不是讲得很清楚吗？我们在陇东、三边分区把马鸿逵、马步芳结结实实地敲了一下，现在又去敲榆林的敌人。把胡宗南这些帮凶都敲掉，那往后的事就好办了。特别重要的是——榆林城，是陕甘宁边区后门上的'反共堡垒'。蒋介石、胡宗南一直对它很重视。因此，我们一围攻榆林城，胡宗南匪徒一定增援。我们只要能把胡宗南的主力部队拉到长城线上，那就造成我们消灭它的机会。这叫拉长线钓大鱼！"

赵劲说："榆林战役的意义，恐怕还不光是这些。我觉得贺司令员这次来……"

李诚说："这有什么奇怪？哪一个重要战役贺老总都来参加呀！他什么时候也忘不了咱们！"

赵劲说："不。你知道党中央就在大理河川驻着。听说党中央前几天召开了个会，毛主席、周恩来同志、任弼时同志、彭总、贺总、习仲勋同志和西北局负责同志都参加了。我看，这次榆林战役是全国什么大计划内的一部分，要不然，就是配合全国……"

"那该是中原又有什么大进攻，要不，就是陈赓兵团要从风陵渡渡黄河，向西安突击？"

赵劲说："也说不定。或许是陈赓兵团将有什么行动。总之，一定有什么出敌意料的……"他手在空中画了个大圈子，"属于战略性的……"

翻山越岭经过两三天的日夜行军，西北野战军一部进到三岔湾附近。

三岔湾是榆林城南二十里的一个主要据点，是榆林城的门户。这个村子四面都是沙漠。敌人一个团，固守三岔湾。

早晨，三岔湾枪声炮声响成一片。蒋匪的美国造飞机也急急忙忙地赶来轰炸。

前晌，战斗一阵比一阵激烈，送弹药的运输员和担架员朝前边奔跑。电话员们满头大汗地来回跑着拉电线、查电线。

一条东西的沙梁上有好几个大碉堡，赵劲那个团的战士正在向敌人攻击。忽然，狂风卷着黄沙直向我攻击部队迎面冲来。

枪声、炮声和敌人飞机轰炸的声音汇成了一片巨大的吼声。风沙烟雾遮得天昏地暗。

战士们在风沙烟雾中忽隐忽现，勇猛冲锋。

周大勇率领他的战士，配合兄弟部队攻下了四个碉堡。但是当他们进攻到离“五号大碉”一百五十公尺的时候，被敌人火力按倒在平漠漠的沙滩上。

掩护周大勇他们的炮火还继续发射，但是炮手、重机枪手，让大风吹得睁不开眼。重机枪有的还在发射，有的被沙子堵住打不响了！

周大勇卧倒在沙窝里。他双手撑住地，胸脯略微抬起，脸绷得生紧，眼盯着前方。他要为这次战斗的结局负责，要为战士们的生命负责，因为战士们躺在敌人火网下。责任的担子越来越重。

时间走着，危险也增加着。

周大勇一骨碌滚到王成德跟前，两人眼对眼看了几秒钟。

周大勇说：“电话线打断了。我派通信员给营长报告，让掩护我们的火力往前移，可到现在连回信也没有。怎么搞的呀！”

王成德指着左侧说：“看，二连攻的那个碉堡还没拿下，敌人侧射火力已经把我们跟营指挥所的联系截断了！”

周大勇和王成德尽力向正前方和左右翼看。左边兄弟部队正攻敌人碉堡；右边百十公尺的地方是一条沟，沟那面，有军号声，有自己部队冲锋的喊声。

周大勇脑子急速地转圈；汗水把脸上的沙土划成一道一道的渠渠。他像那些有胆量有经验的指挥员一样，虽然焦急可是头脑却很清醒。他非常精明地找寻敌人的弱点。猛然，脑子里闪出一个计划。他说：“老王，派一个班拖两挺机枪到右边去佯攻，吸引住敌人火力，正面就好进行爆破，让敌人‘坐飞机’升天。好，这里交给你，我到右前方去了。”

王成德用手死劲地压住周大勇的腰，说：“你在正面，我到侧翼去。”他弯下腰，像飞一样跑去。

王成德指挥两挺机枪向敌人射击，吸引住了敌人的注意力跟火力。

这时周大勇指挥正面的战士们，正在炮弹爆炸的火光中，在风沙中，准备爆破敌人的高碉堡。

马长胜拿起第一包炸药，对爆破组的战士们说：“同志们，跟我来！”

李江国扑过去推开他，说：“撒手，撒手！第一包炸药是我的。”

两个人你推我拉，谁也不肯让谁。

马长胜是越急越说不出话的人。他跺着脚，说：“李江国，你——”

周大勇喊：“不准争夺！李江国带第一组去！”他的声音这样严厉，连脾气执拗的马长胜也不敢吭气。

李江国抓住二十五斤重的炸药包，向他身后的战士们喊：“跟我来！”

第一名，第二名，第三名，第四名，几个矫健的影子，在炮火、烟雾和风沙中前进了！敌人工事中吐着火舌，炮弹爆炸的黑烟柱一直顶住了天，爆破手们前进的道路又被封锁得风雨不透……

李江国带领爆破小组，跑到离敌人碉堡四五十公尺的地方，他让敌人的手榴弹震得跌倒在地，昏过去了！一个战士的炸药包被子弹击中爆炸了……其他两个战士被敌人的火力按倒在地下，头也不能抬。

一股冰冷的感觉，一直透进周大勇的心脏。他很想把自己的全部力量，都添给趴在敌人火力下的爆破手们。

周大勇猛地回过头来，正要喊第二爆破组上去，马长胜一步抢前，喊：“连长！”他那执拗的脸上，出现了严肃果断的神情。这神情是那准备以生命去换取胜利的神情。

马长胜带领第二爆破组的四个战士，一口气跑到李江国跟前。李江国在地下一动也不动。马长胜像每个在激烈战斗中的人一样，这一刻没有一点心疼李江国的情绪。他向前跑去。前边是火，是烟，是下雹子一样的手榴弹，是打飞了的铁丝网……爆破手们跑到离敌人工事的外壕三十公尺的地方，突然，马长胜被爆炸了的地雷震得掼倒在地。

马长胜从地上蹦起来，喊："前进!"他没有感到疼痛，只觉得浑身麻木，头昏眼花。他什么也听不见，记不得别的任何东西，只记得"爆破"。他跑着，对身后的战士喊："爆破!"

马长胜鼓起全身力气一纵身，向敌人碉堡扑去，他身后的两个战士没上来——他们永远上不来了！

他周围有成百颗手榴弹在爆炸，他的衣服被炸成了絮絮。他在危险包围中，安上炸药，拉响雷管，往后滚了两滚；一片绯红的火光一闪，轰隆一声，烟雾冲天，碉堡垮下了一大片。

"不行，不行，还得一包炸药。"马长胜躺在地上想。他眼里直冒火星，浑身盖满沙土、石块；烟雾罩着他。是活是死他不管，只固执地想："一包炸药，再来一包炸药!"

突然，浓烟烈火中喷出来一个人。那人一阵旋风似的，弯下腰抱着一包炸药，贴在敌人碉堡上，拉响雷管，往后一滚，正压在马长胜身上。马长胜一看是李江国。他一转身抱定李江国——这世上最亲的人，正要喊什么，轰隆一声巨响，一切都从记忆中消失了……

周大勇举起驳壳枪，身子往后一仰，伸展左臂用力向前一挥，喊："上呀!"他跳起来，飞一样地率领战士们扑上去……

敌人放弃了高碉堡，乱得像一窝蜂一样朝后跑。周大勇知道建制被打乱的敌人，就失去了战斗力量。他率领战士们猛追敌人……

八

各兄弟部队紧密地配合起来，把敌人从三岔湾四面的沙梁上，压缩到三岔湾村里。我军四面猛攻三岔湾，不到半小时敌人就被全部消灭。

赵劲跟李诚从沙梁上往下走。赵劲手里提着皮带，一边走一边用皮带打着身上的沙土。李诚走在赵劲后边，不停地呐喊，向打扫战场的人员吩咐什么。

周大勇、王成德和第一连的战士，带着八九十个俘虏从战场上走下来。

王成德指着后边沙梁上一个残破的碉堡，说："团长！攻那个碉堡可费了点周折！"

周大勇说："拿下那个碉堡，李江国、马长胜可真是加了一把劲啊！"

站在一旁的马长胜一心一意地抽着个烟头。李江国精疲力竭，满脸沙土，可是他还在咕咕地笑着。

赵劲正回头望那个碉堡，卫生员三牛带领一副担架走过来。

赵劲问："抬的谁?"

"一营刘营长!"

赵劲、李诚、周大勇、王成德连忙走近担架。李诚弯下腰叫："刘元兴！怎么，不要紧吧?"

刘元兴脸色蜡黄，半闭着眼，不能说话。

赵劲摸着刘元兴的手，手是冰冷的。

卫生员三牛像是给首长们宽心，说："卫生队队长说，子弹穿过肺，生命不一定有啥危险!"

赵劲背着手站在那里，什么也不问，什么也不说，有一种感情，深深地震动了他。他那冷淡、刚毅、严峻的脸上，闪着凶猛的火。他这样子看了让人畏缩、害怕。

李诚摆了一下手，三牛就领上担架朝临时手术站急急走去。

大伙走下了沙梁。担任主攻任务的一营伤亡大些。因此，李诚没有和赵劲一块回团部，他一直向一营走去。

李诚到第一营营部驻的院子里，碰见团政治处组织股长。组织股长说："二连指导员挂花了，我和张培商量，先让组织股干事刘云暂时代理二连指导员。行吗?"

李诚说：“行。让他暂且代理，回头报告旅党委。杨主任呢？”

组织股长说：“看，他不是正和张培谈什么？”

李诚走到杨主任跟前，说：“部队一个钟头以后就出发，连续作战。政治处的干部要火速分配到各连队，帮助整顿组织。”

杨主任说：“谁能闲着？真恨不得把一个人分成十个人使用。保卫股的人全部去押俘虏了，民运股的人正打扫战场，宣教股的人都在二营，组织股的人统到了一营。”

“三营呢？”

“三营有我负责。另外，旅政治部李科长还带四个干部在三营帮助工作。”说罢，杨主任一摆手就走开了。

李诚跟杨主任说话的工夫，张培一直静静地站在旁边，不说话也不吭声。

张培左手缠着绷带，因为左手五个指头被炸去了三个。他眉头子有时候动一下，嘴边和鼻尖上就冒出一串串的汗珠。俗话说，“十指连心”，也许他手上的伤痛得厉害！

李诚口气枯燥地问：“刘元兴负伤了，你也负伤了！营里的工作……”他想算着，头微微偏着，眼睛盯着墙根。

张培望着政治委员。他的眼总是那样温和、谦逊。他一只脚在地下慢悠悠地前后移动，说：“他负伤了，工作担子我们就统统挑起来！该怎么干还怎么干。说到我的伤，全不碍事啊！”他微微一笑，像是安慰政治委员，可是他手上伤口裂痛的感觉，又不自觉地爬上眉尖。他摆过头去。

李诚，是因为焦急还是因为疲乏，总归，他像猛烈战斗罢的每一个人一样：脾气很凶、面容枯燥，不愿意说话。他瞅着张培那清癯的脸膛，头用力地点了一下，说：“部队马上要出发，你立刻召开营党委会。一刻钟以后，我来参加。”

李诚低着头，边走边筹思什么。他从昨天晚上到现在没有休息，口干舌焦，鼻子像要喷出火。

张培一面让通信员通知营党委会的各委员来开会，一面找来周大勇，要他把第一连缴获到敌人的那些重要文件、电稿，亲自送到团司令部去。

团部离一营营部只有五十来公尺，周大勇三跷两步就走到团部了。

团部驻的院子好红火：挤着清点武器的人，这里喊，那里叫，人人都紧张得快丢了魂。俘虏们坐满了一院子，脸都灰溜溜地吊着。

周大勇走到一间房子里，只见团参谋长卫毅盘腿坐在炕上，衣袖捋在肘子以上，一边写战斗报告，一边指挥院子里的人。有时候，卫毅还把头从窗口伸出去，大声地给参谋们吩咐事情。身边的电话铃，不停地响，他也不停地拿起耳机，简单地讲几句话。满头是汗，但是毫不忙乱。他沉着紧张精力饱满的神气，显出他朴实稳厚的性子和充沛的工作热情。一个参谋扒在窗口报告："参谋长，俘虏来的团长带到了，你是不是要审问他？"那个参谋大声报告了三次，卫毅才听懂，就说："停会再说，现在顾不上。"埋下头又唰唰地写起报告了。

周大勇想把材料交给卫毅，可是插不上手。

这工夫，进来一个参谋。他是从各营了解战后情况回来的。

参谋报告："参谋长，营级干部阵亡两名，负伤一名，连级——"

卫毅摆了摆手，说："停会再讲，你先去清理武器。"

参谋说："六连的……六连副指导员卫刚同志牺牲！……"

周大勇忙问："卫刚？不能吧？"

这位参谋以前和卫刚一块在旅部工作过，两人交情挺亲密。因此，卫刚牺牲，他很难过。他望着周大勇，眼泪滚滚而下！

卫毅没有听清参谋的报告，也没注意参谋还在那里站着。他还是边写报告，边向窗子外面的人吩咐事情。

那位参谋把一片血迹斑斑的纸，放在卫毅面前。

团营党委的同志们：

我是一个青年的共产党员，缺乏锻炼，但是我知道自己的神圣义务。

今天听到敌人侵占延安的消息，我哭了，夜里睡不着。我誓以流鲜血、拼性命的决心，保卫党中央和毛主席，消灭美国走狗蒋匪军，使中国人民永远幸福。我希望党时时刻刻审查我的行动：看我在斗争中，像不像个共产主义战士，够不够个党中央和毛主席忠实的警卫员。假如，我牺牲了，假如，党审查我生前的一举一动，像个共产主义战士，够个党中央和毛主席忠实的警卫员，那么，我这一生便没有虚度，虽死也身心愉快。

同志们，不要为我难过。为我们的事业而斗争是志愿，为我们的事业而牺牲也是义务。同志们，我牺牲了，但是革命事业和中国人民却永远活着。同志们，勇敢地砍杀美国走狗卖国贼，为中国人民报仇！

希望党把我的信转给我哥卫毅。

敬致

布礼

共产党员、第六连副指导员卫刚

写于我军退出延安的第二天深夜

（这是给我哥卫毅的信）

哥：今天你批评我，说我的情绪不对头。道理我清楚，但是我心里难受。美国走狗占了我们的延安，他们这一群恶狗卖国贼，想打击我们党中央，想征服我们，想使我们世世代代当亡国奴。想起这，我真想立刻去和敌人拼。你听到我军从延安撤退的消息，也很难过，但是你不像我，我压不住自己的感情。哥，我有你那份修养就好了。我知道自己的缺点，我知道你对我的爱护。我对不起党，也对不起你，因为我做的事太少。哥，我虽然倒下去了，但是，我永远相信延安一定会收复，窜到陕甘宁边区的敌人一定会消灭，美帝国主义的走狗一定会打倒，人民解放的事业一定会胜利，新社会一定会建立，共产主义一定会实现。哥，我有许许多多的话要说，但是没法子说清楚。我想去找你，可是我看见你，又什么都讲不出来。哥，你要爱护身体，多多为劳动人民做事。我不愿意你看到这封信，你要看到这封信，那我们就永别了，哥！

卫刚

三月二十日于延安东川山沟

卫毅看了看卫刚的信。他微微耸动肩膀，脸抽动了一下，一阵剧烈的震动通过全身。他左手按住那封信，右手扼着那管笔，两手冰冷。他睁大眼睛，凝视那封信，但是什么也看不清。他觉着头上像是箍了一道铁环，那铁环不停地缩小。有什么雾腾腾的东西在眼前旋转，耳朵里塞满了嘈杂的响声。有一眨眼工夫，他觉着胸口闷气得像要爆裂，心剧烈地绞痛，思想混乱。他问自己："谁牺牲了？"想来想去还是想不清。过了一会儿，他鼻孔微微张动了一下，仰起头，脸像青铜刻的一样，没有表情。停了一阵，他那呆滞的眼光，落到那个参谋脸上（他始终没有看见周大勇站在他面前），嘴唇机械地动了一下，像是说："他完了？不会！"他的心颤动了一下，又埋下头去写报告。写了一阵，一看，歪歪扭扭不成话，他用钢笔嚓嚓拉去了两行。眼睛死死地盯着墙角，卫刚冒腾腾的样子显在眼前。他觉得，说卫刚牺牲，完全是胡扯，根本没有这回事。他又埋下头去写报告。当他写了四五分钟，再抬头看时，那个参谋还站在原地。他直想发火，一边写一边眼不离纸地说："去，该干什么还干什么。打击，我们能经受得起！就要前仆后继嘛！他倒下去了——"他用拳头猛击桌子，墨水瓶跳起来。"难过什么？把眼泪擦去，同志，你要——参谋，俘虏是五百六，还是五百七？捉住的敌人团长是不是叫张效武？嗨！俘虏数目要搞清，旅部又打电话催哪！"他摇了摇电话，讲了几句什么，接着，又叫人，又忙着吩咐事情。他的声音是森严的，微微颤动的；感情是不平衡的。

周大勇望着卫毅那朴实稳厚的脸膛，想着卫毅那无穷无尽的工作精力和热情，心里沉甸甸的。他想："我一生一世都要把参谋长这样的人记在心里。”

周大勇走出团部。他记不清自己怎样把材料交给参谋长的。他眼前只有卫参谋长那忙碌的形象和卫刚那气刚刚的脸膛！

周大勇走到河槽里，见团卫生队长一边用河水洗手上的血，一边气汹汹地批评他身边的军医。军医好像很不服气，和卫生队长吵起来。

周大勇停住脚步，听到他们说话中不断地提到卫刚。他就跑过去问：“卫刚怎样？”

卫生队长说：“怎么样？说起来真气死人！敌人飞机把十来颗大炸弹扔在卫刚周围。卫刚头上负伤了。伤并不重，血却流得不少，最倒霉的是他被沙子埋住了。后来，医生和卫生员把他从沙子里刨出来，都说他牺牲了。嗨嗨！我偏偏不信他会牺牲。”

周大勇被兴奋和吃惊的感情，同时抓住。他急迫地问：“那么卫刚还活着？是吗？是吗？”

卫生队长说：“死活还不一定，不过目前还不能把他放在阵亡人员名单中，最少我希望如此！”

第五章　长城线上

一

西北野战军八月五日进到榆林前线，六日拂晓打响，东起秃尾河边上的神木、府谷县，西到长城跟无定河相交处的波罗堡，全线向敌人进攻。经过日夜的猛烈战斗，消灭敌人两个团、两个营和四个县的反动地方武装以后，西北野战军各部纷纷向榆林城下挺进。接着，对它举行了两个通夜的围攻。

我军总是夜间攻击；白天主攻部队撤退，只留少数部队坚守已经夺取的城郊阵地，监视敌人。

第三天拂晓，主攻部队撤退的时候，周大勇率领的第一连被留下来，协同兄弟部队，坚守榆林城西郊的阵地。

周大勇趴在一个土丘上，观察了一下周围的情景。黄沙丘上，到处都是发黑的弹坑；许多工事和交通壕，都被炸垮了。他身边一排柳树上的枝叶，都让子弹打光了，晚上栖居在树上的小鸟都被子弹打死，掉在树下。周围有几棵大树，让炮弹连根掘起掼在一旁。晚上战斗原来这样激烈！

太阳露头的时光，敌人开始了猛烈的轰击。炮弹撕扯空气，发出撕心裂胆的怪啸声。炮弹炸处，火光升腾，飞溅的泥土唰唰落下，硝烟熏得人眼睁不开！

周大勇滚下土丘，穿过烟雾，跳到工事里，喊："同志们，准备手榴弹，敌人要反扑咯！"

战士们紧张地在战壕里活动起来。

敌人反扑的兵力并不多，因此很快就被击退。

敌人不间断地轰击，不间断地反扑，一直闹腾了六个钟头，但是毫无结果。

晚上，我军又向榆林城发动了攻击，枪炮声像狂风一样裹住了榆林城。敌人在城墙上惊慌地吼喊，还把棉花、羊毛、被子蘸上油，点着，扔在城墙外，火光包围着榆林城。

周大勇率领第一连战士，抬上云梯，向榆林城西门攻击。他们攻击到离城墙百十来公尺远的地方，突然，从泥水里滚过来一个营部的通信员，拉住周大勇的衣服，说："营首长命令，你连撤回进攻出发地。"

周大勇浑身是泥，口干舌燥，心火挺盛，直想揍通信员两拳头。他嗓子沙哑地问："为什么？"

"谁知道！反正是营首长的命令。"

第一连的部队撤回进攻出发地。

周大勇趴在泥水里，炮弹在他周围爆炸，泥土、树枝、石块，唰唰地落在他的背上。他恨恨地咬紧牙，血在全身涌流，胸膛里像有什么东西要炸裂。他想："撤退！搞什么名堂嘛！"

这时候，周大勇听见趴在他后边的担架队员——老乡们，在叽里咕噜地议论：

“咱们队伍不打榆林啦？”

“谁说不打啦？你再胡说，我就要抽你的筋！”

几个黑影噌噌噌地爬到周大勇身边。

“连长，为什么撤退？我们非打上去不可，非剥掉这帮卖国贼的皮不可！”马全有的声音。

“连长，我们死也死到榆林城头上！”李江国满肚子的怒气。

周大勇用拳头在地下一捶，说：“你们挤到这里想挨炮弹？命令撤退就撤退！去，掌握部队去！”

敌人接二连三地打起了照明弹。照明弹像大电灯一样挂在天空，把城郊我军阵地照得亮堂堂的。敌人趁着照明弹的光亮，用各种炮火猛烈地射击。炮弹爆炸的火光像闪电一样撕扯夜空。

周大勇一阵趴在稻田里，一阵跳到水渠里，一阵在黄沙中匍匐前进，一阵弯下腰跃进。他朝左边跑了几十公尺，跟教导员张培碰了个面对面。张培扭转身，说：“正要找你，来！”他的左手缠着绷带，不能匍匐运动。弯下腰，冒着密密麻麻的子弹，像飞的一样，向后跑了几十步，纵过水渠，跳下塄坎，爬到一块凹地里。他的动作那样迅速轻巧，连周大勇都惊服了。

张培跟周大勇并排趴着。

周大勇问：“教导员，部队撤下来了。是不是马上还攻击？”

“倒霉的地方！泥水简直把肠肚泡成了糨糊！大勇，我们野战军全部要拉走！”

周大勇倒抽了一口冷气，腰往起一弓，像是要蹦起来，急问：“唵？全部撤走？”

张培轻轻地把周大勇的脊背压了压，说：“不要急，部队是要全部撤走。——瞧这讨厌的照明弹！要赶紧设法把伤员救护下来——敌人从西面来的援兵整编三十六师，沿长城两侧向榆林城急进，现在已经进到离城二三十里的地方了。我们撤走，马上就撤走！”

周大勇牙齿咬得吱吱响，说：“我们攻了几天几夜，部队也有伤亡，莫非就能白白地便宜了敌人?”

张培说：“怎么白白地便宜了他？我们从榆林城郊撤退是为了更好地打击敌人呀。”

一溜一行的战士，从周大勇他们的身边往后走。他们有的抬着重机枪，有的背着小炮。后边有驮炮骡子的叫唤声，大约，炮兵们正从泥水里把那些大炮往后拉哩。

张培说：“团长命令，主力部队撤退的时候，我们营担任掩护。我们营撤退的时候，你们连担任掩护。你们连完成任务撤退后，往北走三几里地就是长城。团长说，派个骑兵通信员，在长城边那棵大树下跟你们联络。记住，撤退的时候要沉着机动!”

周大勇回到本连阵地上，跟王成德咬了一阵耳朵，就召集干部布置掩护主力部队撤退的事情。

不大一阵工夫，除了少数掩护部队，西北野战军的全部人马便无影无踪了，他们像乘着沙漠里刮来的风飞掉了，也像是突然入了地。

周大勇说：“老王，快到我们撤退的时刻了。这里有七个伤员，两挺打坏了的机枪跟一门小炮，你把伤员和坏武器先带下去追赶部队。我把牺牲同志的尸体掩埋以后，哗地就撤下来了。”

“对。这么办，部队撤起来利索。”

王成德撤退下去二十来分钟之后，周大勇又击退了敌人一次反扑。

周大勇完成掩护任务以后，拖着部队朝北走了三里多路，到了教导员指定的联络地点——一棵大树跟前。

榆林城墙上明晃晃的火光还能看见。敌人还加紧射击着，流弹在头上啸叫。

周大勇派通信员到处寻觅跟他们联络的人，不见踪影。猛然，他听见战马颤抖的嘶叫声。

周大勇带着战士们顺着马的叫声跑过去。他用电筒一照：骑兵通信员直挺挺地躺在马头下，马缰绳缠在胳膊上，枪扔在一边。通信员中流弹牺牲了！周大勇心里凉冰冰的了！

战士们掩埋了通信员。

周大勇跟自己的主力部队在一块的时候，就是敌人遮天盖地地扑来，他心也是稳当的：该吃就吃，该睡就睡，满不在乎。如今，他身上寒森森的，心里发毛，头发一根根地竖立起来！他焦灼地问自己：部队转移到哪儿去了呢？

天黑地暗，张口看不见牙齿。咦！在这风沙漫天的长城线上，该怎么办呢？往哪里走呢？主力部队顺长城朝东撤退了么？去到那里干什么？部队顺长城往西去了？增援的敌人是从西边来的，我们主力部队大约是去打敌人援兵咯。可是张教导员临撤退前交代任务的时光，没有半个字说到"打援"的事！周大勇心里毛热火辣地发躁。啊，在深不可测的夜里，隐藏着多少难以料到的艰难和危险呀！

他让通信员照着电筒，找寻前去的部队用石灰撒下的路标。毫无希望——收容队早把路标都擦了。有的战士趴在地上，用鼻子闻着，因为大部队过去就有骡马的粪尿味，可是一切努力全是白费力气！

猛地，沙漠里刮来狂风，狂风扯起满天黑云彩，沙石打得人脸生疼。不是好兆，风是雨的头。果真，远处的天边打起闪，雷声轰隆隆价满天响。开初，大雨点趁着风劲，打着战士们的脸，过会儿，大雨哗哗哗地倒下来。风、电、雷、雨，拧成一股劲，吼着、闪着、响着、下着。战士们让风雨裹住，迈不动脚……

周大勇带上战士们，摸摸索索向前走去。天黑地暗。战士们为了不掉队，或者三五个人拉着一条绑带走，或者把自己的白色手巾挽在身后的背包上，作为记号，使后边的人可以跟上走。他们好容易走了六七里路，淋得浑身透湿，跌得满身泥巴。再艰难，也得鼓起全身力气朝前走。

电光一闪，战士看见前面闪来一片黑乌乌的东西，像树林子一样。嘿！他们可乐啦，大约前面有人烟、村庄。走近一瞧，果真是座小村庄。

二

周大勇想把部队拖进村子，因为在这大风大雨的深夜里，很可能摸错路走进大沙漠，也可能搞错方向，跟敌人“遭遇”。

周大勇让战士们蹲到野外，他带了几个干部到村边侦察。村子里头有几十间破房子，门都死死地关着。听不见狗咬，没有活气。其实呢，家家户户的老乡，都吹熄了灯，捂着孩子的嘴，耳朵贴住门缝、窗眼，听动静。他们提心吊胆地生活在恐怖里：在这兵荒马乱的日子里，谁晓得哪一刻有家破人亡的祸事落到谁头上！

周大勇派出了警戒，把部队拖进了村子。

村子西北角上有个破烂的小庙，周大勇把支部委员王老虎、李江国、马长胜、马全有、三排长任世兴，召集到小庙里开会。

周大勇拧了拧裤腿上的水，又拧帽子上的水。他懒得说话，一肚子的火气跟不满意。他想不透，部队打了几天几夜，榆林城外围据点都肃清了，眼看城也快攻破啦，可是来了一道命令让撤退。这是干什么吗？说是援兵来了，援兵来了就打援兵吧！“围城打援”的办法，不是常使用吗？偏偏要撤退！哪里还不是一样打仗？

王老虎持着枪，站在雨地里，轻轻地吹着口哨，像是觉得淋雨是挺痛快的事。马长胜靠墙蹲在地上不吱声，牙齿咬得吱吱响。马全有一蹦坐在供桌上，焦急地用拳头敲打神像。他满身是火，他需要的是激烈的战斗和紧张的行动。李江国呢，一会儿把手电筒拿出来玩弄，一会儿又把帽子摘下来戴上去，像是肚子里有什么东西憋得他不能安生。他问：“老虎，你总是常有烟叶的，来，舍出来一星半点。我这嗓门呀，哎呀，我的姥姥，痒得就没法儿说了！”

王老虎说：“烟叶？肠肚都让雨水泡成了豆腐脑！”

马全有说：“江国，没烟抽能死人的事，我还没见过。你将就点吧，别来那么多的穷讲究！”

李江国说：“罢，罢，罢！不抽了还不行？”

马长胜说：“江国，你不咋呼，别人不会拿你当哑巴看。”

三排长说：“算啦，你们总是有劲争吵，听连长说吧！”

周大勇把张培在撤退时光对他讲的话，又从头到尾想了一遍，还是想不出头绪。他说：“同志们，看来，我们部队并没有去打敌人援兵。”

这才是真正让人吃惊的消息。马全有噌地打石供桌上跳下来。李江国咚地蹲在地上。连那沉着出名的王老虎，也朝连长跟前挪近了半步。每个人心里坠上了一块大石头！没人说话没人吭声，像是大伙儿都紧闭着呼吸。雨唰唰地下着，风呜儿呜儿地怪叫。黑夜把世界裹得严严的！

周大勇合计：自己心里窝火，干部们又这样发躁，那战士们又会怎么想呢？领导工作者的责任感，压住了他翻腾的感情。他说："同志们，不用着急！"

马全有冒火了，说："榆林城也不打，援兵也不打，这是……嗨！"他直跺脚。

李江国说："是呀！这也不打那也不打，一股劲地走，走，走！"

周大勇鼓起全身力气，让自己说话声音坚定："我们部队作战原则，同志们又不是不了解。上级说，我们部队转移是为了更有力地打击敌人。我们要相信上级说的话。我们走，去赶主力部队。兴许，我们很快地赶上部队；兴许，要费一番周折才能赶上部队。反正不能尽拣好的想，我们要多从不利的方面去划算。同志们，说长道短吧，千斤担子是搁到我们肩上了。"他筹思一下，又故意说："我们脱离开主力部队，就会有人害怕敌人？反正天塌地陷我也不怕。"

李江国刺棱站起来，说："谁又怕呢？我们多会儿也没有把国民党那些个灰鬼放在眼里！就说一时赶不上主力部队吧，天底下有的是路，咱们走，碰巧了就揍他。让蒋介石翻翻他们的家谱，看他们是什么'种'，看他们是不是我们的对手。"

马全有双手往腰里一撑，硬邦邦地站在那里，接住李江国的话尾说："敌人又不是三头六臂！我们肩膀上长着一颗脑袋，有两条腿一支枪，怕他才有鬼！走！打！"

马长胜说："打！打！你俩是铁匠出身，光会打！"

三排长说："对呀，走也要有个走法，打也要有个打法！"

王老虎持着枪来回移动脚步，有时用脚轻轻踏地下的泥水。他不像李江国那样慷慨激昂，也不像马长胜那样因心急性子倔而脸红脖子粗。他说："江国、全有，雨哗哗地倒，还熄不了你们满肚子的火气？如今，咱们当紧的任务是告诉每一个党员：团结大伙儿，坚决去赶主力部队。我们只有走，走，走！要是碰到敌人，能消灭就消灭他；要消灭不了他，拔起腿就走。沉住气，不能蛮干。”

周大勇说：“反正我们人少，坐无形走无踪，要打就打，要走就走，利索得很。可是老虎也说得对：不能蛮干。蛮干，我们的鼻子和眼睛就要调换位置。江国和全有说的话，有一点是正确的：不管情况怎么严重，不论什么打熬压到我们头上，我们都经得起。同志们，我们要向战士们说清：我们主力部队撤退，是有道理的。我们打仗，就要在我们想打的地方打，就要对我们有利才打；要是对我们没有利的话，我们宁愿和敌人转山头绕圈子，也不打。”

李江国说：“连长！这些作战的道理谁不懂呢？可是碰到实际问题人心里就过不去，脑子里就转不过弯——”

马全有打断李江国的话说：“拉倒！提个头就行，看把嘴唇磨薄了。”

王老虎说：“反正我们要加紧做工作。前几天补到咱们连队的新战士李玉明，哭鼻子了。是害怕呢，还是有别的原因？问死问活他也不吭气。咦！他像是把舌头咽到肚里去了。”

三排长问：“李玉明？就是那个陕甘宁边区的子弟兵吧？不用问，部队从榆林城下撤退，他也窝了满肚子火！”

周大勇说：“老虎，你操心帮助李玉明那个小青年。”

开罢会，周大勇他们朝村子里走去。

轰隆隆地响了几声雷，雨又下得上劲了。雨呀，劈头盖脑地浇下来，顺脖子灌进去；湿衣服贴在身上。周大勇趁着打闪，看见战士抱着枪三个一堆，五个一块，背靠背，坐在泥水里。他们睡得很香甜。班排干部，有的在队伍旁边来回走动，有的脊梁贴墙站着打呼噜。

李江国跑来报告：“连长！有办法，有办法，我请来一位老乡。他给我们主力部队去做向导，刚返回来。”

周大勇把那位老乡询问了一阵，搞清了主力部队行动的方向，就向同志们喊：“站起来！”

战士们从泥水里站起来。

“啊哟，睡得多死啊，再不起来就泡成酸菜啦！”

“起床了，你们还磨蹭什么？”

“开饭了，好几个菜，谁起来迟了可没份儿！”

“扯淡，泥水里多睡会儿也好哇。谁在咋呼？”

“你还迷离马虎，连长讲话啦！”

周大勇说：“同志们，你们坐到泥水里，苦不苦呢？苦。但是我们再苦也不能惊动老乡们。同志们，我们现在就走。谁肚子饿，就把自己面袋里的面粉掏出来生吃上几把；要喝水，路边有的是雨水。”

一个战士问：“现在就吃点东西吗？”

周大勇说：“不，边走边吃。”

周大勇带上部队，踏着泥水，顺长城边的一条小路走去。他们走了五六里路，就听见枪声。眨眼，又听见有几匹马狂奔着跑来了。周大勇让战士们截住那几匹马，一问，原来他们是我军“勇敢部”的骑兵侦察员。

一个侦察员问周大勇：“你们是哪个单位？‘英雄部’？好，那你赶快向南，朝我们边区走。快！敌人拥上来了。再有个把钟头天就大亮了。同志！我们有任务，先走了。”

几匹马哗哗哗地朝东南奔去。

跟随着猛烈的射击，敌人恶狠狠地从西北面压下来了。周大勇很奇怪：这是哪一部分敌人？这样疯狂，进攻这样积极。走！跟敌人黏住就糟糕了！他急忙率领战士跑步向东南插去。可是一股敌人追近了他们，展开兵力包围他们。敌人像野兽一样嗥叫，手榴弹也投过来了……

周大勇率领六十多名战士，且战且退……

周大勇跟他的战士虽说跳出了敌人的包围圈，可是失去了时间，他们没有在天明以前远远地摆脱敌人。敌人紧紧地追赶着他们，用炮火封锁他们撤退的道路。

周大勇因狂暴的愤怒而发火：“兵来将挡！他妈的，就算敌人满身是嘴，又能吃几个人！”

三

战斗中，情况是瞬息万变的。

拂晓，周大勇率领战士们刚击退了追击他们的敌人先头部队，突然身后打响了。他扭头朝后看，千百颗发光子弹，正迎面射来。敌人从他们身后一百公尺的地方横着往过插，敌人的身影可以清楚地看见。

周大勇脑子飞快地转动了一下："敌人插到我们后边了！"他的心紧张得提到喉咙口了，脸唰地变得铁青，眼睛眉毛都立起来，全身的血直往头上冲，脖子上一根根青筋暴起来。

敌人插到他们后边。敌人想用这突然的动作、猛烈的火力，麻痹他们的思想，打消他们的判断力，摧毁人民战士的意志。这时周大勇仿佛听到团长赵劲站在他身后向他喊："周大勇，现在，你的声音，你的动作，你脸上的表情，都是干部和战士们最注意的。现在，勇敢、沉着，就是最大的本领，最大的智慧。"

周大勇命令："就地射击！"各种思想像闪电一样闪过周大勇的脑子。他看了一下战士们。这时，要是有一个人惊叫、乱跑，那么这一个人的动摇便会出卖胜利，出卖所有的同志。但是，没有一个这样动摇的人。战士们都沉着地趴下射击。周大勇又一次感觉到：掌握在自己手里的这一支力量是强大的，不可摧毁的。

战士们是英勇的，可是在这紧急的情况下，他们非常需要指挥员镇静的命令声和响亮坚定的鼓励声。

周大勇迅速地指挥战士们占领了几块高地，就地抵抗。他向战士们喊："我在这里！"指着脚下的土地，像是表示决心似的。"同志们，立功的时候到了！"这斩钉截铁的声音把战士们的一切军事素养、纪律观念、阶级仇恨更充分地发动起来了。"射击！向敌人射击！"战士们这压倒一切威力的喊声，又有力地鼓舞了周大勇。周大勇分明地感觉到战士们所有的力量都传到自己身上，使自己变得非常高大、有力。

周大勇清楚，在任何危险的情况下，你的全部忠诚，能让你不想到个人而想到事业、任务和战士们，那么你便能保持沉着、冷静和头脑清醒；你便能勇往直前，以无限的勇气压倒敌人，成为出众的英雄。他把帽子推在脑后，敞着衣服，提着驳壳枪，眼里射出了严厉凶猛的光芒。他刚勇得像一尊铁像。

周大勇把勇敢和镇静交给了战士们。

仇恨敌人的情绪控制了周大勇和战士们。目下大伙只想一件事——向敌人射击。

太阳快出的时光，敌人三架美国造飞机赶来了。敌机怪叫着俯冲扫射、投弹。敌机这样疯狂，俯冲下来时，擦着树梢把地上的湿沙子都扇起来了。敌人把钢铁拼命地往周大勇他们头上倾倒。各种重炮弹撕扯空气，发出怪啸声，爆炸了，尘土、石头、弹片四外飞溅，黑烟柱顶住了天。飞在高空的子弹“日日”地怪叫，打在身边的子弹“噗——噗——”地钻到土里，土地被子弹打得冒起一朵朵的土花。战士们周围的土地像一锅开水在滚。大地在战士们肚皮下，猛烈抽缩、抖动。他们趴在地上，就像趴在大浪中的破船上一样。

生死的斗争，压倒了人的一切日常情绪。目下，周大勇的一切想法都变得非常简单：坚决而巧妙地打开一条生路。

周大勇跑到一棵大树下，眼睛飞快地向周围一扫：正前方的敌人有些在射击，有些在抢占有利地形，有些正在运动，看来至少一个团；身后的敌人有些平腹端起冲锋枪扫射，有些抬上重机枪飞跑，有些在做简单的工事，看来至少有一个营。周大勇抡着驳壳枪，冒着敌人密集的炮火来回跑着。他手里掌握的一个留作预备队的排，由马长胜带领着。他命令李江国带领三十多个战士占领正前方的高地，寸步不退，向敌人反击。又命令王老虎带领两个班扭回头反击身后的敌人，杀开一条出路。

王老虎接受命令后，左腿跪在地上，左手抓紧步枪，身子往后一仰，右手向前一挥，一声不吭地带领战士们，向身后的敌人猛扑！

周大勇跑到阵地中间最突出的一块高地上。李江国在这里指挥、射击、呐喊。李江国这个身材高大的勇士，站在这里像一堵铁墙一样。他的棉衣敞开，露出那又黑又脏的白衬衣。满脸通红，汗水直流。他这种英勇的姿态让周大勇产生了一种坚定、自豪的感觉。他想，敌人面对着李江国这样的人，还能占到便宜吗？他从心底里产生了一种蔑视敌人的感情。

周大勇问："怎么样？"

李江国睁着圆彪彪的眼，盯着正前方，头也不回地说："够他吃喝！打退两次进攻了。"

枪榴弹在天空炸成一团团的黑烟。一眼望去，全是一片烟火。

周大勇卧倒，两只手扶在地上，抬起头观察了一下李江国左右翼的阵地：左翼马全有带领一个班守在一个小庙边；右翼刚指定的代理班长李玉明，带领两个战斗小组占领着一块坟地。周大勇看了这阵势，想："李江国是一个好样的指挥员！"他喊："李江国，老蹲在这里还行？向敌人发起短促的反冲锋呀！"

李江国狠狠地把帽子扯下来，擦满脸的汗水，说："抓住机会就揍他！"

战士们一直集中注意力向敌人射击，只有周大勇向李江国喊着说话的时候，他们才注意到连长在自己身边。战士们觉得连长站在他们身边，那就是不可摧毁的靠山。一股力量通过了战士们周身，他们互相丢着兴奋的眼色。

周大勇望着战士们，只见他们浑身是土，脸上漆黑。有些战士肩上、背上都是混合着泥土的血，但是他们还趴在卧射工事中射击。

人刚走到危险边沿的时候心脏猛烈跳动，可是当危险包围了他的时候，他反倒思想单纯意志集中，对本身生死问题全不在意。周大勇跟他的战士们，现在的心情正是这样。

周大勇喊："同志们，白刀子进红刀子出，用刺刀杀出个威风来！"

战士们喊：

"连长，我们会结结实实地整治敌人！"

"老虎嘴上拔毛，有他好受的！"

"刀快不怕他脖子粗！"

敌人炮兵拼命轰击的时候，我军战士们抬不起头，敌人步兵趁这机会向前爬；当敌人炮火一停止，二三百匪徒便向李江国据守的阵地中间扑上来了。等到敌人爬到我军阵地前边三四十公尺，李江国喊了声："打！"战士们投出了排子手榴弹。烟雾腾起了，炸弹的破片在空中呼啸。敌人有的连滚带爬地往回退，有的死死地贴在地上连头也不敢抬。

这是短促反冲锋的好时机。可是爬起来冲锋并不是容易的事；端上刺刀眼对眼戳穿敌人的胸膛，更不是容易的事。

李江国正要跳出掩体，周大勇已经抢先跳起来，用尽平生力量喊："英雄们，冲呀！"他这喊声像晴天炸雷一样，吓破了敌人的胆，激起了战士们的威风。周大勇向前扑去，李江国也带领着战士跳出工事，向敌人扑去。烟雾、灰尘、喊声、闪着寒光的刺刀……人民战士的力量是这样猛，这样不可抗拒，好像这不是一二十个人民战士的冲击力量，而是成千成万人民战士的力量统统集中到这小小的战场上来了。

敌人慌乱了，扭头逃跑……敌人督战队用机枪扫射他们溃逃的士兵。但是，连死亡也堵不住那像潮水一样倒流的人群……

猛烈的战斗是不间断的。敌人督战队逼迫着士兵又向李江国阵地的右翼攻击。那里，两个战斗小组支架着百十名敌人的攻击。

李江国说："连长，你在这里指挥，我带一个班去增援！"

周大勇拦住他，说："我去！"他不容李江国分辩，就对身后的十多个战士喊："跟我来！"

宁金山的脸擦伤了，他提着手榴弹跟同志们从工事中跳出来。周大勇看他蜡黄的脸上还有血，就说："宁金山，不要去，休息一下！"

"连长！我是来打仗，不是来休息！"

周大勇很想命令宁金山下去。转念一想：我们几十个人能顶一两千敌人的进攻，不就是靠这些英勇不屈的人么？人很少，现在谁又能休息呢？只好让他去。

周大勇带领战士跑到右翼阵地的时候，敌人已经突破我军阵地。李玉明正率领战士们和敌人肉搏，六七把刺刀在敌群中左冲右杀。

周大勇率领战士赶上去，大声喊："共产党员们，革命战士们，杀呀！"

战士们听到连长的声音又得到新的力量支援，很快就把敌人压下去了。

过了几分钟，敌人又开炮轰击了。炮弹爆炸声，树枝断折声。几块大石头被炸成了碎片；一棵碗粗的树被炮弹连根拔起，摔在一旁。泥土、弹片、石片，像暴雨一样落在战士们头上。

把敌人打下去了，这一回合我们总是胜利了，战士们高兴地向连长打招呼。

有的战士在议论：

"好危险！"

"危险？我们用刺刀把危险送给敌人了！"

周大勇很喜欢战士们这些豪勇的谈话。他觉得，没有他们，他周大勇是根本算不了什么的；有了他们，他周大勇就可以移山开路，打遍天下。他双手撑住土坎，紧张地观察着。在战士们看来，连长眼里射出的那两道光，就像两把锋利的刺刀。敌人要向前扑，那两把锋利的刺刀就会戳穿敌人的胸膛。

连长，他是大伙的指望。

战士们挖了一条不很深的战壕。周大勇顺战壕跑去。多怪！有的战士吹大话，有的说些没头没尾的笑话，有的战士把自己被子弹打穿的学习本拿出来整理。有一个战士在谨慎小心地修理他的坏钢笔。他一面修理一面向身边的战友夸奖他的手艺，讲述他这支钢笔的来历。有的战士在争夺那宝贵的纸烟头。

"多大的一个烟头呀！一人抽一口，不准抢！"

"同志们，有朝一日我当了纸烟公司经理，大伙都来抽烟，不要钱还管饱！"

"好，说话算话，不要变卦！"

一阵愉快、轻松的感觉掠过周大勇的心头。这种感觉使他联想起政治委员李诚说的话：一个无产阶级战士的意志力量，比敌人一个美械师强有力得多。

周大勇顺着战壕向伤员跟前走去。

代理班长李玉明刚给一个重伤员扎完了绷带，正在说什么。

李玉明报告说："连长，我枪毙了张连中！"

原来敌人一突破我军阵地，新解放战士张连中把枪一扔，向敌人举起手。李玉明严厉地喊："张连中！"张连中没有回答，还举着手。李玉明满身的火直向头上冲，他端起枪"叭"的一声，张连中应声而倒。

李玉明望着周大勇，重复地说："连长，我枪毙了他！连长，我心里……"

周大勇双手像老虎钳子似的，抓住李玉明的肩胛，盯住他的眼，说："对，你做得对。无情地对付叛徒！无情地对付叛徒！"

宁金山在一旁说："玉明！难过什么？经不起打熬的人，迟早总是要和我们分路的！"

周大勇想：几天以前，李玉明和很多陕北农民一块参军的那会儿，还笨手笨脚的。他第一次参加战斗时，趴在战壕中抱住头，屁股朝天，怕得要死。部队冲锋的时候，他没有揭开手榴弹的保险盖，就把手榴弹投出去了。可是现在，他变得这样坚定、沉着。

通信员跑来了，他满头大汗，向周大勇报告："王老虎说，请连长赶快带上部队撤退！"

周大勇把阵地左右翼的战士，都收拢在李江国守着的阵地中间的高地上。他喊："同志们，背着伤员的同志走前边，共产党员走后边，一口气冲出去，不准掉队！"

李江国抢前一步，说："连长，你们走，我带两个班掩护！"

周大勇紧紧地握着李江国的手，说："千斤担子统统放在你肩上了！"

"连长，没有金刚钻，就不能揽这瓷器活儿。我敢担起这个担子，就有把握担出个名堂！"

周大勇说："好。你支持十几分钟，就顺着我们走的路线往下撤！"

正是晌午，黄惨惨的太阳挂在头顶。天空朵朵云彩飞驰，地下雾腾腾的热气上升。

周大勇带上战士们向西南撤。被王老虎拦腰斩断的敌人正从两头猛攻，企图堵死王老虎他们打开的缺口。很快，两头猛攻的敌人就会合了。王老虎打开的缺口被敌人堵住了。周大勇看得分明，他趁敌人还没有站稳脚，就冒着左右的侧射火力，率领战士们端着刺刀向敌人猛冲。杀声、喊声、排子手榴弹爆炸声……敌人慌乱了，各自寻找有利地形。一个又粗又高的敌人军官，光着脑袋，穿一件黄单衣，一手提枪，一手提大刀，像个黑夜拦路杀人的恶魔一样，在烟雾中呼喊，想让他的士兵像他一样，挺起胸膛，阻挡我军。周大勇一枪撂倒了这个敌人，带领战士们，踏着趴在地上的敌人冲出去了！

很快地，李江国也带领战士们跟上来了。

周大勇率领战士们突围以后，他看到，在这平漠漠的地方，白天要摆脱敌人是不容易的。

周大勇心灵眼明地率领战士们，抢先占领了一个村子。他想：有一个村子作依托，便可以争取时间，坚持到天晚。

坚持到天晚就是胜利。

四

村子里到处都是子弹箱，国民党士兵的烂鞋子、破军衣，乱七八糟的棉花、衣服、鸡毛，打死的牲口。烧起来的房子，冒烟吐火……老乡们跑光了。

战士们到处找水喝。可是哪里有一点儿水呢？敌人经过这个村子，把水喝光，把水缸打破。找水窖吧，国民党匪军把他们死去的十多个伤兵都丢到水窖里。战士们从拂晓到现在整整战斗了九个小时，米面屑没进口，肚子饿得发烧，渴得喉咙直冒火。

战士们坐在台阶上，他们把面袋取下来，一把一把地把生面粉往口里填；嘴边、胸腔的衣服上都是白扑扑的面粉。有的人还苦中作乐："多擦点粉，去扭秧歌！"

周大勇进了村子，立刻和王老虎、李江国查看地形。这是一个有三十来家人的村子。村子周围有一丈多高的围墙。村北百十公尺远，有一条东西横着的沟。村东是开阔地。村西南五十公尺远有一个小庙。小庙右侧是一条沙梁。

周大勇让李江国带领一个班配备一挺机枪固守村西南的小庙和沙梁。他跟王老虎带领多一半战士坚守村子。

战士们紧张地掏枪眼，挖单人掩体、战壕、避弹坑。

周大勇趴在围墙上看：敌人大概有两个团的兵力从东、西、南三面向村子进攻。

敌人几十门大小炮，把成吨的钢铁向村子里倾倒。蒋贼的美国造飞机也疯狂地在村子上空投弹扫射。村子里房屋倒塌了，燃烧着。地下的土被炮弹翻起来变成了黑色的。火药味和灰尘呛得人出不来气。

敌人盲目地射击后，便开始攻击。敌人的两次攻击，都让周大勇指挥的英雄们打垮了。接着敌人便一连十多次，用机关枪赶着士兵们整营整连轮番不息地向上拥。

周大勇站在阵地前沿跟战士们并肩射击。他身上涌起狂潮般的力量，脸像锅底一样黑，眼睛喷火，满身泥土。枪弹在他头上嗖嗖地飞过，他连头也不低。他的耳朵让炮弹震得轰响，听不清子弹叫。猛地，五六颗重炮弹落在围墙边爆炸了，墙被打倒，气浪把周大勇掀在一边。他被深深地埋在土中，可是他从土中钻出来一跃而起，喊："同志们，共产党员们，坚决打呀!"

战士直起身子投弹，有的跳出工事端着轻机枪向敌人扫射。

"寸步不退！杀死敌人!"周大勇的一切情绪、想法，都紧紧地凝结在这一点上，危险的感觉，完全消失了。

这时村西南小庙边的战士也在猛烈战斗，刺刀在阳光下闪光，战士们的身影在炮火中闪动。……

通信员小成从李江国坚持的地方跑来，上气不接下气地报告："连长，敌人突破小庙那里的阵地……阵地……李排长说……说……"

周大勇忽地转身，一把扼到小成的胳膊，很凶地问："你慌什么？李江国说什么？要增援吗?"

"不，不。李排长说，请连长放心，他会把敌人打下去，他会守住阵地的。他说，有他就有阵地！”

周大勇又派小成告诉李江国：“再坚持一小时！”

李江国指挥十二名战士，打退了二百多敌人的六次进攻。

敌人吃了亏，变得更滑头了，不再瞎扑乱闯地冲锋了。他们发动第七次攻击以前，先用迫击炮、九二式步兵炮摧毁小庙子。小庙的房顶被炮弹掀去了。敌人又用平射炮炮弹一层一层地摧毁庙墙。小庙墙壁被炮弹打成锯齿形。碎砖块、弹片阵雨似的落下来。

李江国脸上很脏，淌着汗水，嘴唇擦破了点，流着血。在这一眨眼工夫就有成十次可能死亡的危险中，他脑子里激荡起来，想唱歌，想喊，想大声咒骂，保持不住情绪的平衡。可是，他一看战士们，立刻一切个人安危的想法都飞了。“战士们需要支持，战士们望着我！”这想法给了他很大力量。他身材显得格外高大，动作沉着敏捷，神情严厉。

他号召：“同志们，这是考验我们骨头的时候了！”

他带领战士们用破砖把墙垒起来。敌人炮火摧毁了墙壁，他们又垒起来，摧毁了，垒起来……炮弹打得砖块扬起，有三四个战士的头被砖块碰破。李江国被炮弹掀起的气浪摔倒了好几次。小庙的木料也烧起来了，站在浓烟烈火中的人民战士，猛烈地奋战。

李江国喊：“同志们！手榴弹、刺刀、石头，有什么武器用什么武器。人在阵地在！”

战士们也像英雄的李江国一样：什么日常的情绪，什么个人安危，都让尖锐的生死斗争挤掉了。现在他们除了痛恨敌人、杀死敌人以外，没有别的任何想法。

战士们没有子弹了。一个战士建议：“李排长，我去连长那里领子弹！”

李江国凶狠狠地喊：“连长又不会生子弹！”

“可是没有子弹……”

“没有子弹也要打仗！”

这时候，百十个敌人冲到小庙门口。战士们瞟了李江国一眼，李江国感觉到这眼光了。他喊：“不怕死的，来！”他带着一股热风率领战士们冲入敌群，左冲右杀把百十个敌人搅得乱成一片，枪托、刺刀，猛击猛打。敌人各自逃命，慌乱得互相乱撞。李江国生擒了一个敌人，拖进庙子，从敌人身上解下子弹，又继续射击。

李江国奉命撤回村子。

太阳像是钉在西边的天空，根本不动了。每一分钟似乎都无限地延长了！

步步进逼，敌人快扑到村子的东围墙边了。

这工夫，王老虎趴在村东靠左面的短墙边，指挥七八名战士朝敌人射击。

王老虎不慌不忙地射击着，枪不虚发，枪响敌人倒。他看见一个敌人军官，在一堵短墙背后时不时地伸出头，观察我军阵地，就说："要瞧就瞧瞧吧，还能这么偷偷摸摸地瞧！"便"叭"的一枪，把那个敌人军官放倒了。他一边打还一边数："一个，一对，一对半，两对……半打儿……"他在一个地方打三四枪，立刻转移到另一个地方射击。靠近王老虎的战士，只见王老虎边放枪嘴里边嘟哝，也听不清他说些什么话。可是战士们的心，在王老虎手下跳得非常平稳。他们都照着王老虎的样儿射击……

战士们正集中力量打击村子东边扑上来的敌人，另一股敌人突破了村西的围墙。马长胜指挥十一个战士，想斩断敌人的突破口，但是敌人一个连的兵力拼命地把突破口撕大，突进来了。十来个或是二三十个人组成的步兵群，抢占一堆堆的废墟、一堵堵的短墙、一座座的房子。不大一阵工夫，敌人占领了村子的一半。火焰、黑烟罩住了整个村子。

激烈的战斗，反映在周大勇脸上。他的脸色一阵通红一阵发黑，一阵暴躁一阵发凶。他总不能相信，他这身经百战的人和他的战士，经历了很多英雄的搏斗以后，就能牺牲在这村子里。他想起他曾经遇到过比现在危险十倍的情况，那时候眼看走到绝路上了，可是总杀出去了。目前的危险，又算得什么？真灵验，这想法，使他对面临的严重情况又全不在意了。他全部力量又都集中在最紧要的问题上：坚持到天黑。

周大勇指挥战士们和敌人争夺一尺一寸的土地。

为了争夺一间房子、一堵墙、一堆废墟，战士都付出了血、汗，发挥了高度的顽强性和无限的忠诚。

但是，周大勇跟他的战士，终究让敌人压缩到村南段的四座院落中了。

往常，周大勇打仗的时候，一遇到攻击受挫或是部队伤亡大了，他就冒火，压不住自己的感情，因此，有时候他就不顾死活地跟敌人硬拼。目下，他浑身的血向头上冲，可是他按住了心头的三丈火，使尽力气保持冷静。这么，情况越来越危急，他反倒越来越精明、清醒。

周大勇仔细观察了一下，现在敌我只隔几堵墙；院子里到处是死角，子弹、炮弹的威胁并不大。可是敌人扔来的手榴弹像下雹子一般，猛烈的爆炸声像狂风一样吼。

周大勇从这座短墙边跳到那座短墙边。他想，在这紧急的时刻，应该让战士们觉得：连长和我们在一块！

他看着自己那些英勇沉着的战士，简单有力地鼓励他们几句。

战士们信心十足。他们只有一个念头：抬起头就射击。

周大勇从战士们打穿的墙壁中，跑到了马全有他们坚守着的这座院子。

这座院子浓烟弥漫，房顶都塌下来了。有几间房子的土墙也被打塌，木料在熊熊大火里燃烧。

这里，有的战士被震得七窍出血，昏过去了，可是当他清醒了以后，又爬起来战斗。有的同志牺牲了，牺牲者的位置上又出现了一个人在那里射击。有的人满身是血，不承认自己负伤。有的人负重伤，不能战斗，但是他有一张嘴，他喊着，鼓励奋战中的战友。有的战士把机枪打红了，他就躺在地下，侧转身子给机枪上撒泡尿，机枪吱吱冒热气，接着又射击。有的战士捞住敌人的机枪，扭转就向敌人射击。到处都是寻找敌人弱点打击敌人的英雄行为；到处都是猛扑、冲杀、肉搏、呐喊声……

“我们是党中央的警卫军！”

“同志们，杀呀！”

“杀呀！用手榴弹[illegible]敌人！”

黑夜缓缓地来了！

敌人四面发动总攻击了。战士们在烟火中奋战；嘴唇焦了，耳朵震聋了，眼睛熬红了！每一个人那滚烫的心都在猛烈地跳动。他们都在呼喊、互相鼓舞：“为劳动人民战斗到底！”

周大勇从这个院子跑到那个院子。哪里打得激烈，哪里就能听到他威严、坚定的喊声。他充满感情的声音，像闪电一样划过夜空，振奋着战士们。哪里打得激烈，哪里就看到他矫健的身影。有时候他被烟火吞没了，眨眼，他又出现了，连战士们也觉得自己的连长有点神奇！

周大勇跑到左边一座院子里。这里是马长胜跟四个战士坚守着。他们把敌人的尸体垒起来，当工事利用。

火光映着马长胜的脸。那又脏又旧的单军衣，紧紧绷在他结实、宽阔的背上。他抱一挺机枪射击，旁边有个战士帮他压子弹，他的动作不快，像是在通常情形下固守阵地一样。除了手里的机枪不算，他跟前放着冲锋枪、带刺刀的步枪、枪榴弹、手榴弹、带引信的美国造六〇炮弹。

周大勇弯下腰忽地纵到马长胜跟前，问：“怎么样？”

马长胜用手背慢慢地擦着头上的汗，头也不回地说：“就这样。”

周大勇问：“敌人扑得蛮凶？”

马长胜口里像喷铁块：“再凶，也没把他狗操的放在眼里！”

周大勇一条腿跪在地上。趁着火光，他看见离自己头半尺高的短墙头上，敌人子弹打起的石块乱飞，可是马长胜半截身子露在短墙上，用肩胛抵住机枪把子在射击。他不停地吐着口里的土，吼喊着。

周大勇喊：“姿势低些！”

马长胜声音浊重地说：“该低就低！”

马长胜的神气、声调，让周大勇心里产生了一种愉快而严肃的情感。周大勇又一次想：敌人能把这样的战士消灭？碰他妈的鬼！

马长胜把机枪交给弹药手，说：“瞄准，他一露头你就打。点发！”

他的声调又缓慢又执拗，像生铁块似的有分量。

那个战士接过机枪，说:“行。来一个撂倒一个，来两个撂倒一对!”

马长胜偎到周大勇跟前。他看旁边有几个敌人的尸体，横七竖八怪碍眼的。他把敌人的尸体一个一个抓起来扔过短墙，毫不费力，像扔很轻的东西似的。

他从墙边的土坎上拿起半截纸烟头，挨周大勇蹲下。他说：“连长，你抽一口烟提提神。”停了一阵又说：“连长，只要有二斤烟叶，我就能在这里坚守一星期。”他把这开心的话，也说得没味道。

周大勇对马长胜这戆直、固执的牛性子脾气，有说不尽的喜爱。他接过烟，点着，——这时他才感觉到自己因呼吸急促手在发抖——猛吸了一口，又递给马长胜。

马长胜说：“连长——”他眼睛翻了一下，感觉到敌人又扑来了。他刚直起腰，就传来喊声：“杀呀!”

马长胜跳起来，捞住一颗手榴弹就扔出去。他又一把掀开正在射击的弹药手，捞过机枪，摆动着扫射。他的衣服让汗湿透了。

敌人从短墙、土堆和各种隐蔽物后面，突然爬出来，边往前跑边射击，恶狠狠地扑上来了，还乱噪噪地尖声怪叫……

战士们在马长胜两侧拼命地投弹。马长胜一会儿用机枪扫，一会儿用冲锋枪扫，一会儿端起步枪打远处的敌人指挥官。敌人冲到跟前，他捞起六〇炮弹扔出去……机枪打坏了，刺刀戳弯了，手榴弹打光了，马长胜赤手空拳跳过短墙。一个敌人用枪托照他脑袋打来，他闪了一下，躲过敌人的枪托，又抢前一步，用蒜钵子似的拳头，照敌人脸上猛击。那个敌人跌倒在地。其他的敌人一惊，朝后一退，可是转眼又拥上来。马长胜急了，捞起一根碗口粗细一丈多长的木材，在敌群中扑打。……

周大勇被战争的火焰和狂烈的感情裹着。他不停地朝战士们前面扑，战士们不停地用身体遮拦他。周大勇、马长胜、战士们，抓起子弹箱、石头、打坏了的枪……捞起什么就用什么打击敌人。猛然，一颗手榴弹在周大勇脚边骨碌碌地打转转，眼看要爆炸，周大勇眼疾手快地把快要爆炸的手榴弹踢到一丈多远的地方，爆炸了。可是一连又有三四颗手榴弹丢到他跟前，这时光，周大勇旁边一个身上三处负伤的战士赵万胜，他看那正在地下打转的手榴弹快要爆炸，就鼓起全身力量扑到周大勇跟前。他把周大勇推开，拾起手榴弹正要给敌人送回去，手榴弹在他手里爆炸了。他满脸是血，跌倒在地。周大勇扑过去，准备把赵万胜抱到短墙右边。

赵万胜用头把周大勇顶开，说："连长，你指挥吧！不要管我。我放倒了不少的敌人，死也够本！"

赵万胜的衣服变成了湿漉漉的血衣，烟熏血洗，看不清眉目。在昏迷中，还不断地喊："打呀！打到底！"

这一阵不是周大勇在指挥，也不是马长胜在指挥，每一个还有一口气的人，都在自动地战斗。

情况愈来愈紧，院落的墙壁、房屋已被敌人炮火摧垮了。敌人用大批燃烧弹向人民战士坚守的院子投掷，平地起火，天空的空气也像是燃烧起来了。战士们在大火中奋战，周大勇觉得头昏眼花，但是他看到马长胜带的战士和敌人扭打在一起：有的抱住敌人的头，有的掐住敌人的脖子，有的把敌人按倒在地……他的心颤动了，身上又升腾起火一般的力量。

五

一个脚印一身汗，一片土地一片血。残酷猛烈的战斗进行到夜里十点钟。

周大勇命令战士们掩埋了自己战友的尸体，又把牺牲了的同志的枪架起来，跟缴到的敌人的武器一块烧掉。

战士们看惯了流血时，血再不能感动人了！

战士们看惯了生命突然离开时，他们再没有悲痛了！

战士们只有一个念头：前进！战斗！报仇！

周大勇低声向战士们喊："同志们，突围！走！打！同志们，我们肚子里有一颗劳动人民的心，我们手里拿着武器，凭着它，我们会压倒一切敌人！”

他清查了一下人数：除了七个伤员以外，现在能战斗的只有四十五个人了。

周大勇抽出十几个战士背上伤员，准备走。

重伤员赵万胜说：“连长，你们快走，我不拖累同志们。我……我……我来掩护！”

周大勇跺着脚，说：“赵万胜，你是共产党员，你没有权利——”

赵万胜趴在地下，说：“连长，我不行了。我的血快流尽了。你们走！……同志们，我死在你们面前，目下对我说来，没有比这更好的事情。同志们，我，尽了自己的一点点力量……去吧，同志们，去战斗！”

周大勇不容分说地喊：“宁金山，背上他走！”

宁金山扑上前刚抱住赵万胜的后腰，二十多个敌人从左侧打塌了的破房里冲出来。赵万胜突然跪起来，腰一直，把宁金山撞倒了。他蹬了宁金山一脚，说：“快走！”宁金山还没来得及爬起来，赵万胜倒向敌人爬去了。眨眼工夫，二十多个端着刺刀的敌人扑到赵万胜跟前。赵万胜喊了声：“来！”他拉响了怀中抱着的几颗手榴弹，随着爆炸的闪光，赵万胜和五六个敌人一块倒下了。其他敌人，有的跌在火堆里；有的被硝烟熏得睁不开眼，就缩到那黑暗的角落里；有的东跑西窜，互相冲撞。

宁金山跑过来抱住周大勇的腰，哭喊：“连长！……”

周大勇身上抖了一下，像是谁在他心头撕去一片血淋淋的肉。他嘴唇抖动，低声叫：“赵万胜！”

战士们紧紧地靠着，沉默不语。他们每个人都口干舌燥，耳朵轰轰响；机械地做着自己应该做的事。

周大勇猛跺脚，命令战士们投出一排子手榴弹。他嘴巴一错，从牙缝里狠狠地挤出了话：“跟我来！”

周大勇带领战士们边走边射击。战士们按口令声，不断地投出排子手榴弹。

周大勇跟他的英雄战士，杀开了一条血路，从浓烈的烟火中突出去了。密集的子弹从他前后左右掠过。敌人不断地反扑。

周大勇率领战士们跑了半里多路，占领了有利的地形。他一面让手边的战士们顶住敌人，一面派人收拢跑乱了的战士们。然后，他跳下了一个塄坎，眼光四处搜索，像找什么人，也像盘算什么重大而迫切的事情。猛地，趁着火光，他看见王老虎顺土坎走过来。瞧，王老虎迈着稳稳实实的步子，一步一步走来，像是生怕把地球踏翻了。他那不着忙的样子，使周大勇起了火，喊："姿势放低！"王老虎没听见。他还边走边拔了把草，擦手上的泥。他走到周大勇跟前，感觉到脚下有个什么东西，就扔掉手里的草，弯下腰，捡起一板子弹，把子弹在衣服上擦了十来下，装在衣服口袋里。

周大勇望着王老虎，立刻把他刚才千头百绪的想法，变成了这样一句简单的话："老虎，你带一个排担任掩护！"

王老虎点了点头。大火照着他们的脸膛。周大勇和王老虎眼对眼看了几秒钟。周大勇有一种强烈的想法，想对王老虎说许多热烈而豪勇的话，但是说不出来；想表示他的感谢，可是他不知道该怎样感谢王老虎，因为王老虎根本不把危险和死亡放在眼里。

周大勇给王老虎交代了任务，又紧紧地抱住他的肩胛，说："老虎！目前这种情况下的英雄可难当啊！"

王老虎说："你走吧，连长。敌人有两条腿，我们也有两条腿；敌人手里是枪，我们拿的也不是打狗棍。放心，有什么凶险我们也挺得住！"他表示了平时难以想到的慷慨！

周大勇给王老虎仔细交代了会合地点，他带上战士们撤退了。

王老虎率领着十四个战士，抵挡住扑到当面的上千名敌人。他们打退敌人三次轮番冲锋以后，敌人向他们坚守的阵地摔了成千发迫击炮弹、重炮弹。王老虎他们坚守的阵地烧起了一片火！

敌人步步进逼，王老虎带上战士们边打边朝西北方向撤退。

王老虎沉着坚定，动作利索。他不大喊也不乱叫，只三言两语地下达命令。

宁金山顺塄坎爬过来，把王老虎拉了一把，说："连长带上部队朝东南撤去了，你怎么把我们朝西北带？"他声音颤抖："你，你呀……排长，排长！你把方向搞错了！"

王老虎说："你当我是痰把心窍迷啦？我——还——要——往——西——北——方——向——撤！"

"为什么？为什么？"

王老虎望着连长撤走的方向慢腾腾地说："为什么？我们把敌人背上走，我们连长就能安全突围。"他还想说："必要的时候，就用生命换取时间呗！"但是话到口边又咽到肚里去了。因为他从宁金山那不均匀的呼吸声感觉到：宁金山的心在慌乱地跳，脸在紧张地抽动。一阵不能自制的激动控制了王老虎。他说："金山，不要难过！目下，我们是很危险，可连长跟同志们就得救啦。不要难过！"

宁金山说："排长，那我们就是泡上干啦！那我们就是……永远……永远回不去了！"

"什么？"王老虎突然抬起头，凝望着宁金山问。他的脸色光辉而刚强；那明亮的眼睛，叫人吃惊，好像他生平第一次用这样锐利的目光盯着人，好像那平时被压在心底里的深厚感情，全部从眼里喷出来。但是，他立即就把自己翻腾的感情压下去了，尽力保持自己平时那种精神状态。因为凭多年作战经验，他知道，现在，忠诚、勇敢、智慧的全部内容就是：保持头脑清醒；沉着，把任何危险都不放在眼里，只有这样，才能在巨大的危险的阴影里，抓住微小的生还希望。他想："完成掩护任务算不了什么，还要把战士们带回去！"一种强大的责任感，控制了王老虎。

王老虎射击了。打了五发子弹，放倒三个敌人。他热烈地对身边一个战士说："放倒一个敌人就够本，放倒两个赚一个，放倒十个，二十个……嘀嘀，这账就算不来了！"他趁照明弹的光亮，朝左边看，宁金山用衣袖擦眼睛。

王老虎用手背擦擦前额上的汗，爽朗地说："当兵的还能挤鼻流水？你不流眼泪这阵地都够潮的了！不怕，有我就有你。金山，来，跟我趴在一块。”他一边说，一边在拧住一个问题想：“要摆脱敌人!”他思量眼前的形势，回想过去的经验，头脑中闪过了各种各样准备撤退的办法。

战斗进行到半夜时分，王老虎率领战士们击退了敌人一次比一次凶的攻击，他手下只有九个战士、五个伤员了。

敌人又以小股部队，不断地攻击，——说是攻击，不如说吸引我军注意力。王老虎脑子一转：“敌人在搞什么鬼点子吧?”他用心观察：除了敌人的机关枪吐出火舌以外，一片黑暗罩住阵地。怪呀，敌人不打照明弹，也不打信号弹了；再说，敌人阵地上也没有先前那种疯狂、混乱的喊声了。他们聚集更大的力量，用老一套的办法发动更猛的正面攻击吗？不，敌人一定是改变了进攻方式——要进行大规模的包围哩。撤退，要战士们赶快撤退！且慢，要是判断错了呢？要是我们一离开自己的有利阵地，敌人乘机直压过来，那不是上当了吗？他正二心不定，猛然看见左边很远的地方有手电闪光。无疑，敌人正在我军侧翼运动哩。

王老虎的决心马上变成命令：“撤退！我带四个战士掩护，副排长带上伤员和其他战士先走!”

副排长爬到王老虎跟前，说：“为什么让我们先走？死，咱们也死到一块!”

王老虎说：“死？你活够啦？我们刚学会打仗，我们的事业刚开始，我们活得正有味哩。不要蘑菇，赶快走!”

副排长把脸捂在胳膊上。王老虎给他说话，他也不搭理。

王老虎嗖地跳起来，抓住副排长背上的衣服，说：“我把战士和伤员们的命都交给你了。你要丢掉他们当中任何一个人，我就枪毙你。去!”他毫不留情，说得严厉、可怕而急迫。因为，只有他知道敌人想夹住我军的铁钳，在怎样急急地合拢着。他对副排长说明了撤退路线，又叮咛：“不走大路走小路，哪里难走就偏走哪里。记住!”

副排长带上四个战士和五个伤员下去以后，王老虎、宁金山和其他三个战士，射击了一阵，便悄然离开阵地，迅速地隐没在黑暗中。

王老虎率领四名战士，顺着副排长他们撤退的方向，绕来绕去向前走。走了一阵，又顺着一个渠道溜到一条干涸的河槽里。啊呀，河槽里挤满敌人，黑压压的，分不清有多少；端着枪，挤来挤去，想必是要从我军阵地侧后插上去，消灭我军。让这些笨蛋去扑空吧。

王老虎和他的战友从敌群中挤过去，在一个小渠里蹲了一阵，又爬上了一丈来高的土崖。上去一看，原来有一片开阔地。左后方，王老虎他们刚才坚守过的阵地附近，敌人还在射击，可是这里除了头顶上的流弹啸叫以外，无声无息。同志们都松了一口气，继续往前摸。猛不防，有几十个敌人跑步过来了。

一个敌人逼近宁金山问："什么人？"不等回答，又用手电朝宁金山脸上照。宁金山一枪托把这个敌人打倒了。

"啊呀！"被打倒的敌人叫了一声，其他敌人乱了一阵，盲目地射击起来。转眼工夫，许多敌人从四面八方围上来了。

照明弹和信号弹接连着升起。手榴弹炸起的烟雾裹着枪声和乱哄哄的喊声。

王老虎想："拼，不是鱼死就是网破！"他端着刺刀率领战士们向迎面冲来的敌人扑去。白刃格斗展开了！

王老虎平时黏糊糊稳晏晏的，看来不灵巧，可是现在他的任何一个动作都是敏捷而利索的。

他像一阵旋风似的，一口气捅死了两个敌人。突然，他像受到什么打击，倒在地上。他知道自己是负伤了，但是哪里负了伤，现在还感觉不出来，也不愿意去想它。他爬起来，跪在地上扔出最后四颗手榴弹。他鼓起全身力气，端着刺刀，趁着烟雾，左冲右杀。英雄的神勇吓昏了贪生怕死的敌人。

趁着不断升起的照明弹的光亮，王老虎扑到一挺吐着火舌的机关枪跟前，两个敌人机枪射手扔下机枪正要扭头逃走，他一脚踢开机枪反手刺死一个敌人，用枪托又打倒另一个敌人。敌人指挥官用枪逼着正在乱跑的士兵包围过来。王老虎独自个儿被十几个敌人裹住了。他的手榴弹和子弹都打完了，敌人十几把刺刀对准他，围成一个圈子。王老虎端着刺刀左右旋转，全身的仇恨，全身的紧张，都集中在刺刀尖上。敌人恐怖地盯着他。他们有的是刺刀、手榴弹、子弹，但不能施展，刺刀不敢逼近，打枪又怕打中他们的人。王老虎刀尖指向哪里，哪里敌人便慌忙往后躲闪。敌人的指挥官喊叫着，朝天空放枪，威胁士兵，但是不生效。王老虎一直这样和敌人僵持了四五分钟。

在这四五分钟当中，王老虎左腿弓起，右腿蹬直，两手紧握住枪，胳肢窝紧紧地钳着枪托，像一个铁铸的人。一闪一闪的光亮，照着他铁一样沉着的脸相和炯炯的眼睛。

在这四五分钟当中，王老虎的生命力量发挥到最高度。他心头闪过了一种向来没有察觉到的感情：蔑视一切的骄傲。在前，自个儿没有当英雄的时候，口里不说，心里在鼓劲，还常常把想当英雄的想法带到梦里。待当了英雄，满身都是荣誉，可是跟别的英雄一比，自己简直算不了什么；在那伟大的集体行列中，自己也只是一小点，不比谁高一头也不比谁宽一膀。可是，目下，敌人和他面对面，用十几把刺刀对准他的胸脯时，过去那一件件的立功事迹都变成了最了不得的事。他有生以来第一次觉着，自己是个英雄是条好汉，像是比周围的敌人高大十倍。

他头不动，眼睛左右一扫，想："老子再放倒他两个！"胳膊上用足力气，握紧枪，用力拨过一个敌人的刀锋，反手一刺，刺中了那个敌人的咽喉；别的敌人一愣，他又回手刺倒另一个；第三个敌人招架了几下，也叫他一刀戳死在地上。他朝前蹦了几步，对准另一个敌人刺去，那敌人往后一退，仰面朝天跌倒在地，王老虎双手攥紧枪，刀尖朝下，猛扎下去，刺刀穿过敌人的肚子深深地插到地里面去了。他抢前一步，一只脚踏在敌人胸膛上，用力拔刺刀，不凑巧，刺刀脱离了枪！猛不防，他身后又扑上来一个身材高大的敌人，端着刺刀照他后心刺来。王老虎连忙侧身一躲，敌人扑了空。他着了急，把枪倒过来，右手抓住枪梢用力抡起枪，朝敌人脑袋上猛击，打得敌人的脑浆四溅。他连忙从地下摸起掉了的刺刀安在枪上。这时光迎面扑来一帮敌人；一个敌人端着刺刀，跑在前头。王老虎猛地扑过去，迅速地向为首的敌人胸脯虚刺一刀，敌人空拨了一下，不等敌人收枪，他猛地一个突刺，刺进敌人肚子。另一个敌人刚斜转身子，王老虎鲜红的刺刀又刺进那个敌人的左臂。其他的敌人慌乱地跑散了。

王老虎听到西面有喊声，他便飞身向西跑，趁着敌人照明弹的光亮，他看见宁金山正和敌人拼刺刀。宁金山大概筋疲力尽了，眼看撑不住了。王老虎不顾自己身后扑来的敌人，猛力地向正要刺倒宁金山的那个敌人背部刺去。那敌人尖叫了一声，在地下乱滚。这时候王老虎身后扑来五六个敌人。他扭转身子，一个敌人端着刺刀，恶狠狠地向他刺来。王老虎拨过敌人的刺刀，向那个送命鬼猛猛地刺去。不料，那个敌人头一缩，把王老虎闪得跌在旁边的塄坎下边去了，枪也跌坏了。这时候塄坎上面跳下一个敌人，用刺刀向他胸部刺来。英雄的意志给了人无限的力量，王老虎鼓起力气，使出最后的一把劲，用双手抓住敌人照他猛刺的刺刀，敌人猛往回一拉，王老虎两个手心裂开两条血口子。那个敌人正要回手刺王老虎第二刺刀时，宁金山和其他三个战士扑上来，结果了那个敌人。

王老虎松了一口气，只觉得浑身麻木得不由自己支配，脑子昏昏沉沉的。可是他立即想到，他是赶上来援救宁金山的。宁金山可安全？他叫："宁金山？"

宁金山爬到王老虎跟前，说："排长，排长！"

王老虎把宁金山拉了一把正要说话，突然听到脚步声，就喊："敌人！"

宁金山率领几个战士，转身向敌人冲去。

"我要起来！我要起来！"王老虎呼唤自己的力量。浑身酥软，眼里冒火星。他紧咬牙，正往起爬，突然从塄坎上跳下一个敌人。这个敌人不偏不倚地跳在王老虎身上。王老虎鼓起全身气力一翻身，用膝盖顶住那家伙的胸脯，腾出手来，狠狠地把两个指头戳进敌人的眼睛，那敌人像被杀的猪一样尖叫。王老虎死死地用双手掐住敌人的脖子，一直把那家伙掐得冰冷死硬。

深夜里，刮起了老北风。万里长城边，英雄们战斗过的阵地上，只有点点火光和零星的枪声。

六

周大勇率领战士们冲出敌人包围圈以后，一直朝东南方向插去。

他们远远地摆脱了敌人，因为王老虎把敌人背到相反的方向去了。

他们经过一个个的村子，都不见人影。战争的恐怖不知道把老乡们赶到哪里去了！经过整整一天一夜的激烈战斗，战士们筋疲力尽，两条腿发肿发胀，像有千万条小虫在里边蠕动。口渴、饥饿、疲劳和寒冷纠缠着战士们。眼前，每一个人只想一件事：不管是田野路旁或是泥水中，只要能躺下来睡那么三五分钟，就是世界上最美好的事情！

周大勇突围的时候，一颗重炮弹在他身边爆炸，他被埋在炸起的土里，头上擦伤，昏迷过去。李江国让战士们把他背上走。

他们朝东南方跑了十多里，看见一个小村子。战士们进村以前，李江国摸进村侦察了一下。村子里没有动静，连一只狗也看不见。他觉得身上寒森森地发毛。猛然，他看见一家院子里的窗子透出微弱的灯光。李江国轻手轻脚地摸进院子，扒到窗户上，用舌尖把窗格的纸戳了一个小洞，便看见炕边上坐一位老汉和一位老大娘，他们旁边坐着一个三十来岁的女人抱个吃奶的孩子。炕角还趴着一个小孩。炕当间放一片门板，门板上躺着一个死去了的女人，脸上盖着纸，旁边点一盏灯。那要灭不明的灯光照着老大娘泪汪汪的眼。

李江国布置了警戒以后，把周大勇背到老乡的房子里。

周大勇靠墙坐在老乡炕下边的地上，流血和过度疲劳，使他昏迷不醒，脸色煞白。

缓歇了一阵，周大勇慢慢地醒了。他觉得天也转地也动，眼发黑心发烧，七窍像是冒火生烟。一阵儿，他又感到透进骨头的湿冷，全身发抖，活像打摆子。脑子里乱滋滋的：各种奇怪的形样，片断的回想，互相矛盾而又不分明的感觉。

老乡们急急忙忙地帮助李江国把周大勇脸上的血洗了一洗，又给周大勇灌了几口开水。

周大勇微微睁开眼。他的眼光和李江国的眼光遇到一块了。啊，李江国！世上还有比李江国更亲的人吗？

李江国要周大勇躺下。周大勇眉头拧成一股绳，表示拒绝。

周大勇双手撑着地，指甲钻到地里去了。他眼前冒起一团团黑雾，锐利的思想闪过脑子："我怎么坐在这里？……我的战士多需要我呀……"旺盛的生命力量在他全身燃烧。他睁开眼，直挺挺地靠墙坐着。他觉着，现在最重要的是：直起腰坐正。

老乡和李江国把炕上那个女人的尸体抬到地上。老大娘打扫炕、铺被子。他们准备把周大勇移到炕上去。

这会儿，周大勇脑子完全亮堂了，闪上来的第一念头是："王老虎回来了吗？"他问李江国。李江国说已经派人去联络了。

李江国跟老乡们扶住周大勇的身子，要把他抬上炕去。周大勇摇头，说："不，我坐在这里蛮好。"

李江国知道连长的脾气，他连忙撒手站在一旁。可是老汉跟老大娘不撒手，硬要把周大勇抬上炕去睡。老汉说："唉！躺到地下还行？你看，被子都给你铺好啦。"

周大勇摇头，拒绝人家抬他。

老大娘没奈何地说："看你血河捞人的，唉！快上去睡。人常说饱肚子不知道饥肚子难，咱们是打上锅没米下的穷汉，晓得人在难中的苦情！快，快到炕上睡！"

老大娘善良的声音，跟那自己在苦难中还怜惜别人的心肠，使周大勇深深地感动了，但是他仍然拒绝上炕去睡。他望着老乡们那慈善的面容，说："我，我躺到炕上会把你们的被子染上血的！"他又瞅着李江国那不耐烦的脸色，说："不能给老乡的被子上染上血！……"

李江国着急得眼里直冒火，说："连长，上山打柴，过河脱鞋，到哪里说哪里的话。你看，现在情况这样紧张，你又成了这个样子……我简直想不通，你——"

周大勇打断他的话，艰难地说："你呀……同志，这里是敌占区。这里的群众，是从我们身上来看我们党和毛主席的。你这人……"他咬住牙，定定神，又说："你发什么急哟！……你皱眉眼干什么……"他鼻梁动了几下，嘴边冒出很多汗珠。他闭住眼，头靠着墙，呼吸短促而急迫。他自己的话使自己感情激动。

李江国急躁地说："只要青山在，不怕没柴烧。眼前，只要你好好的，那天塌下来也不怕了。可是你总不顾自己——"

周大勇冒火了："想自己？值不得。你……"他咬紧牙，摆过头去，像是对李江国生气，像是满肚子的话无从说起，也像咬牙忍受伤口的刺痛！

老大娘呆呆地望着周大勇，眼泪潸潸的。过了一阵，她坐到炕沿上，用袄襟擦着眼睛，说："你受了这么重的伤，还惦念我们，还怕我们受扰害。唉！世上总有好人！从古到今，谁替我们的穷日子下泪呢！"

那位老汉蹲在地上，用旱烟锅在地下敲磕着说："快睡上去！你再不要说那叫人烂心的话！解放军来我们村，也不是头一回，你何必这么见外呢！"

周大勇说："我说不上去，就是不上去。老人家，不要难过……你们的一片好心我知道……穷苦人的一床被子，就是一家人的命！"

周大勇不停地咬牙，头上流冷汗。他使尽全部力气忍受着身上的疼痛。

不管老汉怎样制止，老大娘还是抽抽噎噎向周大勇诉说他们的不幸和痛苦。这些哭诉是周大勇听过千百遍的：地租，捐税，支差，抢劫；疾病，没吃没穿；儿子被拉兵，媳妇被强奸死；一生辛勤劳动换来的家业，转眼就被国民党匪徒抢光、烧光……说不尽的艰难，流不完的血泪！

周大勇把这老乡的房子扫了一眼，就觉得胸前压了一块大石头。老大娘个子矮矮的，瘦得成了一把骨头。她左边的地上躺着那个叫敌人保警队糟蹋死了的女人。炕上坐着的孩子头很大，胳膊可只有大拇指头粗。这孩子看来只有三岁，可是他倒六岁了。炕边坐着个三十来岁的女人，她穿着稀烂的衣服，遮不住羞耻。眼窝挺深，脖子上长着的瘿瓜有碗大。她怀里还有个孩子吃奶。孩子挺着脖子拼命地咂，咂一口，那女人就牙一咬脸一抽。周大勇的心在颤动，像是他的心让那孩子咬住了。他想，那孩子一定从妈妈的奶头里咂出了血，因为妈妈身上实在没有养分供给他啊！

这样的日月，一辈又一辈是怎样过下来的呢？周大勇眼前起了一片雾，老乡们的身子变得模糊了，像风地里的草一样在那里晃动。

周大勇凄然地淌下眼泪！这个房子就是个惨情的世界。目下，自己的伤也好，战士们经过的残酷战斗也好，比起这老乡的饥饿穷困的苦情来，根本算不了什么！

周大勇扭过头，背转灯光，说："江国，让战士们来看看这家老乡的光景……让我们记住这痛苦！"

李江国说："连长！不用让战士们来这家看，家家都跟他们一样！"他转过身脸朝门站着，眼泪涌出来了。

"世上当真就有这一号人！"老乡们望着周大勇。他们也感激，也奇怪。他们祖祖辈辈遇到的就是欺诈，压迫，饥饿，痛苦，看不见头看不见尾的穷日月！如今，周大勇这些人，跟他们一不沾亲二不带故，又素不相识，可是，愿意为受煎熬的穷苦人拿出自己的命来。

沉默，长久的沉默。可是在这沉默中包含着多少翻腾的感情和心绪啊！

周大勇说："李江国，你立刻再派人去找王老虎他们。你动作快点，我简直要急死咯！"

李江国说："早派人去了嘛，早派人去了嘛！"

周大勇问："马全有、马长胜他们呢？"

李江国说："马长胜和马全有带领战士放警戒去了，三排长在院子里招呼伤员！"

周大勇问："现在支部书记是谁？"

李江国望望老乡们说："请你们到隔壁房子里坐一阵，我们有事要商量。"老乡们走后，他说："怎么的，你不记得啦？王老虎担任掩护任务的那会儿，你指定我代理嘛！"

周大勇眉眼一皱，伤口越痛心里越躁，他说："你，你哪里像个支部书记？你像个石人一样站在这里，生怕我死咯！部队伤亡挺大，你还不赶紧让党员们积极行动起来，想必是你有别的好办法！你，你不行，你在情况紧的时候，弄不清自己该干什么！"

李江国急得用手搓着大腿，说："连长，你小心伤口。你少说点话好不好？我按你的指示去办就是了！"

周大勇说："你给我把支部委员们找来！"

"他们都在放警戒。连长，情况很紧，干部们抽不出来！"

周大勇说："支部委员抽不出来，你把几个党小组的组长找来！快，利索点！"

转眼间，五个党的小组长拥进房子。他们有的呼哧呼哧喘气，有的担心地盯着连长的脸。

周大勇扶住墙正要站起来，李江国说："连长，你躺下！"

"我不能躺下。没有什么，走开！"

李江国压住他的肩膀，说："你——"

周大勇发火啦："怎么？我负了一点轻伤就哼哼唧唧地躺下？你走开，我要站起来，我要站起来！"

周大勇用手扶墙站起来。他觉得头有斗大，两腿酥软；眼前旋转起一块块的黑雾。但是，他一看党的小组长们，就感觉到一种力量在自己胸膛里跃动。他说："你们告诉战士们，我没有挂什么花。头上擦破了点，也不碍事。同志们！我们今天打得很惨。不瞒你们，王老虎他们还没有回来。情况还挺危险。兴许，前头还有更大的战斗。你们都是班排干部的代理人；要是他们当中有谁牺牲或负伤，你们就自动代理。"

小组长们还是不眨眼地瞧周大勇的脸，只见他鼻尖和上嘴唇的汗珠泼剌剌地往下滚。

"同志们！共产党员不是平常的人。中国没有他们，中国就要灭亡；劳动人民没有他们，劳动人民就永远不能翻身。他们活会活得很刚强，死会死得很英勇。因为他们知道，他们对劳动人民负着什么样的责任！"他看着每一个人的脸膛。"同志们，要告诉每一个共产党员：紧紧地团结所有的战士，跟敌人拼！多消灭一个敌人，我们整个阶级敌人就少一个。记住这一点就行了。同志们——”周大勇突然扶住墙，李江国连忙抱定他。

李江国把周大勇抱在怀里，他头靠着周大勇的肩膀哭了：“连长！你可不能有个三长两短……”

周大勇睁开眼，小组长们都走了。他说：“我的话还没说完呀。”扭头看着李江国，又说：“你抱我干什么？我又不是小孩子。你去找王老虎！你去，你马上去！”

李江国刚走出门，担任掩护的战士们就回来了。

周大勇又兴奋又担心，他急需要知道战士们作战的情形。他高声喊叫王老虎，可是院子里一片嚷嚷声，淹没了他的喊声。

“今天好危险！”

“危险和胜利总是老朋友！”

“我算弄清了一个大道理：你越软弱敌人就越欺侮你，你越厉害敌人就越怕你！”

“今天敌人死伤至少在五百以上！”

“嘿，烂麻拧成绳，力量大千斤，不要说我们还是人民战士！”

“看那狗操的怎样给杜鲁门报账！”

周大勇的心扑通扑通跳起来，因为在那样多的声音中，他没有听见王老虎那不慌不忙的声音。他从战士们那快活的声调猜想，大概王老虎没有什么问题。他立刻又反驳自己：“不一定，因为没有什么悲痛能够压倒战士们。”

王老虎没回来，李江国想瞎编几句话，安慰连长。可是他这号人没说过虚，如今刚想到说虚，满脸飞红，像喝了二斤烧酒。平素说话一套一套的，如今连一句也编不圆，他对自个儿生气。好吧，反正自己总要喜喜欢欢的才是，连长的心已经够重了！

周大勇正在胡乱猜想，李江国进来了。他猛然挺起腰，眼光忽地照射在李江国脸上。他想立刻捕捉住李江国的眼光，从中找到他急切等待的答案。

李江国侧转脸，避开连长的眼光，好像怕那灼热的眼光把他烧伤似的。

不用问，李江国想遮掩那撕裂人心的坏消息，可是他那不能自制的丧气样子，把什么都说清了。周大勇心里冰凉透冷，全身的血都凝结住了。王老虎牺牲啦？不能，万万不能。

周大勇想问个明白，又不敢问，可是不能不问个水落石出："老虎呢？"

"牺牲了！"

他俩都在努力，不使眼光相遇。很长时间没人说话。沉重的空气在他们四周流动。蚕豆大的灯焰，噗晃噗晃地闪着。

周大勇问："尸体呢？"

"大约是就地掩埋了！"

周大勇高声大喊："大约！大约！昏头昏脑的！"

李江国恨不得长上十张口，他说："连长，连长！我怎么说好呢？我……连长，宁金山说他们撤退的工夫掩埋尸体……黑天半夜看不清眉眼……"

周大勇口里像喷发铅块："什么？什么？他的尸体会认不出来？王老虎要是牺牲了，过上一千年，人也能认出他的骨头。"他呼吸紧迫。

李江国搓搓手，摸摸胸脯，说："反正……反正这一阵我也说不清，我……"还说什么呢？王老虎牺牲，他并不比连长少难过些。

周大勇背靠墙坐着，眼睛盯着老乡的炕沿。啊，这不是老虎吗？老虎负伤了，躺在一片门板上，满身是混合着沙土的血浆，昏迷不醒……突然，眼前的景象全消失了。周大勇心头涌起毛辣火热的悲痛："我，我不能把党交给我的战士都带回去！"

他要出去亲自问问宁金山：王老虎到底是怎样牺牲的！

李江国一把拉住周大勇，说："连长，你不要动，你……"

周大勇推开李江国，说："我的战士，一个一个都倒下去了，我还怕什么？我还——"

周大勇扶住墙，走出院子，听见战士们在墙内墙外谈话的声音。他们都谈到宁金山，想必是宁金山在掩护撤退的作战中打得很好；想必是他们当中有些人是宁金山带回来的。可是他觉着，战士们是围在王老虎身边说话哩。王老虎呢，还是笑眯眯地咬着他的小烟锅，蹲在墙边人不注意的地方，悄然地回忆那一场恶战和卑怯的敌人。

周大勇把和王老虎一块作过战的战士都找来，一个一个仔细问过。他发现他们任何人都不能确切地说出王老虎是怎样牺牲的。战士们带回来牺牲了的同志的遗物中，没有一件是王老虎的。周大勇像作战时分析情况那样，思索了一切细节。一个令人兴奋的判断，投射出一线希望："老虎可能还活着！"但是又有很小的声音向他说："王老虎多半是牺牲了！"周大勇长叹了一声，猛一跺脚，头靠在凉冰冰的墙上，心里火燎滚油浇："老虎！你当真离开我们啦？"他感觉到一种肢体被割裂的痛苦。滚热的眼泪忽撒撒地从失血过多的脸上淌下来，淌在满是血污的手上，滴在被子弹打破的军衣上，滴在多灾多难的土地上！

风徐徐地刮着。天空飘着一块块的黑云彩。簌簌簌的树叶，一直在单调而轻微地响着。路边干枯的蓬蒿，也在无声地摇摆。村外高粱地里是一片蛙声！

（原出版单位：人民文学出版社 1954 年 6 月第 1 版）